Née à Leeds, dans le York(...)
seize ans quand elle commence dans sa ville nata(...)
de journaliste qu'elle poursuit à Londres quatre ans plus tard. En
1963, elle épouse Robert Bradford et s'installe aux Etats-Unis
(1964).
Spécialiste de la mode et de la décoration d'intérieur, elle publie
en 1968 The Complete Encyclopedia of Homemaking Ideas
(somme de conseils pour décorer le foyer), puis assume une
rubrique, Designing Woman *(La décoratrice), très suivie dans*
l'ensemble des Etats-Unis. On doit à cette journaliste bien connue
quatre autres ouvrages sur le même thème, une série en quatre
volumes sur How To Be the Perfect Wife *(Comment être l'épouse*
parfaite), plus un certain nombre de livres pour enfants.
Le premier roman de Barbara Taylor Bradford : L'Espace d'une
vie *(titre original :* A Woman of Substance*) paraît en 1979 et*
connaît aussitôt un immense succès.
Les Voix du cœur *(Voice of the Heart) est son deuxième roman.*

Les Voix du cœur (mais il est impossible de résumer un roman si
riche et si dense) raconte l'histoire de deux femmes, Francesca
et Katherine, toutes deux très belles, très séduisantes, au caractère indomptable, qui se rencontrent au sortir de l'adolescence.
Leurs destins — comme les destins des hommes qu'elles aime-
ront — vont se croiser, s'interpénétrer, s'affronter, de 1956 à
1979.
Les Voix du cœur est, par excellence, le roman de l'amour et de
la passion, le roman de l'amitié et, parfois, de la trahison, le
roman de la réussite et de l'ambition.
Jamais titre ne fut plus justifié : voilà un roman qui parle vraiment au cœur de chacun, de chacune d'entre nous.

BARBARA TAYLOR BRADFORD

Les Voix du cœur

TRADUIT DE L'AMÉRICAIN
PAR MICHEL GANSTEL

PIERRE BELFOND

Ce livre a été publié sous le titre original :

VOICE OF THE HEART

par Doubleday & Company, New York

*A mon mari, Robert Bradford,
avec tout mon amour.*

« Cette voix du cœur qui seule, selon Lamartine, sait toucher le cœur. »

PROLOGUE

1978

« *Son retour, tel celui du fils prodigue...* »

WILLIAM SHAKESPEARE

1

Si je suis revenue, c'est de mon plein gré. Nul ne m'y a forcée. Et maintenant, pourtant, je voudrais fuir, chercher de nouveau refuge dans un recoin obscur, mettre un océan entre cet endroit et moi. J'y sens s'amonceler trop de mauvais présages.

Imprécises des heures durant, ces pensées finirent par s'imposer à elle avec assez de puissance pour provoquer sa peur. Elle se tordit les mains; mais ses jointures blanchies trahissaient seules sa détresse. En apparence, elle demeurait impassible. Assise très droite sur un banc, le visage masqué d'indifférence, elle contemplait l'immensité du Pacifique.

Décembre est souvent inclément en Californie. Cette journée s'annonçait cependant exceptionnellement hostile. Un plafond de nuages sombres pesait sur la mer, lui donnait la couleur du granit. La promeneuse frissonna. L'humidité s'insinuait sous son imperméable, la glaçait jusqu'aux os alors même que la sueur perlait à son front et sur sa poitrine. Elle se leva soudain, se mit à marcher, la tête baissée contre le vent, les mains enfoncées dans les poches. Déserte, sinistre d'aspect, la jetée de Santa Monica s'ouvrait devant elle. Elle s'y engagea, la parcourut jusqu'au bout.

Parvenue à l'extrémité, là où les vagues fouettées par le vent du large se lancent à l'assaut des piliers, elle s'accouda à la rambarde. Au loin, un gros navire, paquebot ou pétrolier à la silhouette indistincte dans la grisaille, ballottait comme un jouet d'enfant au gré des éléments.

Voilà ce que nous sommes, se dit-elle. De minuscules objets sans importance, perdus dans l'univers. Dans notre arrogance, nous nous imaginons irremplaçables, invincibles, affranchis des lois de la nature, à l'abri de la mort. La vérité est autre. Ces lois sont les seules qui s'appliquent à tous. La mort ignore les privilèges.

Elle s'ébroua pour chasser ces réflexions importunes, leva la tête. Les nuages d'hiver tournaient au noir. Une lumière indécise, qui s'efforçait de les transpercer, en ourlait les contours. Le vent redoublait de fureur, la tempête menaçait. La sagesse dictait à la promeneuse de regagner la limousine qui l'attendait pour la ramener à l'hôtel, avant que la pluie ne la surprenne. Mais elle était incapable de bouger ou, plutôt, la solitude de la jetée la retenait malgré elle. Car c'était là, croyait-elle, qu'elle trouvait enfin l'occasion de réfléchir, de rassembler ses pensées, de mettre un semblant d'ordre dans le chaos où se débattait son esprit.

Un soupir de lassitude lui échappa. Depuis qu'elle en avait pris la décision, elle savait que son retour constituait une imprudence et comportait des risques. Mais elle n'avait pas vu d'autre solution. Elle avait établi ses projets en conséquence et s'était embarquée pour l'Amérique, sûre d'elle-même et pleine de confiance dans la suite des événements.

Elle comprenait maintenant qu'elle avait fait un saut dans l'inconnu. Sa détresse actuelle provenait-elle de son incertitude ? Jusqu'à présent, pourtant, l'inconnu l'avait toujours tentée, stimulée. Elle y trouvait le seul défi capable d'aiguillonner son ambition, de nourrir son besoin d'entreprendre.

Mais cela appartenait au passé. Aujourd'hui, elle était différente, elle était une autre...

Une vague de panique menaça soudain de la submerger, au point qu'elle dut se retenir à la rambarde : en restant, elle risquait trop, elle remettait en jeu tout ce qu'elle avait réussi à regagner ces dernières années. Mieux valait partir, et partir sur-le-champ. Maintenant, avant de changer encore d'avis. Rien de plus facile, à vrai dire. Il lui suffisait de retenir une place d'avion pour n'importe quelle destination, la première qui lui passerait par la tête. Elle chercha des yeux la silhouette du navire, simple point presque invisible à l'horizon. Où se rendait-il ? Yokohama, Sydney, Hong Kong, Valparaiso ? Ou, pourquoi pas, Le Caire, Istanbul, Marseille ? Et elle, où irait-elle ? Qu'importe ! Nul ne s'en soucierait. Si elle partait aujourd'hui, quand elle le pouvait encore sans risque, personne n'en saurait rien. Personne n'en souffrirait, elle s'épargnerait bien des tourments.

L'idée de disparaître, de se faire oublier à jamais suscita en elle un puissant attrait et fit appel à son instinct inné pour le théâtral. Non, pourtant... Elle hésita, déchirée par ses propres contradictions. Fuir serait enfantin – car c'était bien d'une fuite qu'il s'agissait. Si nul n'en sait rien, tu le sauras, toi. Tu sauras que ta lâcheté l'a emporté. Jusqu'à la fin, tu le regretteras, tu en auras honte.

Les yeux clos, elle s'efforça d'imaginer les conséquences de ses actes, le prolongement des décisions qu'elle serait amenée à prendre. Derrière les nuages noirs bousculés par la tempête, le tonnerre se mit à gronder. Mais elle était trop absorbée par l'analyse de ses impulsions contradictoires pour prêter attention à ce qui l'entourait. Le temps seul comptait désormais. Elle ne pouvait plus se permettre de le gaspiller en hésitations. Une décision s'imposait à elle. Il fallait la prendre tout de suite et qu'elle soit irrévocable.

Cette décision se présenta enfin : en dépit de ses appréhensions et quoi qu'il lui en coûtât, elle ne devait pas fuir. D'ailleurs, avait-elle réellement le choix ? Rester représentait son seul espoir de salut. Aussitôt, son irrésolution des dernières heures l'abandonna pour la laisser apaisée. Ses traits se détendirent, son corps retrouva sa souplesse.

De lourdes gouttes de pluie vinrent s'écraser sur ses mains, son visage. Elle rouvrit les yeux, contempla un instant ses doigts encore crispés sur la rambarde. Ils ruisselaient – comme si j'avais pleuré, se dit-elle. Alors, un rire lui emplit la gorge, un rire profond, plein de gaieté. Non, elle ne verserait plus de larmes. Le temps de la souffrance était fini, et bien fini. A quoi bon souffrir, désormais ? Tu n'es qu'une idiote, Kate, se dit-elle. Kate – le surnom que lui donnait Nick lorsqu'il lui parlait de son âme d'Irlandaise marquée par la poésie, la passion, le mystère propres à la nature des Celtes...

Elle se redressa et, d'un geste de défi, rejeta la tête en arrière. Ses yeux – ni tout à fait bleus, ni tout à fait verts mais d'une nuance unique de turquoise – n'étaient plus assombris par l'incertitude ni voilés par la crainte. Ils brillaient de l'éclat d'une détermination nouvelle. Bientôt, dans quelques jours, elle retournerait à Ravenswood.

Là commencerait sa nouvelle vie. Là, peut-être, trouverait-elle enfin la paix.

EN COULISSES

1979

« *Considérez longtemps ce qui vous fait plaisir et plus longtemps encore ce qui vous déplaît.* »

Colette

2

FRANCESCA AVERY introduisit la clef dans la serrure et pénétra dans son appartement. Le silence du vestibule lui parut oppressant et lui fit regretter plus que jamais d'être à New York sans son mari.

Quelques jours auparavant, la secrétaire du comité de bienfaisance qu'elle présidait depuis peu lui avait téléphoné : le concert de gala organisé au bénéfice du comité rencontrait des difficultés imprévues : sa présence était indispensable; elle seule possédait les relations nécessaires. Harrison, son mari, s'était efforcé de la dissuader d'entreprendre ce déplacement : les problèmes n'étaient pas tels qu'ils ne pussent se régler par téléphone. Francesca s'était presque rangée à ses raisons lorsque le secrétariat était revenu à la charge : une journaliste avait sollicité une interview. Cette interview pouvait aider au succès du concert et Francesca n'avait eu d'autre choix que d'accepter de faire un saut à New York.

Elle tendit la main vers l'interrupteur et cligna les yeux sous l'éclat soudain de la lumière. Le vaste et imposant vestibule, malgré le luxe chaleureux de ses tapisseries et de ses meubles anciens qui luisaient sous les pendeloques du lustre, la fit frissonner. Ses pas, qui résonnaient sur le sol de marbre, lui rendirent plus pesant le silence environnant. Voilà la cause de mon inexplicable malaise, se dit-elle. Après le joyeux brouhaha de la grande maison de Virginie, peuplée de rires et de cris, où allaient et venaient constamment les petites-filles de Harrison, où se succédaient les invités en un tourbillon continuel, l'appartement désert lui paraissait sans vie. Les fillettes lui manquaient, leur compagnie, leurs confidences. Tout à l'heure, elle allait téléphoner à Harrison, lui demander de venir la rejoindre. Alors, tout reprendrait sa place.

Rassérénée, elle poussa la porte de la bibliothèque. Après l'aspect intimidant du vestibule, la pièce lui sembla plus accueillante que jamais avec ses boiseries aux tons chauds, ses canapés de chintz fleuri. Un feu flambait dans la cheminée, les lampes étaient allumées. Elle eut l'impression d'entrer dans une oasis à l'abri du froid maussade de l'hiver new-yorkais.

Sur la table-bureau, Francesca prit connaissance du message laissé par sa gouvernante, sortie faire les courses et qui serait bientôt de retour. Elle consulta rapidement la pile de courrier, mettant de côté les enveloppes où elle reconnaissait l'assortiment habituel d'invitations et de factures pour ne prendre que la dernière, postée en Grande-Bretagne, sur laquelle s'étalait l'écriture de son frère. Francesca l'ouvrit aussitôt. Kim lui parlait surtout de ses enfants, de leurs récentes vacances de Noël, donnait des nouvelles d'amis communs. Il se plaignait aussi des difficultés que soulevait l'exploitation de la propriété familiale de Langley et des tours de force que les circonstances le forçaient à accomplir. Il concluait en formulant l'espoir de voir sa sœur bientôt, les fêtes de fin d'année et leur cortège d'obligations étant passées. En post-scriptum, il ajoutait : « *Bonne année, ma chérie. Souhaitons que 1979 soit meilleure pour nous deux.* »

Francesca écarta une mèche de ses longs cheveux blonds d'un geste machinal et reprit pensivement sa lecture en s'efforçant de déchiffrer entre les lignes.

En dépit du ton volontairement insouciant adopté par Kim pour la tranquilliser, elle détecta de la mélancolie, presque de la tristesse.

Plus jeune que Kim de deux ans, Francesca l'avait cependant toujours considéré comme son « petit frère ». Elle en avait pris soin, l'avait protégé tout au long de leur enfance et de leur jeunesse, après la mort prématurée de leur mère. En ce moment, Francesca sentait plus que jamais s'éveiller ses instincts protecteurs envers Kim, se souciait de son bien-être physique et moral. Depuis que Pamela l'avait quitté, Kim n'était plus le même et Francesca ressentait avec acuité le choc subi par son frère.

Le surmonterait-il un jour ? Un « non » catégorique lui vint aussitôt à l'esprit. Infiniment plus réaliste que Kim, Francesca avait depuis longtemps compris que les cœurs brisés et les grands rêves n'existent que dans les livres. Dans la vie, on ramasse les morceaux, on les recolle tant bien que mal et l'on reprend le cours de son existence quotidienne jusqu'à ce que la douleur s'atténue et s'efface. C'était exactement ce qu'elle avait fait elle-même, des années auparavant.

Pauvre Kim ! se dit-elle. Isolé de tout dans son Yorkshire, si solitaire depuis que ses deux aînés étaient au pensionnat.

J'irai le voir vers la fin du mois, décida Francesca. Harrison ne fera pas d'objection. Il m'accompagnerait sans doute très volontiers... si ses obligations à Washington lui en laissaient le loisir. Cette dernière réflexion amena sur les lèvres de Francesca une moue d'inquiétude et de mécontentement. Depuis que, l'an dernier, son mari avait pris sa retraite d'ambassadeur, il n'avait jamais été plus débordant d'activité. Ses fonctions de conseiller de politique étrangère auprès du Président se révélaient épuisantes. Certes, il avait fort bien récupéré après ses deux attaques cardiaques et semblait jouir d'une excellente santé; mais Francesca veillait sur lui avec vigilance et le contraignait à ralentir son rythme de vie. Bien entendu, Harrison acquiesçait à tout ce qu'elle disait et n'en faisait strictement qu'à sa tête; le jeu complexe de la politique internationale lui plaisait trop pour qu'il consentît à se retirer de la mêlée si peu que ce fût.

Elle consulta son agenda. La réunion du comité était prévue à treize heures. A seize heures devait avoir lieu l'interview avec Estelle Morgan, du magazine *Now*. Ce rendez-vous lui déplaisait. Estelle avait fait preuve d'une telle insistance que Francesca n'avait pu s'y dérober. Elle se souvenait trop clairement de l'obstination dont la journaliste avait abusé par le passé et, plutôt que de provoquer des conflits inutiles, Francesca avait finalement préféré se débarrasser de cette corvée. Après tout, un peu de publicité pour une bonne cause valait bien quelques inconvénients personnels.

Estelle Morgan était en avance pour son rendez-vous avec Francesca Avery. Elle fit stopper son taxi à quelques rues de sa destination et poursuivit son chemin à pied en direction de la 5ᵉ Avenue. Il avait cessé de neiger à l'heure du déjeuner, un pâle soleil tentait vainement de percer les nuages; l'air était frais et tonifiant et la journaliste l'aspira avec plaisir. Elle se félicita aussi d'avoir pris son vison – qui ne manquerait pas de faire impression sur le portier de l'immeuble. Ces larbins sont plus snobs que les richards qu'ils servent, se dit-elle avec un sourire sarcastique.

Quelques secondes avant seize heures, elle franchit le seuil de l'imposant immeuble de la 81ᵉ Rue et se fit annoncer. Si la ponctualité n'était guère le fort d'Estelle Morgan, elle savait combien Francesca Avery était pointilleuse sur ce genre de détails et elle ne voulait pas l'indisposer inutilement. Une femme âgée, en robe noire, l'accueillit à la porte de l'appartement, lui prit son manteau de fourrure qu'elle posa sur une chaise du vestibule et l'introduisit au salon. Estelle Morgan avait, au cours de sa carrière, fréquenté bien des demeures luxueuses, mais elle n'avait encore jamais rien vu de plus somptueux que le grand hall d'entrée des Avery. Le reste – les tableaux, les meubles – lui parut encore plus fabuleux. Une fois seule, elle fit lentement le tour de la pièce.

Elle n'avait pas terminé son inventaire lorsque la porte s'ouvrit. Francesca, souriante, se tenait sur le seuil.

« Estelle ! s'écria-t-elle. Quel plaisir de vous revoir ! »

Tandis qu'elle s'avançait, la main tendue, la journaliste détailla son hôtesse. Son teint semblait toujours aussi frais, ses longs cheveux aussi soyeux que jadis. Comment fait-elle pour ne pas vieillir ? se demanda Estelle.

« J'espère ne pas vous avoir fait attendre trop longtemps, reprit Francesca en lui serrant la main.

– Pas du tout, je viens à peine d'arriver, chère amie. D'ailleurs, j'aurais volontiers attendu en admirant tout cela, dit-elle avec un geste large. Vous êtes environnée de merveilles ! »

Francesca dégagea sa main en réprimant une grimace agacée. Elle désigna le canapé disposé devant la cheminée :

« Vous êtes trop aimable. Installons-nous donc ici, nous serons plus à l'aise pour parler.

– Inutile de vous dire combien je suis ravie de vous revoir, dit Estelle avec un sourire trop radieux. Cela m'a paru des siècles !

– N'exagérons rien, cinq ans tout au plus, répondit Francesca. C'est à Monte-Carlo, si je me souviens bien, que nous nous sommes rencontrées pour la dernière fois ?

– En effet, au gala de Grace. Elle est tellement adorable ! Et Rainier, quel homme charmant ! Ce sont vraiment d'excellents amis. »

Un court instant, Francesca resta muette de stupeur devant une telle audace. L' « amitié » dont Estelle Morgan se vantait était aussi manifestement inventée que si elle déclarait elle-même qu'elle prenait quotidiennement le thé avec la reine d'Angleterre ! Plutôt que de confondre sa visiteuse en dénonçant son mensonge, elle préféra changer de sujet de conversation. Elle consulta discrètement sa montre et proposa du thé, qu'Estelle s'empressa d'accepter.

Cette dernière l'observa avec attention pendant qu'elle se dirigeait vers la porte. Pourquoi donnet-elle toujours l'impression de voler plutôt que de marcher ? se demanda-t-elle. Comment fait-elle pour conserver cette allure ? Elle doit avoir au moins quarante-deux ans – et elle en paraît bien dix de moins...

Le retour de Francesca, chargée d'un plateau, coupa court à ses réflexions malveillantes.

Une fois le thé servi, et après quelques échanges de banalités, la journaliste tira de son sac un magnétophone qu'elle disposa sur la table basse.

« Cela ne vous ennuie pas que je me serve de cet instrument, j'espère ? demanda-t-elle.

– Non, si cela vous rend service. J'aimerais surtout vous parler du comité dont je m'occupe, puisque c'est par son intermédiaire que vous avez sollicité cette interview...

– Nous y viendrons tout à l'heure, interrompit Estelle. Je voudrais d'abord que nous parlions de vous, de la vie que vous menez, de votre carrière, vous savez, tous les détails personnels. C'est vous qui êtes interviewée, pas votre œuvre charitable, et mes lecteurs s'intéressent davantage aux personnalités que nous leur présentons qu'à des comités anonymes. »

Prise au dépourvu, Francesca hésita un instant :
« Je vois », dit-elle enfin.

Tandis que la journaliste tripotait les boutons de son appareil, Francesca alluma posément une cigarette et observa à son tour sa visiteuse. Elle se sentit gênée pour elle; Estelle s'était habillée d'une manière qu'elle croyait appropriée aux circonstances. Mais sa robe de laine rouge jurait horriblement avec sa chevelure d'un roux agressif qui était, Francesca le savait, sa couleur naturelle; mais il était non moins évident que la nuance actuelle devait tout aux artifices du coiffeur.

Francesca détourna les yeux et s'en voulut de son manque de charité. Au fond, Estelle lui faisait un peu pitié. Lorsqu'elles s'étaient rencontrées à Londres, elles avaient toutes deux vingt ans. Le temps ne s'était pas montré aussi généreux envers la journaliste qu'il avait bien voulu l'être avec elle-même. Pauvre fille, se dit Francesca, sa vie n'est sûrement pas aussi brillante qu'elle essaie de le faire croire et il lui faut sans doute lutter pour se maintenir à flot dans un milieu impitoyable. Et pourtant, Estelle avait dès le début fait preuve d'un réel talent et sa carrière s'annonçait prometteuse. Qu'est-il advenu de ses rêves de devenir un écrivain célèbre ? Mais, après tout, de quel droit la critiquerais-je ? Dans la vie, chacun fait de son mieux et espère le succès. Francesca avait toujours éprouvé une vive répugnance envers ceux qui se croient supérieurs et se permettent de juger leurs semblables. Allait-elle, à son tour, sombrer dans ce travers ?...

« Voilà, nous y sommes ! » annonça Estelle en se rasseyant.

L'interview commença. Où achetait-elle ses toilettes ? Préférait-elle les couturiers français ou américains ? Donnait-elle de grands dîners ou des réceptions intimes ? Combien de domestiques avait-elle dans ses diverses résidences ? Quels étaient ses violons d'Ingres ? Que pensait son mari de ses nouvelles fonctions auprès du Président ? Etait-il en bonne santé ? Se rendait-elle fréquemment à la Maison Blanche ? Préférait-elle vivre en Amérique ou en Angleterre ? Ailleurs peut-être ? A quoi occupait-elle ses loisirs ? Et ceux de son mari ?...

Les questions se succédaient, interminablement. Francesca s'efforçait d'y répondre franchement, aimablement. Elle s'interrompait de temps à autre pour remplir leurs tasses vides, allumer une cigarette. Mais à mesure que l'inquisition d'Estelle se faisait plus pressante, Francesca se lassa d'être soumise à de telles intrusions dans sa vie privée. Elle s'irritait surtout de constater qu'il n'avait pas encore été question de l'œuvre, prétexte à ce festival d'indiscrétions. Elle s'apprêtait à intervenir pour faire dévier le cours de l'entretien lorsque, de but en blanc, Estelle aborda le sujet de sa carrière littéraire :

« Vous n'avez rien écrit depuis un bon moment, déclara-t-elle avec assurance. Serait-ce parce que votre dernier livre sur Edouard IV et la guerre des Deux-Roses s'est mal vendu ? J'ai vraiment été navrée pour vous en lisant les critiques. Personnellement, je ne l'avais pas du tout jugé ennuyeux, verbeux et filandreux, comme ils l'ont tous prétendu. »

Francesca réprima un haut-le-corps et décocha un regard scrutateur à la journaliste. Mais Estelle arborait une expression polie et impersonnelle qui ne révélait rien. Elle ne se rend sans doute même pas compte de ce qu'elle vient de dire, se reprocha Francesca. Alors, l'étendue de sa propre naïveté la fit presque rire. Estelle savait au contraire fort bien ce qu'elle faisait : le « nouveau journalisme » s'attachait à provoquer pour obtenir des réactions inattendues, désarçonner les personnalités interrogées, leur faire faire des déclarations irréfléchies donnant de la « bonne copie ». Eh bien, je ne me laisserai pas attirer dans ce piège, se promit Francesca.

« Les critiques n'ont pas été toutes aussi mauvaises que vous le dites, Estelle, répondit-elle avec un haussement d'épaules nonchalant. Sans être un best-seller, ce livre a eu un certain succès. Quoi qu'il en soit, et pour répondre à votre question, je n'ai rien écrit depuis quelques années pour la raison toute simple que je n'ai plus trouvé de personnage historique susceptible de m'intéresser autant que les précédents. Mais je n'ai pas abandonné ma carrière et je compte bien publier quelque chose dans un proche avenir. »

Estelle sentit qu'elle avait été trop loin et se répandit en compliments sur les ouvrages de Francesca. Mais celle-ci, une fois mise en garde, ne se laissa pas désarmer par le ton mielleux de sa visiteuse. Le temps passait, Estelle ne semblait pas vouloir se retirer. Francesca sentait son irritation monter et avait hâte de se débarrasser de cette présence de plus en plus importune.

« J'aimerais vous parler enfin de l'œuvre dont je m'occupe, Estelle, déclara-t-elle fermement. D'ailleurs, l'heure avance, je suis attendue pour dîner, il faut que je me prépare. Et votre temps doit être encore plus précieux que le mien...

– Bien sûr, chère amie. Je vous écoute. Ce comité a des activités passionnantes, je brûle d'en entendre parler. »

Francesca préféra ignorer l'ironie de la réponse et se félicita d'avoir retourné la situation avec succès. Elle entreprit de décrire l'activité de son comité, donna des détails sur le concert de gala projeté, l'utilisation des fonds ainsi collectés et conclut en espérant que la presse lui ferait toute la publicité souhaitable.

Estelle Morgan abonda dans son sens, promit de « couvrir » l'événement avec enthousiasme. Mais elle restait toujours aussi fermement installée sans faire mine de vouloir partir. Epuisée, à bout de nerfs, Francesca se demandait jusqu'où irait son épreuve lorsque Estelle s'éclaircit la voix :

« Je suis venue vous voir parce que j'avais autre chose à vous dire... »

Elle marqua une pause, comme pour ménager ses effets, et lâcha finalement d'une traite :

« Katherine va revenir à New York. »

Francesca se redressa, lui jeta un regard stupéfait.

« Katherine ? répéta-t-elle.

— Oui, Katherine Tempest. La seule, la vraie. Ne me dites pas que vous ne savez pas de qui je parle.

— Bien sûr que si, je le sais. Je suis étonnée, c'est tout. J'avais complètement perdu sa trace. Mais puis-je savoir pourquoi vous me l'apprenez ? Cela ne m'intéresse en rien.

— Katherine veut vous voir. »

Francesca tenta de contrôler ses réflexes.

« Pourquoi cela ? Quelle raison aurait-elle de me revoir ?

— Je ne vois pas non plus, assura Estelle. En tout cas, elle m'a priée d'organiser une rencontre. Déjeuner, dîner, apéritif, n'importe quand à votre convenance. Elle arrivera dans une dizaine de jours. Indiquez-moi simplement une date, je la lui transmettrai. »

Une vague de colère balaya soudain Francesca. Elle n'avait jamais agi impoliment envers quiconque, mais sa patience était à bout. Avec une véhémence incontrôlée, elle s'écria :

« Jamais ! Je ne peux pas, je ne *veux* pas la voir ! Quant à vous, je crois que vous avez dépassé...

— Je sais bien que vous êtes devenues des ennemies jurées, l'interrompit Estelle, et c'est bien pourquoi je ne comprends pas Katherine. A mon avis, elle est complètement idiote de vouloir... »

Déjà Francesca lui coupait la parole :

« Je m'apprêtais à dire, quand vous m'avez grossièrement interrompue, que vous dépassiez les bornes ! Comment osez-vous vous introduire chez moi

26

sous prétexte d'une interview alors que vous ne faites que vous entremettre pour le compte de Katherine Tempest ? Evidemment, j'avais tort de m'attendre à autre chose de votre part, Estelle. Je crois que vous feriez mieux de vous retirer. »

Estelle ne bougea pas. Le désarroi de Francesca lui causait un trop vif plaisir. Un sourire ironique apparut sur ses lèvres, un éclair de triomphe dans son regard :

« Je n'aurais jamais cru vous voir perdre vos bonnes manières ni manifester vos émotions d'une façon aussi vulgaire, ma chère », laissa-t-elle tomber avec un mépris appuyé.

Francesca avait trop de mal à se ressaisir pour relever cette nouvelle impertinence. Un instant plus tard, elle dit d'une voix ferme :

« Vous pouvez informer Katherine Tempest que je ne désire pas la revoir. Ni maintenant ni jamais. Je n'ai strictement plus rien à lui dire.

— D'un côté comme de l'autre, moi, vous savez, ça ne me dérange pas, répondit Estelle en se carrant dans son fauteuil. J'ai simplement accepté de rendre service à Katherine. N'empêche, Francesca, vous me surprenez. Pourquoi, une fois dans votre vie, refuseriez-vous de plier un tout petit peu, de descendre de votre piédestal ? Oubliez donc le passé, nous ne sommes plus des enfants impulsifs, les uns et les autres. S'il y a quelqu'un dont Katherine attendait au moins un peu de compréhension, c'est bien de votre part.

— De la compréhension ? s'écria Francesca, incrédule. Après ce qu'elle m'a fait ? Non, cette conversation est grotesque, je refuse de la poursuivre. Je vous serais reconnaissante de partir, Estelle, et je me crois fondée à estimer que vous avez abusé de ma bonne foi et de mon hospitalité. »

La journaliste haussa les épaules d'un geste fataliste, fourra son magnétophone dans son sac et se leva. Elle ne put cependant résister à l'envie d'une dernière tentative :

« Tout ce qu'elle veut, la pauvre, c'est faire la paix. Avec tout le monde. Voilà pourquoi elle m'a demandé de prendre contact avec vous et les autres. Allons, soyez gentille, acceptez...

– Non ! Sous aucun prétexte. Les autres feront ce qu'ils voudront mais moi, je refuse catégoriquement ! s'écria Francesca en pâlissant. Je ne veux plus jamais avoir affaire à elle. C'est vous qui me surprenez, Estelle. Comment pouvez-vous vous laisser manipuler de cette façon ?

– Manipulée, moi ? Elle est drôle, celle-là ! S'il y en a une que Katherine a manipulée, c'est plutôt vous... »

Estelle se mordit les lèvres, consciente de son erreur. Mais il était trop tard. Katherine l'avait pourtant mise en garde, lui avait bien demandé de ne pas laisser son antipathie envers Francesca compromettre le succès de sa mission. C'est précisément ce qu'elle venait de faire.

Un froid glacial s'était soudain abattu sur Francesca.

« Vous avez parfaitement raison, Estelle. C'est pourquoi je refuse de me laisser faire de nouveau. Veuillez sortir, je vous prie. »

Sans plus accorder un regard à la journaliste, elle traversa le salon, ouvrit la porte, attendit que l'autre la rejoignît. Avec un excès de zèle professionnel, Estelle déclara d'un ton enjoué, comme s'il ne s'était rien produit entre elles :

« Au fait, quand pourrai-je revenir avec le photographe ? Vous savez, nos articles sont toujours illustrés... »

Francesca ne se départit pas de son calme :

« Vous conviendrez que c'est désormais inutile. Vous n'avez jamais eu l'intention de faire paraître cette interview. Vous n'avez trouvé que cette ruse pour me transmettre ce message. Il aurait suffi de me le téléphoner au lieu de gâcher deux heures de mon temps. »

Sachant qu'elle n'avait dorénavant plus rien à perdre, Estelle empoigna son manteau de fourrure, le jeta sur son bras et se tourna vers Francesca, encore debout à la porte du salon :

« Vous n'avez jamais été qu'une garce et une snob ! lui lança-t-elle au visage. Ce que Katherine vous a fait ne vaut pas le dixième de ce que vous lui avez infligé, quand elle avait le plus besoin de vous ! C'est votre faute si elle a été coupée du monde depuis si longtemps ! Vous n'avez fait qu'ajouter à ses souffrances ! Et maintenant, vous refusez de vous racheter en la revoyant ! Espèce de sale garce !... »

Avec un dernier regard chargé de haine, Estelle ouvrit la porte d'entrée, fit un pas sur le palier. A la dernière seconde, elle se retourna et lâcha sa dernière flèche :

« En fait, vous crevez de frousse de revoir Katherine ! »

Là-dessus, elle claqua la porte derrière elle avec tant de violence que Francesca sursauta. Adossée au mur, les yeux clos, elle combattit de son mieux le vertige qui la faisait trembler. Les pas de la gouvernante dans le couloir la ramenèrent à la réalité. D'un sourire, elle la rassura et s'engagea dans l'escalier. Elle risquait d'être en retard pour dîner, il était temps d'aller se changer.

La porte refermée, Francesca s'était laissée tomber dans un fauteuil près de la cheminée en attendant que se calme le tremblement qui lui coupait les jambes. Elle n'avait pas l'habitude de tels déploiements de passion et exécrait les scènes. L'hypocrisie d'Estelle, la virulence de sa dernière tirade la désarçonnaient moins, à vrai dire, que la manière dont elle avait elle-même été incapable de se dominer. Son comportement lui semblait avilissant et, surtout, une preuve d'immaturité.

Les yeux clos, elle respira longuement, lentement, parvint peu à peu à retrouver son calme. La sonnerie du téléphone la tira de sa rêverie. Nelson Avery, son beau-frère, s'inquiétait du temps. Il avait recommencé à neiger et il lui envoyait sa voiture. En quelques mots, Francesca lui relata son affrontement avec la journaliste, lui apprit le retour imminent de Katherine Tempest. Nelson s'offrit aussitôt pour remplir le rôle de confident. Soulagée, Francesca raccrocha en promettant de se hâter.

Elle chassa de son esprit le souvenir de Katherine, se rendit dans sa garde-robe, se dévêtit en hâte et s'installa devant sa coiffeuse. A mesure qu'elle brossait sa longue chevelure blonde, sa colère envers Estelle la quittait. Il ne lui restait qu'une certaine pitié. Pauvre Estelle. Elle ignorait décidément tout des véritables détenteurs du pouvoir dans cette ville – et Nelson Avery, le banquier, en était l'un des plus puissants. Sur un mot de moi, il lui suffirait d'un simple coup de téléphone pour briser définitivement sa carrière. Osera-t-elle publier une interview désobligeante à mon égard ? Francesca haussa imperceptiblement les épaules. Elle n'allait pas s'abaisser à se venger d'une Estelle Morgan, et il lui faudrait donc n'en parler à Nelson qu'avec les plus grandes précautions.

Francesca donna un coup d'œil à ses flacons de maquillage, consulta son miroir, se trouva pâle, la mine défaite. Avec soin, elle étala sur son visage un fond de teint, termina sa coiffure, posa quelques gouttes de parfum sur son cou, derrière les oreilles.

Francesca avait choisi sa toilette dans la journée, aussi ne lui fallut-il que quelques instants pour s'habiller. Elle ne se para que d'un rang de perles, de boucles d'oreilles et d'un bracelet également en perles. Elle mit son trousseau de clefs et les quelques objets indispensables dans le sac de soie pêche assorti à ses chaussures et se dirigea vers la porte.

Alors, sans savoir pourquoi, elle rebroussa chemin et regagna le fond de la garde-robe. Là, sur trois côtés, les portes des penderies étaient garnies de miroirs sur toute leur hauteur. Les spots du plafond créaient, dans cet écrin de glaces, un chatoiement de lumière où son image semblait se refléter à l'infini. Debout au milieu, elle se contempla un long moment. Les sourcils froncés, elle poursuivit son examen. Quelque chose d'indéfinissable la laissait insatisfaite. Peut-être était-ce la robe, qu'elle portait pour la première fois ? Comme toutes ses autres toilettes, elle était d'une élégante simplicité, une colonne de velours pêche tombant droite, rehaussée d'un sobre drapé. Les longues manches amples en adoucissaient l'austérité, le décolleté carré mettait en valeur son cou mince et souple. A coup sûr, cette robe était belle, sans ostentation, et convenait parfaitement au caractère intime du dîner de Nelson Avery. D'ailleurs, elle n'avait déjà plus le temps d'en changer.

Elle se tourna d'un côté et de l'autre, s'examina sous tous les angles, tourna sur elle-même, se recula pour multiplier sa réflexion. Une centaine, un millier de Francesca toutes identiques dans leur toilette de velours... C'est alors seulement qu'elle comprit. Pêche. Pêche de la tête aux pieds. Incrédule, troublée, elle se rapprocha du miroir central, scruta intensément l'image qu'il lui renvoyait d'elle-même.

Non, ce n'était pas la forme de la robe qui l'avait frappée mais sa couleur. Pêche. Elle n'avait plus porté de toilette pêche depuis plus de vingt ans...

Du fond de sa mémoire, où il était resté enfoui, un souvenir qu'elle croyait oublié revint lentement à la surface. Une scène se reconstitua sous ses yeux avec clarté et précision et la projeta dans le passé. Elle se revit telle qu'elle était alors...

Un ciel nocturne, parsemé d'étoiles scintillantes. Une nuit méditerranéenne. Une brise embaumée mêlant les senteurs salées de la mer à l'arôme du chèvrefeuille et du jasmin. La douce lueur des bougies. Francesca assise sur la terrasse dallée de marbre au Cap-Martin. Francesca en larmes. Katherine penchée vers elle, pleine de sollicitude, la couvrant d'excuses pour sa maladresse. Mais ne faisant rien pour réparer sa faute, rien que protester de son innocence. Francesca ne l'écoutait pas. Elle contemplait avec horreur la tache de vin rouge, la tache qui s'étendait du corsage à la jupe. Une tache d'un rouge violent, comme du sang. Sa belle robe de bal irrémédiablement souillée, perdue. Une roube somptueuse, légère comme un rêve, coûteuse – son père la lui avait offerte sans avoir les moyens d'une telle extravagance. Sa belle robe gâtée avant même le début du bal. Elle revit Kim, élégant dans son smoking, se précipitant à son secours avec de l'eau et une salière, et Nicolas Latimer arrivant à ce moment-là, qui lui séchait ses larmes, s'efforçait de la distraire avec des plaisanteries sur les héroïnes de tragédie. Son père, affolé et incapable de réparer le désastre. Et Doris Asternan, les traits crispés par la colère, réussissant à camoufler les dégâts avec une guirlande de fleurs fraîches cueillies dans le jardin. Oui, les fleurs, trop vite fanées pour dissimuler la tache. Francesca en larmes, inconsolable car, ce soir-là, elle avait voulu être belle. Belle pour Victor. Victor qu'elle attendait. Victor qui n'était pas venu. Un bruit de verre brisé sur le marbre. Le cœur de Francesca en miettes...

Elle ferma brutalement les yeux pour effacer ces images. Non, elle ne voulait plus se rappeler le passé. Le passé était mort, inutile. Nuisible. Il n'avait plus d'importance. Il fallait l'oublier. Oublier...

Un instant plus tard, elle rouvrit les yeux et s'écarta du miroir où elle ne voyait plus qu'une

femme de quarante-deux ans, celle qu'elle était devenue. Encore belle, toujours élégante. Et infiniment
plus sensée que jadis.

Elle tourna brusquement le dos à son image.

Le sommeil la fuyait.

De retour chez elle, elle n'avait fait que se retourner dans son lit sans trouver le repos. Les yeux
ouverts dans la pénombre, elle ne pouvait maîtriser
la ronde obsédante de ses pensées. A la fin, excédée,
elle se leva et descendit à la cuisine se faire chauffer
du lait. Remontée dans sa chambre, elle s'installa
dans son fauteuil préféré au coin de la cheminée,
but son lait à petites gorgées et passa le reste de la
nuit à réfléchir, inconsciente du temps qui s'écoulait
et de la morsure du froid.

Lentement, soigneusement, Francesca analysa
avec objectivité les événements de l'après-midi,
reconstitua les dialogues échangés pour en venir à la
conclusion logique : seule, la nouvelle de l'arrivée
imminente de Katherine Tempest et de son désir de
la rencontrer avait été capable de lui faire perdre sa
maîtrise d'elle-même.

Pourquoi avoir réagi ainsi ? Elle s'attacha alors à
examiner les causes de son comportement. Aucun
élément extérieur ne devait venir troubler sa vie paisible, cette vie qu'elle avait pris tant de soin à organiser autour de Harrison Avery et de sa famille. Il
fallait la protéger à tout prix. Tout à l'heure, Nelson
avait eu raison en jugeant sommairement son
ancienne amie : Katherine Tempest soulevait toujours des problèmes sur son passage. Non, elle ne
pouvait pas permettre à Katherine de revenir s'immiscer dans sa vie et de la bouleverser.

Katherine et elle avaient pourtant été si proches,
autrefois. Des années durant, elles avaient été inséparables – jusqu'à l'horrible scène où leur amitié

s'était défaite à jamais. Elles ne s'étaient plus revues depuis ce soir-là, plus de dix ans auparavant; et, pendant ce laps de temps, Francesca s'était contrainte à ne plus penser à Katherine. Elle avait réussi à atteindre son objectif, elle avait pardonné à Katherine, depuis longtemps. Cependant, elle découvrait qu'elle n'avait jamais véritablement oublié.

Blottie dans son fauteuil, perdue dans ses réflexions, Francesca entendait à peine le tic-tac du cartel sur la cheminée, le crépitement du grésil sur les vitres, les gémissements du vent dans les arbres dénudés de Central Park. Une bûche consumée s'écroula dans l'âtre, mêlant ses braises aux cendres refroidies. Elle ne s'en rendit pas même compte.

Une nouvelle vague de souvenirs la submergea, qu'elle s'efforça vainement de repousser. Ces souvenirs lui étaient trop douloureux, car ils ravivaient des sentiments encore à vif, ramenaient sur le devant de la scène la trahison de Katherine. Et pourtant, Katherine n'avait pas toujours été ainsi – pas au début, du moins. A l'époque, elle était tout autre. Ils étaient tous différents...

A l'époque. Francesca se répéta l'expression. Existe-t-il véritablement un passé, un présent, un avenir ? Le temps comporte-t-il des limites clairement définies ? Einstein a démontré que le temps n'est rien d'autre qu'une dimension. La quatrième dimension.

Tel un film au ralenti, les années défilèrent devant elle en se fondant l'une dans l'autre. Deux décennies coulèrent ainsi puis les images s'inscrivirent sur l'écran de sa mémoire. Des images incroyablement nettes, précises, des personnages aussi clairement définis qu'ils l'étaient *alors*. 1956 fut aussi réel, aussi actuel qu'il l'était vingt-trois ans auparavant.

Il n'y avait plus de passé. Le présent revivait.

ACTE I

1956

« *Les actes les plus décisifs de notre vie... sont, le plus souvent, des actes inconsidérés.* »

ANDRÉ GIDE

3

« Allons, Francesca, ne joue pas les rabat-joie ! Je sais que tu ne sors pas ce soir, tu viens de me le dire. »

Adossé au chambranle, Kim Cunningham arborait son sourire le plus enjôleur en contemplant sa sœur, assise devant le vaste bureau encombré de papiers qui trônait dans le cabinet de travail de leur père. Francesca posa sa plume avec résignation. Elle adorait son frère, soit; mais ce jour-là, pour une fois, elle ne se sentait pas d'humeur à lui céder. Elle s'était attelée à sa tâche dès le matin, elle était épuisée et avait, surtout, le désir de terminer avant la nuit ce qu'elle avait entrepris. L'arrivée inopinée de Kim l'avait prise au dépourvu, mais sa répugnance à lui accorder la faveur qu'il sollicitait la surprenait plus encore. D'habitude, elle passait sans rechigner par toutes ses volontés.

Elle secoua la tête et répondit d'une voix ferme :

« Je ne demanderais pas mieux que de te rendre service, Kim, mais c'est absolument impossible. Il faut que j'aie terminé le dépouillement de mes notes avant la nuit.

— Toi et tes bouquins poussiéreux ! s'exclama Kim en feignant l'exaspération. Tu deviens un véritable rat de bibliothèque. Crois-moi, ma vieille, tu perds ton temps. Qui s'intéresse encore à un général mort depuis plus de cent ans ? »

Francesca Cunningham avait, en effet, entrepris d'écrire la biographie du général Gordon, héros de la conquête du Soudan et du siège de Khartoum.

Ainsi piquée au vif sur un sujet qui lui tenait au cœur, la jeune fille réagit avec indignation :

« D'abord, il n'est mort que depuis soixante et onze ans ! Et puis, il y a beaucoup plus de gens que tu ne crois qui se passionnent pour les personnages historiques. Papa est entièrement d'accord avec moi et c'est lui qui m'encourage à poursuivre mon étude. Et maintenant, mon frère chéri, fais-moi plaisir et fiche-moi la paix. Allez, ouste ! Laisse-moi travailler. »

Etonné d'une véhémence aussi inhabituelle, Kim se rendit compte pour la première fois combien Francesca tenait à ce projet, dont elle parlait depuis des mois et qu'il n'avait pas pris au sérieux. Il l'avait blessée bien involontairement et en eut des remords. Francesca n'était pas seulement sa sœur; elle était surtout sa meilleure amie, sa confidente. Depuis l'enfance, ils étaient inséparables.

La voyant au bord des larmes, il s'efforça de se faire pardonner sa bévue et lui adressa un sourire irrésistible.

« Excuse-moi, ma chérie, je n'ai pas voulu te faire de peine. Je n'y connais rien, tu le sais bien. Je ne suis qu'un paysan inculte. L'intellectuelle de la famille, c'est toi. A partir de maintenant, je te soutiendrai moralement, promis, juré. On fait la paix ? »

Francesca parvint à lui rendre son sourire mais préféra ne rien dire pour ne pas trahir son énervement, que seule la fatigue justifiait. Tandis qu'elle se replongeait dans ses dossiers, Kim traversa la pièce prudemment, sans rien ajouter, et alla se planter devant la cheminée, le dos au feu, les mains dans les poches de sa veste de tweed. Visiblement coupée par un tailleur de Savile Row, celle-ci avait connu des jours meilleurs. Et pourtant, Kim Cunningham possédait une telle élégance naturelle que son vêtement élimé passait inaperçu.

Plus connu sous le surnom de Kim, Adrien Charles Cunningham, quatorzième vicomte d'Ingleton et douzième comte de Langley, ne justifiait sans doute pas le qualificatif de « beau garçon » tel qu'on l'entend communément; l'on ne pouvait cependant pas le confondre avec le vulgaire. Le teint frais sous sa chevelure châtain clair, sa physionomie aimable reflétait une personnalité sensible et foncièrement bonne. Ses lèvres souriaient volontiers, ses yeux gris avaient plus souvent des lueurs de gaieté et de bienveillance que des éclats de colère. Son élégante minceur dissimulait des muscles d'acier et une résistance physique héritée de ses ancêtres, redoutables guerriers qui s'étaient illustrés au temps de la guerre des Deux-Roses. En véritable aristocrate, il ignorait le snobisme et traitait tout le monde avec la même courtoisie. A vingt et un ans, il campait un jeune homme de fort belle allure dont le charme et la bonne humeur attiraient sans effort l'attention des femmes.

C'est à l'une d'elles en particulier qu'il pensait tout en attendant que sa sœur reprît contenance. Il se demandait surtout comment convaincre Francesca de seconder les projets qu'il avait formés pour la soirée. Ayant réfléchi à ce problème, dont la solution s'était trouvée compromise par sa faute, il se décida enfin à rompre le silence qui s'éternisait :

« S'il faut que tu travailles, je ne t'en empêcherai évidemment pas. Mais nous sommes samedi soir, et j'avais pensé que cela t'amuserait de faire la connaissance de cette fille. D'ailleurs, tu me dis toujours que tu adores faire la cuisine et que cela te détend. »

Francesca sursauta :

« Quoi ! Tu veux aussi que je prépare le dîner et que je joue les maîtresses de maison ? Tu ne manques pas de culot ! Et avec quoi veux-tu que je donne des réceptions ? Il ne me reste pratiquement plus rien de l'argent du mois. Je croyais que tu avais accepté l'invitation de tante Mabel et je ne comptais pas sur toi avant demain ou après-demain. Et te voilà qui arrives en pays conquis et me donnes des ordres comme à ta cuisinière ! »

Kim préféra ne pas relever les accusations de sa sœur et affecta une douleur comique :

« Où as-tu pris l'idée que j'irais m'enfermer dans un trou avec cette vieille toquée de tante Mabel ? Non, ma chérie, pour une fois que je séjourne à Londres, j'y reste. Allons, Francesca, ajouta-t-il en souriant, sois gentille, dis oui. Cela fait des siècles que tu ne t'es accordé aucune distraction. Change-toi les idées, cela te fera le plus grand bien, voyons !

— Ton charme ne prend pas, répliqua-t-elle, l'air buté. Je t'adorais peut-être quand nous étions petits, mais sûrement pas ce soir. Tiens-le-toi pour dit.

— Mais si, tu m'adores, dit Kim avec un large sourire. Tout comme je t'adore. D'ailleurs, je t'adorerai toujours, tu le sais bien. »

Il alla se percher sur un coin du bureau et la dévisagea avec affection. En la regardant de plus près, il vit que Francesca avait l'air plus fragile que jamais. Ses traits fins semblaient tirés par la lassitude, son teint particulièrement pâle. Peut-être son gros tricot de marin et sa coiffure défaite accentuaient-ils sa vulnérabilité ? Ce jour-là, Francesca avait ramené sur le dessus de sa tête ses longs cheveux blonds en un gros chignon qui dégageait son cou et le rendait plus gracile. Des mèches folles, échappées aux peignes, retombaient en désordre sur son front et ses épaules. Kim se pencha et, d'un doigt précautionneux, tenta de les remettre en place.

« Voilà, dit-il en l'embrassant sur la joue, c'est mieux comme cela. Tu as aussi une tache d'encre sur la nuque... Que puis-je faire pour te décider, Francesca ? »

Elle l'écarta d'un geste impatient, reprit sa plume :

« Rien ! Il faut que j'aie fini pour ce soir et il n'est absolument pas question que je prépare le dîner. Arrête de m'empoisonner, si tu m'aimes autant que tu le prétends. »

Il en fallait davantage pour décourager Kim :

« Ecoute, Francesca, je ne te demanderais pas ce service s'il ne s'agissait pas d'une fille sensationnelle. Elle l'est, je te le garantis ! Elle te plaira énormément – et à papa aussi, du moins je l'espère. Je compte bientôt l'emmener dans le Yorkshire pour la lui présenter. Voilà d'ailleurs pourquoi je voulais que tu fasses d'abord sa connaissance. Ce soir. »

Francesca fut stupéfaite par cette déclaration inattendue et considéra son frère avec un intérêt renouvelé. C'était la première fois qu'elle entendait Kim proposer d'emmener à Langley une de ses innombrables conquêtes. Une telle exception à la règle changeait tout ! En s'efforçant de ne pas dévoiler sa curiosité, elle répondit :

« Tu veux dire que... tu es sérieux ?

– Sérieux n'est peut-être pas le mot, dit-il pensivement. Disons plutôt... extrêmement attiré. Il ne faudrait pas grand-chose pour que je devienne effectivement sérieux sous peu. »

Ces quelques mots suffirent à balayer toute autre préoccupation de l'esprit de Francesca. Les sentiments presque maternels qu'elle portait à son frère la poussèrent d'abord à lui faire observer qu'il était trop jeune pour penser « sérieusement » à une jeune fille, mais elle se retint à temps. Mieux valait ne pas le buter d'emblée, le pousser plus sûrement dans les bras de cette inconnue. Sous ses dehors placides, Kim pouvait se montrer impulsif et il était inutile de le provoquer en créant une situation dont il serait difficile de se dégager.

« Qui est-ce ? demanda-t-elle en affectant l'indifférence. Comment s'appelle-t-elle ? »

Kim rougit légèrement et eut un sourire béat :

« Katherine. Katherine Tempest. »

Voyant que sa sœur ne manifestait aucune réaction, il insista :

« Mais si, voyons, Katherine Tempest. La seule. La vraie.

— Désolée, je ne vois pas du tout de qui il s'agit. Suis-je censée le savoir ?

— Non, c'est vrai, tu gardes perpétuellement le nez dans tes bouquins ! répondit Kim en pouffant de rire. Tu es décidément incorrigible, ma pauvre Francesca ! Apprends donc que Katherine Tempest est une fabuleuse jeune actrice qui fait un triomphe tous les soirs dans une pièce dont elle est la vedette. Elle est ravissante, elle a énormément de talent, de charme, d'intelligence. Bref, elle est...

— Trop parfaite pour être vraie, l'interrompit Francesca en réprimant un sourire amusé.

— Oui, je sais, tu me prends pour un imbécile, dit Kim d'un air faussement contrit. Si seulement tu la voyais, tu pourrais juger par toi-même. Elle est sensationnelle, je te le jure !

— Je te crois sur parole. Je me demande simplement si notre père partagera ton point de vue et l'accueillera à bras ouverts. Une actrice, te rends-tu compte ? Tu connais ses principes... Mais revenons-en à ce que nous disions. Si elle joue au théâtre tous les soirs, comment peux-tu l'inviter à dîner ?

— Elle viendra à la fin de la pièce.

— A onze heures ou à minuit ? C'est toi qui es incorrigible !

— Enfin, quand nous allons au théâtre avec papa, nous soupons toujours après. Qu'est-ce que cela a d'extraordinaire ? »

Francesca poussa un grognement irrité :

« Ecoute, je suis morte de fatigue. Je ne me sens vraiment pas capable de faire un tel effort ce soir. Mais je veux bien te proposer un compromis. Après ce que tu m'en as dit, j'ai envie de faire sa connaissance. Je préparerai un petit repas froid, je la recevrai le temps de boire un verre et je disparaîtrai aussitôt après. D'ailleurs, cela te conviendra infiniment mieux, j'en suis sûre. Un romantique petit souper à deux...

— A trois, j'en ai peur, l'interrompit son frère. Elle amène un ami avec elle et c'est pourquoi je t'ai demandé de rester, pour que nous soyons quatre.

— Et me voilà maintenant condamnée à faire de la cuisine pour quatre ! Tu en as de bonnes, toi ! Et puis, qui est cet ami ? Quel est l'individu que je suis censée séduire au beau milieu de la nuit pour que tu roucoules à ton aise ? Pourquoi faut-il qu'elle le traîne derrière elle ?

— Parce que cet « individu », comme tu le qualifies, ne connaît personne à Londres et qu'elle lui sert de cornac. Et quand je t'aurai dit de qui il s'agit, poursuivit-il d'un air mystérieux, promets-moi de ne pas t'évanouir.

— Tu es exaspérant ! s'écria-t-elle. Pourquoi voudrais-tu que je m'évanouisse ?

— A ta place, beaucoup de femmes le feraient. Car ce fameux « individu » n'est autre que Victor Mason — ne me dis pas que tu ne sais pas qui c'est, au moins !

— Oui, bien sûr, répondit Francesca avec indifférence. Tout le monde connaît Victor Mason, ou en a entendu parler. Mais, dis-moi, je ne te reconnais plus. Une comédienne, une star de cinéma... Tu *vas* les inviter ? Ou tu l'as déjà fait ? »

Kim se racla la gorge avec embarras, hocha la tête :

« Euh... Ce ne serait guère poli de les décommander à cette heure-ci, tu sais... »

Francesca se laissa retomber contre le dossier de sa chaise, accablée :

« Ecoute, Kim, je n'aime pas le rôle de rabat-joie, mais te rends-tu compte de la situation où tu me mets ? Papa n'en a pas davantage conscience, à vrai dire, il ne s'intéresse qu'à Langley. L'argent qu'il me donne tous les mois suffit à peine à me nourrir... Ne le lui répète surtout pas ! s'écria-t-elle en prévenant l'interruption de son frère. Il fermerait la maison et me ferait revenir à Langley. Je vous aime bien, toi et lui, mais je ne me vois pas enterrée en permanence au milieu des landes du Yorkshire, alors que j'ai absolument besoin d'aller tous les jours à la bibliothèque du British Museum. Et puis, il a bien assez de soucis comme cela, le pauvre... Je t'en parle simplement pour que tu comprennes.

– Oh ! je comprends, je comprends !... »

Avec un soupir, Kim se jeta dans un fauteuil, la mine découragée :

« Elle est dans de beaux draps, l'aristocratie britannique ! s'écria-t-il. Douze quartiers de noblesse et même pas de quoi inviter deux amis à dîner... C'est lamentable. »

Navrée du désespoir de son frère, Francesca réfléchit.

« Attends ! dit-elle. Tout n'est pas perdu. »

Son tempérament combatif avait repris le dessus. En quelques minutes, toute tristesse oubliée, le frère et la sœur firent l'inventaire de leurs ressources, explorèrent la cave et le garde-manger, exhumèrent des bouteilles oubliées, complétèrent leur approvisionnement dans les boutiques du quartier. Une heure plus tard, assis dans la cuisine, Kim suivait avec admiration les évolutions de Francesca qui s'affairait au fourneau.

« Tu es une magicienne ! Victor Mason lui-même

va être impressionné. Il n'aura jamais fait un tel festin à Hollywood.

– J'y compte bien ! »

Kim alluma une cigarette :

« A propos de l'Amérique, papa t'a-t-il parlé de Doris, ces derniers temps ?

– Non, pourquoi ?

– Je ne l'ai pas revue à Langley depuis un moment et je me demandais s'ils ne s'étaient pas brouillés... »

Francesca se retourna vers lui, les sourcils froncés :

« Je n'en sais rien. J'ai parlé à Doris pas plus tard que la semaine dernière. Elle partait pour le Midi de la France.

– En février ? Drôle d'idée. Que va-t-elle y faire ?

– Elle cherche à louer une villa pour cet été, assez grande, m'a-t-elle dit, afin de nous y recevoir tous. Tu vois bien que papa et elle ne sont pas brouillés.

– Alors, se décidera-t-il à l'épouser, à ton avis ? »

Francesca ne répondit pas tout de suite. Il lui arrivait fréquemment d'envisager cette possibilité, car Doris Asternan paraissait occuper une place quasi permanente dans la vie de leur père. Kim et elle éprouvaient la plus sincère affection pour cette Américaine, restée veuve encore jeune. Leur père était un homme séduisant, doté comme son fils d'un caractère aimable et d'un charme naturel auquel il était difficile de résister. Son titre, l'ancienneté de son lignage constituaient sans doute un attrait supplémentaire pour une Américaine. Mais lui, se demanda Francesca, qu'en pense-t-il vraiment ? La mort de sa femme, la mère de Kim et de Francesca, l'avait profondément affecté et il en avait gardé le deuil de longues années – avant que ne surgisse une suite ininterrompue de femmes qui semblaient perdre rapidement de leur intérêt. Jusqu'à Doris...

« Franchement, Kim, je n'en sais rien, répondit-elle enfin. Papa ne me fait pas de confidences et Doris non plus.

– Elle vaut mieux que la plupart de celles qui se sont succédé, en tout cas, affirma Kim. Et puis, elle, au moins, a une montagne de dollars...

– Comme si cela pouvait l'influencer ! dit Francesca en riant. Tu devrais le connaître, il ne recherche que l'amour parfait !

– A son âge ? Tu plaisantes.

– Papa n'a que quarante-sept ans ! protesta-t-elle. Comment oses-tu le faire passer pour un vieillard ? Et puis, assez bavardé. Rends-toi utile, il est tard. Va ranger les courses pendant que je mets la table. Autant faire les choses convenablement, puisque tu m'y as forcée... »

Kim se leva, s'arrêta avant d'atteindre la porte :

« Tu sais, ma petite sœur, je suis vraiment touché de tout le mal que tu te donnes pour moi. Et puis, ajouta-t-il avec un sourire malicieux, tu sauves l'honneur de la noblesse britannique. Sans toi, nous aurions eu l'air de vivre dans la misère !

La maison de Chesterfield Street, où Francesca vivait la plus grande partie de l'année, appartenait à la famille Cunningham depuis 1890, date à laquelle son arrière-grand-père l'avait acquise. C'était une de ces typiques maisons du quartier de Mayfair, à la façade identique aux autres, haute, étroite et simple de style. A l'intérieur, toutefois, les pièces étaient notablement plus spacieuses que ne le laissait présager la largeur de la façade. Elle comportait au rez-de-chaussée d'élégants salons de réception, hauts de plafond, éclairés par de larges fenêtres et ornés de cheminées de marbre ou de bois sculpté. Sur le vestibule carré ouvraient le grand salon, une belle bibliothèque et une vaste salle à manger. Un escalier à rampe de chêne ouvragé menait aux étages supérieurs. A mesure que l'on montait, les chambres devenaient plus exiguës, sans pour autant perdre leur charme. Derrière la salle à manger, la cuisine avait conservé son aspect suranné malgré le réfrigérateur dernier cri dont l'avait dotée Francesca. « Je lui trouve un aspect incongru », avait hasardé son père en voyant pour la première fois l'appareil étincelant. Fière de son innovation, Francesca ne s'était pas laissé intimider : « Peut-être, papa, mais il fonctionne ! » Le comte avait prudemment battu en retraite et cherché refuge dans son cabinet de travail avant de repartir, dès le lendemain, pour ses terres du Yorkshire. L'équipement de la cuisine ne constituait que la première étape des rénovations entreprises par Francesca dans toute la maison, au mépris des souhaits paternels. Mis au courant, il s'y était opposé, les jugeant somptuaires et beaucoup trop coûteuses.

Toute sa vie, David Cunningham, onzième comte de Langley, avait dû lutter pour joindre les deux bouts. Il s'était résigné, jeune encore, à ne jamais pouvoir reconstituer la fortune dilapidée par le neuvième comte, son grand-père; comme tous les familiers du Prince de Galles, le futur Edouard VII, ce joyeux viveur ne concevait la vie que peuplée de maîtresses dispendieuses, de chevaux de sang et de bancos à tout va. Le dixième comte s'était vainement efforcé de regarnir l'escarcelle familiale grâce à des spéculations hasardeuses qui faillirent balayer ce qui restait. Saisi de regrets tardifs, il avait légué en mourant un bon conseil à son fils : « Préserve ce qui nous reste. » David Cunningham ne s'écarta plus jamais de cette sage ligne de conduite.

Mais les droits de succession, l'exploitation ruineuse des fermes du Yorkshire, l'éducation de Kim et de Francesca, le maintien, même restreint, d'un train de vie compatible avec son rang mettaient constamment David Cunningham au bord du gouffre. Propriétaire de biens fonciers considérables, ses liquidités étaient presque nulles. Pour mettre fin à cette situation paradoxale, il lui suffisait de vendre une parcelle de terre, un meuble ancien dont le château regorgeait, un bijou de famille, voire l'une des dizaines de toiles de maîtres acquises par ses ancêtres. Les dispositions testamentaires prises par sa mère et sa grand-mère, rendues prudentes par la prodigalité des hommes de la famille, le lui interdisaient : le onzième comte aurait d'ailleurs répugné à se renflouer en pillant un patrimoine dont il ne voulait être que le dépositaire.

Dès leur plus jeune âge, Kim et Francesca avaient donc été élevés dans des principes très stricts et on leur avait inculqué l'économie, vertu devenue pour eux une seconde nature. De même, ils étaient pleinement conscients des responsabilités inhérentes à leur nom et à l'ancienneté de leur famille, et avaient toujours un comportement irréprochable.

Aussi était-il parfaitement inutile, aux yeux de leur père, de restaurer la maison de Londres quand les toitures du château ancestral, les bâtiments et le matériel agricole exigeaient des soins plus urgents. Sur ce point, Francesca n'était pas d'accord : en 1955, la maison prenait l'allure d'un taudis. A force de temporiser, elle serait irréparable. Le vingt et unième anniversaire de Kim approchait, leur père aurait à le lancer dans le monde et la maison de Londres servirait donc plus qu'auparavant. Il devenait impératif de la rendre présentable, sinon de lui redonner son lustre d'antan. Elle décida de passer outre à l'indifférence et à l'opposition de son père. Elle possédait un diamant légué par ses ancêtres maternelles qui échappait aux interdits frappant la fortune de son père. Ce bijou dormait dans un coffre; elle le vendit pour financer ses projets.

Son père protesta comme elle s'y attendait mais ne put rien faire pour prévenir cette « folie ». Francesca se jeta avec ardeur dans ses travaux. Elle fit restaurer les plus belles pièces du mobilier, les tapisseries, les tentures. Elle rafraîchit lambris et plafonds, retapissa le salon et fit tant et si bien que son père, stupéfait à la vue du miracle, lui prodigua les preuves de sa gratitude. Pour mieux marquer le retour en grâce de l'insoumise, il lui confia même un collier d'or et de topaze exécuté en 1766 pour la sixième comtesse, son aïeule, et que Francesca aurait le droit de porter jusqu'à sa mort. La paix était signée.

En cette soirée de février, un an plus tard, Francesca admirait une fois de plus son œuvre et en souriait de contentement. Le grand salon resplendissait. Kim avait allumé une flambée dans la cheminée. Les rideaux étaient tirés, les abat-jour des lampes chinoises de jade vert filtraient une lumière douce et intime. Les bois précieux du mobilier luisaient sous les reflets dansants du feu dans l'âtre.

Fancesca tapota les coussins, remit quelques bûches sur les chenets, vérifia les coffrets à cigarettes. Elle inspecta ensuite la salle à manger; elle allait entrer à la cuisine lorsque Kim la rejoignit. Avec un long sifflement admiratif, il la prit par la main et la fit tournoyer sur elle-même :

« Absolument ravissante ! s'écria-t-il à la fin de son examen.

– Merci. Mais tu ne me trouves pas un peu trop habillée ?

– Pas du tout, tu es parfaite. D'ailleurs, Katherine ne viendra pas en haillons, tu peux me croire. »

Francesca sourit de plaisir. Elle avait choisi, pour la circonstance, un chemisier de jersey gris perle et une jupe de taffetas du même ton, qu'un jupon empesé faisait bouffer comme une crinoline. Elle seule savait que sa garde-robe sortait, dans sa quasi-totalité, de ses propres mains ou de celles de Nelly, sa vieille gouvernante. La mine perplexe de son frère refroidit tout à coup son plaisir :

« Qu'as-tu à me regarder ainsi, Kim ? Ma tenue ne te plaît pas, en fin de compte ?

— Non, au contraire. Mais ta coiffure... Avec tes cheveux relevés, ton cou a l'air plus long que d'habitude. Ne peux-tu rien mettre autour, un collier, quelque chose ?

— Euh... non, rien qui aille vraiment avec ce que je porte, répondit-elle en levant instinctivement la main vers sa gorge. A moins que je ne mette le collier ancien, tu sais... Qu'en penses-tu ?

— Excellente idée, il complétera ta toilette à merveille. Mais l'heure passe, dit-il en consultant sa montre, il faut que j'aille chercher Katherine. »

Ils sortirent ensemble dans le vestibule. Kim jeta un coup d'œil par la fenêtre et fit la grimace :

« Il tombe des cordes ! Je comptais y aller à pied, mais je ferais mieux de prendre la Mini. A tout à l'heure, beauté ! »

Il empoigna son imperméable, un parapluie, posa un baiser hâtif sur la joue de sa sœur et sortit en sifflotant. Une fois seule, Francesca grimpa l'escalier et courut à sa chambre. Dans un tiroir de sa commode, elle trouva un écrin au cuir noir lustré par l'usage, le posa sur sa table et l'ouvrit.

Un long moment, elle contempla le collier de sa quadrisaïeule d'un regard admiratif. Le délicat réseau de chaînettes d'or mat était incrusté de topazes projetant des milliers d'éclairs dorés sous la lampe. Elle fixa le collier autour de son cou, se regarda dans la glace. Kim avait raison : elle était transformée, sa toilette simple rehaussée d'une touche inimitable. Satisfaite de son examen, elle remit en place d'un geste machinal une mèche folle et se hâta de redescendre à la cuisine terminer ses préparatifs.

Tout en s'affairant, elle s'efforça de deviner l'aspect de Katherine Tempest. Elle avait questionné Kim sans en obtenir rien de précis. Francesca connaissait cependant assez son frère pour avoir compris qu'il était beaucoup plus amoureux qu'il ne voulait l'avouer. A le pensée de son père, son cœur se serra. Dépourvu de tout snobisme, bienveillant de nature, il était néanmoins fort conscient des différences sociales et, plus encore, des devoirs qu'elles imposaient. Pour lui, il allait de soi que Kim se choisirait une épouse d'un milieu et d'une éducation compatibles avec les leurs et partageant les mêmes vues et les mêmes valeurs morales. Une actrice ne correspondait guère à ce modèle idéal et Francesca craignait la réaction de son père. Si Kim, comme elle le devinait, envisageait sérieusement d'épouser Katherine, il s'exposait à bien des problèmes.

Son inquiétude mal apaisée par la curiosité, Francesca poursuivit sa tâche et attendit avec impatience l'arrivée de cette Katherine Tempest dont elle ignorait jusqu'à l'existence quelques heures auparavant.

4

Sur la dernière réplique, le rideau tomba dans un tonnerre d'applaudissements – le type même d'ova-tion dont rêve tout comédien, dont il alimente son cœur et son esprit. Le rideau se releva, la troupe revint saluer, s'incliner. Les rappels se succédèrent, les vedettes firent un pas vers la rampe pour recueil-lir l'hommage des spectateurs enthousiastes.

Portée par cette vague d'adoration qui montait vers elle, Katherine Tempest débordait de joie, une joie mêlée de fierté : une fois encore, elle éprouvait ce soulagement, plus intense qu'aucun plaisir, d'avoir déjoué tous les pièges, évité tous les écueils. La discipline, le travail, les efforts constants qu'elle s'était imposés trouvaient leur justification et leur récompense dans ces quelques précieux instants où, chaque soir, son public lui prouvait qu'elle avait su l'émouvoir. Elle ne désirait pas plus prestigieux hon-neur.

Avant de s'effacer pour laisser ses compagnons recueillir leur dû, elle lança un dernier baiser vers la salle, s'inclina, fit un sourire éblouissant puis se tourna vers Terrence Ogden, la vedette masculine, et John Layton, premier second rôle, leur faisant par-tager son triomphe. Après le quatrième rappel, le rideau resta enfin baissé. Ce soir encore, ils s'étaient tous surpassés.

Katherine se hâta de quitter la scène sans échanger, comme elle le faisait d'habitude, quelques plaisanteries avec ses compagnons. Elle était impatiente de regagner sa loge; elle souffrait de la chaleur et, pendant le dernier acte, elle avait abondamment transpiré, ce qui ne lui arrivait pour ainsi dire jamais. Sa gorge la brûlait; couvait-elle une grippe? Fallait-il plutôt en rendre responsables les efforts excessifs qu'elle s'imposait depuis ces derniers jours? L'acoustique de la salle imposait de forcer la voix. Katherine se promit de reprendre ses exercices de respiration et d'articulation, de surveiller sa technique. Elle avait durement travaillé pour cultiver sa voix, la faire porter loin et, surtout, se débarrasser de son disgracieux accent américain, si choquant lors de son arrivée en Angleterre. Elle ne se satisfaisait que de la perfection.

Terrence Ogden la rattrapa dans les coulisses :

« Alors, Minouche, tu as l'air bien pressée ce soir?

– Je suis crevée, Terry. D'habitude, je tiens le coup quand il y a deux représentations, comme aujourd'hui. Mais, ce soir, je ne sais pas ce que j'ai, je suis morte de fatigue.

– Je te comprends, crois-moi. N'empêche que tu t'es surpassée, aussi bien en matinée qu'en soirée. Bravo !

– Tu es trop gentil, Terry. Tu ne t'en es pas mal tiré, toi non plus, tu sais. »

Elle accompagna son compliment d'un sourire tellement adorable que Terrence Ogden sentit son cœur battre plus vite. Il émanait de Katherine une fragilité mêlée d'une telle vitalité qu'il devait parfois faire effort pour refréner l'élan qui le poussait à la prendre dans ses bras.

« Tu es gentille de me le dire, répondit-il d'un air dégagé. La plupart du temps, je l'avoue, je ne suis pas mauvais. Mais ce soir j'ai eu un trou impardonnable. Comment ai-je pu sauter cette réplique du deuxième acte ? Elle est essentielle !... »

Katherine n'avait pas compris, elle non plus, cet incident inconcevable. Terrence Ogden, aux dires des critiques, était l'un des comédiens les plus prometteurs de la scène britannique. Adoré du public, qui ne pouvait se lasser d'admirer son charme encore presque juvénile et son irrésistible blondeur, il défrayait la chronique du récit de ses innombrables conquêtes, sans pour autant que ses frasques compromettent sa réputation professionnelle. Les écarts de sa vie privée, pardonnés avec indulgence par le public, ne l'empêcheraient pas un jour ou l'autre d'être anobli par la reine, comme Sir Laurence Olivier l'avait été avant lui. De fait, tout le monde voyait en lui le dauphin du grand homme, dont il s'enorgueillissait d'être le protégé. A trente ans, le fils de l'humble mineur de Sheffield pouvait à bon droit considérer l'avenir avec confiance et une légitime fierté. Ses rivaux s'inclinaient eux-mêmes de bonne grâce devant sa supériorité.

Katherine s'adossa à un portant. Elle revit en un éclair le regard de panique qu'il lui avait lancé, tout à l'heure, lorsqu'il s'était trouvé inexplicablement muet au beau milieu de la scène.

« C'est vrai, Terry, dit-elle enfin. Que t'est-il arrivé ? Venant de toi, c'est incompréhensible. »

Le souvenir de sa défaillance amena dans son regard un éclair de colère rétrospective :

« Je voudrais bien le savoir, crois-moi ! Cela ne m'était pas arrivé depuis que j'étais gamin et je te garantis que cela ne se reproduira plus. En tout cas, tu m'as sauvé la mise avec ton improvisation. Je t'en serai éternellement reconnaissant, chérie. Tu es la meilleure actrice avec qui j'aie jamais travaillé. Tu iras loin. »

Un tel compliment fit oublier à Katherine sa fatigue et son malaise. Bouleversée, elle balbutia un remerciement et reprit sa marche vers l'escalier des loges. La chaleur et le bruit, l'odeur si particulière des coulisses faisaient vite disparaître l'effet bénéfique de sa brève euphorie. Brusquement, une violente quinte de toux la saisit.

Terry Ogden, qui parlait à deux autres acteurs, interrompit sa phrase et se précipita vers Katherine, alarmé :

« Minouche, que se passe-t-il ? »

Incapable de proférer une parole, elle montra la porte du doigt et s'y dirigea de son mieux, soutenue par Terry. Il l'aida à descendre les marches, la guida dans le couloir, ouvrit à la volée la porte de sa loge, la première de la rangée, en intimant l'ordre à son habilleur de quérir un verre d'eau. En même temps, il forçait Katherine à s'asseoir et resta devant elle, la mine de plus en plus inquiète. L'accès se calma enfin, Katherine reprit peu à peu sa respiration. Son compagnon lui tendit un mouchoir pour essuyer ses yeux ruisselant de larmes.

« Mon pauvre chou, je croyais te voir mourir étouffée sous mes yeux ! Vas-tu mieux, au moins ?

– Oui, Terry, merci. Je ne comprends pas ce qui s'est passé. La poussière de la scène, peut-être. J'avais la gorge sèche et irritée... »

Elle se releva, respira profondément pour reprendre contenance :

« Je me sentirai tout à fait bien quand je me serai débarrassée de ce costume et de cette fichue perruque, je crois. »

Ogden hocha la tête, encore visiblement inquiet.

« Que fais-tu, ce soir ? J'ai invité quelques amis à souper. Veux-tu te joindre à nous ? »

Katherine formula son refus avec le plus grand soin pour ne pas froisser Terrence Ogden : une invitation de sa part constituait une faveur si rare que, pour beaucoup, elle équivalait presque à une convocation à la Cour.

« Tu es vraiment trop gentil de penser à moi, conclut-elle. Mais j'ai accepté depuis plusieurs jours de dîner avec Kim et sa sœur et ce serait impoli de lui faire faux bond à la dernière minute.

– Victor Mason sera lui aussi de la fête, n'est-ce pas ? »

Décontenancée, Katherine réprima un sursaut :

« Oui, Victor viendra, lui aussi, en effet. Mais pourquoi me dis-tu cela ? Nous nous connaissons à peine.

– Bah ! j'ai entendu dire qu'il te tournait autour ! répondit-il en haussant les épaules. Tu connais le métier aussi bien que moi, les moindres potins se répandent à toute vitesse. »

Cette fois, Katherine ne chercha plus à dissimuler son étonnement :

« Il n'y a pourtant pas de quoi colporter des potins ! Victor et moi sommes amis, un point c'est tout. Les mauvaises langues en sont pour leurs frais... »

Arrivée à la porte, elle se tourna vers l'habilleur, le remercia pour le verre d'eau.

« Amuse-toi bien ce soir », dit Terry sèchement.

Surprise de cette soudaine froideur, dont elle ne comprenait ni les raisons ni la justification, Katherine lui rendit son salut et s'éclipsa en direction de sa loge.

C'est avec un profond sentiment de soulagement qu'elle y entra et referma la porte derrière elle. Adossée au chambranle, elle respira à plusieurs reprises, contempla avec satisfaction l'ordre rigoureux qui régnait dans la petite pièce, contrairement au fouillis qui triomphait partout ailleurs. Les costumes étaient impeccablement alignés dans la penderie, les perruques sur une étagère, les pots et les tubes de fard sur la grande table de maquillage. Le miroir lui-même, entre ses ampoules, était dépourvu de l'assortiment de cartes et de télégrammes de félicitations qui décorent traditionnellement les loges après une première. En fait, Katherine n'en avait reçu que trois, à l'occasion de la générale, un télégramme de Terry Ogden, un de son imprésario, un de son professeur de diction. Personne d'autre au monde ne lui avait souhaité bonne chance.

L'austérité de sa loge ne faisait cependant que refléter sa passion maladive pour l'ordre et la propreté. La fraîcheur apaisante de cette pièce agissait sur Katherine comme un baume, après la chaleur étouffante, l'éclat éblouissant et le tohu-bohu de la scène et des coulisses. Ce soir, elle l'appréciait plus que jamais. Son habilleuse était absente pour des raisons de famille et Katherine fut heureuse de se retrouver seule. Elle en avait besoin pour se ressaisir.

Elle ôta son costume, souleva de sa tête la perruque qui l'accablait et éprouva aussitôt une délicieuse sensation de liberté. Assise devant son miroir, elle entreprit le rituel de sa toilette du soir. Tout en s'habillant, elle regretta que ce souper ne fût pas pour le lendemain. Les deux représentations de la journée l'avaient fatiguée plus qu'à l'accoutumée; alors qu'elle se sentait généralement débordante d'énergie en sortant de scène, elle n'avait qu'une envie, ce soir, se coucher et dormir. Il lui fallait pourtant surmonter son abattement, affecter la gaieté, distraire son public quelques heures encore. Kim l'attendait probablement déjà à l'entrée des artistes et elle avait donné directement rendez-vous à Victor chez les Cunningham. Il était trop tard pour reculer.

Elle avait pourtant soigneusement tout calculé pour cette rencontre. Si seulement ma gorge ne me faisait pas si mal ! se dit-elle, inquiète. La perspective d'un rhume risquant de la rendre aphone la terrorisait. Elle déboucha une bouteille de sirop pectoral, en avala une cuillerée avec une grimace de dégoût. Penchée devant son miroir, elle s'examina d'un œil critique.

Rien, dans son aspect, ne dénotait son malaise. Elle mettrait tout en œuvre pour conserver sa bonne santé. Les semaines à venir avaient trop d'importance pour qu'une indisposition vînt contrecarrer ses projets patiemment édifiés. Rien ni personne n'aurait le droit de les contrecarrer si peu que ce fût.

Préoccupée par ses pensées, elle se poudra distraitement, brossa rapidement ses cheveux, qu'elle retint à l'aide de deux peignes d'écaille. Après un dernier regard au miroir, elle se leva enfin, enfila sa robe noire à la coupe stricte dont elle n'atténua l'austérité que d'une simple écharpe turquoise nouée autour du cou. Elle prit son sac de daim noir et se dirigea vers la porte.

Un instant, la main posée sur la poignée, elle inspira à plusieurs reprises, força ses muscles à se détendre. Puis, faisant appel à toutes les ressources de son énergie, elle se redressa, rejeta la tête en arrière. En actrice consommée, elle savait imprimer à ses traits l'expression voulue; elle adopta une physionomie désinvolte, une allure pleine de gaieté. D'un pas décidé, elle s'engagea enfin dans le couloir et gravit l'escalier.

Kim était sur le seuil de l'entrée des artistes et bavardait avec le portier. En voyant Katherine approcher, il se précipita à sa rencontre :

« Tu n'as jamais été si ravissante ! » s'écria-t-il en l'embrassant sur les joues.

Elle lui fit son plus séduisant sourire, lui serra affectueusement le bras :

« Flatteur ! Excuse-moi de t'avoir fait attendre.

— Aucune importance. Heureusement, la pluie s'est arrêtée. Dépêchons-nous avant qu'elle ne recommence. »

Katherine salua cordialement le portier, Kim la prit par le bras et la porte se referma derrière eux.

« Terrence Ogden m'a parlé quelques instants en s'en allant, dit Kim pendant qu'ils se hâtaient vers la voiture. Il m'a fait des compliments dithyrambiques à ton sujet. Il m'a aussi demandé avec curiosité ce que nous comptions faire ce soir et m'a même invité à le rejoindre avec ses amis. »

Katherine dissimula la surprise que lui causait cette nouvelle imprévue.

« Oui, il soupe avec quelques camarades », dit-elle d'un air détaché.

Kim s'éclaircit la voix, hésita avant de poursuivre :

« J'ai bien l'impression qu'il est amoureux de toi. »

Elle ne put retenir l'éclat de rire que provoquait cette manifestation de jalousie. A la lueur indécise du réverbère, elle remarqua pourtant la mine déconfite de Kim et le rassura aussitôt :

« Bien sûr que non, voyons ! Il m'a adressé des compliments ce soir car je l'ai sauvé d'un trou de mémoire au deuxième acte. Quant à son invitation, elle n'était que de simple politesse, sans plus », affirma-t-elle sans vraiment croire à ce qu'elle disait.

Et si Kim avait raison ? se dit-elle. Cela expliquerait la froideur subite de Terry lorsqu'elle avait décliné son invitation, tout à l'heure. Il ne fallait cependant rien dire qui puisse renforcer les soupçons de Kim et agir, au contraire, pour les faire disparaître.

« De toute façon, reprit-elle d'un ton péremptoire, Terry a en ce moment une liaison tapageuse avec Alexa Garrett. Tout le monde en parle, tu dois être au courant.

– Oui, c'est vrai », répondit-il sans conviction.

Il avait, en effet, lu quelques entrefilets à ce sujet dans la presse. Mais Terry lui avait parlé de Katherine avec tant d'enthousiasme qu'il ne pouvait s'empêcher d'en être troublé.

« Et puis, insista-t-il, pourquoi se permet-il de

t'appeler Minouche à tout bout de champ ? C'est d'une familiarité abusive. »

De plus en plus stupéfaite, Katherine faillit rétorquer que les sobriquets étaient monnaie courante dans le monde du théâtre, que l'intimité obligatoire des coulisses engendrait la familiarité, mais elle retint les paroles ironiques qui lui venaient aux lèvres. Kim avait vraiment l'air malheureux et jaloux.

« Quand j'étais encore élève au Conservatoire royal, expliqua-t-elle, Terry m'a vue jouer Cléopâtre dans *César et Cléopâtre* de Shakespeare. Il m'avait trouvé une allure féline, sans doute, et m'avait surnommée Minouche. L'habitude lui est restée. »

D'abord interloqué, Kim se reprit :

« Je ne savais pas que tu le connaissais depuis si longtemps. Je croyais que vous vous étiez rencontrés à l'occasion de cette pièce.

– Que veux-tu dire par « si longtemps », Kim ? Je suis sortie du Conservatoire il y a deux ans. A t'entendre, on me prendrait pour une vieille cabotine décrépite ! » dit-elle en riant.

Ils étaient arrivés à la voiture. Kim lui lâcha le bras pour lui ouvrir la portière, s'installa au volant. Jusqu'à Piccadilly, il conduisit sans mot dire. Katherine rompit enfin le silence, lui effleura le bras :

« Sois raisonnable, Kim. Terry ne s'intéresse pas du tout à moi, de ce point de vue-là tout au moins. C'est vrai.

– Je te crois... »

Il s'en voulait, au fond, de tenir rigueur à Katherine des propos cavaliers de Terry Ogden, dont elle n'était évidemment pas responsable. Comment se faire pardonner ?

Katherine, de son côté, souhaitait de toutes ses forces faire passer cet accès de jalousie. Kim devait rester de bonne humeur, ce soir surtout. Elle ne pouvait courir le risque de le voir se comporter désagréablement vis-à-vis de Victor Mason ou, plus simplement, en sa présence.

« Ecoute, reprit-elle, qu'il s'imagine amoureux de moi ou non n'a aucune importance pour la bonne raison que je ne m'intéresse pas du tout à Terrence Ogden. Je connais trop bien les acteurs et leur vanité, ajouta-t-elle avec un rire dédaigneux. Pour rien au monde, je ne voudrais m'y trouver mêlée. Et puis, tu sais que je t'aime, mon chéri. Comment pourrais-je jeter un instant les yeux sur Terry ou quelqu'un d'autre alors que je ne pense qu'à toi ? »

Le sourire de Kim parut l'illuminer.

« Tu ne pouvais pas me rendre plus heureux, ma chérie ! » parvint-il à proférer.

Depuis des mois, il lui faisait une cour assidue sans obtenir d'elle un encouragement concret. Pour la première fois, il l'entendait avouer qu'elle partageait ses sentiments. C'était peu, mais amplement suffisant pour le moment. En un clin d'œil, Kim retrouva son aisance insouciante. Trop ému pour poursuivre une conversation aussi délicate, il préféra se lancer dans le récit circonstancié d'une opération de reboisement en cours à Langley. Katherine se carra dans son siège et l'écouta distraitement. Elle était trop absorbée dans ses propres réflexions pour prêter attention à des problèmes dont elle ignorait tout.

Victor Mason tiendrait-il sa promesse ? Pour la première fois, elle douta de la solidité de ses projets. Car ils reposaient tous sur un seul point d'appui, c'est-à-dire sur Victor. S'il la trahissait, pour une raison ou pour une autre, tout s'écroulerait, ses efforts auraient été vains. Elle s'apercevait que sa méticuleuse construction comportait un point faible, et il était essentiel : elle n'avait jamais tenu compte du fait que Victor Mason pourrait changer d'avis.

La personnalité de Katherine formait un curieux mélange de naïveté et de rouerie. Son manque d'expérience dû à sa jeunesse se trouvait compensé par une extrême acuité d'intuition et une étonnante sûreté de jugement. Ce dernier trait de caractère, dont elle connaissait la valeur, la rassura quelque peu. Sa première opinion sur Victor s'était révélée exacte. Il n'allait pas manquer à la promesse qu'il lui avait faite quelques semaines auparavant. Ce ne serait peut-être ni par amitié ni par grandeur d'âme, mais pour une raison autrement puissante : il avait besoin d'elle – comme elle s'en était rendu compte dès le début. Elle avait donc manœuvré en conséquence.

Rassurée, elle se sentit également mieux physiquement. La fatigue éprouvée en sortant de scène s'était miraculeusement dissipée. L'air vivifiant de la nuit lui avait nettoyé les poumons. Sa gorge ne la faisait presque plus souffrir, elle se demanda même si l'origine de son malaise n'était pas simplement nerveuse.

La voix de Kim la tira de sa rêverie :

« Ces nouvelles plantations sont si prometteuses que j'envisage de m'attaquer aux taillis du Grand-Pré...

– Ce serait une excellente idée », répondit-elle automatiquement.

Dès qu'il était question de ses terres, Kim était intarissable et Katherine s'efforçait toujours de lui témoigner de l'intérêt, non sans une certaine sincérité. Elle avait compris l'attachement du jeune homme pour ses racines; la terre lui tenait à l'âme. Sa vie gravitait autour de Langley.

Quelques instants plus tard, la voiture stoppa devant la maison de Chesterfield Street. Katherine se tourna vers Kim :

« Tu ne m'as rien dit de ta sœur, sauf qu'elle est jolie.

– Je ne lui ai pas non plus dit grand-chose sur toi. Cela vaut mieux. Vous n'aurez pas d'idées préconçues l'une sur l'autre.

« — Sait-elle au moins que je suis comédienne ?

— Oui, bien sûr.

— Et elle, que fait-elle ? Travaille-t-elle ? »

Katherine ne ressentait aucune appréhension, mais elle doutait de pouvoir nouer une amitié avec la sœur de Kim. A ses yeux, une Lady Francesça Cunningham devait se présenter comme l'une de ces « débutantes » snobs et hautaines si nombreuses parmi la noblesse britannique. Kim constituait une exception au sein d'une classe figée dans ses privilèges périmés, mais rien ne prouvait qu'il en fût de même pour les autres membres de sa famille. Mais Katherine ne demandait pas davantage qu'une certaine camaraderie courtoise, pour mener ses projets à bien.

« Tu ne me réponds pas et j'en déduis qu'elle vit de ses rentes », dit-elle avec amusement.

Kim la retint quand elle posa la main sur la poignée de la portière :

« Elle n'a pas d'emploi mais elle travaille énormément. Elle veut devenir écrivain et, pour le moment, elle poursuit des recherches approfondies au British Museum. Elle a un tempérament très artiste et je suis sûr que vous vous entendrez fort bien. Ne t'inquiète pas.

— Rien ne m'inquiète jamais, Kim. Ne le savais-tu pas ? »

Kim sourit à ce qu'il pensait être une boutade. En fait, il en fallait beaucoup pour démonter Katherine Tempest.

5

Dès qu'elle eut franchi le seuil du salon, Francesca ne put détacher son regard de Katherine Tempest. Tout en se levant pour accueillir la visiteuse, elle dut faire appel à toutes les ressources de son éducation pour maîtriser sa surprise.

L'éblouissante jeune fille qui s'avançait vers elle d'une démarche dansante et pleine de grâce avait sensiblement le même âge qu'elle. Sa tenue, d'une simplicité confinant à l'austérité, n'était relevée d'aucun autre ornement qu'un foulard vivement coloré; mais ce qui choquait de prime abord se révélait, à l'examen, admirablement calculé pour mettre en valeur la beauté peu commune, éclatante et fragile à la fois, qui produisait sur Francesca une profonde impression.

Kim les présenta l'une à l'autre et Francesca contempla à loisir le visage le plus parfaitement dessiné qu'il lui eût été donné d'admirer. Le regard frappait avant tout; les yeux, ni tout à fait bleus, ni tout à fait verts mais d'une unique nuance turquoise, possédaient une intensité magnétique. Enfoncés sous l'arcade sourcilière, frangés de longs cils soyeux, largement écartés, ils irradiaient une lumière qui baignait le visage tout entier.

Les traits étaient finement ciselés : un front lisse, un nez droit, des pommettes hautes et légèrement saillantes, un menton au modelé irréprochable. L'opulente chevelure châtain cascadait jusqu'aux épaules en ondulations brillantes. Le teint pâle accentuait le tracé des lèvres pleines. Moins sensuelles que chargées d'une innocence encore enfantine, elles s'épanouissaient en un sourire qui donnait une impression de fragilité. Muette d'admiration, Francesca détaillait sa voisine et s'émerveillait chaque instant davantage.

La première, Katherine rompit le silence pour remercier Francesca de son hospitalité. Elle la considérait avec un intérêt égal, où l'amitié grandissait. Consciente de sa propre beauté et de l'effet qu'elle produisait, Katherine était cependant dépourvue de vanité. Prompte à se sous-estimer, elle recherchait au contraire chez les autres tout ce qui pourrait justifier sa propre admiration. Kim n'avait manifestement pas rendu justice à la beauté de sa sœur. Francesca incarnait admirablement la beauté anglaise classique, blonde, le teint doré, la silhouette élancée et pleine d'une inimitable élégance infiniment touchante dans sa simplicité. Une rose, se dit-elle.

Francesca lui adressa un sourire chaleureux :

« Vous êtes ici chez vous, Katherine. Installez-vous près du feu, mettez-vous à l'aise. Kim, qu'attends-tu pour servir le champagne ?

– C'est vrai, je suis impardonnable ! »

Il se battit un instant avec le bouchon rétif et disparut dans la cuisine en annonçant qu'il allait chercher une serviette. Restée seule avec Francesca, Katherine fit usage de son charme, qu'elle savait plus irrésistible encore que sa beauté. Elle la remercia de la recevoir à une heure aussi tardive :

« Les comédiens vivent à l'envers, que voulez-vous ! dit-elle en faisant tinter son rire. Si l'on veut bien de ma compagnie, il faut malheureusement se résoudre à en subir les inconvénients. Et si mes amis refusent de passer des nuits blanches par ma faute, je suis la dernière à le leur reprocher. Mes bavardages ne méritent pas qu'on leur sacrifie une nuit de sommeil.

– Ce n'est pas du tout un sacrifice ! protesta Francesca. D'ailleurs, nous sommes demain dimanche, nous pourrons nous lever tard. »

Tout en parlant, Katherine regardait autour d'elle. Elle admira la beauté du cadre, l'atmosphère à la fois chaleureuse et intime et ne put s'empêcher de comparer ce luxe discret à la froideur de son petit appartement. Elle n'en ressentait aucune jalousie, au contraire : l'atmosphère lui rappelait son enfance, les années heureuses pleines d'amour et de tendresse vécues avant la maladie de sa mère et le début de ses propres épreuves. Elle retrouvait, dans cet élégant salon londonien, la même sensation de permanence et de sécurité ressentie alors, derrière des murs qui l'abritaient d'un monde hostile. Un sourire mélancolique lui monta aux lèvres :

« J'adore cette pièce, Francesca. Elle est belle, on s'y sent protégé.

– Oui, et réconforté aussi, n'est-ce pas ? »

Cette preuve d'intuition toucha profondément Katherine. Les regards des deux jeunes filles se croisèrent, restèrent longtemps fixés l'un à l'autre. Elles constataient simplement qu'elles éprouvaient l'une pour l'autre le plaisir d'une amitié naissante. Leur silence se poursuivit, sans embarras, tandis qu'elles apprenaient à se juger et s'apprécier.

Le bruyant retour de Kim mit fin à ce moment d'intimité. Elles échangèrent un sourire déjà complice. Katherine reprit la parole d'un ton dégagé :

« Je tiens aussi à vous remercier d'avoir invité Victor Mason. Il vous plaira beaucoup, j'en suis sûre. Il n'est pas du tout tel qu'on l'imagine.

– Je n'ai rencontré aucune star de cinéma et je n'imagine rien, répondit Francesca en souriant. A vrai dire, je n'ai vu que deux ou trois de ses films, j'ai honte de l'avouer.

– Victor sera ravi, au contraire ! Il est l'un des seuls acteurs que je connaisse à détester parler de lui-même et de sa carrière. »

En fait, Katherine se demandait avec inquiétude pourquoi Victor n'était pas encore arrivé.

– Vous le connaissez depuis longtemps ? demanda Francesca.

– Non, quelques mois à peine... Par moments, il me donne l'impression d'être très seul. »

Etonnée de cet apparent coq-à-l'âne, Francesca ne sut comment y répondre. Kim lui épargna l'embarras de se rabattre sur une banalité :

« Le bouchon a enfin capitulé ! Mesdemoiselles, vous êtes servies. »

Il leur tendit une flûte à chacune, alla prendre son propre verre sur la console et revint près de Katherine. Il ne la quittait pas des yeux et Francesca constata, comme elle s'en était doutée, qu'il avait l'air profondément épris. Gêné du regard de sa sœur, il voulut faire diversion :

« T'ai-je dit que je reste en ville la semaine prochaine ? Je rentrerai à Langley avec papa dimanche en huit.

– Il vient à Londres ? Il ne m'en a rien dit quand nous nous sommes téléphoné hier.

– Tu le connais, toujours dans les nuages. Cela ne m'étonnerait pas qu'il ait déjà oublié, dit Kim en pouffant de rire. Il a je ne sais quelle affaire à régler et il compte arriver demain soir.

– Dans ce cas, tu ferais bien de l'appeler dès demain matin pour lui rafraîchir la mémoire. Kim prétend que notre père est dans les nuages, poursuivit-elle en se tournant vers Katherine, mais c'est l'histoire de la paille et de la poutre ! Il est encore pire que lui. Il le sait depuis jeudi et il ne m'en a soufflé mot ! Les hommes sont vraiment tous pareils...

– Absolument », approuva Katherine en riant.

Elle avait soigneusement écouté cette brève

conversation et profita de l'occasion offerte par le hasard :

« Dites-moi, reprit-elle, si votre père vient à Londres, je serai ravie de vous inviter tous ensemble à voir ma pièce. Mais si, j'insiste ! Je vous réserverai des places.

— Je suis très touchée, Katherine, et cela me ferait très grand plaisir, en effet. A papa aussi, ajouta-t-elle sans conviction. En tout cas, je le lui demanderai dès son arrivée. »

Comment son père allait-il réagir ? Certes, il ne pourrait faire autrement que se laisser séduire par le charme de la jeune fille, sa beauté, sa gentillesse. Mais rien ne garantissait qu'il aille jusqu'à approuver le choix de son fils. Il est si démodé, parfois ! se dit Francesca avec une pointe d'agacement. Katherine ferait peut-être une épouse idéale pour Kim... Soudain consciente de son long silence et du regard interrogateur que Katherine posait sur elle, elle se hâta de reprendre :

« Je voulais voir cette pièce depuis longtemps. Il s'agit de l'histoire d'Hélène de Troie, si je ne me trompe ?

— En effet. »

Avec animation, Katherine raconta en quelques mots le sujet de la pièce et conclut, avec un plaisir évident :

« C'est un des plus gros succès de la saison. Nous jouons à guichets fermés depuis le début et il faut s'y prendre des semaines à l'avance pour trouver une place. Pour nous, bien entendu, il ne peut rien y avoir de plus agréable.

— Katherine oublie de préciser ce que les critiques ont écrit sur son compte, intervint Kim. Ils ne tarissent pas d'éloges à son égard, et c'est bien la moindre des choses, si je puis me permettre une opinion. »

Le rôle d'Hélène convenait admirablement à la

beauté de celle qui l'incarnait sur la scène, et Francesca ne chercha plus à refréner son admiration :

« Vous devez en effet posséder un talent exceptionnel pour faire une telle unanimité dans votre premier grand rôle ! s'écria-t-elle. Ce doit être merveilleux de devenir une vedette à votre âge ! »

Venant de toute autre, un tel compliment aurait semblé excessif et peu sincère. Katherine comprit cependant que Francesca était incapable de dissimulation et fut émue de cette preuve d'enthousiasme.

« C'est merveilleux, je l'avoue. Merci de me le dire, Francesca. Nous avons tous tant travaillé au cours des répétitions que le succès de la pièce nous récompense de nos efforts. Mais cela ne résout pas tout ni pour toujours, vous vous en doutez. Nous n'échappons pas au trac et il nous faut tous les soirs l'accueil du public pour nous rassurer, nous prouver que nous faisons de notre mieux.

– Je le crois sans peine ! Les gens s'imaginent que le métier de comédien est facile et le théâtre un monde de rêve, mais je crois savoir au contraire qu'il exige des efforts continuels. Si l'on veut interpréter la pensée de l'auteur, exprimer de façon convaincante les sentiments des personnages, cela exige énormément d'intelligence et un travail acharné. Pour ma part, j'en serais bien incapable ! »

Une telle compréhension des difficultés du théâtre chez une profane comme Francesca renforça l'estime et l'amitié que Katherine lui portait déjà. Avec un sourire chaleureux, elle répondit :

« On n'aurait pu mieux le dire ! Vous avez raison, Francesca. Le théâtre n'a rien d'un monde de rêve. Il impose un travail épuisant. Malgré tout, je le trouve exaltant et il réserve parfois d'immenses satisfactions... Mais nous ennuyons ce pauvre Kim avec nos bavardages. »

Katherine rayonnait. Les dernières traces de sa

lassitude s'étaient évaporées dans l'atmosphère amicale créée par Francesca.

« Pas du tout ! protesta Kim. Je suis ravi que vous m'empêchiez de proférer mes niaiseries habituelles. »

Il était en effet enchanté de voir Katherine et Francesca se plaire si manifestement et de manière si spontanée. Leur amitié augurait bien de la rencontre – qu'il envisageait avec appréhension – de son père avec la jeune comédienne. Francesca prendrait son parti et contribuerait à arrondir les angles.

De son côté, Katherine s'étonnait d'avoir si mal préjugé de Francesca. Celle-ci l'avait aussitôt acceptée, sans la moindre réticence apparente – et Katherine Tempest ne s'épanouissait que dans l'affection.

Déjà, ses projets prenaient corps et elle voulut pousser son avantage :

« Pourquoi ne viendriez-vous pas au théâtre lundi soir ? Nous pourrions souper ensuite. Le lundi est notre meilleur jour, nous nous sommes reposés le dimanche et... Mon Dieu ! Il suffit que je vous le dise pour que vous tombiez sur notre plus mauvaise représentation !

– Je serais enchantée d'y aller lundi, à condition que papa soit d'accord pour ce soir-là. Et toi, Kim, as-tu des projets ?

– Moi ? J'irais tous les soirs si on me le proposait ! Encore un peu de champagne ? »

Pendant qu'il s'éloignait pour remplir les verres, Francesca demanda :

« Kim m'a dit que vous êtes américaine. Habitez-vous l'Angleterre depuis longtemps ? »

Elle hésita imperceptiblement avant de répondre :

« Quelques années. J'ai passé deux ans au Conservatoire, puis j'ai fait des tournées en province... Ah ! voici Kim ! Viens à côté de moi et parlons d'autre chose. On n'entend que moi, ce soir !

– Je ne me lasserai jamais du son de ta ravissante voix, ma chérie. »

Francesca les observait avec un sourire amusé. Elle comprenait pourquoi son frère était aussi épris de la jeune fille et succombait elle-même à son charme, sans vouloir s'en défendre. En serait-il de même pour leur père ? Elle se surprit à souhaiter qu'il voie Katherine avec les yeux de Kim.

Katherine tourna alors son attention vers Francesca :

« Il paraît que vous voulez devenir écrivain et que vous faites en ce moment des recherches pour un ouvrage historique. Voilà qui est infiniment plus passionnant que le théâtre et sûrement plus difficile encore que mon métier de comédienne. »

Francesca dirigea un regard interrogateur vers son frère, qui se borna à hausser légèrement les épaules sans cesser de sourire. Un peu gênée, elle répondit enfin :

« Il est vrai que je rassemble des éléments pour écrire la biographie du général Gordon. Mais de là à prétendre au titre d'écrivain !... Je n'ai pas de lecteurs, je n'ai même encore rien écrit... »

Elle s'interrompit, but une gorgée de champagne en cherchant comment détourner une conversation qui lui déplaisait. Elle saisit le premier sujet qui lui passa par la tête et demanda innocemment :

« L'heure tourne. Victor Mason ne devrait-il pas déjà être ici ? »

Kim l'avait complètement oublié. Ainsi rappelé à l'ordre, il se redressa en fronçant les sourcils :

« Je lui ai téléphoné avant d'aller chercher Katherine et il m'a confirmé qu'il arriverait en même temps que nous. Cela fait une heure que nous parlons ! Je devrais peut-être appeler son hôtel, voir ce qu'il fait.

– Il est universellement connu pour ses retards. Nous allons le voir arriver d'un instant à l'autre », déclara Katherine avec une assurance qu'elle était loin d'éprouver.

Depuis un long moment déjà, l'absence de Victor l'inquiétait et elle se demandait s'il s'agissait simplement d'un retard de sa part. S'il ne venait pas, cela voudrait dire qu'il n'osait pas lui annoncer en face l'échec de ses projets. Pour dissimuler sa nervosité, elle alluma une cigarette avec une maladresse dénotant son manque d'habitude. Kim ne se rendit compte de rien.

« As-tu faim ? lui demanda-t-il.

— Non, pas vraiment. Il me faut toujours une heure ou deux pour me détendre après la représentation. Sortir de la peau de mon personnage.

— Eh bien, moi, je me sens un appétit féroce ! Que sont donc devenus les amuse-gueule que tu parais avoir oubliés, Francesca ?

L'interpellée se leva en balbutiant des excuses. Katherine l'avait si bien fascinée qu'elle avait négligé ses devoirs de maîtresse de maison. Seule avec Kim, Katherine se tourna vers lui en s'efforçant de dominer l'anxiété que lui causait l'inexplicable retard de Victor Mason :

« Ta sœur est extraordinaire, dit-elle.

— Je suis sûr que tu l'as séduite elle aussi. Quant à moi... »

Il passa un bras autour d'elle, posa des baisers de plus en plus tendres sur sa nuque, dans ses cheveux. A chaque fois qu'il réussissait à se rapprocher d'elle ainsi, la tiédeur, la douceur de sa peau, le parfum délicat qui en émanait le faisaient trembler d'émotion.

« Je t'aime tant », murmura-t-il en enfouissant son visage au creux de son épaule.

Katherine lui caressa doucement la tête sans répondre. Pour le moment, une seule pensée l'obsédait : comment Victor avait-il pu la trahir ainsi ? Jamais elle n'avait manqué à ses promesses,

elle ! Les hommes étaient bien tous les mêmes, vola-
ges, infidèles. Comme son père... Elle ferma les yeux
pour chasser cette évocation importune et se dégagea avec douceur de l'étreinte de Kim. Un sourire
tendre accompagna son geste, pour en compenser
l'effet.

« Pas maintenant, Kim chéri, chuchota-t-elle à
son oreille. Si ta sœur nous surprenait ainsi... »

Kim se redressa en affectant une intense douleur :

« C'est ta faute, tentatrice ! Tu sais bien que je
suis incapable de te résister ! Que vais-je devenir ?

— Tu vas surmonter tes souffrances, te lever et me
remplir mon verre ! »

Il sourit avec bonne humeur et obtempéra.

« Ah ! la bouteille est déjà vide. Je vais en chercher une autre et la mettre dans le seau à glace, si
Victor se décide à nous rejoindre – ce dont je commence sérieusement à douter. Je reviens dans un instant, ne bouge pas. »

Katherine hocha la tête sans répondre, la gorge
nouée par l'inquiétude. Kim venait d'exprimer à
haute voix la crainte qui la rongeait depuis une
heure. Les yeux fixés sur les braises, elle eut un instant de découragement. A l'âge de douze ans, elle
avait décidé de prendre sa destinée en main et de ne
faire confiance à personne d'autre qu'à elle – surtout
pas aux hommes. Avec Victor Mason, elle transgres-
sait cette règle pour la première fois. Elle avait cru
en sa bonne foi. Quelle erreur !...

Francesca la tira de sa rêverie en posant devant
elle un plateau chargé de choses appétissantes. Kim
revenait à son tour avec une bouteille pleine et se
précipita sur les petits fours salés. La sonnerie stri-
dente de la porte d'entrée interrompit la boutade
qu'il s'apprêtait à lancer.

Francesca consulta les deux autres du regard :

« Serait-ce enfin notre invité ? »

Katherine s'était levée d'un bond.

« Je vais lui ouvrir ! s'écria-t-elle. Il mérite une bonne leçon et je vais la lui donner sans témoin ! »

Avant qu'on ait pu la retenir, elle s'élançait vers la porte.

« Où diable étais-tu passé ? »

Le regard furieux, Katherine apostrophait véhémentement le retardataire.

« Charmant accueil ! Puis-je entrer ou dois-je prendre la fuite ? répondit Victor Mason avec un large sourire.

— Entre, bien entendu ! »

Elle l'agrippa par la manche, le tira à l'intérieur.

« Je croyais que tu ne viendrais plus. Ton retard est inexcusable. Ignores-tu donc l'usage du téléphone ? C'est un instrument fort commode qui permet aux gens polis...

— Epargne-moi les sermons, de grâce ! l'interrompit-il en riant. Prends plutôt ceci. »

Katherine jeta un regard soupçonneux sur le paquet qu'il lui tendait :

« Qu'est-ce que c'est ?

— Un modeste présent en gage de paix. Une bouteille de champagne, à tout hasard.

— Si tu crois te faire pardonner en nous enivrant ! »

Le regard accusateur de Katherine et son accueil glacial ne démontaient nullement Victor Mason. Sans rien perdre de sa cordialité, il s'approcha d'elle et lui dit en souriant :

« Ecoute, Katherine, je suis profondément navré d'arriver avec un tel retard mais je n'y pouvais rien. Il fallait que j'attende une communication importante de Los Angeles et tu connais le décalage horaire. Allons, sois gentille et montre-toi compréhensive, veux-tu ? »

La sincérité de ses excuses fit fondre le ressenti-

ment de la jeune fille qui lui rendit son sourire malgré elle. Elle sentait également qu'il serait imprudent de provoquer Victor Mason. S'il avait besoin
d'elle, elle n'en avait pas moins besoin de lui et sa
bonne volonté devait lui rester acquise. Et puis, s'il
était venu, c'est sans doute parce qu'il allait tenir sa
promesse... Le sourire s'épanouit sur ses lèvres,
l'éclat des yeux turquoise se fit plus charmeur.

« A mon tour de te demander pardon, Victor. Je
ne voulais pas me montrer aussi désagréable. Mais tu
sais comment sont les Anglais quand on touche aux
convenances, et tu avoueras que j'avais lieu de m'inquiéter... Tiens, reprends ta bouteille, tu l'offriras
toi-même à notre hôtesse. Et maintenant, viens vite.

– Je te suis. »

Victor emboîta le pas à Katherine, déjà sur le seuil
du salon.

A l'entrée des arrivants, Kim et Francesca cessè-
rent de parler. Victor perçut immédiatement le
regard fasciné qu'ils lui décochaient mais ne s'en
étonna pas. Célèbre dans le monde entier depuis de
longues années, il avait l'habitude de susciter la
curiosité à chacune de ses apparitions et s'en accom-
modait avec aisance.

S'il s'arrêta net à quelques pas de la porte, ce fut à
cause d'une vision qui le frappa, celle de la jeune
fille en gris assise au coin du feu et qui se levait pour
l'accueillir. Un courant magnétique l'attira vers elle
avec une puissance incompréhensible. Il sentait soudain le besoin de se précipiter vers elle, de la prendre dans ses bras, de découvrir sa personnalité dans
ce qu'elle avait de plus secret. Au prix d'un effort
énorme, il parvint à maîtriser cette réaction instinctive et, heureusement, Kim s'approcha de lui avant
que son trouble n'apparût de manière trop évidente.
La main tendue, le sourire aux lèvres, il saisit la
main de Victor et se présenta sans attendre l'intervention de Katherine.

« Ravi de faire votre connaissance ! »

Victor s'excusa de son retard, expliqua pourquoi il avait été retenu. Kim l'interrompit :

« N'en parlons plus ! Vous êtes ici, c'est l'essentiel. Je vous présente ma sœur. »

Kim prit familièrement Victor Mason par le bras et l'entraîna vers la cheminée. Sur un nouveau sourire, il s'éloigna vers la console pour servir à boire.

« Je suis très heureuse de vous connaître, cher monsieur », dit Francesca.

Leurs mains se touchèrent, une expression de surprise, mêlée d'un sentiment de reconnaissance, se refléta simultanément sur leurs visages. Je la vois pour la première fois et pourtant je la connais, se dit Victor avec stupeur. Je la connais depuis toujours... Un sourire fugitif joua sur les lèvres de Francesca. Momentanément décontenancé, Victor parvint à se ressaisir :

« C'est un grand plaisir pour moi, mademoiselle... »

Une subite rougeur colora ses pommettes :

« Appelez-moi Francesca, voyons ! s'écria-t-elle en dissimulant mal son propre embarras.

– Volontiers, si vous promettez de m'appeler Victor. »

Elle fit un signe de tête et dégagea doucement sa main, qu'il tenait toujours serrée, avant de se rasseoir. Victor se rappela tout à coup la bouteille qu'il tenait sous le bras et la lui tendit sans mot dire, en regrettant de ne pas lui offrir quelque chose de moins banal – une brassée de lilas fraîchement cueillis, par exemple. Pourquoi cette image lui venait-elle à l'esprit ? Sans qu'il sût pourquoi, elle évoquait le lilas; elle en avait la délicatesse et la fraîcheur...

« Voilà pour me faire pardonner mon retard, dit-il sans conviction.

– Merci, vous êtes trop aimable », répondit-elle, un peu surprise.

Elle baissa la tête, dénoua le ruban. Victor l'observait, agité d'un frémissement intérieur dont il s'expliquait mal la cause. Malgré son trouble, il avait cru la sentir réagir, elle aussi. En ce moment, pourtant, elle paraissait sereine... S'était-il trompé ? Non, il n'avait pas imaginé le regard de surprise qu'ils avaient d'abord échangé. Mais ce n'était sans doute qu'une expression de curiosité à la rencontre d'une star comme lui. L'attirance éprouvée n'était que de son fait à lui. Il prenait ses désirs pour la réalité...

Victor ne pouvait deviner que Francesca avait ressenti un profond bouleversement en posant les yeux sur lui. Totalement inexpérimentée, elle ne savait comment maîtriser l'émoi subit qui l'avait envahie et elle s'était retranchée derrière une façade d'impassibilité.

Bouleversée, elle l'était encore, sinon davantage. Mais à mesure qu'elle en prenait conscience elle redoubla d'efforts pour endiguer cet emballement du cœur et des sens. Certes, Victor Mason possédait un charme irrésistible, sa beauté avait de quoi tourner les têtes les mieux faites. Mais allait-elle se laisser désarçonner par un séducteur professionnel ?

Sans lui accorder un nouveau regard, Victor se détourna et alla rejoindre Kim près de la console. Du coin de l'œil, Francesca l'observa pendant qu'il bavardait avec Kim comme s'ils étaient de vieux camarades. Comment pouvait-il se montrer si désinvolte ? N'existait-elle déjà plus, n'avaient-ils pas échangé, à peine quelques instants plus tôt, ce regard pénétrant et comme chargé de passion ? Peut-être se conduisait-il toujours ainsi avec les femmes rencontrées pour la première fois. Cela faisait partie de son rôle de séducteur, de ce que l'on attendait de lui... Sans être cinéphile assidue, Francesca connaissait la réputation de Victor Mason; dans le monde entier, des millions de femmes l'idolâtraient. Il pouvait donc choisir à son gré parmi des créatures infiniment plus séduisantes, plus belles, plus attirantes qu'elle... Non, décidément, elle n'avait pas eu droit, tout à l'heure, à un traitement de faveur. A quel titre, d'ailleurs, aurait-elle pu y prétendre ?

Francesca détourna son regard de Victor Mason et le reporta sur Katherine Tempest, dont le rire clair tintait dans la pièce. Elle avait rejoint les deux hommes et Francesca les observa avec curiosité. Victor se penchait vers Katherine en riant à son tour; celle-ci dressait vers lui son visage, répondait à ses taquineries...

Francesca froissa le papier et se leva. A la porte, elle cria sans se retourner qu'elle allait mettre la bouteille au frais et servir le dîner. Personne ne sembla remarquer son départ.

Lorsqu'elle revint, quelques minutes plus tard, Victor et Katherine admiraient un tableau en écoutant attentivement les commentaires de Kim. Francesca préféra ne pas se joindre à eux et retourna s'asseoir près de la cheminée après avoir tisonné les braises et remis quelques bûches. De son poste d'observation, elle reprit discrètement son examen de Victor Mason. L'image qu'elle avait gardée de ses films revint à la surface : celle d'un homme trop beau, trop séduisant, apprêté comme une statue sous un vernis factice. Elle ferma les yeux un instant, les rouvrit sur la réalité et se rendit compte aussitôt combien cette image était fausse.

Victor Mason était beau, nul n'en pouvait douter. Mais cette beauté n'avait rien d'apprêté. Ses traits rudement modelés, presque taillés à la serpe, ne devaient rien à la fadeur du jeune premier. Ils dénotaient la force virile d'un homme marqué par l'expérience de la vie, impression que renforçait le réseau de fines rides autour des yeux. Le hâle ne pouvait se confondre avec le bronzage superficiel d'une plage à la mode; il trahissait une existence au grand air. Le nez fortement arqué, les lèvres pleines ouvrant sur de belles dents blanches, les sourcils broussailleux, la chevelure drue et noire rejetée en arrière, tout dans sa personne possédait une vitalité éclatante et accusait une personnalité sans trace de mièvrerie. Grand, large d'épaules, la taille fine, il imposait une présence dominatrice.

Le seul excès de perfection chez Victor Mason se trouvait dans sa mise. Francesca détailla d'un œil critique la coupe irréprochable de la veste en cachemire, le pli impeccable du pantalon, la chemise de soie bleu pâle et la pochette assortie. Lorsqu'il leva la main pour allumer une cigarette, elle perçut l'éclair des boutons de manchette en saphir, l'or du bracelet-montre. Pauvre Kim, se dit-elle en souriant. Il a l'allure d'un clochard à côté de lui ! Son complet de flanelle anthracite, pourtant presque neuf, donnait l'impression d'avoir été porté des années sans mériter le moindre coup de fer... Jamais, elle en était convaincue, un Victor Mason n'aurait l'air d'avoir dormi tout habillé.

Mais à mesure que se poursuivait son examen Francesca découvrait une nouvelle cause au trouble qu'elle ne cessait d'éprouver. En un sens, elle se sentait menacée par cet homme. Pourquoi ? Il ne lui fallut pas longtemps pour le définir. Beauté, célébrité, fortune, il possédait tout cela et tout se réduisait à un mot : le pouvoir. Or, tout pouvoir est dangereux, quelle qu'en soit l'origine. Victor Mason irradiait une sûreté de soi, une arrogance qui la fit brièvement frissonner. Mieux valait se tenir sur ses gardes.

Si Francesca avait poussé plus loin son analyse, elle aurait compris qu'elle avait moins peur de Victor Mason que d'elle-même. En outre, son jugement était erroné : s'il possédait une puissance indéniable, il était totalement dénué de l'arrogance qu'elle lui prêtait abusivement. Ce qu'elle prenait pour une excessive sûreté de soi n'était que le reflet d'une autorité naturelle, d'une personnalité puissante au charisme irrésistible. Ces dons lui conféraient un magnétisme magique qui avait fait de lui l'une des plus grandes vedettes de son époque. Victor était d'ailleurs le premier à le reconnaître, car il n'avait guère d'illusions sur son talent d'acteur – jugement sévère et injustifié, au demeurant. Il possédait au plus haut point la discipline, la souplesse d'adaptation et la sensibilité qui font les véritables professionnels. Sur un plateau, il savait utiliser au mieux les ressources de la caméra.

Sensible, intuitif, Victor ne l'était pas seulement dans sa vie professionnelle mais, plus encore, dans ses rapports avec autrui. Sans avoir besoin de se retourner, il était parfaitement conscient de la présence de Francesca à l'autre bout de la pièce et de l'examen auquel elle le soumettait. D'instinct, il sentit que celui-ci lui avait été défavorable – et cela le fit sourire. Il bavarda encore quelques instants avec Kim et Katherine puis, le plus naturellement du monde, s'écarta pour se diriger vers la cheminée.

Lorsqu'elle le vit s'approcher, Francesca tressaillit, se leva d'un bond et se précipita vers la porte en bredouillant une excuse accompagnée d'un petit sourire. Il lui rendit un signe de tête courtois et s'assit en souriant de plus belle – sans d'ailleurs bien savoir ce qui l'amusait davantage, de Francesca ou de lui-même. Elle venait de s'enfuir comme une pouliche effarouchée pour éviter de se retrouver seule avec lui. De son côté, il s'était conduit comme un écolier lorsqu'il avait jeté les yeux sur elle pour la première fois – il était bien en peine, en ce moment, de s'expliquer pourquoi. Bien sûr, Francesca était jolie, fraîche, attirante, mais ce n'était pas du tout son genre de s'intéresser aux fillettes. Sa vie avait toujours été peuplée de jolies femmes et, comme le disait volontiers son ami Nick Latimer, un homme comme lui en trouvait toujours à la pelle. Avec son physique, son renom et sa fortune... Victor réprima un soupir de lassitude. Ces dernières années, deux épouses légitimes et d'innombrables aventures féminines l'avaient quelque peu blasé sur le chapitre de la beauté. Plus encore il se méfiait des problèmes que les femmes provoquaient immanquablement dans sa vie. Six mois auparavant, il avait fait le serment de ne plus « courir les jupons » et, lors de son départ pour l'Angleterre, il s'était juré de ne plus se soucier que de sa carrière. Il n'était donc nullement question de contrevenir à ces règles de conduite, même pour une Francesca Cunningham. Victor ne se nourrissait pas d'illusions. Toujours honnête avec lui-même, il admettait avoir été momentanément secoué par l'apparition de la jeune fille et tenté de succomber à l'extraordinaire attirance éprouvée pour elle. Manifestement, ce sentiment n'était pas réciproque. Il n'était pas d'humeur à passer outre et à la poursuivre de ses assiduités, surtout si elles n'étaient pas les bienvenues.

Une autre pensée le fit réfléchir : il avait trente-neuf ans, bientôt quarante. Francesca ne paraissait pas en avoir plus de dix-huit. Une gamine. Serait-il déjà atteint de sénilité précoce, pour s'intéresser ainsi à des enfants, à des nymphettes ? Nick Latimer, toujours lui, avait déclaré récemment que son ami Victor souffrait d'un incurable complexe de don juan. Il en avait bien ri – sachant surtout que l'accusateur était un incorrigible satyre. Cela n'était cependant pas dénué de vérité. La mort de sa première femme avait plongé Victor dans une douleur que rien ne semblait pouvoir atténuer. Puis, au fil des années, il n'avait pas même cherché à dissimuler son libertinage ni le nombre de ses conquêtes. Mais de là, aujourd'hui, à passer pour un vieillard lubrique !... Non, il n'en était pas encore à courtiser les toutes jeunes filles.

Katherine vint l'arracher à ses réflexions en s'asseyant à côté de lui :

« Que fais-tu lundi soir ?

— Rien. Tu devrais le savoir, puisque tu t'es chargée d'organiser toutes mes occupations. Pourquoi me poses-tu la question ?

— Parce que j'ai invité Francesca, Kim et leur père à venir assister à ma pièce. Cela ne te tente sûrement pas, tu l'as déjà vue plusieurs fois. Mais j'ai pensé que ce serait peut-être gentil que nous les invitions à dîner ensuite, pour leur rendre la politesse.

— Bien sûr, excellente idée... »

Kim intervint et lui coupa la parole en regardant Katherine, l'air fâché :

« Voyons, Katherine, il n'est pas question de se rendre des politesses ! Je ne voudrais pas imposer à Victor toute notre tribu.

— Au contraire ! protesta Victor. L'idée de Katherine est excellente, comme je viens de le lui dire, et je serais ravi de vous avoir tous à souper. Où allons-nous les emmener, Katherine ?

— Je ne sais pas, Victor, je n'y ai pas encore réfléchi... »

Elle fit mine de chercher, tout en sachant parfaitement qu'il importait d'être vue dans un endroit élégant et fréquenté par le Tout-Londres. Un instant plus tard, l'air innocent, elle feignit d'être frappée d'une inspiration subite :

« Pourquoi pas les Ambassadeurs ? s'écria-t-elle. Je n'y suis pas retournée depuis une éternité. Qu'en penses-tu, Kim ? »

Kim n'avait jamais mis les pieds dans ce restaurant et s'était contenté d'en entendre parler par les journaux. Il hocha la tête comme si cela allait de soi et remercia Victor de son amabilité. Tout en buvant une gorgée de champagne, il se demandait pourtant comment son père accepterait l'idée de se montrer dans un endroit à la mode en compagnie de personnalités du show-business... Et pourquoi pas, après tout ? se dit-il avec un sursaut d'impatience. Il s'exhibait bien partout lui-même aux côtés de Doris Asternan, notabilité du « jet-set » international. D'ailleurs, la présence de Victor serait probablement bénéfique et préviendrait tout risque d'esclandre. Intuitive comme elle l'était, Katherine y avait sans doute elle-même pensé, ce qui expliquait la manière cavalière dont elle avait forcé la main de Victor. Rasséréné, Kim lui décocha un sourire épanoui.

Victor avait poursuivi sa conversation avec elle :

« Cela m'arrange de dîner tard lundi, lui disait-il. J'ai plusieurs appels téléphoniques à New York et sur la Côte Ouest et je serai obligé d'attendre à cause du décalage horaire. Je réserverai au restaurant pour vingt-trois heures et je vous y retrouverai directement. Cela te convient-il ? »

La voix de Francesca les fit se retourner. Elle les invitait à passer à table.

Katherine se leva aussitôt et alla la rejoindre. Pendant que les deux jeunes filles traversaient le vestibule, Katherine informa sa nouvelle amie des projets qui venaient d'être mis au point :

« J'espère sincèrement que votre père sera libre lundi et voudra bien se joindre à nous. Nous allons passer une excellente soirée, vous verrez ! »

Francesca se mordit les lèvres :

« Oui, certainement », dit-elle en hésitant.

Elle se surprenait à souhaiter ardemment que son père soit déjà retenu ailleurs et décline l'invitation. Tout à l'heure, elle s'était fait une fête d'aller voir Katherine au théâtre; maintenant, sans qu'elle s'avouât pourquoi, la perspective de cette soirée en compagnie de Victor Mason ne l'attirait plus du tout.

6

Trop vaste pour leur petit groupe, la salle à manger aurait paru intimidante si l'éclairage n'en avait réduit les proportions en créant une atmosphère intime. Des bougies blanches, dans des candélabres d'argent disposés sur les consoles et sur la table, projetaient une lumière douce. L'acajou verni de la grande table brillait comme un miroir où se réfléchissaient l'éclat assourdi de l'argenterie et du cristal, le scintillement de la fine porcelaine dont les filets d'or étaient ornés des armoiries de la famille de Langley.

Francesca fit asseoir ses invités et s'apprêta à servir le potage. Victor l'observait avec une discrétion attentive. Il admirait surtout son élégance innée, qui ne devait rien à sa toilette simple et s'accordait à la beauté du cadre qui l'entourait. Voilà, se dit-il, ce qu'aucune fortune au monde ne pourra jamais acquérir...

Le repas débuta par une conversation animée mais banale sur les portraits de famille et les tableaux de maîtres ornant les murs. Kim, en dépit des regards courroucés de sa sœur, mentionna la collection de Langley qui s'enorgueillissait d'œuvres de Constable, Reynolds, Gainsborough et autres peintres illustres :

« J'espère que vous pourrez venir bientôt à Langley et admirer ces œuvres par vous-même ! s'écriat-il avec enthousiasme. Mon père sera enchanté de vous en faire les honneurs, n'est-ce pas, Francesca ? »

Ainsi mise au pied du mur, elle se raidit imperceptiblement et se borna à répondre un « Oui » fort sec. Décidément, Kim n'en ferait jamais d'autres ! Où avait-il la tête pour lancer de telles invitations de sa propre autorité ? Si, comme elle le craignait, Katherine déplaisait à leur père, il faudrait la décommander et elle aurait de bonnes raisons de s'en froisser. Heureusement, se dit Francesca, la pièce l'accapare six jours par semaine et il lui sera impossible d'entreprendre le voyage dans le Yorkshire...

Au même moment, Katherine répondait à Kim en faisant preuve d'un enthousiasme non moins débordant :

« Oh ! Kim, cela me ferait si grand plaisir ! Bien sûr, avec les deux représentations du samedi, je ne vois pas comment... »

Elle s'interrompit, dépitée, réfléchit brièvement et retrouva son sourire en reprenant :

« A moins que ton chauffeur, Victor, ne nous prenne à la sortie du théâtre un samedi soir ! Nous pourrions rentrer le lundi dans l'après-midi. Ce serait parfait ! Pouvons-nous organiser cela un de ces week-ends, Victor ? »

Victor se contenta d'approuver d'un signe de tête. L'attitude réservée de Francesca l'avait amusé jusqu'à présent, mais il commençait à ressentir une gêne certaine. Il n'était pas coutumier de ce genre de manières et s'en trouvait décontenancé. Il s'efforça de concentrer son attention sur Katherine, dont il ne pouvait s'empêcher d'admirer l'aisance. Partout, elle semblait dans son élément. D'où vient-elle vraiment ? se demanda-t-il avec curiosité. Il ne la connaissait que depuis trois mois et ignorait tout d'elle. Elle s'était montrée avare de détails sur elle-même; Victor savait seulement qu'elle était née à Chicago et qu'elle vivait en Angleterre depuis près de six ans. Qu'elle était orpheline, aussi... Sa classe naturelle lui venait pourtant de quelque part ou de quelqu'un. Ces choses-là ne s'apprennent pas, on vous les inculque très jeune...

Ce soir-là, il est vrai, Katherine se sentait parfaitement bien. L'arrivée de Victor avait effacé son anxiété et la manière spontanée dont il avait accepté sa suggestion d'inviter les Cunningham à souper le lundi suivant lui avait fait oublier toutes ses appréhensions précédentes. Son sourire, sa gaieté dissimulaient à son entourage le reste de nervosité dont elle n'avait pas encore réussi à se débarrasser totalement.

A mesure que le repas avançait, Katherine prit sans effort la direction de la conversation. La star, c'était elle – et elle leur donnait une représentation éblouissante. Elle captivait. Elle distrayait. Elle pétillait. Tous les sujets furent abordés de manière si naturelle, si vivante, du théâtre à la politique, des arts aux sports, que tous les convives s'en trouvaient stimulés et se présentaient, presque malgré eux, sous leur jour le plus favorable.

Emporté par ce tourbillon de gaieté, Victor se détendit à son tour. Il découvrit à Kim une personnalité chaleureuse et sympathique. De plus, il savait écouter. Victor se laissa entraîner à lui parler longuement de son ranch en Californie, de ses chevaux, de ses terres, sujets pour lesquels ils avaient un intérêt commun. Il lui était cependant impossible de ne pas remarquer l'attitude pensive de Francesca, ses silences prolongés. Elle semblait vouloir rester à l'écart et ce comportement l'étonnait, tant il contredisait les principes de son éducation et son amabilité naturelle.

De son côté, Francesca n'était que trop consciente de la manière déplorable dont elle s'acquittait de ses devoirs de maîtresse de maison, qu'elle laissait

86

Katherine assumer à sa place. Elle ne voulait pas, toutefois, diriger son apparente froideur contre Victor; plus simplement, elle ne croyait pas apporter de contribution intéressante à la conversation et, plutôt que de proférer des banalités, préférait garder le silence. Cet excès de réserve constituait en fin de compte une sorte de discourtoisie, inexcusable à ses propres yeux.

Elle fit un effort pour se joindre aux autres et, ne sachant que dire, se tourna vers Victor :

« Comptez-vous faire un film pendant votre séjour ici ? »

Surpris d'entendre enfin le son de sa voix, Victor resta d'abord bouche bée et dévisagea Francesca. Il se reprit enfin :

« Euh... oui... »

Le sourire amical de la jeune fille l'engagea à poursuivre :

« En fait, je compte surtout produire un film. Il s'agit de ma première tentative dans ce domaine, un défi à relever en quelque sorte, et j'en suis enchanté, je l'avoue. »

Aux premiers mots de Victor, Katherine retint son souffle.

« Pouvez-vous nous en dire quelque chose, demanda Francesca, ou vos projets sont-ils encore secrets ?

— Pas le moins du monde. Ils sont ambitieux, cependant : je m'attaque à une nouvelle version d'une des plus belles histoires d'amour de la langue anglaise et j'espère la réussir aussi bien que la précédente...

— Vraiment ? s'exclama Kim. Quel en est le titre ?

— *Les Hauts de Hurlevent.* Nous commençons le tournage dans deux mois environ », répondit Victor en souriant.

Francesca le dévisageait avec étonnement :

« Une histoire d'amour ? s'écria-t-elle. *Les Hauts*

de Hurlevent sont tout sauf une histoire d'amour !
Le roman ne dépeint que la haine, la vengeance, la
violence, l'obsession de la mort ! Comment pouvez-
vous confondre cela avec une histoire d'amour ? »

La véhémence du ton de Francesca réduisit tout le
monde au silence. Livide, Katherine serrait les dents
pour réprimer sa fureur : et si Victor se laissait
influencer par ce jugement péremptoire ? S'il décidait d'abandonner le projet ? Pour ne pas proférer
une impolitesse, elle baissa les yeux vers son assiette
et préféra ne rien dire.

Le premier, Kim brisa le silence embarrassé qui
s'était abattu :

« Tu exagères, Francesca », dit-il sèchement.

Sa sœur soutint sans broncher le regard réprobateur qu'il lui décochait et se tourna vers Victor :

« Veuillez me pardonner, lui dit-elle. Je ne voulais pas être impolie, mais je ne cherche pas à m'excuser pour mes opinions. Je suis sincèrement
convaincue de ne pas me tromper sur cette interprétation du livre – je ne suis d'ailleurs pas la seule de
cet avis. Avec bien d'autres critiques, je vois dans ce
roman un véritable hymne à la mort. Emily Brontë
en a été obsédée toute sa vie. Si vous ne me croyez
pas sur parole, je vous prêterai volontiers quelques
études sur ce sujet ainsi que des essais critiques sur
Les Hauts de Hurlevent. Il ne s'agit pas du tout
d'une histoire d'amour. J'ai moi-même soutenu une
thèse sur l'œuvre des sœurs Brontë et je sais de quoi
je parle. »

Katherine souhaitait que Francesca se taise une
bonne fois pour toutes. Cette idiote ne se rendait-elle
pas compte à quel point elle manquait de tact ? Pour
la première fois de sa vie, Katherine restait muette.
Elle affectait de boire une gorgée de vin. Kim jouait
avec sa fourchette. Victor fronçait les sourcils, la
mine pensive. Seule, Francesca paraissait ne rien

remarquer des conséquences de ses propos sur son auditoire.

Victor ne s'était pas formalisé de sa sortie inattendue. Il avait aussitôt compris que la jeune fille n'avait pas cherché à offenser qui que ce fût; elle était trop franche, trop directe pour ne pas exprimer sans nuances son opinion sur un sujet auquel elle attachait de l'importance. De plus, elle était encore si jeune... Au bout de quelques instants, il leva les yeux vers elle :

« Il est inutile de vous excuser et je respecte votre point de vue. Vous avez d'ailleurs probablement raison en ce qui concerne le roman. Mais il n'en est pas moins vrai que le premier film tiré des *Hauts de Hurlevent* a été traité comme une histoire d'amour, et c'est ainsi que je compte le tourner moi-même. Mon seul désir est de le réaliser aussi bien que Sam Goldwyn en 1939...

– Oh ! je n'en doute pas un instant ! » se hâta de dire Francesca.

Elle venait de remarquer enfin la mine de Katherine, le regard furieux de Kim. Inexplicablement, elle les avait vexés alors que Victor semblait aussi impassible. Sans comprendre la cause de ce petit drame, Francesca sentit qu'il importait d'en effacer la pénible impression.

« Il faut me pardonner mon jugement trop hâtif et mes opinions excessives, dit-elle en levant son verre. Je propose donc un toast au tournage des *Hauts de Hurlevent* et au succès de son producteur et de sa vedette, Victor.

– Merci, répondit-il en souriant.

– Et qui jouera le rôle de Catherine Earnshaw ? poursuivit Francesca.

– La décision n'est pas définitive. Bien entendu, toutes les actrices qui se croient du talent meurent d'envie d'avoir ce rôle, mais... »

Il s'interrompit, étouffa un rire de bonne humeur.

« Pour ma part, reprit-il, j'espère qu'il sera attribué à notre charmante voisine. Oui, ma chère Katherine, poursuivit-il avec un regard affectueux, j'ai organisé un bout d'essai – et en couleurs ! Si tu t'en sors bien et que mes commanditaires soient d'accord, le rôle sera pour toi. »

Frappée de stupeur, Katherine hésitait entre le rire et les larmes. La gorge nouée par l'émotion, elle parvint à répondre :

« C'est... c'est vrai, Victor ? Oh ! merci ! Merci... Je ne sais comment t'exprimer ma reconnaissance... »

Transfigurée par le bonheur, elle rayonnait, se troublait, rougissait. Victor l'observait en souriant.

« En tournant un bon bout d'essai, mon chou. Tu ne peux rien m'offrir qui me fasse plus plaisir. »

Francesca commençait à comprendre la cause de la détresse que Katherine avait montrée quelques instants auparavant et s'en voulut amèrement de son étourderie.

« C'est un rôle qui vous convient admirablement, Katherine ! s'écria-t-elle avec un enthousiasme sincère. Vous y serez parfaite, je le sens déjà. N'est-ce pas, Kim ?

– Absolument ! Félicitations, Katherine !

– Il est encore trop tôt pour me féliciter. Attendons le bout d'essai, attendons surtout de savoir si j'obtiendrai vraiment le rôle, dit-elle avec une modestie un peu forcée.

– Tu l'obtiendras, nous n'en doutons pas ! s'écria Kim. Une aussi grande nouvelle mérite de nouveaux toasts. Mais nous avons fini de dîner et je vous propose d'aller au salon célébrer l'événement avec un vieux cognac. »

Katherine ne pouvait contenir sa joie. Ainsi, Victor avait tenu sa promesse. Elle ne l'avait pas mal jugé. Transportée de bonheur, elle se sentait légère et marchait littéralement sur un nuage. L'inquiétude, les doutes qui l'étreignaient ces dernières semaines étaient définitivement évanouis. Elle attendit Victor à la porte du salon, le prit par le bras et le serra affectueusement, les yeux brillants de reconnaissance.

« Je disais vrai tout à l'heure, Victor. Je ne sais comment te remercier... »

Le regard sérieux qu'il lui rendit démentait le sourire qui flottait toujours sur ses lèvres :

« Mais si, tu sais comment », répondit-il à mi-voix.

Katherine hocha la tête. Une subite poussée d'inquiétude lui serra de nouveau le cœur.

« Je suis confuse que vous soyez resté m'aider à faire la vaisselle, dit Francesca en posant les derniers verres dans l'égouttoir.

— C'était le seul moyen de faire rentrer Katherine chez elle. Elle était morte de fatigue, ce qui n'a rien d'étonnant après deux représentations dans la même journée.

— J'ai quand même bien peur qu'elle ne dorme guère cette nuit. La perspective du bout d'essai l'a surexcitée.

— C'est vrai. J'espère que tout se passera bien et que nous ne serons pas déçus par les résultats...

— Que voulez-vous dire ? Katherine est ravissante, elle incarnera admirablement le personnage et tout le monde dit qu'elle est une excellente actrice.

— Bien sûr, vous avez raison... »

Victor regrettait d'avoir pensé à haute voix. Sa remarque inconsidérée allait provoquer des questions auxquelles il n'était guère d'humeur à répondre à une heure si tardive. Il se demandait surtout avec effarement pourquoi il se retrouvait là, dans une cuisine de Londres, un torchon à la main, en train d'essuyer la vaisselle avec une gamine qui n'avait pas encore vingt ans...

« Expliquez-moi, ce que vous avez voulu dire, insista Francesca. Pourquoi ce pessimisme, tout à coup ?

— N'en parlons plus, voulez-vous ? répondit-il en soupirant. Katherine fera un excellent bout d'essai... Reste-t-il encore des verres à essuyer ? »

Francesca fit signe que non. Victor baissa ses manchettes.

« Il est grand temps que je m'en aille », dit-il en sortant.

Francesca le suivit dans le vestibule :

« Je n'aime pas insister, mais je voudrais quand même que vous m'expliquiez votre réflexion de tout à l'heure. Pourquoi lui faire tourner ce bout d'essai si vous doutez d'elle ? »

Victor s'arrêta, eut un geste de lassitude.

« Puisque vous y tenez. Allons, offrez-moi le coup de l'étrier, j'essaierai de vous faire comprendre.

— Et moi, je ferai de mon mieux pour suivre les détours de votre pensée », répliqua Francesca.

Victor versa le cognac dans deux verres, s'approcha de Francesca assise auprès du feu et lui en tendit un. Elle avait retrouvé son expression butée, les lèvres serrées. Sans la regarder, Victor s'installa en face d'elle et commença :

« Katherine Tempest est meilleure actrice que moi et pourtant je pratique le métier depuis infiniment plus longtemps qu'elle. Elle a l'instinct, la présence qui fait les grandes vedettes – sur la scène. Mais les plus grandes comédiennes de théâtre ne deviennent pas toujours des vedettes à l'écran.

— Pourquoi ?

— Parce que le jeu de l'acteur, au théâtre, doit nécessairement être un peu outré, plus appuyé pour passer la rampe. A l'écran, c'est tout le contraire. Il faut jouer en dessous, en moins, si je puis dire. Une caméra peut être mortelle, en un sens. Oui, mortelle, répéta-t-il, et pour une raison très simple : elle pho-

92

tographie vos pensées, vos intentions. Parfois, elle met votre âme à nu. Au cinéma, il faut user de toute son intelligence, de sa sensibilité, de nuances subtiles, discernables seulement de tout près. Au théâtre, les acteurs ne reçoivent pas du tout la même formation... »

Il s'interrompit, trempa ses lèvres dans son verre tout en réfléchissant :

« Un grand metteur en scène, Fred Zinnemann, répète sans cesse aux acteurs qu'il dirige : « Il faut que la caméra vous aime. » Il a cent fois raison. Si la caméra ne vous aime pas, si la sauce ne prend pas, rien ne va plus. Vous me suivez ?

– Parfaitement. En fait, vous craignez que la « sauce » ne prenne pas pour Katherine, que la caméra ne soit pas amoureuse d'elle comme il le faudrait. Est-bien cela ?

– Exactement. Je sais qu'elle a énormément de talent, une voix parfaitement posée, un visage très photogénique, mais rien de tout cela ne suffit. Jouer devant la caméra nécessite une technique très particulière. J'ai eu la chance de toujours entretenir de bons rapports avec l'objectif, mais je ne crois pas être capable de passer la rampe comme Katherine si je me retrouvais sur une scène. Beaucoup de vedettes de cinéma ont d'ailleurs échoué pitoyablement en voulant monter sur les planches.

– Katherine doit certainement être au courant de cette technique particulière dont vous parlez. C'est une professionnelle...

– Je n'en sais rien, à vrai dire. Nous n'avons jamais eu l'occasion d'en parler. J'aurais dû, bien entendu, mais je voulais d'abord organiser le tournage du bout d'essai... Je discuterai sérieusement avec elle la semaine prochaine. J'ai choisi un metteur en scène qui la dirigera avec beaucoup de soin et la guidera pas à pas pendant toute sa scène.

– Je l'espère bien ! » s'écria Francesca.

Son exclamation fit sourire Victor.

« Dites-moi, Francesca, pourquoi vous intéressez-vous tant à la carrière de Katherine Tempest ?

– Parce qu'elle m'est fort sympathique et je sais que ce bout d'essai a pour elle une très grande importance. J'étais furieuse contre moi-même, après ma sortie intempestive à table sur l'interprétation du roman. Vous ne me demandiez pas mon opinion et je n'avais pas besoin de vous la donner de cette manière. J'ai compris trop tard pourquoi Katherine en a été bouleversée. Vous deviez être furieux contre moi, vous aussi...

– Pas le moins du monde. Il faut simplement que je vous tienne soigneusement à l'écart de mon scénariste. Je ne voudrais pas que vous lui mettiez de pareilles idées en tête.

– Jamais je n'oserais, voyons !

– Evidemment, je plaisantais. Nick en sait probablement autant que vous sur la question.

– Nick ? Qui est-ce ?

– Nicolas Latimer.

– Le célèbre romancier ?

– Lui-même. Le nouveau petit génie de la littérature américaine. Si j'en crois votre expression choquée, vous vous demandez pourquoi je demande à un Américain d'adapter un classique de la littérature anglaise et mon sacrilège vous semble impardonnable.

– Pas du tout !

– Je tiens quand même à vous rassurer. Nick Latimer a suivi d'excellentes études à Oxford. Je n'ai pas besoin de vous rappeler son talent d'écrivain.

– J'en suis une admiratrice convaincue.

– Vous avez donc bon goût. »

Victor lampa la dernière goutte au fond de son verre, se leva :

« Maintenant que je vous ai éclairée sur les mystères du cinéma, il est grand temps que je vous laisse enfin dormir. »

Dans le vestibule, il prit son manteau, le jeta sur son bras et se retourna pour la saluer. Alors, d'un seul coup, l'étrange sensation de déjà-vu éprouvée au moment de son arrivée le saisit de nouveau. Sa silhouette parut à Victor extraordinairement familière – pourtant, il le savait, jamais auparavant il n'avait jeté les yeux sur elle. Il se rapprocha d'un pas, pour confirmer son impression, et ressentit un désir impérieux, un besoin irrépressible de la prendre dans ses bras, de l'écraser contre lui... Pendant un bref instant, il se crut incapable d'y résister.

Quand il parvint à se dominer, il se surprit à demander d'une voix un peu rauque :

« Quel âge avez-vous, Francesca ? »

Elle leva vers lui son regard lumineux où ne se lisait aucun étonnement :

« Dix-neuf ans.

– Je m'en doutais... Merci encore de cette excellente soirée. Bonsoir, Francesca.

– Bonne nuit, Victor. »

Il se détourna, sortit. Un long moment, Francesca garda les yeux fixés sur la porte refermée. Lentement, elle éteignit les lumières, inspecta toutes les pièces. Et elle se demandait pourquoi, inexplicablement, elle se sentait déçue.

7

Assis à une table de travail dans le salon de son appartement du Claridge, Victor Mason étudiait le budget de son film. Avec le souci du détail qui lui était coutumier, il revenait sur les colonnes de chiffres, vérifiait, soupesait, remettait en cause la moindre dépense. Au bout de deux heures d'un travail approfondi, il était parvenu à économiser 400 000 dollars.

Le visage éclairé par un sourire de satisfaction, il reposa son stylo et contempla les chiffres. Ce n'était pas assez, sans doute, mais c'était un début. Le budget lui avait toujours semblé trop élevé. Comme Jake Watson, son régisseur général arrivé la veille de Hollywood, le lui avait fait remarquer, s'en tenir aux trois millions de dollars du devis initial était à la fois utopique et suicidaire. A deux millions, on passait sans mal. Mais où réaliser de nouvelles économies ?

Victor ôta ses lunettes d'écaille, se frotta les yeux d'un geste las. Pour se dégourdir les jambes, il se mit à arpenter la pièce. Il lui fallait du repos ou, plutôt, un changement d'air. Si seulement il pouvait se transporter, d'un coup de baguette magique, jusqu'à son ranch californien ! Une promenade à cheval lui aurait fait le plus grand bien. Habitué à vivre au grand air la plupart du temps, Victor se sentait mal à l'aise confiné dans un bureau – même s'il aimait jongler avec les chiffres. Car, au contraire des autres comédiens, Victor Mason possédait un instinct infaillible pour les délicats montages financiers propres à l'industrie cinématographique. Il saisissait sans mal les complexités qui rebutaient si souvent ses collègues. Simple figurant à l'âge de vingt ans, il avait gravi un à un les échelons de la carrière, tout en s'imposant d'apprendre les divers aspects de son métier. Il l'avait fait pour assurer ses arrières; lorsque le temps viendrait où il ne pourrait ou ne voudrait plus affronter la caméra, il aurait ainsi acquis une seconde profession, celle de producteur.

Intelligent, ambitieux, sachant juger les hommes et les situations, négociateur habile, Victor était réaliste. Il gardait l'œil constamment fixé sur l'essentiel : le bilan final, le profit ou la perte. Longtemps avant son entourage, il avait su prévoir l'évolution inéluctable de l'industrie cinématographique et la fin du règne des grands studios. Une à une, les stars secouaient le joug que ceux-ci leur avaient si longtemps imposé et refusaient les contrats à long terme qui les liaient aux studios. Les autres suivirent l'exemple : producteurs, réalisateurs, scénaristes, tous souhaitaient désormais jouir de leur indépendance et conserver le contrôle de leur propre carrière, sans plus accepter les films qu'on leur imposait.

Dès 1952, à la fin de son contrat avec le studio qui en avait fait une star de premier ordre, Victor Mason avait fondé sa société de production. Jusqu'à maintenant, il avait fait appel à des producteurs indépendants pour prendre en charge les films dont il était la vedette et dont sa société, *Bellissima Productions*, assurait le financement. Pour la première fois, à l'occasion du *remake* d'un vieux classique, il allait se trouver à la fois devant la caméra et derrière, aux postes de commande. Pour la première fois, c'était vraiment pour lui la liberté – mais la liberté se paie en lourdes responsabilités...

La sonnerie du téléphone le tira brutalement de ses réflexions. Il se retourna avec irritation : il avait oublié de demander au standard de l'hôtel de filtrer ses communications. Il hésita et dut finalement céder à la sonnerie persistante.

Il décrocha, dit « Allô » ! » d'une voix assourdie qu'il s'efforça de déguiser. Un éclat de rire salua sa tentative infructueuse :

« A t'entendre, tu as encore passé la nuit sur le trottoir, vaurien ! Je ne te dérange pas, au moins ? Tu dors encore, à cette heure-ci ? Scandaleux ! Peut-être n'es-tu pas seul ? »

Victor avait immédiatement reconnu la voix de Nicolas Latimer et rit à son tour. Ils affectionnaient tous deux ce genre de boutades, car ils avaient l'habitude de se lever aux aurores, quels qu'eussent été leurs excès de la veille.

« Nick, c'est toi, vieille canaille ? Bien sûr que je suis seul ! Comment ça se passe à Paris ?

— Comment veux-tu que je le sache ? Je n'ai vu que les quatre murs de ma chambre d'hôtel. A part cela, tout va pour le mieux.

— A la bonne heure ! Quand reviens-tu ?

— Bientôt, répondit Nick avec laconisme.

— Toujours le même ! Que veut dire « bientôt » ? Donne-moi une date, il faut que je te voie, que je te parle. Quand arrives-tu ?

— Je te l'ai dit, bientôt. Dès que j'aurai fini de revoir le scénario. Les problèmes sont résolus et je crois que la nouvelle version te plaira.

— La précédente n'était déjà pas si mauvaise, autant que je m'en souvienne.

— Je sais qu'elle te convenait, mais pas à moi. La fin était trop lente. En tout cas, je suis sur la bonne voie. Au fait, as-tu des nouvelles de Mike Lazarus ? »

Victor perçut immédiatement le changement de

ton, la pointe d'inquiétude dans l'intonation de son ami.

« Non, pas depuis quelques jours, répondit-il. Pourquoi ?

– Oh ! pour rien de particulier ! Je sais que cet enquiquineur voulait avoir le scénario en main.

– Ne t'inquiète pas, je suis assez grand pour m'en occuper. Prends tout le temps qu'il te faudra, Nick. Tu sais bien que nous ne pouvons pas commencer le tournage avant deux mois.

– Très juste. Bon, je me dépêche, j'ai un rendez-vous. A bientôt, vieux frère. Plus tôt même que tu ne le penses ! »

Sur une dernière plaisanterie, Victor raccrocha le combiné. Il appela aussitôt le standard, pria qu'on ne lui fît plus passer d'appels; il demanda du café puis se replongea dans l'étude du budget. Il fallait que tout soit prêt pour la réunion du lendemain avec le directeur de production. Mais il n'arrivait pas à se concentrer sur sa tâche. L'appel de Nick Latimer l'avait distrait et Victor pensa à son ami dont l'absence lui pesait. Le scénariste avait quitté Londres pour Paris, afin de « s'enfermer quelque part et réécrire en paix », avait-il déclaré. Son amitié fidèle, son sens de l'humour, la clarté de son raisonnement manquaient à Victor plus qu'il ne voulait l'admettre.

Ils avaient fait connaissance six ans auparavant lorsque le jeune auteur, alors âgé de vingt-trois ans, venait de faire, avec son premier roman, une entrée fracassante sur la scène littéraire américaine. Présentés l'un à l'autre au cours d'un cocktail, ils s'étaient immédiatement découvert des affinités. Ils éprouvaient le même ennui envers les futilités et le bavardage insignifiant qui les entouraient et s'étaient donc réfugiés dans un bar tranquille de Malibu. Ils s'étaient livrés à des confidences, avaient beaucoup ri, énormément bu. En quelques jours, une solide amitié s'était nouée – que leurs proches jugeaient pour le moins surprenante. Rien, en effet, n'aurait dû rapprocher le prestigieux « macho » hollywoodien et le jeune intellectuel de la Côte Est, dont la personnalité et les antécédents différaient radicalement. Victor et Nick ne firent que rire de ces opinions et continuèrent à se voir assidûment.

Car ils savaient, eux, sur quelles bases s'édifiait leur amitié. Ils se comprenaient l'un l'autre et avaient conscience que leurs diversités mêmes les rendaient plus proches, en quelque sorte complémentaires. « Et puis, avait observé Nick avec son ironie habituelle, regardons les choses en face : un Rital et un Youpin doivent former une équipe imbattable ! » Victor n'avait pu s'empêcher de rire. L'irrévérence de son ami, sa propension à se moquer de lui-même constituaient des traits de caractère que Victor appréciait d'autant plus qu'ils étaient les siens et qu'il y attachait du prix. Aussi, loin d'être différents, Nicolas Latimer et Victor Mason auraient pu être frères.

Depuis, Nick faisait partie intégrante de la vie de son ami. Il avait ses habitudes au ranch de Santa Barbara, voyageait souvent en compagnie de Victor lorsque celui-ci tournait à l'étranger. Il se mit aussi à écrire des scénarios qui lui étaient spécialement destinés et dont l'un d'eux valut aux deux inséparables un oscar chacun. Nick conseillait également Victor sur la valeur des scénarios qui lui étaient soumis et devint actionnaire de *Bellissima Productions.* Quand ils ne travaillaient pas ensemble, ils ne se séparaient pas pour autant. Ils allaient chasser le canard ou pêcher le saumon dans l'Oregon, skier à Klosters, faire les quatre cents coups de Paris à la Côte d'Azur ou à Rome en laissant dans leur sillage bouteilles vides et cœurs brisés. Au fil des années, leur amitié n'avait cessé de grandir et leurs liens étaient devenus indissolubles.

Oui, se disait Victor, Nick est mon meilleur, non,

mon seul ami. Le seul que j'aie jamais eu... Une correction s'imposa aussitôt à lui : le seul à l'exception d'Ellie. Car Ellie, sa première femme, avait aussi été l'amie la plus proche, la plus sûre de sa vie. Des années après sa mort, il ne cessait de la regretter.

Un soudain accès de mélancolie assombrit son regard. Seule Ellie aurait mérité de partager sa célébrité, sa fortune et les privilèges qu'elle impliquait, car Ellie avait travaillé dur pour l'aider à y parvenir. Elle n'avait pas vécu assez longtemps pour profiter de ces récompenses. Souvent, Victor trouvait un goût amer à cette vie dont Ellie avait trop tôt été arrachée. En un sens, son succès était immérité; il avait perdu toute valeur dès qu'avait disparu celle qui avait partagé ses débuts difficiles, accepté des sacrifices, consenti l'effort indispensable pour réussir une carrière. Un effort, d'ailleurs, que Victor ne pouvait pas relâcher; le plus rude était sans doute là – s'accrocher à la réussite. L'on est toujours seul au sommet – d'une solitude parfois insoutenable. Bien des années auparavant, quand il n'était encore que Vittorio Massonnetti, petit ouvrier du bâtiment né dans un faubourg de Cincinnati au sein d'une famille d'immigrants italiens, il riait de ce genre de déclarations. Maintenant, il savait combien c'était vrai.

Cette évocation le fit soupirer. Depuis la perte d'Ellie, sa vie avait été un désert. Ses deux autres épouses ne comptaient pas, sauf pour les épreuves qu'elles lui avaient infligées. Aucune, en tout cas, n'avait réussi à lui faire oublier le souvenir de la première, encore moins à prendre sa place. D'Ellie, il lui restait au moins les jumeaux, James et Steven – et cette simple pensée le réconforta. Si Ellie les voyait d'un autre monde, elle savait que ses deux garçons seraient aimés et protégés tant que lui, Victor, veillerait sur eux, c'est-à-dire aussi longtemps qu'il vivrait...

Des coups bruyants frappés à la porte le firent revenir à la réalité. Le service devient extraordinairement rapide, se dit-il en se levant. Il ouvrit et resta bouche bée : adossé au chambranle, Nicolas Latimer le dévisageait en souriant.

« Plus tôt que je ne pensais ? Tu en as de bonnes, toi !... » s'écria Victor en feignant la désapprobation.

Son sourire épanoui démentait ses paroles.

« Je sais, inutile de me faire des reproches ! Encore une de mes plaisanteries stupides... »

Ils se serrèrent la main, se donnèrent l'accolade.

« Ne reste pas là, andouille ! Entre, dit Victor en poussant son ami à l'intérieur.

— Je suis arrivé tout à l'heure par le premier avion de Paris. Quand je t'ai parlé, j'étais déjà dans ma chambre, au bout du couloir, expliqua Nick. Je n'ai pas pu résister à cette plaisanterie... »

Tout en parlant, il s'était laissé tomber dans un canapé. Il jeta négligemment une épaisse enveloppe sur la table basse et poursuivit :

« J'ai essayé de t'appeler hier soir mais tu étais sorti. Alors, je me suis décidé à venir moi-même et à te faire la surprise.

— Tu as rudement bien fait ! Tu ne peux pas savoir le plaisir que tu me fais. J'ai commandé du café. Veux-tu autre chose, as-tu déjeuné ?

— Rien qu'un peu de café, merci Victor. »

Pendant que Victor téléphonait pour modifier sa commande, Nick se débarrassait de sa veste. Ses yeux bleu clair, habituellement pétillants de malice, paraissaient sombres et le sourire espiègle qui d'habitude éclairait son visage d'une gaieté encore juvénile en était absent. Il tourna la tête vers Victor, la mine songeuse. Nick ne regrettait pas son départ précipité pour Londres. Dans un cas comme celui-ci, deux têtes valaient mieux qu'une pour réfléchir. Comment Victor prendrait-il la nouvelle qu'il était sur le point de lui assener ? Avec calme ou dans une explosion de son tempérament méditerranéen, jamais tout à fait maîtrisé ? Dans le doute, il préféra s'aventurer prudemment sur un terrain miné.

Revenu près de lui, Victor jeta un coup d'œil sur l'enveloppe :

« Qu'est-ce que c'est ? Les corrections du scénario ?

– Oui. Il me reste encore cinq ou six pages à retoucher, mais je le ferai demain. Entre-temps, délecte-toi de ma prose. »

Nick s'interrompit, alluma une cigarette, tira quelques longues bouffées pour se donner une contenance.

« Je suis revenu plus tôt que prévu parce que je voulais te parler, dit-il d'un ton sérieux.

– Tu n'as jamais entendu parler d'un instrument qu'on appelle le téléphone ? répondit Victor ironiquement. Non, manifestement, il s'agit de quelque chose d'important. Tu ne pouvais pas abandonner – comment s'appelle-t-elle, déjà ? – ah ! oui. Nathalie. Tu ne pouvais pas laisser tomber ta dernière conquête pour une broutille. A moins que tu ne l'aies apportée dans tes bagages ?

– Ni l'un ni l'autre. Elle n'est déjà plus à Paris, elle a dû repartir pour Hollywood la semaine dernière... »

Nick s'interrompit de nouveau, jeta un coup d'œil sur la table roulante chargée d'un assortiment de bouteilles :

« Toute réflexion faite, je n'ai pas envie de café. Malgré l'heure matinale, je préférerais quelque chose de plus fort. Et toi ?

– Bah ! pourquoi pas ? Les pubs sont déjà ouverts, répondit Victor en consultant sa montre. Qu'est-ce que je te prépare ?

– Un jus de tomate avec beaucoup de vodka. Et mélange-toi quelque chose de tassé, tu en auras besoin. »

Déjà devant le bar, Victor se retourna, les sourcils levés :

« Vraiment ? Et pourquoi cela ? »

Nick essaya de sourire :

« Nous avons un petit problème en perspective... Mike Lazarus est à Paris.

— Lazarus ? Je l'ai eu au téléphone avant-hier, à son bureau de New York ! Non, c'était mercredi dernier... »

Victor revint avec les deux verres pleins et s'assit en face de Nick. Ce dernier but une longue gorgée avant de répondre :

« Hier, en tout cas, il était installé comme chez lui au Plaza-Athénée. Tu le connais, il est partout à la fois, cet animal. A la tienne ! »

Machinalement, Victor leva son verre.

« J'ai vaguement l'impression que tu te prépares à m'annoncer que Lazarus est sur le sentier de la guerre, n'est-ce pas ? Eh bien, que veux-tu que ça me fasse ? Je te l'ai déjà dit, je n'ai pas peur. J'ai de quoi lui répondre.

— Laisse-moi finir, Vic. Il s'apprête à venir à Londres dans quarante-huit heures...

— Comment fais-tu pour être si bien informé de ses faits et gestes ? »

Nick réfléchit avant de répondre :

« Le monde est petit et réserve parfois des surprises. Te rappelles-tu Hélène Vernaud, cet ancien mannequin de Dior avec qui je suis sorti pendant un moment ?

— La belle grande brune avec des jambes époustouflantes ? Oui, bien sûr. »

Nick ne put s'empêcher de rire; on pouvait toujours faire confiance à Victor pour se souvenir des jolies filles.

« Elle-même. Mais il n'est pas question de ses jambes pour l'instant, et d'ailleurs elle est beaucoup plus intelligente que bien d'autres. Bref, nous sommes restés en bons termes après nous être quittés et je lui ai fait signe quand je suis arrivé à Paris il y a trois semaines. Nous avons déjeuné ensemble, évoqué les vieux souvenirs, tout ça. Elle m'a demandé sur quoi je travaillais en ce moment et je lui ai répondu que je terminais le scénario des *Hauts de Hurlevent* pour ton compte. Elle a eu l'air choquée, ce qui m'a étonné, et m'a appris qu'elle voyait beaucoup celui qui finançait le film, c'est-à-dire Mike Lazarus. Elle m'a ensuite fait jurer de ne pas divulguer notre rencontre. Lazarus est apparemment jaloux comme un tigre...

— Qu'est-ce qu'une fille jolie, intelligente et distinguée comme Hélène peut bien fabriquer avec une ordure comme Lazarus ? s'exclama Victor.

— Dieu seul le sait... Quoi qu'il en soit, nous avons fini de déjeuner et je n'y ai plus pensé. Jusqu'à hier. Hélène m'a appelé pour me fixer un rendez-vous chez sa mère. Son ton mystérieux, ces précautions invraisemblables m'auraient rendu méfiant venant de n'importe qui. Mais je connais assez Hélène pour savoir qu'elle a la tête sur les épaules. Pour nous résumer, elle déjeunait avec Lazarus au Plaza-Athénée vendredi dernier quand il a reçu un coup de téléphone des Etats-Unis. Elle n'a pas su s'il venait de New York ou de Los Angeles et Lazarus n'est pas le type à discuter ouvertement affaires devant une de ses petites amies. Heureusement, Hélène a l'esprit vif, et malgré les mystères et les tournures de phrases sibyllines de Lazarus, elle a plus ou moins reconstitué l'essentiel de la conversation, bien que ni nos noms ni le titre du film n'aient jamais été ouvertement mentionnés...

— Alors, comment est-elle si sûre de ce qu'elle avance ?

— Ce n'est pas sorcier. Lazarus s'est répandu en commentaires désobligeants sur un certain romancier illisible ayant fait des études classiques à

Oxford. Il a également dit pis que pendre d'un certain acteur de cinéma qui souffre de la folie des grandeurs et se prend pour un grand producteur. Cela ne te rappelle rien ?

— Bon... Vas-y, je t'écoute.

— En deux mots, Lazarus veut faire réécrire le scénario par quelqu'un d'autre. Il désapprouve formellement le choix d'une comédienne inconnue dans le premier rôle féminin. Il considère que le budget est astronomique et qu'il est en train de se faire dévaliser comme au coin d'un bois. En conclusion, il a annoncé son intention de congédier le producteur si ce dernier refusait de se plier à ses volontés et déclaré que ledit producteur ferait mieux de se limiter à ce qu'il sait faire, jouer la comédie. Voilà.

— L'enfant de salaud ! gronda Victor entre les dents. De quel droit irait-il me « congédier » alors que c'est mon propre film ? J'y travaille depuis près d'un an...

— Parce qu'il ne manque pas de culot et qu'il tient les cordons de la bourse, répondit Nick sans élever la voix. C'est la raison pour laquelle il se croit tout permis, tu le sais très bien.

— Non ! Lazarus sait très bien, au contraire, qu'il ne peut pas, je le répète, qu'il n'a pas le *droit* de me priver de mes fonctions de producteur, même s'il braille et me menace de ses foudres. S'il veut m'intimider, il en sera pour ses frais. C'est moi, et moi seul, qui ai pouvoir de décision sur le scénario.

— Tu as peut-être raison, mais il te fera quand même des ennuis pour le rôle de Catherine Earnshaw... »

Nick s'interrompit, hésita avant de poursuivre :

« Ecoute, ce n'est peut-être pas une très bonne idée, tout compte fait, de choisir une inconnue. Ton nom à l'affiche est amplement suffisant pour attirer le public, je te l'accorde, mais Lazarus n'a pas tout à fait tort non plus. Pourquoi te fatiguer à faire tourner un bout d'essai à Katherine Tempest ? Engage un nom et évite de provoquer Lazarus.

— Inutile, Nick. Je l'ai promis à Katherine, je ne reviens pas sur ma parole. »

Nick n'insista pas. Il se demanda si Victor et Katherine avaient noué des rapports autres que professionnels. Il jugea aussitôt cette idée hautement improbable, sinon absurde. Victor avait trop d'expérience, il était trop homme d'affaires pour se laisser entraîner dans un tel piège. Sa curiosité l'emporta néanmoins sur la prudence et il interrogea :

« Dis-moi, pourquoi sembles-tu tant tenir à ce bout d'essai ?

— Parce que, comme je viens de te le dire, je le lui ai promis et elle le mérite, à mon avis. Bien entendu, ce n'est pas la seule raison. La plus importante, c'est que je suis persuadé qu'elle sera absolument parfaite dans le rôle, au moins aussi bonne que Merle Oberon l'avait été, probablement meilleure. Si le bout d'essai est bon, c'est elle qui jouera dans le film et mes commanditaires peuvent aller au diable si ça leur chante... Ce n'est pas tout, poursuivit-il avec un sourire. Je compte la prendre sous contrat. J'ai l'impression, vois-tu, que la petite Katherine Tempest sera un jour une très grande star — ne le répète pas, j'attends quand même de la voir sur l'écran avant d'en être sûr. Alors, Nick, fais-moi confiance, je sais où je vais. Dès l'instant où je l'ai vue, j'ai compris qu'elle possédait cette qualité inimitable qui fait les vraies stars. Si elle peut la transmettre à la pellicule, comme je l'en crois capable, elle ira très loin. Sinon... Eh bien, elle restera quand même une bonne comédienne. Au théâtre. Je m'étonne, d'ailleurs, que tu ne l'aies pas déjà remarqué toi-même.

— Mais si, Victor... Seulement, la question n'est pas là. Future star ou pas, Katherine Tempest est inconnue du public et Lazarus va te chercher noise.

J'ai d'ailleurs le pressentiment qu'il va débarquer à Londres et te tomber dessus à l'improviste. »

Victor se leva, alla remplir les verres, revint lentement vers son siège.

« Autant que je te l'annonce, Nick, mais j'envisage sérieusement depuis un bout de temps de me débarrasser de Mike Lazarus, déclara-t-il avec une nonchalance affectée. C'est un dictateur au petit pied, un mégalomane. Il s'imagine capable de produire un film parce qu'il dirige une multinationale, mais il est loin du compte ! Si je le laisse mettre de l'argent dans ce film, je me prépare de sérieuses migraines et je n'en ai plus du tout envie. En fait, je me demande comment j'ai été assez bête pour me fourrer dans les pattes de cet individu. Ce que tu viens de m'apprendre à son sujet me renforce dans ma décision. Il faut que je le largue, et le plus vite possible.

– Ce serait sensationnel. Mais comment vas-tu t'y prendre ? Je croyais que vous aviez signé un contrat...

– Le contrat est prêt mais je ne l'ai pas encore signé. J'y avais relevé plusieurs clauses qui me déplaisaient et je l'ai envoyé à mes avocats de Beverly Hills pour qu'ils l'étudient. J'attends leurs observations avant de signer quoi que ce soit. En plus, Mike Lazarus n'a pas encore déboursé un sou. Il n'a donc absolument aucun droit sur rien. C'est toujours moi le patron. »

Nick ne partageait pas l'optimisme qui faisait sourire son ami.

« Comment vas-tu t'arranger pour le financement ?

– Franchement, je n'en sais encore rien. Mais tout vaut mieux qu'un Lazarus. La Metro pourrait s'intéresser au projet, qu'en penses-tu ? »

Nick fronça les sourcils, de plus en plus soucieux :

« Je n'en pense rien, Vic. A priori, cela ne les

exciterait guère de faire un *remake* des *Hauts de Hurlevent*. Les distributeurs ne sont généralement pas fanatiques des énièmes moutures...

– Allons, vieux frère, permets-moi plutôt de me soucier de ces questions-là ! s'écria Victor en riant. Ce que t'a raconté ton amie Hélène te fait voir tout en noir. Mais nous n'allons pas perdre le sommeil à cause d'un type comme Lazarus. Si nous sortions un peu ? Le grand air me ferait du bien. On pourrait déjeuner dans un endroit sympathique, se changer les idées.

– Pourquoi pas ?... »

La mine toujours soucieuse, Nick se leva, alla machinalement vers le bar, se retourna :

« Puis-je te poser une question, Victor ? »

La main déjà sur la porte de la chambre, il se retourna, conscient du ton sérieux de son ami :

« Je t'écoute.

– Admettons que tu laisses vraiment tomber Lazarus. Que feras-tu si tu n'obtiens pas le financement de la Metro ou de la Fox, par exemple ?

– C'est simple, j'annule le projet. Je n'ai pas le choix, n'est-ce pas ? Mais, rassure-toi, *Bellissima* ne sera pas en faillite pour autant. Je pourrais même faire passer mes pertes en déduction de mes bénéfices imposables... »

Sur un haussement d'épaules fataliste, Victor entra dans sa chambre pour se changer.

Resté seul, Nick garda les yeux fixés sur l'endroit que son ami venait de quitter. Annuler le projet, comme cela, après le temps qu'ils y avaient tous deux consacré !... Passe encore pour les dépenses de pré-production, mais gaspiller ainsi une année de leur vie ! Nick savait pourtant que Victor n'avait pas parlé à la légère. Cette éventualité, il l'avait certainement envisagée, soupesée, il en parlait en pleine connaissance de cause.

Un regret lui serra la gorge à la pensée du scénario sur lequel il avait tant peiné. Serait-il condamné à rester à jamais dans un tiroir ? Il ne serait pourtant pas le seul à être déçu, et Victor le serait tout autant. Depuis longtemps, Victor rêvait de tenir le rôle de Heathcliff, de relever le défi d'un tel personnage, de prouver qu'il était capable d'autre chose que de séduire les foules sur un écran...

Pour eux deux, ce ne serait pas un drame. Ils oublieraient vite leur déception. Les techniciens se retrouveraient absorbés par d'autres productions. Ils s'en tireraient sans trop de dommage. Mais Katherine Tempest ? Elle jouait toute sa carrière sur ce bout d'essai. Le film représentait une chance unique de se lancer, de prétendre d'un seul coup, et d'une manière relativement aisée, à la tête d'affiche. Sans Victor, sans film, il lui faudrait sans doute attendre des années pour retrouver une pareille occasion. En perdant celle-ci, Nick le pressentait, elle accuserait durement le coup. S'en relèverait-elle aussi facilement que les autres ?

Sur le plan professionnel, Nick partageait les vues de Victor à son égard. La jeune actrice était manifestement promise à une brillante carrière. En revanche, il restait insensible à ses qualités personnelles. Son charme et sa beauté ne le captivaient pas, au contraire. Derrière une façade éblouissante, Nick n'avait décelé qu'une immense froideur. Sa sensualité n'était qu'une apparence dissimulant, croyait-il, une profonde frigidité. Au cours des rares fois où Nick s'était trouvé en sa compagnie, il avait remarqué certains autres traits de caractère qui, à divers degrés, lui déplaisaient. En fait, Katherine, paraissait dotée d'une double personnalité et cette dualité le mettait mal à l'aise. Gaie et chaleureuse par moments, elle se montrait distante, insensible à certains autres. Elle semblait douée de la faculté de se dissocier d'elle-même comme pour observer autour d'elle avec une grande indifférence. Est-ce du détachement ? se demanda-t-il. N'est-ce pas plutôt un désintérêt pour toute autre personne qu'elle-même ?

Décidément, je me laisse emporter par mon imagination ! se dit-il. Cette fille n'a rien d'anormal. Ambitieuse à l'excès, soit, mais qui ne l'est pas dans un métier comme le sien ? En dépit de ses efforts pour la considérer avec plus d'objectivité, Nick ne pouvait se défaire d'une certaine antipathie. En réalité, dut-il admettre, il ne l'aimait guère.

Surpris d'éprouver des sentiments si intenses envers une étrangère, encore plus étonné de lui consacrer aussi longtemps ses pensées, Nick vida son verre et se força à dévier le cours de ses réflexions. Un instant plus tard, il se prêtait de nouveau tout entier au plaisir de l'amitié et ne pensait plus qu'à Victor.

8

Dans la cuisine de son appartement de Lennox Gardens, Katherine attendait que l'eau commençât à bouillir. Pendant ce temps, elle mit deux toasts à griller, posa une tasse, une assiette, le beurre et la confiture sur un plateau avec des gestes vifs, et comme toujours, gracieux.

La minuscule cuisine étincelait de propreté et reflétait l'ordre rigoureux cher à sa propriétaire. De la fenêtre, l'on jouissait d'une vue plongeante sur le square bordé d'imposantes demeures victoriennes. En ce matin de février, le squelette noirci des arbres dénudés donnait au jardin public une apparence désolée. Les branches se détachaient pourtant sur l'un des plus beaux ciels que Katherine ait contemplé depuis longtemps. Un vélum d'un bleu translucide, où le soleil prenait des éclats cristallins, était tendu sur la ville.

Une matinée de printemps, se dit Katherine avec un sourire joyeux. La clémence inattendue de cette journée lui donna aussitôt l'envie de se rendre à pied à son rendez-vous de treize heures, pour le déjeuner. Le sifflement de la bouilloire l'arracha à sa contemplation; elle versa l'eau dans la théière et emporta le plateau vers le petit salon.

Le soleil qui pénétrait à flots dans la pièce ne parvenait pas à lui faire perdre sa froideur impersonnelle. Murs, moquette, rideaux, meubles, tout était blanc, d'une rigueur clinique accentuée par l'acier chromé et le verre de la table basse et des étagères. Les seules notes colorées se limitaient au noir ou au gris sombre. Nulle part l'on ne relevait la présence de photos, de souvenirs, de ces objets insignifiants et familiers témoins d'une vie personnelle. L'ensemble donnait l'impression d'une cellule monastique, que l'on retrouvait dans la chambre à coucher, encore plus dépouillée. Katherine adorait cette atmosphère immaculée où elle ne voyait que beauté, élégance et recherche.

Elle but son thé à petites gorgées. Ce jour-là, elle se sentait merveilleusement bien. La semaine s'était écoulée dans une euphorie exaltante; chaque journée depuis le samedi précédent lui paraissait avoir été un triomphe. Francesca et son père l'avaient trouvée admirable sur scène; le souper aux Ambassadeurs, où Victor tenait à la perfection son rôle de maître de maison, une soirée inoubliable. Mieux encore, le comte avait succombé sans réticences à son charme; Katherine ne prévoyait donc aucune opposition de sa part, ni de problèmes dans ses rapports avec Kim. Pour finir, Victor les avait tous emmenés danser dans une boîte à la mode. L'ambiance avait été chaleureuse sans la moindre fausse note. Katherine s'était comportée avec une perfection digne de son talent de comédienne.

Le lendemain, elle avait déjeuné en tête-à-tête avec Victor qui voulait lui parler plus en détail de son bout d'essai. Il lui avait donné d'excellents conseils, dont Katherine lui était profondément reconnaissante. Le tournage du bout d'essai devait avoir lieu le vendredi de la semaine suivante. Demain soir, après la représentation, elle sortait dîner avec les Cunningham au grand complet avant que Kim et son père ne retournent dans le Yorkshire.

Katherine ne put retenir un sourire de contentement : tout s'enchaînait comme prévu, tous ses projets se réalisaient. Elle allait épouser Kim et devenir vicomtesse d'Ingleton; et elle serait une star de cinéma à la renommée mondiale. Ses rêves se concrétiseraient un par un. Elle ne connaîtrait plus jamais le chagrin ni la douleur. A partir de maintenant, tout lui réussirait dans la vie. Car elle ne doutait pas du résultat de son bout d'essai : elle y serait si éblouissante que Victor ne pourrait faire autrement que de lui attribuer le premier rôle dans son film.

Victor Mason lui avait confirmé que le tournage débuterait en avril, ce qui convenait parfaitement à Katherine. Son contrat avec le théâtre se terminait à la fin de mars; il lui suffirait de ne pas le renouveler. Le film l'occuperait environ douze semaines, les extérieurs étaient prévus dans le Yorkshire, les intérieurs dans l'un des plus grands studios londoniens. Victor comptait obtenir la « copie zéro » dès le mois de septembre, ce qui permettrait de tirer quelques copies supplémentaires pour organiser des projections aux Etats-Unis avant la fin de l'année, à temps pour les oscars de 1956. Même si la distribution générale ne devait intervenir qu'au printemps 1957, Victor ne voulait pas laisser passer une chance de concourir dans cette prestigieuse compétition.

Et si elle obtenait un oscar ?... Cette seule idée donna à Katherine le vertige. Avec ou sans cette récompense, elle était sûre de se trouver catapultée au firmament de la gloire grâce à ce film. Elle croyait à sa réussite, une réussite qui lui apporterait plus encore que la gloire : la fortune – et la puissance qui en découle.

Un regret l'attrista soudain, assombrit son visage rayonnant. Il était trop tard pour sauver sa mère. Heureusement, elle pourrait encore faire quelque chose pour Ryan, son frère tant aimé et si longtemps perdu. Ce désir l'avait guidée et soutenue dans ses efforts depuis des années. Elle devait réussir pour arracher Ryan à l'influence dominatrice de leur père, le soustraire à ses ambitions malsaines. Il arrivait encore à Katherine de trembler de frayeur lorsqu'elle pensait à son frère. Ryan avait près de dix-neuf ans. Son âme était-elle déjà irrémédiablement contaminée par cet homme? Elle préféra repousser cette idée de peur d'en être paralysée. Mais cette simple évocation ne fit que renforcer sa détermination d'éloigner son frère de Chicago et de le garder sous sa protection.

Comme toujours lorsqu'elle évoquait Ryan, Katherine ne put s'empêcher de revoir les ombres maléfiques dont il restait entouré. Cette grande maison sinistre où ils avaient grandi et où Ryan vivait toujours, ce monument équivoque élevé par leur père à la gloire de sa fortune et de sa puissance. Katherine avait toujours haï cette maison aux couloirs sombres, aux pièces regorgeant de meubles trop opulents, symboles du mauvais goût d'un nouveau riche. Elle n'y avait respiré que le malheur, subi d'insoutenables contraintes. Certes, ils n'y avaient jamais manqué de rien : vêtements coûteux, nourritures raffinées, serviteurs, voitures. Leur père était plusieurs fois millionnaire et entendait le montrer. Mais l'on y était privé de l'essentiel, l'amour. Elle en avait franchi le seuil six ans auparavant sans intention d'y revenir jamais.

Son père... Katherine n'était pas encore parvenue à éliminer complètement son image et, ce matin-là, elle ne chercha pas à la repousser. Aussi clairement que s'il se tenait devant elle, Patrick Michael Sean O'Rourke lui apparut. Un bel homme, c'est vrai, un visage aux traits réguliers surmonté d'une opulente chevelure noire et bouclée, des yeux bleus lumineux mais durs. Encore tout enfant, elle savait déjà que ce physique plaisant dissimulait un caractère méprisable. Longtemps, les qualificatifs lui avaient manqué pour le dépeindre. Aujourd'hui, ils lui venaient en foule : impérieux, avide, sans scrupules, foncièrement vénal, cet homme ne vénérait que l'argent et n'aspirait qu'au pouvoir. Personne ne connaissait Patrick O'Rourke mieux qu'elle. Il incarnait la duplicité : gai, charmant, amusant, cordial en public, il se transformait en tyran aussitôt chez lui. Katherine le haïssait autant qu'il haïssait sa fille. Elle n'eut pas grand effort à faire pour se rappeler, avec une précision douloureuse, ce jour d'août 1947, neuf ans auparavant, où son père avait laissé éclater la haine qu'il lui vouait. Elle n'avait que douze ans...

Ce jour-là, pour la première fois depuis de longs mois, Katherine était heureuse. Sa mère se sentait mieux et partageait le déjeuner de ses enfants. Sans déborder de sa vitalité coutumière, Rosalie O'Rourke semblait redevenue elle-même. Gaie, presque insouciante, ses yeux verts pétillaient, ses longs cheveux d'un roux de bronze flottaient autour de son visage en forme de cœur. Elle n'était plus marquée de la pâleur maladive qui peinait tant Katherine, mais sa robe de soie verte dissimulait mal l'extrême maigreur de son corps affaibli.

Mme O'Rourke avait fait servir dans la petite salle à manger, l'une des rares pièces accueillantes de la maison, qu'elle avait décorée selon son goût, dans le même style raffiné que celui de son appartement personnel. Assise en face de sa mère, Katherine la dévorait des yeux. Pour elle, Rosalie O'Rourke représenterait toujours le summum de la beauté et de l'élégance. A son admiration se mêlait l'espoir; guérirait-elle de la mystérieuse maladie qui la tenait clouée au lit depuis deux ans ? La fillette ignorait la nature du mal dont sa mère était affligée; on n'en parlait pour ainsi dire jamais et elle n'avait surpris, çà et là, que quelques chuchotements incompréhensibles, aussitôt interrompus en sa présence.

116

Son père était absent et l'atmosphère joyeuse. Ryan bavardait comme une pie, ils riaient tous trois. Katherine profitait sans arrière-pensée de cet instant de bonheur et de l'amour maternel. Seul le manque d'appétit dont Rosalie faisait preuve ternissait quelque peu le plaisir de la fillette.

Le repas terminé, Ryan s'était éclipsé. Katherine avait accepté avec joie de tenir compagnie à sa mère une heure encore. Rien ne lui plaisait davantage que de partager avec elle leurs trop rares moments d'intimité. Installées dans le petit salon, auprès d'une des fenêtres dominant le lac Michigan, elles parlèrent peu, trop heureuses l'une et l'autre de profiter de ce répit que la maladie accordait à Rosalie O'Rourke.

A trente-deux ans, se sachant condamnée, la jeune femme avait fait la paix avec Dieu et cette sérénité transparaissait sur son visage. Sa beauté, que la maladie n'avait pu altérer, était plus frappante, ce jour-là, car une tendresse mélancolique jetait un voile sur ses traits et éclairait son regard d'une transparence embrumée. L'effort accompli pour descendre déjeuner avec ses enfants avait épuisé ses forces; elle devait prendre sur elle pour ne pas trahir sa faiblesse devant Katherine, qu'il fallait au contraire rassurer et réconforter. Depuis son mariage, Rosalie n'avait connu que trop peu de joies; ses enfants, sa fille en particulier, en avaient été les seules sources. Elle avait très vite abdiqué devant son mari, dont les appétits insatiables et le tempérament emporté étouffaient sa délicatesse et sa nature artistique. En dépit de l'amour qu'elle éprouvait pour lui, et que les épreuves n'avaient pas atténué, elle regrettait cette union, que l'incompatibilité de leurs caractères vouait dès le début à l'échec. Peu de leurs proches connaissaient la véritable nature de Patrick O'Rourke, tant il était passé maître dans l'art de la dissimulation. Rosalie, pour sa part, avait vite démasqué l'arriviste sans scrupules derrière la façade de l'homme d'affaires respectable à qui tout réussissait.

Son père avait exprimé de sérieuses réserves en rencontrant pour la première fois ce soupirant trop pressé. Conquise, Rosalie s'était bouché les oreilles et avait méprisé les mises en garde. Depuis, poussée à bout, elle avait sérieusement envisagé de se séparer de Patrick. De divorce, naturellement, il ne pouvait être question; ils étaient tous deux catholiques et il fallait surtout penser aux enfants. Et puis, malgré tous les défauts qu'elle lui connaissait trop bien, elle lui restait attachée.

La maladie était survenue. Rosalie avait très tôt compris le caractère incurable de son mal; elle ne se faisait plus d'illusion sur les répits, de plus en plus rares et brefs, qu'il lui accordait. Une seule pensée occupait son esprit : il me reste si peu de temps sur cette terre, si peu de temps pour mes enfants. Que Dieu les protège! Journellement, dans ses prières, elle rendait grâce au Tout-Puissant d'avoir donné à ses enfants plus de sa personnalité à elle que des défauts de leur père. Mais ils étaient encore si jeunes. Resteraient-ils ainsi, adultes ?

Ce jour-là, comme toujours lorsqu'elle regardait sa fille, elle s'émerveillait. La fillette était douce, obéissante. Cependant, en dépit de sa grande jeunesse, elle faisait preuve d'une maturité d'esprit que sa mère décelait non sans angoisse. Elle semblait avoir connu et surmonté bien des épreuves, acquis expérience et sagesse. Elle en savait trop pour son âge. Son extraordinaire beauté constituait sans doute un atout. Ne serait-ce pas, à terme, un handicap ? Katherine possédait une personnalité attachante, affectueuse, tendre que reflétait sa physionomie. Mais Rosalie la connaissait assez pour savoir que ces traits dissimulaient une obstination, une ambition sans merci héritées de Patrick. Peut-être, en fin de compte, était-ce un bien. Katherine serait au moins capable d'avancer seule dans la vie, de se défendre contre son père, de franchir les obstacles. Elle n'était pas désarmée devant l'avenir.

Ryan, au contraire, inquiétait sa mère. Il était trop docile, trop timide pour résister à Patrick. Celui-ci le couvait, en effet, l'entourait d'une sollicitude alarmante. Il voyait en son fils son dauphin, plus encore que son héritier, à travers qui réaliser ses propres ambitions. Profondément déçu à la naissance de sa fille aînée, Patrick avait reporté tous ses espoirs sur Ryan. Dès ses premières années, son père avait tracé des plans pour son avenir et Rosalie ne pouvait rien faire pour s'y opposer. D'ailleurs, elle ne serait même plus présente au moment de leur réalisation. Elle ne pouvait que prier Dieu d'accorder à son fils la force d'âme de résister à son père et de décider lui-même du cours de sa vie.

Rosalie soupira. Comment était-elle capable de juger son mari avec tant de lucidité et de lui rester néanmoins attachée par des sentiments dont elle semblait incapable de se défaire ? La nature féminine est-elle toujours aussi incohérente ?...

« Vous ne vous sentez pas bien, maman ? »

La question inquiète de Katherine rompit le fil de ses réflexions. Rosalie se força à sourire, répondit avec une insouciance affectée :

« Tout va bien, ma chérie. Je me disais simplement que je t'ai honteusement négligée, ces derniers temps. Mais tu sais combien je suis lasse ! Je voudrais tant que nous passions plus de moments ensemble, surtout maintenant que tu es en vacances.

– Moi aussi, maman. Mais il ne faut pas vous inquiéter de moi. Je désire si fort que vous guérissiez... »

Tout en parlant, Katherine avait quitté sa chaise pour s'asseoir à côté de sa mère. Elle lui prit la main tendrement; alors, l'expression des yeux verts tant aimés lui fit peur. Elle y devinait une immense tristesse, de la résignation peut-être. Des larmes lui picotèrent soudain les paupières :

« Vous allez guérir, n'est-ce pas, maman ? dit-elle d'un ton suppliant. Vous n'allez pas bientôt mourir ? »

Rosalie fit danser ses longues boucles rousses en riant :

« Bien sûr que non, ma petite sotte chérie ! Bientôt, tu verras, je serai complètement rétablie. Il le faudra, d'ailleurs, pour assister à ta première apparition sur scène ! Je tiens à voir ton nom sur l'affiche, à t'apporter des fleurs le soir de la générale. Tu veux toujours faire du théâtre, au moins ? »

Le ton plein d'assurance de Rosalie avait dissipé les craintes de Katherine.

« Oh ! oui, maman ! Plus que jamais !... Il ne va pas s'y opposer, n'est-ce pas ? »

L'expression de Rosalie se rembrunit brièvement.

« Ton père ? Mais non, j'en suis sûre. Pour quelle raison... »

Elle s'interrompit, réprima une grimace de douleur.

« Les pères sont tous les mêmes, ma chérie, reprit-elle. Ils ne prennent guère ce genre de choses au sérieux. Pour eux, une fille doit se marier et avoir beaucoup d'enfants. A mon avis, il croira que le théâtre ne sera pour toi qu'une distraction jusqu'à ton mariage.

— Mais je ne veux pas me marier ! protesta Katherine avec résolution. Je veux devenir une actrice célèbre, une grande vedette. Je veux consacrer ma vie au théâtre ! Je n'aurai pas de temps pour des bêtises comme le mariage ! »

Rosalie esquissa un sourire amusé :

« Tu changeras peut-être d'avis un jour, ma chérie. Tu rencontreras sans doute quelqu'un que tu aimeras.

— Non ! Cela ne m'arrivera jamais ! »

Rosalie préféra ne pas relever cet enfantillage et continua de sourire affectueusement à sa fille. Depuis un moment, déjà, elle cherchait le moyen de lui dire quelque chose sans l'alarmer. Elle chercha ses mots avec soin, les prononça sans leur accorder une importance excessive.

« Tu aimes ta tante Lucie, n'est-ce pas ? »

Katherine prit l'air étonné de ce soudain changement de sujet.

« Oui, bien sûr. Pourquoi ?

– Depuis toujours, elle est pour moi plus qu'une sœur, vois-tu. Une amie. Elle t'aime beaucoup, Katherine. Ta tante sera toujours là pour t'aimer et te soutenir. Ne l'oublie pas, n'est-ce pas ? »

Katherine dévisagea intensément sa mère, ne vit aucun trouble transparaître sur son visage serein.

« Pourquoi me dites-vous cela, maman ? demanda-t-elle en fronçant les sourcils. Je n'ai pas besoin de compter sur tante Lucie puisque je vous ai.

– Nous avons tous besoin d'amis sûrs, ma chérie, voilà tout ce que je voulais dire. Et maintenant, sois gentille. Fais-moi la lecture, veux-tu ? Un peu de poésie, par exemple. Quelques vers d'Elizabeth Barrett Browning. »

Katherine alla prendre sur une étagère le volume relié et le feuilleta attentivement pour retrouver son sonnet préféré, que sa mère aimait aussi. Sa voix s'éleva mélodieusement dans la pièce silencieuse. Quand elle eut fini sa lecture, Katherine leva les yeux vers sa mère en souriant. Le livre lui échappa des mains : de grosses larmes roulaient sur les joues de Rosalie et la main qu'elle levait pour les sécher était tremblante.

« Maman ! Maman ! Qu'y a-t-il ? Pourquoi pleurez-vous ? Je ne voulais pas vous faire de peine en choisissant ce sonnet...

– Je l'aime beaucoup, ma chérie. Ce n'est pas de tristesse que je pleure, rassure-toi. C'est toi qui m'as émue, ta voix, le sentiment que tu as su mettre dans ta lecture. Tu seras une très grande, une merveilleuse actrice, ma chérie. »

Touchée par le compliment, Katherine embrassa sa mère :

« Voulez-vous que je vous lise autre chose de plus gai ?

— Non, ma chérie. Je crois que je vais m'étendre un peu. Je me sens fatiguée... Va, Katherine, va t'amuser. Je t'aime.

— Moi aussi, maman, je vous aime. »

Rosalie se leva avec effort, se retint au dossier du sofa pour dissimuler le tremblement qui la saisissait.

« Reviendras-tu me voir tout à l'heure ?

— Oh ! oui, maman ! »

Rosalie se borna à hocher la tête, soudain trop épuisée pour parler, et se dirigea à pas lents vers sa chambre.

Aussitôt seule, Katherine partit à la recherche de Ryan. Elle le trouva, comme elle s'y attendait, dans la salle de jeux. Assis à une table, la tête studieusement penchée, il était en train de peindre à l'aquarelle.

Katherine courut le rejoindre, se pencha par-dessus son épaule :

« Je peux regarder ?

— Bien sûr ! répondit Ryan en souriant. Je viens de finir. N'y touche pas, c'est encore humide. »

Bouche bée d'admiration, Katherine contempla l'œuvre de son jeune frère, un paysage. Le plus beau qu'il eût jamais exécuté. La fillette ne pouvait croire qu'un garçonnet de dix ans eût été capable d'accomplir un tel chef-d'œuvre.

« Tu as recopié un modèle ? demanda-t-elle.

— Bien sûr que non ! protesta-t-il. Tu ne reconnais pas ce que ça représente ?

— Euh... non. »

Ryan fouillait dans les papiers étalés devant lui et

exhiba fièrement un instantané qu'il fourra sous le nez de sa sœur :

« Regarde ! C'est le jardin de tante Lucie.

– Tu l'as tellement embelli que je ne l'avais pas reconnu. Tu es un artiste, Ryan, un vrai ! Je suis fière de toi.

– Bien vrai ?

– Bien vrai. Promis, juré. »

A ce moment-là, le bruit de la porte les fit sursauter. Leur père se tenait sur le seuil et les contemplait d'un air sévère :

« Ah ! Vous voilà, tous les deux. Que complotez-vous, encore ? Des bêtises, sans doute.

– Mais non, papa ! protesta Katherine.

– Tant mieux. Et toi, mon fils, qu'as-tu fait, aujourd'hui ? T'es-tu bien amusé ?

– Oui, papa, répondit Ryan en baissant la tête.

– C'est bien, c'est bien... »

Patrick O'Rourke s'assit lourdement sur une petite chaise à bascule qui craqua sous son poids et se balança pensivement. Au bout d'un moment, il dirigea son regard perçant vers Ryan :

« J'espère en tout cas que tu ne perdais pas ton temps, mon garçon. Il faut avoir de l'ambition, dans la vie. Moi, j'en ai pour toi, comme j'en ai eu pour moi-même. Sans ambition, je ne serais pas riche aujourd'hui, tu sais ? Il faut travailler, Ryan. Mais ne t'inquiète pas, mon petit, je m'occuperai de toi. Je te préparerai la voie, tu n'auras qu'à suivre mes conseils. Tu feras une brillante carrière et je t'y aiderai, je te pousserai dans la vie. J'ai de l'argent, des relations, des appuis. Tu profiteras de tout cela plus tard. Et puis, qui sait, un jour tu pourras même faire de la politique, gravir les échelons et finir à la Maison Blanche ! Hein, qu'en dirais-tu, mon garçon ? A la Maison Blanche ! Oui, Ryan, grâce à toi je réaliserai mes rêves, tu verras ! Laisse ton père s'occuper de tout et tu réussiras, crois-moi. »

Stupéfait, Ryan avala sa salive, ouvrit la bouche sans pouvoir proférer un mot. Il lança à Katherine un regard effaré, comme un appel au secours.

Katherine n'était pas moins étonnée d'entendre cette tirade. Venant de tout autre que leur père, elle aurait cru à une vantardise sans conséquence. Mais Patrick O'Rourke ne parlait jamais pour ne rien dire, elle ne le savait que trop bien. Que s'était-il produit, ce jour-là, pour qu'il fît irruption dans leur salle de jeux et développât d'ahurissants projets pour l'avenir de son fils? Elle se souvint vaguement qu'il avait participé à une réunion politique suivie d'un déjeuner. Aurait-il eu l'audace insensée de prendre, vis-à-vis de ses amis politiciens, des engagements pour son fils, à peine âgé de dix ans? Patrick O'Rourke était capable de tout. Katherine serra son frère dans ses bras, se plaça devant lui comme pour le protéger :

« Ryan n'a sûrement pas envie de faire carrière dans la politique, papa, déclara-t-elle fermement. D'ailleurs, il est trop jeune...

— Quoi? Répète ce que tu viens de dire.

— Ryan ne veut pas faire de la politique, il veut devenir peintre ! »

Si Ryan tremblait devant leur père, Katherine éprouvait trop de mépris pour le craindre. La provocation de sa fille fit bondir Patrick O'Rourke :

« Comment oses-tu me dire ce que fera ou ne fera pas mon fils? s'écria-t-il en devenant rouge de colère.

— Il a du talent. Regardez cette aquarelle...

— Je ne veux rien regarder ! Je ne veux plus de ces inepties chez moi ! Ta mère et toi faites du beau travail, vous farcissez la tête de ce malheureux garçon d'idées artistiques pour en faire une poule mouillée ! Cela va cesser ! »

En deux enjambées, Patrick O'Rourke traversa la pièce. Il saisit le paysage, le déchira sans le regarder, en jeta les morceaux à terre. Ryan, terrorisé, poussa un gémissement d'animal blessé. Emporté par la fureur, son père balaya la table d'un revers de la main et piétina rageusement son attirail de peintre. Katherine observait ce sacrilège, les traits déformés par la révolte. Cet homme est un monstre ! se répétait-elle. Une brute. Il se prend pour un grand monsieur avec ses vêtements coûteux et ses chemises de soie, mais il est resté un paysan illettré. Un propre à rien. Une brute.

Pendant ce temps, Patrick pointait un index menaçant vers son fils :

« Maintenant, mon garçon, écoute-moi bien ! A partir de maintenant, je ne veux plus entendre parler de peinture et de mièvreries de ce genre, est-ce clair ? Je te l'interdis. Ce n'est pas digne d'un grand garçon comme toi. C'est tout juste bon pour des filles. Je ne veux pas que mon fils devienne une femmelette. Tu travailleras, tu feras des études sérieuses. Plus tard, tu auras une belle carrière et tu réussiras, que tu le veuilles ou non ! Tu n'es plus un bébé, compris ? »

Ryan baissa la tête, renifla ses larmes et bredouilla « Oui, papa » d'une voix à peine audible.

Patrick se tourna alors vers Katherine et lui décocha un regard furieux :

« Quant à toi, ma petite, ne te mêle plus de ce qui ne te regarde pas. J'en ai assez de tes manigances ! Tu es une faiseuse d'histoires et une menteuse. Oui, une menteuse ! Je ne suis pas près d'oublier ce que tu as osé raconter sur ton oncle George. C'est révoltant ! Je n'aurais jamais cru ma propre fille capable de pareilles bassesses. »

Katherine se sentit vaciller sous l'affront. Mais la colère l'envahit, elle dut serrer les poings pour se dominer. Comment cet homme, son père, osait-il se montrer aussi cruel et l'accuser injustement en présence de Ryan ?

Elle répliqua d'une voix qui ne tremblait pas :

« George Gregson n'est pas mon oncle, il n'est que votre associé. Et si quelqu'un a menti, c'est lui. Pas moi !

– Va dans ta chambre ! cria Patrick O'Rourke d'une voix tonnante. Tu oses me répondre, maintenant ? Insolente ! Inutile de descendre dîner ce soir, je refuse de te regarder. Va te cacher, misérable ! »

Katherine se dirigea vers la porte en jetant à son père un regard de défi. Avant de sortir, elle se retourna et dit avec une froideur méprisante :

« Ah ! J'oubliais. J'ai répondu au téléphone, tout à l'heure. Le message est sur votre bureau. Une certaine demoiselle McGready vous fait savoir que vous pourrez la rejoindre ce soir à l'endroit habituel. »

Patrick resta un moment muet de saisissement. Mais, dès qu'il se fut maîtrisé, Katherine vit ses traits qui se déformaient sous l'emprise d'une haine si intense que, malgré elle, elle recula d'un pas. Elle se reprit aussitôt, soutint son regard sans faiblir, lui fit comprendre par son expression qu'elle était sans illusion sur son compte. C'est alors qu'elle se jura de soustraire son jeune frère à l'influence maléfique de son père, dût-elle y consacrer sa vie. Elle ne se rendait pas compte de l'expression de haine qui flambait sur son visage enfantin avec une puissance telle que Patrick, à son tour, eut un mouvement de recul.

Cette nuit-là, Katherine écouta de son lit les sanglots de Ryan à travers la cloison de sa chambre. Le cœur serré, elle aurait voulu le rejoindre, le réconforter ; mais la colère de son père, s'il la surprenait, la retint de céder à son impulsion. Ce n'était pas pour elle-même qu'elle craignait, car elle n'avait déjà peur de rien ni de personne. Elle ne se souciait que de Ryan et des représailles qu'il risquait de subir.

Les sanglots continuaient. A la fin, n'y tenant plus, la fillette se leva, s'engagea silencieusement dans le couloir. Aucun rai de lumière ne filtrait sous la porte de son père. Elle la dépassa sur la pointe des pieds, pénétra dans la chambre de son jeune frère et s'assit doucement sur le bord du lit :

« C'est moi », chuchota-t-elle.

Elle lui caressa les cheveux, murmura des paroles apaisantes. Une fois calmé, le petit garçon passa ses bras autour du cou de sa sœur :

« J'ai peur, Katherine, dit-il à voix basse. Pourquoi papa a-t-il déchiré mon beau paysage ? Je voulais le donner à maman.

– C'est contre moi qu'il était furieux. Tu en feras un autre aussi beau, ne pleure pas.

– Non, je ne pourrai pas, il me l'a défendu. Il a cassé mes pinceaux et ma boîte de couleurs. Je ne pourrai plus jamais peindre.

– Si, Ryan, tu recommenceras. Nous trouverons le moyen, fais-moi confiance.

– Bien vrai ?

– Bien vrai. Et maintenant, il faut dormir. »

Elle défit avec douceur les bras qui l'enserraient encore, installa Ryan confortablement contre ses oreillers. Lorsqu'elle le crut rendormi, elle se leva sans faire de bruit, mais ce mouvement suffit à réveiller le petit garçon qui la rattrapa par le bras :

« Dis Katherine, qu'est-ce que papa voulait dire quand il t'a reproché de mentir au sujet d'oncle George ?

– Chut ! Ce n'est rien d'important, je te le promets. Dors.

– Bonne nuit, Katherine... »

Mais une fois étendue dans son propre lit Katherine fut incapable de trouver le sommeil. Elle ne pouvait se libérer de l'affreux souvenir de George Gregson et de ce dimanche exécré. Elle était seule à la maison. Les serviteurs étaient tous sortis. Ryan passait la journée chez tante Lucie, leur père jouait au golf, leur mère était encore à l'hôpital. En dépit de ses efforts pour chasser de sa mémoire les images révoltantes, Katherine n'y parvint pas. Elle revit le visage congestionné de l'homme qui s'approchait, une main tendue vers sa poitrine naissante, l'autre qui s'insinuait sous sa robe, palpait, pinçait... Une sueur froide, une nausée la saisit − aussi violentes que celles de ce dimanche maudit.

Katherine n'avait rien raconté des violences que George Gregson lui avait infligées ce jour-là tant elle en avait honte, tant elle en ressentait de la frayeur. Mais lorsqu'il essaya de recommencer elle en parla à son père − sa mère était trop malade pour que Katherine se confiât à elle. A sa stupeur, à son immense détresse, son père avait refusé de la croire et l'avait traitée de menteuse, comme il venait de le faire cet après-midi dans la salle de jeux...

Le lendemain, Katherine fut étonnée de ne pas s'entendre reprocher l'altercation de la veille. Son père n'aborda même pas le sujet au cours des jours suivants. Les choses redevinrent peu à peu normales; si Ryan n'avait plus le droit de peindre, les deux enfants pouvaient néanmoins passer leurs journées ensemble et Katherine finit par se rassurer. Ce répit n'était qu'illusoire : à la fin des vacances scolaires, leur père frappa vite et fort. Ryan fut expédié dans un pensionnat et Katherine dans un couvent. Rosalie mourut à peine un an plus tard, pour le plus grand désespoir de sa fille qui en resta longtemps inconsolable. Sa tante Lucie finit par apaiser le chagrin de la fillette, à qui elle prodigua l'amour et le réconfort dont elle se croyait à jamais privée. Au fil des années, leurs liens se resserrèrent et ce fut sa tante qui intervint auprès de Patrick O'Rourke pour que, lorsque Katherine eut seize ans, elle pût aller terminer ses études dans un pensionnat en Angleterre. De fait, Patrick avait accepté avec empressement. Katherine savait qu'il ne voulait plus la voir, encore moins vivre avec elle, pour ne plus subir ses regards accusateurs.

En quittant son pensionnat, Katherine s'était inscrite au Conservatoire royal grâce, encore une fois, à l'intercession de sa tante Lucie. Depuis son départ de Chicago, la jeune fille n'avait pratiquement plus de nouvelles de son père ni de Ryan. Elle attribuait le silence de son frère à la crainte des représailles que leur père faisait planer sur lui. Mais elle correspondait régulièrement avec sa tante, qui la tenait au courant de tout, et les chèques paternels lui parvenaient régulièrement tous les mois – comme si Patrick O'Rourke la soudoyait pour rester à l'étranger. Il redoutait sans doute son influence sur Ryan et ne voulait prendre aucun risque; rien ni personne ne devait se mettre en travers des ambitieux projets qu'il avait mûris pour son fils et Katherine le savait capable de les mettre en œuvre sans se soucier des conséquences.

Cette incursion dans le passé lui laissa un goût d'amertume et de mépris. Il se trompe ! se dit-elle. Je saurai contrecarrer ses monstrueux desseins. Quand je serai une star, quand j'aurai assez d'argent pour me charger de Ryan, je l'arracherai à ses griffes et je lui paierai des études artistiques à Paris ou ailleurs !

Son énergie se trouva galvanisée par cette pensée. Jusqu'à ce jour tant attendu, il lui restait trop à accomplir pour se permettre de perdre son temps en évoquant le souvenir de Patrick O'Rourke, ce méprisable individu indigne du titre de père. Depuis longtemps, les dés étaient jetés; elle s'était elle-même tracé une voie dont rien ne la ferait dévier. Son destin était de sauver Ryan et d'écraser son père. Ce double objectif constituait le véritable ressort de son ambition personnelle.

Katherine emporta son plateau à la cuisine, alla se faire couler un bain. Tout en s'habillant, elle réfléchit au tournage de son bout d'essai, dont tant de choses dépendaient. Il lui restait une semaine pour s'y préparer. Sans inquiétude sur la qualité de son jeu, elle ne se souciait que de trouver un texte parfaitement adapté. Elle savait précisément ce qu'elle souhaitait, mais le passage en question devait être adapté sous forme de dialogues. Pour ce travail, il lui fallait un écrivain professionnel ou, du moins, qualifié et familier du texte...

Le sourire lui revint. Ce problème-là était virtuellement résolu. Il lui suffisait de se montrer persuasive au cours du déjeuner pour lequel elle se préparait.

9

A L'AUTRE bout de Londres, en cette même matinée de février, David Cunningham, comte de Langley, était installé dans le cabinet de travail de sa maison de Mayfair. Devant lui, des journaux encore sous bande témoignaient de son peu d'intérêt envers l'actualité. Des sujets plus pressants lui occupaient en effet l'esprit, et particulièrement des factures dont l'amoncellement menaçant se dressait sur son sous-main de cuir.

Avec un soupir résigné, il se décida à en faire un tri et sélectionna les plus urgentes. Il rédigea les chèques correspondants, vérifia ses calculs et fit disparaître le restant des factures dans un tiroir – où elles étaient condamnées à attendre un grand mois.

En dépit de la stricte économie qu'il s'imposait, David Cunningham ne parvenait pas à échapper aux soucis financiers. Les revenus de ses terres étaient engloutis, aussitôt perçus, par les charges d'exploitation, l'entretien des bâtiments agricoles et du château. Cette perpétuelle « impasse » budgétaire était-elle inéluctable ? Depuis bientôt un an, un voisin de campagne le harcelait pour lui acheter deux de ses taureaux primés. David Cunningham hésitait à user d'un expédient risquant de compromettre la qualité de son cheptel. Cette vente serait pourtant la bienvenue et boucherait les plus grands trous...

Un coup d'œil aux chèques alignés sous ses yeux le décida. Soulagé, il se promit de téléphoner à son acheteur et consulta, l'esprit libre, le courrier du matin. A première vue, rien de captivant à l'exception d'une lettre de Doris Asternan. Il l'ouvrit sans tarder, la parcourut attentivement. Doris terminait son séjour sur la Côte d'Azur et pensait rentrer à Londres sous huitaine. Elle avait enfin trouvé au Cap-Martin la villa qu'elle souhaitait. Assez vaste pour héberger tout le monde, disait-elle en termes enthousiastes, elle était équipée d'une piscine et d'un tennis; elle dominait la Méditerranée et jouissait d'un panorama magnifique. Doris venait de signer un bail de quatre mois, de juin à septembre, et comptait absolument sur David et ses enfants. Ils pourraient y passer tout l'été s'ils le désiraient.

Avec un sourire, il reposa la missive et se leva pour aller s'adosser à la cheminée. Grand, très droit, le maintien plein d'une élégante dignité, David Cunningham avait, à quarante-sept ans, une allure étonnamment jeune. Ses traits sensibles et fins, ses yeux gris et expressifs, son teint clair et ses cheveux encore blonds lui conféraient un charme auquel les femmes restaient rarement insensibles. Jamais, cependant, il n'avait abusé de sa séduction. Sa nature trop droite répugnait à la vulgarité des conquêtes faciles.

Le regard dans le vague, il pensait à Doris. Elle avait provoqué bien des changements dans sa vie – tous bénéfiques, à vrai dire. Elle lui offrait surtout une présence, une compréhension, une affection qu'aucune autre femme ne lui avait données depuis qu'il était veuf. En fait, Doris lui était devenue indispensable. Il n'était pas assez naïf pour n'y voir que le fruit du hasard : Doris avait habilement tissé autour de lui un réseau d'habitudes, de plaisirs, de besoins dont il ne pouvait plus se défaire. Mais chaque femme n'a-t-elle pas le droit, voire le devoir, de s'attacher ainsi l'homme qu'elle aime ?

Il devrait épouser Doris, il le savait. Il le désirait, d'ailleurs. Pourquoi, dans ces conditions, hésiter comme il le faisait ? La réponse lui échappait. Il l'aimait, ses enfants éprouvaient pour elle une réelle affection et approuvaient pleinement l'éventuel remariage de leur père. Et puis, bien sûr, elle possédait une fortune capable de résoudre d'un seul coup et pour toujours les embarras financiers dans lesquels il se débattait... Veuve à trente-cinq ans d'un magnat de la viande, Doris n'avait ni enfants ni héritiers et ne faisait pas mystère que sa fortune serait à la disposition de David dès le jour de leur mariage. David Cunningham n'était pourtant pas homme à se laisser influencer par ce genre de considérations. Le mariage était une affaire trop sérieuse pour y mêler l'argent. L'amour mutuel, la compatibilité des caractères, l'identité des vues comptaient bien davantage. Or, il aimait Doris, Doris l'aimait, ils avaient eu le temps d'éprouver l'harmonie de leurs caractères... Alors, pourquoi reculer ?

Le pas vif de Francesca dans le couloir le ramena à la réalité et il se hâta vers la porte restée ouverte :

« Bonjour, ma chérie ! la héla-t-il au passage.

– Bonjour, papa ! »

En souriant, elle l'embrassa sur les joues. Son père la serra dans ses bras :

« Où pars-tu, de si bon matin ?

– Au British Museum.

– Ah ! J'oubliais... Ce brave général Gordon t'appelle, si j'ai bonne mémoire ! »

Il fit un pas à l'intérieur de la pièce, reprit avec gravité :

« Pourrais-tu me consacrer un instant ? J'aimerais te parler.

– Bien sûr. »

Etonnée de ce changement imprévu, Francesca le

suivit et referma la porte derrière elle. Elle connaissait assez son père pour deviner ses humeurs; s'il devenait soudain si sérieux, il ne pouvait s'agir que de Kim ou de problèmes d'argent. Un rapide coup d'œil sur la table lui fit voir les factures et le chéquier et la confirma dans la seconde hypothèse. Inquiète, elle s'assit en éprouvant un sentiment de culpabilité. Pourquoi perdait-elle son temps à des recherches en vue d'un livre qu'elle n'écrirait peut-être jamais, alors qu'elle pourrait se rendre utile en gagnant sa vie? Avec une hésitation marquée, elle demanda :

« Vous me paraissez bien soucieux, papa. De quoi s'agit-il? d'argent?

— Cela me pose toujours des problèmes, ma chérie. Mais nous nous en sortons quand même d'une manière ou d'une autre... Ce n'est pas pour t'assommer avec les comptes que je t'ai demandé de venir. Je voulais te parler de cette situation nouvelle...

— Laquelle? Je ne vois pas.

— Allons, Francesca, ne feins pas l'ignorance. Tu sais très bien que je pense à Kim et à Katherine. »

Francesca garda le silence; elle préférait entendre son père préciser sa pensée avant de lui faire part de ses propres impressions. Il devina sans doute la réflexion de sa fille, car il poursuivit sans attendre :

« Ta réserve me confirme ce dont je me doutais déjà. Tu sais donc que Kim pense sérieusement à cette jeune fille. »

Prudemment, Francesca cita les propres paroles de son frère :

« Le mot " sérieux " n'est peut-être pas le plus approprié, papa. Disons plutôt qu'il se sent très attiré. »

M. Cunningham laissa échapper un rire amusé :

« C'est le moins qu'on puisse dire! Ton frère en est amoureux fou, voyons! Il faut être aveugle pour ne pas s'en rendre compte. Et toi, Francesca, poursuivit-il en la regardant dans les yeux, que penses-tu de Katherine Tempest ? »

L'expression de Francesca s'anima, un sourire apparut sur ses lèvres :

« Je l'aime énormément, papa ! Elle m'a plu dès le premier instant. Et puis, franchement, j'ai eu l'impression que vous avez vous-même réagi favorablement à son égard. Ainsi, lundi soir, vous aviez l'air, comment dirais-je ?... ensorcelé, si vous me permettez l'expression.

– Tu as parfaitement raison, je l'étais. Katherine possède un ensemble de qualités rarement réunies chez une seule personne et qui seraient trop longues à énumérer.

– Alors, de quoi vous inquiétez-vous ? »

Son père éluda cette question trop directe :

« Que sais-tu d'elle, exactement ?

– N'en avez-vous pas déjà discuté avec Kim ? demanda-t-elle avec surprise. C'est à lui de vous renseigner sur son compte, pas à moi.

– Nous en avons parlé, en effet, mais ses réponses ont été malheureusement très évasives. Sur le moment, j'ai préféré ne pas insister afin de ne pas le braquer inutilement. Mais, s'il songe sérieusement à épouser Katherine, la moindre des choses serait que j'en sache davantage sur elle. J'aurai une discussion approfondie avec Kim à notre retour à Langley. J'espérais simplement, d'ici là, que tu serais en mesure de me renseigner avec un peu plus de précision... »

Il s'interrompit en remarquant l'expression de malaise sur le visage de Francesca et poursuivit, d'un ton radouci :

« Tu crois sans doute que je te mets dans une situation gênante. Ce n'est pourtant pas le cas, ma chérie, crois-moi. Je ne te demande pas de dévoiler des secrets d'Etat, après tout. »

Francesca réfléchit, les yeux baissés. Son père

avait raison et il n'y avait, certes, aucun mal à lui rapporter ce qu'elle savait. C'est alors qu'elle se rendit compte, non sans un certain désarroi, qu'elle ne savait presque rien de Katherine.

« Kim ne m'a pas fait de confidences, répondit-elle enfin. Katherine non plus, d'ailleurs. Maintenant que j'y pense, elle ne m'a pas appris grand-chose sur elle-même ni sur sa vie passée ou présente.

– Je vois... »

David Cunningham dissimula l'étonnement que lui causait cette réponse. Il était persuadé que sa fille ne montrerait pas les mêmes réticences que Kim pour lui parler. Le frère et la sœur étaient très proches et n'avaient pratiquement pas de secrets l'un pour l'autre. Francesca était manifestement, elle aussi, maintenue dans l'ignorance. Il s'en étonna; un tel silence était, à tout le moins, étrange.

Francesca reprit la parole :

« J'ai cru comprendre que Katherine est originaire de Chicago et qu'elle est orpheline, la pauvre.

– Oui, Kim me l'a dit aussi. Il m'a également appris qu'elle avait terminé ses études ici avant de s'inscrire au Conservatoire. Tout cela reste quand même bien vague, ne crois-tu pas ?

– C'est vrai », admit Francesca.

L'attitude de Kim dépassait son entendement. Pourquoi tant de mystères ? Il aurait dû se montrer plus franc, plus direct avec leur père. Son incompréhensible mutisme provoquait une situation extrêmement gênante pour tout le monde, qui pourrait leur causer de l'embarras, sinon des ennuis plus sérieux.

« Lui reste-t-il de la famille, à ton avis ?

– Je ne crois pas... En fait, je n'en sais rien exactement. »

David Cunningham avait tourné les yeux vers la fenêtre, l'air préoccupé.

« Ecoute, ma chérie, dit-il au bout d'un moment de silence, je ne cherche ni à porter sur Katherine un jugement hâtif ni à créer pour Kim de problèmes inutiles. Dieu sait si je me soucie avant tout de son bonheur. Jusqu'à présent, crois-moi, je n'ai rien contre cette jeune fille. J'estime quand même avoir le droit d'en savoir davantage sur ses antécédents. Ce n'est pas trop demander que je sache.

– Non, en effet... »

Francesca comprenait fort bien les raisons de son père. Il lui restait un sujet d'inquiétude, qu'elle aborda avec hésitation :

« Si je vous comprends bien, vous n'objectez rien au fait qu'elle soit comédienne ?

– Je ne suis pas aussi vieux jeu, ma chérie ! répondit-il en riant. Les temps ont changé. Bien entendu, j'aurais sans doute préféré que Kim choisisse une fille plus en rapport avec son milieu et son éducation. Mais je n'ai pas la prétention de lui dicter sa conduite ni de contrôler sa vie sentimentale... Quoi qu'il en soit, poursuivit-il plus sérieusement, je suppose que Katherine abandonnerait le théâtre si Kim et elle devaient se marier. J'espère que Kim le lui a fait comprendre sans ambiguïté. »

Il s'interrompit, joignit ses doigts en forme de voûte et dirigea vers sa fille un regard de nouveau pensif :

« Au fait, crois-tu que Katherine Tempest soit son vrai nom ou un pseudonyme ?

– Je n'en ai pas la moindre idée. Pourquoi ?

– Doris est, elle aussi, de Chicago. Si la famille de Katherine y est estimablement connue, Doris doit avoir des renseignements à ce sujet. Elle devrait, au moins, pouvoir en obtenir.

– En effet... »

Distraitement, Francesca se leva et alla regarder par la fenêtre tout en réfléchissant à la curieuse attitude de son frère. Kim se conduisait, par moments, de manière impossible ! Leur père avait bien assez de soucis sans qu'il en ajoutât, et de bien inutiles, par étourderie ou manque de réflexion.

Elle se retourna enfin, affecta une confiance qu'elle était loin d'éprouver :

« Ne vous tracassez donc pas, papa ! Doris sera certainement en mesure de rassembler des renseignements sur Katherine...

— Tu parles comme si je voulais mener une enquête policière ! protesta son père d'un ton horrifié. Je ne me permettrais pas une chose pareille. Je ne demande qu'à savoir le minimum auquel un père a légitimement droit. Si Katherine, comme je le pense, n'a rien à se reprocher, je suis tout disposé à leur donner ma bénédiction. »

D'un geste impulsif, Francesca se jeta au cou de son père :

« Vous êtes le meilleur père du monde ! Kim et moi avons de la chance d'être vos enfants.

— C'est moi le plus chanceux, ma chérie. Vous ne m'avez donné, l'un et l'autre, que des sujets de satisfaction... Je ne vous ai pas non plus causé de gros ennuis, ajouta-t-il avec un sourire. Je ne vous ai jamais imposé une discipline tatillonne, je ne me suis pas mêlé de vos affaires, je vous ai toujours fait confiance. C'est bien pourquoi je m'étonne de l'attitude de Kim. Je compte sur lui, comme sur toi, pour faire preuve de bon sens et de discernement dans le choix de vos amis...

— Katherine ne serait-elle pas une amie « convenable » ? intervint Francesca avec véhémence.

— Comment le saurais-je vraiment, ma chérie ? En apparence, certes, elle semble parfaite. Mais nul ne sort d'une boîte sans un passé, des antécédents. J'ignore tout de Katherine et je suis donc bien incapable de porter sur elle un jugement objectif. Est-elle l'épouse qu'il faut à Kim ? Je n'en sais rien. Et elle, as-tu songé à ce que serait sa vie avec Kim ? Celle d'une femme de fermier, enterrée toute l'année au fin fond de la campagne. Avec ou sans titre nobiliaire, ma chérie, cela constitue une perspective bien peu exaltante pour une jeune fille aussi lancée, tu en conviendras. Sera-t-elle capable d'assumer les responsabilités qui seront les siennes, s'occuper des œuvres de la paroisse, soigner les fermiers et les métayers ? Se rend-elle compte de ce à quoi elle s'engagerait en épousant Kim ? Permets-moi d'en douter. Kim ne lui a sûrement rien expliqué de tout cela, de même qu'il n'a pas jugé nécessaire de se renseigner un peu mieux sur Katherine. Elle l'a ensorcelé par son charme et sa beauté et Kim n'a plus les pieds sur terre depuis qu'il la connaît. Tu es au moins d'accord là-dessus, n'est-ce pas ?

– Oui, papa, c'est vrai... »

David regarda sa fille dans les yeux et poursuivit avec une chaleur persuasive :

« J'espère que tu ne te méprends pas sur mes intentions, ma chérie. Loin de moi l'idée de vous imposer une ligne de conduite contraire à vos désirs à tous deux. J'ai simplement acquis un peu d'expérience dont j'aimerais vous faire profiter... D'ailleurs, poursuivit-il après une pause, je me suis juré depuis des années de ne pas commettre avec vous la même erreur que mon père. »

Machinalement, le regard de Francesca se porta sur une photographie posée sur le bureau :

« Vous voulez parler de tante Arabella ?

– Oui. Tu sais de quelle manière ton grand-père s'était opposé à son mariage avec Kurt von Wittingen. Arabella n'en a fait qu'à sa tête et son père, toute sa vie, a regretté son intransigeance. Ils ne se sont jamais revus. C'est trop triste pour que je prenne le même risque...

– Je sais, papa. Leur mariage, au moins, nous a donné la joie d'avoir Diana et Christian pour cousins.

– C'est exact, ma chérie... Au fait, j'ai reçu une lettre de Diana la semaine dernière. Christian et elle projettent de passer quelques semaines avec nous cet été. Tu feras l'effort de te trouver à Langley pendant leur visite, j'espère ?

– Bien entendu ! Je ne les manquerais pour rien au monde. »

Francesca s'était toujours sentie très proche de ses cousins allemands, qui se rendaient fréquemment en Angleterre et passaient traditionnellement leurs vacances à Langley. Son sourire joyeux s'assombrit cependant :

« Je ne vous ai pas été très utile au sujet de Katherine, dit-elle avec regret. Mais je suis sûre que tout s'arrangera...

– Je l'espère sincèrement. Mais je ne te retiens pas, il est tard. »

Francesca embrassa son père et se retira avec vivacité. Resté seul, David Cunningham se replongea dans ses réflexions. Que faire ? Toute forme d'inquisition, voire de simple indiscrétion, heurtait sa franchise naturelle. Kim ne lui avait rien appris parce qu'il était lui-même dans l'ignorance. Katherine aurait-elle quelque chose à cacher ? Non, probablement... Il en avait lui-même retiré une excellente impression. Sans les incompréhensibles réticences de son fils, il ne se serait même pas posé de telles questions. Katherine paraissait parfaite à tous égards...

C'est là que le bât blessait : Katherine lui semblait *trop* parfaite. Trop débordante de charme et d'assurance, sans rien des gaucheries de la jeunesse ni de ses mouvements impulsifs... S'il pouvait au moins s'en ouvrir à quelqu'un d'autre que Francesca, trop inexpérimentée encore, aveuglée par son préjugé favorable envers Katherine. Doris, bien sûr... Doris l'écouterait avec compréhension, le conseillerait avec sagesse. Oui, mais Doris était encore à Monte-Carlo.

David hésita, décrocha le téléphone et demanda à

l'opératrice le numéro de l'hôtel de Paris. Au bout d'une longue série de bruits divers et d'interventions en Français, il entendit enfin la voix encore ensommeillée de Doris Asternan. Après les premiers échanges de tendresse, David lui demanda si elle connaissait à Chicago une famille Tempest.

« Non, cela ne me dit rien... Pourquoi ? » répondit-elle.

Il entreprit de la mettre au courant de la dernière conquête de Kim et des inquiétudes que lui causaient ses projets matrimoniaux. Doris l'écouta attentivement.

« Kim a-t-il sérieusement l'intention de l'épouser, David ?

— Je le crois, oui. Il a bientôt vingt-deux ans et peut donc se passer de mon autorisation, mais je ne voudrais pas qu'il commette une erreur et la regrette plus tard. Je me trompe peut-être, mais n'est-ce pas bizarre qu'il ne sache presque rien d'une jeune fille dont il a l'intention de faire sa femme ?

— Vous avez raison, David. Nous ne nous connaissions pas depuis plus de huit jours que nous savions déjà tout l'un de l'autre.

— Franchement, Doris, je ne sais plus que penser. Peut-être suis-je en train de faire une montagne de rien.

— C'est fort possible, mon chéri, dit-elle en riant. Vous savez comment sont les jeunes. Un jour, ils sont amoureux pour la vie, le lendemain ils ne peuvent plus se souffrir. Kim a-t-il formellement annoncé qu'il comptait épouser cette jeune fille ?

— Euh... A vrai dire, non.

— Eh bien, à mon avis, le mieux est de faire comme s'il ne se passait rien, pour le moment du moins. Kim peut très bien changer d'avis la semaine prochaine ou dans un mois, à moins que ce ne soit cette Katherine. Comment est-elle, d'ailleurs, cette mystérieuse native de Chicago ?

– Ravissante et pleine de charme. Je comprends facilement pourquoi Kim en est épris à ce point. En réalité, elle m'a fait une excellente impression, je l'admets volontiers. »

Il y eut un bref silence au bout du fil :

« Attendez !... Me parlez-vous, par hasard, de la jeune comédienne qui tient la vedette dans une pièce sur la mythologie grecque ?

– Oui, elle-même. La connaissez-vous, finalement ?

– Non. Quelqu'un me l'a montrée de loin lors d'une réception, l'été dernier. Ravissante, je suis d'accord avec vous. J'ignorais qu'elle fût américaine... Une chose dont je suis sûre, en tout cas, c'est qu'elle est irlandaise jusqu'au bout des ongles.

– Comment l'avez-vous deviné ?

– J'ai rencontré assez d'Irlandais à Chicago pour les reconnaître. Les femmes sont très souvent splendides. Les hommes ne sont pas mal non plus, d'ailleurs, ajouta-t-elle en riant.

– Si elle est d'origine irlandaise, elle est donc catholique.

– Et alors ? demanda Doris avec une surprise manifeste. Quelle importance y attachez-vous, David ?

– Oh ! aucune, aucune, s'empressa-t-il de répondre en regrettant sa remarque inconsidérée. Simplement, je me disais que nous sommes protestants depuis des générations... »

Doris l'interrompit et le sauva de son embarras :

« Peu importe, mon chéri. Je serai rentrée à Londres dans quelques jours et nous en reparlerons à tête reposée.

– Pendant ce temps, je suivrai votre sage conseil et je m'abstiendrai d'intervenir. Kim va passer plusieurs semaines à Langley avec moi, nous aurons tout le temps d'aborder le sujet de sang-froid. Vous parler m'a déjà réconforté... »

Ils bavardèrent encore quelques instants et le sourire heureux qui était venu aux lèvres de David ne s'effaça pas lorsqu'il eut raccroché. Doris avait raison, le problème n'existait sans doute que dans son imagination. Tout retomberait dans l'ordre...

Un seul problème, autrement plus sérieux, lui restait à résoudre ce matin-là. Il ouvrit son carnet d'adresses et y trouva le numéro de téléphone de son acheteur dans le Yorkshire. Maintenant, il ne fallait plus que marchander pour obtenir le meilleur prix de ses taureaux.

10

KATHERINE arriva en avance à son rendez-vous. Plutôt que de s'impatienter à table, elle s'engouffra dans le bar communiquant avec la salle de restaurant. Le barman la salua d'un geste de la main, auquel Katherine répondit par un de ses sourires charmeurs. Bien avant ses débuts sur scène, elle avait mis au point l'image qu'elle voulait donner d'elle-même lorsqu'elle serait une star, celle d'une déesse de l'écran comme Hollywood en avait été si prodigue dans les années 30 et 40. Adopter un tel comportement lui avait semblé utile à sa carrière et, depuis, elle s'y tenait.

Ayant fini de servir des clients à l'autre bout du bar, le barman vint s'incliner devant elle et lui décocha un regard admiratif :

« Bonjour, mademoiselle Tempest. Qu'est-ce qui vous ferait plaisir ?

— Une de vos fameuses préparations, Joe. Surprenez-moi.

— Pourquoi pas un « Mimosa » ? Cela conviendrait parfaitement à une belle journée comme aujourd'hui.

— Rien que le nom a l'air délicieux. »

Tandis que le barman s'éloignait, Katherine ôta ses gants et regarda autour d'elle. Elle salua d'un signe de tête deux journalistes accoudés au bar non loin d'elle, reconnut quelques visages çà et là dans la salle. L'Arlington était un endroit à la fois intime et sympathique, fréquenté par une élite de journalistes, de critiques et de personnalités du théâtre et du cinéma. Il était bon d'y être vu, instructif d'observer. Katherine se félicita de son choix.

Perchée sur son tabouret, dégustant à petites gorgées le cocktail que le barman lui avait servi, elle revenait malgré elle au texte qu'elle devrait prononcer pour son bout d'essai. Il lui faudrait convaincre et s'imposer mieux que jamais. Si seulement Nicolas Latimer s'était montré moins désagréable et plus enclin à coopérer, se dit-elle avec irritation, je ne serais pas forcée de recourir à des expédients...

Une voix inconnue qui l'apostrophait la fit se retourner :

« Vous êtes bien Katherine Tempest, n'est-ce pas ? »

Une grosse fille rougeaude à la chevelure carotte se tenait derrière elle. Un tailleur violet et un petit chapeau de feutre vert émeraude lui faisaient un invraisemblable accoutrement. Katherine dissimula sa surprise du mieux qu'elle put :

« Oui, c'est moi... »

Elle dévisagea la nouvelle venue, s'efforça de l'identifier. Un sourire lui vint enfin aux lèvres :

« Ah ! Vous êtes Estelle Morgan, si je ne me trompe », dit-elle en lui tendant la main.

Katherine connaissait trop l'importance des journalistes pour se permettre la moindre gaffe vis-à-vis d'eux. Elle traitait les plus insignifiants avec le déploiement de charme et les égards dus aux personnalités de premier plan. Un jour, qui sait ? le menu fretin pourrait se révéler utile...

Ravie d'être reconnue, l'interpellée serra chaleureusement la main tendue :

« Que c'est gentil de ne pas m'avoir oubliée ! s'écria-t-elle. Une actrice célèbre comme vous... »

« Avec une pareille allure, ma fille, je ne vois pas comment on t'oublierait », faillit laisser échapper Katherine. De son ton le plus suave, elle se borna à répondre :

« Si mes souvenirs sont bons, vous êtes correspondante d'un magazine américain, n'est-ce pas ?

– Quelle mémoire prodigieuse ! s'exclama l'autre. En fait, j'écris des chroniques pour plusieurs magazines. Je parcours toute l'Europe, je me spécialise dans les célébrités, le « jet-set », tout le gratin, quoi ! »

Estelle Morgan semblait vouloir prendre racine. Katherine réprima un soupir résigné :

« J'ai presque fini mon cocktail. Voulez-vous me tenir compagnie ? Je pensais en commander un autre.

– Oh ! Avec joie ! Vous êtes trop aimable. »

Elle sauta avec empressement sur le tabouret voisin et tendit une main gantée de vert pomme vers le « Mimosa » de sa voisine :

« Qu'est-ce que c'est, ce truc ? »

Cette fois, Katherine cilla malgré elle.

« Champagne et jus d'orange, répondit-elle en se maîtrisant à grand-peine. Essayez-en donc un, c'est délicieux.

– Oh ! oui. Je meurs de soif. »

Katherine fit signe à Joe de préparer deux verres et décida de faire bénéficier Estelle de son traitement de charme; puisqu'elle ne pouvait pas s'en débarrasser, autant se la rallier.

« Votre travail doit être passionnant, dit-elle avec conviction. Avez-vous trouvé beaucoup de sujets dignes de vos lecteurs depuis que vous êtes à Londres ?

– Bien sûr. Mais je ne suis basée ici que temporairement. Je me déplace beaucoup, je butine çà et là. Paris, la Côte, Biarritz, Rome, tous les coins intéressants selon la saison. Si vous saviez, Katherine, comme je m'amuse... Vous permettez que je vous appelle Katherine, j'espère ?

– Evidemment, Estelle ! se hâta d'approuver la jeune fille.

– Je vous ai vue l'autre soir et je vous ai trouvée tout simplement divine ! reprit la journaliste avec un regard où éclatait l'admiration. La pièce va sans doute tenir longtemps l'affiche et, dans un sens, c'est dommage. Vous devriez faire du cinéma ! Pas de projets en vue de ce côté-là ?

– Non, pas pour le moment... Mais on ne sait jamais, dans notre métier, ce n'est pas moi qui vous l'apprendrai. »

Ce coup de sonde avait mis Katherine sur ses gardes et elle se promit d'observer la plus grande prudence avec la trop flatteuse Estelle.

« C'est bien vrai ce que vous dites, on ne sait jamais... »

Alors, en appuyant son propos d'un clin d'œil complice, elle se pencha vers sa voisine et poursuivit, d'un ton de conspirateur :

« Justement, je vous ai vue dîner avec Victor Mason, l'autre soir. Je me demandais si vous ne mijotiez pas un film avec lui... Ou bien n'entretenez-vous que des rapports strictement personnels ? »

Katherine dut faire effort pour contenir son exaspération :

« Ni l'un ni l'autre. Nous ne sommes rien de plus que de bons camarades, affirma-t-elle avec un sourire innocent.

– Bah ! c'est ce qu'elles disent toutes, répliqua Estelle en pouffant de rire. J'ai tendance à fourrer mon nez partout, je sais. Mais il ne faut pas m'en vouloir, c'est le métier qui veut ça... En tout cas, soyez tranquille, je ne travaille pas pour les feuilles à scandale comme *Confidential.* Ce n'est pas moi qui irai raconter vos petits secrets...

– Je ne m'inquiète de rien et je n'ai aucun petit

secret à divulguer, répliqua Katherine sèchement. Victor et moi sommes bons amis, comme je vous l'ai déjà dit. Ah ! merci, Joe ! »

La journaliste plongea goulûment ses lèvres dans son verre. Katherine l'observa avec méfiance.

« Pourquoi venez-vous de parler de *Confidential* ? demanda-t-elle. Cette ignoble feuille de chou se plaît à traîner tout le monde dans la boue. Ni Victor ni moi n'avons rien à en redouter, croyez-moi... »

Elle regretta aussitôt cette dernière déclaration, qui ressemblait par trop à une protestation d'innocence et un aveu mal déguisé. Apparemment, Estelle n'avait rien remarqué, car elle se pencha vers sa voisine et poursuivit, dans un chuchotement surexcité :

« Vous n'êtes donc pas au courant ? Arlene Mason, sa dernière femme, a demandé le divorce et poursuit Victor en justice. Elle réclame une véritable fortune. De vous à moi, c'est une garce comme on en voit peu. Mais elle a, paraît-il, des révélations croustillantes à faire sur les frasques de son mari et n'adore rien tant que de lâcher des sous-entendus devant n'importe qui, surtout des journalistes. Heureusement, Victor a des amitiés fidèles dans la presse et personne n'a envie d'écouter les perfidies de cette chipie. Mais, puisque nous en parlons, vous feriez bien de prévenir Victor qu'il se méfie. J'ai entendu dire, il y a quelques jours, que le magazine a expédié un reporter en Angleterre à seule fin d'espionner ses faits et gestes. »

Katherine savait que le divorce de Victor lui causait des soucis; les révélations d'Estelle lui firent cependant l'effet d'un choc. Doutant des véritables mobiles de la journaliste, elle se borna à lui faire un sourire aimable :

« J'étais vaguement au courant, en effet. En tout cas, merci de m'avoir prévenue. Je transmettrai vos conseils à Victor pour qu'il se tienne sur ses gardes. Il vous en sera sûrement reconnaissant.

– C'est bien la moindre des choses ! se récria Estelle. Entre amis, n'est-ce pas, il faut se rendre service... »

Elle se félicitait de la manière habile dont elle avait approché Katherine et mené la conversation. Il ne lui restait désormais qu'à pousser son avantage, se rendre indispensable et prendre solidement pied parmi les intimes de la jeune actrice.

Derrière son sourire désarmant, Katherine réfléchissait avec rapidité et précision. En la prévenant, Estelle ne cherchait-elle pas à brouiller les pistes ? N'était-elle pas, elle-même, la mystérieuse correspondante du magazine à scandale ? Intuitivement, Katherine rejeta cette hypothèse. Sa voisine était trop obséquieuse, trop manifestement portée à la flagornerie pour présenter un danger. Elle préférait se lier avec les célébrités que s'en faire des ennemis – et elle n'était pas assez intelligente pour jouer un double jeu. Par conséquent, mieux valait s'attacher sa bonne volonté et user de sa serviabilité. Une Estelle Morgan se nourrissait littéralement de sa familiarité, vraie ou supposée, avec les gens en vue ; leur éclat rejaillissait sur elle. Flattons donc les flatteurs, se dit Katherine, c'est le meilleur moyen de les tenir en laisse...

Elle se pencha vers sa voisine, adopta à son tour le ton de la confidence :

« J'y pense, ma chère Estelle, le mieux serait sans doute que vous parliez vous-même à Victor de tout ce que vous m'avez dit. Il donne un petit dîner dimanche prochain, improvisa-t-elle avec aisance, et je suis sûre qu'il serait ravi de vous avoir. Vous pourriez d'ailleurs y rencontrer des gens intéressants, des sujets d'interviews. J'ai bien envie de vous y emmener. »

Naturellement, Katherine ignorait encore qui

faire venir pour éblouir Estelle, mais ce n'était qu'un détail.

L'invitée surprise rayonnait de bonheur :

« Oh ! Katherine, quelle excellente idée ! s'écria-t-elle avec ferveur. Rien ne pourrait me faire plus plaisir... En fait, c'est sur vous que je devrais d'abord écrire un article. Si nous prenions tout de suite rendez-vous pour une interview ?

— Vous êtes vraiment trop gentille, mais j'ai tant à faire en ce moment. Le mois prochain, d'accord ?... Occupez-vous donc plutôt de Victor, se hâta-t-elle d'ajouter devant la mine déconfite de sa voisine. Je vais vous organiser cela ! Vous savez qu'il va tourner une nouvelle version des *Hauts de Hurlevent.* Vous serez la première à qui il l'annoncera officiellement. Qu'en dites-vous ? Un *scoop* !

— Vous êtes un ange ! s'exclama Estelle en fouillant dans son sac. Voici ma carte, n'oubliez pas de me prévenir pour le dîner de dimanche... La fille, là-bas, a l'air de vous regarder fixement. C'est avec elle que vous aviez rendez-vous ? »

Katherine se retourna, reconnut Francesca et descendit aussitôt de son tabouret pour aller à sa rencontre. Les deux jeunes filles s'embrassèrent affectueusement.

« Francesca, il faut que je vous présente une excellente amie, Estelle Morgan, journaliste. Estelle, *Lady* Francesca Cunningham. »

Estelle ne savait s'il fallait être plus flattée d'avoir été qualifiée d'excellente amie ou d'être présentée à une lady – Katherine avait volontairement appuyé sur le titre. Rouge de plaisir, elle secoua énergiquement la main de Francesca.

« Ravie de faire votre connaissance ! dit-elle en minaudant. Mais il faut que je me sauve, la personne que j'attendais est enfin arrivée. Merci pour tout, Katherine. A dimanche ! »

Francesca s'installa sur le tabouret laissé libre par

Estelle, Katherine commanda deux nouveaux « Mimosa » au barman. L'extraordinaire beauté de Katherine, l'innocence de son regard et de son sourire captivaient déjà Francesca, qui ne pouvait détourner ses yeux. Elle ne pensait plus à sa conversation matinale avec son père.

Katherine posa affectueusement la main sur le bras de son amie :

« Je suis enchantée que vous ayez pu venir déjeuner, Francesca. Je mourais d'envie de vous revoir, de parler tranquillement.

– Moi aussi, Katherine », répondit-elle avec sincérité.

Elle regardait autour d'elle, appréciait l'élégance du décor :

« L'endroit est très agréable, reprit-elle. Habituellement, je me contente d'un infâme pub près du British Museum... Kim me reproche d'y prendre pension.

– Vous étiez à la bibliothèque ce matin ?

– Oui. Et plus j'avance dans mes recherches, plus je prends conscience de l'immensité du travail qui me reste à accomplir, dit-elle en soupirant. Des centaines d'ouvrages à consulter, des montagnes de notes à trier, à dépouiller...

– Mais vous avez commencé il y a huit mois, m'a dit Kim ! s'écria Katherine avec étonnement.

– C'est vrai. Il me reste pourtant bien du chemin à parcourir avant de toucher au but. Je me demande parfois si je serai jamais capable d'écrire ce livre...

– Bien sûr que si ! protesta Katherine. Il ne faut jamais douter de soi-même, Francesca. Tenez, buvez un peu, cela vous remontera. »

Francesca sourit sans conviction, trempa ses lèvres dans son cocktail et Katherine se demandait avec inquiétude comment égayer son amie. Au bout d'un assez long silence, elle dit :

« Qu'est-ce qui vous tracasse, Francesca ? Cela vous ferait-il du bien d'en parler ?

– Je ne sais pas... »

En fait, Francesca avait envie de s'épancher sans oser se laisser aller. La plaisanterie vexante de Kim, lui prédisant que son livre n'intéresserait personne, l'avait touchée plus profondément qu'elle ne voulait l'admettre. Elle doutait de pouvoir terminer son travail et écrire le livre. Son père avait trop de préoccupations pour qu'elle s'en ouvrît à lui, aucune de ses amies ne s'y serait intéressée – elles ne songeaient qu'à leur prochain bal et au mari qu'elles dénicheraient. Il lui fallait un auditeur intelligent, sachant compatir et la réconforter. Or Katherine paraissait remplir toutes ces conditions; elle tiendrait à coup sûr le rôle de la confidente idéale.

Sur une dernière hésitation, Francesca se lança :

« A dire vrai, Katherine, je songeais sérieusement ce matin à abandonner. Jamais je ne me suis sentie aussi découragée et il suffirait d'un rien pour que je laisse tomber ce malheureux livre.

– Oh ! Francesca ! Comment pouvez-vous dire une chose pareille ? Il ne faut jamais abandonner, quand on entreprend quelque chose. Persévérez. Lorsque votre manuscrit sera terminé, vous trouverez des éditeurs à la pelle qui se battront pour le publier !

– J'en doute ! répondit Francesca en riant sans gaieté. Non, voyez-vous, je me fais trop d'illusions. Vouloir poursuivre une carrière d'écrivain – dans laquelle je n'ai pas même débuté – n'est qu'une utopie. Je ferais bien mieux de me trouver un emploi quelconque. Au moins, je gagnerais de l'argent et je participerais aux dépenses de la maison. »

Cette dernière remarque choqua Katherine, qui ne soupçonnait pas que la famille de Francesca avait des difficultés financières. Elle s'abstint pourtant de relever le propos, de peur de se montrer indiscrète.

« Si j'en crois Kim, vous possédez un réel talent...

– Il a l'esprit de famille, c'est tout, l'interrompit Francesca. Mais je ne devrais pas vous ennuyer avec mes histoires et vous imposer mes états d'âme. Pardonnez-moi, Katherine.

– Pas du tout, voyons ! Je voudrais vous aider, au contraire. Allons, Francesca, expliquez-moi ce que vous ressentez. A nous deux, nous découvrirons peut-être la racine de vos problèmes.

– C'est justement là le problème ! répondit Francesca avec un rire contraint. Je ne sais plus ce que je ressens. Je n'ai plus de certitudes sur rien...

– Parce que vous avez peur, déclara Katherine d'un ton assuré. Vous avez perdu confiance en vous-même. Voilà précisément ce qu'il faut combattre. Moi, je *sais* que vous êtes capable de mener votre travail à bien. Ne me demandez pas où je puise ma certitude, je l'ignore. Je le sens intuitivement, voilà tout... »

Elle s'éclaircit la voix avant de poursuivre :

« Je ne parle pas à la légère, croyez-moi Francesca. Ce que vous éprouvez en ce moment, je l'ai ressenti bien des fois. Moi aussi, j'ai douté de moi-même, de mes capacités à sentir un rôle, à camper mon personnage. Moi aussi, j'ai eu peur d'échouer, j'ai été paralysée par le trac. C'est normal. Il suffit de persister et cela passe. »

Francesca ne réagit pas. Au bout d'un instant, Katherine reprit :

« Vous savez, Francesca, l'essentiel, je crois, est de savoir dominer nos craintes. Cela exige énormément d'efforts, je le sais, mais la réussite en vaut largement la peine. Il faut poursuivre son rêve, parce que, sans rêve, nous ne possédons rien – et sans rien, la vie ne vaut pas la peine d'être vécue.

– Je sais, Katherine, et je comprends ce que vous dites. Mais je crois que je n'ai plus assez confiance en moi pour réagir.

« — Vous n'avez pas le droit d'être si défaitiste ! protesta Katherine avec un sourire réconfortant. Ce qui vous arrive est parfaitement explicable, la fatigue, la lassitude. Prenez un peu de recul, ne pensez plus à votre livre pendant quelques jours. Du repos vous fera le plus grand bien et vous vous sentirez de nouveau pleine de confiance et d'énergie. Que pourrais-je faire pour vous être utile, Francesca ? Je sais dépouiller des notes et je serais ravie de vous aider... »

Touchée par l'affection de Katherine, Francesca la dévisagea longuement. L'inquiétude de son père lui revint en mémoire : non, se dit-elle, il n'y a pas lieu de s'inquiéter. Katherine est vraiment la personne qu'elle paraît être — et bien plus remarquable encore. Dénuée d'égoïsme, pleine d'affection et de sincérité... Les quelques doutes qui restaient à Francesca se dissipèrent aussitôt, et c'est d'une voix plus assurée qu'elle répondit :

« Votre gentillesse me touche profondément, Katherine. Malheureusement, je suis la seule à savoir quoi chercher dans les documents et personne ne peut vraiment m'aider. Mais je vous suis quand même reconnaissante de me l'avoir proposé.

— En tout cas, si vous avez besoin d'aide pour quoi que ce soit, n'hésitez pas, Francesca. Promis ?

— Promis.

— Et maintenant, allons déjeuner. »

Une fois installées à leur table et après que le serveur eut noté leur commande, elles bavardèrent quelques minutes. Visiblement détendue, Francesca profita d'un bref silence pour dire à son amie :

« Merci de m'avoir écoutée tout à l'heure, Katherine. Cela m'a fait du bien. Je crois que je vais suivre votre conseil et ne plus m'occuper du livre pendant plusieurs jours. Je m'y remettrai beaucoup mieux ensuite.

— A la bonne heure ! Mais au fait, il n'est jamais

trop tôt pour mettre au point ses projets. Vous n'avez pas d'agent littéraire, n'est-ce pas ? Nous pourrions demander à Victor de vous en trouver un bon...

— Non ! s'écria Francesca. C'est inutile... »

Gênée de sa réaction excessive, elle rougit et ne sut que dire. Katherine lui jeta un coup d'œil étonné :

« Alors, je pourrais demander à Nicolas Latimer de vous aider. Il n'a jamais rien fait pour moi, mais cela ne veut pas dire qu'il n'accepterait pas de faire quelque chose pour vous.

— Pourquoi ne veut-il rien faire pour vous, Katherine ? s'enquit Francesca, surprise. Lundi soir, aux Ambassadeurs, il était absolument charmant et j'avais l'impression qu'il vous aimait beaucoup.

— C'est loin d'être le cas, répondit Katherine avec un sourire amer. Oh ! bien sûr, devant les autres il fait comme si nous étions les meilleurs amis du monde, mais en fait je sais qu'il me déteste.

— C'est impossible, voyons ! Personne ne peut vous détester ! protesta Francesca. Et puis, ne lui demandez rien. Je n'ai vraiment pas besoin d'un agent pour le moment.

— Nous garderons donc Nick Latimer en réserve. Mais, puisque nous parlions de services à rendre, j'aurais justement voulu vous en demander un.

— Avec joie ! s'écria Francesca. De quoi s'agit-il ?

— J'ai besoin de dialogues pour mon bout d'essai. Pourriez-vous les écrire ? »

Francesca écarquilla les yeux, stupéfaite :

« Mais... j'en serais incapable ! Je désire vous rendre service, Katherine, se hâta-t-elle d'ajouter, je ferais n'importe quoi pour vous. Mais dans ce cas je ne saurais comment m'y prendre. »

Bouleversée de refuser cette première faveur que sollicitait son amie, Francesca voulut adoucir sa rebuffade et reprit aussitôt :

« Ne m'en veuillez pas, Katherine. Vous présumez trop de mes capacités, j'en ai peur... Expliquez-moi au moins ce dont vous auriez besoin, j'aurai peut-être une idée.

— C'est vous qui doutez trop de votre talent, Francesca ! dit Katherine avec son sourire le plus charmeur. Je pense à un passage des *Hauts de Hurlevent*. Or, vous avez vous-même dit, samedi dernier, que vous connaissiez le roman presque par cœur.

— Oui, bien sûr... Mais pourquoi en réécrire un passage ? Je croyais que Victor Mason avait déjà le scénario tout prêt.

— En effet. Seulement, Nick Latimer prétend qu'il est en train de le réviser. A mon avis, il cherche à se montrer désagréable à mon égard... Passons. Victor m'a laissée libre de choisir mon texte, d'une durée de trente minutes environ. J'ai soigneusement relu le livre et j'ai trouvé la scène qui me convient. Je vous assure, Francesca, que ce ne serait pas difficile à adapter.

— Quelle scène ? dit-elle avec curiosité.

— Celle où Catherine revient de Thrushcross Grange et apprend à Nelly Dean que Linton lui a demandé sa main. Pendant ce temps, Heathcliff est caché derrière la porte...

— Et il entend Catherine parler de son amour pour lui ! Oui, bien sûr, je la connais. C'est une des scènes les plus émouvantes de tout le livre.

— Eh bien, si vous relisez ce chapitre, vous y trouverez suffisamment de dialogues pour en tirer une scène d'une demi-heure. Il ne m'en faut pas davantage. Je suis sûre que vous y arriverez, Francesca ! En deux jours, trois tout au plus... Cela vous changera de vos recherches historiques. Acceptez, je vous en prie. Ce tournage a pour moi une telle importance... »

Francesca hésita. Ses doutes restaient plus forts

que son désir d'être agréable à sa nouvelle amie...
Finalement, ce dernier sentiment l'emporta :

« Eh bien, soit ! Si vous m'en croyez vraiment capable, je veux bien essayer. Je préfère ne rien vous promettre sur le résultat mais je ferai de mon mieux. Il faudra quand même que vous me donniez des conseils, le nombre de pages, l'endroit où débuter la scène, où la terminer...

– Oh ! merci, Francesca ! Merci, du fond du cœur ! Rassurez-vous, je vous aiderai. Je vais d'ailleurs commencer tout de suite à vous donner certaines indications. L'essentiel existe déjà dans le roman, ce n'est qu'une simple question de mise en forme. »

Francesca hocha la tête sans mot dire et contempla longuement son assiette. Lorsqu'elle releva les yeux, elle dirigea vers Katherine un regard perplexe :

« Vous paraissez avoir en moi une confiance illimitée, Katherine. Pourquoi ? »

Elle réfléchit un instant. Un sourire radieux l'illumina :

« L'intuition, Francesca. L'intuition... »

11

Romancier, Nicolas Latimer aimait parfois rester spectateur. Lorsqu'une scène l'intéressait, il observait, emmagasinait dans sa mémoire les actes et les répliques des protagonistes. Plus tard, peut-être, en trouverait-il l'utilisation dans l'une de ses œuvres.

Tel avait été le cas aujourd'hui. La confrontation dont il venait d'être témoin opposait deux personnalités particulièrement passionnantes, Victor Mason et Michael Lazarus. Il avait vu ces deux géants s'affronter comme deux gladiateurs engagés dans un combat à mort. D'instinct, Nick savait que la rencontre tournerait à l'avantage de Victor; celui-ci possédait, à l'insu de son adversaire, des atouts décisifs : la conversation surprise quelques jours auparavant par Hélène Vernaud. Mais Lazarus se croyait le plus fort, car il pensait détenir l'arme imparable : l'argent. Le choc de ces deux personnalités avait constitué un spectacle de choix.

Victor avait fixé le lieu de la rencontre en terrain neutre, le salon de thé du Ritz – où la présence d'un large public préviendrait, avait-il précisé à son ami étonné, toute explosion de rage de la part de son interlocuteur. Nick Latimer n'avait encore jamais rencontré Mike Lazarus et ne le connaissait que de réputation, celle d'un lutteur sûr de lui et prêt à porter l'estocade à la moindre provocation. Froid, dénué de tout scrupule, c'était un homme trapu et taillé en athlète, aux traits secs plutôt qu'anguleux et dont les cheveux noirs commençaient à se teinter de gris. Au premier abord, Nick l'avait trouvé insignifiant. En fait, avait-il rapidement corrigé, Lazarus n'était nullement insignifiant; il semblait simplement éteint, comme écrasé par la présence de Victor Mason. Mais qui ne le serait pas ? La personnalité de son ami dominait aussi fortement son entourage dans la vie qu'à l'écran.

Il avait alors observé Lazarus avec plus d'attention. Il se dégageait de cet homme une très forte impression de puissance, d'autant plus inquiétante qu'on la sentait mal maîtrisée. On la percevait jusque dans la manière dont il se tenait sur son siège, droit, ramassé, les muscles bandés telle une panthère prête à bondir. Ses yeux bleus, trop pâles, exsudaient un magnétisme auquel il était difficile d'échapper. Il émanait de son regard une intelligence pénétrante, capable de percer les défenses les mieux édifiées. Nick avait eu du mal à se défaire de l'impression d'être soumis à quelque rayon laser qui lui fouillait l'esprit.

De ce qu'il avait lu et entendu dire au sujet de cet homme, Nick avait appris que Lazarus s'imposait une discipline de vie ascétique, qu'il disposait d'une énergie aux réserves illimitées et d'une ambition toujours inassouvie. S'il avait dû le comparer à quelque personnage historique, il aurait aussitôt pensé à un condottiere, à l'un de ces princes à demi brigands prompts à se tailler un royaume sur les dépouilles de leurs adversaires malheureux. D'origine juive allemande, comme Latimer lui-même, Lazarus était manifestement un homme hors du commun. A quarante-cinq ans, il s'était édifié un empire multinational, *Global-Centurion,* qui étendait ses tentacules sur le monde entier. Objet d'innombrables articles, Lazarus avait cependant réussi à préserver intact le mystère de sa vie privée, l'obscurité de ses antécédents et de ses débuts difficiles. Nick s'était demandé ce que Hélène Vernaud avait appris sur le compte de ce conquérant des temps modernes. Il lui faudrait, un jour, percer le mystère...

Engagé à mots feutrés, le duel en était vite venu au corps à corps. Avec nonchalance, Victor avait d'abord paré les coups, détourné les attaques de Lazarus. Lorsque celui-ci avait voulu porter la dernière botte, Victor avait sorti son arme secrète : le fameux contrat, dont Lazarus croyait tirer toute sa force, il ne l'avait pas signé. Rien ne les liait l'un à l'autre. Enfin, dans un geste de défi méprisant, il avait déchiré la liasse dont il avait jeté les morceaux sur les genoux du financier.

« Je n'ai que faire de votre argent, Mike, avait-il laissé tomber en se levant. J'ai encore moins envie de vous subir pendant la production de *mon* film. A un de ces jours, peut-être. Tu viens, Nick ? Nous n'avons plus rien à faire ici. »

Sous ce coup inattendu, Lazarus était devenu livide de fureur. Il darda sur les deux hommes un regard étincelant. Alors, d'une voix toujours douce mais chargée de venin, il avait dit :

« Vous regretterez ce que vous venez de faire, Victor. Vous le regretterez amèrement, croyez-moi. »

Victor n'avait pas daigné répondre. Entraînant Nick par le bras, il avait tourné les talons en disant d'une voix forte :

« Allons-nous-en, vieux frère. J'ai grand besoin de respirer. On étouffe, ici. »

Parvenus dans le hall de l'hôtel, Nick n'avait pu contenir sa joie :

« Tu lui as rivé son clou, à cette canaille ! Bravo, Vic !

– J'ai de la chance d'avoir pu le faire, avait répondu Victor avec un large sourire. Si j'avais eu vraiment besoin de lui ou de ses maudits capitaux, il me faisait avaler toutes les couleuvres du monde.

– Tu as donc conclu un accord avec un studio, pour le financement ?

– Non, pas encore. Mais tout se présente bien. La Metro a l'air sérieusement intéressée. De toute façon, même si les pourparlers échouent, je poursuis la production. Nous y avons consacré trop de temps et d'efforts pour tout abandonner bêtement.

– *Bellissima* pourra assurer le financement ?

– A peu de chose près, oui. A condition, bien entendu que j'oublie de me verser mon salaire et que je fasse des économies sur le budget. Mais ne t'inquiète pas, la Metro marchera. Ils veulent que je tourne un film pour eux et ils accepteront mes conditions. »

Nick laissa échapper un rire de soulagement :

« As-tu vu la tête de Lazarus quand tu as déchiré le contrat ? J'ai cru qu'il allait avoir une apoplexie ! Le salaud... J'ai failli lui sauter dessus quand il a démoli mon scénario comme si je n'étais pas là.

– Je m'en doutais, figure-toi, c'est pourquoi j'ai évité de te regarder. Merci quand même d'avoir dominé tes instincts bestiaux. Nous aurions fait la une des journaux du soir...

– En tout cas, je n'aurais manqué cette scène pour rien au monde. C'est la première fois qu'on crache sur son argent, je parie ! Il n'en revenait pas.

– Tu as sans doute raison. C'est précisément cela son problème. Il est trop puissant depuis trop longtemps, il croit pouvoir soumettre chacun à ses trente-six volontés. J'aurais pu me montrer plus régulier avec lui, je l'admets, et lui faire savoir depuis plusieurs jours que je n'avais pas l'intention de conclure notre projet. C'est l'instinct du comédien qui l'a emporté sur le sang-froid de l'homme d'affaires. Je n'ai pas pu résister à l'envie de jouer la grande scène et je t'avoue y avoir pris plaisir.

– Moi aussi... Malgré tout, sa dernière réplique ne m'a pas plu du tout. Lazarus a la réputation d'être rancunier. Je l'ai trouvé sinistre, à vrai dire, et il pourrait fort bien tenir parole et se venger. Il ne te fait pas peur ?

– Absolument pas, Nick. Quant à le trouver sinistre, permets-moi de te dire que tu te laisses emporter par ton imagination.

– Possible... Quoi qu'il en soit, je plains Hélène. L'idée de la savoir entre les pattes d'un type comme Lazarus...

– Arrête ton cinéma, Nick ! Hélène est une grande fille, elle est parfaitement capable de se défendre contre les hommes.

– Je l'espère. A propos de filles, as-tu remarqué l'éclair de curiosité dans ses yeux quand tu lui as parlé de Katherine ?

– Oui, comme je l'avais déjà observé lundi dernier aux Ambassadeurs. Tu as vu Lazarus faire son entrée avec cette rousse couverte de diamants, n'est-ce pas ? Eh bien, à peine avait-il jeté les yeux sur Katherine qu'il a eu l'air de se désintéresser de la fille. Quant à Katherine, elle était parfaitement consciente de l'attention de Lazarus. Il est reparti presque aussitôt, après avoir juste bu un verre.

– Qui était-ce, cette rousse ?

– Pas la moindre idée. Lazarus n'en donne pas l'impression, mais je tiens de bonne source qu'il est un redoutable coureur de jupons.

– Il doit leur faire payer cher les bijoux dont il les couvre, les pauvres filles. Cela ne m'étonnerait pas de lui.

– Marchons, veux-tu ? Je n'ai pas envie de rentrer tout de suite et l'exercice me fera du bien. »

Sans plus parler, les deux amis marchèrent du même pas. Plongés chacun dans ses pensées, ils descendirent Piccadilly en direction de Hyde Park Corner.

Victor s'absorbait déjà dans son projet d'accord

avec la MGM, passait en revue les éléments capables d'assurer le succès de ses négociations : trouver une distribution éclatante, des acteurs de premier plan, l'élite du cinéma britannique : Terrence Ogden, pour le personnage essentiel d'Edgar Linton; Mark Pierce pour la mise en scène... Ce serait difficile. Mark Pierce lui avait déjà opposé un refus, sous prétexte qu'il ne voulait pas se commettre dans de vulgaires *remakes.* Mais Victor ne se faisait guère de soucis. Il obtiendrait la collaboration de Mark Pierce et de Terry Ogden. L'affaire était en bonne voie, elle trouverait prochainement une heureuse solution. Restait à s'assurer le concours d'Ossie Edwards, de très loin le meilleur chef opérateur du Royaume-Uni et dont la réputation était internationale. Décidément, se disait Victor, maintenant que je me suis allégé du fardeau que représentait Lazarus, tout devrait se passer comme sur des roulettes.

En marchant, Nick jetait de temps à autre un regard sur son ami et s'abstenait d'interrompre ses réflexions. Pour sa part, ses pensées tournaient obstinément autour de Mike Lazarus, revenaient à sa dernière menace. Mais que pouvait-il vraiment faire pour nuire à Victor Mason ? Rien. Il n'avait aucune influence dans l'industrie cinématographique et Victor était une star trop considérable, trop solidement implantée dans l'« establishment » hollywoodien pour que quiconque osât s'y attaquer. Pourtant, un homme de l'envergure de Lazarus possédait obligatoirement des entrées dans tous les milieux financiers, le pouvoir d'exercer des pressions... Soucieux, inquiet en dépit de ses efforts pour se rassurer, Nick préféra chasser de son esprit ces sombres pressentiments.

Le froid le fit frissonner. Il releva le col de son pardessus, enfonça plus profondément ses mains dans ses poches. Le vent s'était levé, les nuages s'amoncelaient. Contrairement à Victor, dépaysé loin du soleil continuel et des brises tièdes de la Californie, le jeune écrivain trouvait du charme aux caprices du climat britannique, à ses saisons nettement différenciées. L'idée du printemps le fit penser, sans qu'il sût pourquoi, à Francesca Cunningham et il sourit. En voilà une, se dit-il, qui ne risque pas de se fondre dans la grisaille. Sous ses dehors timides de jeune fille bien élevée, elle dissimule des qualités hors du commun.

Il attira l'attention de Victor en lui tapant sur le bras :

« Lazarus n'a épargné personne, aujourd'hui. Comment ose-t-il qualifier Francesca d'insipide ? Il l'avait à peine aperçue deux minutes l'autre soir.

— Il faisait exprès de se montrer odieux pour me faire sortir de mes gonds, voilà tout.

— En quoi une réflexion désagréable sur Francesca te ferait-elle sortir de tes gonds ? demanda Nick avec ironie. Saurait-il quelque chose que tu me caches ?

— Je ne te cache rien ! Il m'a vu en train de lui parler au bar et il a pris mon habituel déploiement de charme pour de la sollicitude. Tu me connais, voyons !

— Justement, vieux frère, je te connais trop bien et tu ne t'en tireras pas par une pirouette, cette fois. Explique-toi.

— Puisque tu insistes ! Elle m'a effectivement tapé dans l'œil la première fois que je l'ai vue. Pendant quelques jours, elle m'a trotté dans la tête, je l'avoue aussi. Mais cela ne veut rien dire. Ce n'est qu'une gamine !

— Dix-neuf ans. C'est en effet trop jeune pour toi, Casanova.

— Je ne te le fais pas dire ! Elle est beaucoup trop jeune. D'au moins vingt ans », ajouta-t-il avec regret.

Avec une moue sceptique, Nick tenta de se rappeler la conduite de Victor au cours de ce souper de lundi. Il ne semblait effectivement pas avoir franchi les limites de la simple courtoisie et, tout compte fait, n'avait guère parlé à Francesca. Mais avec lui, savait-on jamais...

« Tu n'as donc aucune intention inavouable à son égard ?

– Avouable ou non, aucune ! D'ailleurs, il est manifeste que je ne l'intéresse pas.

– Veux-tu parier ? dit Nick en éclatant de rire.

– Non, et le sujet ne présente aucun intérêt. Elle est trop jeune, je te le répète. Nous appartenons à deux mondes radicalement différents et qui ne se mélangent pas. Je n'ai pas besoin, en ce moment surtout, de me plonger dans des ennuis supplémentaires.

– C'est vrai. A propos d'ennuis, as-tu des nouvelles de cette garce d'Arlene ?

– Rien, pas un mot d'elle ni de ses avocats. Ils sont sans doute en train de mettre au point le meilleur moyen de me dépouiller, jusqu'à ma dernière chemise... Ne me parle plus d'elle, veux-tu ? Tu me gâches ma journée.

– Excuse-moi, vieux frère... Pour en revenir à Francesca, je ne crois pas que tu lui déplaises. En fait, j'ai plutôt l'impression que tu lui fais peur.

– Moi, lui faire peur ? Tu plaisantes, j'espère ! Que veux-tu dire !

– Je ne dirai pas que ton irrésistible séduction la paralyse au contraire des autres femmes – elle est d'ailleurs dotée de moyens de défense très efficaces, j'en suis à peu près certain. Quand nous avons bavardé l'autre soir, je lui ai demandé ce qu'elle pensait des *Hauts de Hurlevent*. Or, elle m'a répondu que tu lui avais interdit de m'en parler, rien moins ! Est-ce vrai ? »

Victor éclata de rire :

« Bien sûr que non ! En plaisantant, je lui ai dit

de ne pas s'approcher de toi pour ne pas t'influencer. Elle a sur la question des opinions très arrêtées et m'a déclaré sans détour qu'il ne s'agit nullement d'une histoire d'amour mais, au contraire, de vengeance et de mort.

– Elle a raison.

– Vraiment ?

– Oui, parfaitement. Mais c'est aussi une histoire d'amour... Ainsi, poursuivit Nick avec un sourire ironique, elle ne se contente pas d'être jolie, elle a de la cervelle. Combinaison fatale, pour un séducteur comme toi. Tu ferais bien de te surveiller.

– Oh ! Va-t'en au diable ! s'écria Victor. Je suis bien trop absorbé par le film pour songer à séduire une enfant de dix-neuf ans, encore au stade des soupirs romanesques. »

Nick préféra ne pas insister et ils poursuivirent leur promenade en silence. Il revit avec plaisir les rues de Mayfair, où son père l'avait promené enfant avec sa sœur Marcia. Le père et le fils étaient alors inséparables. Lorsque Nick lui avait fait part de sa détermination de devenir écrivain, plutôt que de se préparer à prendre la succession paternelle à la banque, la colère de son père et la longue rupture qui avait suivi l'avaient profondément marqué. Ils s'étaient réconciliés depuis peu car Nick avait toujours éprouvé de la vénération pour lui.

A côté de lui, Victor s'était arrêté net. Ils étaient près d'un chantier de construction où se dressait lentement l'ossature d'un haut bâtiment. Les poutrelles d'acier se découpaient sur le ciel comme le squelette de quelque monstre préhistorique.

« Que se passe-t-il, Vic ?

– Oh ! rien... »

Victor recula d'un pas, se pencha en arrière pour contempler le sommet de la structure où deux ouvriers étaient perchés. La hauteur, la distance les faisaient paraître minuscules. Un flot de souvenirs l'envahit. Au bout d'un moment, il regarda Nick, qui le dévisageait avec étonnement.

« Tu ne sauras jamais ce que c'est que la peur tant que tu n'auras pas grimpé là-haut, sans rien qu'un bout de ferraille et le vide entre le sol et toi, dit Victor d'une voix assourdie. Tant que tu n'auras pas vu un de tes camarades glisser et faire le grand plongeon, en se désarticulant comme un pantin au cours de sa chute. C'est alors que l'expression « paralysé par la peur » prend toute sa signification, quand tu sais que tu n'auras jamais plus la force de remonter. Plus tard, si tu tentes cette expérience, à nouveau, tu trembles. Tu trembles comme jamais alcoolique en proie au delirium tremens n'a tremblé... »

Nick attendit un instant avant de demander :

« Cela t'est arrivé, Vic ?

– Oui... Le plus drôle, c'est que je n'ai d'abord rien ressenti en voyant Jack tomber. J'étais sans doute trop bouleversé sur le moment même. Cela m'a pris quarante-huit heures plus tard... Cette fameuse paralysie, c'est la hantise de tous les ouvriers du bâtiment, de tous les monteurs en charpente métallique. Quand tu l'attrapes, autant quitter le métier. Tu as beau tout faire pour dissimuler ta frousse, te forcer à paraître normal parce que tu as besoin de travailler, cela finit toujours par te prendre. Tu as toujours la peur au ventre et tu ne peux plus la cacher aux autres : quand le bâtiment s'élève, il faut que tu montes avec. Si tu refuses, c'est la porte. Et puis, tes copains sentent ta panique qui sue par tous tes pores...

– C'est à ce moment-là que tu as abandonné ?

– Oui, quelques semaines plus tard. Ellie la sentait, ma peur. Son père, ses frères étaient tous dans le bâtiment. C'est justement à cause de Jack, son plus jeune frère, que j'avais fait sa connaissance. Quand il est tombé, il avait à peine vingt ans... Oui,

Nick, avec moi elle a compris tout de suite – elle avait l'habitude. C'est elle qui m'a supplié de ne pas continuer. Au début, j'ai refusé. Je ne voulais pas faire comme les autres, tu comprends. Je tenais à la dominer, ma peur, à la mater... J'y suis arrivé, crois-le ou non. Huit jours après la chute de Jack, un autre gamin s'est trouvé coincé entre deux poutrelles au sommet d'une tour de soixante étages. La pluie commençait à tomber, le vent s'était levé, presque une tempête. Le malheureux gamin s'est souvenu de l'accident de Jack, il est resté à geler sur place, incapable de descendre, de faire un geste. Je suis monté le chercher. La semaine suivante, j'ai lâché le bâtiment pour de bon, au grand soulagement d'Ellie. C'est après cela que nous avons quitté l'Ohio pour la Californie. Les jumeaux avaient à peine un an. J'avais acheté une vieille camionnette et nous nous sommes entassés tous les quatre, avec les bagages, quelques affaires, tous serrés là-dedans comme des sardines. Mais il faut que je te dise, Nick : c'était le bon temps. J'avais tout ce que je souhaitais jamais avoir au monde, Ellie et les jumeaux. Le reste, je m'en moquais... Pense donc ! ajouta-t-il avec un petit rire, je n'avais même pas vingt ans !

— Et ton ami Jack, le frère d'Ellie ? A-t-il été tué dans sa chute ?

— Non, il est resté paralysé. Depuis, il ne quitte plus sa petite voiture. Heureusement que j'ai réussi, je peux m'occuper convenablement de lui... »

La gorge nouée par l'émotion, Nick ne put rien répondre. Ces confidences le stupéfiaient et faisaient naître en lui une admiration sans bornes. Ainsi, Vic avait huit personnes à sa charge, en comptant le reste de sa famille. Sans parler des amis qu'il dépannait avec autant de générosité que de discrétion à la moindre occasion... Un cœur pareil ne se trouve pas souvent sur terre, se dit-il avec une nouvelle bouffée d'affection.

Victor avait de nouveau rejeté la tête en arrière pour observer les traverses métalliques. L'expression impénétrable, les lèvres serrées, il se détourna enfin de ce spectacle et dit à Nick avec gravité :

« Vois-tu, je sais vraiment ce que c'est que la peur. J'ai appris à la vaincre. Alors, quand je te dis qu'un Mike Lazarus ne m'effraie pas, tu peux me croire sur parole. »

12

DEBOUT contre un portant, Norman Rook, l'habilleur de Terrence Ogden, ne pouvait s'empêcher
d'admirer Katherine Tempest. Son jeu éblouissant,
son aisance sur scène ne trahissaient rien de la nervosité qu'elle aurait dû ressentir. Une heure à peine
avant le lever du rideau, Norman avait fait irruption
dans sa loge pour lui lancer un appel au secours.
Sans hésiter, Katherine l'avait suivi.

Cet après-midi-là, au cours du déjeuner, Terry
avait eu une scène violente avec sa maîtresse, Alexa
Garrett. Horrifié, Norman les avait entendus se jeter
à la tête insultes et accusations. Alexa était partie
en claquant la porte, jurant de ne plus lever les
yeux sur ce cabotin de troisième ordre qui se prenait pour un génie. Plus encore mortifié par cette
injure que par la rupture, Terry avait réagi par
une explosion de rage, saccagé son appartement
et, pour finir, cherché dans l'alcool à apaiser
ses blessures d'amour-propre. A sept heures du soir,
ivre mort, il s'était écroulé sur un canapé. Incapable
de le ranimer, Norman s'était affolé. Une seule
personne pouvait le ramener à la raison, le remettre sur pied pour aller au théâtre : Katherine. Il
s'était donc précipité chez elle. Katherine avait usé
de toutes les ressources de son imagination pour
tirer Terry de sa torpeur. En vain. Epuisée, elle
n'avait eu que le temps de courir au théâtre pen-

dant que Norman prévenait la doublure de Terry.

Maintenant, tandis que s'achevait le dernier acte, l'habilleur devait se retenir pour ne pas l'applaudir. Katherine avait porté à elle seule, ou presque, le poids de la pièce. Peter Mallory, la doublure de Terry, était un bon acteur, certes, mais dépourvu de la maîtrise technique, de la présence inimitable du comédien dont il prenait la place. Son jeu, correct mais plat et sans inspiration, alourdissait l'atmosphère et rendait plus difficile la tâche des autres membres de la troupe.

Si le public avait pu se sentir frustré par l'absence de la vedette masculine, le jeu superbe de Katherine l'en avait largement dédommagé. Ce soir-là, elle s'était véritablement surpassée. Tout au long de la pièce, elle avait tenu la salle en haleine, captivé son auditoire, trouvé en elle des ressources insoupçonnées. Il régnait, du parterre au poulailler, un silence absolu qui, pour les initiés, laissait présager un ouragan d'applaudissements. Ce serait un triomphe.

Tandis que tombaient les dernières répliques, Norman Rook quitta silencieusement les coulisses et descendit l'escalier des loges. Il était venu habiller la doublure de Terry et, en un sens, il se félicitait d'avoir eu ce prétexte pour s'éloigner de l'appartement. Il lui fallait s'éclaircir les idées et, de toute façon, Terry dormait si profondément qu'il ne s'éveillerait probablement pas d'ici le lendemain matin. Il serait alors grand temps d'avoir avec son patron et ami une sérieuse conversation – Norman s'en voulait de ne pas l'avoir fait plus tôt. Tout dévoué à Terrence Ogden, qu'il protégeait inlassablement, il se considérait comme son frère aîné car, depuis six ans, il jouait auprès de lui le rôle d'habilleur, de confident et de secrétaire particulier. Acteur frustré lui-même, Norman veillait avec un soin jaloux sur la carrière de son protégé qu'il entendait voir réussir.

En attendant Katherine, il fit les cent pas dans le couloir, devant la porte de sa loge. Norman avait beaucoup réfléchi au cours de ces dernières heures et pris la décision de s'ouvrir à elle de ses soucis. Katherine était la seule personne au monde à qui confier les secrets de Terry sans crainte. Les problèmes de Terrence Ogden devenaient trop lourds, trop complexes pour que Norman continuât de les assumer seul. La scène de cet après-midi était la goutte d'eau qui faisait déborder une coupe déjà trop pleine; il fallait déposer ce fardeau et rechercher des conseils objectifs. Et puis, se disait-il, si quelqu'un est capable de faire entendre raison à Terry, c'est bien elle...

Son rire retentit dans l'escalier et Norman alla à sa rencontre, sourire aux lèvres :

« Tu as été sensationnelle, mon chou ! s'écria-t-il.

— Merci, Norman. Je l'ai fait pour Terry, tu sais... Mais c'était dur, à certains moments, ajouta-t-elle avec une grimace. Je suis en nage et je tiens à peine debout.

— Va tout de suite te changer avant de prendre froid. »

Il la prit par les épaules et l'entraîna vers sa loge, plein de sollicitude. Il poursuivit en hésitant :

« Au fait... Pourrais-je t'inviter à boire quelque chose, tout à l'heure ?

— Tu es gentil, Norman, mais je ne peux pas. J'ai déjà un rendez-vous.

— Un verre, un seul. Dix minutes, c'est tout ce que je te demande. C'est très important, je t'assure. »

Katherine perçut aussitôt l'inquiétude qui altérait la voix de Norman :

« Terry ne va pas plus mal, au moins ?

— Non, il dort à poings fermés. Mais... je voulais te demander conseil... Enfin, tu comprends ce que je veux dire ? »

Katherine ne se sentit pas le courage de refuser, tant Norman semblait abattu. Elle était elle-même préoccupée de l'état de son camarade et, à vrai dire, brûlait de curiosité. Elle se doutait de la vie mouvementée que menait Terry mais les événements de l'après-midi avaient attisé son envie d'en savoir plus long.

« Eh bien, d'accord, dit-elle enfin. Kim Cunningham doit me retrouver chez moi pour souper mais nous pouvons boire un verre avant son arrivée. Nous aurons largement le temps de parler.

– Merci, Katherine, tu es vraiment chou. Je vais aider Peter à se déshabiller mais ce ne sera pas long. Frappe à la porte quand tu seras prête à partir.

– Je n'en ai pas pour longtemps moi non plus. Un quart d'heure, vingt minutes au plus. A tout de suite, Norman. »

Sur un dernier sourire, elle disparut dans sa loge.

Assis sur le canapé blanc du petit salon, Norman regardait autour de lui. Katherine était allée chercher les glaçons à la cuisine et, en attendant son retour, l'habilleur examinait le décor avec étonnement. Cela a probablement coûté cher, se dit-il, mais je n'aime pas du tout. La pièce lui semblait trop froide, intimidante. En dépit de la chaleur, il réprima un frisson. En fait, il ne parvenait pas à concilier ce cadre impersonnel avec l'idée qu'il s'était faite de Katherine. Il l'avait toujours jugée chaleureuse, pleine de vie et de gaieté, douce de caractère et l'esprit ouvert. Pourtant, l'endroit où elle vivait indiquait tout le contraire. Tant de blanc le mettait mal à l'aise – n'était-ce pas la couleur du deuil pour les Indiens ? Cette appréhension le ramena vers Terry ; Norman lui en voulait de se mettre constamment dans des situations scabreuses et de jouer ainsi pour des enfantillages sa carrière au quitte ou double...

Le retour de Katherine le ramena au présent. Elle lui tendit son verre, s'assit en face de lui :

« Tchin-tchin ! » dit-elle en souriant.

Norman leva son verre :

« Je ne sais comment te remercier, Katherine... »

Il s'interrompit, gêné, ne sachant plus par quel bout commencer. Il avait tant à dire sur les soucis que lui causait Terry, sur les scandales étouffés à la dernière minute et qui, bientôt, ne pourraient manquer d'éclater au grand jour...

Katherine attendait patiemment, non sans curiosité. Si Norman, habituellement un modèle de discrétion, sentait le besoin de s'épancher, c'est qu'il devait avoir de bonnes raisons. Mieux valait ne pas le bousculer trop ouvertement. En venant du théâtre, il n'avait fait que se répandre en compliments sur la représentation, sans la moindre allusion à Terry. Ce devait donc être grave.

Comme un barrage qui se rompt, les mots jaillirent soudain de la bouche de Norman :

« Eh bien, voilà... De la manière dont il boit et dont il court les filles, on jurerait qu'il veut se détruire ! Je deviens fou, Katherine, je n'en dors plus, je ne sais plus que faire pour le ramener à la raison...

— Se détruire ? s'écria-t-elle. Que veux-tu dire ?

— Sa conduite, ces derniers temps, les situations invraisemblables dans lesquelles il se met comme à plaisir, la manière dont il boit... Ecoute, je n'exagère pas ! Je l'ai vu dans des états, c'est un miracle qu'il soit encore en vie... Ainsi, aujourd'hui... »

Il s'interrompit tout à coup. Katherine attendit un instant puis, se penchant avec sollicitude, dit d'un ton encourageant :

« Justement, Norman. Que s'est-il passé aujourd'hui ? Raconte.

— Bah ! il n'y a rien de particulier à raconter, répondit-il avec un rire amer. Aujourd'hui, ce n'était guère pire que d'habitude, sauf qu'il n'a pas été capable de retrouver sa lucidité à temps pour le lever de rideau. J'aurais dû t'en parler plus tôt, tu aurais sans doute pu faire quelque chose... Mais je ne voulais pas raconter sur les toits les problèmes de Terry, comprends-tu ? »

Il fouilla dans ses poches, alluma nerveusement une cigarette avant de reprendre :

« A toi, je peux faire confiance. Tu comprendras... Bien entendu, tout ceci reste strictement entre nous.

— Naturellement, Norman ! Je ne le répéterai pas, je te le jure. »

Avec un regard inquiet, Norman entreprit le récit, entrecoupé de pauses et d'hésitations, de la vie que menait Terry Ogden. Il énuméra ses beuveries, ses nuits blanches, les innombrables maîtresses, les passades, les soirées plus ou moins crapuleuses en compagnie de personnages douteux, les pertes de jeu, les dettes qui s'accumulaient, de plus en plus criantes, les créanciers qui perdaient patience et devenaient menaçants. Jusqu'à présent, en partie grâce à lui, rien n'en avait encore transpiré. Mais cela ne pouvait durer. Terry ruinait sa santé, mettait sa carrière en péril. Le scandale n'était rien à côté du spectre des trous de mémoire, de l'incapacité à tenir son rôle sur scène – Katherine avait déjà été témoin d'une ou deux défaillances rattrapées de justesse.

Soucieuse à son tour, Katherine laissa Norman terminer son récit.

« Quel genre de conseil voudrais-tu exactement que je te donne ? demanda-t-elle enfin.

— En deux mots, comment sortir Terry du trou où il s'enfonce en ce moment, et comment y parvenir le plus vite possible. Pour ne parler que de ses dettes, par exemple. Tu sais comment il jette l'argent par les fenêtres. Il lui faut des complets du meilleur tailleur de Savile Row, des chemises de soie. Quand il invite des « amis », c'est toujours dans les meilleurs restaurants, les boîtes les plus chères – et c'est toujours lui qui paie. J'ai fait quelques calculs élémentaires : il doit cinquante à soixante mille livres, te rends-tu compte ? Ne me demande pas où il va les trouver, je n'en ai pas la moindre idée. »

Rien de tout ce que disait Norman n'étonnait Katherine. Elle connaissait le faste de Terry et se doutait instinctivement de ces révélations.

« Il pourrait négocier un emprunt auprès de sa banque, suggéra-t-elle sans conviction.

— La banque ? Il lui doit déjà près de la moitié de la somme en question ! Mais ce n'est pas le pire. S'il boit, s'il mène cette vie de bâton de chaise, c'est à cause de l'influence d'Alexa, j'en mettrais ma tête à couper. Aujourd'hui, ils ont rompu. Ce ne sera jamais que la douzième fois ! Elle va revenir, je suis prêt à le parier. Cette femme, c'est son mauvais génie... Si seulement je trouvais le moyen de l'éloigner de Londres et d'Alexa assez longtemps pour le tirer de ses griffes, je suis sûr qu'il se reprendrait. Tiens, il a été invité à faire une longue tournée classique en Australie et j'essaie depuis près d'un mois de le convaincre d'accepter. Cela résoudrait bien des problèmes. Qu'en penses-tu ?

— Non, cela ne résoudrait rien. Il gagnerait beaucoup moins que ce que lui rapporte la pièce en ce moment. Et aller jouer du Shakespeare aux antipodes ne ferait guère progresser sa carrière.

— Tu as raison... »

Norman se laissa aller contre le dossier de son siège. Pendant ce temps, Katherine soupesait tout ce qu'elle venait d'apprendre. Norman raisonnait clairement et son inquiétude pour l'avenir de Terry était sincère. L'acteur avait de la chance de trouver en lui un ami si dévoué. C'est alors que la solution qu'elle entrevoyait confusément lui apparut avec une clarté aveuglante – celle qu'elle recherchait, pour sa part, depuis plusieurs semaines. Tout s'imbriquait avec la précision d'un puzzle. Elle sut contenir sa joie et reprit la parole avec assurance :

« La solution, Norman, je crois que je la tiens. Oui, je connais le moyen de résoudre du même coup tous les problèmes de Terry ! »

Norman se redressa aussitôt et lui décocha un regard étonné :

« Tous ses problèmes, dis-tu ? Si c'était vrai, on pourrait appeler cela un miracle...

— Te souviens-tu de ce que j'ai proposé à Terry le mois dernier ? poursuivit-elle sans relever l'interruption. De jouer le rôle d'Edgar Linton dans la nouvelle version des *Hauts de Hurlevent* que prépare Victor Mason ? »

Norman fit un signe de tête, attendit la suite.

« Terry avait refusé et je ne lui avais pas caché mon sentiment à ce sujet. Mais il n'est pas trop tard pour rattraper son erreur. A la fin mars, son contrat vient également à expiration. Il n'a qu'à faire comme moi et ne pas le renouveler pour commencer le tournage du film. Victor le paierait généreusement, je sais qu'il a très envie de lui dans ce rôle. En négociant habilement, on obtiendrait certainement soixante à soixante-dix mille livres.

— Tant que ça ? s'exclama Norman. Continue. Je t'écoute.

— S'il accepte de tourner ce film, ses problèmes financiers se trouveraient résolus. Mais ce n'est pas tout : les extérieurs seront dans le Yorkshire. Cela veut dire que Terry devra quitter Londres plusieurs semaines, et, du même coup, Alexa et sa bande de fêtards. Il ne sera donc plus entraîné à boire...

— Tu ne connais pas Alexa, mon pauvre chou ! l'interrompit Norman avec un geste désabusé. Elle retrouvera sa piste et lui courra après comme un chien de chasse. Il en faudrait plus pour la décourager, cette garce...

— Alexa ne me fait pas peur, Norman. Le plus

grave, dans l'immédiat, se trouve du côté des créanciers, m'as-tu dit. Le problème serait donc réglé. Quant à la redoutable Alexa... »

Katherine s'interrompit brièvement, ordonna ses pensées :

« Terry, dis-tu, se laisse facilement influencer par les femmes. Pourquoi ne pas le soumettre, pour une fois, à une influence bénéfique, celle d'une femme qu'il aime et qu'il respecte ? Comment s'appelle, déjà, celle dont il était si amoureux, l'année dernière ? C'est quand elle l'a quitté, si je ne me trompe, qu'il a commencé à faire les quatre cents coups. »

Norman eut un haut-le-corps et contempla Katherine avec stupeur :

« Barbara ? Tu es folle ! Elle est mariée, voyons. Avec Mark Pierce, le metteur en scène.

— C'est exact. Mais Victor voudrait également engager Mark Pierce pour la réalisation de son film. Barbara le suivrait donc sur les lieux du tournage et nous pourrions alors lui demander de surveiller Terry. Je la connais peu, mais elle m'a donné l'impression d'être une fille raisonnable, sensée... Et puis, mon cher Norman, il se trouve que j'ai appris autre chose récemment, ajouta-t-elle avec un sourire malicieux. Barbara Pierce, dit-on, serait toujours amoureuse de Terry – et tu sais mieux que personne que la réciproque est également vraie. »

Bouche bée, Norman fut incapable de répondre aussitôt.

« Oui, en un sens, admit-il enfin. Mais plus du tout comme avant. Ils s'aiment comme frère et sœur... Et puis, Barbara ne voudra peut-être pas suivre Mark partout où il ira. Elle ne le fait pas systématiquement.

— Je sais comment la décider. Barbara est une des meilleures costumières de Londres. Si je la recommande à Victor, il l'engagera sans hésiter.

– Tu as vraiment pensé à tout ! s'écria Norman avec un soulagement mêlé d'admiration.

– Il le faut bien, tu m'as demandé de l'aide !... Et puis, Barbara sera sûrement ravie de figurer au générique d'un film tel que celui-ci. Sans compter qu'elle y travaillera avec son mari – et avec Terry ! »

Norman éclata de rire. La perspective de se débarrasser de l'exécrable Alexa le comblait de joie.

« C'est tiré par les cheveux mais cela pourrait marcher. Avec de la chance...

– Avec beaucoup de soin et d'efforts, le corrigea Katherine. Alors, m'aideras-tu à convaincre Terry d'accepter ?

– Compte sur moi, mon chou !

– Marché conclu ! Serrons-nous la main. »

Heureux de sauver Terry Ogden de ses propres excès, ils échangèrent une longue poignée de main accompagnée d'un sourire complice.

Kim Cunningham, qui portait une cuisse de poulet à sa bouche, interrompit son geste et dévisagea Katherine avec surprise :

« Qu'y a-t-il de si drôle ? » demanda-t-il.

Katherine parvint enfin à maîtriser son fou rire :

« Je pensais à la tête que tu faisais en arrivant, quand tu as vu Norman Rook assis là-bas. »

Sa gaieté n'était pas feinte. Depuis la mise au point de sa combinaison, assurée désormais de la coopération de Norman, elle ne doutait plus de pouvoir remplir ses engagements envers Victor.

Elle rassura d'un sourire Kim, étonné de son comportement. Assise en tailleur sur une pile de coussins devant la table basse, toute son attitude exprimait l'abandon et l'insouciance.

« Tu n'as pas lieu de t'inquiéter, mon chéri. Ce n'est pas Norman qui te fera concurrence ! dit-elle en riant.

– Je n'avais aucune crainte, répondit Kim de même. Au premier abord, j'ai été surpris de le voir, voilà tout. Je me suis demandé si nous pourrions jamais être seuls.

– Norman est trop poli pour se montrer importun. Le pauvre garçon était si préoccupé, tout à l'heure, que je l'ai invité pour lui remonter le moral.

– Bien sûr, bien sûr... »

Kim attaqua sa cuisse de poulet avec appétit.

« Mon petit en-cas ne te plaît pas ? demanda-t-il entre deux bouchées. Tu ne manges rien.

– Mais si, j'ai déjà dévoré plein de choses ! Tu sais que j'ai rarement faim après la représentation. Ce soir, c'était pire que d'habitude. Avec la doublure à porter à bout de bras, je me suis dépensée sans compter...

– Norman s'est répandu en compliments dithyrambiques sur la manière dont tu as sauvé la pièce. Je l'ai cru volontiers. »

Un peu plus tôt, en effet, elle les avait laissés seuls quelques instants pour aller se changer. Dans sa longue robe d'intérieur en soie sauvage décorée de motifs chinois, Kim la trouvait resplendissante. A plusieurs reprises, déjà, Katherine s'était plainte de la fatigue. Kim ne décelait pourtant aucune trace de lassitude sur son visage, le plus ravissant, le plus adorable qu'il lui eût été donné de contempler.

Gêné de la dévisager avec trop d'insistance, il se versa un verre de vin, alluma une cigarette. Ces derniers temps, ils n'avaient guère trouvé l'occasion d'être seuls ensemble. Kim en concevait une déception mêlée d'irritation. Il aurait voulu évoquer avec elle leurs sentiments, leur avenir. Il devrait, aussi, aborder avec elle certains des points que Francesca, en termes voilés, lui avait glissés peu auparavant : ses intentions sur sa carrière, sa famille. Malgré ses dénégations, Francesca n'avait pu empêcher Kim de deviner que leur père lui avait fait subir un interrogatoire en règle et Kim s'en souciait plus qu'il ne voulait l'admettre. Réussirait-il, ce soir, à avoir avec Katherine la conversation sérieuse et franche qu'elle repoussait, volontairement ou non, depuis des semaines ?

« Tu ne manges plus, mon chéri ? Je vais débarrasser la table », dit-elle en faisant mine de se lever.

Kim prévint son geste :

« Pas question ! Repose-toi, je m'en occupe. »

Avant même qu'elle ne proteste, il s'affairait déjà et emportait les assiettes vides vers la cuisine.

Une fois seule, Katherine se laissa aller contre le sofa et ferma les yeux en s'efforçant de se détendre. Elle n'y parvenait cependant pas mieux qu'en quittant le théâtre. Les pensées tourbillonnaient dans sa tête et l'empêchaient de trouver le calme. Certes, au fond de son cœur, elle éprouvait pour Kim une affection, un attachement plus réels et plus puissants que pour aucun homme; à cet instant, toutefois, elle souhaitait qu'il parte. Il était déjà tard, très tard – près de deux heures, constata-t-elle avec surprise en consultant la pendule. Elle ne pourrait lui faire comprendre son désir d'être seule avant au moins une heure – encore faudrait-il s'y prendre avec tact.

Sa lassitude, pourtant bien réelle, n'était que physique. Car jamais elle ne s'était sentie aussi alerte et l'esprit aussi en éveil. Depuis douze heures, les événements s'étaient précipités et prenaient une tournure totalement inattendue. Oui, ce soir plus que jamais, elle aurait voulu être seule pour mieux réfléchir, se concentrer sur les décisions à prendre et les préparer avec le plus grand soin. Le plus urgent était de revoir Victor. Tout à l'heure, alors qu'elle s'était retirée dans sa chambre afin de se changer, elle avait essayé de le joindre par téléphone à son hôtel et avait laissé un message le prévenant qu'elle rappellerait le lendemain matin. Victor ne pourrait manquer d'apprécier son habileté, se dit-elle avec un sourire.

Si Norman trouvait son idée « tirée par les cheveux », elle n'était pas du tout du même avis.

« Voilà, c'est fini ! » annonça Kim en revenant.

Katherine rouvrit les yeux, lui jeta un regard alangui :

« Tu es un amour. Merci, mon chéri.

— Veux-tu du café ? Non ? Et si je mettais un disque ? Un peu de musique douce ne me déplairait pas...

— Non, Kim, je t'en prie, pas de musique. Je suis vraiment morte de fatigue, tu sais...

— C'est vrai, excuse-moi. Alors, asseyons-nous et bavardons tranquillement un moment. Je n'ai pas eu la joie d'être seul avec toi depuis une éternité. »

En deux bonds, il l'avait rejointe et s'était assis par terre auprès d'elle. Un seul regard lui fit oublier toutes ses sages résolutions précédentes et son désir de lui parler à cœur ouvert. Pour la première fois, il comprit le sobriquet de « Minouche » dont l'affublait Terry Ogden et dont il s'était déclaré choqué. Telle qu'il la voyait, pelotonnée sur sa pile de coussins, les yeux entrouverts, la pose abandonnée, elle possédait en effet une allure féline des plus séduisantes.

D'un doigt, il lui caressa la joue avec douceur :

« Katherine chérie... », commença-t-il à mi-voix.

Il ne compléta pas sa phrase. Mû par une soudaine flambée de désir, il se pencha, l'entoura de ses bras et posa ses lèvres sur les siennes en un baiser léger et plein de tendresse. Prise au dépourvu, Katherine ne se dégagea pas et se laissa gagner par la langueur qu'elle ressentait. Mais la pression de Kim s'accentua peu à peu, son baiser devint plus intense, plus exigeant.

Une peur panique s'empara alors de Katherine. Les yeux clos, elle cherchait désespérément le moyen de mettre fin sans offenser Kim à cette sorte d'agression. Un frisson, puis un autre la firent tressaillir.

Aveuglé par son propre émoi, Kim se méprit sur

la signification de ce frémissement et se crut enfin payé de retour. Depuis des mois, son désir pour Katherine s'attisait et jamais encore elle ne lui avait laissé entrevoir si manifestement la réciprocité de ses sentiments. Ivre de bonheur, le cœur battant à grands coups, il resserra son étreinte.

Emprisonnée dans les bras de Kim, Katherine éprouva un nouvel accès de terreur. Un cri s'éleva en elle, qu'elle put à peine réprimer. Elle se raidit, tenta de se dégager, se débattit convulsivement. La froideur qui l'avait saisie, la concentration de tous ses muscles firent enfin comprendre à Kim son erreur de jugement. Il s'écarta précipitamment, lui lança un regard de douloureuse surprise :

« Qu'as-tu, Katherine ? Mes baisers te déplaisent ?

— Mais non, ce n'est pas ça du tout... »

Elle s'interrompit, frappée par l'expression blessée qu'elle lisait sur les traits du jeune homme.

« Je suis morte de fatigue, ce soir, je te l'ai déjà dit », reprit-elle d'un ton contrit.

Pour dissimuler sa confusion, Kim se leva, alluma une cigarette et se dirigea vers la cheminée.

« Je ne te comprends plus, Katherine. Tu changes d'une minute à l'autre...

— Ce n'est pas vrai, Kim. »

Elle se redressa à son tour, défroissa sa robe d'intérieur et s'installa sur le canapé.

« Si, c'est vrai, répondit-il. Ce soir, pour une fois que nous avons la chance d'être seuls, j'espérais que... tu ne serais pas aussi froide que d'habitude. Je croyais que tu partageais mes sentiments et tu t'es transformée en un bloc de glace... Je ne sais plus que penser. Tu me déroutes, Katherine.

— C'est la raison pour laquelle j'ai toujours fait très attention à ce que nous ne dépassions pas les bornes, mon chéri, répondit-elle d'un ton apaisant. Ce soir, les choses sont allées trop vite et trop loin...

Je suis très fatiguée, c'est vrai. Et puis, poursuivit-elle en faisant volontairement dévier le cours de son explication, je suis soumise à de terribles pressions depuis quelque temps, comme tu le sais. La préparation de mon bout d'essai m'obsède. Aujourd'hui, j'ai eu une journée particulièrement dure...

— J'ai parfois l'impression que tu ne sens la fatigue que lorsque tu es seule avec moi, l'interrompit Kim avec agacement.

— Si je t'ai vexé, Kim, j'en suis sincèrement désolée et je t'en demande pardon. »

Kim ne répondit pas. Les traits figés, les dents serrées, il se rendait compte que son irritation trouvait sa source dans sa déception et que sa blessure était avant tout d'amour-propre. Jamais encore on ne l'avait repoussé, bien au contraire. Jusqu'à ce qu'il rencontre Katherine Tempest, c'était plutôt à lui de se défendre contre les avances de femmes trop entreprenantes... Pourquoi, alors, n'avoir encore rien fait, jusqu'à ce soir, pour poursuivre Katherine avec plus d'assiduité ? Une telle abstinence n'était guère dans ses habitudes. Etait-ce à cause du tempérament si réservé de Katherine ? Sa propre attitude, la manière exagérément respectueuse dont il la traitait le laissaient perplexe.

Katherine l'observait attentivement en s'efforçant de deviner ses réflexions. Elle craignait que Kim ne lui posât des problèmes comparables à ceux rencontrés avec d'autres avant lui. Jusqu'à présent, elle avait toujours su détourner ses assiduités sans le vexer. Son accès de panique irraisonné lui avait-il fait commettre une erreur irréparable ? Etait-il blessé au point de rompre avec elle ? A sa manière, elle aimait Kim et désirait sincèrement l'épouser. Désormais, il lui faudrait agir avec précaution de peur de le perdre irrémédiablement.

« Kim, écoute-moi, dit-elle de sa voix la plus enjôleuse.

– Oui ? »

Elle lui décocha un regard à faire fondre les cœurs les plus endurcis :

« Demain, je me sentirai mieux, mon chéri, et...

– Demain sera trop tard, l'interrompit-il. Je n'ai pas encore eu le temps de te l'apprendre, mais mon père a annulé le dîner prévu.

– Ah ! Pourquoi ?

– Nous devons repartir à la première heure. Le régisseur a téléphoné tout à l'heure. Il y a une fuite d'eau dans la galerie où sont accrochés les portraits de famille. Les boiseries sont abîmées, on craint des dégâts pour les tableaux. Nous devons prendre la route à l'aube.

– Oh ! mon chéri, je suis navrée ! s'écria Katherine avec sincérité. Ton père doit être très inquiet !... Mais, en un sens, cela me rassure presque, poursuivit-elle en souriant. J'avais peur qu'il n'ait décommandé le dîner parce que je ne lui plaisais pas ou qu'il s'opposait à notre mariage.

Son expression contrite était si désarmante que Kim oublia d'un coup ses frustrations :

« Ne dis pas de bêtises ! s'écria-t-il en riant. Il te trouve tout simplement sublime – moi aussi, d'ailleurs, est-il besoin de le préciser ? Pardonne-moi de m'être montré si désagréable tout à l'heure, Katherine chérie. Je t'adore, comme je te l'ai répété maintes fois. Avoue cependant que tu es déconcertante, par moments. »

Katherine ne répondit pas tout de suite. Pourquoi ne pas lui dire la vérité – en partie, du moins ? Elle lui fit signe de venir s'asseoir à côté d'elle :

« Ecoute-moi, mon chéri. Je voudrais t'expliquer ce qui m'est arrivé ce soir. »

Kim obéit. Elle lui prit la main, caressa distraitement ses doigts.

« Je t'aime, moi aussi, tu sais, et j'essaie de te le prouver de diverses manières. Mais c'est justement parce que je tiens à toi que je ne veux pas prendre de risques et que je te laisse à distance. »

Avec un regard grave, elle se pencha et lui donna un long baiser où s'exprimait une passion contenue.

« Malgré la profondeur de mes sentiments envers toi, reprit-elle en lui caressant tendrement la joue, je veux que nous soyons absolument sûrs l'un de l'autre avant de... franchir le pas. A aucun prix, vois-tu, je ne voudrais risquer de te perdre. »

Elle s'interrompit, baissa les yeux pour dissimuler les larmes qui perlaient au bout de ses longs cils. Bouleversé, Kim l'attira contre lui, lui posa la tête sur son épaule :

« Je ne veux jamais rien faire qui te déplaise, ma chérie. Je m'en remets à toi. Entre nous, tout doit toujours être parfait et c'est pour cela que nous nous marierons... »

Emporté par l'élan qui le portait vers elle, il fut le premier stupéfait en s'entendant prononcer ces paroles. Maintenant que le grand mot était lâché, il n'en éprouvait cependant aucun regret. Katherine n'avait rien de commun avec les femmes et les jeunes filles qu'il avait rencontrées jusqu'à présent; voilà sans doute pourquoi il s'était astreint, avec elle, à maîtriser son impatience. Il la respectait, donc il l'aimait assez pour partager sa vie avec elle. Emu du regard mi-stupéfait, mi-extasié qu'elle posait sur lui, il essuya doucement les larmes sur ses joues :

« Voilà, je l'ai dit. Tu sais maintenant combien je tiens à toi. Je t'aime, Katherine. »

Un long silence suivit. Leurs yeux ne se quittèrent pas.

« Je t'aime aussi, Kim, murmura-t-elle enfin.

— Tu veux bien m'épouser, n'est-ce pas ? demanda-t-il anxieusement en lui prenant la main.

— Oui, Kim. Je le désire profondément. Mais je souhaite surtout que nous soyons absolument sûrs l'un de l'autre et de nos sentiments.

– Oh ! je suis sûr des miens ! s'écria-t-il. Pas toi ?

– Si. Si, je suis sûre que je t'aime. »

Pour la première fois depuis le début de ce dialogue, Kim se détendit et laissa éclater son bonheur.

« Il faut quand même que je prévienne mon père avant nos fiançailles, dit-il en riant.

– Non, pas tout de suite ! Attends un peu.

– Pourquoi ? s'écria-t-il avec étonnement. Il a le droit d'être au courant de nos intentions.

– C'est exact, mais ce ne sont encore que des intentions. Il serait plus sage de ne pas le prendre par surprise, de lui laisser le temps de mieux me connaître – de même que nous devrions, nous aussi, faire plus intimement connaissance... »

Devant son attitude dubitative, elle poursuivit :

« Ecoute, Kim, nous ne sortons ensemble que depuis quelques mois et tu passes le plus clair de ton temps dans le Yorkshire. Accordons-nous un répit avant d'annoncer officiellement nos fiançailles. Gardons le secret sur nos sentiments. Ce sera *notre* secret. Tu me le promets ?

– A ton aise, répondit-il de mauvaise grâce. Je promets.

– Combien de temps vas-tu être absent, cette fois-ci ?

– Quinze jours, trois semaines... Ah ! j'allais oublier. Mon père te téléphonera demain pour s'excuser de décommander le dîner et t'inviter à passer un week-end à Langley. Tu pourras venir, n'est-ce pas ? Il faut que tu constates par toi-même comment et dans quel cadre tu vivras bientôt – le plus tôt possible, si j'arrive à te décider !

– Bien sûr que j'irai, Kim ! Avec joie. Quand souhaite-t-il notre visite ?

– Le mois prochain, quand cela te conviendra le mieux. Il demandera également à Victor et à Nick Latimer de se joindre à nous. Victor lui plaît beaucoup. Doris Asternan sera là, on devrait bien s'amuser. Vous viendriez tous dans la voiture de Victor un samedi soir après la représentation, comme nous en avions parlé.

— Ton père est trop gentil...

— C'est donc décidé. Nous comptons sur vous tous. »

Ils se levèrent. Kim la prit dans ses bras, la serra contre lui et caressa ses cheveux. Ils échangèrent un baiser plein de volupté, mais Kim s'écarta presque aussitôt en riant :

« Tu ferais mieux de me jeter dehors ! Sinon, j'ai peur d'oublier mes bonnes manières. »

Toute autre que Katherine aurait probablement accepté sans hésiter l'annonce de ses fiançailles avec Kim Cunningham. Les raisons ne lui auraient pas manqué : jeune homme séduisant, plein de qualités attachantes, il était l'héritier d'une des plus anciennes familles d'Angleterre. Désintéressée, l'élue aurait également pu céder à l'empressement du jeune homme, se laisser emporter par son impatience et accéder à sa demande de peur de lui déplaire.

Katherine, pour sa part, était trop intelligente pour se précipiter dans un tel engagement sans s'assurer auparavant de la bénédiction du comte. Elle avait également conscience des obligations que son mariage avec l'unique héritier de la famille lui imposerait. Katherine ne pouvait pas se permettre de se laisser distraire de ses objectifs, au moins dans l'immédiat. Il lui importait avant tout de tourner le film, étape essentielle de sa carrière. En temporisant de la sorte avec Kim, elle n'avait cependant pas l'impression de prendre un trop grand risque. Elle était sûre de la place qu'elle occupait dans le cœur de Kim. Une fois lancée à l'écran, elle saurait le persuader de l'autoriser à poursuivre sa carrière; il l'aimait assez pour lui laisser sa liberté dans ce domaine.

Enfin détendue par la chaleur de son bain, elle s'y attarda et passa en revue les péripéties de l'incroyable journée qu'elle venait de vivre, rendue plus mémorable encore par la demande en mariage de Kim. L'image de son père lui apparut : comment réagirait-il, lui, l'Irlandais, en apprenant le mariage de sa fille avec un Anglais – et un Anglais titré, circonstance aggravante ? S'il détestait sa fille, sa haine pour les Anglais était encore plus forte. La perspective de la fureur paternelle la mit en joie, car elle ne dédaignait pas ce genre de revanche. En tout cas, sa vie suivrait bientôt un cours bien différent. Elle allait être riche, célèbre – et vicomtesse ! Le bonheur, en somme...

Le premier pas sur la voie de la réussite, elle le ferait grâce à Victor Mason. Sa proposition lui avait paru irrésistible : le bout d'essai – et le rôle – en échange de Terrence Ogden et de Mark Pierce. Victor n'avait pas pu les décider, elle avait accepté de le tenter à sa place. Toute sa carrière en dépendait et Katherine s'était lancée dans cette entreprise sans être assurée de réussir... Jusqu'à aujourd'hui, lorsque Norman Rook lui avait involontairement mis en main le moyen idéal qu'elle cherchait désespérément depuis des semaines.

Un sourire de triomphe jouait sur ses lèvres quand elle sortit de son bain. Sans éprouver le moindre doute sur le bien-fondé de ses actes, sans la moindre arrière-pensée sur la manière discutable dont elle s'ingérait dans la vie d'autrui et décidait de leurs affaires, sans s'attarder à considérer que ses combinaisons servaient avant tout ses propres intérêts, Katherine se félicitait de son habileté à saisir les occasions favorables lorsqu'elles passaient à sa portée. Si tout lui réussissait, elle le méritait amplement.

Lorsqu'elle se glissa enfin dans son lit, le jour se levait. Avec un soupir de contentement, elle éteignit la lumière et s'abandonna aussitôt au sommeil.

13

Les lumières de la salle de projection allaient s'éteindre dans quelques minutes. Katherine Tempest apparaîtrait sur l'écran dans le rôle de Catherine Earnshaw, héroïne des *Hauts de Hurlevent*.

Assise à côté de Katherine, Francesca attendait non sans une certaine appréhension. Elle ne la ressentait pas pour elle-même; sa modestie la poussait à considérer sa participation au bout d'essai de Katherine comme insignifiant. Elle s'était contentée de tirer certaines phrases du chef-d'œuvre d'Emily Brontë et de les disposer sous forme de dialogues, sans rien ajouter ni retrancher. Ce n'était donc pas elle que l'on s'apprêtait à juger mais Katherine. Les observations de Victor Mason, lors de leur première rencontre, lui revenaient à l'esprit. Jouer devant une caméra exige une technique particulière, un jeu sobre, contenu, différent de celui qu'impose la scène. Son amie avait-elle su éviter les pièges et trouver le ton juste ? Francesca le souhaitait ardemment.

Au cours de ces dernières semaines, les deux jeunes filles avaient noué les liens d'une solide amitié. Depuis leur premier contact, elles s'étaient découvert mille affinités, une compréhension mutuelle toute instinctive qui les faisait réagir l'une envers l'autre en parfaite harmonie. Leur sympathie s'était muée en un sentiment profond et durable.

Du coin de l'œil, Francesca observa sa voisine. Son ravissant profil lui parut plus remarquable encore, en dépit de la nervosité que Katherine s'efforçait de maîtriser. D'un geste d'affection spontanée, Francesca posa la main sur celle de son amie. Katherine se tourna vers elle, lui adressa un sourire timide où transparaissait l'anxiété.

« Ne t'inquiète pas, lui dit Francesca à mi-voix. Tout ira bien, j'en suis sûre. »

Elle serra plus fort la main glacée qui tremblait sous la sienne, s'efforça de lui communiquer un peu de chaleur et de réconfort. Katherine hocha la tête et tourna son regard vers l'écran obscur. Les doutes, les angoisses dont elle aurait voulu se décharger en parlant à Francesca restaient bloqués dans sa gorge nouée. Depuis le tournage du bout d'essai, elle avait été suprêmement sûre d'elle-même, pleine de confiance dans le résultat de l'épreuve. Le metteur en scène engagé pour l'occasion s'était montré patient, compréhensif devant sa nervosité initiale; il l'avait encouragée et complimentée. Pourtant, ces derniers jours, toute sa belle assurance avait fui. Jamais elle ne s'était sentie aussi angoissée.

Elle savait que Victor avait déjà visionné le film; mais, quand elle l'avait pressé de questions, il s'était montré évasif et cette réaction l'inquiétait. Si son interprétation avait été bonne, n'aurait-il pas dû l'engager sur-le-champ ? Dans le cas contraire, pourquoi avoir invité une douzaine de personnes à la projection d'aujourd'hui ? Peut-être doutait-il de son jugement et voulait-il recueillir les opinions des autres. Katherine se perdait en conjectures. La situation lui échappait.

Francesca regardait autour d'elle avec intérêt. Elle pénétrait pour la première fois dans une salle de projection privée; Victor Mason et Nicolas Latimer avaient pris place un rang derrière elle, à quelques sièges du sien. Ils discutaient avec celui que Victor avait présenté sous le nom de Jake Watson, le régisseur général, arrivé de Hollywood plusieurs jours auparavant. A quelques rangs devant elle, elle reconnut Jerry Massingham, le directeur de production anglais, qui se tournait vers son assistante, une blonde mince et élégante répondant au prénom de Ginny, portant une épaisse liasse de feuillets couverts de chiffres et de notes. Jerry, un gros homme à la tignasse rousse en désordre, ne savait s'exprimer qu'en statistiques et en phrases cabalistiques auxquelles Francesca ne comprenait rien. Pour le moment, il paraissait s'intéresser davantage aux indications de Ginny qu'à la projection imminente.

Francesca se redressa sur son siège et, les yeux distraitement tournés vers l'écran, elle reprit le cours de ses pensées. Lorsque Katherine lui avait fait part de l'invitation de Victor à venir assister à la projection, elle avait accepté avec empressement. Elle regrettait seulement l'absence de Kim, toujours dans le Yorkshire où le retenaient de malencontreuses fuites d'eau. Cet incident, selon lui, désespérait leur père, car les réparations coûteraient probablement une fortune. Pauvre papa, se dit Francesca en soupirant. Heureusement, Kim était là pour lui remonter le moral et la vente de ses taureaux primés suffirait à couvrir le montant des travaux. Mais il n'avait certes pas besoin de ce souci supplémentaire.

L'inondation au château avait provoqué une nouvelle discussion entre Francesca et son père, le jeudi soir où Kim avait retrouvé Katherine chez elle. Elle avait réitéré son offre de chercher un emploi afin de contribuer aux dépenses familiales. Son père avait catégoriquement refusé : son salaire ne représenterait jamais qu'une goutte d'eau dans l'océan des charges. Touché de cette nouvelle preuve d'abnégation de la part de sa fille, il l'avait adjurée de persévérer dans ses recherches historiques et lui avait exprimé sa gratitude.

Un soir que Katherine était venue dîner à Chesterfield Street, Francesca l'avait mise au courant de ses soucis financiers en expliquant la situation paradoxale de la fortune familiale, bloquée dans les propriétés immobilières. A sa vive surprise, Katherine avait ardemment défendu le point de vue de son père. Il avait raison, disait-elle, de la pousser à persévérer. Un jour, son livre connaîtrait un succès commercial compensant largement les sacrifices consentis. Katherine avait conclu en lui recommandant de redoubler d'efforts et, depuis, ne lui ménageait pas son soutien et ses encouragements, ce dont Francesca lui était profondément reconnaissante.

Une légère tape sur son épaule la fit se retourner. Nicolas Latimer, assis derrière elle, lui souriait :

« Avez-vous suivi mes conseils et resserré le début ?

— Oui, Nick. Vous aviez raison.

— Courage, ma petite. Un de ces jours, vous écrirez la dernière page.

— Je n'ose plus l'espérer ! Au fait, pourquoi la projection ne commence-t-elle pas ?

— Nous attendons le représentant de *Monarch Pictures*. Ils financent le film et vont le distribuer. On ne peut donc décemment pas commencer sans lui. »

Victor intervint sans bouger de sa place :

« C'est pourtant ce que nous ferons s'il n'est pas là dans dix minutes ! Hillard Steed se considérerait déshonoré s'il avait moins d'une demi-heure de retard ! C'est insupportable... Je vais aller voir si tout va bien dans la cabine de projection. Laisse-moi passer, Nick », ajouta-t-il en se levant.

Il fit un bref signe de tête à Francesca, qui lui rendit son salut en esquissant un sourire. Nick observa cet échange de civilités compassées en déguisant mal son amusement.

La jeune fille faisait désormais partie intégrante

de leur petit cercle et le comportement de Victor en sa présence réjouissait son ami. Depuis qu'elle s'était instituée son mentor, Katherine Tempest consacrait le plus clair de son temps libre à Victor Mason, lorsque Kim ne séjournait pas à Londres, et lui servat de cornac dans la bonne société londonienne. Maintenant que Francesca était promue au rang d'amie intime, Katherine ne la quittait pas d'une semelle. On ne les voyait nulle part l'une sans l'autre. Nick Latimer s'en réjouissait; gaie, pétillante d'esprit, pleine d'assurance malgré sa jeunesse et donnant volontiers libre cours à son franc-parler, Francesca Cunningham était en plus très jolie fille. Nick s'était vite rendu compte qu'il était impossible de la dédaigner ou de la sous-estimer.

De son côté, Victor avait toujours l'air enchanté de prévoir la compagnie des deux amies – jusqu'au moment de leur arrivée. Alors, en un clin d'œil, son attitude se transformait radicalement vis-à-vis de la seule Francesca. Distant, évasif, il se retranchait parfois dans des silences prolongés, à moins qu'il n'affectât au contraire une cordialité forcée ou une bonhomie paternelle, conduites aussi étrangères à sa nature l'une que l'autre et qu'il assumait, par conséquent, fort mal. Aux yeux de Nick, qui le connaissait trop intimement pour se méprendre, Victor réussissait lamentablement à dissimuler ses véritables sentiments à l'égard de Francesca et, pour un acteur de son talent, aurait mérité d'être hué. Ses efforts maladroits faisaient apparaître de façon encore plus éclatante l'attrait qu'il éprouvait pour elle. De son côté, Francesca restait parfaitement naturelle, détendue, d'un abord plaisant, apparemment insensible à l'intérêt que Victor lui portait. Par moments, Nick se demandait s'il était le seul à observer ces phénomènes, qui lui sautaient aux yeux parce qu'il devinait jusqu'aux réactions les plus cachées de son ami. En tout cas, se dit-il, Victor a bien tort de refouler ainsi ses émotions.

Pour sa part, Nick Latimer admettait volontiers être sous le charme de Francesca. S'il la connaissait depuis peu, il lui vouait déjà une affection sincère et un attachement tout fraternel tant elle lui rappelait, par certains côtés, sa propre sœur Marcia. Il avait plaisir à lui lancer des boutades auxquelles elle répliquait du tac au tac. Ce n'est pas le cas pour Katherine, pensa-t-il en lui décochant un regard acerbe. Ses traits d'esprit n'éveillaient chez elle qu'indifférence glacée. Certes, elle daignait parfois sourire – Katherine était trop polie pour le vexer ouvertement. Mais son hostilité mal voilée ne pouvait échapper à la perspicacité de l'écrivain. Quel contraste avec la nature enjouée, amicale et comme ensoleillée de Francesca !...

Une quinzaine de jours auparavant, lors de ce dîner que Katherine avait poussé Victor à organiser pour épater une quelconque journaliste, Nick avait vite remarqué que Francesca semblait s'ennuyer aussi profondément que lui. Rapprochés par hasard à l'heure des cocktails, ils ne s'étaient plus quittés de la soirée. Nick avait aussitôt détecté l'exaspération qu'elle ressentait envers Estelle Morgan et ses prétentions ridicules, qu'il jugeait lui-même avec moins de bienveillance encore. Tout naturellement, leur conversation les avait amenés à évoquer les figures historiques pour lesquelles ils nourrissaient l'un et l'autre un vif intérêt. Nick l'avait écoutée discourir avec une stupeur croissante, frappé de la voir posséder un véritable don de faire revivre les personnages, évoquer scènes et circonstances avec l'aisance du conteur né. Depuis, il n'avait cessé de l'encourager à écrire et s'était maintes fois offert à l'aider de son mieux. Cette soirée lui avait laissé un souvenir inoubliable.

Son seul regret, lorsqu'il pensait à Francesca, était

qu'elle fût encore si jeune. Trop jeune pour Victor...
Sinon, elle aurait été pour lui la femme idéale. Mais
qui, se dit-il soudain, a donc décrété qu'elle était
trop jeune ? Victor, sans doute – parce que je l'ai
moi-même mis en garde sur leur différence d'âge.
J'ai eu grand tort. Peut-être n'est-il pas trop tard
pour corriger mon erreur.

Son préjugé favorable à l'égard de Francesca
Cunningham le ramena malgré lui à son antipathie
envers Katherine Tempest. Victor s'était refusé à
tout commentaire sur le bout d'essai qu'ils s'apprê-
taient à visionner et, pour une fois, Nick n'avait rien
deviné des pensées de son ami. Aux insistances de
Nick, Victor s'était borné à répondre : « Tu jugeras
par toi-même, je ne veux pas t'influencer. » Nick fit
un nouvel effort pour garder l'esprit ouvert, ne pas
laisser son inimitié obscurcir son opinion professionnelle sur la comédienne. Il tolérait sa présence
constante dans leur petit cercle d'intimes par égard
pour Victor. Mais il ne s'expliquait pas l'étrange
attachement que celui-ci portait à Katherine.

Hillard Steed fit enfin son apparition et Nick se
leva pour l'accueillir aimablement. D'un ton sec,
Victor rappela aussitôt tout le monde à l'ordre :

« Assez perdu de temps ! Vous discuterez plus
tard. Nous sommes venus voir un film, pas parler de
la pluie et du beau temps. »

Nick fit un clin d'œil à Hillard, salua militairement Victor et se rassit. Victor donna de la main au
projectionniste le signal de commencer. Un rang
devant, Francesca fixait l'écran et serrait plus fort la
main de Katherine, pétrifiée sur son siège. Les
lumières s'éteignirent, une lueur indécise apparut sur
l'écran, suivie de zébrures et de chiffres. Enfin,
l'amorce fit place à un gros plan d'une ardoise où se
lisaient, tracés à la craie en gros caractères, les mots
suivants : ESSAI – KATHERINE TEMPEST –
HAUTS HURLEVENT – PRISE 1.

Et la scène débuta.

Dès la première image, un silence absolu s'établit dans la salle où l'on n'entendait que le ronronnement étouffé du projecteur. Une même pensée occupait l'esprit des spectateurs : allait-on assister à un échec pitoyable ou à la naissance d'une nouvelle star ?

Dans un décor sommaire représentant la cuisine de Hurlevent, l'actrice, tenant le rôle de Nelly Dean, fredonnait une berceuse penchée sur un bébé que symbolisait un gros baigneur enveloppé d'un lange. Soudain, la porte s'ouvrit à la volée et Katherine Tempest fit son entrée sur le plateau. Elle proféra sa première réplique à voix basse : « Etes-vous seule, Nelly ? » Tous les regards la suivirent tandis qu'elle traversait la pièce pour rejoindre la nourrice au coin de la cheminée, au premier plan. La caméra fit un panoramique avant pour la prendre en gros plan. La perfection de ses traits, la pureté, l'innocence de son expression soulevèrent, dans la salle, des exclamations aussitôt étouffées.

Katherine paraissait littéralement crever l'écran tant sa présence était intense. A mesure que la scène se déroulait, la perfection de son jeu se faisait oublier par son naturel, la puissance de sa personnalité éclipsait sa beauté. La caméra traduisait en images un ensemble de qualités exceptionnelles dont le faisceau constituait, sans qu'on pût en douter, le portrait d'une très grande star.

L'action progressait en permettant à Katherine de dévoiler pleinement sa maîtrise. Elle fit vibrer tour à tour toute la gamme des émotions et des sentiments, allant de la sourde inquiétude du début à la gaieté insouciante, de l'indignation à la hauteur impérieuse. Elle semblait en proie à une passion exprimée avec une intensité si convaincante que le plus endurci n'aurait su y résister. Bouleversée, Francesca était sur le bord de son siège, les mains jointes, frissonnante, lorsque Catherine Earnshaw fit la fameuse déclaration de son amour éternel pour Heathcliff. Ces paroles, qu'elle savait par cœur, elle les redécouvrait tant Katherine leur insufflait une vie nouvelle et une signification insoupçonnée.

Très vite, trop vite, semblait-il, la scène atteignit sa conclusion. Après un lent panoramique arrière, la caméra s'arrêta sur un plan général avant le fondu au noir. L'obscurité retomba. Le silence resta total jusqu'au retour des lumières. Nul ne faisait le moindre geste. Alors, d'un seul coup, ce fut le brouhaha. Francesca essuya furtivement ses larmes et surprit Hillard Steed en train de faire le même geste. Plusieurs personnes se mouchèrent bruyamment.

Katherine se sentait étrangement engourdie et dut cligner fortement les yeux à plusieurs reprises. Mais avant qu'elle se fût ressaisie tout le monde se pressait autour d'elle. Elle se leva, encore désorientée, eut un sourire mal assuré, timide. Les compliments se mirent à pleuvoir de toute part, des mains saisissaient les siennes, l'étreignaient aux épaules. La bousculade ajoutait à sa confusion, elle ne reconnaissait plus personne. Légèrement à l'écart, Victor rayonnait de fierté.

Seul des assistants, Nick Latimer était resté à sa place sans se joindre au groupe des flatteurs. Foncièrement honnête, professionnel avant tout, il n'avait pas l'intention de refuser à Katherine les louanges qui lui étaient pleinement dues. Il voulait simplement reprendre contenance avant de se joindre aux autres. Car Nick était encore secoué par ce qu'il venait de voir. Dès les premières minutes du film, la qualité magique du jeu de Katherine lui avait sauté aux yeux. Elle possédait ce don exceptionnel, qui n'appartient qu'aux plus grandes stars, de transmettre ses émotions au public et de le faire rêver – ce qui, en termes concrets, se traduisait en millions d'entrées et en recettes astronomiques. Sa beauté éclatante, sa sensualité tempérée d'innocence, sa virtuosité professionnelle lui assuraient d'ores et déjà une place de choix au firmament des étoiles hollywoodiennes. Car elle était destinée à faire carrière à Hollywood, Nick n'en doutait plus un seul instant.

Finalement, il quitta son siège et se fraya un chemin vers Katherine. Elle riait joyeusement, savourait son triomphe, bavardait avec l'un ou l'autre. Quand elle le vit, cependant, son sourire s'effaça, ses traits se figèrent en une expression hostile. Le regard qu'elle lui lança était chargé d'un défi dédaigneux.

Malgré lui, Nick se sentit frissonner. Il se rendit compte du silence qui se prolongeait, des regards tournés vers lui avec étonnement et fit un pas vers Katherine :

« Après vous avoir vue, Katherine, je ne pourrai plus me satisfaire d'une autre interprétation. Vous êtes le personnage de Catherine Earnshaw. Aucune autre ne pourra vous surpasser. »

Stupéfaite d'un tel compliment, Katherine le dévisagea avec incrédulité en se demandant s'il fallait en croire ses oreilles. Méfiante, elle se raidit dans l'attente de l'épigramme acerbe qui n'allait pas manquer de conclure la louange. A sa surprise grandissante, rien ne vint confirmer ses soupçons. Nick la regardait avant tant d'amitié qu'elle en perdit d'abord contenance. Puis, peu à peu, elle se convainquit que son approbation n'était pas feinte, qu'elle ne dissimulait aucune intention malveillante et la froideur de son regard s'atténua.

Le sourire qu'elle lui décocha alors fut sans doute le premier sourire sincère qu'elle lui adressait. D'une voix hésitante, elle lui demanda enfin :

« M'avez-vous vraiment trouvée bonne ?

– Non, Katherine. Pas bonne : éblouissante. »

Elle marqua une nouvelle pause.

« Vraiment, Nick ? Etes-vous sûr de ce que vous dites ?

— Absolument certain, Katherine », répondit-il avec gravité.

Puis, se tournant vers Francesca, il retrouva son sourire railleur et poursuivit :

« Quant à vous, jeune fille, vous avez fait un sacrément bon travail en adaptant cette scène ! Je ferais bien de me surveiller si je ne veux pas me retrouver au chômage. »

Elle éclata d'un rire joyeux et se pendit à son bras :

« Je me demandais ce que vous en penseriez, Nick ! Venant d'un écrivain comme vous, c'est le plus beau compliment dont on puisse rêver. Merci. »

Nick profita du brouhaha qui reprenait pour entraîner Francesca à l'écart. Il essayait encore vainement de définir la cause du malaise ressenti devant Katherine. Ce frisson dont il ne parvenait pas à se défaire, n'était-ce qu'un simple début de grippe ?

Encore remuée par ce que Nick venait de lui dire, Katherine le suivit des yeux. Si cet homme qui la détestait lui avait décerné un tel éloge, elle ne pouvait douter de sa sincérité. Un regret lui vint en pensant à son frère. Si seulement Ryan était ici ! se dit-elle, pour être témoin de ses vrais débuts... Car elle ne doutait pas d'avoir gravi le premier échelon de la gloire.

« Le rôle est à toi, cela va sans dire ! » s'écria Victor.

Katherine sursauta au son de sa voix, le regarda d'un air encore dubitatif.

« J'ai déjà préparé le contrat, reprit-il. Ton imprésario le recevra ce soir ou demain matin.

— Merci, Victor... Dis-moi, pourquoi as-tu été si

évasif et as-tu toujours refusé de me parler de ce bout d'essai ? »

Nick, qui s'était rapproché, intervint :

« C'est vrai, sauvage ! Pourquoi t'es-tu amusé à nous faire lanterner tout ce temps ? C'est infâme, comme procédé ! »

Un sourire épanoui apparut sur les lèvres de Victor :

« J'avais d'excellentes raisons de vouloir rester discret, mes enfants ! Avant tout, je tenais à avoir des réactions franches et sincères de la part de tout le monde, sans que mes propres opinions vous influencent. Lorsque j'ai visionné le film pour la première fois, j'étais enthousiasmé. Depuis, je l'ai revu à quatre reprises en y découvrant de nouveaux motifs de satisfactions. Alors, je voulais me rendre compte si d'autres auraient la même impression. Je ne me suis pas trompé. »

Pendant qu'il parlait, tous avaient fait cercle autour de Victor. Un concert d'approbations salua sa déclaration. Hillard Steed, à demi tourné vers Katherine, ajouta :

« Je crois pouvoir dire que *Monarch* envisagerait favorablement un contrat avec Katherine...

— Pas si vite ! l'interrompit Victor. *Bellissima* a déjà un accord verbal de la part de Katherine et le contrat est sur le point d'être signé. Il est là, dans ma poche. Tu veux le voir ? »

Déçu, Steed secoua négativement la tête :

« Inutile, je te crois. Eh bien, laisse-moi te féliciter toi aussi, Victor. Tu as une future grande star dans ton écurie... Mais, dis-moi, envisagerais-tu de nous la prêter si tu ne la fais pas tourner aussitôt après ce film-ci ?...

— Cela dépend. Si tu parles de cela, c'est parce que tu as sans doute un scénario tout prêt, n'est-ce pas ?

— C'est exact. Depuis tout à l'heure, je pense

sérieusement à Katherine pour le prochain film de Richard Stanton. Il ne nous manque que le premier rôle féminin. Bien entendu, nous avons déjà étudié l'éventualité d'autres vedettes, mais je trouve personnellement Katherine parfaite pour donner la réplique à Stanton. Ils formeraient une excellente équipe. Nous devons commencer le tournage en octobre, intérieurs en studio à Hollywood, extérieurs à San Francisco et New York. Douze semaines. »

Victor avala sa salive. Il ne s'attendait certes pas à une proposition aussi alléchante. Richard Stanton était une star du même calibre que lui, populaire dans le monde entier. D'origine anglaise, il avait fait ses débuts à Hollywood dans les années 30 et, depuis, n'avait jamais perdu auprès du public la faveur que lui valait son personnage de séducteur au charme irrésistible. Ses films obtenaient invariablement d'énormes succès commerciaux. Si Katherine tournait avec Richard Stanton immédiatement après avoir tenu un premier rôle auprès de Victor Mason, sa carrière était lancée. En deux films, elle était assurée d'une gloire de star internationale.

Victor dissimula sa joie et, d'un ton détaché, répondit enfin :

« Naturellement, il faudra d'abord que Katherine et moi en discutions sérieusement, que je lui explique les modalités d'un accord de prêt entre producteurs. Je voudrais également prendre connaissance du scénario avant de me décider. Mais à priori ta proposition mérite considération, Hillard. Parlons-en d'ici la fin de la semaine, d'accord ? En attendant, mes amis, allons déjeuner ! »

En apparence, Katherine était restée imperturbable pendant cette conversation. Son cœur battait cependant à grands coups et elle ne put retenir un sourire de triomphe lorsque Victor lui offrit son bras pour la guider vers la sortie.

Nick prit Francesca par la main et l'entraîna à

leur suite. Loin de se dissiper, son malaise s'aggravait. Tout va trop vite, se disait-il avec désarroi. Beaucoup trop vite. Cela se terminera mal... Une fois dans l'ascenseur, il se força à rire de ses sombres pressentiments, à chasser de sa tête les idées noires qui l'assaillaient sans raison. Mais ses efforts furent vains et Nick allait longtemps se souvenir de ses appréhensions de ce matin-là.

14

Kim hissa dans le filet la valise de Francesca, s'assit en face d'elle et lui décocha un sourire malicieux :

« Tu peux dormir tranquille, notre père s'en tirera très bien. Il est en de bonnes mains, Doris le dorlote mieux qu'une infirmière. Il adore cela. Elle aussi, à vrai dire.

— Va-t-il se décider à lui demander sa main, à ton avis ?

— Nous devrions déjà entendre le carillon de leurs noces ! En attendant, ne pense plus à ce malencontreux accident.

— Je ferai de mon mieux. Mais je m'en sens quand même responsable, tu sais...

— Mais non ! Tu n'y es pour rien.

— Si Kim. S'il n'avait pas dû grimper sur l'escabeau de la bibliothèque pour chercher le livre que je lui avais demandé, il n'aurait pas fait cette chute.

— Alors, il serait tombé du toit des écuries et se serait rompu le cou. Ce qui est fait est fait, Francesca. Se culpabiliser n'a jamais rien arrangé. Tu sais bien ce que nous a dit le docteur : s'il garde le lit sans bouger une quinzaine de jours, l'os du bassin se soudera tout seul.

— Pauvre papa ! Lui qui ne peut jamais rester en place...

– Il supporte d'autant mieux son état que Doris ne le quitte pas des yeux. Et puis, permets-moi de te rappeler que ce que Katherine et toi avez fait tomber dans son escarcelle lui soutient considérablement le moral.

– Katherine a tout fait, je n'y suis pour rien ! Quelle fille adorable !

– Je serais le dernier à te donner tort ! N'oublie pas de lui dire que je l'adore. Téléphone-lui aussitôt arrivée, d'accord ?

– Comment pourrais-je oublier ? Tu me répètes la même chose depuis plus d'une heure ! » répondit-elle en riant.

Le bruit des portières qui claquaient, le coup de sifflet du chef de gare interrompirent leur conversation.

« Tu ferais mieux de descendre, Kim, sinon tu seras forcé de m'accompagner à Londres...

– Je n'y verrais pas d'inconvénient, dit-il avec regret. Hélas ! le devoir... »

Il se leva, se pencha vers sa sœur pour l'embrasser :

« Bon voyage, ma chérie. Et soigne-toi, ton rhume n'a fait qu'empirer depuis hier. Quant à papa, je te répète de ne pas te faire de soucis à son sujet. Je veillerai à ce qu'il respecte les prescriptions du médecin. »

Kim sauta prestement sur le quai, ferma la portière au moment où le train s'ébranlait.

Seule dans son compartiment, Francesca se blottit contre les coussins et s'enveloppa frileusement dans son épais manteau de tweed. Elle s'était pourtant munie de vêtements chauds, de tricots, de gros bas de laine. Mais le chauffage du train était insuffisant et son rhume, attrapé quelques jours auparavant, la rendait particulièrement sensible au froid. Sa vieille nourrice, Nelly, qui vivait ses vieux jours dans une maisonnette du village de Langley, l'avait bourrée de tisanes et de potions de sa composition; mais ces remèdes qui avaient fait merveille du temps de son enfance étaient restés inopérants. Le rhume persistait et, comme l'avait remarqué Kim, avait même tendance à s'aggraver.

Francesca prit dans son sac une boîte de pastilles pectorales, en mit une dans sa bouche et regarda distraitement le paysage qui défilait sous ses yeux. Noire et désertique, la lande était recouverte d'une pellicule de gelée blanche; çà et là, les arbres dénudés semblaient monter la garde et se détachaient en traits accusés contre un ciel pâle et glacial. Le printemps viendrait tardivement, cette année. L'on ne voyait encore nulle part ces timides poussées de verdure qui auraient dû apparaître en cette première semaine de mars. Un alignement de poteaux télégraphiques vint rompre l'austère harmonie du paysage et défigurer les ondulations des collines. Cette apparition importune rappela à Francesca les problèmes de la semaine précédente, avec Jerry Massingham et son assistante, qu'elle pilotait à travers la campagne pour sélectionner des lieux de tournage.

Les premiers jours de leur périple avaient été décevants, parfois pénibles. Chaque site convenable était défiguré par la présence de quelque hideux témoin du XXᵉ siècle industriel, alors que le film était censé se dérouler dans un paysage encore vierge. En désespoir de cause, Francesca les avait entraînés beaucoup plus loin que prévu, vers la frontière de l'Ecosse où subsistaient d'immenses étendues sauvages. C'est au point culminant de la lande de Bellerby, dominant le pittoresque village de Grinton, qu'ils découvrirent enfin le site idéal. A perte de vue, la lande déroulait ses ondulations tachetées de plaques d'une neige tenace. Sévère mais sereine dans sa solitude absolue, la nature offrait le contraste saisissant d'horizons aux lointains fondus dans le ciel et de falaises rocheuses aux formes tourmentées. Très loin en dessous, au creux de la vallée, s'offrait au regard un monde ordonné et paisible. Dans le damier verdoyant des champs et des pâtures serpentait la Swale, dont le mince ruban argenté scintillait sous un soleil hivernal. Conquis par ce spectacle sublime, Jerry Massingham y avait jeté son dévolu. Il ne restait qu'à sélectionner les lieux précis du tournage, déterminer les angles de prise de vues.

Cette semaine d'excursions avait causé tant de plaisir à Francesca qu'elle refusa le chèque offert par le directeur de production. Jerry dut insister pour le lui faire accepter et, de même, il eut du mal à vaincre les réticences de son père. Il ne comprenait pas que l'utilisation de certaines pièces de son château lui rapportât cinq mille livres – une petite fortune ! Francesca elle-même avait été effarée par cette proposition.

Cela s'était fait par hasard, le jour de la projection du film de Katherine – car c'est à elle, en effet, que les Cunningham devaient cette aubaine inespérée. Au cours du déjeuner, la conversation avait naturellement dévié sur les divers aspects de la production. Préoccupé du budget, Jerry Massingham se plaignit du coût élevé des décors pour la scène du bal. Katherine l'interrompit : « Pourquoi ne pas se servir d'une salle de bal existante ? Celle du château de Langley, par exemple. J'en ai vu des photos, ce serait le décor idéal pour cette scène. »

Un silence accueillit sa suggestion. Tous les yeux se tournèrent vers Francesca. Victor s'éclaircit la voix :

« Qu'en pensez-vous, Francesca ? Si la pièce convenait vraiment au tournage, votre père nous autoriserait-il à l'utiliser ?

– Oui, je crois, répondit-elle en hésitant.

– Cela coûterait beaucoup moins cher que de construire un décor, intervint Katherine, et je suis sûre que M. Cunningham ne nous demanderait pas d'honoraires exorbitants. »

La protestation de Francesca fut étouffée par le coup de pied que Katherine lui lança en la voyant ouvrir la bouche. Embarrassée, elle rougit et ne sut que dire. Victor vint à la rescousse :

« La production dédommagera votre père si nous décidons de tourner des intérieurs au château, c'est évident », déclara-t-il.

Katherine s'empressa alors d'exposer une nouvelle idée :

« Au fait, nous devrions demander à Francesca de seconder Jerry dans sa recherche des extérieurs. Sans vouloir vous vexer, Jerry, je suis sûre que Francesca connaît mieux la région que vous. Elle n'y a d'ailleurs aucun mérite, elle y est née. Avec un guide comme elle, vous trouverez des sites peu connus et vous gagnerez un temps considérable. »

Victor et Jerry s'étaient empressés d'approuver cette nouvelle suggestion; entraînée par l'enthousiasme général, Francesca ne put faire autrement que d'y souscrire à son tour. Plus ou moins consciemment, elle y voyait l'occasion de s'intégrer à un univers inconnu qui la fascinait – et de rester dans l'orbite de Victor.

Victor... Son image emplissait son regard tandis qu'elle détournait les yeux du paysage. Ses craintes, ses réticences du début avaient laissé place à des sentiments nouveaux. Depuis longtemps, elle avait perdu tout sens critique à l'égard de Victor. La semaine passée dans le Yorkshire lui avait permis de constater, à son vif étonnement, qu'il lui manquait et qu'elle ne cessait de penser à lui. La nuit dernière, seule au coin du feu dans le silence de sa chambre, elle avait longuement analysé ses émotions. La lucidité de l'éloignement l'avait menée à une conclusion rude mais inéluctable : elle *aimait* Victor Mason. Effrayée par ce que ce mot impliquait, elle s'était efforcée de le minimiser. Non, elle ne l'aimait pas; elle n'éprouvait pour lui qu'une toquade fugitive, superficielle, qu'il ne fallait surtout pas prendre au sérieux...

Devait-elle, aujourd'hui, tout remettre en question ? Elle s'était stupidement enfermée dans un dilemme insoluble. Une vague de sentiments contradictoires aggrava son trouble. Victor ne l'acceptait qu'à cause de Katherine. Entre lui et elle, il ne pouvait rien y avoir d'autre que de l'amitié, non, de la simple camaraderie. D'ailleurs, Victor la traitait en petite fille, même s'il se montrait plaisant. Elle n'était rien d'autre à ses yeux, une gamine sans conséquence. En dépit de cette certitude, Francesca se savait incapable d'étouffer ce qu'elle ressentait pour lui. Jusqu'à présent, il lui avait suffi de se trouver dans la même pièce que lui, de respirer la même atmosphère. Mais à l'avenir ? Saurait-elle se contenter de cette promiscuité tout en le sachant inaccessible ? Non. Ce lui serait une insoutenable torture.

Longtemps après s'être couchée, la nuit dernière, elle avait pensé à lui sans parvenir à trouver le sommeil. Elle avait surtout pris conscience avec effroi de l'éveil de désirs, de besoins encore informulés qui agitaient son corps et enfiévraient son imagination. Elle s'était sentie comme étrangère à elle-même. Son oreiller serré contre sa poitrine, elle s'était vainement efforcée de dissiper, de refouler ses fantasmes où apparaissaient Victor et cette inconnue, qui lui ressemblait comme une sœur jumelle, dans des ébats amoureux. Malgré son inexpérience, elle avait découvert au long de cette aube agitée que la pensée de Victor suscitait en elle des rêves d'une sensualité telle qu'elle se sentait rougir.

Ce matin au réveil, c'était Victor qu'elle serrait dans ses bras et non son oreiller. Son lent retour à la réalité lui arracha des larmes, bientôt transformées en sanglots. Livrée au désespoir d'un amour non partagé, elle pleura longtemps. Plus tard, lorsqu'elle se fut calmée, elle se jura de ne plus le revoir. Il lui fallait se détacher de lui, de son entourage; inventer quelque prétexte pour expliquer sa conduite à Katherine, qui ignorait tout de ses sentiments.

Dans le train qui l'amenait vers Londres, Francesca n'était pourtant plus aussi sûre de ses résolutions du matin. Elle oscillait entre l'abattement et l'exaltation sans pouvoir concilier son cœur et sa raison. L'une lui enjoignait de s'écarter de Victor et d'éviter les causes de souffrances; l'autre la poussait irrésistiblement vers lui. Jeune, épargnée par la vie, ses facultés d'espérance encore intactes, elle rêvait. Victor changerait d'avis sur son compte. A son tour, il tomberait amoureux d'elle – comme elle était tombée amoureuse de lui...

Un bruit à la porte du compartiment lui fit tourner la tête. L'employé du wagon-restaurant, qu'elle connaissait depuis l'enfance, lui annonçait le premier service du petit déjeuner. Elle devrait se hâter pour avoir une place. Francesca le remercia, prit son sac et un roman de Nicolas Latimer et le suivit dans le couloir.

En attendant le thé et les toasts, elle feuilleta le livre. Nick le lui avait dédicacé en termes affectueux. Francesca l'avait déjà lu; elle en parcourut rapidement les premières pages, de nouveau frappée par l'élégance du style, la vie que l'auteur savait insuffler aux mots. Elle relut un passage qui lui plaisait particulièrement et ne s'interrompit qu'à l'arrivée du serveur.

De son amour sans espoir pour Victor Mason, ses pensées s'étaient infléchies vers son amitié pour Nick. En peu de temps, un courant d'affection et de compréhension s'était établi entre eux. Francesca appréciait hautement les opinions de l'écrivain et écoutait avec attention les conseils qu'il lui dispensait. Plus encore, elle était touchée de l'intérêt qu'il lui portait. Une dizaine de jours auparavant, Nick lui avait demandé de lui lire les premières pages de son étude historique sur le général Gordon, « Le Chinois », et ses commentaires restaient gravés dans sa mémoire. « Bon début, avait-il déclaré. Persévérez, Francesca, vous avez du talent. Mais le talent ne suffit pas. Il faut bien davantage : application, discipline, résolution, désir de réussir. L'on doit être obsédé par le livre que l'on écrit. Il faut que le besoin d'écrire élimine tous les autres, que l'on soit prêt à tous les sacrifices pour atteindre son but. Ce n'est pas tout : la distraction est le pire ennemi de l'écrivain. Il faut littéralement édifier un mur autour de soi, s'abstraire du monde extérieur, repousser toutes les intrusions. Compris, fillette ? »

Tout en buvant son thé, Francesca sourit à ce souvenir. Dans la bouche de Nick Latimer, le qualificatif de « fillette » était un terme d'affection dont il n'usait pas avec n'importe qui. De fait, elle ne l'avait jamais entendu traiter Katherine ainsi. Il l'appelait toujours cérémonieusement par son prénom. Etait-il intimidé par sa beauté, ses dons de comédienne ? Francesca ne pouvait croire, en effet, que Nick éprouvât pour Katherine de l'antipathie, comme elle le prétendait. Certes, il restait très réservé, elle l'avait encore constaté au cours du joyeux déjeuner qui avait suivi la projection. Après l'éloge qu'il avait décerné à Katherine, Nick s'était réfugié dans une sorte de détachement, n'avait pas participé à la gaieté ambiante. Sa grippe en était-elle responsable ? Il avait avoué à Francesca se sentir mal en point, et son expression abattue, ses traits tirés paraissaient confirmer cette explication.

Son petit déjeuner avalé, elle regagna son compartiment et elle fut soulagée de le retrouver vide. Seule dans un coin, emmitouflée dans son manteau et sa grosse écharpe, elle succomba à l'assoupissement dont la tiraient régulièrement accès de toux et éternuements. Lorsque le train s'immobilisa enfin dans la gare de King's Cross, elle avait une forte fièvre, les yeux larmoyants, la gorge en feu.

Elle posa pied à terre sous une pluie diluvienne qu'aggravait un vent glacial. Son état empira durant la course en taxi. C'est avec soulagement qu'elle régla enfin le chauffeur et grimpa les marches du perron. A peine la porte refermée, la femme de ménage émergea de la salle à manger, un plumeau à la main :

« Ah ! vous voilà, mademoiselle ! Débarrassez-vous vite de ces vêtements trempés et allez prendre un bon bain. J'ai une marmite de bouillon bien chaud sur le fourneau, je vous en monterai un bol quand vous serez au lit. Les rhumes sont mortels, cet hiver, si on ne les soigne pas !

— Comment saviez-vous que je suis enrhumée ? demanda Francesca sans dissimuler son étonnement.

— Mme Asternan m'a téléphoné tout à l'heure pour me prévenir. Elle m'a bien recommandé de vous faire mettre tout de suite au lit avec quelque chose de chaud. Allons, mademoiselle, montez vite ! »

Francesca avait posé le pied sur la première marche lorsque la servante la héla :

« J'allais oublier ! Mlle Tempest vous a téléphoné il y a une heure.

— Vraiment ? A-t-elle laissé un message ?

— Elle compte vous rappeler tout à l'heure, mais elle m'a chargée de vous dire qu'elle décommandait le dîner de ce soir à cause de votre état. Elle a bien raison, si je puis me permettre...

— C'est vrai, je ferais mieux de rester sagement au lit jusqu'à demain. Merci pour le bouillon. »

Tout en montant l'escalier, Francesca ruminait sa

déception : ce soir, elle ne verrait donc pas Victor. C'est lui qui avait organisé ce dîner, Katherine le décommandait. De quoi se mêle-t-elle ? se dit-elle avec un mouvement d'humeur.

Cette nouvelle inconséquence de sa part lui tira une grimace mi-amusée, mi-agacée. Ecrasée de fatigue, elle ouvrit enfin la porte de sa chambre, laissa tomber sa valise et se jeta sur son lit. Ce soir, elle ne verrait pas Victor...

15

DEPUIS près d'une heure, enfermés dans une salle de conférences, Victor Mason et Jerry Massingham passaient en revue les principaux problèmes de la production. Victor revint à la pile de photos en noir et blanc prises par Jerry dans le Yorkshire la semaine précédente et les examina avec soin :

« Quand les tirages en couleur seront-ils prêts ?

— Vers la fin de la semaine. Tu verras, c'est extraordinaire. Certains paysages m'ont coupé le souffle.

— Je m'en rends déjà compte. Cela vaut mieux que les décors de studio, hein, Jerry ?

— Plutôt ! C'est grâce à Francesca que nous les avons découverts, je dois le dire. Charmante, cette fille. Active, serviable, pas snob pour un sou. »

Au nom de Francesca, Victor dressa l'oreille. D'innombrables questions lui vinrent aux lèvres, qu'il s'abstint de formuler. Avec une indifférence affectée, il demanda :

« Elle a donc fait l'affaire ? Tu ne regrettes pas de l'avoir prise comme guide ?

— Absolument pas ! Sans elle, j'aurais pataugé et perdu un temps considérable.

— Allons, tant mieux... »

Il faillit demander si elle était rentrée à Londres, préféra détourner la conversation :

« Comment les choses se sont-elles passées avec son père ?

– Le mieux du monde. C'est un très brave type, très aimable, qui nous a accueillis comme chez nous. L'idée que nous voulions filmer son château lui paraissait prodigieusement amusante. Il a beau être comte, il mène la vie d'un fermier, le pauvre homme. Les distractions doivent être plutôt rares, dans son patelin... »

Jerry fouilla dans un autre jeu de photos et les tendit à Victor :

« Les intérieurs. Ces pièces correspondent exactement à ce qu'il nous faut. Nous économiserons une fortune sur les décors. »

Victor s'absorba un instant dans l'étude des clichés.

. « Au fait, Jake Watson m'a prévenu que nous aurions probablement besoin de générateurs auxiliaires pour les projecteurs. As-tu pensé à vérifier sur place ?

– Oui, j'en ai parlé au comte vendredi dernier, avant de partir. Il ne savait pas trop la puissance de son câblage mais Francesca m'a promis de s'en occuper. Elle doit être de retour à Londres depuis ce matin... Tu fais bien de m'y faire penser, je vais lui passer un coup de fil. Mon dossier est au bureau, je l'appellerai de là-bas. Excuse-moi, j'en ai pour cinq minutes, pas plus. »

Resté seul, Victor se versa une tasse de café et fit distraitement les cent pas, l'esprit occupé de Francesca. Donc, elle était revenue à Londres... Avant son départ, elle avait été très vague sur ses projets et ne savait pas encore si elle participerait au dîner de ce soir. Ce soir... Un sourire joyeux apparut sur ses lèvres à l'idée de la revoir. Il était inutile de se leurrer plus longtemps : son absence lui avait pesé.

En sifflotant joyeusement, la tasse toujours à la main, Victor alla se rasseoir et prit les photos que

Jerry avait tirées de la salle de bal du château de Langley. Les dimensions semblaient parfaites, comme le lui confirma le croquis exécuté par Ginny, l'assistante de Jerry. Elle y avait fait figurer les emplacements possibles pour la caméra, les projecteurs, les prises de son. Dans un tel cadre, ils allaient tourner une superbe scène de bal digne des fastes de Hollywood... Victor s'attarda ensuite sur les pièces sélectionnées par Jerry pour le tournage d'autres scènes d'intérieur. Il vit successivement une chambre à coucher Renaissance, un superbe salon aux meubles classiques, une bibliothèque.

Ainsi, se dit-il, c'est là qu'elle est née et qu'elle a grandi. Il ne voyait plus les photographies avec l'œil du cinéaste mais d'un point de vue entièrement différent. Ce n'était plus une série de décors qu'il regardait mais une maison. Un foyer. Le *sien*. Il remarqua au passage une carte postale rapportée par Jerry, montrant l'extérieur du château. L'on voyait d'abord une vaste pièce d'eau en partie bordée d'arbres, une éminence verdoyante sur laquelle se dressait l'édifice sous un ciel sans nuages. Le château avait fière allure, avec ses murs crénelés et ses hautes tours. La grisaille patinée des pierres était adoucie par le vert du lierre qui la dissimulait çà et là. Sur un côté, de vieux chênes à la stature majestueuse dominaient des massifs de rhododendrons, dont les fleurs épanouies ajoutaient de délicates touches de mauve et de rose. La beauté imposante du château, la grâce de son parc pénétrèrent Victor du respect attendri que l'on doit à un passé plein de noblesse. Quel effet cela faisait-il de grandir dans un lieu pareil, chargé d'Histoire ?...

Les souvenirs l'assaillirent. La petite cuisine dans la maison de Cincinnati. L'arôme délectable des plats italiens en train de mijoter. Les éclats de rire luttant avec le nasillement du phonographe et, par-dessus ce perpétuel vacarme, la voix de sa mère, faussement grondeuse, qui s'égosillait : « Vittorio, Armando, Gina ! Petits chenapans, taisez-vous pendant que j'écoute le grand Caruso ! » Une vague de mélancolie douce-amère le submergea. Quel sale gosse il avait été ! Insolent, mal embouché, toujours à traîner les rues, à rentrer chez lui le nez en sang et les vêtements en loques. Un sale gamin trop tôt confronté à la dureté, à l'indifférence d'un monde trop exigeant. Et pourtant, malgré ses poings toujours dressés et sa conduite de révolté, il s'adonnait aux vices les plus inattendus : la lecture – que de livres avait-il dévorés en cachette ! –, la musique, le théâtre, le cinéma enfin. Tous ces moyens d'évasion lui avaient permis de nourrir son esprit, d'éveiller son imagination. Mieux encore, ils avaient modelé sa vie.

Mais pas *elle*, se dit-il en riant. Son enfance n'a rien eu de commun avec la mienne. Plus protégée, sans doute, mais moins libre. Il s'efforça de se la représenter telle qu'elle avait dû être, une petite fille aux traits angéliques sous ses longs cheveux blonds, jouant à cache-cache dans cet immense château, se roulant sur la pelouse avec des chiots duveteux, faisant des promenades à dos de poney ou s'élançant sur une escarpolette. Elle a sûrement été la plus adorable des petites filles...

Petite fille, elle l'est toujours ! se corrigea-t-il avec colère. Raidi sur sa chaise, Victor s'adressa des reproches. Il était plus que temps de se reprendre en main. Il pensait cent fois trop à elle. Il n'avait pas le droit de la toucher. Cette décision, il l'avait prise depuis des semaines et rien ne l'en ferait dévier. Bien sûr, il ne pouvait nier qu'elle ne fût pleine de charme, drôle, sympathique. Mais elle n'était rien de plus ! Il ne pouvait se permettre d'être distrait de son travail en ce moment, encore moins de se lancer à l'aveuglette dans une aventure idiote avec une fille comme Francesca. Allons, imbécile, au travail ! Il eut du mal à obéir à sa propre injonction.

Sur son bloc, il griffonna quelques notes, réétudia ses récents accords avec *Monarch*. Hillard Steed pouvait parfois se montrer exaspérant, mais Victor ne pouvait que se féliciter d'avoir traité avec lui. Il était sur le point de conclure avec la *Métro* lorsqu'il avait appris, presque par hasard, que Mike Lazarus détenait un gros paquet d'actions de la compagnie. A la dernière minute, il avait donc négocié avec *Monarch*, qui sauta sur cette occasion inespérée. En fait, ces accords se révélaient extrêmement avantageux pour les deux parties. Hillard Steed et Victor envisageaient une collaboration à long terme entre *Monarch* et *Bellissima*. L'avenir s'annonçait bien, même si Hillard Steed avait trop tendance à être tatillon et regardant; quel producteur ne souffre pas de ces défauts ?

Jerry Massingham revint enfin, de nouveaux dossiers sous le bras. Victor leva la tête, lui sourit :

« Tout est réglé ? Plus de problèmes ?

— De mon côté, tout va comme sur des roulettes, répondit Jerry. Il nous faudra un générateur auxiliaire, le régisseur l'a confirmé à Francesca... Ah ! au fait, le comte a eu un accident et Francesca est malade. Malgré tout, elle m'a suggéré une excellente idée qui nous économisera... »

Victor avait bondi :

« Quoi ? Où diable as-tu la tête, Jerry ? Tu m'annonces, comme si de rien n'était, que le comte a eu un accident et que Francesca est malade ! J'aimerais quand même avoir des nouvelles, figure-toi.

— Excuse-moi, Victor. Quand il est question du budget, j'ai tendance à me laisser embarquer, j'avoue... Bref, il ne s'agit de rien de trop grave, rassure-toi. Le comte a fait une chute, il s'est fracturé le bassin, je crois. Il en a pour quinze jours de repos, tout au plus. Quant à Francesca, la pauvre petite, elle a attrapé un gros rhume ou un début de grippe. Tu vois, il n'y a pas de quoi s'affoler. »

Victor se rassit, étonné de se sentir aussi soulagé.

« Tant mieux. C'est toujours consolant d'apprendre que nos amis ne sont pas à l'article de la mort », dit-il d'un ton sarcastique.

Surpris de l'algarade, Jerry se laissa tomber sur une chaise :

« Ecoute, je ne pense qu'au film, c'est vrai, mais tu...

— Du calme, mon vieux, l'interrompit Victor avec un sourire rassurant. Je ne te reproche rien et je te félicite une fois de plus pour ton dévouement sans limites à la bonne cause. Allons, n'en parlons plus. L'incident est clos. »

Jerry Massingham se promit de surveiller désormais ses propos devant Victor Mason. Ce dernier ne cessait de le déconcerter. Patron exigeant, toujours au courant de tout, il possédait en même temps une nature généreuse. Contrairement aux vedettes avec qui Jerry avait travaillé, il ne jouait pas les stars capricieuses et traitait ses collaborateurs sur un pied d'égalité. L'un dans l'autre, Jerry ne pouvait pas se plaindre.

« Une dernière question, reprit Victor. Qu'a donc Francesca, au juste ? Je ne veux pas retourner le fer dans la plaie, mais je crains que nous ne soyons responsables de son état. Elle a dû prendre froid pendant votre tournée.

— C'est aussi mon avis, malgré ses dénégations.

— Elle est bien rentrée à Londres ? C'est chez elle que tu lui as téléphoné ?

— Oui. Je suis tombé sur la femme de ménage qui ne voulait pas la faire venir à l'appareil. Cette brave femme la couve, ne te fais pas de souci sur son compte. Tiens, nous pourrions peut-être faire un geste, lui envoyer quelque chose, je ne sais pas... Un panier de fruits, par exemple, de la part de *Bellissima Productions*.

— Excellente idée. Occupe-toi de cela, achète une

de ces somptueuses corbeilles de chez *Harte's* et, pour une fois, ne sois pas radin. Compris ? »

Ils reprirent en riant le fil de leur conversation. Au bout de quelques minutes, Jerry remarqua :

« Tu as réussi à décider Mark Pierce ? Félicitations ! Je n'aurais jamais cru qu'il finirait par accepter. Comment diable t'y es-tu pris ?

— Ne mésestime pas mes pouvoirs de persuasion », répondit-il avec un sourire énigmatique.

Comment expliquer les incroyables manigances de Katherine dans toute cette affaire ? Victor la soupçonnait de ne lui avoir pas tout dit. Mais elle avait obtenu le résultat souhaité et, tout compte fait, il préférait ne pas trop se pencher sur les moyens mis en œuvre.

Pendant une demi-heure encore, les deux hommes poursuivirent leur tour d'horizon.

« Nous voilà à peu près au point, conclut Victor. Il ne manque plus que la décision d'Ossie Edwards et j'espère qu'elle ne va pas tarder. Pour un film comme le nôtre, il n'y a pas meilleur chef opérateur.

— Absolument, approuva Jerry. Ses cadrages sont extraordinaires et il voit les paysages avec l'œil d'un peintre...

— Les jolies filles aussi, à ce qu'on dit ! En avons-nous terminé pour aujourd'hui ?

— Oui, je crois. »

Les deux hommes se levèrent, se serrèrent la main. Victor jeta son pardessus sur ses épaules et s'éloigna d'un pas vif. En arrivant dans la rue, il constata avec plaisir qu'il ne pleuvait plus. Son chauffeur s'approcha.

« Je rentrerai à pied, Gus. Le grand air me fera du bien. Passez me voir vers seize heures, je saurai ce que nous ferons ce soir. »

Il resta un moment au bord du trottoir à admirer sa voiture qui s'éloignait, une Bentley dont il venait de faire l'acquisition. Victor se montrait particulièrement exigeant dans deux domaines, ses chevaux et ses voitures, où il faisait preuve d'une sûreté de goût dont il était fier.

La Bentley hors de vue, il se dirigea d'un bon pas vers Berkeley Square, et il se demanda s'il ne devrait pas prendre au passage des nouvelles de Francesca. Une fois dans Chesterfield Street, il ralentit devant la maison et, finalement, poursuivit son chemin. Sa démarche pourrait sembler importune ou incorrecte à la jeune fille : on ne se présente pas à l'improviste chez quelqu'un que, par ailleurs, l'on sait indisposé. Les Anglais, il commençait à le savoir, sont particulièrement sensibles à ce genre d'impairs.

En arrivant sur la place, il remarqua aussitôt la vitrine d'un fleuriste. Un sourire lui vint aux lèvres; l'étalage des fleurs et des plantes, dans la diversité de leurs coloris éclatants, lui faisait l'effet d'une bouffée de printemps au milieu de cette grisaille. Si ce spectacle l'avait égayé, il ferait sans doute naître un sourire de plaisir sur les lèvres de Francesca.

Sans hésiter, il poussa la porte, porta d'abord son choix sur une brassée de mimosa, venu de Nice par avion le matin même. Il fit ajouter deux douzaines de tulipes blanches et écarlates, quelques narcisses des îles Scilly. La gerbe était extravagante et Victor, à mesure qu'il désignait les fleurs, voyait les yeux de la vendeuse s'écarquiller. Mais ne s'attend-on pas à des gestes extravagants de la part d'une star de cinéma ?

Victor s'accouda au comptoir afin de rédiger la carte. Perplexe, il passa plusieurs minutes, stylo levé, se demandant comment tourner sa phrase. Il ne fallait pas que Francesca pût se méprendre sur la signification de son envoi, ou lire dans ses mots autre chose que ce qu'il voulait y mettre. Finalement, après avoir déchiré une bonne douzaine de cartes, il se contenta d'une ligne impersonnelle pour lui souhaiter un prompt rétablissement et signa : « Nick et

Victor. » Le tout, lui assura la vendeuse, serait livré dans l'heure.

En chemin vers son hôtel, il se surprit plusieurs fois à sourire, sans trop savoir pourquoi. Il ne comprenait pas clairement pourquoi un sentiment de paix et de bonheur tranquille l'envahissait. Il ne l'avait pas éprouvé depuis de longues années.

Il trouva à la réception une pile de courrier et de messages téléphoniques. Une fois chez lui, il demanda au standard l'appartement de Nick et, n'obtenant pas de réponse, dépouilla sa correspondance.

Une lettre de son avocat, postée à Beverly Hills, retint d'abord son attention. Il l'ouvrit à contrecœur car il s'attendait à une nouvelle manifestation de mauvaise volonté de sa femme Arlene dont il était en train de divorcer. A sa surprise, il s'agissait de sa précédente épouse, Liliane. Une fois de plus, elle avait de pressants besoins d'argent et lui lançait un appel au secours.

Son deuxième mariage n'avait pas été plus heureux que le troisième. Mais Liliane n'était pas une garce alors qu'Arlene lui avait rendu la vie impossible et, depuis leur séparation, s'acharnait à provoquer scandale sur scandale. Pourquoi paraissait-il ainsi poursuivi par une sorte de malédiction depuis la mort d'Ellie ? Manque de jugement de sa part, sans doute, et un faible irraisonné pour les jolies femmes. Dans sa vie privée, Victor accumulait les erreurs alors qu'il n'en commettait aucune dans sa vie professionnelle. Cette fois, murmura-t-il, je crois avoir tourné la page pour de bon – et je ferais mieux de ne pas me laisser encore une fois attendrir...

Il poursuivit la lecture de son courrier, trouva avec plaisir une enveloppe à l'en-tête de son agent de voyages. Il en sortit deux billets d'avion pour

Zurich. Nick et lui projetaient de se rendre la semaine suivante à Klosters pour cinq ou six jours. L'idée de se retrouver sur les pistes de ski lui causait un très vif plaisir. Habitué à vivre au grand air, Victor supportait mal l'atmosphère confinée de Londres et son existence sédentaire mettait ses nerfs à rude épreuve. D'ailleurs, il perdait sa forme; il devenait urgent de prendre un peu d'exercice. L'air pur de l'altitude le régénérait. Il aimait aussi la pittoresque station suisse, au charme encore intact, où il retrouvait avec joie les longues veillées au coin du feu en compagnie de quelques Américains qui y avaient élu domicile de façon quasi permanente. Cet imminent bain de jouvence balaya de son esprit toute autre préoccupation.

Il voulut prévenir Nick que leur voyage était organisé. A sa vive surprise, son appel n'obtint toujours pas de réponse. Pourtant, il aurait juré qu'ils s'étaient donné rendez-vous pour déjeuner. Son ami avait-il oublié ou mal compris ? Déçu, affamé, il commanda un sandwich et une bière puis feuilleta la liasse des messages téléphoniques. Il en élimina la plus grande partie, garda celui de Katherine l'invitant à la rappeler au restaurant où elle déjeunait et se trouverait jusque vers quinze heures.

Elle lui parla de la maladie de Francesca, lui demanda s'il désirait toujours souper après la pièce, comme convenu. La perspective de se mettre à table à minuit lui parut tout à coup insupportable et Victor se récusa du mieux qu'il put. Katherine ne parut pas s'en formaliser; elle en profiterait, au contraire, pour revoir son rôle et se coucher de bonne heure.

Quelle fille étrange, se dit-il en raccrochant. Infatigable, courant perpétuellement d'un déjeuner à un cocktail, des planches à un souper ou à une réception. Et malgré tout rien ne semble entraver sa vie professionnelle. Au contraire, sa vie mondaine n'est qu'un moyen pour faire progresser sa carrière et réaliser ses ambitions. Etait-ce un mal ? Victor était le dernier à le lui reprocher et tout compte fait, il ne pouvait que se louer du dévouement de Katherine. Il lui avait vivement conseillé d'accepter la proposition de *Monarch* et de tourner le film avec Richard Stanton. Après avoir lu le scénario, Katherine avait suivi son conseil. Oui, se dit Victor, elle sait où elle va – au sommet de l'échelle. Et elle en prend le chemin.

Le garçon d'étage lui servit enfin le sandwich et la bière. Victor avala rapidement son repas avant de reprendre la série de ses coups de téléphone. Vers quinze heures trente, exaspéré par l'inexplicable absence de Nick, il demanda une fois de plus le numéro de sa chambre. Cette fois, la ligne était occupée.

Victor n'hésita pas. Déconcerté, vaguement inquiet d'un tel retard car il connaissait la scrupuleuse ponctualité de son ami, il se leva en grommelant un juron et s'engouffra dans le couloir. Il trouva la clef sur la porte, frappa, entra sans attendre la réponse. Nick était au téléphone et lui tournait le dos.

« C'est moi. Où étais-tu fourré tout ce temps, animal ?... »

Victor stoppa net son flot d'invectives. Nick avait raccroché et se tournait vers lui, livide, l'expression hagarde.

« Que t'est-il arrivé, Nick ? »

Sans mot dire, celui-ci leva les mains en un geste fataliste et se laissa tomber sur un canapé.

« Nick, que se passe-t-il ? Explique-moi. »

Victor le rejoignit en deux enjambées, se pencha vers lui. Le dos rond, le corps tassé, Nick releva enfin la tête, ouvrit et ferma la bouche à plusieurs reprises :

« Marcia. Elle est... »

Le reste de la phrase ne put franchir sa gorge serrée.

« Qu'est-il arrivé à Marcia, Nick ? Parle ! »

Il secoua la tête, resta muet un long moment :

« Elle est morte, Vic. Marcia est morte », parvint-il enfin à articuler.

Victor eut un sursaut, comme sous l'effet d'un coup de poing, et s'écroula à son tour sur un fauteuil.

« Non, non, balbutia-t-il. C'est impossible. Nous lui avons parlé la semaine dernière... Comment, pourquoi ? »

Il ne reconnaissait pas le son de sa propre voix.

« Un accident, répondit Nick en réprimant un sanglot. Un accident stupide. Dimanche après-midi, hier, elle descendait Park Avenue. Sur le trottoir. Elle allait chez ma mère. Une voiture a grillé un feu rouge, freiné trop fort, dérapé sur le trottoir et écrasé Marcia. De plein fouet. Quand on l'a transportée à l'hôpital, elle vivait encore. Mais les blessures internes... Elle est morte ce matin, à cinq heures. Ce matin. Morte... Ma petite sœur... »

Victor ouvrit la bouche, n'en put sortir aucun son.

« Pourquoi elle, Vic ? reprit Nick d'une voix tremblante. Pourquoi, hein, veux-tu me le dire ? Elle n'avait que vingt-deux ans, tu comprends, vingt-deux ans. Toute la vie devant elle. Elle était bonne, généreuse, aimante. Elle n'avait jamais fait de mal à personne. C'est incompréhensible, injuste... Injuste... » Victor se força à avaler sa salive, se pencha vers son ami :

« Puis-je faire quelque chose ? T'aider ?... »

Nick parut ne pas entendre. Partagé entre la douleur et la colère, il se mit à taper du poing sur le dossier du siège, les traits crispés. Des gémissements sourds lui échappaient sans qu'il en fût conscient.

Victor se sentait écrasé par le sentiment de sa propre impuissance. Le cœur serré, il regardait son ami et ne savait que faire, que dire devant un drame aussi absurde.

« Je ne peux pas, je ne veux pas y croire ! s'écria

Nick entre ses sanglots. J'essaie de me convaincre que ce n'est qu'une erreur, une tragique, une stupide erreur. Marcia, ma petite sœur. Morte... Non, c'est impossible... »

Victor restait muet. Il n'y avait pas de mots pour apaiser une telle douleur, pas de justification pour une telle injustice. Il frissonna au souvenir de sa propre souffrance, lors de la mort d'Ellie. Devant lui, Nick paraissait si frêle, si jeune, si vulnérable. Il aurait voulu pouvoir le prendre dans ses bras, comme un enfant que l'on console, comme le jeune frère que l'on protège. Il s'en abstint, toutefois. Il comprenait que Nick s'efforçait de se ressaisir, de ravaler ses larmes, de faire taire ses sanglots. Pleurer n'avait pourtant jamais été un signe de faiblesse, Victor le savait trop bien...

« Laisse-toi aller, Nick, lui dit-il enfin. Ne retiens pas tes larmes, cela ne sert à rien et ne te fera aucun bien... Je suis là, vieux frère, je ne te laisserai pas tomber. »

Victor posa la main sur l'épaule de Nick, le sentit trembler de tout son corps. Peu à peu, le frémissement cessa.

« Ne t'inquiète pas, Vic, je m'en sortirai. Laisse-moi seul un moment, veux-tu ? »

Nick se leva, disparut dans la salle de bain. Victor alluma une cigarette, essaya de se détendre. Il comprenait la réaction de son ami, son incrédulité mêlée d'indignation contre l'injustice du sort. Pour les survivants, la mort reste toujours inacceptable; l'absurdité, la soudaineté ajoutaient à la cruauté de celle-ci.

Il l'avait bien connue, Marcia, cette grande fille toujours gaie, souriante, qui ressemblait tant à Nick avec ses cheveux blonds et le pétillement malicieux de ses yeux bleus. Au fil des années, Victor avait appris à la connaître et à apprécier son enthousiasme et sa joie de vivre. Elle était souvent venue passer l'été au ranch avec son frère et leur affection mutuelle n'avait fait que se renforcer au cours de ces joyeuses vacances. Steve et James, ses deux fils, lui vouaient une véritable adoration et ne la quittaient pas. A peine quelques jours plus tôt, Nick et lui l'avaient appelée d'ici même, de ce téléphone posé là, sous ses yeux. Comment imaginer Marcia aujourd'hui, rigide dans la chambre froide de quelque hôpital de New York ?

Sa fille Nicoletta, la filleule de Nick, célébrait son premier anniversaire et toute la famille s'était réunie pour l'occasion. Nick s'y était joint à sa manière en téléphonant. A l'autre bout du fil, on entendait les rires, les balbutiements du bébé. Désormais, l'enfant n'avait plus de mère. Son père et son oncle étaient trop jeunes, tous deux, pour une telle tragédie.

La pièce s'assombrissait, le ciel s'était couvert de nuages et la pluie recommençait à tomber. L'on n'entendait d'autre bruit que le crépitement de l'eau sur les vitres. Victor frissonna et se leva d'un bond. Il se força à chasser sa propre tristesse, à réfléchir aux détails pratiques. Nick était manifestement hors d'état de s'en occuper lui-même, il fallait que quelqu'un agît à sa place : billet d'avion, bagages, une voiture pour le conduire à l'aéroport, une autre pour l'attendre à New York...

Nick reparut, les yeux rouges mais secs. Il semblait avoir retrouvé son calme.

« Pardonne-moi d'avoir craqué, vieux frère. Ta présence a rompu le barrage, je crois.

— Tant mieux, cela t'a fait du bien. Tiens, bois cela, dit-il en versant une rasade de scotch dans un verre. Et maintenant, il faut nous organiser sans perdre de temps. Quand veux-tu partir ? As-tu déjà fait une réservation ?

— Impossible. Les compagnies aériennes prétendent n'avoir plus de place jusqu'à après-demain.

— Pas de problème, Jerry va arranger cela. »

Il décrocha le téléphone, obtint le régisseur, lui

apprit en quelques mots la tragique nouvelle, écouta sa réponse.

« Jerry possède de bons contacts à la BOAC et les appelle immédiatement. Ne t'inquiète de rien. As-tu mangé quelque chose depuis ce matin ?

— Non. Je ne pourrais rien avaler...

— Essaie. Tu n'auras peut-être plus l'occasion de manger d'ici plusieurs heures, pour peu que l'avion prenne du retard. »

Nick acquiesça d'un geste las. Victor avait raison; en débarquant à New York, il aurait besoin de toutes ses forces pour réconforter ses parents et son beau-frère.

Victor décrocha de nouveau le téléphone, commanda un repas léger. Nick ferma les yeux.

« Veux-tu que je t'accompagne à New York ? lui demanda Victor.

— Mais non, mon vieux Vic. Je suis touché que tu me le proposes, mais rassure-toi. Je m'en tirerai tout seul. »

Il s'interrompit, son visage s'assombrit :

« Dis-moi, toi qui sais... Est-ce que cela devient moins pénible, un jour ?

— Oui, un jour ou l'autre. Tu t'y fais parce que tu n'as pas le choix... »

Victor se leva, alla regarder distraitement par la fenêtre.

« Pour les vivants, Nick, la mort constitue une perte irrémédiable, reprit-il sans se retourner. C'est pourquoi l'on est bien forcé de l'accepter, si dur que ce soit. Un amour brisé, une amitié perdue peuvent toujours renaître, du moins l'espère-t-on. La mort est sans appel. Tu sais, j'ai cru devenir fou après avoir perdu Ellie. Des années durant, il ne se passait pas un jour sans que je pense à elle. Je ne l'ai toujours pas oubliée aujourd'hui, crois-moi, ni ne l'oublierai demain. Pour moi, en un sens, elle vit encore – en moi, dans les enfants. Cette pensée m'a souvent réconforté; même si tu n'es pas en état de me comprendre en ce moment, tu te la rappelleras plus tard, j'espère. Tu souffres encore trop et je ne devrais sans doute même pas te parler comme je le fais... »

Il alla lentement se rasseoir, posa sur Nick un regard pénétrant, comme pour deviner ses réactions. Nick ne répondit pas. Pensif, les yeux dans le vague, il réfléchissait.

« Merci de m'avoir laissé m'extérioriser tout à l'heure, Vic. Je ne pourrai plus me permettre ce luxe avant longtemps. Ma famille doit être trop abattue pour que j'ajoute à leurs souffrances. C'est à moi, au contraire, de les aider à surmonter cette épreuve...

– Oui, dit Victor pour l'encourager à poursuivre. Je sais. »

Nick se leva, s'ébroua :

« Allons, je ferais mieux de boucler mes valises. »

Victor ne le suivit pas dans la chambre. Une fois seul, Nick ouvrit la penderie, fouilla dans ses costumes à la recherche d'un complet sombre pour les obsèques. L'enterrement de Marcia... D'une main tremblante, il décrocha le cintre, cligna pour chasser les larmes qui revenaient lui piquer les yeux. S'il pouvait seulement s'empêcher de penser, fermer sa mémoire à double tour... Jamais encore il n'avait si pleinement eu conscience de l'importance que sa sœur avait prise dans sa vie.

Ils ne se parlèrent guère jusqu'à l'aéroport. Sombre, renfermé, Nick concentrait toutes ses forces en prévision de l'épreuve qu'il allait affronter. Peu avant d'atteindre l'aérogare, Nick se tourna vers Victor :

« La religion est une idiotie », dit-il d'une voix sourde.

Victor ne put réprimer un sursaut :

« Que veux-tu dire ?

– Je me suis mal exprimé. En fait, je voulais dire que les préjugés religieux sont ridicules. Je pensais à mon père, à la manière dont il s'était opposé au mariage de Marcia avec Hunter, parce qu'il n'était pas juif. A la fin, c'est lui, Hunter Davidson le protestant, qui s'est révélé meilleur fils que moi.

– Tu exagères !

– Non, c'est vrai. Hunter est entré dans la banque, ce que je me suis toujours refusé à faire. Il se plie à toutes les traditions si chères à mon père, mène une vie rangée, convenable. Il se dévoue sans compter à son travail et à sa famille. Mieux, il a donné à mon père une petite-fille, ce dont je me suis montré incapable...

– Voyons, Nick, ton père est fier de toi et de tes succès !

– Maintenant, peut-être. Il aurait cependant été cent fois plus heureux si j'avais suivi ses traces et pris sa suite. Mon père souhaitait que je sois banquier, il voulait que je reprenne le flambeau familial, que je mène une vie exemplaire. Il voulait me voir épouser une belle jeune fille comme il faut, juive de préférence, avoir de beaux enfants, m'inscrire dans les clubs chic... En tout, depuis le début, je n'ai fait que le décevoir.

– Tu as choisi ta voie et tu as eu le courage de persévérer. A quoi bon remâcher des regrets inutiles, Nick ? Ton père a peut-être été déçu de prime abord, mais il est trop raisonnable pour n'avoir pas compris que ton bonheur exigeait que tu mènes ta vie à ta guise. »

Nick fit un geste évasif, se détourna pour regarder dehors :

« Nous voici arrivés. Je ne sais pas quand je reviendrai, Vic. Je passerai au moins une quinzaine de jours à New York, pour les services religieux, tu sais...

– Reste aussi longtemps qu'il faudra et ne t'inquiète pas pour le film. Le scénario est parfaitement au point.

— Préviens-moi quand même s'il y a des problèmes, je dicterai les révisions par téléphone... Oh ! Bon Dieu, Vic... Notre voyage à Klosters ! Je suis désolé, sincèrement. Tu t'en faisais une telle fête...

— Tu plaisantes, non ? Cela n'a aucune importance. Je ne suis pas à plaindre, crois-moi. Et toi, tu as bien d'autres préoccupations en ce moment. En tout cas, rappelle-toi : si tu as besoin de quoi que ce soit, téléphone-moi.

— Merci, vieux frère. A bientôt. Non, ne descends pas. Tu serais reconnu tout de suite, les chasseurs d'autographes te piétineraient pour t'approcher... »

Ils se serrèrent longuement la main, se donnèrent une étroite accolade. Victor suivit des yeux la silhouette qui s'éloignait et se fondait dans la foule.

Sur le chemin du retour, Victor eut du mal à croire à la réalité des événements de ces dernières heures. La mort de Marcia l'accablait. La seule certitude que nous ayons dans la vie, se dit-il, c'est la mort... Combien d'heures, de jours avait-il gâchés inutilement, combien de ce précieux temps enfui sans espoir de retour, d'occasions perdues qui ne se représenteraient jamais...

C'est alors qu'il se fit une promesse solennelle. A partir de cet instant, chaque minute de sa vie devait compter. Chaque jour, il vivrait pleinement, totalement. Nul ne sait de quoi demain est fait ni ce que l'avenir réserve. Nul ne peut même prédire de combien de lendemains nous disposerons.

16

Francesca passa la tête par la porte de la cuisine, faillit reculer devant un nuage de vapeur chaude.

« Vous devriez me laisser vous aider », dit-elle timidement.

Penché sur le fourneau, environné de provisions et d'ustensiles amoncelés partout, Victor se retourna. Francesca retint son sourire à grand-peine; sans cravate, les manches retroussées, la taille ceinte d'un tablier à fleurs, son apparence était du plus haut comique.

« Je pourrais au moins tourner une sauce », hasarda-t-elle.

Il fit un geste horrifié :

« Quoi? Une Anglaise gâter mes spécialités italiennes? Plutôt mourir! Soyez gentille, laissez-moi élaborer seul mes chefs-d'œuvre, dit-il en souriant. Si vous tenez à vous rendre utile, mettez plutôt le champagne dans le seau à glace. Je vous rejoindrai au salon dans cinq minutes. Il fait trop chaud, ici, vous allez encore attraper un rhume et j'ai eu assez de mal à soigner le précédent. »

Francesca obtempéra. Elle frissonna en traversant la salle à manger. Victor avait eu raison, tout à l'heure, d'insister pour dresser la table au salon, mieux chauffé. En un tournemain, il avait disposé une table à jeu près de la cheminée, mis le couvert, apporté deux chaises de la salle à manger en refusant énergiquement son aide. Ensuite, il s'était enfermé à la cuisine avec les sacs d'épicerie. Francesca n'avait pu que s'incliner : par moments, Victor Mason se transformait en tyran. Affaiblie par la fièvre au début de la semaine, elle s'était laissé faire sans réagir. Ce soir, elle se sentait trop heureuse pour protester et elle profitait sans vergogne du plaisir d'être dorlotée.

Assise au coin du feu dans une bergère, Francesca attendit patiemment que Victor sorte enfin de la cuisine. La pièce embaumait; sur tous les meubles, des vases de fleurs transformaient le salon en une sorte de reposoir. Lorsque la première gerbe lui avait été livrée le lundi précédent, Francesca avait senti son cœur bondir de joie. Seul, pensait-elle, Victor est capable d'une pareille folie. La lecture de la carte, la vue de la double signature avaient effacé son sourire : ainsi, le geste venait de Nick. Il avait ajouté le nom de Victor par gentillesse... Le lendemain, cependant, le bouquet suivant émanait du seul Victor et celui-ci lui apprenait le tragique accident de Marcia ainsi que le départ précipité de Nick pour New York.

Comment réagirait-elle si pareille tragédie survenait à Kim ? Francesca frémit en y pensant. Elle avait aussitôt écrit un mot de condoléances, que Victor avait posté le lendemain. Elle ne parvenait plus à dénombrer les services que Victor lui rendait, ces derniers jours. Elle devait certainement son prompt rétablissement aux soins qu'il lui avait inlassablement prodigués. Si seulement cela pouvait ne jamais cesser...

Les yeux clos, elle se remémora les meilleurs moments passés en compagnie de Victor au cours de la semaine. Tout avait commencé le mardi matin, lorsqu'il avait téléphoné pour prendre de ses nouvelles. Les protestations faites par Francesca d'une voix éteinte ne l'avaient pas trompé. Manifestement elle ne se portait pas mieux, au contraire. Par quelques questions, il lui avait fait avouer qu'elle n'avait pas appelé de médecin et que personne ne s'occupait d'elle. La femme de ménage ne devait plus revenir avant vendredi. Victor n'écouta même pas ses mises en garde contre les microbes et les risques de contagion; il sonna impérieusement à la porte moins d'une heure plus tard, les bras chargés de médicaments, de potions, d'oranges fraîches et de bouillon.

Francesca ne lui avait ouvert qu'avec une vive répugnance. Elle avait une allure à faire peur pour accueillir le seul homme devant qui elle aurait voulu se présenter au mieux de sa beauté. Mais Victor parut ne pas remarquer son teint brouillé, son nez rouge et sa chevelure emmêlée – avait-il jamais fait attention à son allure ou esquissé le moindre compliment? s'était-elle demandé avec amertume. En un clin d'œil, il s'était institué son tuteur et seul maître à bord. Après qu'il l'eut renvoyée au lit sans plus de cérémonie, elle l'avait entendu fourgonner dans la cuisine. Quelques minutes plus tard, il réapparaissait avec du jus d'orange, du thé brûlant et des remèdes, et lui donnait ses instructions d'un ton sans réplique. Le bouillon mijotait sur le fourneau, il en rapporterait une nouvelle provision le soir même.

Depuis, Victor venait la voir tous les jours, au moins deux fois par jour, et ne se présentait jamais les mains vides. Son ton autoritaire dissimulait une patience et une gentillesse dont Francesca fut d'abord stupéfaite avant d'en être émue. Elle se sentait de toute façon si mal en point les premiers temps qu'elle ne pensait même pas à se soucier de son apparence, ni de savoir si Victor éprouvait ou non d'autres sentiments à son égard.

Katherine, elle aussi, avait voulu se dévouer. Mais Francesca s'y était fermement opposée, de peur de lui communiquer sa maladie dont les conséquences, pour Katherine, auraient été catastrophiques. Son amie téléphonait cependant plusieurs fois par jour, lui faisait envoyer des livres et déposer des provisions. Le mardi, cependant, une phrase de Katherine l'avait frappée. Francesca protestait qu'elle n'avait besoin de rien, car Victor veillait sur elle et la soignait comme une mère poule.

« C'est la moindre des choses ! s'était écriée Katherine. Tu as pris froid en travaillant pour lui, il aurait au moins pu te fournir une garde ou quelqu'un pour s'occuper de toi ! Il sait bien que tu vis seule.

– Mais non, il n'a aucune obligation envers moi ! avait protesté Francesca. Ce n'est pas sa faute si je suis tombée malade dans le Yorkshire. D'ailleurs, j'avais peut-être déjà le microbe avant de quitter Londres. »

Katherine avait insisté puis changé de sujet. Mais Francesca, après avoir raccroché, n'avait pu s'empêcher de réfléchir aux paroles de Katherine. Elle avait très probablement raison, Victor ne se conduisait qu'en employeur prévenant, rien de plus. Les jours suivants, ses espérances en miettes, Francesca s'était efforcée de faire taire son imagination et de maîtriser ses sentiments, tâche difficile sinon impossible. Aussi s'abstenait-elle de prononcer devant Katherine le nom de Victor, de peur de provoquer de nouveaux commentaires trop raisonnables à son goût. Elle préférait continuer à croire les visites de Victor motivées par l'amitié, ou peut-être davantage.

Un détail l'y encourageait : dès le premier jour, Victor n'avait plus affecté son attitude paternelle, qui l'exaspérait, et il la traitait avec une camaraderie bourrue. Au moins se sentait-elle sur un pied d'égalité plutôt que maintenue dans un rôle horripilant de petite fille. A fil des jours, leurs rapports avaient acquis aisance et naturel. Francesca était de plus en plus touchée par la sollicitude constante déployée par Victor et elle attendait ses visites avec une impatience croissante. Il ne s'attardait pourtant guère, conservait son dehors autoritaire. La veille, tout avait changé.

Il était arrivé au début de l'après-midi, enchanté de voir Francesca debout et redevenue semblable à elle-même. Ils avaient bavardé au salon près de deux heures puis, au moment de partir, Victor avait annoncé que sa malade paraissait suffisamment rétablie pour apprécier comme il convenait le superbe dîner italien qu'il lui ferait l'honneur de préparer lui-même le lendemain soir. Francesca avait gaiement acquiescé, pour mieux lui cacher la joie qu'elle ressentait à l'idée de passer une soirée seule avec lui. Depuis, elle n'avait pensé à rien d'autre et comptait fébrilement les heures qui la séparaient de son retour. Maintenant, il était là, tout près. La soirée commençait à peine...

Tu n'es qu'une idiote et tu te berces d'illusions ! se dit-elle avec un soudain mouvement d'humeur. Ce soir constitue précisément le commencement de la fin. Victor n'aurait plus aucune raison de revenir. Certes, ils allaient boire le champagne, savourer les plats dont les effluves appétissants se glissaient jusqu'à elle. Victor se montrerait plein de charmes et d'égards, comme il l'avait été depuis le début de la semaine. Ensuite, il s'en irait. Le rêve allait se terminer. C'en serait fini de leurs instants d'intimité, de cette amitié inespérée où Francesca s'obstinait à lire d'autres promesses. Elle ne reverrait plus Victor qu'en public, en présence de tiers devant qui il adopterait de nouveau ses airs supérieurs, son attitude distante. Elle redeviendrait l'amie, l'ombre de Katherine, la gamine sans conséquence qu'on ne pouvait pas prendre au sérieux...

Ne voit-il donc pas que je suis une femme ? se dit-elle avec un sursaut de révolte. Elle se leva, se dirigea vers un miroir et se contempla attentivement.

Au moins était-elle élégante. Elle portait une blouse arrivée le matin même des grands magasins *Harte's* de la part de Katherine, toujours aussi généreuse. Francesca avait épinglé une broche d'or sur le cachemire rouge, son long cou gracieux émergeait d'un col-châle et l'ensemble lui plut. Une touche discrète de maquillage rehaussait ses joues encore pâles, mais ses longs cheveux blonds lui paraissaient trop raides et elle regretta de ne pas avoir adopté une coiffure plus élaborée. Elle paraissait trop jeune, presque enfantine, malgré les reflets dorés que la lumière tamisée donnait à ses cheveux. Mécontente d'elle-même, elle regretta de ne pas posséder l'éclatante beauté de Katherine, de n'avoir pas osé forcer sur son maquillage. Dans la glace, le reflet de son visage lui parut tout à coup fade, inintéressant. Le visage d'une gamine sans importance...

« Vous êtes ravissante. »

Francesca sursauta. Sur le pas de la porte, Victor l'observait pensivement. Mortifiée d'avoir été ainsi surprise, elle était en même temps ravie de ce compliment inattendu. Elle fit un pas de côté, s'affaira maladroitement pour ôter le capuchon de la bouteille posée sur la console.

« Merci, murmura-t-elle en rougissant. J'allais ouvrir le champagne...

— Laissez-moi faire. »

Il l'avait déjà rejointe. Il posa les mains sur les siennes, autour du goulot de la bouteille. Francesca frémit à ce contact; ses doigts refusèrent d'obéir et restèrent immobiles sous ceux de Victor. Les yeux baissés, elle contempla ses mains, larges et puissantes, ses avant-bras hâlés, parsemés de poils noirs. Elle sentit sa gorge se serrer, ses joues s'empourprer. Sans oser lever les yeux, elle se dégagea et retourna s'asseoir auprès du feu, avant que ses jambes tremblantes ne la trahissent. Jamais je ne serai capable de passer la soirée ainsi, se dit-elle. Aussitôt, une pensée différente lui redonna courage : profite de ces quelques heures, n'en attends rien qu'une joie passagère. Peu importe ce qui pourrait être ou ce qui n'est pas. Ne pense qu'au présent.

Elle le vit debout devant elle, qui lui tendait un verre en souriant. Elle leva les yeux, lui rendit son sourire en hésitant, soulagée de constater que sa main ne tremblait pas.

Une fois dissipé le bref moment de gêne, Victor s'assit en face d'elle, alluma une cigarette avec nonchalance :

« Je ne vous ai pas demandé de nouvelles de votre père. Se rétablit-il ?

— Oui, merci. Il va beaucoup mieux... Je n'ai pas encore eu vraiment l'occasion de vous remercier de tout ce que vous avez fait pour moi, Victor, poursuivit-elle en retrouvant son assurance. Vous avez été si prévenant... C'est à vous que je dois ma guérison.

— J'ai été trop heureux de me rendre utile. »

Francesca se leva, lui fit un sourire :

« Ne bougez pas, dit-elle. J'ai quelque chose pour vous. Un petit cadeau.

— C'est inutile voyons !... »

Elle s'éloignait déjà et il la suivit des yeux sans dissimuler son admiration. Surveille-toi, satyre ! s'admonesta-t-il en son for intérieur. Au prix d'un effort, il détourna son regard. Francesca revenait déjà vers lui. Elle lui tendit un petit paquet noué d'un ruban argenté :

« J'espère que cela vous plaira, Victor.

— Il ne fallait pas. Je suis confus... »

Il défit le nœud, ouvrit le paquet. C'était un livre, un exemplaire visiblement ancien des *Hauts de Hurlevent*. La reliure de maroquin en était patinée, les pages aux bords jaunis craquaient sous ses doigts. Il releva la tête, eut un geste de protestation :

« Je ne peux pas accepter ! C'est un livre rare et...

— En effet, l'interrompit Francesca. C'est l'édition

originale. Vous verrez la date sur la page de garde : 1847. Prenez-le, Victor. Je serais très vexée que vous refusiez.

– Mais votre père ? Que dira-t-il ? »

Elle eut un sursaut de mauvaise humeur, froissée qu'il pût la croire incapable d'agir sans le consentement paternel. Toujours la gamine insignifiante... Elle parvint à répondre posément :

« Mon père n'a rien à dire. Ce livre m'appartient. Il fait partie d'une collection qui me vient de ma mère, je puis donc en faire ce que bon me semble et je tiens à ce que vous le gardiez en souvenir du film et de nos discussions. »

Touché, Victor ne sut que répondre. Il tourna les pages, attendit de reprendre contenance.

« Merci, Francesca, dit-il enfin. C'est le cadeau le plus précieux que j'aie jamais reçu. »

Rassérénée, elle lui sourit.

« Je suis navrée que nous ayons dû décommander le week-end à Langley à cause de l'accident de papa, dit-elle. Tout le monde est très déçu à la maison, mais c'est aussi bien, en un sens. Nous aurions tous regretté l'absence de Nick. »

Elle s'abstint de préciser que c'était en recherchant ce livre sur les rayons supérieurs de la bibliothèque que son père avait fait une chute.

Malgré lui, Victor éprouva une bouffée de jalousie, qu'il se força à chasser aussitôt. Comment pouvait-il être jaloux de Nick ? Conscient du silence et de sa réponse qui tardait, il s'éclaircit la voix un peu trop bruyamment :

« Oui, c'est vrai... Je n'ai pas encore eu la moindre nouvelle de lui, mais il est sans doute trop tôt. Il se manifestera probablement la semaine prochaine. »

Francesca avait détecté l'inquiétude qui perçait dans sa voix et voulut détourner la conversation :

« Quand j'ai eu Doris au téléphone, cet après-midi, elle a proposé que nous allions tous à Langley au début du tournage. Il fera beau, ce sera beaucoup plus agréable, n'est-ce pas ?

– Sans doute. Mais qui est donc cette Doris dont je vous ai tant entendu parler, depuis quelques jours ?

– Mon Dieu, j'ai oublié de vous le dire ! Doris Asternan est, je l'espère du moins, la fiancée de mon père. Kim et moi l'aimons énormément et nous poussons notre père à se décider enfin.

– Vous paraissez bien impatients de vous doter d'une belle-mère, répondit Victor en riant. Mais votre père a-t-il la même hâte à prendre femme ?

– Evidemment ! En tout cas, pas n'importe laquelle. C'est Doris qu'il lui faut. Elle est parfaite et le rendra très heureux. »

La sincérité de Francesca frappa Victor une fois de plus. Savait-elle seulement dissimuler ses sentiments ? Sans doute pas...

« Doris a bien de la chance de vous avoir dans son camp. Je connais peu de filles ou de belles-filles qui réagiraient comme vous le faites, avec une telle générosité.

– Peut-être, répondit-elle. Mais les enfants sont souvent très égoïstes. La plupart du temps, ils ne pensent qu'à eux sans faire l'effort de comprendre leurs parents et les problèmes que leur cause la solitude. Pourtant, on peut en mourir... »

Victor réagit avec surprise à la maturité d'esprit que dénotait cette dernière réflexion.

« Oui, la solitude est une sorte de mort... »

Il s'interrompit de peur de se trahir, se leva d'un bond et poursuivit avec une gaieté forcée :

« Encore un verre ?

– Je veux bien, merci. »

Son bref accès de mélancolie n'avait pas échappé à Francesca. Il connaît la solitude, se dit-elle. Il a affronté bien des épreuves dans sa vie. Son amitié fraternelle pour Nick s'éclairait d'un jour nouveau et Francesca sentit redoubler sa sympathie, son affection pour Victor. Voilà, se dit-elle, un homme à qui tout semble sourire. Jeune, beau, riche, célèbre, idolâtré par des millions de femmes dans le monde entier – et pourtant, il a lui aussi ses faiblesses, ses blessures secrètes. Cette constatation l'étonna, car elle ne s'était encore jamais attardée à y penser. Soudain consciente de l'adoration qui éclatait dans son regard, elle détourna les yeux.

Victor posa les verres pleins sur la table basse, se rassit en face d'elle :

« Parlez-moi donc de Doris. Elle s'appelle Asternan, m'avez-vous dit ?

– Oui. Elle est la veuve d'Edgar Asternan, un roi de la viande en conserve. Doris est sa seule héritière, et elle dirige l'entreprise, je crois. Vous avez l'air surpris, Victor. La connaissez-vous ?

– Pas personnellement, non. Mais le nom est célèbre aux Etats-Unis. Tout le monde a mangé ou mangera des conserves Asternan. Votre amie Doris est à la tête d'une fortune considérable.

– Peut-être... Papa est parfois bizarre, vous savez, dit-elle pensivement. J'ai l'impression que c'est précisément la fortune de Doris qui l'empêche de se décider.

– C'est une réaction parfaitement normale, Francesca. Un homme digne de ce nom a sa fierté... Mais ne vous inquiétez pas pour eux, ils trouveront moyen de s'arranger d'une manière ou d'une autre, s'ils le désirent sincèrement. Et maintenant, je ferais mieux de retourner à mes fourneaux avant que mes chefs-d'œuvre ne soient transformés en cendre.

– Je vais vous aider ! déclara-t-elle en se levant.

– Pas question ! Allumez les bougies sur la table si vous y tenez et préparez-vous à déguster le meilleur dîner italien du siècle ! Ce soir, je me suis surpassé.

– Quand le chef se décerne des éloges, j'aurais

mauvaise grâce à le contredire ! » répliqua-t-elle en riant.

Sur un clin d'œil complice, Victor s'éclipsa. Francesca éprouvait un tel bien-être qu'elle se vit rayonner de plaisir dans le miroir. A qui attribuer cette euphorie, au champagne ou à Victor ? A Victor, se répondit-elle. Elle s'était attendue à le trouver distant, inaccessible, elle appréhendait de ne savoir quelle attitude prendre à son égard. Ses craintes étaient dissipées. Avec elle, Victor se montrait détendu, naturel ; mieux encore, il la traitait pour la première fois telle qu'elle était vraiment. En sa compagnie, Francesca se sentait merveilleusement à l'aise.

« Les hors-d'œuvre ! » annonça-t-il depuis le seuil.

Il disposa sur la table un assortiment d'assiettes et de raviers, une bouteille de vin, une corbeille à pain. Il avait remis sa veste et sa cravate et retrouvé son élégance de star. Francesca eut honte de la simplicité de sa mise. Ce soir, elle aurait voulu une toilette éblouissante.

« Quel extraordinaire numéro de jongleur ! s'écria-t-elle.

— Oui, mais j'ai de l'entraînement. J'ai été serveur de restaurant, croyez-le ou non, dit-il en souriant de sa surprise. En arrivant à Hollywood, il fallait faire vivre ma femme et mes deux garçons. Mes cachets de figurant ne suffisaient pas et j'ai pris le premier job où l'on voulait bien de moi. J'y suis d'ailleurs devenu une vraie vedette... »

Francesca l'avait écouté, les yeux ronds. Elle découvrait qu'elle ne savait finalement rien de lui, ou presque. Entre-temps, Victor l'avait fait asseoir. Il lui versa le vin, lui passa les plats.

« Où avez-vous trouvé toutes ces merveilles ? lui demanda-t-elle.

242

– Chez *Harte's*, bien entendu. Nulle part ailleurs je n'ai vu un choix aussi extraordinaire.

– C'est vrai. J'adore ce magasin. Sa propriétaire est une amie de mon père, ils sont voisins dans le Yorkshire. Un personnage exceptionnel.

Tout en mangeant, Francesca entreprit de relater en termes admiratifs tout ce qu'elle savait de la légendaire Emma Harte[1]. Victor l'écouta avec un intérêt croissant. Nick ne s'était pas trompé dans son jugement, Francesca possédait un réel talent de conteuse. Son récit l'avait captivé.

« Elle me plaît, votre Emma Harte, dit-il lorsqu'elle eut fini. J'ai toujours préféré les femmes résolues, sûres d'elles-mêmes et jalouses de leur indépendance. Les petites fleurs délicates m'ennuient prodigieusement.

– Les hommes se méfient pourtant des femmes fortes...

– Pas moi, en tout cas ! »

Elle eut un sourire amusé. Voilà encore un côté inconnu et inattendu de son caractère, se dit-elle.

Les hors-d'œuvre terminés, Victor débarrassa la table et revint de la cuisine en poussant une table roulante chargée d'une demi-douzaine de plats en argent.

« Grand Dieu, il y a de quoi nourrir une armée ! s'écria Francesca.

– C'est exact, je n'en fais jamais d'autres. Ce travers doit me rester de mon enfance malheureuse, dit-il avec un sourire qui démentait ses paroles. La peur de manquer... »

Il se pencha sur la desserte, souleva le couvercle des plats avec un cérémonial faussement compassé, emplit l'assiette de Francesca en disposant artistement escalope, pâtes, légumes.

« Mademoiselle est servie.

---

1. Du même auteur, lire *L'espace d'une vie*, Belfond, 1980.

– Oh ! Victor ! Tout a l'air exquis !

– Tout *est* exquis, corrigea-t-il. Goûtez, vous verrez. »

Il remplit leurs verres, leva le sien en portant un toast :

« Au chef ! le devança Francesca.

– *Grazie* ! répondit-il en souriant. Et à ma charmante malade, si bien remise de sa terrible maladie.

– Grâce à vous, Victor, qui m'avez merveilleusement soignée. »

Lorsqu'elle eut goûté à ses préparations, Francesca se rendit compte que Victor n'avait pas exagéré en vantant son talent. Tout était succulent.

« Où donc avez-vous appris à cuisiner si bien ? lui demanda-t-elle.

– Auprès du seul véritable maître, ma mère. D'ailleurs, j'adore faire la cuisine. Mais je ne m'en tiens pas là ! Un jour, il faudra goûter à mes grillades. Quant à mon poulet à la crème, il reste inégalé dans le monde entier.

– Je n'en doute pas un seul instant. »

Le cœur léger, l'âme en fête, Francesca riait, dégustait avec délices tout ce que Victor mettait dans son assiette. Ils ne s'étaient encore jamais retrouvés seuls; Katherine, Nick, une cohorte de relations les entouraient à chacune de leurs rencontres. Elle ne se rassasiait pas de la joie de l'avoir tout à elle et de découvrir sa personnalité.

Tout au long du dîner, Victor parla d'abondance et aborda de multiples sujets; il s'attardait cependant plus volontiers sur son ranch des environs de Santa Barbara, ses chevaux, sa vie au grand air, l'intimité paisible qu'il s'efforçait de préserver dès qu'il quittait les studios. Il décrivit aussi les milieux du cinéma, raconta d'amusantes anecdotes sur ses débuts à Hollywood et les personnages pittoresques qu'il y côtoyait. Sachant manier l'ironie sans méchanceté, distrayant, usant de sés ressources d'acteur pour faire vivre une scène, il fit rire Francesca sans interruption.

Victor s'amusait d'ailleurs autant qu'elle. Elle constituait son meilleur public et savait écouter. Quand elle l'interrompait, ses questions étaient toujours pertinentes; ses commentaires, volontiers irrévérencieux, se faisaient parfois cinglants. Victor n'avait pas passé des heures aussi plaisantes depuis des mois, voire des années; car s'il préférait généralement se détendre chez lui, en petit comité, il avait oublié le charme d'un tel tête-à-tête. Ses deux dernières épouses ne pensaient qu'à courir cocktails, galas et réceptions, où il se laissait entraîner de mauvaise grâce et s'ennuyait à mourir.

Le principal attrait de la soirée restait toutefois la compagnie de Francesca. Avec elle, Victor se sentait à l'aise, libre d'être lui-même. Son attirance pour elle devenait à chaque instant plus puissante et, à chaque instant, il en trouvait de nouvelles justifications. Simple, directe, franche dans son ingénuité, elle était aux antipodes des coquettes qu'il exécrait. Manifestement, elle ne lui tendait aucun piège. Son intelligence, son assurance faisaient oublier sa jeunesse, écueil sur lequel Victor revenait constamment buter depuis des semaines. En reconnaissant les innombrables qualités de Francesca, Victor ne se rendait pas compte que s'il y avait piège il se le tendait à lui-même.

Le dîner terminé, ils s'installèrent devant la cheminée. Victor était assis dans la bergère, Francesca se pelotonnait sur le canapé lui faisant face. Ils restèrent d'abord silencieux, mais d'un silence sans contrainte. Victor l'observait à travers la fumée de son cigare.

Francesca reprit la parole en versant le café :

« Quand commencerez-vous le tournage dans le Yorkshire ?

– Mai ou juin, je ne sais pas encore exactement.

La météo décidera. Les intérieurs en studio débute-ront dans la première semaine d'avril.

– Je vous le demandais pour indiquer une date à mon père.

– Je vérifierai l'emploi du temps et je vous le confirmerai demain ou après-demain, avant mon départ. Je m'absente quelques jours la semaine prochaine. »

Francesca se raidit imperceptiblement :

« Ah ? Je ne savais pas... Vous partez pour Holly-wood ?

– Non, simplement en Suisse. Klosters. J'avais prévu d'y aller avec Nick, et plutôt que d'annuler le voyage, j'ai décidé de m'y rendre seul. Il me faut un peu de repos et un changement d'air avant de me plonger dans le film. En principe, je compte partir mercredi pour une huitaine de jours.

– Très bien... Je vous souhaite un excellent séjour », dit-elle avec autant de sincérité qu'elle put.

Victor n'avait pas remarqué sa réticence. Le nez dans son ballon de cognac, il se demandait s'il pro-fiterait de cette brève détente, privé de son insépara-ble compagnon. Il n'avait pour ainsi dire jamais voyagé sans Nick; tout d'un coup, la perspective de skier seul à Klosters lui parut infiniment moins attrayante.

Il reposa son verre sur la table basse, se pencha en avant :

« Ecoutez, Francesca, je viens d'avoir une idée. Pourquoi ne viendriez-vous pas avec moi ?... »

Le son de ses paroles le stupéfia et il s'interrompit soudain. De son côté, Francesca n'avait pas l'air moins effarée. Les yeux ronds, bouche bée, elle le dévisageait sans proférer un son.

Victor était tout aussi interdit. Déjà, les arguments se présentaient en foule pour lui démontrer l'absur-dité de sa proposition. Par ailleurs, une fois lancée, l'invitation ne pouvait être retirée sans le faire paraître ridicule ou, à tout le moins, incorrect. Et puis, l'idée était peut-être choquante à première vue, mais pas aussi absurde qu'il y paraissait. De bonnes raisons plaidaient en sa faveur. Ce bref examen conclu, il décida de poursuivre :

« Alors, qu'en dites-vous ? »

Chez Francesca, l'étonnement avait fait place à une joie débordante. Elle était sur le point d'accepter mais elle se rendit compte des obstacles insurmontables dressés devant elle. Déçue, abattue, elle se mordit les lèvres nerveusement, cherchant des motifs plausibles à son refus – un refus contre lequel tout son être protestait.

« Eh bien... Cela me serait très difficile de vous accompagner sans prévenir mon père, n'est-ce pas... Vous comprenez... Je veux dire... Il serait probablement étonné... »

Elle ne put aller plus loin et leva vers Victor un regard désespéré. Il lui coûtait surtout d'admettre devant lui l'obligation de solliciter l'autorisation paternelle, avouer qu'elle n'était pas libre de ses mouvements.

Victor le comprit aussitôt. Ce fut son tour de la dévisager avec une stupeur mêlée d'un embarras extrême : elle s'était méprise sur le sens de son invitation. En la formulant impulsivement, il était cependant loin de penser à la séduire ! Il fallait immédiatement mettre les choses au point :

« Vous ne pensez quand même pas, j'espère, que j'ai des intentions... inavouables ! s'écria-t-il.

– Bien sûr que non, cette idée ne m'avait pas même effleurée, répondit-elle froidement et avec hauteur. Je voulais simplement vous faire comprendre que mon père a des principes un peu... vieux jeu. Il jugerait certainement déplacé que je parte seule en vacances avec un homme.

– Je serais le dernier à le lui reprocher, s'empressa de répondre Victor d'un ton dégagé. Vous avez raison, l'idée n'est pas si bonne que cela, tout compte fait. N'en parlons plus... Mais je tiens quand même à préciser que je ne pensais pas à mal, ajouta-t-il presque malgré lui. Je me disais simplement que l'air pur de la montagne vous ferait le plus grand bien, dans votre état. Et puis, j'avoue ne pas aimer voyager seul... Nous étions devenus si bons amis, cette semaine, que... C'est vrai, n'est-ce pas ? insista-t-il.

– Oui, c'est vrai », murmura Francesca.

Ce dernier coup l'accablait. Si bons amis... Je ne suis pour lui qu'un pâle substitut de Nick Latimer. Un bon copain. Pourquoi diable aller chercher autre chose dans ses paroles ?

« Allons, ne faites pas cette tête d'enterrement, dit-il en riant. Je comprends très bien pourquoi votre père s'y opposerait. Vous n'avez encore que dix-neuf ans, je l'oublie trop facilement... Puis-je me servir un autre verre ? »

Exaspérée par cette nouvelle allusion à son âge, Francesca répondit sèchement :

« Je vous en prie. J'en prendrai un moi aussi. »

Elle se redressa, déplia ses jambes et s'assit au bord de son siège. Les coudes sur les genoux, la tête dans les mains, elle réfléchit. Son désir de se rapprocher à tout prix de Victor, de s'intégrer plus étroitement à sa vie devenait si fort qu'elle se sentait prête à tout accepter. S'il le fallait, elle se contenterait d'une amitié platonique, de rester le « bon copain » quoi qu'il lui en coûte. N'es-tu pas folle de t'infliger une torture pareille ? lui dit une voix intérieure. Je m'y ferai, se répondit-elle en y croyant plus ou moins. Ce problème ainsi hâtivement résolu, elle se sentit plus libre de s'attaquer au suivant, le voyage à Klosters. Quoi qu'il arrive, se dit-elle alors, je partirai avec lui la semaine prochaine. Mais comment mentir ou, plus simplement, comment dissimuler la vérité ? Francesca s'en savait incapable, surtout vis-à-vis de son père. Il faudrait donc tromper sa propre conscience sans, pour autant, abuser son père de façon délibérée. Dilemme insoluble en apparence... Ses pensées tourbillonnèrent de plus belle.

« Voici votre verre.

— Merci », dit-elle distraitement.

Victor remarqua sa mine préoccupée. Se sentait-elle gênée d'avoir dû refuser ? Avait-elle des scrupules ?

« Ecoutez, Francesca, ne vous faites pas tant de soucis. N'en parlons plus, voulez-vous ? J'ai avant tout envie de faire du ski et vous ne vous amuseriez guère. Généralement, je chausse mes planches à l'aube pour ne les retirer qu'à la tombée de la nuit. Sans vouloir vous vexer, je ne vous crois pas capable de soutenir le même rythme...

— Faire du ski ? l'interrompit-elle.

— Oui, bien sûr. Que vous imaginiez-vous donc ? »

Pétrifiée, Francesca voyait une nouvelle idée germer dans sa tête. Un optimisme joyeux succédait à son abattement. La solution, elle la tenait ! Elle méritait pourtant un peu de réflexion, il faudrait surtout la présenter avec soin afin de ne pas risquer un refus humiliant. Au bout d'un instant, elle lui demanda :

« M'avez-vous bien dit, tout à l'heure, que l'idée d'être seul à Klosters ne vous plaisait guère ?

— C'est exact. J'ai tellement pris l'habitude d'être accompagné par Nick que je ne peux plus m'amuser tout seul. J'aime partager les endroits qui me plaisent, les paysages, le bon vin... »

Il la dévisageait avec curiosité, sans comprendre la raison cachée de sa dernière question.

« Si j'ai bien compris, la personne qui vous accompagne compte autant, pour vous, que l'endroit où vous allez ?

— En un sens, oui... Mais je ne comprends pas où

vous voulez en venir, Francesca ? Qu'avez-vous derrière la tête ?

— La Bavière.

— La Bavière ? répéta-t-il. Alors là, je ne vous suis plus du tout. »

Francesca se carra dans son siège et sourit avec assurance :

« C'est très simple. Si vous décidiez de modifier vos projets et de vous rendre, au lieu de Klosters, à un endroit en Bavière qui s'appelle Königssee, je pourrais parfaitement vous y accompagner. A moins, bien entendu, que vous ne préfériez inviter quelqu'un d'autre en Suisse, ce que je comprendrais parfaitement.

— Je ne vois personne d'autre avec qui j'aurais envie de voyager, répondit-il aussitôt. Mais je ne comprends toujours pas, Francesca. Si vous pouvez venir avec moi à Königssee, pourquoi pas à Klosters ?

— Tout bonnement parce que je n'ai pas besoin de demander à mon père la permission d'aller en Bavière. C'est là que vivent mes cousins Diane et Christian, je peux leur rendre visite quand je veux. Les pistes de ski sont superbes, la neige tient jusque très tard au printemps, il y a d'excellentes auberges aux environs et Diane se chargerait de vous réserver une chambre. Mon père n'y trouverait rien à redire : là-bas, je trouverais d'excellents chaperons, n'est-ce pas ? Alors, qu'en pensez-vous ? »

Victor la dévisagea un instant, amusé :

« L'idée me paraît excellente, mais... Avez-vous vraiment envie d'y aller ? demanda-t-il en hésitant. Vous sentez-vous capable de subir ma compagnie pendant près d'une semaine sans mourir d'ennui ? »

Le cœur battant, elle se força à lui rendre son regard sans trahir le bonheur qui l'envahissait :

« Ne dites donc pas de bêtises, Victor. Je ne périrai évidemment pas d'ennui. D'ailleurs, nous sommes *si bons amis*, comme vous l'avez dit vous-même...

– C'est vrai. Mais nous n'avons fait que parler des réactions de votre père, pas de ce que vous en pensiez vous-même. Depuis tout à l'heure, vous ne m'avez pas dit si cela vous ferait plaisir.

– J'en serai ravie. Et puis, l'air de la montagne finira de me guérir... Je ne vous aurais pas suggéré la première ce changement de programme si l'idée me déplaisait, précisa-t-elle en remarquant son expression encore hésitante.

– En effet... Eh bien, d'accord ! Je ferai le nécessaire dès lundi matin avec l'agence de voyages pour qu'ils modifient les billets. »

Il s'interrompit, hésita :

« Il reste un ou deux problèmes... Disons plutôt quelques questions à clarifier avec vous.

– Lesquelles ? » dit-elle, l'expression soudain grave.

Victor se leva, tisonna le feu, ajouta une bûche.

« Cela vous ennuierait-il de partir seule mardi ?

– Euh... non, répondit-elle avec étonnement. Mais pourquoi ne pas partir mercredi avec vous ?

– C'est parfaitement possible si vous y tenez. Mais, comprenez-moi bien, les gens pourraient se méprendre en nous voyant ensemble. Ce serait plus discret de voyager séparément... Katherine ne vous a pas parlé de mon divorce ? ajouta-t-il en voyant son expression troublée.

– Si, elle a mentionné en passant certaines de vos difficultés. Je suis peut-être idiote, Victor, mais je ne vois toujours pas le rapport. Pouvez-vous m'expliquer de quoi il s'agit ? »

En quelques mots, il résuma ses rapports avec sa femme et les efforts de cette dernière pour le compromettre. Il rapporta les avertissements d'Estelle Morgan, la menace que faisaient planer les magazines à scandale et la détermination d'Arlene à faire flèche de tout bois.

« En ce qui me concerne, conclut-il, je m'en moque éperdument. Les journaux ne m'ont jamais fait peur. Mais je refuse de vous entraîner dans un scandale. Notre voyage pourrait donner lieu à des interprétations qui déplairaient à votre père. A moi, également, cela va sans dire.

— Je comprends, répondit-elle. Je partirai donc mardi, c'est d'ailleurs une très bonne idée. Je m'occuperai de votre hôtel avec Diane. Je lui téléphonerai demain pour la prévenir. »

Victor hocha la tête, hésita à reprendre la parole :

« Ce n'est pas tout, Francesca. Comptez-vous prévenir votre père que vous rendez visite à vos cousins en Bavière ?

— Bien entendu. Pourquoi ?

— Il vaudrait peut-être mieux pas. Je connais votre franchise, mais... s'abstenir de dire quelque chose ne peut pas être vraiment considéré comme un mensonge.

— Si, un mensonge par omission !

— Evidemment... »

Il se leva, alla s'accouder pensivement à la cheminée, se tourna enfin vers elle :

« Si je vous le demande, Francesca, c'est parce que j'ai mes raisons. D'excellentes raisons. Ecoutez, poursuivit-il d'un ton plein de persuasion, si vous prévenez votre père, Kim sera lui aussi au courant et il dira à Katherine où je suis. Très sincèrement, je préférerais qu'il n'en soit pas ainsi. Il vaut mieux que tout le monde me croie à Klosters, pour les raisons que je vous ai expliquées tout à l'heure.

— Comment pouvez-vous soupçonner Katherine d'indiscrétion ? s'écria Francesca avec indignation. Elle est ma meilleure amie, vous la connaissez encore mieux que moi. Jamais Katherine n'ouvrirait la bouche pour vous trahir ! Je lui fais aveuglément confiance.

– Moi aussi, Francesca. Cependant... »

En pesant ses mots, il s'efforça de lui exposer comment une seule parole en l'air, prononcée sans penser à mal, risquait de provoquer bien des drames. Il respectait et partageait l'horreur de Francesca pour la dissimulation, mais son désir de la protéger de la malveillance primait son besoin de franchise. Pour elle, plus encore que pour lui, il était essentiel d'observer le secret. Elle l'écouta attentivement, parut admettre son raisonnement. En conclusion, il lui dit :

« A notre retour à Londres, vous pourrez raconter à votre père que nous nous sommes rencontrés par hasard dans les Alpes et même lui dire que j'ai passé quelques jours non loin de chez vos cousins, par exemple. »

Francesca était bien forcée de reconnaître le bien-fondé de son raisonnement. Elle comprenait aussi que si elle s'obstinait, Victor se rabattrait sur son projet initial et partirait seul pour Klosters. Son désir d'être avec lui fut le plus fort et étouffa ses derniers scrupules à l'égard de son père.

« Vous avez raison, Victor, dit-elle enfin. Mon pauvre père serait bouleversé ni notre nom devait se trouver traîné dans la boue. Nous serons donc prudents. D'ailleurs, il ne s'étonnera pas d'apprendre que je suis allée passer quelques jours chez mes cousins, j'y vais presque toujours à cette époque-ci de l'année. Ainsi, conclut-elle en rassemblant son courage, c'est décidé. Si vous êtes d'accord, je le suis aussi.

– Eh bien, c'est parfait ! s'écria-t-il en souriant. Nous nous amuserons comme des petits fous ! »

Ce fut le tour de Francesca d'exprimer une réticence :

« Il faudra quand même que j'explique la situation à Diane pour ne pas prendre de risques inutiles. Etes-vous d'accord ?

– Bien sûr, s'il n'y a pas moyen de faire autrement. Mais assurez-vous qu'elle ne se méprenne pas, elle non plus, sur nos... sur nos rapports.

– Naturellement, voyons », répondit-elle avec un regard chargé d'innocence.

Elle réprima à grand-peine un fou rire. Elle avait qualifié son père de vieux jeu, mais Victor ne valait guère mieux, dans son genre...

« Au fait, demanda-t-il, comment se fait-il que vos cousins vivent en Allemagne ?

– Parce qu'ils y sont nés. La sœur aînée de mon père, ma tante Arabella, a épousé un Allemand vers la fin des années 20. Diane et Christian sont parfaitement bilingues, vous n'aurez donc aucun problème de communication avec eux.

– Votre oncle et votre tante habitent-ils Königssee eux aussi ? Ferai-je leur connaissance ? »

Il y eut un court silence.

« Non, je ne le pense pas », répondit Francesca d'une voix étouffée.

L'éclair de tristesse qui avait traversé son regard s'était évanoui et Victor se demanda s'il ne s'était pas trompé.

« Parlez-moi un peu de vos cousins. Quel âge ont-ils, comment sont-ils ? »

Francesca balaya le souvenir de la tragédie qui avait assombri leur vie et répliqua en souriant :

« Christian a trente ans et s'occupe de musique. Il est excellent violoniste et critique spécialisé dans l'œuvre de Mozart. Diane a vingt-six ans, un caractère toujours gai. Elle possède une boutique à Munich et une autre à Königssee. C'est également une skieuse émérite et elle vous guidera sur les meilleures pistes.

– Je m'en réjouis d'avance. Christian skie-t-il, lui aussi ?

– Non, pas du tout, répondit-elle très vite.

– Et vous, Francesca ? Aurai-je le plaisir de votre compagnie sur les pentes ? »

Elle pouffa de rire et fit une grimace :

« Au bas des pentes, à la rigueur ! Je suis à peine capable de me tenir sur mes skis et je passe mon temps à faire des glissades dans des postures qui n'ont rien de réglementaire !

– J'ai du mal à vous croire.

– Ce n'est malheureusement que la triste vérité. Mais ne vous réjouissez pas trop vite. Diane vous donnera du fil à retordre : elle a fait partie de l'équipe olympique. »

Le grognement de détresse dont Victor salua cette nouvelle les fit tous deux éclater de rire. Débordante de joie, Francesca aurait saisi le premier prétexte pour y donner libre cours.

17

En ce mercredi matin, l'aérogare de Salzbourg était calme lorsque Victor Mason y débarqua. Il franchit la douane, un porteur déposa ses valises près de la sortie et appuya ses skis contre le mur. Victor fit quelques pas à l'extérieur, embrassa d'un coup d'œil le paysage qui l'entourait.

Il faisait un temps radieux, ensoleillé, sec et froid. Après la grisaille humide de Londres, ce fut pour Victor comme un renouveau. A grandes bouffées gourmandes, il aspira l'air pur, le trouva enivrant. A l'arrière-plan, de hautes montagnes violettes, coiffées de blanc, se dressaient contre le bleu du ciel. Cet éblouissant décor l'enthousiasma. S'il avait éprouvé des doutes jusqu'au moment de son départ, ils étaient entièrement balayés. Ce voyage imprévu allait être une réussite, Victor le pressentait. Avant de se replonger dans le surmenage et les problèmes, ces brèves vacances l'invitaient à profiter sans arrière-pensées des plaisirs qu'elles lui offraient.

Les joyeux appels d'un avertisseur lui firent tourner la tête. Une Volkswagen rouge stoppait à quelques mètres; il vit Francesca accourir vers lui en riant. Son visage ensoleillé et sa tenue vivement colorée de jaune et de rouge amenèrent sur ses lèvres un sourire amusé. Il fit un pas vers elle, les bras tendus. Elle s'y jeta et se laissa serrer contre lui.

Cette manifestation spontanée d'affection fit battre le cœur de Francesca. Elle contempla Victor avidement, le trouva plus séduisant que jamais. Avec effort, elle se dégagea :

« Nous sommes en retard, je suis désolée. Il y avait du verglas sur la route.

– Aucune importance, je n'attends que depuis cinq minutes à peine... »

Puis, faisant voler d'une pichenette le pompon de son bonnet de laine, il ajouta en souriant :

« Vous avez l'allure aussi gaie que mon humeur. A chaque fois que je respire, j'ai l'impression de m'enivrer.

– Je vous avais prévenu, l'air d'ici vaut mieux que le champagne... Ah ! voici ma cousine Diane ! »

Victor dut réprimer sa surprise derrière un sourire courtois lorsqu'il jeta les yeux sur elle. Diane von Wittingen était entièrement vêtue de blanc. D'un blond pâle, presque argenté, ses longs cheveux descendaient en souples ondulations jusqu'à sa taille. Petite, d'aspect presque délicat à côté de Francesca qui la dépassait d'une tête, elle avait les traits fins, l'expression assurée et paisible. Un sourire de Madone, se dit Victor... Les yeux gris pétillaient d'intelligence, le teint uniformément hâlé, d'un ton presque doré, trahissait l'habitude de vivre au grand air. Seule, une légère touche de rouge à lèvres tenait lieu de maquillage. Victor, en la contemplant, sentait croître son admiration.

Francesca fit les présentations. Sa cousine s'excusa aussitôt :

« Je rentre un instant dans l'aérogare pour téléphoner. Ce ne sera pas long. »

Il la suivit des yeux et se tourna vers Francesca :

« Votre cousine est extraordinaire !

– Vous n'êtes pas le seul de cet avis. La moitié de l'Allemagne est jonchée de cœurs brisés... Et maintenant, chargeons vos bagages dans la voiture. »

Victor empoigna ses valises, jeta sur le véhicule un regard sceptique :

« Vous me paraissez bien optimiste... Je ferais sans doute mieux de prendre un taxi.

– Mais non, tout tiendra. Nous avons transporté mes deux valises hier matin. Je n'avais pas de skis, c'est vrai. Nous ferons de notre mieux. »

Victor s'attaqua à la tâche. Avec l'aide de Francesca, tout était casé au retour de Diane. Elle éclata de rire en voyant Francesca coincée à l'arrière entre une grosse valise et la paire de skis, dont l'extrémité sortait par la vitre.

« Pauvre chou ! s'écria-t-elle. Heureusement que tu es mince et que le trajet n'est pas trop long.

– Je suis très bien comme cela. Allons, dépêche-toi plutôt que de prolonger mon supplice ! »

Toujours riant, Diane claqua sa portière et lança le moteur. Elle traversa le parking à toute vitesse, ralentit pour s'engager sur la route.

« J'espère que vous ne serez pas déçu de ne pas visiter Salzbourg, Victor. Je préfère prendre le chemin direct pour Königssee. Si vous voulez, nous y reviendrons dans quelques jours. »

Il répondit d'un geste évasif; il préférait de beaucoup passer son temps sur les pistes de ski plutôt que visiter des monuments.

Diane s'adressa à Francesca sans se retourner :

« Tu le dis à Victor ou préfères-tu que ce soit moi ?

– De quoi s'agit-il ? intervint ce dernier.

– Je m'en charge, dit Francesca en souriant à Victor dans le rétroviseur. Il y a un léger changement de programme. Diane ne vous a pas retenu de chambre d'hôtel, elle juge préférable que vous descendiez chez nous. »

Victor eut un geste de surprise et se tourna vers Diane :

« Je suis très heureux d'accepter votre hospitalité,

néanmoins ne serait-il pas plus raisonnable que je descende à l'hôtel, comme prévu ?

– Plus raisonnable, je ne crois pas, répondit Diane en souriant. Vous y seriez immédiatement reconnu – l'Allemagne ne manque pas de journalistes, vous savez. Tandis que nous habitons en pleine montagne, à des kilomètres de tout. Chez nous, personne ne saura que vous êtes en Bavière. Une fois sur les pistes, avec un bonnet et des lunettes noires, vous serez méconnaissable.

– C'est vrai... Mais qu'en pense Francesca ? »

Elle se pencha en avant, le visage illuminé par un sourire :

« J'en pense que je serai ravie que vous restiez avec nous à Wittingenhof. D'ailleurs, je suis allée avec Diane à l'hôtel de Königssee et il ne leur restait qu'une chambre sinistre. Vous serez beaucoup mieux installé chez nous. »

De plus en plus étonné, au souvenir des scrupules qu'elle avait exprimés au sujet de son père quelques jours auparavant, Victor la contempla avec attention. Sa gaieté semblait sincère, il ne vit aucune trace de réticence dans son regard. Francesca savait donc ce qu'elle faisait.

« Le château est très logeable, Victor, intervint alors Diane. Vous y serez chez vous, vous pourrez aller et venir à votre guise. Nous n'avons pas pour habitude de surveiller nos invités, ajouta-t-elle en riant.

– Cette idée ne m'avait même pas effleuré ! Eh bien, soit. J'accepte votre invitation », conclut-il en voyant le regard implorant de Francesca.

Celle-ci réprima un cri de joie :

« Tant mieux ! »

Victor n'insista pas. Si Francesca considérait la situation de manière si insouciante, si sa présence au château lui causait si visiblement plaisir, comment pourrait-il protester davantage ? La décision prise, il se détendit et admira le paysage.

« Nous voici presque à la frontière. Avez-vous votre passeport ? lui demanda Diane quelques instants plus tard. On ne nous réclamera probablement rien, mais il vaut mieux préparer nos papiers. »

En effet, en la reconnaissant par la vitre ouverte, les gardes-frontières lui firent signe de passer avec un large sourire. Le même manège se renouvela, quelques mètres plus loin, au poste allemand. La voiture s'élança sur la route et Victor se pencha pour mieux regarder autour de lui.

Bordée de majestueuses forêts de sapins d'un vert sombre presque noir, aux branches chargées de neige, la route serpentait sur le flanc de la montagne. A perte de vue, les pentes boisées paraissaient vierges de toute présence humaine. Très loin au-dessus, les sommets étincelants des Alpes se détachaient sur l'azur d'un ciel immaculé.

« C'est admirable ! s'écria Victor en désignant de la main les montagnes aux alentours. J'ai hâte d'explorer les pistes.

— Francesca m'a dit que vous étiez un skieur émérite.

— Elle m'a appris que vous étiez championne.

— Bah ! je me débrouille, répondit Diane nonchalamment. La neige a été bonne depuis le début de l'hiver. Vous aurez un temps idéal.

— Ne comptez pas sur moi, en tout cas ! dit Francesca. J'ai toujours eu une peur panique de ces planches diaboliques. Pendant que vous irez faire la course sur les pistes, je tiendrai compagnie à Christian, c'est plus sûr.

— Il en sera ravi, tu le sais... Il paraît que vous allez habituellement à Klosters, poursuivit Diane. La neige est aussi belle ici, vous verrez. Quand on dépasse deux ou trois mille mètres, peu importe ce qui grouille au-dessous. On se sent plus près de Dieu et le monde vous apparaît sous une perspective bien différente. On le voit plus clairement, en quelque sorte. »

Avant que Victor, surpris de cette réflexion, ait eu le temps de répondre, le rire de Diane résonna dans la voiture :

« Grand dieu, je deviens si pompeuse que c'en est ridicule ! Vous n'êtes pas venu ici m'écouter philosopher, Victor. Ces quelques jours seront consacrés à la détente et nous avons décidé de bien nous amuser. Le programme vous convient-il ?

— A merveille.

— Au fait, intervint Francesca, l'anniversaire de Diane tombe à la fin de la semaine. Elle avait prévu un petit dîner jeudi soir, avant d'apprendre notre arrivée. Cela ne vous ennuie pas de faire la connaissance de quelques amis, j'espère ?

— Au contraire. D'ailleurs, je m'en remets entièrement à vous deux et je souscris d'avance à vos initiatives. »

Tout en écoutant les deux jeunes filles bavarder avec animation, Victor prit note de l'anniversaire à venir en espérant trouver en ville de quoi acheter un cadeau. La personnalité de Diane le surprenait. Elle lui semblait remarquablement mûre pour son âge — une maturité acquise au travers de maintes épreuves, sans doute. Quant à Francesca, jamais elle ne lui avait paru plus attirante, plus adorable. Et plus lointaine.

D'un seul coup, sa bonne humeur l'abandonna. Incapable de faire taire les sentiments qu'il éprouvait pour elle, il se demanda non sans désarroi comment passer les prochains jours, comment résister à son attirance pour elle en vivant sous le même toit.

Ils roulaient depuis près d'une heure lorsque Diane annonça :

« Nous arrivons ! »

Elle s'engagea dans un chemin étroit qui s'élevait en lacet entre deux talus de neige glacée. Peu à peu, les troncs d'arbres s'espacèrent, la route s'élargit et la voiture parvint sur un assez vaste plateau. Droit devant, le chemin était barré par une construction de pierre au crépi blanc zébré de colombages de chêne sombre, au milieu de laquelle s'ouvrait un porche. Les vantaux d'une grille de fer étaient largement ouverts. Au passage, Victor remarqua une inscription gravée en lettres gothiques dans la pierre : SCHLOSS WITTINGENHOF et une date : 1833.

Le porche franchi, la voiture stoppa le long des communs, écuries, remises, prolongeant de chaque côté le pavillon central où devaient loger les gardiens. Diane descendit et prit les skis qui dépassaient de la vitre arrière. Francesca s'extirpa de son inconfortable position, s'étira et fit la grimace :

« Ouf ! Cinq minutes de plus et j'allais hurler !

— Ne me le reprochez pas ! protesta Victor en descendant à son tour. Je vous avais proposé de mettre les bagages dans un taxi. »

Il voulut empoigner ses valises. Diane l'arrêta d'un geste :

« Laissez, Victor. Manfred s'en chargera tout à l'heure. »

Elle leur fit signe de la suivre dans un sentier tracé à travers une vaste étendue de neige vierge, au-delà de laquelle on voyait le château. Francesca trottinait déjà derrière sa cousine et Victor la regarda en souriant. Elle lui paraissait plus libre, moins réservée qu'à Londres, déchargée du fardeau des contraintes quotidiennes. La gaieté insouciante de son humeur déteignait sur lui.

Tout en marchant, il admira le château de Wittingenhof. Diane avait dit, tout à l'heure, qu'il était « logeable », mais Victor ne s'attendait pas à un bâtiment aussi vaste et impressionnant. Assez bas, il se composait d'une suite d'ailes et de bâtiments articulés autour d'un spacieux corps de logis central. De l'ensemble des toits d'ardoise bleutée, du crépi blanc cassé, des volets peints en noir et blanc rehaussé de ferrures noires, se dégageait un pittoresque plein de charme.

A l'arrière-plan, de hauts conifères montaient à l'assaut de la montagne. Celle-ci, en dépit de son imposante altitude, n'écrasait pas le château de sa masse; elle le mettait au contraire en valeur, comme le velours d'un écrin fait scintiller un bijou. Victor dut s'abriter les yeux d'une main pour contempler ce spectacle et la lumière éblouissante de pureté.

« Le château est splendide, dit-il à Francesca en se mettant à son pas. Son style est-il typique de l'architecture de la région ?

– Oui, mais pas tout à fait. Il est beaucoup plus classique que les constructions récentes. Les communs ont à peine cent ans, mais le château proprement dit date de bien avant. L'un des ancêtres de Diane l'avait fait bâtir pour sa femme, d'une santé délicate, mais il n'a été que rarement habité après sa mort. C'est Diane qui l'a rouvert et en a fait son domicile permanent avec Christian, il y a quelques années. Il est aussi beau en été, d'ailleurs. Là, toute cette neige recouvre des pelouses. Plus loin, derrière, ce sont des prairies, une pièce d'eau... Mais venez, Diane nous attend. »

Devant la porte, Diane les accueillit en souriant :

« Je vois que Francesca vous fait déjà les honneurs de la maison. Laissez-moi simplement y ajouter un mot de bienvenue, Victor. Vous êtes ici chez vous. »

Sans attendre les remerciements de son hôte, elle poursuivit :

« Francesca vous montrera où ranger vos skis. Je vais prévenir Christian de votre arrivée. En attendant, mettez-vous à l'aise. »

Victor pénétra dans le vestibule à la suite des deux jeunes filles et regarda autour de lui avec curiosité. Le hall d'entrée frappait par ses proportions imposantes. Un large escalier, dominé par une immense tapisserie, menait aux étages en une courbe gracieuse. Peu de meubles, un lustre de fer forgé pendu à une longue chaîne, un parquet sombre se combinaient pour former un décor d'une sobre élégance.

Diane se dirigea vers la droite, Francesca entraîna Victor vers la gauche. Elle lui fit descendre quelques marches menant à un couloir bordé de portes-fenêtres donnant sur une terrasse pavée. Au loin, on distinguait la pièce d'eau prise par les glaces, un bouquet d'arbres aux branches noircies soulignées de givre.

« Les skis, par ici, dit Francesca en ouvrant un vaste placard. Le vestiaire, c'est là. »

Elle ouvrit une autre porte, accrocha son bonnet et son anorak parmi un assortiment de vêtements semblables et de capes en loden, indiqua la porte du cabinet de toilette.

« Voulez-vous que je vous attende ?

— Merci, répondit Victor. Je saurai retrouver mon chemin. »

Francesca grimpa les marches en fredonnant. La présence de Victor dans la maison la mettait d'humeur joyeuse. Ici, leur amitié allait pouvoir se développer mieux qu'à Londres. Elle l'avait tout à elle, sans plus devoir lutter avec Nick et tant d'autres pour attirer son attention.

Elle s'engouffra dans la grande galerie, surprit des éclats de voix derrière la porte de la bibliothèque. Francesca ralentit, tendit l'oreille. Diane s'exprimait en allemand, avec un débit trop précipité pour qu'elle comprenne. Sa discrétion l'emporta sur sa curiosité et elle s'éloigna aussitôt, soucieuse. Diane se mettait rarement en colère, surtout pas contre son frère. Mais tout cela ne regardait pas Francesca qui, par ailleurs, préférait ne pas approfondir certains sujets trop délicats.

Une fois au salon, elle mit un disque classique sur le plateau de l'électrophone et alla s'asseoir devant la cheminée, les mains tendues vers les flammes. Son esprit était occupé de Victor et des cinq jours à venir. Hier soir, après avoir expliqué à Diane les causes de sa visite inattendue et du désir de discrétion manifesté par Victor, elle lui avait fait des confidences. Elle s'était cependant abstenue de tout dire, de révéler ses sentiments trop secrets pour être confiés à quiconque, même à sa cousine. Pour la même raison, elle n'avait rien dit non plus à Katherine – de peur de paraître naïve.

Après avoir attentivement écouté Francesca, Diane lui avait répondu : « Si tu ne veux pas gâcher ces quelques jours, ne tiens pas compte de son attitude protectrice envers toi. Sois naturelle, laisse-lui même entrevoir l'attrait qu'il exerce sur toi et que tu éprouves de l'affection ou de l'amour pour lui. Les hommes ne sont pas différents de nous, tu sais. Eux aussi aiment plaire et redoutent de se voir rejetés. Parfois, il leur faut un encouragement pour qu'ils se sentent à l'aise. Victor a beau être célèbre, c'est un homme comme les autres... » Les deux cousines avaient longuement poursuivi leur conversation sur ce thème. En allant se coucher, Francesca avait décidé de suivre les conseils de Diane. Qu'ai-je à perdre ? s'était-elle demandé. Rien. Au contraire, j'ai peut-être énormément à y gagner...

Quelques minutes plus tard, après s'être rafraîchi, Victor s'engagea à son tour dans la grande galerie. Une impressionnante collection de trophées de chasse en ornait les murs; plus loin, il remarqua une armoire vitrée abritant des fusils. Chasseur lui-même et collectionneur d'armes rares, il s'approcha avec intérêt. Tous ces fusils paraissaient en parfait état, certains étaient des pièces anciennes d'aspect remarquable. Il se promit, à l'occasion, de demander à Diane s'il pouvait les examiner de plus près.

Le salon ouvrait tout au bout de la galerie. Victor y pénétra et fut d'abord frappé par la lumière qui régnait dans la pièce. Il perçut une série de bruits familiers et paisibles, le sifflement des bûches dans la cheminée, les accents amortis d'un concerto de piano maintes fois entendu. A l'autre bout du salon, Francesca mettait une touche de couleur contre la cheminée de pierre grise. Tandis qu'il s'avançait vers elle, Victor prit mieux conscience de l'atmosphère à la fois reposante et luxueuse où tout invitait à la détente. Au hasard, il remarqua des meubles anciens, des tapis d'orient, des vases de fleurs et des canapés moelleux. Sur un vaisselier, les nuances fraîches des porcelaines de Meissen faisaient paraître plus éclatant le scintillement d'objets d'argent et de cristal.

Francesca se leva, le prit par le bras avec naturel et l'emmena vers la cheminée.

« Diane donne plusieurs coups de téléphone, je crois. Elle nous rejoindra avec Christian dans quelques instants. Dès qu'ils seront là, nous aurons à boire et à grignoter en attendant le déjeuner.

– Excellente idée, je meurs de faim ! »

Victor se carra devant la cheminée, le dos au feu. Il alluma une cigarette, regarda autour de lui :

« Le peu que j'ai vu de la maison m'a conquis, reprit-il. D'une certaine manière, elle me rappelle mon ranch. J'y retrouve la même tranquillité, le même apaisement.

– Je savais que vous vous plairiez ici, Victor... »

Elle s'interrompit pour aller retourner le disque puis le rejoignit aussitôt.

« Diane a pensé que vous préféreriez ne pas skier aujourd'hui, si tôt après votre voyage. Mais nous pouvons faire une promenade à pied tout à l'heure, si vous voulez. Les bois sont splendides. »

Un serviteur aux cheveux gris apparut sur le seuil, attira respectueusement l'attention de Francesca. Ils échangèrent quelques mots en allemand. Quand il se fut retiré, Francesca expliqua :

« Diane est apparemment retenue plus longtemps que prévu. Elle a dit à Manfred de servir le champagne sans l'attendre.

— C'est ce que j'avais cru comprendre. Il m'a semblé également entendre le mot « Prinzessin ». Diane serait-elle princesse ? demanda-t-il avec un air de reproche.

— Oui, je ne vous l'avais pas dit ? répondit Francesca d'un ton désinvolte.

— Non, petite tête de linotte ! Vous auriez pu aussi me prévenir de son anniversaire, j'aurais apporté un présent de Londres.

— Oh ! Victor, j'en suis la première désolée ! Je ne m'en suis souvenue que trop tard, j'étais déjà dans l'avion.

— Existe-t-il au moins quelques magasins convenables dans les environs ?

— Il y a une boutique en ville, mais elle ne dispose pas d'un grand choix, répondit-elle.

— Et le dîner de jeudi ? Je n'ai pas apporté mon smoking. Faudra-t-il se mettre en tenue de soirée ?

— Seigneur, je n'en ai pas la moindre idée... Mais je demanderai à Diane. Ecoutez, Victor, tant que nous sommes seuls, je voulais vous dire à propos de Christian que... »

Le retour de Manfred l'empêcha de terminer sa phrase. Le majordome déposa un plateau chargé de flûtes et d'une bouteille. Il était suivi d'une jeune fille qui tenait un plat. Pendant que les serviteurs disposaient l'en-cas et échangeaient quelques paroles, Victor partit à la recherche d'un cendrier et s'aventura dans la pièce. Derrière l'un des canapés, il découvrit une table basse munie d'un cendrier où il écrasa sa cigarette; il y remarqua surtout un certain nombre de photographies dans des cadres d'argent. En les parcourant rapidement des yeux, son regard s'arrêta sur le portrait d'une jeune femme blonde en robe du soir. Le cliché datait visiblement des années 20 et Victor devina qu'il s'agissait de la tante de Francesca, avec qui la ressemblance était évidente. Son attention se porta ensuite sur quelques instantanés où l'on voyait deux jeunes enfants, vraisemblablement Diane et son frère. Légèrement à l'écart, il vit enfin le portrait d'un homme brun et très beau, dans une pose un peu guindée comme on les affectionnait à l'époque. Etait-ce leur père ?

Victor se pencha pour examiner la photographie de plus près. Cet homme possédait une dignité exceptionnelle. Ses traits reflétaient un ensemble unique de qualités humaines, courage, bonté, droiture. Mais c'était le regard des yeux sombres et expressifs, d'une intensité, d'une ferveur hypnotiques qui retenait plus que tout. Malgré lui, Victor se laissa envoûter.

« Bonjour, tout le monde ! »

Une forte voix masculine rompit le charme. Victor se redressa et pivota sur ses talons. Le choc qu'il ressentit fut si vif qu'il espéra ne pas s'être trahi en rendant son salut au nouvel arrivant.

Car le jeune homme qui venait d'annoncer sa présence était assis dans un fauteuil roulant. C'était moins cet objet, à vrai dire, que l'aspect de son occupant qui avait provoqué la surprise de Victor : le jeune homme était le portrait vivant de l'inconnu sur la photographie.

Déjà, l'invalide manœuvrait avec une aisance confondante entre les meubles et Victor ne put s'empêcher de penser que seule une longue habitude permettait d'acquérir une telle habileté.

« Ah ! Christian, te voilà ! s'écria Francesca. Je demandais justement à Manfred d'aller te chercher. Je te présente Victor...

– Soyez le bienvenu à Wittingenhof, dit-il en tendant la main.

– Je suis sincèrement enchanté de faire votre connaissance et je tiens à vous remercier d'avoir bien voulu m'inviter ici.

– Tout le plaisir est pour nous. Acceptez mes excuses de n'avoir pas été présent au moment de votre arrivée. Un vieil ami de mon père nous a fait une visite surprise, il s'est attardé plus longtemps que prévu...

– Ne vous excusez surtout pas. Francesca s'est fort bien occupée de moi.

– Je n'en attends pas moins de ma cousine ! dit Christian en riant. Je vois que j'arrive bien, juste à temps pour le champagne. Francesca, joue ton rôle de maîtresse de maison, veux-tu !

– Avec plaisir. »

Elle remplit les flûtes, les posa sur la table basse. Victor s'assit à côté d'elle sur un canapé. Ils levèrent tous trois leurs verres.

« Je suis désolé du retard de Diane, dit Christian, j'espère qu'elle nous rejoindra bientôt. Permettez-moi de vous dire quel plaisir nous cause votre visite à cette époque-ci de l'année. Une fois les fêtes passées, nous nous retrouvons généralement trop au calme. Nos amis ne reviennent que pour le festival de Salzbourg. »

Diane réapparut peu après et se mêla tout naturellement à la conversation. Victor examina le frère et la sœur avec curiosité. Il se posait d'innombrables questions sur les Wittingen et le mystère dont leur vie semblait entourée. Oserait-il demander à Francesca de le renseigner ? Elle était probablement sur le point de lui expliquer l'infirmité de son cousin quand l'arrivée inopinée de Manfred l'avait interrompue. Malgré tout, Christian paraissait en excellente santé. Il émanait de sa personne une vitalité morale et physique, une énergie puissante mal dissimulées sous l'urbanité de son comportement.

Lorsque la conversation en vint à la région, Victor observa :

« Francesca m'a dit tout à l'heure que le château était resté longtemps inhabité. J'ai du mal à m'imaginer qu'on ne veuille pas vivre dans un endroit aussi agréable. Vos parents ne vous y emmenaient donc pas pendant les vacances ? » demanda-t-il à Diane.

Celle-ci ne répondit pas. Victor perçut aussitôt le malaise provoqué par son innocente question. Avant qu'il ait pu s'interroger sur les raisons, Diane se ressaisit et répondit en souriant :

« Non, en effet, nous ne venions pas ici. Nos parents n'aimaient guère la Bavière, à vrai dire... Au cours des années 20 et 30, poursuivit-elle après une légère hésitation, la région était extrêmement politisée. Elle abritait des mouvements dont les orientations déplaisaient à mon père... »

Elle s'interrompit, consulta son frère du regard. Christian reprit le fil de l'explication :

« Notre père, activement antinazi, s'était fait de nombreux ennemis aux environs. N'oubliez pas que Hitler et sa bande de brigands avaient établi leur quartier général à Munich. Le climat était donc plutôt malsain pour un opposant aussi connu que mon père. Il ne se contentait pas de paroles, voyez-vous, Victor, il mettait son temps, ses forces et sa fortune au service de ses convictions. Mieux valait donc, pour lui, rester dans l'anonymat et la sécurité relatifs de Berlin. Voilà pourquoi Wittingenhof était inhabité. »

Bien que partielle, cette explication clarifiait un certain nombre d'énigmes qui intriguaient Victor.

« Ce sont, en effet, d'excellentes raisons, répondit-il. Votre père me semble un homme en tout point remarquable et j'espère avoir le plaisir de le rencontrer... »

Il arrêta net sa phrase : Francesca lui faisait des signes désespérés. Encore une fois, il avait involontairement commis un grave impair. Un silence gêné s'abattit.

Christian fut le premier à le rompre :

« Vous avez raison, Victor, il y a peu d'hommes au monde comme mon père. L'un des premiers, il a su reconnaître l'esprit du Mal et il a été l'un des rares à le combattre sans relâche, en y consacrant toutes ses ressources. Mais le moment est mal choisi, je crois, pour une conversation aussi sérieuse, ajouta-t-il avec un sourire. Terminons plutôt l'histoire de cette maison. Si nous sommes revenus ici après la guerre, c'est parce que nous n'avions guère le choix. Notre maison de Berlin était rasée et notre propriété de Prusse englobée dans la zone d'occupation soviétique. Nous ne disposions donc d'aucune autre position de repli. Diane était d'ailleurs persuadée que l'air de la montagne serait salutaire pour ma santé – sans parler de notre désir d'échapper à notre grand-mère, dit-il avec un sourire malicieux. Nous l'aimons beaucoup, mais la vérité me force à reconnaître qu'elle tient plutôt du dragon... »

Un concert de rires et de protestations salua cette irrévérencieuse déclaration. Toute gêne désormais dissipée, la conversation se poursuivit gaiement jusqu'à l'arrivée de Manfred, venu annoncer que le déjeuner était servi.

Longue et relativement étroite, dominée par une cheminée monumentale, la salle à manger par de larges fenêtres offrait une vue spectaculaire sur un panorama montagneux. L'atmosphère sévère jusqu'à l'austérité était égayée de nombreuses gerbes de fleurs et de feuillages disposées dans de grands récipients de cuivre. Christian s'installa au haut bout de la longue table de chêne; Victor s'assit en face de Francesca. Manfred et la jeune servante disposèrent sur la table et la desserte des plats d'où émanaient d'appétissants fumets. Peu après le début du repas, Victor se pencha pour murmurer à Francesca :

« Tout cela sent aussi bon que mon fameux dîner italien, vous ne trouvez pas ? »

Elle lui décocha un sourire provocant puis, se penchant à son tour, répondit du même ton :

« Aucun dîner ne sera jamais comparable à celui-là. Il m'a paru délicieux à bien des égards. »

Ses paroles furent ponctuées d'un regard si expressif que Victor, désarçonné, la gorge nouée, stupéfait de la voir aussi ouvertement flirter avec lui, faillit renverser son verre. Les commentaires de Nick, le prévenant que Francesca lui réserverait bien des surprises, lui revinrent alors à l'esprit et cette pensée l'obséda pendant tout le repas. Il l'observa, écouta ses moindres propos, détecta les plus infimes nuances de sa voix, de ses attitudes, comme pour mieux se pénétrer de sa personnalité dans ce qu'elle avait de plus secret. A mesure qu'il s'emplissait ainsi de Francesca, son attirance pour elle se faisait plus forte et son désir plus puissant.

Quand ils revinrent au salon pour le café et les liqueurs, Victor avait complètement révisé ses jugements initiaux sur la jeune fille. Il ne pouvait s'illusionner sur ses sentiments envers elle, non plus que sur leur réciprocité. Mais était-il prêt, lui, à les assumer – comme elle y paraissait disposée ? L'incertitude aggrava son trouble.

Ouvre donc les yeux, imbécile ! finit-il par se morigéner. La réalité est assez aveuglante : tu la désires depuis le premier instant où tu l'as vue. Si ce n'est pas de l'amour, qu'est-ce donc ?...

18

Depuis une demi-heure, Victor et Francesca gravissaient d'un bon pas le sentier en lacet. Ils se trouvaient déjà très haut dans la montagne et au-dessous d'eux le château prenait l'allure d'une maison de poupée. Ils se parlaient peu, trop absorbés chacun dans ses propres pensées. Le sentiment d'être si proches l'un de l'autre les retenait de s'extérioriser. Victor prenait enfin conscience de l'effet qu'il exerçait sur Francesca.

Sans tourner la tête, il caressa du regard la finesse de son profil, la fierté de son port de tête, ses cheveux où le soleil faisait jouer des reflets dorés. Loin de l'alourdir, sa cape de loden trop large et trop épaisse accusait sa fragilité. Jamais elle ne lui avait paru plus féminine, plus vulnérable et cette découverte éveillait en lui des réflexes protecteurs.

Après le déjeuner, lorsqu'elle l'avait accompagné pour lui montrer sa chambre, il avait failli céder au désir de la prendre dans ses bras. Tandis qu'il défaisait ses bagages, son parfum resté derrière elle ajoutait à son trouble. Et maintenant, alors qu'il contemplait son corps souple, si plein de jeunesse et de vitalité, Victor s'émerveillait de ressentir tant d'émotions oubliées, d'en éprouver de nouvelles.

Ils poursuivirent leur chemin en silence, s'enfoncèrent au cœur de la forêt. La pénombre verte y créait une atmosphère de paix profonde digne d'une cathédrale. Puis, à mesure que les arbres s'espaçaient, le ciel réapparaissait, la lumière se frayait un passage entre les branches, dessinait sur la neige des ombres mouvantes et fantastiques. Un rayon de soleil perça enfin la voûte végétale en faisant étinceler les stalactites de glace : alors, une lueur cristalline, irréelle, se refléta sur la blancheur du sol en une féerie dont l'aspect sublime arracha à Victor un cri d'admiration. Dieu, qu'il est bon d'être en vie ! se dit-il. Il se rappela le vœu formulé quelques jours auparavant, lors de la mort de Marcia. Ne gaspille plus ton temps. Profite du moment qui passe. Saisis chaque instant de bonheur. Imprudent ? Oui, sans doute. Mais que vaut la vie sans le piment du risque ?...

« Voici le kiosque dont parlait Diane au déjeuner. »

La voix de Francesca le tira de sa rêverie. De la main, elle désignait un petit bâtiment de pierre dressé sur la crête, à quelque distance de l'orée du bois. De forme circulaire, il comportait une toiture en dôme et était flanqué de piliers.

« De là-haut », reprit-elle, la vue porte à des kilomètres à la ronde, jusqu'à l'autre versant de la vallée.

En riant, Victor la défia à la course et s'élança. Francesca le rejoignit en haletant et il lui tendit la main pour gravir les marches menant à l'intérieur du pavillon. Elle l'entraîna aussitôt vers la baie opposée, d'où l'on découvrait un immense panorama. Les sommets enneigés se détachaient contre le bleu du ciel; le soleil déclinant projetait des ombres violettes sur le fond de la vallée.

Côte à côte, ils admirèrent en silence le paysage. D'un geste naturel, empreint de camaraderie, Victor entoura d'un bras les épaules de Francesca, l'attira contre lui. Serrée contre Victor, elle respirait à peine.

Son cœur battait la chamade, elle se sentait frémir d'un bonheur mêlé de crainte. Elle doutait encore de la réciprocité de ses sentiments. Victor se trouvait pourtant en proie à une émotion identique. Plus il retenait Francesca contre son épaule, plus son désir croissait et plus il lui coûtait de relâcher son étreinte.

Alors, comme s'ils s'étaient devinés, ils se tournèrent lentement l'un vers l'autre. Leurs regards se croisèrent pour ne plus se quitter, leur révélant dans toute son intensité une passion mutuelle si forte qu'ils en restèrent interdits. Francesca entrouvrit les lèvres, ne put extraire un son de sa gorge serrée. Victor sut toutefois lire sur ses traits l'expression d'un amour si total qu'il ne pouvait se méprendre; elle s'offrait à lui irrévocablement. Ils avaient tous deux atteint le point de non-retour; chaque seconde les rapprochait et resserrait leurs liens.

La maîtrise qu'il s'imposait depuis des semaines l'abandonna soudain. Il l'enlaça avec fougue, posa ses lèvres sur celles de Francesca, avidement. Elle lui rendit son baiser avec une ardeur, un abandon tels qu'il en fut bouleversé. Le sang lui martelait les tempes tandis qu'il couvrait de baisers ses lèvres, son cou, son visage...

Sans desserrer son étreinte, Victor l'entraîna vers l'intérieur du pavillon, à l'abri du vent froid. Adossée contre un pilier, Francesca ne voyait plus que son visage tout proche, ne sentait plus que la chaleur de son corps contre le sien. Leurs bouches se réunirent avec la même exigence passionnée, s'attardèrent dans la volupté d'un baiser où leurs âmes semblaient communier par leurs souffles mêlés. Francesca sentait se dissoudre sa volonté, n'aspirait qu'à se fondre tout entière en Victor; un délicieux frisson la parcourait, la faisait vibrer d'ondes brûlantes qu'elle aurait voulu prolonger éternellement.

Le premier, Victor retrouva sa lucidité. Poursuivre plus longtemps un tel paroxysme serait folie. Il lui incombait de mettre un frein à ce déchaînement que Francesca ne pouvait ni, sans doute, ne voulait entraver. Avec effort, il s'écarta enfin, drapa Francesca dans sa lourde cape qui avait glissé à terre. Puis il la serra dans ses bras avec une infinie tendresse et ils restèrent longuement enlacés, haletants, jusqu'à ce que s'apaisât le tourbillon de leurs sens. Lorsqu'ils se séparèrent, leurs yeux restèrent unis pour leur dévoiler à chacun le reflet de son propre émerveillement. C'est alors que Victor éprouva, pour la seconde fois, le choc de reconnaître un souvenir dont, malgré son désir, il ne parvint pas à préciser la réalité. Troublé, il leva la main, la posa sur la joue de Francesca. Leurs regards suffisaient à confirmer la profondeur de ce qui les unissait désormais. Sans un mot, ils sortirent du pavillon et reprirent le chemin du retour.

La main dans la main, encore bouleversés par la découverte de leur désir mutuel et de son intensité, ils dévalèrent la pente à grands pas. Le soleil avait depuis longtemps disparu derrière les montagnes, le ciel s'assombrissait, la fraîcheur vivifiante de l'atmosphère se muait en un froid mordant. En pénétrant sous le couvert des arbres, où l'obscurité se faisait plus épaisse, il serra la main de Francesca, lui adressa un sourire rassurant. Mais il leur tardait à tous deux de retrouver la chaleur réconfortante de la maison.

La brume s'était levée et roulait à leur rencontre sur le flanc de la montagne. Elle enveloppait les arbres d'écharpes translucides dont les formes fantasmagoriques trompaient la vision et modifiaient les perspectives. D'un accord tacite, ils pressèrent l'allure et c'est en courant qu'ils abordèrent le dernier tronçon du sentier. Quand ils émergèrent enfin de la forêt, la nuit tombait. Au bout de la longue prairie, ils aperçurent alors les lumières du château.

Avec un soupir de soulagement, Victor ralentit le pas.

« Nous arrivons à temps. J'aime autant ne pas être surpris par l'obscurité en pleine montagne.

— C'est vrai, on peut facilement se perdre. Diane m'a toujours avertie de rentrer avant le coucher du soleil. Elle doit déjà s'inquiéter. »

Ils arrivèrent enfin sur le seuil, traversèrent le grand vestibule. Une fois dans le vestiaire, pendant que Victor se débarrassait de son parka, il se tourna soudain vers Francesca et éclata de rire.

« Que se passe-t-il ? demanda-t-elle avec étonnement.

— Rien... Je pensais simplement au temps que nous avons perdu, à toutes les occasions que nous avons laissé passer, ces dernières semaines. C'est ma faute, je crois. Je n'arrivais pas à me décider, dit-il avec un sourire contrit.

— Pourquoi, Victor ?

— Tous mes problèmes, sans doute. Le film. Mon divorce. Ma décision de ne plus m'attacher à personne. Ton âge y a également été pour beaucoup, je crois. »

Francesca releva la tête, lui lança un regard de défi :

« J'aurai vingt ans en mai !

— Et moi, quarante en juin, répondit-il avec gravité. Je suis trop vieux pour toi, Francesca. De vingt ans... Avant que tu naisses, j'étais déjà marié. Non, vois-tu, poursuivit-il d'un ton de regret, ce serait injuste envers toi. Ce qu'il te faut, c'est un garçon de ton âge, pas un vieux débauché dans mon genre.

— Je n'ai rien entendu de plus idiot ! » s'écria-t-elle.

Son expression changea tout à coup, une soudaine tristesse assombrit son regard :

« Veux-tu dire que tu regrettes ce que... ce qui nous est arrivé tout à l'heure, là-haut ?

– Voilà une question encore plus idiote que tout ce que j'ai dit », répliqua-t-il.

D'un geste résolu, il la prit par le bras, l'attira contre lui, l'embrassa comme pour effacer la peine encore visible sur ses traits. Il avait été sincère en exprimant les remords que lui causait leur différence d'âge. Mais peut-être avait-elle raison, tout compte fait. Cela importait-il autant qu'il se l'imaginait ? Leurs sentiments mutuels ne l'emportaient-ils pas sur les autres considérations ?

« Non, ma chérie, je ne regrette pas ce que nous avons fait », lui chuchota-t-il tendrement.

Francesca resta immobile, hypnotisée par l'intensité du regard posé sur elle où se lisait la puissance du désir qu'il éprouvait. Un frisson la parcourut, un vertige la fit vaciller. Elle dut baisser les yeux; quand elle les releva, elle répondit à la question informulée de Victor :

« Oui », dit-elle dans un souffle.

Avec un sourire plein de tendresse, Victor déposa un léger baiser sur son front. Il laissa courir un doigt sur la courbe de sa joue, le fit descendre jusqu'à son cou où il s'attarda.

« Allons vite tranquilliser Diane, dit-il. J'ai hâte d'être enfin seul avec toi... Tu le veux toi aussi, n'est-ce pas ? »

Incapable d'articuler un mot, Francesca hocha la tête.

Quelques minutes plus tard, lorsqu'ils pénétrèrent dans le grand salon, Diane les attendait patiemment au coin du feu. Francesca s'empressa de s'excuser de leur retard. Sa cousine l'interrompit d'un geste :

« Aucune importance, ma chérie. J'avoue m'être quand même inquiétée en voyant la nuit tomber. Venez vous réchauffer, vous avez l'air transis, tous les deux. Du thé brûlant vous fera du bien. »

Tout en remplissant leurs tasses, Diane demanda à Victor ses premières impressions. A un moment, elle interrompit sa phrase :

« Ah ! j'allais oublier ! Un M. Watson vous a appelé de Londres, tout à l'heure. Il m'a chargée de vous dire que votre valise vous parviendra demain après-midi au plus tard. Elle sera livrée par porteur spécial, du service de messageries dont *Monarch* se sert pour l'envoi des films. »

Stupéfaite, Francesca mit un instant à comprendre la signification de ce qu'elle venait d'entendre.

« Il était inutile de vous faire envoyer votre smoking, Victor ! s'exclama-t-elle. L'anniversaire de Diane ne justifiait pas une pareille dépense, voyons ! »

Il eut un geste nonchalant :

« Bah ! J'avais oublié deux ou trois choses en partant, autant profiter de l'occasion. Le messager trouvera-t-il la maison sans trop de mal ?

— J'y ai pensé, répondit Diane. M. Watson et moi sommes convenus que Manfred ira au-devant du porteur à l'aéroport et rapportera votre valise ici.

— Je ne sais comment vous remercier...

— Ce serait plutôt à moi d'être confuse d'une telle marque de galanterie, l'interrompit Diane en riant. Francesca a raison, mon petit dîner ne méritait pas que vous vous donniez tout ce mal.

— C'est au contraire la moindre des choses. Si les hommes restent en tenue de ville, les dames n'auront pas l'occasion de montrer leurs belles robes du soir. Car c'est bien le but de l'opération, n'est-ce pas ? »

Ils rirent tous trois de la boutade. Diane et Victor se lancèrent ensuite dans une conversation animée sur les pistes de ski avoisinantes. Francesca ne les écoutait plus; les yeux mi-clos, apparemment baissés vers sa tasse de thé, elle observait Victor. Quelle extravagance ! se disait-elle. Seule, une vedette hollywoodienne pouvait se permettre ce genre de fantaisie : se faire expédier son smoking par avion pour une soirée !... Venant de tout autre que Victor, elle aurait aussitôt jugé ce coup d'éclat prétentieux et de mauvais goût. De tels qualificatifs ne pouvaient cependant s'appliquer à Victor. Elle comprenait, au contraire, qu'il ne s'était soucié ni du coût de son geste, ni de l'effet qu'il produirait. Il n'avait cherché qu'à faire plaisir – à Diane, bien entendu, et à elle-même aussi. Diane avait su trouver le mot juste : il s'agissait d'une marque de galanterie.

Francesca posa ouvertement son regard sur Victor, que Diane écoutait avec attention. Elle se força à le considérer objectivement, tel qu'il apparaissait aux autres. Victor était beau, inutile de le nier. Elle détailla ses traits virils, sa physionomie ouverte, ses yeux expressifs. Il émanait de toute sa personne une vitalité, une autorité impossible à mésestimer. Au souvenir de ses baisers, elle se sentit frémir. Une rougeur lui monta aux joues à l'évocation de ses caresses.

« Vous m'avez laissé du thé, j'espère ! »

La voix chaleureuse de Christian l'arracha à sa rêverie. Elle se retourna, sourit à son cousin sur le seuil de la pièce. Soulagée de cette diversion, elle lui fit signe de s'approcher :

« Viens donc, qu'attends-tu ? Il en reste une pleine théière. »

Tandis que le jeune homme manœuvrait son fauteuil roulant, Victor espéra que son sourire dissimulait sa déconvenue. Francesca et lui se trouvaient pris au piège. Il leur devenait impossible, sans incorrection grave, de s'éclipser aussi vite qu'il l'aurait souhaité. Résigné, il se laissa retomber dans son fauteuil, alluma une cigarette. Il fallait d'urgence trouver un moyen élégant de prendre la fuite.

Victor s'engouffra en courant presque dans le couloir et ouvrit sans ralentir la porte de Francesca. Enfin à l'intérieur, adossé au vantail, il lui décocha un regard faussement réprobateur :

« Bravo ! Riche idée de demander à Christian de me faire les honneurs de sa collection de fusils de chasse ! »

Francesca pouffa de rire :

« Je ne comprends pas moi-même ce qui m'est passé par la tête...

— Il y a de quoi te faire d'amers reproches, répondit-il en retenant mal son sourire. Une demi-heure, une longue demi-heure à l'écouter discourir pendant que je brûlais d'impatience de te rejoindre ici !

— Tu as eu de la chance de t'en tirer à si bon compte. Mon cher cousin devient volontiers intarissable sur la question.

— C'est le moins que l'on puisse dire ! »

Ils rirent ensemble, mais d'un rire contraint. Victor restait près de la porte, hésitait à s'approcher. Francesca était assise près de la cheminée, toujours vêtue de sa tenue de ski et la pièce était dans la pénombre.

Un sourire hésitant, craintif encore, apparut sur ses lèvres, s'évanouit aussitôt pour faire place à l'expression d'un désir où Victor reconnut le reflet du sien. Alors, sans plus hésiter, il tourna la clef dans la serrure, traversa la chambre les bras tendus. Francesca s'y jeta, se blottit contre lui. Leurs lèvres se joignirent dans un renouveau d'impatience. Etroitement enlacés, ils prolongèrent leur baiser. Leurs cœurs battaient à l'unisson, leur désir croissait. En un instant, sans s'être consultés, ils se dévêtirent et se retrouvèrent allongés côte à côte sur le lit.

Soudain frappée d'un dernier sursaut d'appréhension, Francesca se sentit paralysée, agitée d'un tremblement incontrôlable. Avec douceur, il la prit dans ses bras, lui caressa le visage, les épaules. Blottie contre lui, elle attendit qu'il apaisât sa nervosité.

« Je craignais que tu ne me rejoignes pas, murmura-t-elle. Je t'attendais, effrayée que tu aies changé d'avis. En vérité, je t'attendais depuis des semaines, des mois... »

Et moi, je t'attendais depuis de longues années. Stupéfait d'une telle pensée, surgie à l'improviste de son inconscient, Victor se retint de la formuler et le regretta aussitôt. D'autres paroles lui vinrent aux lèvres :

« Nous nous sommes trop longtemps attendus, Francesca. Ne perdons plus le temps qui nous est imparti. »

Encore tremblante sous ses caresses, elle les lui rendit avec la même ardeur qui l'habitait quelques heures plus tôt dans le pavillon, sur la montagne. Peu à peu, elle se détendit, se sentit s'épanouir sous la main de celui qu'elle aimait. Et lui, bouleversé par l'innocence, la profondeur et la sincérité de l'amour qu'il découvrait en elle, comprit en cet instant qu'il ne pouvait ni ne voulait se séparer d'elle. Cette attirance, inexplicablement éprouvée pour elle dès leur première rencontre, était-ce de l'amour ? Il ne pouvait plus en douter.

Longtemps plus tard, leur étreinte se relâcha et ils se séparèrent, épuisés mais au comble du bonheur; Francesca mesura alors pleinement l'étendue de son amour pour lui. Ils s'étaient donnés l'un à l'autre, ils s'appartenaient aussi totalement que le peuvent deux êtres. Peu lui importait qu'il y ait eu, avant elle, d'innombrables femmes dans la vie de Victor. Elle avait reconnu intuitivement qu'un événement exceptionnel était survenu, pour lui aussi bien que pour elle. Du fond du cœur, elle savait que Victor l'aimait désormais autant qu'elle l'aimait. Loin de s'estomper, son extase atteignait de nouveaux sommets et elle crut éclater de bonheur. Blottie contre lui, dans ses bras, elle se serra plus fort avec un renouveau de tendresse passionnée.

Epuisé, Victor était dans un état second. Il avait aimé Francesca comme aucune femme auparavant, avec toute la passion de son cœur et de son âme. Il ne savait plus ce que nous éprouvons lorsque toutes nos aspirations, tant morales que physiques, se voient comblées. Sans doute était-ce sa faute. Il avait toujours cherché le réconfort là où il n'existait pas et n'y avait trouvé que le néant. Pour la première fois, il n'en était pas de même.

Dressé sur un coude, il contempla Francesca. Le feu mourait, l'obscurité avait gagné la chambre, mais il y voyait assez clair. Qu'a-t-elle de si différent des autres ? se demanda-t-il. Que possède-t-elle qui me trouble si profondément ? L'intensité de son regard, la manière dont elle prononce mon nom ? La sensation de déjà vu lui revint. Cet éclair dans les yeux, cette intonation, il les avait vus, entendus longtemps, très longtemps auparavant. Dans un passé évanoui...

Ellie ! Francesca lui rappelait Ellie, sa première femme, la seule qu'il eût aimée. Elles ne se ressemblaient en rien, leurs personnalités différaient, certes. Mais il y avait entre elles un rapport, celui du caractère. L'une comme l'autre, elles possédaient la franchise, la sincérité, la bonté foncière qui révèlent une beauté intérieure dont toutes deux étaient dotées. La gorge nouée par l'émotion, il se pencha, déposa un baiser sur le front de Francesca, la serra tendrement contre lui. Tout s'éclairait enfin dans son cœur.

Etroitement enlacés, ils restèrent un long moment sans parler, chacun perdu dans ses propres pensées, le regard distraitement fixé sur la lueur ondoyante des braises. Lorsqu'il vit Francesca frissonner, Victor tira sur elle la couverture en un geste plein de tendresse; et ils poursuivirent leur rêverie.

Un dernier scrupule, qui ne l'avait pas quitté, poussa enfin Victor à rompre le silence :

« J'étais... je suis le premier, n'est-ce pas ? » murmura-t-il.

Sans répondre, Francesca fit signe de la tête.

« Pourquoi ne me l'as-tu pas dit ?

— Je n'y avais même pas pensé. Quelle importance ? Cela compte-t-il pour toi ?

— Oui... Oui, à bien des égards, répondit-il en hésitant. Mais tu as raison. Peu importe, maintenant.

— C'était... merveilleux, tu sais », dit-elle en rougissant.

Il sourit, ému de cet aveu pudique. En se détournant, Francesca vit le cadran de sa pendulette de voyage. Elle se leva d'un bond :

« Mon Dieu ! Déjà huit heures.

— Nous avons à peine le temps de nous changer pour le dîner. Je file dans ma chambre. »

Victor se leva à son tour, remit ses vêtements à la hâte. Debout l'un devant l'autre, ils se dévisagèrent, s'étreignirent, incapables de se séparer. Le premier, Victor s'écarta :

« Dépêchons-nous, dit-il avec un sourire contraint. Si nous tardons davantage, tes cousins vont jaser. »

Longtemps après qu'il eut tiré la porte derrière lui, Francesca était toujours immobile au même endroit.

19

Le lendemain soir, une fois exécutées les dernières retouches à la robe que Diane avait prêtée à Francesca pour la réception, les deux jeunes filles bavardèrent longuement. Prête à partir, la main sur la poignée de la porte, Diane se retourna une dernière fois :

« Je suis si heureuse pour toi, ma chérie. J'avais raison, je crois, en te prédisant que tout s'arrangerait. »

Francesca eut un sourire plein de gaieté :

« Victor trouvait un aspect magique à Wittingenhof. Tu vois, le charme a opéré. Oh ! Diane ! Si tu savais comme il est merveilleux...

– Et si plein de sang-froid.

– Que veux-tu dire ? »

Devant l'expression inquiète de sa cousine, Diane s'empressa de préciser :

« Je ne le critique pas, au contraire. Je fais simplement allusion à son comportement d'hier soir, pendant le dîner. Son impassibilité m'a vivement impressionnée. Quant à toi, tu m'as stupéfaite. Quel calme, quelle dignité !

– Tu ne t'attendais quand même pas à me voir sauter de joie ou tomber en pâmoison ! Christian et toi êtes au courant, mais ce n'est pas une raison pour nous afficher. D'ailleurs, Victor pousse très loin son désir de discrétion. Il m'a fait mille recommandations pour ce soir, figure-toi.

– Je le comprends. Mais ce qui compte, plutôt que les apparences, ce sont vos véritables sentiments l'un pour l'autre. Allons, il faut que je me dépêche si je ne veux pas recevoir nos invités en robe de chambre. »

Une fois seule, Francesca retourna s'asseoir à sa coiffeuse. La carte y était restée, qu'elle relut en souriant : *Pour toi, ma chérie, parce que tu l'es pour moi. Victor.* Elle l'avait trouvée avec le paquet posé sur son lit lorsqu'elle était venue se rafraîchir avant le déjeuner, peu après le retour de Diane et de Victor partis skier de bon matin. La signification de la phrase lui avait échappé jusqu'à ce qu'elle défît le paquet : *Joy,* de Patou. Le plus gros flacon qu'elle eût jamais tenu entre ses mains ! Le sous-entendu lui fit autant de plaisir que le cadeau lui-même.

Elle déboucha le flacon, appliqua quelques gouttes de parfum derrière ses oreilles. Quel homme merveilleux jusque dans ses extravagances, se dit-elle en imaginant le mal qu'il s'était donné pour se procurer les cadeaux à Londres. Il avait communiqué ses instructions par téléphone à Jake Watson, qui avait joint au smoking une collection de disques pour Diana. Le tout était parvenu à Königssee peu avant midi.

Un bruit de pas dans le couloir rappela Francesca à la réalité. Elle se jeta un dernier regard critique dans le miroir, lissa une mèche de cheveux pourtant impeccable, vérifia son discret maquillage avant de se diriger vers la porte.

Christian était seul au salon lorsqu'elle y pénétra. Francesca se pencha pour l'embrasser :

« Quel chic ! s'écria-t-elle gaiement. J'avais peur d'être horriblement en retard. Je vois que je suis la première.

– Recule-toi que je t'admire, répondit-il en souriant. Je te trouve particulièrement ravissante, ma cousine. Moins gamine, si tu me pardonnes l'expression. Plus féminine. Serait-ce ta coiffure relevée ? En tout cas, ta nouvelle personnalité me plaît infiniment. Ce soir, les hommes n'auront d'yeux que pour toi.

— Tu es trop bon, mon cousin ! Disons plutôt que tu n'as pas l'habitude de me voir aussi élégamment vêtue, grâce à Diane, je m'empresse de préciser. »

Mon bonheur serait-il aussi visible ? se demanda-t-elle. L'amour transparaît-il sur les traits du visage ? Francesca n'en avait cure. Victor préférait le secret mais elle aurait voulu clamer sa joie à la face du monde.

Diane les rejoignit à ce moment-là, s'excusa de les avoir fait attendre.

« Le résultat en vaut la peine. Tu es éblouissante ! s'écria Christian. Entre Francesca et toi, nos pauvres invitées vont être malades de jalousie. »

La coiffure de Diane, dont les longs cheveux tombaient en souples boucles entremêlées de rubans et de fleurs, était en effet spectaculaire. Elle contrastait de façon parfaite avec sa robe de soie bordeaux dont les lignes simples mettaient admirablement sa silhouette en valeur.

« Je ne sais pas ce que vous en pensez, mais je meurs de soif ! reprit Christian. Victor ne tardera sans doute pas à nous rejoindre et j'estime qu'il est grand temps de déboucher le champagne. D'accord ? »

Assise à sa place favorite, près de la cheminée, Diane l'interrompit soudain :

« Ah ! Victor, vous voilà. J'allais justement leur raconter vos prouesses de ce matin. »

Souriant, le visage hâlé, Victor s'avança vers eux. Francesca ne l'avait encore jamais vu en tenue de soirée et elle sentit son cœur palpiter. S'accoutumerait-elle un jour à sa présence, à son incomparable séduction ? Déjà, Victor s'inclinait devant Diane, lui offrait son cadeau d'anniversaire dans une éblouissante imitation de Clark Gable. Il alla serrer la main de Christian. Tous ensemble, ils levèrent leurs verres à la santé de Diane en lui souhaitant un bon anniversaire. Ils avaient à peine terminé quand Manfred apparut à la porte pour annoncer l'arrivée des premières voitures à la grille.

« Excusez-moi, il faut que j'aille accueillir nos hôtes. Tu viens, Christian ?

— Je te suis. »

Francesca remit de l'ordre, rassembla les emballages froissés pour les jeter dans la cheminée. Comme elle passait devant Victor, il la prit par le bras et l'attira contre lui.

« Attention, cher monsieur, dit-elle d'un ton réprobateur que démentait son regard. Si l'on nous voyait, on s'imaginerait je ne sais quoi.

— Très juste ! fit-il en riant. En attendant, ne t'éloigne pas et renseigne-moi sur les gens à mesure qu'on me les présentera. »

Ils se placèrent dans l'axe de la porte, à distance respectueuse l'un de l'autre :

« Je ferai de mon mieux, répondit Francesca, mais je ne connais pas tout le monde. Celle qui embrasse Diane en ce moment, c'est la princesse Astrid von Böler. Kim en était amoureux fou jusqu'à ce que son mari y mît bon ordre.

— Pas possible ! Il a bon goût, ton frère. Avec qui est-elle, son mari ?

— Non. Un comte polonais affligé d'un nom imprononçable, Vladimir quelque chose. Son dernier... ami intime, je crois.

— Et ces deux-là ?

— Les Dürmann. Il est dans la banque ou la finance. Des gens charmants. »

Pendant les quelques minutes qui suivirent, Francesca fit ainsi la présentation des invités, huit couples en tout. Bientôt, Victor et elle se trouvèrent séparés l'un de l'autre. Deux hommes s'efforcèrent d'accaparer l'attention de Francesca tandis que Victor attirait les femmes comme un aimant. Très à l'aise dans son rôle de vedette, il tenait l'avant-scène avec un plaisir évident – sans négliger de lancer à Francesca un regard complice ou un sourire de temps à autre. Elle abandonna très vite tout espoir de le rejoindre et constata, non sans dépit, avec quelle habileté il donnait à chacune de ses admiratrices l'impression de ne flirter qu'avec elle, tout en répandant ses attentions sur toutes. Piquée par ce manège, elle décida alors de lui rendre la pareille – ce qu'elle réussit sans peine. Elle eut même la satisfaction, à un moment, de surprendre le regard courroucé que Victor lui décochait de loin. Ravie, elle eut du mal à ne pas éclater de rire au nez de son interlocuteur.

Le dîner fut enfin servi et tout le monde se dirigea vers la salle à manger. La beauté particulière de la maison, dont Victor avait été frappé lors de son arrivée, semblait plus éclatante encore ce soir-là. Sous la lumière de dizaines de bougies, la pièce prenait un aspect féerique. Le cristal et l'argenterie scintillaient sur la table, des gerbes de fleurs posaient des touches de couleur. Une atmosphère de gaieté régna dès le début du repas, la conversation s'établit sans contrainte. Assis chacun en bout de table, Victor et Francesca communiquaient par un regard, un sourire. Mais Francesca comprit vite que Victor, aux yeux de tous, passait pour le chevalier servant de Diane – impression qu'il s'employait d'ailleurs à renforcer discrètement.

Amusée, Francesca le contempla avec la satisfaction que donne le sentiment de la possession. Il était à elle, tout à elle. A la pensée de se retrouver seule avec lui dans quelques heures, elle fut parcourue d'un frisson de plaisir. La vie réserve bien des surprises, se dit-elle. Moins d'une semaine auparavant, elle se desséchait comme une feuille d'automne privée de sève, elle se désolait de lui vouer un amour sans espoir et de le savoir hors de sa portée. Ce soir, elle jouissait de la vie comme jamais et respirait le bonheur. Cette métamorphose, elle ne la devait qu'à une seule personne : Victor. Il était devenu le centre de son univers. Auprès de lui, plus rien n'existait, les autres pâlissaient...

Elle prêtait une oreille distraite aux propos de ses voisins, répondait par un sourire. Puis, d'un seul coup lui sembla-t-il, le dîner se termina. L'assistance porta des toasts à l'hôtesse. Un gâteau d'anniversaire fit son apparition.

Penché vers Diane, Victor lui glissa à mi-voix :

« Vingt-sept bougies ! C'est de l'héroïsme de dévoiler ainsi votre âge.

— Mon cher Victor, une femme qui préfère ignorer son âge ne se connaît pas elle-même. Pour ma part, je fais de mon mieux pour savoir qui je suis. »

Les derniers invités se retirèrent bien après minuit. Tandis que Diane et Christian faisaient leurs adieux, Victor et Francesca demeurèrent seuls au salon.

« Enfin ! dit Victor avec un soupir de soulagement. J'ai l'impression de ne pas t'avoir vue de la soirée.

— Moi aussi. Mais la soirée était amusante, tu ne trouves pas ?

— C'est vrai... »

Confortablement installé sur un canapé, un cognac au creux de la main, Victor se détendit, regarda distraitement autour de lui. Ses yeux se posèrent alors sur les photographies qui l'avaient intrigué le jour de son arrivée.

« Je ne veux pas paraître indiscret, mais je suis dévoré de curiosité. Je sens une sorte de mystère autour de ton oncle et de ta tante. Où sont-ils ? Nous ne les verrons donc pas ? »

Francesca se raidit, son expression devint grave :

« Ma tante habite Berlin-Ouest... Je préférerais ne pas en parler, Victor. »

Du seuil de la pièce, la voix de Christian parut lui faire écho :

« Quant à mon père, nous ignorons où il se trouve. En fait, nous ne savons même pas s'il est toujours vivant. »

Tout en parlant, le jeune homme était venu les rejoindre à côté de la cheminée. Gêné, Victor s'éclaircit la voix :

« Je vous présente mes excuses. Rien de tout cela ne me regarde et...

— Pas du tout, Victor, votre curiosité est bien naturelle. J'ai entendu votre question à Francesca et je n'ai aucune raison de ne pas y répondre. Nous n'aimons guère parler de notre père, c'est vrai, car il est plus facile de fermer les yeux. Il n'empêche que nous ne pouvons oublier et que nous nous posons toujours des questions sur son sort...

— Il est mort, tu le sais très bien ! »

L'interruption de Diane, son ton véhément les firent sursauter. Elle s'avança, très pâle, prit sa place habituelle et poursuivit :

« Moi, en tout cas, je crois à sa mort. Je n'accorde aucun crédit aux histoires invraisemblables que... Victor, soyez gentil. Donnez-moi quelque chose à boire, voulez-vous ? »

Les mains jointes, Francesca regardait furtivement ses cousins et regrettait l'inopportune intervention de Victor. Il aurait mieux valu, la veille, lui faire un pieux mensonge et lui dire, par exemple, que son oncle et sa tante vivaient tous deux à Berlin.

Victor revint, tendit à Diane son ballon de cognac :

« N'en parlons plus. Je suis vraiment navré...

– Pas du tout, intervint Christian. Nous vous devons une explication, n'est-ce pas Diane ? »

Celle-ci approuva d'un signe de tête.

« Asseyez-vous, mon cher ami. L'histoire sera longue. Je l'ai reconstituée, ces dernières années, à l'aide de renseignements fragmentaires obtenus auprès de ma mère, de ma grand-mère, de quelques amis de mon père. Je ne vous infligerai pas un long exposé historique sur la prise du pouvoir par Hitler. Cependant, afin de mieux comprendre ce qui est arrivé à mon père, rappelez-vous l'état de l'Allemagne à cette époque-là. »

En quelques phrases, il brossa un tableau du pays au moment de la chute de la République de Weimar. L'économie en ruine, le chômage, l'inflation, la décomposition sociale et politique avaient préparé l'ascension du dictateur, l'« homme providentiel ». Pour les libéraux, il s'agissait d'un drame que certains, tel le prince von Wittingen, combattirent activement mais secrètement. Militant d'un réseau, dont les membres s'étaient donné des noms de fleurs, Kurt von Wittingen devint conseil de la firme Krupp vers 1935. Se déplaçant dans toute l'Europe, il pouvait recueillir de précieux renseignements et agir en conséquence. Dès 1938, conscient du cours inéluctable des événements, il résolut de mettre sa famille à l'abri en Suisse où il se rendait parfois.

« Nous l'avons fort peu vu en 1941, poursuivit Christian, encore moins en 1942, mais il réussit à passer quelques semaines avec nous au début de 1943. Ma mère s'alarmait de ses activités clandestines et le pressait de rester en Suisse. Il refusa : le réseau avait plus que jamais besoin de lui, disait-il. Il était également préoccupé du sort de sa mère, veuve depuis plusieurs années, qui habitait seule à Berlin. Il rentra donc en Allemagne à ce moment-là, décision funeste s'il en fut. »

Victor avait écouté avec une extrême attention :

« Vous n'avez donc plus revu votre père après cela ?

– Moi, si. Ma mère et Diane n'ont pas eu cette joie. Mais n'anticipons pas sur le déroulement de mon histoire... »

De retour à Berlin au printemps de 1943, Kurt von Wittingen ne donna plus signe de vie à sa famille. Alors âgé de près de dix-huit ans, Christian décida de tranquilliser sa mère dont l'inquiétude croissait de jour en jour et de partir à son tour pour Berlin. Il y parvint en faisant jouer les relations de sa famille et arriva sans encombre chez sa grand-mère. Elle lui dit avoir vu son père quelques mois auparavant et, depuis, être elle aussi sans nouvelles. Elle ne s'en inquiétait cependant pas outre mesure : ignorante des menées subversives de son fils, elle le croyait en voyage pour le compte de Krupp, car il appartenait toujours officiellement à cette firme.

« Le lendemain de mon arrivée, j'ai été arrêté par la Gestapo. Ils avaient apparemment réussi à découvrir en la personne de mon père un meneur antinazi et faisaient surveiller la maison... »

Christian s'interrompit brièvement. Un sourire amer apparut sur ses lèvres.

« Ces messieurs m'ont offert l'hospitalité six mois, reprit-il. Ils m'ont interrogé sans relâche nuit et jour, pour se résoudre finalement à me libérer. Depuis, je n'ai plus été capable de me servir de mes jambes. »

Ses mots furent accueillis par un silence si profond que, plusieurs minutes durant, l'on n'entendit que le sifflement et le crépitement des bûches. Victor porta son verre à ses lèvres d'une main tremblante, dévisagea Christian qui lui rendit son regard avec gravité :

« J'ai tenu, dit-il calmement. N'y voyez aucun héroïsme particulier de ma part, mais simplement le résultat de mon ignorance. Je ne savais rien des faits et gestes de mon père, aussi n'ai-je eu aucun mal à le leur répéter sans me contredire. Ma grand-mère a réussi à me soigner de son mieux, compte tenu des difficultés de l'époque. En 1944, Dieter Muller, l'ami de mon père venu récemment nous rendre visite, m'a fait parvenir un message : *La gentiane bleue est en fleur.* J'ai aussitôt compris l'allusion; mon père était sain et sauf, ce qui a suffi à me redonner courage. Puis, au printemps de 1945, peu avant la chute de Berlin, mon père a miraculeusement reparu à la maison. Il ne nous a rien dit et je me suis bien gardé de le questionner. Au bout d'une quinzaine de jours, il est sorti un beau matin en annonçant qu'il rentrerait en fin de journée. Ni ma grand-mère ni moi ne l'avons revu... Veux-tu terminer le récit, ma chérie ? dit-il en se tournant vers Diane.

— Non, je vous en prie, c'est inutile, protesta Victor. Je ne sais comment exprimer mes regrets d'avoir ranimé de si douloureux souvenirs. J'ai agi avec une étourderie inqualifiable.

— Vous n'avez rien à vous reprocher, Victor, lui dit Diane. Et puisque le récit est commencé autant le terminer. Vous comprendrez mieux ainsi pourquoi Christian et moi manifestons tant de répugnance à évoquer ces événements. Au début, donc, Christian et ma grand-mère ne se sont pas autrement inquiétés de ne pas le voir revenir à l'heure prévue. Mon père les avait trop habitués à ses mystérieuses allées et venues pour qu'ils y trouvent quelque chose d'anormal. Il n'y avait d'ailleurs plus lieu de s'alarmer : la chute du Reich était consommée, Berlin tombait aux mains des Alliés. Que pouvait-il survenir à Gentiane Bleue, ennemi du régime défunt mais résistant héroïque aux yeux des vainqueurs ? Cependant, à mesure que les jours puis les semaines s'écoulaient, leur anxiété s'accrut et ils entreprirent des recherches. En vain : mon père s'était purement et simplement volatilisé. A quelque temps de là, un de ses camarades de réseau fit savoir à Dieter Muller qu'il avait été vu en train de parler à des officiers soviétiques, dans leur zone d'occupation, peu après avoir disparu de chez ma grand-mère. Cet informateur était persuadé que mon père avait dû être victime des derniers combats qui s'étaient déroulés à ce moment-là. Aussitôt, les recherches reprirent de plus belle, sans plus de résultat. Hôpitaux civils et militaires, cimetières, champs de ruines, rien... Mon père n'a jamais été retrouvé et nous nous sommes peu à peu habitués à admettre qu'il avait effectivement dû être tué par une balle perdue au cours d'un de ces engagements de dernière minute. »

Avec un soupir, Diane s'interrompit, alluma une cigarette pour se donner une contenance.

« Neuf ans s'étaient écoulés quand, il y a deux ans, Dieter Muller est venu voir ma mère. Il possédait, disait-il, une explication vraisemblable à la mystérieuse disparition de mon père. Au moment de la chute de Berlin, de nombreux civils allemands avaient été arrêtés par les Soviétiques. Un certain nombre d'entre eux commencèrent à être libérés vers 1953, 1954. Plusieurs détenus de la Loubianka, à Moscou, avaient eu connaissance d'un prisonnier enfermé au secret depuis 1945. Son signalement, évidemment très vague, correspondait, paraît-il, à celui de mon père. Convaincu d'avoir résolu l'énigme, Muller est alors venu en parler à ma mère et c'est à compter de ce jour-là que ses problèmes ont empiré.

– Que voulez-vous dire ? demanda Victor avec étonnement.

– Jusque-là, ma mère avait réussi à s'accoutumer à son veuvage et menait une vie retirée mais presque normale. A l'idée que son mari était peut-être encore en vie, en train de pourrir dans un cachot de la Loubianka, elle s'est métamorphosée au point... d'en perdre la raison. Elle oscille continuellement entre des crises de désespoir et des accès d'un optimisme excessif et, à mon avis, totalement injustifié.

— Vous ignorez donc toujours si ce prisonnier est ou non votre père ?

— En effet. Nous avons fait agir toutes nos relations dans le gouvernement. Celui-ci a présenté officiellement des demandes aux Soviétiques, mais le Kremlin a catégoriquement nié l'existence d'un tel prisonnier. Personne n'a rien pu obtenir. Voilà où nous en sommes.

— Pardonnez mon ignorance, demanda Victor, mais pourquoi les Russes auraient-ils arrêté votre père en 1945 ?

— Nous nous sommes posé la même question et nous heurtons une absurdité. Les Soviétiques l'ont vraisemblablement accusé d'espionner pour le compte des Américains, donc d'être un ennemi de l'U.R.S.S. Nombre d'Allemands se sont trouvés dans son cas à la même époque. Mais ce qui importe, c'est que ma mère le croit encore vivant dans un cachot à Moscou ou ailleurs.

— Et vous, Christian, quelle est votre opinion ?

— Franchement, je ne sais que penser. Un jour, je suis de l'avis de ma mère parce que j'espère, contre toute raison, revoir mon père vivant. Le lendemain, sans plus de justification, je partage la conviction de Diane et je suis persuadé de sa mort.

— Nous n'avons aucune preuve concrète, ni dans un sens ni dans l'autre ! s'écria Diane. Personnellement, je *préfère* savoir qu'il a été tué à la fin de la guerre et que son corps fait partie des milliers de cadavres non identifiés retrouvés dans les ruines. Je *préfère* le savoir mort que m'imaginer les souffrances qu'il a dû subir... »

Elle dut s'interrompre, la voix étouffée par l'émotion. Francesca se leva aussitôt pour aller s'asseoir près d'elle et la réconforter. Christian se tourna vers Victor, la mine pensive :

« Et vous, que pensez-vous après avoir entendu les faits tels que nous les connaissons ? »

Victor hésita longuement :

« Il m'est impossible de vous répondre, Christian. Je suis cependant d'accord avec vous deux sur un point : la situation est trop pénible pour ne pas tenter de l'oublier ou, du moins, éviter d'en parler. Ce soir, tout est ma faute. Ma curiosité est impardonnable...

— Arrêtez donc de vous excuser, voyons ! l'interrompit Christian. Vous n'avez pas du tout gâché la soirée.

— Au contraire, renchérit Diane avec un sourire courageux, vous me l'avez rendue doublement mémorable. Et maintenant, si vous le voulez, parlons d'autre chose. Pensons au présent et aux quelques jours à venir. Demain, Christian et moi devons nous rendre à Munich passer la journée avec notre mère et notre grand-mère. Astrid et Vladimir seront ravis de vous accompagner sur les pistes à ma place. Etes-vous d'accord ?

— Avec plaisir. Mais que va faire Francesca ?

— Elle ne restera pas toute seule, rassurez-vous ! dit Diane en riant. Elle vous rejoindra chez Astrid pour le déjeuner. Mais il est tard, nous devons partir de bonne heure demain matin. »

Elle embrassa Francesca, souhaita une bonne nuit à Victor. Christian prit congé peu après. Dès qu'ils furent seuls, Victor se tourna vers Francesca :

« Je suis vraiment insortable ! Quel imbécile j'ai été, ce soir ! Fourrer ainsi mon nez dans ce qui ne me regarde pas.

— Chut ! dit-elle en se blottissant contre lui. N'en parlons plus, mon chéri. Diane a raison, mieux vaut ne pas remuer les tragédies du passé et ne penser qu'à l'avenir. Ils ne t'en veulent pas de ta curiosité, rassure-toi. Ni moi non plus.

— Je ne m'en serais jamais consolé, dit-il en souriant. Es-tu fatiguée ? Pouvons-nous rester encore un peu ici ?

– Pourquoi pas ? Je vais mettre un disque. »

Elle se leva, éteignit quelques lampes. Dans la lueur chaude et dansante des flammes de la cheminée, ils demeurèrent enlacés sur le canapé, sans presque se parler, tout à la joie d'être seuls ensemble. Par la fenêtre, l'on distinguait la brillance des étoiles dans un ciel indigo où la lune, par moments, jetait des reflets argentés. Enseveli sous la neige, le paysage prenait une majesté paisible en accord avec le silence de la pièce.

Victor détourna les yeux, se laissa entraîner par ses pensées. Cette soirée avait été joyeuse, raffinée; les hôtes pleins de charme, cultivés, élégants. L'atmosphère insouciante convenait à la célébration d'un anniversaire. Et pourtant, en un contraste choquant, la sinistre histoire de Kurt von Wittingen rappelait une réalité toute proche encore, l'existence d'un monde où les noms de Dachau, Auschwitz ou Buchenwald projetaient leur ombre maléfique. Le Mal empoisonnait de sa présence éternelle jusqu'à l'innocence de cette nuit paisible... Un soupir lui échappa. Francesca leva les yeux vers lui :

« Qu'y a-t-il, mon chéri ? »

Il la contempla, fut tenté de lui communiquer ses réflexions, s'abstint sans savoir pourquoi.

« Rien. Tout va bien... »

Il lui caressa les cheveux, la joue, posa un baiser sur son front. Elle se blottit de nouveau dans ses bras. Le silence retomba.

Longtemps après, Victor se leva. Les braises étaient noires, le ciel pâlissait insensiblement. Il prit Francesca par la main, l'entraîna dans la galerie, en haut de l'escalier. Et à aucun moment il ne lâcha la main qu'il serrait dans la sienne.

20

Parvenu sur la place du Marché de Ripon, Terrence Ogden jeta une enveloppe dans la boîte aux lettres. En sifflotant allégrement, il reprit le chemin de l'hôtel où logeait l'équipe des *Hauts de Hurlevent*. Le temps splendide de cette matinée de juin lui rappelait son enfance, seuls souvenirs agréables conservés de sa jeunesse misérable à Sheffield. Heureusement, cette époque était bel et bien révolue. Pour lui, comme pour toute l'Angleterre, les temps avaient changé et sa réussite lui permettait de profiter de la vie en transformant celle de ses parents.

Il se redressa, respira profondément. Jamais, il ne s'était senti si bien physiquement et si heureux de vivre. Sans aller jusqu'à s'imposer une abstinence complète, il avait considérablement réduit sa consommation d'alcool; plutôt que de gaspiller ses forces dans une « noce » parfois sordide, il les consacrait tout entières à sa carrière.

Une voix le héla soudain :

« Terry ! Où vas-tu donc si vite ? »

Juché sur une bicyclette, Jerry Massingham le rejoignit en pédalant vivement. Une fois à sa hauteur, le directeur de production sauta de sa machine, encore essoufflé.

« Et toi ? répondit Terrence. Pourquoi fais-tu la course à une heure pareille ?

– La bicyclette est un excellent exercice. De toute façon, il fallait que j'aille à la poste avant la fermeture et il n'y avait plus une voiture disponible.

– Moi aussi, je reviens de la poste. Contrairement à ce que tu imagines, je n'ai pas l'habitude de traîner au lit à onze heures du matin !

– J'ai simplement été surpris de te trouver ici, compte tenu de ta mine cette nuit... Le tournage était dur et tu devais être crevé. Katherine aussi, d'ailleurs. Heureusement, tout s'est bien passé. Sauf accident, nous devrions pouvoir terminer vendredi prochain comme prévu. J'avoue que je ne serai pas fâché de nous voir tous rentrer à Londres. Une semaine de raccords en studio, et tout sera enfin mis en boîte !

– Tu dois être fou de joie, Jerry. Malgré la météo et les problèmes, nous n'avons dépassé ni le budget ni le temps de tournage.

– Un vrai miracle... En tout cas, je t'admire. Mark Pierce t'en a fait voir de toutes les couleurs. Quel empoisonneur, ce type !

– Oui, mais un réalisateur de premier ordre. Je n'ai pas été la seule victime de son mauvais caractère, tu sais. Tout le monde y est passé. »

Massingham hocha la tête. L'animosité de Mark Pierce pour Terrence Ogden crevait pourtant les yeux. Le directeur de production croyait en connaître la véritable cause. Victor soupçonnait quelque chose mais n'avait rien découvert de précis. Depuis le début, le tournage du film avait été pénible pour tout le monde. Il régnait sur le plateau une atmosphère pesante, faite de sourdes rivalités. Le dernier tour de manivelle apporterait un véritable soulagement.

Les deux hommes poursuivirent leur chemin en silence et parvinrent à l'entrée de l'hôtel. Ils stoppèrent, se lancèrent un regard étonné :

« Tiens, notre vedette nous quitte ? dit Terry. Je

croyais qu'il devait rester jusqu'au début de la semaine prochaine.

– Moi aussi, jusqu'à mardi. Il ne m'a même pas prévenu et j'avais encore des tas de questions à régler...

– Excuse-moi, se hâta de l'interrompre Terry, j'ai encore mille choses à faire jusqu'au déjeuner. »

Il abandonna le directeur à ses grommellements et pénétra dans le hall. Après s'être assuré qu'il n'y avait pas de messages pour lui à la réception, il prit l'ascenseur, monta au second étage et consulta sa montre. Il était onze heures trente, Katherine ne lui en voudrait pas s'il allait la voir maintenant. Elle lui avait dit qu'elle répétait son rôle en l'attendant.

« Te voilà, mon chou ! s'écria-t-elle en lui ouvrant. Tu es dans une forme éblouissante, ce matin ! »

Terry la toisa d'un regard connaisseur :

« Toi aussi. Le tournage de nuit te réussit. »

Elle l'entraîna vers des fauteuils disposés près de la fenêtre :

« Viens donc au soleil. J'ai commandé du thé et ces petits gâteaux au gingembre dont je raffole. Tu me tiendras compagnie.

– Volontiers. J'aurais tué père et mère pour en manger un, quand j'étais gamin. Pas de citron, du lait s'il te plaît... Dis donc, poursuivit-il en s'asseyant, savais-tu que Victor s'en allait ? Jerry en est resté stupéfait. Tu étais au courant ?

– Oui, il est venu me dire au revoir tout à l'heure.

– Evidemment, dit Terry en pouffant d'un rire ironique.

– Que suis-je censée comprendre par cet « évidemment » ?

– Que le grand patron n'aurait pas pris congé sans faire ses zadieux zémus à son chouchou...

– Réjouis-toi d'en faire partie toi aussi, car il s'est également arrêté chez toi pour te faire des *zadieux* non moins *zémus,* répliqua-t-elle d'un ton désinvolte. Comme tu étais sorti, il m'a chargée de te les transmettre.

– Ah ! bon, je vois !

– Je t'en prie, arrête de me taquiner au sujet de Victor ! s'écria Katherine avec agacement. Il ne fait pas plus attention à moi qu'aux autres membres de l'équipe.

– Allons, Katherine, à d'autres ! Tu déjeunes avec lui tous les jours ou presque, ton fauteuil sur le plateau est toujours à côté du sien, tu t'enfermes avec lui dans sa loge entre les prises et il ne te quitte jamais des yeux !

– Rappelle-toi que je suis sous contrat avec *Bellissima Productions* et que c'est mon premier film. Toi, tu as déjà l'expérience du cinéma. Victor veut simplement m'aider...

– En s'enfermant avec toi dans sa loge ? Amusant.

– Terry, ça suffit ! s'écria-t-elle avec colère. Tes sous-entendus sont souverainement déplaisants. D'ailleurs, tu sais très bien que je sors avec Kim Cunningham.

– Allons, ne monte pas sur tes grands chevaux, Minouche ! répondit-il d'un ton apaisant. Je n'ai donc plus le droit de te taquiner ? A propos, comment va Kim ? Il n'avait pas l'air fou de joie, hier soir. »

L'expression de Katherine s'assombrit :

« Il va bien, du moins je le pense, dit-elle avec un soupir. Il a l'impression que je le néglige, j'en ai peur. Il espérait que nous nous verrions tous les soirs pendant le tournage dans le Yorkshire et refuse de comprendre que c'est impossible. Pauvre Kim, ajouta-t-elle en faisant la moue, je n'ai pas eu beaucoup de temps à lui consacrer et j'ai l'impression qu'il m'en veut.

– Il devrait savoir qu'avec toi le travail passe

avant tout. Tu ne l'as donc pas averti ? répondit-il avec un sourire ironique.

— Si, mais... Explique-moi plutôt ce dont tu voulais me parler, poursuivit-elle. Tu avais l'air si mystérieux que je meurs de curiosité depuis ton coup de téléphone. Allons, je t'écoute. »

Terry la dévisagea prudemment, réprima un nouveau sourire :

« J'ai l'impression de passer mon temps à t'exprimer ma gratitude, depuis quelques mois. Je suis venu te voir ce matin pour te remercier encore une fois. »

Katherine hésita, parut fouiller dans sa mémoire :

« J'y suis ! s'écria-t-elle avec un cri de joie. Hillard Steed, n'est-ce pas ? Cela a marché ?

— Oui, comme sur des roulettes. Il m'a offert un contrat de trois films avec *Monarch,* je l'ai reçu hier par l'intermédiaire de mon imprésario, je l'ai signé et je viens de le mettre à la poste. Nous allons nous retrouver tous les deux à Hollywood, Katherine ! Le tournage de mon premier film débute en octobre, en même temps que le tien. Hillard a des projets grandioses à mon sujet, il parle de faire de moi une star... C'est à toi que je le dois, ma chérie. Je ne sais pas ce que tu as raconté à Steed sur mon compte, mais c'était manifestement efficace.

— J'en suis ravie, Terry ! s'écria Katherine avec une sincérité non feinte. Mais je n'ai pas eu grand-chose à faire, crois-moi. Tout le mérite t'en revient.

— Avoue quand même. Comment as-tu manigancé l'affaire ?

— Tu tiens à le savoir ? Eh bien, tu te rappelles que j'ai déjeuné avec lui aux studios de Shepperton, le mois dernier. Je me suis répandue en éloges sur ton compte, en ajoutant que Victor se montrait encore plus enthousiaste, au point d'avoir déjà préparé un contrat. Du coup, Hillard est devenu vert d'envie – tu sais comme il se montre jaloux de Victor dans son rôle de producteur. Alors, je n'ai eu qu'à lui donner le coup de grâce : « Quel dommage « que vous n'ayez pas pensé le premier à prendre « Terrence Ogden sous contrat ! Vous m'avez déjà « manquée d'un cheveu, et Victor en profite pour « rafler tous les jeunes acteurs de talent. » Après cela, le malheureux n'a pu avaler une bouchée ! poursuivit-elle en riant. Il m'a posé quelques questions, auxquelles j'ai répondu de manière très évasive, et je lui ai suggéré de prendre contact avec toi. Voilà toute l'histoire », conclut-elle avec une innocence désarmante.

Terry hocha la tête à plusieurs reprises, partagé entre l'incrédulité et l'admiration :

« Tu es incorrigible, dit-il enfin.

– Je sais ! Mais n'est-ce pas amusant comme tout ? Surtout quand j'obtiens des résultats.

– Ouais... Mais que serait-il arrivé si Hillard en avait d'abord parlé à Victor ? De quoi aurais-tu eu l'air ? »

Katherine lui décocha un regard exaspéré :

« Tu ne connais pas Hillard Steed. J'étais sûre, moi, qu'il mordrait à l'appât et prendrait d'abord contact avec toi pour couper l'herbe sous le pied de Victor. Elémentaire, mon cher Watson, dit-elle avec un haussement d'épaules nonchalant.

– Certes, mon cher Holmes... »

Il feignit de boire son thé pour mieux réfléchir à ce qu'il venait d'entendre. Certains n'auraient pas hésité à accuser Katherine de duplicité, voire de fourberie. Pour sa part, il préférait considérer ses tractations avec Hillard Steed sous un jour moins désobligeant et les attribuer à l'habileté d'une diplomate née, rompue à toutes les astuces de la négociation. En outre, se disait-il, Katherine savait user des ressources de son intelligence et profiter de sa beauté et de son apparente innocence pour décontenancer ses interlocuteurs. Etait-ce répréhensible ?

« Encore un peu de thé ? lui demanda-t-elle.

– Oui, merci. »

Terry l'observa avec objectivité. Ce matin-là, elle portait une blouse blanche de coupe simple et une jupe bleu marine qui lui donnaient l'allure d'une pensionnaire. En fait, avec sa chevelure tombant sur ses épaules et son visage dépourvu de maquillage, elle paraissait avoir seize ans. Et pourtant, se dit-il, ces dehors dissimulent une volonté inébranlable et une ambition dévorante servies par une exceptionnelle sûreté de soi. Fallait-il chercher dans cette dualité le secret de sa séduction ? Quelques mois auparavant, Terrence Ogden avait sérieusement envisagé d'y succomber ou, plutôt, d'user sans scrupule de son propre charme. Il y avait renoncé et, depuis lors, il n'éprouvait plus cette tentation, sans qu'il sût pourquoi. Maintenant, il lui importait peu de séduire Katherine. Il avait retrouvé le seul véritable amour de sa vie et un sens à son existence.

« Tu as l'air bien sérieux, Terry. Quelque chose qui ne va pas ? lui demanda-t-elle au bout d'un silence prolongé.

– Non, rien. Je rêvassais...

– A Barbara, sans doute ? » dit-elle en souriant.

Terry réprima un haut-le-corps. Sa remarque était-elle fortuite ? Que savait-elle, au juste ? Au prix d'un effort sur lui-même, il répondit négligemment :

« Barbara ? Que vient-elle faire là-dedans ?

– Je me demandais simplement comment elle prenait la nouvelle de ton prochain départ pour Hollywood.

– Elle est enchantée. Tu la connais, elle se réjouit toujours des succès de ses amis.

– C'est vrai, elle a un cœur d'or... »

Katherine se détourna en retenant à temps la suite de sa réflexion. Terry et elle avaient beau être liés par une solide amitié, Katherine savait jusqu'où aller.

« Et Norman, que dit-il de tout cela ? reprit-elle.

– Ce bon vieux Norman ! Il est ivre de joie. Tu te doutes que je l'emmène avec moi, bien entendu. Il restera mon habilleur, mon secrétaire, mon factotum. J'ai hâte de traverser l'Atlantique, je ne te le cache pas. Pour ma carrière, aussi bien que pour ma vie privée, le moment est admirablement choisi. Je n'aurais pu rêver mieux.

– Quelle joie de nous retrouver là-bas ! Nous allons nous amuser comme des petits fous, tu verras.

– Je l'espère bien... »

Il s'interrompit, retrouva un instant sa mine pensive :

« Il peut être très déroutant, tu ne trouves pas ?

– Qui cela ?

– Victor Mason.

– Je ne vois pas ce que tu veux dire...

– En apparence, on le croit insouciant, facile à vivre, mais c'est loin d'être vraiment le cas. Victor est dur, quand il le veut. Obstiné. Je l'ai vu, récemment, se bagarrer avec Mark Pierce, pas toujours pour des questions de budget d'ailleurs. Victor veut que les choses soient faites exactement comme il l'entend. Je le soupçonne volontiers de se montrer tyrannique, malgré son sourire charmeur...

– Tu as raison, en un sens. N'oublie cependant pas que Victor est le producteur du film, pas seulement sa vedette.

– Je sais et ce n'était pas vraiment une critique de ma part. Je remarquais simplement que Victor est beaucoup plus intelligent et volontaire qu'il ne veut bien le laisser croire. Non seulement je n'ai pas à me plaindre de lui, mais il a été parfait à mon égard depuis le début du tournage. Puisque nous en sommes au chapitre de tes admirateurs, que pense donc ton cher vicomte de ton prochain départ pour les lointains rivages de la Californie ? »

Katherine ne releva pas le sous-entendu et répondit calmement :

« Kim a d'abord été plutôt surpris de la nouvelle, mais il s'est fait à l'idée de notre séparation. Je ne serai d'ailleurs absente que quelques mois.

— Ah ! bon ? Je croyais que Victor avait déjà prévu de te faire tourner un autre film aussitôt après celui que tu dois faire avec Stanton.

— Il ne m'en a pas parlé. A mon avis, il n'y a rien de définitif à l'horizon. »

Terry s'abstint d'exprimer sa surprise. Il jeta un coup d'œil à sa montre, se leva :

« Il faut que je te quitte, Minouche. Estelle Morgan doit m'interviewer dans dix minutes et je suis obligé de l'inviter à déjeuner ensuite. C'est d'ailleurs aussi l'une des raisons de ma visite : peux-tu te joindre à nous ?

— Il n'en est pas question, voyons ! Estelle voudra rester seule avec toi.

— Mais moi, je ne veux pas rester seul avec Estelle. Elle me terrorise ! Sois gentille, je t'en supplie. Accepte. »

Katherine éclata de rire :

« On aura tout vu ! Toi, avoir peur d'un tête-à-tête avec une femme ? Elle ne te mangera pas, tu sais, et tu es parfaitement capable de te défendre... Enfin, si tu y tiens, je veux bien voler au secours d'un malheureux opprimé. Mais pas pour l'interview. Disons vers une heure, vous devriez avoir fini.

— Tu me sauves la vie ! Merci, ma chérie. Pendant que j'y pense, j'invite quelques amis à déjeuner demain au Lion Rouge, tu sais, cette merveilleuse vieille auberge dont je t'ai parlé. Veux-tu venir ? Avec Kim bien entendu. Invite aussi Francesca.

— J'en serai ravie. Francesca doit arriver d'une minute à l'autre, je le lui demanderai.

— C'est bien. Et n'oublie pas de me rejoindre à

treize heures au plus tard, je compte absolument sur toi. »

En sortant dans le couloir, il se trouva nez à nez avec Francesca. Ils se saluèrent, se sourirent et Terry disparut en courant. Katherine alla à la rencontre de son amie en poussant un cri de joie :

« Ta visite me fait un tel plaisir ! »

Francesca lui tendit un panier de fleurs :

« Tiens, voilà pour toi, lâcheuse ! Je les ai cueillies ce matin même dans notre jardin.

— Tu es un amour ! Installe-toi pendant que je les mets dans l'eau, je reviens tout de suite. »

Francesca se laissa tomber dans un fauteuil.

« Si je n'avais pas dû venir à Ripon faire des courses, je ne t'aurais pas revue ! Tu me manques, tu sais ! »

Katherine revenait à ce moment-là, chargée d'un grand vase plein d'eau fraîche. Tout en parlant, elle disposa les fleurs.

« Je sais, c'est idiot de ne pas nous voir plus souvent. Mais Mark nous mène comme des esclaves. »

Elle recula d'un pas, cligna les yeux pour juger son bouquet.

« Tout se passe bien, au moins ?

— Oui, tout le monde est enchanté... »

Il lui paraissait inutile de mettre Francesca au courant de l'atmosphère tendue qui régnait dans l'équipe. Avec un sourire insouciant, elle vint s'asseoir en face de son amie.

« J'ai une grande nouvelle à t'annoncer, déclara Francesca. Papa et Doris ont enfin décidé de se marier. »

Katherine pâlit, resta bouche bée :

« C'est merveilleux », réussit-elle à articuler.

Francesca lui jeta un regard surpris :

« Qu'as-tu, Katherine ? Tu as l'air toute chose. Je pensais que la nouvelle te ferait plaisir.

– Je suis étonnée, c'est tout. Depuis le temps qu'ils se fréquentent, je n'y croyais plus et j'avais cru comprendre que Doris retournerait vivre aux Etats-Unis. Après tout, elle y possède des intérêts considérables... A part cela, je suis ravie, naturellement. Ton père doit être très heureux, ajouta-t-elle en se forçant à sourire. Kim est impardonnable, il ne m'a rien dit quand je l'ai vu hier soir.

– Il n'était pas encore au courant à ce moment-là. Papa a téléphoné ce matin du Midi de la France et Kim était déjà sorti. Quoi qu'il en soit, ils ont l'intention de donner une grande réception à la villa que Doris a louée pour l'été, en août probablement. Tout le monde est invité, bien entendu. Promets-moi de venir, Katherine ! »

Katherine parvint à faire l'un de ses sourires les plus étincelants :

« C'est trop aimable de la part de Doris... »

L'invitation ne vient-elle pas plutôt de Francesca ? se demanda-t-elle.

« Elle sait combien Kim est amoureux de toi, voyons ! Elle m'a d'ailleurs précisé que tu pouvais séjourner aussi longtemps que tu voudrais à la villa. J'y resterai sans doute tout le mois d'août et tu devrais pouvoir te libérer au moins une quinzaine de jours, n'est-ce pas ?

– Sans doute, oui. Quand le mariage doit-il avoir lieu ? »

Katherine avait du mal à dissimuler son étonnement devant cette preuve d'amabilité de la part de Doris Asternan. Dès leur première rencontre, les deux femmes avaient éprouvé une vive antipathie réciproque.

« Pas avant novembre, je crois. Papa tient à ce qu'il soit célébré à Langley. Oh ! Mais tu seras en Californie à ce moment-là ! Je n'y pensais plus. Je nous voyais déjà demoiselles d'honneur ! »

Katherine ne put s'empêcher de pouffer de rire.

« Nous comptons quand même sur toi au Cap-Martin ? insista Francesca.

— Avec plaisir. Un peu de repos me fera du bien entre les deux films. Cette matinée aura décidément été pleine de surprises.

— Ah oui ? Lesquelles ?

— Terry est venu m'annoncer qu'il a signé un contrat avec *Monarch*. Pour célébrer l'événement, il donne un déjeuner demain et m'a chargée de te transmettre l'invitation.

— Quel dommage, Katherine, je ne pourrai pas. Je repars pour Londres cet après-midi.

— Pour Londres ? s'écria Katherine avec étonnement.

— Oui, as-tu déjà oublié ? Je t'ai dit que ma cousine Diane débarque de Paris demain matin. Elle vient passer quelques jours à la maison avec moi.

— C'est vrai, je n'y pensais plus. C'est dommage, si j'avais su, j'aurais demandé à Victor de t'emmener en voiture. Il vient de partir il y a moins d'une heure. »

Francesca se racla la gorge et plongea précipitamment vers son panier en affectant d'y chercher quelque chose. Sans relever la tête, incapable de regarder Katherine en face, elle répondit :

« Oui, en effet, c'est dommage. Mais j'aime autant prendre le train, tout compte fait. J'aurai le temps de relire mes notes.

— Le livre avance bien ?

— Mieux que je ne l'espérais. Mais j'ai encore un travail fou devant moi. Allons bon, j'ai oublié de faire une des courses... »

Katherine n'avait pas remarqué l'étrange comportement de son amie et reprenait le fil de la conversation :

« Tu ne pourras donc pas dîner avec moi ce soir ni déjeuner demain ? Je m'en faisais une telle fête, dit-elle avec dépit.

– Réjouis-toi, au contraire. Tu auras Kim pour toi toute seule ! »

Katherine baissa les yeux à son tour pour dissimuler sa déception. Elle redoutait, précisément, de se retrouver en tête-à-tête avec Kim. Francesca, par sa seule présence, lui aurait évité une scène désagréable.

« Ecoute, autant que je te l'avoue. Kim est furieux contre moi, ces temps-ci. Il me reproche de l'avoir laissé tomber toute la semaine, alors que je n'y suis pour rien, je te l'assure. Il oublie que je ne suis pas ici en vacances mais pour travailler. J'ai déjà tant de problèmes que je supporte mal ses accès de jalousie. Mark est un tyran, poursuivit-elle avec un soupir, Victor se comporte en dictateur. Quant à Kim, il fait preuve d'une incompréhension totale. »

Francesca s'abstint de répondre aussitôt. Elle compatissait aux problèmes de Katherine, mais ne pouvait s'empêcher de comprendre le désappointement de son frère. Elle subissait le même genre d'épreuve avec Victor, trop plongé dans son travail pour lui prêter une attention autre que distraite, et elle en souffrait.

« Je crois pourtant que Kim se rend compte de l'injustice de son comportement envers toi, réponditelle enfin. Nous avons eu une longue conversation, l'autre jour, et je ne me suis pas gênée pour lui dire ce que je pensais de sa conduite. Je l'ai même prévenu que s'il continuait à agir comme un enfant gâté il risquait de te perdre. Tu ne m'en veux pas de m'en être mêlée ?

– Au contraire, je t'en suis profondément reconnaissante ! s'écria Katherine. Tu as peut-être raison pour ce soir, mieux vaut que nous soyons seuls tous les deux. Nous aurons l'occasion de nous expliquer franchement.

– N'oublie cependant pas l'essentiel : Kim est follement amoureux de toi. Il trouve donc normal d'être à tes côtés le plus souvent et le plus longtemps possible. Quant à sa jalousie, poursuivit-elle en riant, elle est compréhensible. Tu es ravissante, constamment entourée d'hommes. Tu ne peux pas lui reprocher de voir des rivaux partout !

— Non, c'est vrai. Mais il n'a aucune raison de l'être...

— Les hommes n'ont pas besoin de raisons pour se conduire comme des imbéciles, ma chérie ! Allons, ne t'inquiète pas. Tout se passera à merveille ce soir, tu verras. Si j'en crois ce que disait Kim hier, il va se jeter à tes pieds et te demander pardon. »

Les deux jeunes filles se levèrent. Katherine prit Francesca par le bras pour l'escorter jusqu'à la porte.

« Il n'empêche, je serai contente de retourner à Londres la semaine prochaine, dit-elle. Les choses reprendront leur cours habituel... Oh ! Francesca, poursuivit-elle en l'embrassant. Tu es la meilleure, la seule amie que j'aie jamais eue de ma vie. Je ne sais pas ce que je deviendrais sans toi.

— Toi aussi, Katherine. Tu es la sœur dont j'ai toujours été privée. Non, les sœurs ne s'aiment pas toujours. Tu vaux mieux qu'une sœur », ajouta-t-elle avec gravité.

Les yeux de Katherine se voilèrent de larmes.

« Je ressens la même chose envers toi, dit-elle d'une voix étranglée par l'émotion. Et il en sera toujours ainsi. »

La spontanéité de Francesca, la sincérité de son affection redonnèrent à Katherine un profond sentiment de sécurité. Sans amour ou, plus simplement, sans louanges, elle perdait pied et doutait d'elle-même. Mais son amitié pour Francesca était trop grande pour qu'elle n'y puisât pas le réconfort d'un sentiment partagé.

Son euphorie ne dura pourtant guère. Ses pensées revinrent au prochain mariage de Doris Asternan et de David Cunningham et ses inquiétudes reparurent.

Le temps avait confirmé sa première impression : elle trouvait en Doris un adversaire. Son antipathie restait voilée de courtoisie, certes, mais Katherine ne s'y était pas trompée. Sa compatriote ne l'aimait pas et désapprouvait ses relations avec Kim. Doris manifestait en outre un instinct de propriété abusif envers tout ce qui concernait les Cunningham. Elle s'était instaurée leur protectrice et accueillait avec une méfiance particulière tout ce qui provenait d'Amérique. Katherine ne pouvait oublier l'inquisition qu'avait subie Victor, lors de leur week-end à Langley au mois de mai. Elle avait elle-même été jaugée, scrutée, questionnée sans relâche sur ses origines et son enfance à Chicago. Elle avait réussi, espérait-elle, à déjouer la curiosité de Doris sans lui laisser soupçonner qu'elle lui cachait quelque chose.

Je n'ai pourtant rien à cacher ! se dit-elle avec un mouvement de colère. Elle était cependant seule responsable de cette situation ridicule. L'innocent mensonge auquel elle avait recouru en déclarant être orpheline, au moment de son inscription au Conservatoire, avait pris au fil des années des proportions invraisemblables et l'avait enserrée dans un réseau d'autres mensonges. Elle ne trouvait plus la possibilité de s'en dégager et de dire la vérité. Pourquoi s'être laissé prendre à un tel piège ? Elle ne parvenait plus à expliquer l'absurdité de son comportement.

Elle fut tentée de s'apitoyer sur son sort et se ressaisit à temps. Il lui fallait maintenant sortir de cette impasse et rétablir la vérité. Il devenait urgent, indispensable de faire connaître son passé, dont elle n'avait pas à rougir. Le problème était ardu et Katherine abandonna très vite l'espoir de le résoudre en quelques instants. Malgré l'agilité de son esprit et les ressources de son imagination, cela prendrait du temps et de la réflexion.

Mais pourquoi, se demanda-t-elle, pourquoi Doris l'invitait-elle à passer des vacances sur la Côte d'Azur ? Ne serait-ce pas plutôt une initiative de Francesca ou de son père ? Doris aurait-elle lancé l'idée pour paraître large d'esprit aux yeux des Cunningham – avec le secret espoir d'attirer Katherine dans un piège, et de la « démasquer » ? Cette éventualité la fit frémir. Là encore, il faudrait longuement réfléchir, calculer, agir avec prudence.

Enervée par ces énigmes, elle se leva d'un bond. Elle devait rejoindre Terry Ogden dans moins d'un quart d'heure, elle ne pouvait plus se permettre de perdre son temps en de stériles spéculations. Au diable Doris Asternan ! Après tout, l'on n'était encore qu'au mois de juin, la confrontation n'aurait lieu qu'en août. D'ici là, elle saurait trouver la solution.

Elle quitta en hâte sa blouse et sa jupe, enfila un tailleur de lin bleu, se regarda dans le miroir. Elle se trouva pâle, les traits tirés, les yeux cernés. Malgré son peu de goût pour le maquillage, elle se résigna à corriger sa mine défaite à l'aide d'un fond de teint et d'une légère touche de fard sur les paupières. Satisfaite, elle se brossa les cheveux, arrangea sa coiffure. Ce soir, il lui fallait se montrer particulièrement tendre envers Kim, déployer des trésors de charme et de séduction pour s'assurer de son attachement. C'est ainsi, sans doute, qu'elle préparerait sa victoire sur Doris et garantirait le succès de son mariage avec Kim. Une expression de contentement effaça l'inquiétude de son visage, un sourire apparut sur ses lèvres. Lorsqu'elle pénétra dans le bar de l'hôtel, elle avait réussi à se persuader qu'elle était capable d'infléchir sa vie et les événements à sa guise.

21

PAR la porte ouverte à deux battants, le soleil pénétrait à flots dans le grand vestibule du château de Langley. Ses reflets dorés adoucissaient l'austérité des pierres grises et Francesca, un instant immobile sur les marches, admirait ce spectacle dont elle ne se lassait jamais. Bâtie en 1360 par James Cunningham de Langley, compagnon d'armes du Prince Noir, la forteresse n'avait guère changé d'aspect depuis. Ce passé belliqueux revivait dans cette vaste pièce : armures, bannières multicolores, épées et hallebardes disposées en faisceaux sur les murs.

Sur la longue table de chêne, une gerbe de fleurs cueillies le matin même par Francesca apportait une note de gaieté. La paisible beauté du lieu l'emplissait de joie; par une belle journée estivale comme celle-ci, le château de son enfance constituait un univers privilégié qu'elle n'aurait jamais voulu quitter.

Si seulement Victor avait pu rester ici pour le week-end au lieu de se précipiter à Londres ! se dit-elle avec dépit. Il souhaitait avant tout s'éloigner de l'hôtel de Ripon et de la curiosité de ses collaborateurs. Pour lui autant que pour elle-même, les dix derniers jours avaient été particulièrement éprouvants. S'ils n'avaient guère pu se voir, au moins s'étaient-ils fréquemment téléphoné. Victor n'avait cessé de se plaindre de la promiscuité dans laquelle il devait vivre, de son manque de liberté d'action, des contraintes imposées par son rôle d'arbitre dans les conflits soulevés par l'incompréhensible intransigeance de Mark Pierce, le metteur en scène. Il omettait toutefois de prendre en compte les contradictions de son propre comportement dont Francesca avait souffert : possessif lorsqu'ils étaient seuls, froid et détaché en public. Plus encore, cependant, lui répugnait le secret dont il fallait entourer ses faits et gestes. La dissimulation lui faisait horreur, particulièrement vis-à-vis de Kim et de Katherine à qui elle aurait tant aimé se confier.

L'arrivée d'un groupe de visiteurs la tira de sa rêverie. Elle échangea quelques mots avec Osborn, le guide, et disparut dans l'aile réservée aux appartements privés. Après avoir traversé une antichambre, la bibliothèque-fumoir et un couloir, elle ouvrit la porte de la cuisine. A son entrée, Val, la gouvernante, tourna la tête :

« Je suis prête à partir, lui dit Francesca. Je reviendrai le week-end prochain avec ma cousine.

— Quel plaisir de revoir Mlle Diane ! Tout sera prêt, mademoiselle, ne vous inquiétez pas. Je vous souhaite un bon voyage. Ne vous mettez pas en retard, surtout ! »

Avec un sourire, Francesca prit congé et rebroussa chemin. Au passage, elle saisit une petite valise et son sac à main posés sur un banc de l'antichambre. Puis, après avoir descendu le grand escalier de pierre, elle traversa la terrasse dallée et s'engagea dans une allée du jardin, abrité par un haut mur moussu. Ce jardin d'agrément, créé au XVIIIᵉ siècle par la sixième comtesse de Langley dont le portrait par Gainsborough ornait le salon, constituait un ravissant tableau. Symphonie de couleurs vives ponctuées de touches de verdure aux mille nuances, il embaumait les roses et les fleurs estivales. A son extrémité, une porte de chêne rompait la monotonie du mur. Francesca l'ouvrit en faisant grincer les gonds, la referma avec soin et avança d'un pas vif dans l'avenue menant à l'imposante grille d'entrée commandant l'accès du parc.

Cette partie de la propriété n'était pas ouverte au public; aussi Francesca fut-elle étonnée de voir un homme et un jeune garçon assis sur un muret bordant une pâture. Parvenue à leur niveau, elle s'arrêta :

« Excusez-moi, leur dit-elle aimablement, peut-être ignorez-vous que le parc est propriété privée ? »

L'homme la toisa avec une certaine impertinence :

« J'vous d'mande pardon, madame, nous n'en savions rien. Si vous insistez, on s'en ira... »

Il laissa sa phrase en suspens, considéra Francesca avec une curiosité non dissimulée. Celle-ci hésita. Ces pauvres gens venaient probablement d'une des villes industrielles des environs, où ils n'avaient guère l'occasion de respirer le bon air et de profiter des beautés de la campagne... Mais l'on ne pouvait se fier à n'importe qui, aussi répondit-elle en souriant, mais d'un ton ferme :

« Je suis en effet obligée de vous demander de partir. Vous seriez cependant beaucoup mieux installés dans la cour d'honneur du château. Vous y trouverez une buvette, des tables et des chaises où vous pourrez pique-niquer... »

L'homme secoua la tête et l'interrompit d'un geste :

« On n'a pas les moyens. Enfin, puisqu'il faut déguerpir...

– Allons, passe pour cette fois, consentit Francesca. Mais si vous revenez veuillez limiter votre visite aux parties du parc ouvertes au public, je vous prie. »

Elle salua le garçonnet d'un sourire qui se figea sur ses lèvres : elle venait de remarquer des jumelles posées près de lui sur le muret. Que faisaient donc ces deux individus, mal vêtus et d'allure misérable, avec un objet visiblement neuf et aussi coûteux ?

L'homme suivit la direction de son regard et dit aussitôt :

« Nous sommes venus observer les oiseaux. C'est mon Jimmy qui a gagné les jumelles à un concours. La nature, c'est sa passion à ce gamin. »

Francesca fit un signe de tête assez sec :

« Félicitations, Jimmy. Profitez bien de votre promenade. »

Elle s'éloigna d'un pas rapide. Il lui tardait de rejoindre Victor, qui l'attendait sur la route, juste au-delà de la clôture. En dépit de la chaleur, elle se sentit frissonner; l'allure des deux inconnus lui avait profondément déplu. Mais que pouvait-elle faire, seule, contre eux, même s'ils étaient des braconniers – comme elle le soupçonnait ?

Comment avaient-ils pu s'introduire jusque-là ? A son vif soulagement, elle trouva le cadenas de la grille intact. Une brèche dans le mur, sans doute... Elle referma la grille avec soin et, avant de s'éloigner, se retourna pour jeter un dernier coup d'œil aux deux intrus. Ils étaient toujours assis sur le muret et semblaient manger leur frugal repas avec insouciance. Peut-être s'était-elle méprise, après tout; peut-être n'étaient-ils que d'inoffensifs habitants d'un des faubourgs ouvriers venus prendre l'air à la campagne. Quoi qu'il en fût, elle téléphonerait ce soir même à Kim pour le mettre en garde contre une recrudescence éventuelle du braconnage.

La Bentley était garée sur le bord de la route, à quelques mètres de la grille. Victor en descendit et se précipita à la rencontre de Francesca. Elle posa sa valise et courut se jeter dans ses bras en riant de plaisir. Ils restèrent enlacés un long moment, tout à la joie d'être enfin seuls ensemble. Victor la couvrit de baisers.

« Dieu, que c'est bon de te retrouver, dit-il enfin.

Je n'en pouvais plus de te voir comme nous étions forcés de le faire ces derniers temps.

— Moi aussi, mon chéri. J'avais l'impression que le monde entier nous épiait et faisait tout pour nous séparer...

— Sinon le monde entier, du moins une bonne partie ! dit-il en riant. Mais c'est fini. Viens, ma chérie. Allons-nous-en. »

Quelques minutes plus tard, Victor lançait la voiture sur la route de Harrogate. Comme toujours lorsqu'elle était seule avec lui, Francesca se détendit aussitôt et ne pensa plus qu'à son bonheur. Les contraintes du secret, le comportement déroutant de Victor n'avaient plus d'importance. Une fois encore, sa présence balayait tout le reste. En dépit de son rythme de travail épuisant et des innombrables problèmes qui avaient mis ses nerfs à rude épreuve, il paraissait éclatant de santé et d'équilibre. A mesure que Francesca détaillait du regard son profil harmonieux et puissant, ses mains fermement posées sur le volant, elle sentait déborder son amour pour lui et résistait mal à l'envie de le caresser. Oui, elle l'aimait avec tant de force et de profondeur qu'il lui était insoutenable d'être séparée de lui un seul instant.

Surprise de ressentir de si troublantes émotions, Francesca détourna les yeux, avala sa salive à plusieurs reprises. Lorsqu'elle eut enfin recouvré son calme, elle aborda un sujet de conversation banal :

« Gus, ton chauffeur, est bien parti ?

— Oui. Nous avons eu une heure à perdre à Harrogate en attendant son train et il en a profité pour manger quelque chose. Il est ravi d'avoir le week-end à lui.

— Tant mieux, ce brave Gus le mérite. Tu ne m'as pas attendue trop longtemps, j'espère ?

— Une vingtaine de minutes. J'en ai profité pour relire le scénario... et penser aux quelques jours à

venir. Tu sais, dit-il en lui jetant un regard malicieux, j'ai toute la semaine devant moi. Pratiquement rien à faire jusqu'au retour de l'équipe pour les
raccords en studio. Tu ne vas pas passer ton temps
le nez dans tes bouquins du British Museum,
j'espère ? »

La perspective d'une semaine entière avec lui
amena un sourire d'extase sur les lèvres de
Francesca :

« Non, mon chéri. Je serai toute à toi.

– Je l'espère bien ! »

Je ne le suis déjà que trop, se surprit-elle à penser.

« Oh ! pendant que j'y pense, dit-elle. J'ai de bonnes nouvelles à t'annoncer. Papa m'a téléphoné ce
matin du Cap-Martin. Il se décide enfin à épouser
Doris. Bien entendu, elle a accepté. Ils comptent se
marier en novembre

– J'en suis enchanté pour eux. Pour toi aussi, je
sais combien tu aimes Doris... J'ai eu l'occasion de
parler d'elle une ou deux fois avec Katherine et j'ai
eu nettement l'impression que ces deux-là ne sont
pas follement amoureuses l'une de l'autre, en revanche.

– Qu'est-ce qui te fait dire cela ?

– Franchement, je n'en sais rien. Une sorte de
jalousie féminine peut-être ? Mais, tu sais, Doris me
plaît infiniment. Ton père a de la chance de l'avoir
trouvée.

– Je suis bien d'accord. Mais ce que tu me dis au
sujet de Katherine et d'elle m'étonne, Victor. Qu'elle
ait été surprise, sur le moment, de l'invitation de
Doris d'aller séjourner à la villa, je veux bien. Mais
de là à dire qu'elles ne s'aiment pas...

– A-t-elle accepté ?

– Oui, et même avec plaisir.

– Alors, je me suis trompé. »

Il était cependant certain de n'avoir pas commis
d'erreur en détectant l'antipathie mutuelle que se

vouaient les deux femmes. Mais Francesca possédait une nature confiante, toujours portée à ne voir que le bien chez les autres. Aveuglée par son affection pour les deux antagonistes, elle ne discernait pas leur véritable caractère. Autant ne pas lui faire perdre ses illusions...

« Doris prévoit déjà une grande réception, en l'honneur de leurs fiançailles en quelque sorte. Tu viendras, n'est-ce pas ?

– Ah ! bon ? dit-il en riant. Parce que je suis invité, moi aussi ?

– Tu es sur le point de l'être officiellement, de même que Nick. Doris tient à ce que vous veniez, lui et toi. D'ailleurs, tu as toujours l'intention de passer quelque temps à Beaulieu, si je ne me trompe ? »

Elle avait prononcé cette dernière question avec une pointe d'inquiétude qui n'échappa pas à Victor.

« Bien sûr, la rassura-t-il aussitôt. Nick et moi avons retenu nos chambres à la Réserve. Je sens que nous allons énormément nous amuser cet été, ma chérie, tu verras ! »

Il n'éprouvait cependant pas l'insouciance qu'il affectait. La présence inattendue de Katherine sur la Côte d'Azur lui faisait redouter des complications dont il se serait volontiers passé. Mais à quoi bon s'en soucier ? Le présent seul comptait.

Francesca répondit avec un enthousiasme plein de gaieté :

« Tu as raison, mon chéri, nous allons passer un été extraordinaire ! Ce sera encore mieux qu'à Königssee, j'en suis sûre. »

J'ai bien peur que non, faillit-il répondre. Il préféra s'absorber dans la conduite de la voiture. La route sinueuse lui donnait l'excuse de ne pas répondre.

Quelques instants plus tard, sans quitter la route des yeux, il reprit la parole :

« A propos de Nick, j'ai moi aussi de bonnes

nouvelles à t'apprendre, ma chérie. Il revient de New York demain. J'ai pensé que nous pourrions dîner avec lui demain soir. Qu'en penses-tu ?

— Je serais si contente de le revoir ! Il a été parti des siècles...

— Du calme, l'interrompit Victor en riant. Tu veux me rendre jaloux ? »

Il lui prit la main, la porta à ses lèvres, lui embrassa longuement, voluptueusement la paume.

« Tu ne peux pas savoir combien tu m'as manqué ces derniers temps, mon amour », dit-il à mi-voix.

Puis, ayant reposé sa main sur ses genoux, il affecta une mine sévère :

« Allons, suffit comme ça ! grommela-t-il. Si je continue, je vais être obligé de m'arrêter au bord de la route et de te faire subir les derniers outrages.

— Venant de toi, je m'attends à tout — même au pire ! répondit-elle en pouffant de rire.

— Hélas ! Tu aurais raison...

— Puisque nous parlions de voyages et de visites, reprit-elle, tu n'as pas oublié que Diane arrive demain, elle aussi ? Il va falloir que j'aille la chercher à l'aéroport.

— Que *nous* allions, tu veux dire ! J'entends ne pas te lâcher d'un pouce toute la semaine, que tu le veuilles ou non. Et puis, je serai ravi de revoir ton adorable cousine. Au fait, elle pourra se joindre à nous demain soir, quand nous dînerons avec Nick !... Tu sais quoi ? poursuivit-il avec un sourire malicieux. Je suis prêt à parier que ces deux-là auront le coup de foudre.

— Eh bien, tu sais quoi ? répondit Francesca en riant. J'ai bien l'impression que tu gagneras ton pari. »

Le silence retomba. Francesca glissa sur son siège, se blottit contre l'épaule de Victor, posa sa main sur la sienne, au volant. Elle lui lança un regard plein d'amour :

« Tu me manques tellement quand je suis loin de toi, mon chéri », murmura-t-elle.

Il lui rendit son regard sans chercher à dissimuler ses propres sentiments. A son tour, il lui prit la main, la porta une nouvelle fois à ses lèvres, s'attarda à l'embrasser du poignet jusqu'au bout des doigts.

« Moi aussi, mon amour, répondit-il à mi-voix. Mais bientôt nous ne nous quitterons plus. »

22

Un jeudi après-midi de juillet, une dizaine de jours après son retour à Londres, Nick Latimer rangea sa voiture sur le parking de Shepperton et se dirigea à grands pas vers les studios de tournage. Une fois de plus, la comparaison s'imposa à lui : ces bâtiments ressemblaient à des usines. D'allure froide, plutôt laids à l'extérieur, ils regorgeaient de machines compliquées et de techniciens. Des usines, oui – mais des usines à rêves. Nick éprouvait toujours le même plaisir à se retrouver sur un plateau, à participer à l'activité qui y régnait, à entendre son texte prendre vie dans la bouche des acteurs. Le tournage devait s'achever aujourd'hui. A quinze heures, Victor s'avancerait devant les caméras pour jouer sa dernière scène avec Katherine Tempest et Terrence Ogden. Une heure plus tard, sauf catastrophe, serait donné le dernier tour de manivelle. Enfin !

Depuis son retour de New York, Nick avait entendu Victor lui relater en détail les péripéties du tournage, l'un des plus pénibles de sa carrière, disait-il. La réalisation d'un film ne va jamais sans anicroches, Nick en était conscient; selon les deux responsables de la production, la fin du tournage provoquerait un soupir de soulagement unanime. Dès le début, et sans discontinuer, l'équipe entière s'était trouvée soumise à une atmosphère exceptionnellement pesante.

Nick en avait été désolé. L'un des aspects les plus captivants du cinéma résidait, à ses yeux, dans l'esprit d'équipe, la camaraderie qui se développe presque toujours entre les différents protagonistes, acteurs et techniciens, attelés à la même tâche et tendus vers le même but : faire un film, un bon film. Or, seuls la diplomatie de Victor et ses efforts constants pour arbitrer des conflits continuels et apaiser des susceptibilités anormalement chatouilleuses avaient, semblait-il, permis au film d'être mené jusqu'à sa fin. C'était dommage...

« Nicolas ! Salut ! »

Il reconnut aussitôt la voix perçante qui le hélait. Il se retourna, fit l'effort de dissimuler son agacement sous un sourire poli mais sans chaleur :

« Tiens, Estelle ? Comment va ?

– On ne peut mieux ! »

La journaliste l'empoigna d'autorité par le bras et se mit à son pas, sans remarquer son exaspération.

« Vous venez pour le cocktail de fin de tournage ? demanda-t-il.

– Je ne l'aurais manqué pour rien au monde ! C'est pourtant ce qui a bien failli m'arriver. Je viens juste de revenir de la Côte. »

Tout en parlant, ils avaient atteint la porte du studio 3. Nick se dégagea du bras qui l'agrippait, manœuvra le lourd vantail métallique et s'effaça pour laisser entrer sa compagne.

« A tout à l'heure, Estelle, dit-il avec un sourire contraint.

– J'ai bien l'intention de ne pas vous laisser filer, Nicolas ! » répondit-elle.

Il allait s'éloigner lorsqu'elle le rappela. Son expression avait changé du tout au tout, et c'est avec une émotion inattendue qu'elle reprit :

« Au fait, je voulais vous dire... J'ai été sincèrement bouleversée quand j'ai appris... pour votre sœur. »

Sans attendre de réponse, Estelle Morgan tourna les talons et se perdit dans la foule des électriciens et des machinistes. Nick la suivit des yeux, stupéfait par cette imprévisible manifestation de sympathie. Aurait-il mal jugé la journaliste ? Etait-elle capable de sentiments humains ?

La voix de Jake Watson l'arracha à sa réflexion. Il le salua de la main et traversa le plateau pour le rejoindre, en enjambant précautionneusement les câbles et autres obstacles dressés sur son parcours. Les techniciens s'affairaient, déplaçaient des projecteurs, réglaient les éclairages. Le régisseur général et le directeur de production étaient engagés dans une discussion animée auprès de la caméra lorsque Nick les rejoignit.

« Bonjour, Jerry. Bonjour, Jake, dit Nick en serrant les mains tendues. Comment se fait-il que règne un si grand calme ?

— Espérons que ce n'est pas celui qui précède les tempêtes, grommela Jerry Massingham.

— Dois-je en déduire que la matinée a été rude ?

— Disons que le débarquement en Normandie était une promenade digestive, à côté ! Puisque tu es là, prie, jette des sorts, invoque Dieu, Bouddha ou le Diable si ça te chante, mais fais quelque chose pour que tout se passe bien cet après-midi, Nicolas. Je n'ai qu'une hâte, c'est de remballer nos outils et de filer le plus loin possible. Ce ne serait pas une mauvaise idée de commencer par fusiller Mark Pierce.

— Veux-tu que je l'exécute tout de suite ? Il y a de la place dans le parking... »

Jake Watson éclata de rire :

« Je suis drôlement content de te revoir, Nick ! Au moins, quand tu es là, on a l'occasion de s'amuser. »

Nick regarda autour de lui. Peu à peu, les techniciens revenaient sur le plateau et rejoignaient leurs postes.

« Où est notre dictateur maison ? demanda-t-il.

— Pierce ? Probablement en train de torturer Terry Ogden. C'est sa distraction préférée.

— Allons, les amis, ne faites pas cette tête-là ! Aujourd'hui, c'est le dernier jour ! Et Victor, où est-il ?

— Dans sa loge.

— Bon, je vais l'y rejoindre...

— Non, l'interrompit Jake. Il s'est enfermé avec Katherine et ne veut pas être dérangé.

— Mais non, il compte sur moi... »

L'arrivée inopinée de la scripte mit fin à leur dialogue. L'air surexcité, elle tendit une liasse de feuillets à Jerry, lui jeta quelques mots et disparut comme s'il y avait le feu.

« Qu'est-ce qu'il se passe encore ? grogna le régisseur. Il faut que j'aille voir ça. »

Il s'éloigna en lâchant une bordée de jurons. Restés seuls, Jake Watson et Nick échangèrent des regards soucieux.

« Et voilà, ça s'est passé ainsi cent fois par jour, soupira Watson. Je tire mon chapeau à Victor, il n'a jamais perdu son calme. Sauf ces derniers temps. Je ne sais pas ce qui lui prend, il n'est plus le même. Un visage de bois. Tu sais ce qu'il a, toi ?

— Non... La semaine dernière, avant votre retour du Yorkshire, il m'a même paru d'excellente humeur. Je l'ai vu ou je lui ai parlé presque tous les jours sans rien remarquer qui sorte de l'ordinaire.

— Bizarre, répondit Jake Watson pensivement. A vrai dire, je m'en inquiète, il n'est plus du tout le même. Il me paraît préoccupé, inquiet. Tu es sûr de n'avoir rien remarqué, Nick ? Sois franc. Si tu sais quelque chose, dis-le-moi.

— Je ne te cache rien, Jake, je te l'assure ! Il ne s'agit peut-être que de surmenage, l'atmosphère du film qui a fini par déteindre sur lui. Tu as travaillé avec lui assez souvent pour savoir que Victor aime le calme. Tout cet énervement, dont tu me parlais encore il y a cinq minutes, a fini par l'exaspérer.

— Ouais, tu as peut-être raison. Je me fais des idées... Il y a de quoi devenir paranoïaque, avec ce fichu film.

— Arrête de te faire de la bile, mon vieux Jake. Les résultats sont spectaculaires. J'ai visionné quelques rushes hier soir et, crois-moi, ils sont fabuleux. Mark Pierce est certainement un empoisonneur de première grandeur, mais quel réalisateur ! Et puis, laisse-moi ajouter qu'aucun des problèmes du tournage ne se remarque à l'écran. »

Jake Watson hocha lentement la tête.

« Oui, c'est souvent le cas, aussi paradoxal que cela paraisse. Mais dis-moi, poursuivit-il en baissant la voix, que penses-tu de Tempest ? A mon avis, on ne voit qu'elle. Elle écrase tout le monde.

— Je n'irai quand même pas jusque-là. Elle joue son rôle mieux qu'à la perfection, c'est vrai. Mais personne ne pourra jamais éclipser Victor. Il a une présence, une richesse d'expression... Tu sais, il m'a fait pleurer dans plusieurs scènes. A mon avis, c'est son meilleur rôle, et de loin. Nous sommes bons pour des oscars, Jake. Terrence Ogden, lui aussi, se surpasse et je comprends que *Monarch* se soit empressé de le prendre sous contrat. Tout le film tient du chef-d'œuvre.

— Mon vieux Nick, tu ne peux pas savoir le bien que tu me fais ! A force d'avoir le nez dans ce qu'on exécute, on perd objectivité et sens des perspectives. Quant à Terry, je suis d'accord avec toi, il se prépare une brillante carrière. C'est pour cela que je ne m'explique pas l'hostilité constante que lui manifeste Mark Pierce. Terry joue à la perfection, mais l'autre énergumène n'est jamais content.

— Je sais, Victor m'en a parlé, lui aussi. Ils doivent avoir quelque problème personnel que nous ignorons.

– Justement. Pour en avoir le cœur net, Victor et moi avons essayé de tirer les vers du nez de Katherine, car elle en sait sûrement plus qu'elle ne veut bien le dire. Rien à faire... Elle est futée, la petite. Elle connaît la musique, crois-moi. »

La réflexion de Jake Watson et son ton sarcastique prirent Nick Latimer par surprise. Ainsi, il n'était pas le seul à rester insensible au charme de la jeune actrice ?

« Où veux-tu en venir ? demanda-t-il prudemment.

– Comprends-moi bien, Nick, je ne la critique pas sur le plan professionnel. Katherine est une comédienne de première force, il n'y a rien à lui reprocher. Mais c'est personnellement qu'elle me chiffonne. Je ne peux pas te dire pourquoi, je ne sais pas exactement ce qui me déplaît chez elle, mais... il y a quelque chose. »

Nick hésita à répondre. Il lui paraissait inutile de dévoiler sa propre antipathie pour Katherine Tempest.

« Moi aussi, par moments, elle me donne l'impression d'être lointaine, intouchable. Hautaine, en un sens, ou même froide. Comme si elle voulait rester à l'écart de tout. Elle possède aussi une solide ambition, c'est assez manifeste. Mais de là à lui donner le qualificatif de sournoise...

– Je n'ai pas dit cela et le mot est trop fort. Fuyante, plutôt. Insaisissable. Elle sait profiter des situations et les tourner à son avantage. Ce film était son premier, d'autres qu'elle auraient pu craquer. Eh bien, il s'est trouvé que tout le monde l'a aidée, protégée, guidée par la main. Victor, bien entendu, mais aussi Mark Pierce, qui était moins odieux avec elle qu'avec les autres. Quant à Ossie Edwards, le chef opérateur, il en perd littéralement la tête – sauf quand il la regarde à travers l'oculaire de sa caméra. Katherine est belle et photogénique, c'est vrai. Il n'empêche que Ossie a rarement fait un meilleur travail photographique. Pour chacune de ses scènes, il passait des heures à régler les éclairages, à calculer les angles. C'est toujours sur elle et à son avantage qu'il cadrait les plans... Je suis sans doute le seul à ne pas avoir succombé ! Dans ces conditions, Nick, imagine les jalousies qu'elle provoque depuis le début. »

La tirade de Jake Watson laissa Nick stupéfait. Que Katherine soit intelligente, habile, il n'en doutait pas. Qu'il ait sous-estimé ses capacités et l'étendue de ses ambitions, il s'en rendait maintenant compte. Le jugement sévère que Jake Watson venait de porter sur elle restait cependant honnête, car l'homme possédait une lucidité et une franchise que Nick avait su maintes fois apprécier. Troublé par ce qu'il entrevoyait de Katherine, il réfléchit avant de formuler une réponse prudente :

« Il est sans doute normal qu'elle fasse des jaloux. Katherine a la beauté, le talent, le courage et la discipline. Personne ne le lui pardonne, c'est évident – même si c'est injuste.

– Où as-tu pris que la justice existait en ce monde, Nick ? répondit Jake avec un rire amer. Katherine n'a qu'une idée en tête, grimper au sommet, devenir une star. La réussite et la gloire coûtent toujours cher, très cher. Elle réussira, j'en suis certain. Katherine est déjà une star et elle s'imposera malgré elle. A moins qu'elle ne se retire du monde pour s'enfermer dans un couvent, ce dont nous pouvons douter, elle est condamnée au succès. »

Etonné de la franchise avec laquelle Jake venait de parler, Nick s'écria :

« Tu te contredis ! Tout à l'heure, tu la traitais d'arriviste toujours prête à manigancer je ne sais quoi. Maintenant, tu me déclares qu'elle est née pour devenir une star, même contre son gré !

– Il n'y a là aucune contradiction, Nick. Il est vrai que Katherine est ambitieuse et dépourvue de scrupules. Mais le plus extraordinaire, comprends-tu, c'est qu'elle n'a pas *besoin* de l'être ! Elle a tout pour elle, tout pour réussir sans devoir tricher ou influencer les gens. Elle n'a qu'à laisser les événements suivre leur cours, sans perdre son temps et ses forces comme je la vois faire. Espérons qu'elle n'ira pas jusqu'à y perdre *aussi* son talent.

— Oui, je te comprends. Mais ne t'inquiète pas pour elle, Jake. Elle saura se défendre, elle a de quoi... »

Jake Watson éclata de rire :

« J'adore tes euphémismes ! A partir de ce soir, ce sera au tour des braves gens de *Monarch* de s'arracher les cheveux.

— Cœur de pierre ! répondit Nick en riant à son tour. Tiens, voici venir notre grande vedette masculine. La conférence doit être enfin terminée. »

Il fit signe à Victor qui traversait le plateau, déjà en costume.

« Salut, les amis, leur dit-il en serrant les mains tendues. Tu es là depuis longtemps, Nick ?

— Une petite demi-heure. Tu étais occupé, paraît-il.

— Oui, je répétais la scène avec Katherine après les sévères remontrances de notre cher metteur en scène. Et de ton côté, Jake, ça va ? Pas de nouveaux problèmes ?

— Aucun pour le moment. Si tu n'as pas besoin de moi, je ferai mieux d'aller surveiller la mise en place des équipes. »

Victor entraîna son ami vers des sièges alignés derrière la caméra :

« Voici le programme. Ce week-end, je visionne avec Pierce l'essentiel du pré-montage. La semaine prochaine, je fais la postsynchronisation des extérieurs. Mais, après cela, je me disais que nous pourrions peut-être passer quelques jours à Paris avant de descendre à Beaulieu. Qu'en penses-tu ?

– Parfait. Mais n'oublie pas que j'emporte ma machine à écrire. Il faut absolument que je me remette au travail, Vic.

– Oui, je sais. Tu travailleras tant que tu voudras à la Réserve, vieux frère. La Côte sera déjà plus calme – bien qu'il se puisse que nous trouvions encore pas mal de têtes connues. Richard Stanton, par exemple. Il a loué une villa au Cap-d'Antibes, paraît-il. Je l'ai rencontré l'autre jour, il était à Londres pour discuter avec Hillard Steed du prochain film qu'il doit tourner pour *Monarch*. Au fait, tu ne le sais sans doute pas encore, mais ce bon Hillard va être nommé directeur général de la production. Il sera basé à Los Angeles à partir du mois d'octobre.

– Excellente nouvelle, surtout pour *Bellissima* !

– Exactement. Hillard tient à poursuivre notre collaboration. Mais pour en revenir à nos vacances... »

Nick ne prêta qu'une oreille distraite aux projets que Victor lui décrivait avec enthousiasme. Les yeux mi-clos, il l'observait attentivement pour déceler sur sa physionomie des traces de mauvaise humeur. Apparemment, il n'en était rien; mais son métier le rendait habile à dissimuler ses véritables sentiments, Nick en avait fréquemment eu la preuve. Ainsi, le secret dont il entourait ses rapports avec Francesca. Diane et lui étaient les seules personnes au monde au courant de leur liaison. Par ailleurs, Victor possédait l'inestimable faculté de reléguer à l'arrière-plan les problèmes susceptibles d'interférer avec sa profession. Le moment serait donc mal choisi, juste avant la grande scène finale, de lui poser des questions. D'ailleurs, Nick savait que Victor lui confierait tôt ou tard ses soucis, s'il en avait. Il tenta de reprendre le fil d'une conversation à laquelle il n'avait participé que par monosyllabes.

Un regain subit d'activité se manifesta à l'autre bout du plateau. Les deux amis tournèrent la tête :

« Ah ! voilà Mark. Je te laisse, Nick. J'espère qu'on tournera cette scène en moins de six prises, j'ai hâte d'en finir. »

Victor traversa le plateau en direction de Katherine et de Terry Ogden, qui venaient d'arriver. Les techniciens apparaissaient un peu partout, comme par magie; machinistes, électriciens, preneurs de son, assistants allaient, venaient en un ballet bien réglé. Derrière la caméra, Ossie Edwards conférait avec son premier opérateur tandis que Mark Pierce prenait position à leur côté. La voix de Jerry Massingham tenta de dominer le brouhaha : « Eteignez vos cigarettes ! Silence sur le plateau ! Lumières !... J'ai demandé le silence ! »

Le décor s'illumina. Le metteur en scène leva la main : « Son, caméra, moteurs !... Allez. » Penché en avant, le menton dans les mains, Nick s'absorba dans la contemplation des acteurs. En un clin d'œil, il avait été subjugué par la présence et la réalité des deux premiers rôles. Ce n'étaient plus Katherine Tempest et Victor Mason qu'il voyait évoluer sous ses yeux, mais bien Catherine et Heathcliff.

A mesure que la scène progressait, Nick sentait la qualité du silence se modifier autour de lui. Pourtant blasés, les techniciens cédaient, comme lui-même, à la fascination. Une sorte de miracle survenait sur le plateau et transfigurait les témoins. Lors d'un échange de répliques particulièrement touchantes, dites avec une sincérité convaincante, l'on vit des mouchoirs apparaître. Une même émotion étreignait tous les participants.

« Coupez ! C'est une prise. »

La voix du réalisateur résonna avec une soudaineté brutale. Le charme était rompu. Autour du plateau tout le monde resta figé. Seuls dans le décor, Katherine et Victor se tournèrent lentement vers Mark Pierce, le dévisagèrent avec incrédulité.

« Ai-je bien entendu, Mark ? demanda enfin Victor. Tu gardes la scène en une seule prise ?

— Oui, mon cher Victor, répondit le réalisateur avec un sourire suffisant. Pour le plan général, c'était impeccable. Je ne crois pas que vous puissiez faire mieux. Nous allons maintenant pouvoir passer aux gros plans et aux contre-champs. J'espère que vous vous montrerez capables de nous redonner la même qualité d'interprétation et que le tournage sera terminé. »

En quelques mots, le metteur en scène avait balayé l'atmosphère magique.

A demi étendu sur un canapé dans la loge de Victor, Nick observait son ami en train d'ôter son costume.

« J'ai bien envie d'écrire un scénario original pour Katherine et pour toi », dit-il au bout d'un long silence.

Victor lui jeta un regard ironique :

« Je te connais, plumitif ! Si tu me dis cela, c'est que tu as déjà une idée derrière la tête. Avoue !

— C'est vrai, en partie du moins. Une idée à développer, sans plus. Qu'en dis-tu ? Voudrais-tu refaire un film avec elle ?

— Pourquoi pas ? répondit Victor en commençant à se démaquiller. J'ai un engagement à remplir avec la *Fox* pendant que Katherine tournera son film pour *Monarch*. Après cela, je suis libre. Elle aussi, je crois. Nous pourrions y penser.

— Que vas-tu faire pour la *Fox* ? Il ne s'agit pas encore d'un western, j'espère ?

— Bien sûr que si... Pour en revenir à ce que tu disais, je me demandais justement que faire de Katherine si je ne tournais pas avec elle. Il fallait lui trouver un scénario qui lui convienne et puisse être produit par *Bellissima*. Si tu peux en écrire un, le problème sera résolu et je n'aurai pas de mal à négocier une coproduction avec *Monarch*. Quelle est ton idée ?

– Une comédie dramatique contemporaine. Quelque chose de romanesque et de pétillant à la fois... D'ici quelques jours, j'y verrai plus clair et je te soumettrai un synopsis de quelques pages. Tu te rendras mieux compte.

– D'accord. Je te fais confiance. »

Victor se leva, alla se rincer le visage dans le lavabo. Puis il se rhabilla tout en bavardant de choses et d'autres. Il connaissait assez Nick pour savoir qu'il était inutile de lui poser d'autres questions sur son scénario tant qu'il ne l'aurait pas mis au point.

« En tout cas, conclut-il, je suis enchanté que les choses se soient aussi bien passées cet après-midi. Au moins, l'atmosphère sera respirable tout à l'heure, pendant le cocktail. »

Nick tourna brièvement la tête vers l'amoncellement de paquets près de la porte.

« Tu as encore fait des folies, à ce que je vois. Un cadeau pour chaque membre de l'équipe, selon ton habitude.

– Naturellement. Ils l'ont tous amplement mérité.

– Que vas-tu offrir à Mark Pierce ? Un pistolet ou un flacon d'arsenic ? dit-il en souriant.

– Tu exagères ! Non, je lui fais cadeau d'une caméra.

– C'est toi qui manques de tact, Vic ! Tu aurais voulu lui suggérer de reprendre son ancien métier d'opérateur que tu ne t'y serais pas pris autrement ?

– J'avoue avoir souvent été tenté de le lui dire en face. Il y a eu des moments où je l'aurais étranglé avec plaisir !

– Et pour Katherine ?

– Une babiole. Un bracelet de diamants. »

Nick ne put retenir un long sifflement de surprise :

« Eh bien, tu n'y vas pas de mainmorte ! J'espère que Francesca ne fera pas une crise de jalousie. »

Ce fut au tour de Victor de prendre l'air stupéfait :

« Pourquoi veux-tu qu'elle soit jalouse ? Elle n'est pas comme cela, tu la connais. D'ailleurs, elle sait pertinemment que Katherine l'aura bien mérité. Et puis, poursuivit-il, Katherine n'a pas seulement prouvé son talent sur le plan professionnel, sa contribution au succès du film va plus loin. Je ne te l'avais jamais dit, mais c'est grâce à elle que Terry Ogden et Mark Pierce sont revenus sur leur décision initiale. Cela mérite bien un gage de reconnaissance. »

Nick étouffa un juron de surprise. Ainsi, les soupçons de Jake Watson sur les manigances occultes de la jeune actrice étaient mieux fondés qu'il ne le croyait. Par quels obscurs détours, par quel chantage était-elle parvenue à ses fins ?

« Mais, reprenait Victor, j'ai déjà offert à Francesca le collier de perles qu'elle portait mardi soir. Tu l'as remarqué, j'espère ? J'ai eu assez de mal à le lui faire accepter !

— Tiens, pourquoi cela ?

— Elle affirmait que son père serait fort mécontent qu'elle reçoive un cadeau aussi coûteux, même pour son anniversaire – elle vient d'avoir vingt ans.

— Alors, comment t'y es-tu pris ?

— Il a fallu que je fasse des cadeaux à son père et à Kim, pour les remercier de leur coopération pendant le tournage chez eux, répondit Victor en riant. Grâce à ce biais, les perles sont passées presque inaperçues.

— Elles lui vont fort bien. Francesca m'a paru particulièrement en beauté, l'autre soir. Tu te rends compte, au moins, qu'elle est très éprise de toi ? ajouta Nick d'un ton redevenu sérieux.

— Oui, oui, je sais... »

Les sourcils froncés, Victor se détourna. Visiblement, il ne souhaitait pas poursuivre la discussion

sur ce sujet. Pris de court par cette réaction inattendue, où il croyait déceler de l'indifférence, Nick
observa son ami avec étonnement. Malgré lui, un cri
de protestation lui échappa :

« Ne me dis pas que tu te moques d'elle, Victor !

— Je suis encore marié avec Arlene, tu devrais le
savoir, s'écria Victor. Sans même parler de ce léger
contretemps, les obstacles ne manquent pas, permets-moi de te le préciser, et proviennent de Francesca elle-même pour la plupart. Enfin, si cela ne te
suffit pas, j'ai encore trop de soucis avec le film
pour me jeter à corps perdu dans une histoire
d'amour. Compris ? »

Le ton agressif de Victor plongea Nick dans un
renouveau de stupeur et d'inquiétude. Il s'en voulut
d'avoir fait dévier la conversation sur un terrain
aussi manifestement piégé et réfléchit avant de
répondre :

« Je comprends tes raisons et je n'oublie pas que
tu es toujours marié. Mais je sais également que tu
es sur le point de te libérer d'Arlene alors que tu me
semblais sérieusement " accroché " avec Francesca.
Mais n'en parlons plus. Excuse-moi d'avoir fait une
nouvelle gaffe.

— Il ne s'agit pas de cela, vieux frère, dit Victor
d'un ton radouci. Ecoute, c'est plutôt à moi de te
présenter des excuses. Je n'aurais pas dû décharger
ma bile sur toi, tu n'y es pour rien. L'énervement, la
fin du film, tout cela finit par me faire craquer,
j'imagine... Allons, viens. On nous attend pour commencer, j'ai grand besoin de boire un bon verre et
de me changer les idées. »

Nick se leva, réussit à sourire :

« D'accord, je te suis. »

Deux assistants frappèrent à ce moment-là; ils
venaient prendre les cadeaux. Ensemble, ils traversèrent le terrain en direction du studio de tournage qui
avait pris une allure de fête. Sous des guirlandes

multicolores, de longues tables couvertes de nappes blanches étaient chargées de bouteilles, de sandwiches et d'amuse-gueule. L'équipe entière et les invités étaient déjà rassemblés. On n'attendait plus que l'arrivée de Victor, à la fois vedette et producteur. Pendant que les assistants disposaient les paquets sur une table vide, Victor se noya dans la foule qui l'entoura aussitôt. Il serra les mains tendues, rendit les bourrades amicales, lança des répliques aux compliments qui pleuvaient.

Nicolas Latimer préféra rester légèrement à l'écart. Déconcerté par son entretien avec Victor, il ne se sentait plus d'humeur à se joindre aux autres. Son amitié pour Victor n'avait jamais connu de nuages durables et Nick éprouvait pour la première fois un certain ressentiment envers l'apparente désinvolture dont son ami venait de faire preuve vis-à-vis de Francesca. Normalement, Nick considérait avec indulgence le libertinage de Victor, qu'il pratiquait lui-même sans l'ombre d'un scrupule. Mais Francesca... Non, son cas était différent, elle ne pouvait être traitée comme les autres. Dès les premiers jours, Nick avait retrouvé des traits communs entre Francesca et sa sœur, dont la mort le marquait encore douloureusement. Aussi la froideur indifférente décelée chez son ami lui avait-elle causé un choc. Pour une fois, Nick prenait fait et cause contre Victor – et ce retournement dans ses sentiments le laissait mal à l'aise.

Il regarda autour de lui, vit Jake Watson lui faire des signes amicaux. Il le rejoignit près d'un des bars et, après s'être fait servir à boire, les deux hommes bavardèrent quelques instants. A peu de distance, Katherine Tempest et Terry Ogden paraissaient plongés dans une conversation animée.

« Je vais féliciter Terry, il le mérite amplement, dit Nick.

– Katherine aussi », fit observer Jake Watson.

Nick hésita brièvement :

« Oui, bien sûr... »

Elle était élégamment vêtue d'une robe noire à la coupe très simple, rehaussée de larges revers de lin blanc. L'ensemble mettait en valeur la délicatesse de ses traits et son teint clair paraissait d'une finesse presque transparente. En s'approchant, Nick remarqua qu'elle portait déjà le bracelet de diamants offert par Victor. Elle chuchotait à l'oreille de Terry en riant gaiement lorsqu'elle aperçut le scénariste qui s'approchait; aussitôt, lui sembla-t-il, son regard devint froid et son sourire s'effaça.

Surpris par son propre geste, Nick l'embrassa sur la joue :

« Vous étiez parfaite, Katherine.

— Merci, Nicolas, répondit-elle.

— Parfaite ? Sublime, tu veux dire ! s'exclama Terry.

— Toi aussi, répliqua Nick. Accepte mes plus sincères félicitations.

— Merci, mon vieux. Merci surtout pour ces merveilleuses répliques grâce auxquelles j'ai pu briller sans effort.

— Je n'y suis vraiment pour rien. Remercie plutôt Emily Brontë.

— Tu en as fait une adaptation géniale. Dis-moi, Jake, poursuivit-il en prenant le directeur de production par l'épaule, je voudrais te dire deux mots en particulier, si ça ne t'ennuie pas. »

Lorsqu'ils se furent éloignés, Nick se tourna vers Katherine.

« Je vous l'ai déjà dit mais je tiens à le répéter, Katherine : vous avez donné de ce rôle une interprétation inoubliable. Vous êtes Catherine Earnshaw comme Vivien Leigh restera toujours Scarlett O'Hara. »

Elle lui rendit son regard, ouvrit la bouche pour parler mais garda le silence. Nick avait changé, depuis leur dernière rencontre au mois de mars. Son deuil l'avait visiblement éprouvé et, un instant, elle fut tentée de lui présenter ses condoléances. Elle s'en abstint, cependant. Méfiante, prête à essuyer l'ironie mordante d'une critique sous le compliment qu'il venait de lui décerner, elle se mit sur la défensive et répondit d'un ton acerbe :

« Vous êtes vexant, Nicolas. Ne me jugez-vous donc capable que de jouer un seul type de rôle ? Victor et Mark ont pourtant une tout autre opinion de mon talent.

— Voyons, Katherine, je ne voulais pas...

— Ah ! Voilà Ossie Edwards. Il faut que j'aille le remercier de m'avoir si bien photographiée. Excusez-moi, je vous prie », dit-elle sèchement.

Elle lui décocha un sourire charmeur, démenti par l'éclair glacial de son regard. Puis, alors qu'elle s'éloignait, elle lui jeta par-dessus son épaule :

« Quant à vous, mon cher ami, votre *adaptation* des *Hauts de Hurlevent* restera, elle aussi, inoubliable. »

La garce ! murmura Nick en la suivant des yeux. Une sale gamine vaniteuse et vindicative, qui se venge de s'être fait tirer les cheveux à la récréation... Il regrettait cependant qu'elle se fût méprise sur la signification de ses paroles. Mais la colère succéda très vite à l'agacement. Il la revoyait pour la première fois depuis la mort de sa sœur et elle n'avait pas même eu la décence de proférer un mot de condoléances. Même une Estelle Morgan avait fait le geste... Un moment oubliée, son antipathie envers Katherine Tempest redoubla de virulence. Pour se calmer et se donner une contenance, il se fit remplir son verre, alluma une cigarette et regarda autour de lui. Il lui tardait de repérer un visage amical, voire indifférent.

Un appel, une main levée attirèrent son attention. Il reconnut aussitôt les cheveux blonds, le ravissant visage de Diane dans la cohue et se fraya un chemin jusqu'à elle. Elle s'était réfugiée avec Francesca auprès d'une des caméras. Son sourire réchauffa le cœur de Nick, qui oublia sa mauvaise humeur.

« Vous voilà enfin, vous deux ! s'écria-t-il en posant un baiser sur la joue de Diane. Tout le monde s'ennuyait de vous.

— La circulation était épouvantable, répondit-elle en souriant.

— Mieux vaut tard que jamais. Bonjour, Francesca, poursuivit-il en l'embrassant à son tour. Victor s'est laissé accaparer par les membres de l'équipe et j'ai bien peur qu'il ne soit retenu un bon moment.

— C'est normal et nous nous y attendions. Où est Katherine ? Je ne l'ai pas vue depuis notre arrivée.

— Oh ! Elle est sûrement quelque part, dit-il en faisant un geste vague. Je l'ai aperçue tout à l'heure avec Ossie Edwards... Et maintenant, mes toutes belles, si nous prenions un verre ? Que préférez-vous ? Je suis votre serviteur.

— Champagne, répondirent-elles à l'unisson.

— Je reviens dans une minute. Gardez-moi mon verre et surtout ne bougez pas d'ici, sinon vous seriez piétinées par la foule. »

Quand il les retrouva, quelques instants plus tard, Terry Ogden leur tenait compagnie et déployait ses charmes. Nick fut le premier surpris de ressentir une bouffée de jalousie. Dans la jalousie, se dit-il en paraphrasant La Rochefoucauld, il y a plus d'amour-propre que d'amour. Il lui suffit d'un regard de Diane pour comprendre combien ses craintes étaient peu fondées. Tout en observant Francesca, il prêta une oreille distraite à la conversation.

La jeune fille lui parut particulièrement fraîche ce jour-là, dans une simple robe d'été de toile blanche semée de petites fleurs bleues. Son apparente fragilité lui serra le cœur. Il aperçut Victor, au milieu d'un groupe qu'il dépassait d'une tête. Autour de lui, il reconnut Katherine, Hillard Steed, Mark Pierce et sa femme Barbara, Ossie Edwards, un ou deux techniciens. Victor remarqua le regard de son ami, lui adressa un imperceptible signe de tête. Peu après, il les rejoignit, salua les jeunes filles, plaisanta, sourit.

« Venez, dit-il en empoignant Diane par le bras. Je vais vous présenter. »

Terry s'excusa à son tour. Puis, lorsqu'elle fut seule avec Nick, Francesca se tourna vers lui, la mine inquiète :

« Comment s'est passé le tournage, cet après-midi ? »

Il la rassura en quelques mots, résuma les événements de la journée. Alors, prenant conscience qu'elle ne l'écoutait plus, il suivit la direction de son regard. Elle s'absorbait dans la contemplation de Victor, seul avec Katherine Tempest à quelques pas de là. Ils soutenaient une conversation, très proches l'un de l'autre. Isolés au milieu de la foule, ils paraissaient liés par une intimité dont Nick fut frappé. Craignant que Francesca n'interprétât mal la scène, il lui dit :

« Victor ne s'intéresse pas du tout à elle...

— Je le sais bien ! répondit-elle avec étonnement.

— Et Katherine ne s'intéresse pas davantage à Victor, ni à aucun homme, d'ailleurs. Elle est trop absorbée par sa propre personne pour se soucier de quiconque. »

Cette déclaration stupéfia Francesca :

« C'est indigne de vous, Nick ! Vous ne connaissez pas Katherine, elle n'a rien de l'égoïste que vous dépeignez. Quant à dire qu'elle ne s'intéresse pas aux hommes, c'est faux. Elle va épouser mon frère. »

Ce fut au tour de Nick de manifester de l'ahurissement :

« Comment ? Je savais qu'ils se voyaient de

342

temps en temps, mais de là à se marier... Ils ne sont absolument pas faits l'un pour l'autre !

— Je ne suis pas de votre avis, répliqua-t-elle sèchement.

— C'est vrai, je ne devrais pas réagir ainsi, dit Nick avec un ricanement amer. De la part de Katherine, il faut s'attendre à tout...

— Votre méchanceté gratuite m'effare, Nick ! Katherine est bonne, généreuse, aimante, la meilleure personne que je connaisse ! Sachez, en plus, que je la considère comme ma meilleure amie. »

Peut-être, mais êtes-vous sûre d'être la sienne ? faillit-il laisser échapper. Peu convaincu par les protestations de Francesca, il tenta une dernière fois de lui faire partager ses vues :

« Je vous plains de l'avoir pour belle-sœur. Et puis, comment s'adaptera-t-elle à votre monde ? Avez-vous réfléchi à la manière dont les vôtres, vos amis, votre famille, vont l'accueillir ? Jamais ils ne l'accepteront ! Une actrice, grand dieu ! Autant dire une...

— Pour l'amour du Ciel, Nick cessez de dire des bêtises ! Nous ne vivons pas au temps de Dickens. Ces choses-là n'ont plus d'importance. Actrice ou pas, Katherine est parfaite à tous égards et vos commentaires désobligeants me déplaisent souverainement. »

Il y eut un silence embarrassé. Francesca reprit d'un ton radouci :

« Ce que je voulais dire, en voyant Victor et Katherine si absorbés dans leur conversation tout à l'heure, c'est que je regrettais une fois de plus de me sentir à l'écart de leur vie professionnelle. J'ai l'impression de n'être que la cinquième roue du carrosse. Mais jamais je n'ai un seul instant soupçonné entre eux des rapports autres que strictement professionnels. Je sais que Katherine aime Kim sincèrement et j'ai la plus entière confiance en Victor.

– Est-il au moins conscient de la chance qu'il a ? »

Un sourire d'assurance paisible apparut sur les lèvres de Francesca :

« En a-t-il vraiment, à votre avis ?

– Naturellement. C'est un bonheur inestimable de vous avoir rencontrée, Francesca.

– Eh bien, moi, je considère que j'ai encore plus de chance que lui. »

Tout en disant ces mots, elle tourna les yeux vers Victor sans chercher à dissimuler l'adoration dans son regard.

« Ne pensez plus à ce que je vous ai dit. Venez, allons plutôt retrouver Diane. »

Tout en l'entraînant dans la foule, il se demandait pourquoi tout lui apparaissait aujourd'hui sous un jour aussi sombre. Désormais, il fallait se surveiller.

Ils contournèrent le plateau et repérèrent enfin Diane qui parlait à une jeune femme très brune et d'allure exotique, Barbara Pierce, la femme du réalisateur Mark Pierce et costumière du film. Il s'inclina, écouta distraitement la conversation banale des trois femmes. Lorsque Barbara prit congé, il lui serra la main poliment, mais il avait la tête ailleurs.

« Elle est charmante ! déclara Diane après qu'elle se fut éloignée. Elle m'a donné d'excellentes adresses de couturiers et de boutiques à Londres. »

Quelques instants plus tard, quand Victor les eut rejoints, son humeur sombre ne l'avait toujours pas quitté.

« Allons, vieux frère, parle ! Dis-moi ce qui te chiffonne. »

Nonchalamment assis dans la chambre de Nick au Claridge, un verre à la main, Victor dévisageait son ami en souriant.

« Cela fait cinq jours, depuis le cocktail de fin de

tournage pour être exact, que tu me fais la tête, reprit-il. De quoi suis-je coupable, qu'ai-je dit pour te vexer ?

— Rien du tout, voyons, rien du tout...

— Tu ne sais pas mentir, répondit Victor en souriant de plus belle. Je te connais trop bien et je devine déjà ce dont il s'agit. Cela a quelque chose à voir avec Francesca, n'est-ce pas ?

— Oui, en quelque sorte. »

Victor se donna le temps d'allumer soigneusement un cigare pour observer Nick avec attention.

« Je m'en doutais, figure-toi. Tu me reproches sans doute la manière désinvolte dont je t'en avais parlé, l'autre jour dans ma loge. Il se trouve simplement que l'instant était mal choisi et je n'avais ni le temps ni l'envie de t'expliquer que j'ai de nombreux problèmes sur les bras, en ce moment. Des problèmes personnels sérieux, ajouterai-je. »

L'inquiétude transparaissait assez clairement sur le visage de Victor pour que Nick en conçût à son tour de l'anxiété.

« Tu aurais pu m'en parler plus tôt », commença-t-il.

Victor l'interrompit d'un geste :

« Justement pas à ce moment-là. Tu avais raison, bien entendu, je tiens énormément à Francesca. Mais, jusqu'à ce que mes ennuis avec Arlene soient résolus, que veux-tu que je fasse au sujet de Francesca ? Regarde les choses en face, Nick. Elle a juste vingt ans, elle a toute la vie devant elle. Avec sa beauté, son intelligence, ses qualités, son père est en droit d'espérer un mariage avec un jeune homme de son rang et de sa génération. Voudrais-tu que je me mette en travers de ses espérances, pour peu que je ne parvienne pas à me sortir de mon bourbier ? Tu comprends donc que j'ai le devoir de me montrer extrêmement prudent. Imagine un peu la tête de ce cher comte en apprenant que sa fille est traînée dans le scandale d'un divorce à sensation, parce qu'elle s'est entichée de moi ? Une vedette de cinéma déjà trois fois mariée et père de jeunes gens de son âge ? Allons, Nick, réfléchis ! J'ai presque l'âge de son père, j'ai vingt ans de plus qu'elle et ma réputation, tu en conviendras, n'est pas des plus flatteuses. Tu vois bien pourquoi ce cher M. Cunningham aurait d'excellentes raisons de mettre son veto, quand bien même je réussirais à me dégager de la situation dans laquelle je me trouve.

— Ton divorce va-t-il se conclure ? demanda Nick.

— Pour le moment, les choses se présentent mal, répondit Victor sombrement. Arlene s'ingénie à mettre des bâtons dans les roues. Elle vient de se surpasser dans l'ignominie. Sais-tu ce qu'elle exige, maintenant ? Le ranch et cinquante pour cent de *Bellissima* ! Elle a décidé de me ruiner. »

Nick étouffa un juron. Pour la première fois, il comprenait les raisons de l'étrange comportement de Victor, son humeur irritable de ces derniers jours. Arlene Mason, pour mieux l'atteindre, cherchait à le dépouiller des deux possessions auxquelles il tenait le plus et pour lesquelles il avait le plus durement travaillé.

« C'est impensable, Vic ! Aucun juge au monde ne lui laissera...

— J'aime autant ne pas tenter le diable, l'interrompit Victor. Qui sait ce qui peut passer par la tête d'un juge, influencer un tribunal...

— N'y aurait-il pas moyen de lui offrir un compromis, une somme assez substantielle pour la calmer ?

— C'est déjà fait. La semaine dernière, mes avocats ont soumis aux siens une contre-proposition : trois millions de dollars cash et dix mille de pension mensuelle pendant cinq ans. Elle a refusé.

— Quelle garce !... Mais enfin, grand dieu, Arlene

a toujours détesté le ranch! Quant aux actions de *Bellissima*, qu'en ferait-elle?

— Rien, sinon m'empoisonner la vie. Elle déclare à qui veut l'entendre qu'elle est décidée à me faire connaître sous mon vrai jour, celui d'un mari dénaturé, d'un obsédé sexuel toujours prêt à se vanter de ses aventures alors même que nous vivions ensemble, que sais-je encore? Alors, tu comprends que, même si toutes ses menaces me laissent froid, il n'est pas question d'exposer Francesca à sa malveillance.

— Voyons, Victor, Arlene ignore l'existence de Francesca. Tu as pris de telles précautions... Je l'espère, du moins? ajouta-t-il, soudain inquiet.

— Mais oui, tu le sais bien. Je ne me suis jamais montré seul avec elle en public.

— Et votre voyage à Königssee?

— Nous nous y sommes rendus séparément. Une fois là-bas, nous n'avons pour ainsi dire jamais quitté le château ensemble. Quant au tournage dans le Yorkshire, nous nous y sommes à peine rencontrés. Lorsque cela nous arrivait, nous étions toujours entourés d'une foule de gens. Alors, même si Arlene m'a fait filer par un détective privé, elle n'a rien pu découvrir. Mais avoue que ce n'est pas une vie de se cacher continuellement, comme nous le faisons...

— Que vas-tu faire?

— Ai-je le choix? Négocier. De toi à moi, je suis même prêt à ajouter un million de dollars à ma dernière proposition, à lui faire cadeau de la maison de Bel-Air par-dessus le marché. Mais jamais, au grand jamais je ne la laisserai mettre la main sur le ranch ni sur *Bellissima Productions*, je te le garantis!

— Et moi qui avais toujours pris Arlene pour une de ces starlettes à la tête vide... Je me suis bien trompé.

— Je n'ai pas fait preuve de beaucoup plus de discernement, si cela peut te consoler. Une jolie frimousse, des jambes de déesse et me voilà tout feu tout flammes... Oui, une belle garce, ajouta-t-il avec un rire amer. A côté d'elle, un Mike Lazarus a l'air d'un enfant de chœur. Si seulement je pouvais la laisser tomber aussi facilement que je me suis débarrassé de ce forban... »

Victor but une gorgée de son scotch, sourit :

« Au fait, Francesca ignore tout de mes ennuis, tu t'en doutes. Il vaudrait mieux qu'elle continue à n'en rien savoir.

— Bien entendu, Victor. Compte sur moi, je tiendrai ma langue.

— Merci, Nick. Mais cela ne sert à rien de remâcher toute cette histoire. Parlons d'autre chose, veux-tu ? »

Pendant quelques instants, ils n'abordèrent plus que leurs prochaines vacances sur la Côte d'Azur, évoquèrent gaiement leurs projets.

« Francesca part-elle toujours en voiture comme prévu ? demanda Nick. J'ai cru comprendre que Katherine l'accompagne et qu'elles se relaieront.

— Non, Katherine s'est décommandée hier et Francesca rejoindra sa famille par avion. Katherine reste à Londres une quinzaine de jours. Des réunions importantes au sujet de son prochain film avec Richard Stanton, paraît-il.

— Tiens, vraiment ?

— Je n'en sais pas plus que toi », répondit Victor.

Les deux amis échangèrent un regard où la curiosité se mêlait au scepticisme. Sans le savoir, ils se posaient tous deux la même question : dans quelle sombre manigance Katherine Tempest s'apprêtait-elle encore à fourrer son joli nez ?

23

TOUT en arpentant la terrasse de la villa *Zamir*, au Cap-Martin, Doris Asternan réfléchissait. Le soleil d'août s'était depuis longtemps caché derrière les collines de Roquebrune et le crépuscule tombait. Une brise soufflait de la mer et exaltait les senteurs du chèvrefeuille, des roses et des héliotropes. Seul, le cliquetis des talons de Doris sur les dalles troublait le silence où baignait la grande villa blanche. Pour une fois, l'on n'entendait pas résonner les cris et les rires joyeux, le choc sourd des balles de tennis ni le clapotis de la piscine. Doris accueillait avec soulagement ce calme inespéré. Kim était parti pour Grasse rendre visite à un vieux camarade de collège. Diane et Francesca s'étaient éclipsées dès midi pour un pique-nique avec Nicolas Latimer. David Cunningham et Christian von Wittingen, tardivement rentrés d'un déjeuner chez des amis à Monte-Carlo, s'étaient retirés dans leurs chambres et faisaient encore la sieste.

Doris jeta un coup d'œil à sa montre : bientôt, les filles allaient rentrer. David et Christian émergeraient à leur tour. A l'heure de l'apéritif, la terrasse recommencerait à grouiller de monde. Il lui restait un petit quart d'heure pour mettre de l'ordre dans ses idées et prendre une décision. Au bout de la terrasse, une balancelle paraissait l'inviter au repos. Doris s'y laissa tomber, suivit d'instinct les oscillations, s'abandonna au bercement.

A quelles extrémités l'ambition pousse-t-elle les gens ! se dit-elle. Ambitieuse elle-même, Doris s'était cependant toujours refusée à sacrifier son bonheur. C'est par amour qu'elle avait épousé Edgar Asternan, non pour sa fortune. C'est pour la même raison qu'elle s'apprêtait à unir sa vie à celle de David Cunningham. A aucun moment de son existence, elle ne s'était laissé dicter sa conduite par des considérations matérielles. Argent, titre, puissance, rien ne comptait sans la réalité des sentiments. Ses ambitions, elle avait su les tempérer par la raison et par le cœur. Tandis qu'*elle*, se dit Doris, elle ne connaît, elle n'obéit qu'à sa seule ambition.

Autour de Doris, l'obscurité s'épaississait. Le balancement lui fit perdre le fil de ses préoccupations. Des souvenirs surgirent par fragments qui la ramenaient en arrière. Bientôt, Doris se revit dans une autre balancelle, à une autre époque de sa vie. Elle était chez sa grand-mère, sur la véranda d'une maison blanche d'Oklahoma City. En fermant les yeux, elle retrouva les plus infimes détails : les jardinières accrochées à la balustrade, les fauteuils en rotin, le vieux phonographe, la table couverte d'une nappe à carreaux bleus où étaient posés le pichet de citronnade, les biscuits dans leur plat de métal argenté.

Dès leur première rencontre, Edgar Asternan était venu s'y asseoir. Il discutait avec le grand-père de Doris comme s'ils s'étaient toujours connus. Ces deux hommes, que tout aurait dû séparer, partageaient la même passion pour leurs professions, l'un la médecine, l'autre les affaires. Ils s'étaient aussitôt compris et reconnus.

C'est dans la rue, au hasard d'un banal accident de la circulation, que Doris avait rencontré Edgar Asternan. En ce mois de septembre, elle venait d'avoir vingt et un ans. Fraîche et jolie, pleine d'un enthousiasme candide, elle occupait son premier poste d'institutrice. A cinquante-sept ans, veuf sans enfants, Edgar s'ennuyait – ou, plutôt, souffrait de la solitude. Déjà multimillionnaire, il était au désespoir de ne pouvoir léguer son empire à personne et se noyait dans le travail sans y trouver de réconfort. Il avait aussitôt ressenti le coup de foudre pour cette jeune beauté, s'y était attaché en découvrant son intelligence, sa curiosité de la vie et des êtres, la bonté et l'honnêteté foncière de sa nature. Trois mois plus tard, par une belle journée ensoleillée de décembre – quelques jours après que le président Roosevelt eut officiellement déclaré la guerre au Japon – Doris Halliday devint la seconde Mme Asternan. Depuis, le cours de sa vie avait été radicalement modifié.

Le bruit d'un volet battant contre le mur de la villa arracha Doris à sa rêverie. Machinalement, elle porta la main à son cou, tâta le délicat collier de saphirs et de diamants qu'Edgar lui avait donné quatre ans plus tôt – l'avant-veille de sa mort.

Edgar... Elle crut alors le revoir, aussi proche, aussi net que s'il se tenait à quelques pas d'elle. Grand, droit, son opulente chevelure blanche sur un visage hâlé qu'éclairait un sourire toujours jeune. Sa mort avait plongé Doris dans le désespoir, car Edgar Asternan avait rempli auprès d'elle tous les rôles : celui du père qu'elle n'avait jamais connu, celui du maître à l'indulgence et à la patience infinies; celui de l'ami et du confident. Mais aussi, et surtout, celui du mari – et de l'amant.

Sois heureux de mon bonheur, Edgar chéri, se surprit-elle à murmurer à son ombre. *David est bon, il te ressemble. Je serai heureuse avec lui comme je l'ai été avec toi. Ce ne sera pas pareil, bien entendu, rien ne l'est jamais. Mais nous avons tant à nous donner l'un l'autre. Merci, Edgar, merci de m'avoir aidée à devenir ce que je suis aujourd'hui.*

Sa vie, désormais, appartenait à David. Une cloche tinta, la rappela à la réalité. Au présent. Avec un soupir, Doris se leva. Ses préoccupations revinrent l'assaillir : comment résoudre le problème avec élégance, sans provoquer de scandale inutile ? Comme en écho à son dialogue muet avec l'ombre de son mari défunt, la réponse lui parvint : David. Lui seul pouvait l'aider. Elle devait le mettre au courant. Inutile de tergiverser davantage.

Cette décision la soulagea aussitôt. C'est d'un pas plus léger qu'elle traversa la terrasse, pénétra dans la maison et s'engagea dans le grand escalier.

Victor cligna les yeux dans les rais de lumière qui se glissaient par les volets clos. Il consulta sa montre, se tourna vers Francesca allongée, l'entoura d'un bras tout en lui embrassant les cheveux. Encore endormie, elle murmura des mots inintelligibles, ouvrit les yeux, les referma aussitôt. Victor posa un baiser sur ses lèvres :

« Il faut te lever, ma chérie. Tu vas être en retard. Je ne veux pas que...

– Tu te lances à toute vitesse sur la route, je sais ! »

Bien réveillée maintenant, elle se redressa d'un bond, un sourire aux lèvres. Victor la contempla, émerveillé. A certains moments, il la trouvait trop adorable pour résister à son envie de la serrer dans ses bras et ne plus la lâcher, jamais. Il fallait pourtant qu'elle s'en allât. Son père et Doris devaient déjà l'attendre et Victor redoutait de provoquer leurs soupçons. Il craignait encore plus de la voir conduire à tombeau ouvert, comme à son habitude, sur des routes tortueuses. D'un ton faussement sévère, il reprit :

« Je te donne un quart d'heure pour te préparer, pas une minute de plus ! Et tu laisseras le volant à Diane, compris ? Tu n'es pas venue ici pour t'entraîner à courir dans le Grand Prix de Monte-Carlo.

— Voulez-vous que je vous dise, monsieur Vittorio Massonnetti ? Vous ressemblez de plus en plus à un croisement contre nature entre Napoléon Bonaparte et Benito Mussolini ! Un vrai dictateur ! Va par là, fais ceci. Assieds-toi, ne bois pas cela. Habille-toi. Déshabille-toi...

— De grâce, Francesca, épargne-moi ! Et n'en profite pas pour gagner du temps. Debout, j'ai dit ! répondit-il en riant.

— Oui, général, tout de suite, général ! »

Elle sauta au bas du lit, lui jeta un baiser du bout des doigts et s'éloigna en tournoyant.

Victor la suivit des yeux, un sourire attendri aux lèvres. Avec elle, il ne s'ennuyait jamais. Son sens de l'humour, son irrépressible gaieté, son franc-parler et son indépendance d'esprit lui étaient un véritable bain de jouvence. Depuis son arrivée sur la côte, Francesca avait encore embelli. Son corps élancé s'était couvert d'un hâle doré et ses cheveux blonds prenaient des teintes de blés mûrs. Fallait-il attribuer son épanouissement au soleil de la Méditerranée ou à l'amour ?

Il la vit disparaître derrière la porte de la salle de bain et se félicita de la manière dont tout s'était déroulé jusqu'à présent. Ils avaient pu se voir souvent, ouvertement et sans se dissimuler, grâce à Doris Asternan qui, sans méfiance, paraissait s'ingénier à les jeter dans les bras l'un de l'autre. Elle avait ouvert sa maison à Nick et à Victor et les considérait comme faisant partie de la famille. Ils s'y rendaient presque journellement pour jouer au tennis ou lézarder autour de la piscine. Ils participaient le plus naturellement du monde aux longs déjeuners sur la terrasse à l'ombre des canisses, aux soupers sur la pelouse, aux excursions. Pour ne pas être en reste, Victor avait maintes fois rendu cette chaleureuse hospitalité en les invitant tous à La Réserve de Beaulieu ou à la Chèvre d'Or à Eze. Parfois, il louait un bateau pour la journée et emmenait tout le monde faire de grandes promenades en mer.

Malgré ou, plutôt, à cause de la confiance que lui manifestait Doris, Victor s'attachait à respecter les convenances. Nul ne pouvait lui reprocher son comportement amical envers Francesca et celle-ci ne semblait pas s'en formaliser. Elle en profitait, au contraire, pour se montrer impertinente ou provocante par moments, au vif amusement de Victor qui l'avait vite percée à jour. Dans cette atmosphère insouciante et joyeuse, Victor avait pu se détendre dès le premier jour et jouissait pleinement de ces vacances dont ses récents soucis lui permettaient de mesurer tout le prix.

Le concours de Nick leur permettait de se retrouver seul à seul sans trop de difficultés. L'intérêt sincère qu'il portait au talent de la jeune fille lui avait permis de s'instituer son mentor et il la conseillait pour la rédaction de son livre. Francesca y trouvait une excellente occasion de se déplacer librement entre la villa et l'hôtel, son manuscrit sous le bras. Nul ne trouvait à redire à ses allées et venues, d'autant plus qu'elle se faisait presque toujours accompagner par sa cousine Diane. Doris et David étaient trop absorbés par eux-mêmes et leur prochain mariage pour surveiller les jeunes filles; ils ignoraient, en outre, l'attachement croissant qui existait entre Diane et Nicolas Latimer.

Inquiet de ne pas voir Francesca reparaître, Victor se leva à son tour. La porte de la salle de bain s'ouvrit presque au même moment :

« Prête pour l'inspection, général ! dit-elle en le saluant militairement. Suis-je assez décente pour me montrer en public ? »

Victor la toisa en fronçant les sourcils :

« Parfaitement indécente, au contraire ! Ton père devrait te garder enfermée à double tour. »

Victor était frappé de la séduction qui émanait de toute sa personne. Sa chemise de coton blanc, nouée sous sa poitrine, dévoilait son ventre nu; un minuscule short blanc révélait ses jambes d'une manière provocante. Sa tenue simple, presque sommaire mais cependant à la mode de la Côte d'Azur, n'était pourtant pas seule responsable du trouble qui saisissait Victor à la vue de Francesca. Il découvrait dans son expression une volupté dont il n'avait pas jusqu'à présent pris conscience. La jeune fille avait fait place à une femme éclatante de bonheur et mûrie par l'amour.

Son expression pensive suscita de l'inquiétude chez Francesca :

« Qu'y a-t-il, Victor ? Quelque chose te contrarie ?

– Non, ma chérie, rien, rien du tout, répondit-il en s'éclaircissant la voix. Je t'admirais, c'est tout.

– Pour un dictateur, tu n'es pas déplaisant non plus ! dit-elle avec un rire soulagé. Mais n'ai-je pas trop visiblement l'air d'être tout juste tombée du lit ? »

Victor se retint de répondre par l'affirmative.

« Mais non, pas du tout. D'ailleurs, cette chère Doris n'a d'yeux que pour ton père et ne t'examine pas de si près, tu le sais mieux que moi. »

Il la prit par les épaules et l'accompagna à la porte. Là, il l'attira contre lui une dernière fois :

« Promets-moi de laisser Diane conduire. La corniche est dangereuse, à cette heure-ci.

– Promis, répondit-elle en se hissant sur la pointe des pieds pour l'embrasser. Je t'aime, Victor.

– Je t'aime aussi, ma chérie. »

Ils se séparèrent à regret. Francesca entrouvrit la porte :

« Tu viens à la villa, demain ?

– Naturellement ! Je compte même m'inviter à déjeuner.

– Alors, à demain, mon chéri. »

Il la suivit des yeux dans le couloir. Sa démarche souple et insouciante, sa jeunesse, son bonheur si manifeste le bouleversèrent. Que va-t-il advenir de nous deux ? se demanda-t-il. Ne l'avait-il pas aimée avec trop d'abandon ? A cause de lui, la vie de Francesca était transformée pour toujours. Mais n'en était-il pas de même de la sienne ?

David Cunningham contemplait avec attendrissement Doris, assise à l'ombre d'un parasol. La tête penchée, la mine studieuse, elle écrivait, consultait des papiers étalés devant elle sur la table. Dans sa robe claire, sous sa large capeline de paille d'où s'échappaient ses boucles auburn, elle formait un charmant tableau. David s'approcha enfin et Doris, au bruit de ses pas, leva les yeux en souriant.

« Navré de te déranger, ma chérie, commença-t-il.

— Pas du tout. Je finissais quelques invitations de dernière minute pour notre grande soirée. »

Il s'assit à côté d'elle, lui prit la main.

« Je croyais que les filles devaient t'aider. Où ont-elles encore disparu ?

— A la piscine, tout simplement. Elles doivent bientôt me rejoindre. Et toi, où te cachais-tu depuis le petit déjeuner ?

— Je lisais les journaux. La situation à Suez devient inquiétante. Nasser ne se contente pas de nationaliser le canal, il prétend maintenant vouloir limiter la navigation à sa guise.

— Mon Dieu ! Tout cela ne nous mène-t-il pas à une guerre ? »

David Cunningham haussa les épaules d'un geste désabusé :

« Bah ! je ne crois pas. Trop d'intérêts sont en jeu. Nous devrions régler le problème par quelques négociations. Mais ne nous attristons pas quand nous ne pouvons rien faire pour influer sur le cours des choses.

— Tu as raison, mon chéri. Quels sont tes projets pour aujourd'hui ?

— J'emmène Kim et Christian déjeuner chez mes amis Winterton à Monte-Carlo. Bunky Winterton veut me présenter un Américain, un banquier du nom de Nelson Avery, je crois. J'ai accepté, tu m'avais dit hier que tu aimerais rester au calme.

– J'en serai ravie. Je n'ai pas eu l'occasion de bavarder tranquillement avec Diane et Francesca. On ne les voit plus, elles passent leur temps à courir ici et là...

– Quelle activité ! Leur arrive-t-il jamais de dormir ? Enfin, elles sont jeunes... Quant à nous, nous devrions être de retour vers quatre heures, au plus tard. »

Il se leva, lui posa la main sur l'épaule, se pencha pour l'embrasser :

« Je te quitte, ma très chère Doris. Mais j'ai hâte d'être de retour près de toi... »

Elle le suivit du regard, frappée par son élégance naturelle. Non, décidément, elle ne regrettait rien. Doris s'estimait plus heureuse que bien des femmes, car elle avait la chance unique de trouver le bonheur pour la deuxième fois de sa vie.

Parvenu à la porte-fenêtre, David se retourna et refit quelques pas vers Doris :

« Au fait, as-tu eu le temps de parler à Francesca depuis ce matin ? demanda-t-il d'un ton soudain sérieux.

– Non. Je n'en ai pas eu le courage, à vrai dire. Et puis, je ne voulais rien dire devant Diane. Depuis notre conversation de mardi soir, je n'ai pas pu mettre la main sur Francesca toute seule, c'est là l'ennui. Le sujet est trop délicat pour l'aborder devant quelqu'un d'autre, même de la famille... Je me suis demandé s'il ne valait pas mieux attendre jusqu'après la réception. Attention, voici les garçons. »

Kim et Christian arrivaient ensemble. Après les salutations et les recommandations d'usage, les trois hommes prirent congé. Mais Doris ne resta pas longtemps seule. Quelques minutes s'étaient à peine écoulées que Francesca et Diane apparurent à leur tour en haut de l'escalier du jardin, encore ruisselantes. Elles se précipitèrent en riant vers Doris, l'embrassèrent en la bousculant sans tenir compte de ses protestations :

« Vous êtes trempées ! Voulez-vous bien me laisser tranquille ?

– Les trois mousquetaires sont déjà partis pour de nouvelles aventures ? demanda Francesca.

– Vous les avez manqués de peu. J'ai bien peur, mes pauvres petites, qu'il faille vous contenter de ma compagnie jusqu'à ce soir.

– Quelle joie de nous retrouver enfin seules toutes les trois ! s'exclama Diane. Nous allons pouvoir bavarder sans nous soucier d'avoir l'air frivoles.

– Pour le moment, il n'est pas question de frivolités, répondit Doris d'un ton faussement sévère. Il me reste soixante-quinze cartons à expédier. Voici des stylos, au travail, mesdemoiselles ! »

Une heure durant, le silence ne fut rempli que par le grattement des plumes sur le papier. Leur mission achevée, elles s'arrêtèrent ensemble.

« Ouf ! Il était temps, j'avais une crampe ! s'écria Francesca.

– Moi aussi, mais j'en ai fait dix de plus que toi, paresseuse ! » répondit Diane.

Les éclats de rire reprirent de plus belle. La conversation dévia ensuite tout naturellement vers les toilettes qu'elles comptaient porter pour le bal et Diane évoqua la cérémonie du mariage :

– Assez de cachotteries, Doris ! dit-elle gaiement. Qu'allez-vous porter ? Nous mourons de curiosité.

– Si je n'ai encore rien dit, c'est que ma décision n'est pas prise. Je compte aller à Paris à la fin de l'été choisir ma robe et celles de mes demoiselles d'honneur, car je vous les offre à toutes les deux. »

Elles se récrièrent sur sa générosité et Francesca demanda :

« Nous vous accompagnerons à Paris ?

— Bien entendu ! Il le faut, pour les essayages. Nous y passerons plusieurs jours et nous nous amuserons beaucoup. »

La perspective de ce voyage ajouta à la bonne humeur. Au bout de quelques instants, Francesca intervint :

« Quel dommage que Katherine ne puisse pas être demoiselle d'honneur, elle aussi. »

Doris fit une réponse indistincte et détourna la tête en faisant mine de s'affairer à verser des rafraîchissements. Diane, qui n'avait rien remarqué, s'adressa à Francesca :

« Au fait, quand doit-elle arriver ? Je ne me rappelle plus ce qu'avait dit Kim.

— Demain après-midi, je crois. Ce n'est pas trop tôt ! répondit Francesca avec joie. Elle me manquait, je l'avoue. Pauvre Katherine, elle doit être morte de fatigue, après avoir discuté avec tous ces gens de cinéma ! Vraiment, je ne voudrais pas être à sa place. »

Le regard énigmatique que Doris posa sur Francesca n'échappa pas à Diane et la jeune fille s'abstint de tout commentaire.

24

Debout au milieu du petit salon, Kim dévisageait Katherine avec une surprise mêlée d'une certaine gêne.

« Pourquoi ne pas m'avoir prévenu que tu arriverais avec une journée d'avance ? demanda-t-il.

– Parce que je voulais te faire une surprise, mon chéri, répondit-elle en riant.

– Oui, bien sûr... »

Lorsqu'il était rentré de Monte-Carlo avec son père et Christian, la présence inattendue de Katherine à la villa l'avait totalement désarçonné. Katherine avait aussitôt perçu l'embarras de son comportement et l'observait attentivement, afin d'en deviner la cause. Avait-elle eu tort de surgir ainsi à l'improviste ? Non, sûrement pas. Francesca avait bondi de joie en la voyant et lui avait prodigué les marques de son affection. Manifestement, cependant, quelque chose clochait. Mais quoi ?

« N'es-tu pas content de me voir plus tôt que prévu ? demanda-t-elle avec son sourire le plus enjôleur.

– Oui, bien sûr », répéta-t-il.

Gauche, ne sachant que faire de ses mains, il

alluma une cigarette pour se donner une contenance tout en la regardant avec perplexité. Katherine était assise dans une causeuse, le visage à demi caché par une plante verte. Dans son tailleur de toile bleu marine et son chemisier blanc, elle paraissait plus fragile, plus vulnérable que jamais. Sa beauté l'envoûtait, le privait de tout réflexe. A la fin, gêné de la scruter ainsi, il se détourna comme pour échapper à la fascination que Katherine exerçait sur lui. Le silence retomba, Kim fit nerveusement quelques pas et se décida enfin à s'asseoir en face d'elle. Il hésita, s'éclaircit la voix :

« Pourquoi m'as-tu menti ? » dit-il d'un ton inexpressif.

Katherine sursauta, le dévisagea avec stupeur.

« Oui, pourquoi m'as-tu menti, Katherine Mary O'Rourke ? » reprit-il avec plus de force.

Bouche bée, le visage soudain très pâle, elle fut incapable de répondre aussitôt.

« C'est bien ton vrai nom, n'est-ce pas ? insista Kim. Ton silence me le confirme assez clairement. Alors, je voudrais savoir pourquoi tu m'as menti. »

Cet interrogatoire lui donnait la nausée; et pourtant, il ne pouvait plus retenir les mots qui lui montaient aux lèvres. Il fallait qu'il sache la vérité.

« J'attends ta réponse », reprit-il d'une voix étouffée.

Katherine parvint à dominer le tremblement qui l'avait saisie. Les mains jointes, elle dit enfin d'une voix à peine audible :

« Je ne t'ai pas menti, Kim. Je n'ai simplement révélé mon vrai nom à quiconque...

– Je ne suis pas *quiconque*, encore moins n'importe qui ! Je suis ton fiancé, l'aurais-tu oublié ? Tu as consenti à devenir ma femme. La moindre des choses aurait été que tu me le révèles à ce moment-là. Pourquoi ne l'as-tu pas fait ?

– Je n'y attachais pas une telle importance...

– Quoi ? Pas *important* ? s'écria-t-il avec incrédulité. Cela me dépasse ! Quand on change de nom, c'est généralement pour cacher quelque chose. Qu'as-tu donc à cacher ?

– Rien, absolument rien ! protesta-t-elle avec force. Lorsque je me suis inscrite au Conservatoire, j'ai simplement utilisé un nom de scène. Cela n'a rien d'exceptionnel au théâtre et ce n'est pas un crime !

– Soit. Mais la véritable question n'est pas là, Katherine. Nous allons nous marier. Tu vas porter mon nom, dont tu seras au même titre que moi responsable vis-à-vis de ma famille et de la société. Le mariage ne supporte pas ce genre de mystère. Il est insensé, je dirais même inexcusable, de ne pas avoir agi franchement à mon égard, puisque cela me concerne au premier chef. Avais-tu l'intention de m'en informer un jour ou l'autre ? Ou comptais-tu me le dissimuler en espérant que je ne le découvrirais jamais ?

Katherine ne le quittait pas des yeux. Elle connaissait assez son pouvoir sur Kim pour être sûre de le manipuler à sa guise.

« Je t'en prie, ne dramatise pas ! s'écria-t-elle. A t'entendre, on dirait que je suis une meurtrière qui essaie de dissimuler ses crimes ! Evidemment, je comptais t'en parler. Cela tombe sous le sens, voyons !

– Avais-tu également l'intention de m'avouer que tu n'es pas orpheline, comme tu l'as prétendu depuis que nous nous connaissons ? Vois-tu, Katherine, il y a quelque chose qui m'échappe, poursuivit-il avec ironie. Comment peut-on être orpheline lorsqu'on a un père ? Ton manque de confiance envers moi me peine profondément, ajouta-t-il en redevenant grave. Ta conduite me choque, je ne te le cache pas. On m'a toujours appris à considérer le mensonge comme particulièrement méprisable... »

Les mains tremblantes, il écrasa sa cigarette dans un cendrier. Pétrifiée, Katherine réfléchissait. Elle avait voulu avouer à Kim la vérité; mais sa découverte prématurée retournait la situation à son désavantage. Se défendre, implorer son pardon ? Non, se dit-elle aussitôt. Cela ne ferait que la mettre en état d'infériorité et affaiblir sa position. Mieux valait attaquer.

« Je reconnais la main de Doris dans toute cette affaire, dit-elle froidement. Epier, fouiner dans la vie privée des gens, se livrer à la délation, voilà qui est *méprisable* ! Je m'étonne que ton père juge sans sévérité un comportement pour le moins douteux. Pour ma part, il ne m'inspire que du *mépris*. De nous deux, Kim, c'est Doris qui me semble la plus inexcusable.

— Doris ne t'a jamais espionnée ! protesta Kim. Ces renseignements lui sont parvenus tout à fait par hasard...

— Cela vient donc bien d'elle, je ne m'étais pas trompée. C'est toi qui fais fausse route, Kim. Ces renseignements, elle ne les a sûrement pas obtenus par hasard, comme tu dis. Je suis persuadée au contraire qu'elle a remué ciel et terre. Mais cela m'indiffère. Je n'ai rien de honteux à cacher.

— Tu admets donc avoir un père encore en vie à Chicago ?

— Evidemment. J'avais mes raisons pour en dissimuler temporairement l'existence et je comptais précisément tout t'expliquer ce week-end. Que maintenant tu en doutes, je l'admets volontiers, dit-elle avec un haussement d'épaules désinvolte. De toute façon, je ne crois plus avoir rien à t'apprendre. Doris m'en a épargné la peine. Demande-lui donc un autre rapport encore plus détaillé, si cela t'amuse. »

Kim lui jeta un regard indigné. Après avoir fouillé nerveusement dans sa poche, il en tira une enveloppe froissée :

« Je ne te permettrai pas de calomnier Doris ! s'écria-t-il. Il y a quelque temps, à Monte-Carlo, elle a rencontré par hasard une de ses relations de Chicago à qui elle a dit ton nom au cours de la conversation. C'est venu sans malice de sa part, elle a parlé de toi parce que nous comptons nous marier, comme elle a mentionné d'autres personnes faisant désormais partie de sa vie. L'autre jour, Doris a reçu une lettre de l'amie en question, qui lui envoyait une coupure de journal. Il s'agit d'un article sur toi, avec une photo prise pendant le tournage du film à Langley. Cette lettre, la voici. Lis-la, je te prie. »

Katherine ne bougea pas et jeta un coup d'œil dédaigneux sur l'enveloppe que lui tendait Kim.

« Ce papier ne m'intéresse pas, répondit-elle sèchement.

— Eh bien, je la lirai à ta place ! riposta Kim dont la colère montait. Voici le passage qui te concerne : « *J'ai trouvé cette interview de Katherine Tempest dans le " Chicago Tribune " et je l'ai immédiatement reconnue; il s'agit de Katherine Mary O'Rourke, avec qui ma fille Janet a été au pensionnat. Sa soudaine disparition de Chicago, il y a plusieurs années, nous avait alors semblé bien mystérieuse. Son père, que nous ne connaissons pas personnelle-*

ment, observe, paraît-il, le mutisme sur tout ce qui concerne sa fille. Bien entendu, nous sommes ravis d'apprendre qu'elle a si bien fait son chemin et nous nous réjouissons de ses succès. Ayez la gentillesse, chère amie, de nous rappeler à son bon souvenir... Le reste ne nous intéresse pas. »

Kim replia la lettre et la fourra rageusement dans sa poche; puis il tendit à Katherine la coupure de presse qu'il posa sur ses genoux :

« Tu peux au moins lire ceci, dit-il. Estelle Morgan t'y couvre de louanges. »

Mortifiée, décontenancée, Katherine garda le silence. Oui, elle avait eu tort, elle avait fait preuve d'une légèreté, d'une stupidité coupables. Elle aurait, en effet, dû tout avouer à Kim des mois auparavant. En prenant les devants, en évitant l'humiliation de se faire démasquer, elle aurait au contraire su gagner sa compassion et son soutien. En attendant, par vanité autant que par inconséquence, elle n'avait réussi qu'à s'aliéner sa sympathie.

Ne voyant venir aucune réaction apparente de la part de Katherine, Kim se leva et alla se planter, exaspéré, devant la porte-fenêtre. Depuis sa conversation avec Doris et son père, il avait fait de son mieux pour maîtriser les émotions provoquées par ces révélations et se forcer à faire bonne figure devant Francesca, ses cousins et leurs innombrables invités. Tant de dissimulation l'avait vidé de ses forces et, maintenant qu'était venu le moment de sa confrontation avec Katherine, il ne ressentait même plus la colère dont il avait d'abord été saisi.

Il retourna s'asseoir. Voûté, il garda longtemps les yeux baissés, le visage inexpressif. A la fin, il se redressa et regarda Katherine, toujours immobile en face de lui.

« J'aimerais te poser une question », dit-il sans élever la voix.

Elle se borna à un signe de tête.

« Tu es intelligente. Comment as-tu pu imaginer un seul instant pouvoir dissimuler ton identité, alors que tu t'engageais dans une carrière au cinéma ? Tôt ou tard, on devait te reconnaître.

– C'est exact. C'est pourquoi j'avais fermement l'intention de te mettre au courant de la situation.

– Alors, pourquoi ne l'as-tu pas fait ?

– J'attendais le moment opportun. Et puis, les jours ont passé, j'étais débordée par mon travail... N'oublie pas une chose, Kim, poursuivit-elle d'un ton plus ferme. Nous nous sommes à peine vus, ces derniers temps. Voilà pourquoi j'ai préféré attendre ces vacances pour t'en parler à tête reposée.

– Si seulement tu m'avais dit cela plus tôt... Tu sais bien, Katherine, que l'amour n'est pas tout. Pour s'aimer, il faut aussi de la confiance, de l'estime, de l'amitié, surtout lorsqu'on veut passer une vie entière ensemble. Tu as gravement compromis cette confiance, Katherine. »

Prononcés avec tendresse, avec douceur, ces mots firent à Katherine l'effet d'un coup de poignard. Elle sentit les larmes lui brouiller la vue, tenta de répondre sans trembler.

« Non, ne pleure pas, je t'en supplie ! s'écria Kim. Tes larmes me font trop mal.

– Rassure-toi, je ne pleurerai pas. »

Elle alluma une cigarette et fuma sans rien dire en évitant le regard de Kim. Le premier, il reprit la parole :

« Pourquoi n'avoir pas eu confiance en notre

amour, Katherine ? dit-il tristement. Ne te rends-tu pas compte qu'en agissant ainsi tu nous places tous deux dans une position impossible vis-à-vis de mon père ?

— Si, murmura-t-elle. Je m'en rends trop bien compte. Ecoute, laisse-moi au moins tout te raconter. Peut-être me comprendras-tu mieux et ne me jugeras-tu pas si durement. »

Elle allait entreprendre son récit lorsqu'un bruit à la porte-fenêtre leur fit tourner la tête.

Francesca fit irruption dans la pièce, suivie de son père et de Doris.

« Ah ! te voilà, Kim ! s'écria-t-elle gaiement. Je vois que tu as trouvé Katherine... »

Elle s'interrompit en voyant leurs mines défaites :

« Grand dieu, que se passe-t-il ? »

Ils ne répondirent ni l'un ni l'autre. Etonnée, Francesca s'approcha, les observa; Katherine était livide, Kim rouge de confusion.

« Mais enfin, parlez ! Dites-moi de quoi il s'agit ! » répéta-t-elle avec une inquiétude croissante.

Resté sur le pas de la porte, son père s'avança alors jusqu'à elle, inclina brièvement la tête :

« Bonjour, Katherine. »

Elle lui rendit son salut sans lever les yeux vers lui.

« Veuillez nous excuser de cette intrusion, reprit-il. Nous ne savions pas que Kim et vous étiez dans cette pièce. Nous vous laissons seuls conclure votre conversation. Viens, ma chérie, ajouta-t-il en prenant fermement Francesca par le bras.

— Non ! protesta-t-elle. Je veux d'abord savoir ce qui...

— Reste, Francesca, je t'en prie ! s'écria alors Katherine. J'aimerais que tu entendes toi aussi ce que j'ai à dire à Kim. Restez aussi, monsieur. Et vous, Doris, ajouta-t-elle en se tournant vers elle. Ceci vous concerne autant que les autres... »

Stupéfaite, Francesca s'assit en face de son amie. David et Doris prirent place sur un canapé. Katherine s'adressa alors à Francesca d'une voix grave et chargée d'émotion :

« Je suis coupable d'une chose impardonnable, commença-t-elle. J'ai menti, à Kim, à toi, à tout le monde. J'ai eu tort, j'en suis pleinement consciente... »

Elle marqua une pause, se mordit les lèvres et se força à refouler les larmes qui lui montaient aux yeux

« Doris a découvert la vérité par hasard et, en un sens, j'en suis contente. Bien entendu, elle en a informé Kim et ton père. Kim vient de m'en parler et j'étais sur le point de tout lui révéler lorsque votre arrivée à tous trois m'a interrompue... »

En quelques phrases, elle expliqua alors les raisons l'ayant poussée à adopter un pseudonyme. Toujours prompte à prendre le parti de son amie, Francesca s'empressa de minimiser la portée de ses aveux :

« Je ne vois rien de répréhensible là-dedans ! dit-elle en riant. Elle n'est pas la seule à l'avoir fait. Victor s'appelle en réalité Vittorio Massonnetti et le grand-père de Nick a changé de nom lorsqu'il a émigré en Amérique.

— Comment le sais-tu ? demanda son père.

— Nick et Victor me l'ont raconté.

— Précisément », se borna-t-il à répondre.

Ce sous-entendu fit grimacer Katherine.

« Ce n'est pas tout, Francesca, reprit-elle. Je ne suis pas orpheline. Mon père est bien vivant. Il s'appelle Patrick O'Rourke et il habite Chicago. J'ai également un frère de dix-neuf ans, Ryan. Vous connaissez sûrement mon père, poursuivit-elle en se tournant vers Doris. Il est président de l'une des plus grosses entreprises de construction de la région, et il possède des intérêts immobiliers. Il est également très lancé dans la vie politique et occupe un poste important au comité directeur du parti démocrate. En avez-vous entendu parler, Doris ?

– Patrick O'Rourke ? Oui, naturellement ! répondit Doris avec surprise. Je n'ai pas eu le plaisir de le rencontrer personnellement, mais sa réputation est telle qu'on ne peut ignorer un homme de son envergure. »

L'étonnement de Kim n'était pas moins grand :

« Voilà un père dont il n'y a pas lieu d'avoir honte. A quoi bon cette histoire absurde d'orpheline abandonnée ?

– Parce que je me considère orpheline, Kim. Parce que je *préfère* être orpheline... depuis la mort de ma mère. »

Avec une émotion mal contenue, Katherine entreprit alors d'évoquer le souvenir de sa mère, l'adoration qu'elle lui vouait. Elle parla des encouragements que lui prodiguait Mme O'Rourke dans ses ambitions théâtrales, de la déception que sa naissance avait suscitée chez son père, déception devenue peu à peu véritable haine. Elle décrivit son propre mépris pour cet homme dur et sans scrupules, leurs violents conflits sur la manière abusive dont il entendait diriger la vie de son fils Ryan. A la mort de sa mère, aidée par sa tante, Katherine avait fui Chicago.

« Je savais que mon père souhaitait se débarrasser de moi et je voulais m'éloigner de lui, conclut-elle. Je suis donc partie sans regrets et pour toujours. Je n'ai plus de famille. »

Son récit fut accueilli par un profond silence. Kim et Francesca se sentaient sincèrement émus par cette confession. Leur père, dont ils attendaient une réaction, demeura un bon moment silencieux, impénétrable.

« Votre récit nous touche, Katherine, dit-il enfin. Je reste cependant étonné de votre long mutisme à ce sujet. N'aurait-il pas été plus simple et plus franc de nous apprendre, sans entrer dans les détails, que vous aviez rompu avec votre famille pour des raisons personnelles, que la plus élémentaire discrétion nous aurait alors interdit d'approfondir ? Vous auriez évité, pour vous-même comme pour nous tous, des tourments inutiles.

– Vous avez bien raison, répondit-elle. Mais comprenez une chose : lorsque j'étais pensionnaire dans le Sussex, je souffrais terriblement de ma solitude et j'en avais honte. J'étais la seule à ne jamais quitter l'école pendant les vacances, à n'avoir pas de famille, pas d'amis chez qui aller. Les autres se moquaient de moi. Personne ne voulait de moi. J'étais seule, toujours seule... Alors, j'ai décidé de ne plus jamais subir une telle humiliation et j'ai déclaré être orpheline lorsque je me suis inscrite au Conservatoire. Je n'avais plus le courage d'inventer des excuses auprès de mes camarades, de leur expliquer pourquoi mon père et mon frère ne s'occupaient jamais de moi. Je n'ai inventé ce mensonge que pour me protéger, m'éviter de la peine... »

Elle éclata en sanglots, se cacha précipitamment le visage dans les mains. Kim bondit auprès d'elle, la prit dans ses bras, la berça tendrement sans plus se soucier de la présence de son père. Il aimait Kathe-rine. Il n'avait de devoirs qu'envers elle.

Francesca faisait elle-même un effort pour ne pas pleurer. Depuis qu'elle la connaissait, elle avait tou-jours cru déceler chez Katherine des blessures secrè-tes, un passé douloureux que ce récit venait de confirmer. Loin de l'accabler de critiques, il fallait plus que jamais la comprendre, l'aimer. De quoi était-elle donc coupable? De quelques innocents mensonges... Francesca réprima un mouvement de colère – mais de colère envers elle-même. De quel droit oserait-elle critiquer Katherine? Nul moins qu'elle n'était en position de la juger, car elle était encore plus coupable que Katherine de dissimula-tion et de mensonge. Si elle n'avait pas eu besoin de mentir au sujet de sa liaison avec Victor, c'est uni-quement parce que personne ne lui avait encore posé de questions. Mais un mensonge par omission est-il moins répréhensible?

Elle se sentit rougir, se leva d'un bond et annonça en prenant la fuite :

« Je vais chercher quelque chose à boire. Kathe-rine a besoin d'un remontant. »

Une fois sur la terrasse, elle s'efforça de mettre de l'ordre dans ses pensées. Il lui fallait parler sérieuse-ment à Victor. Il était grand temps de mettre fin à tous ces secrets ridicules, de se confier à son père. Il désapprouverait vraisemblablement sa liaison; mais ne serait-ce pas cent fois pire s'il découvrait par hasard son inconduite? Cette seule idée lui causa une peur panique.

Dans le petit salon, le silence planait toujours. Les sanglots de Katherine s'apaisaient et elle s'accro-chait à Kim avec une sorte de désespoir. M'a-t-il pardonnée? se demandait-elle.

« Tiens, bois ceci, ma chérie, lui dit Francesca qui venait de regagner la pièce. Cela te calmera.

— Merci, répondit Katherine en se forçant à sourire. J'ai si honte de vous avoir déçus que je ne sais comment me faire pardonner...

— Ne dis pas de bêtises, voyons ! l'interrompit Francesca. Je suis sûre que papa a compris tes raisons. Personne ne t'en veut. Tout cela n'est qu'une tempête dans un verre d'eau. »

Trop préoccupée par ses propres remords, Francesca avait parlé d'un ton sec et dédaigneux. Katherine se méprit sur les intentions de son amie et en fut blessée. N'a-t-elle donc rien compris à mon passé ? se dit-elle avec amertume. Sa vie à elle a été entourée d'affection, d'êtres chers. Bientôt, Francesca aura une belle-mère avec qui elle s'entend à merveille. Mais moi, je n'ai personne. Je suis seule au monde. Le seul être qui m'ait jamais aimée, ma mère, est mort...

Katherine se leva :

« Je crois n'avoir rien à ajouter. Je vais monter faire mes valises et j'appellerai Victor pour qu'il me retienne une chambre à La Réserve jusqu'à mon départ pour Londres...

— Ce serait ridicule, Katherine ! s'écria Kim. Je ne te laisserai certainement pas aller à l'hôtel, encore moins retourner à Londres à peine arrivée. »

Il se leva, la prit par le bras, lança à son père un regard de défi :

« Katherine est pardonnée, n'est-ce pas ? L'épreuve que nous venons de lui infliger me paraît suffisante pour sa pénitence. Ne lui devons-nous pas maintenant un peu de compassion et de charité chrétienne ? »

David Cunningham sursauta légèrement, comme arraché à ses pensées par l'apostrophe de son fils :

« Bien sûr, Kim, bien sûr... Quant à vous, ma chère Katherine, votre franchise a considérablement éclairci l'atmosphère et nous a permis de comprendre les raisons de vos actes. Je m'exprime en votre nom aussi, ma chérie, poursuivit-il en se tournant vers Doris, en déclarant à mon tour qu'il est hors de question de laisser Katherine aller à l'hôtel. Vous êtes venue ici passer vos vacances, il serait absurde de les écourter. Tout le monde est d'accord ?

— Naturellement, approuva Doris. Nous serions désolés de vous voir partir, Katherine.

— Tu sais bien que nous t'aimons tous, Katherine ! s'écria Francesca avec chaleur. Nous nous réjouissons de ton arrivée et tu resteras ! Oublions tout ceci. »

Katherine se tourna vers Kim, posa timidement une main sur son bras :

« Je resterai si tu le veux, toi aussi, dit-elle à mi-voix.

— J'y tiens absolument ! »

Son père se leva en souriant :

« Mes enfants, il se fait tard et nos invités ne vont plus tarder, je crois. Allons nous préparer pour le dîner. Nos amis arrivent à huit heures. Nous prendrons l'apéritif sur la terrasse.

— Et mes cheveux qui sont dans un état ! » s'écria Francesca.

Elle jeta un baiser à Katherine du bout des doigts et partit en courant.

Une demi-heure plus tard, Doris et David se retrouvèrent dans le boudoir du premier étage.

« Tu as compris sans doute que je ne voulais pas me lancer dans une longue discussion devant Francesca – ni avec elle, comme elle semblait l'espérer, dit David. Il nous reste un petit quart d'heure pour clarifier nos idées et j'aimerais ton avis sur toute cette scène. »

Doris s'abstint de répondre. Elle connaissait trop bien David pour ne pas le laisser d'abord exprimer ses pensées, qu'elle ne désirait pas influencer. Aussi fut-elle étonnée lorsqu'il reprit avec insistance :

« Eh bien, Doris, que penses-tu de tout cela ? Quelle opinion te formes-tu maintenant sur Katherine ?

– Elle m'a fait pitié, je l'avoue. Je l'ai crue volontiers quand elle a évoqué les moments pénibles après la mort de sa mère, répondit-elle avec circonspection.

– Certes, ma chérie. Je n'ai moi-même pas mis en doute la véracité de son récit...

– Mais ?

– Ai-je dit « mais » ? demanda-t-il en souriant.

– Non, mais tu le penses.

– Tu as raison. Tu me connais trop bien, ma chérie... Tout en m'habillant, vois-tu, je me demandais jusqu'à quel point elle dramatisait, voire exagérait sa confession.

– Tu ne crois donc pas à la haine de son père ?

– Je n'en sais trop rien... Katherine en est apparamment persuadée, cependant, et l'opinion d'autrui sur la question n'a donc aucune importance. Que sais-tu de ce M. O'Rourke ?

– Peu de chose, David, comme je l'ai d'ailleurs dit à Katherine. Je ne le connais pas personnellement. Nous ne fréquentons pas les mêmes gens à Chicago. Je sais toutefois qu'il exerce une influence considérable dans cette ville, tant à cause de sa fortune que de ses relations politiques. Je ne pense pas que son pouvoir ait diminué depuis. J'ai entendu dire qu'il courait volontiers les femmes, mais sans provoquer de scandales, à ma connaissance du moins. Naturellement, on ignore ce que cache la réussite de gens comme lui. On l'a traité de parvenu, d'ambitieux que les scrupules n'étouffent guère... J'ai suffisamment approché ce type d'hommes pour croire volontiers à son tempérament tyrannique. Il a sûrement fait preuve de beaucoup de fermeté envers Katherine, pour ne pas dire plus...

– Oui, je vois. »

Pensivement, David alluma une cigarette, en tira quelques bouffées avant de poursuivre :

« Pour l'instant, Kim réagit sentimentalement, sans réfléchir. Je le comprends, à vrai dire. Katherine est une jeune femme fascinante à bien des égards et elle possède un charme auquel il est difficile de résister. Il aurait fallu un cœur de pierre pour douter de sa touchante histoire d'orpheline et j'avoue y avoir moi-même succombé, pendant un moment. Or, Kim est un tendre, autant que Francesca. La première surprise passée, ils font tout pour trouver à Katherine des justifications et des excuses... Ne trouves-tu pas étrange qu'ils soient tous deux hypnotisés à ce point par la personnalité de Katherine ?

– En effet. Que comptes-tu faire au sujet de Kim ?

– Rien.

– Voyons, David !

– Non, je ne compte absolument pas intervenir. Si je m'en mêlais, je ne ferais que jeter Kim encore plus sûrement dans les bras de Katherine. Je ne t'apprendrai pas que le fruit défendu est infiniment plus délectable, dit-il en souriant. Kim est amoureux, il en a même perdu la raison. Je dois donc m'abstenir de toute critique jusqu'à ce qu'il rouvre les yeux et se serve enfin de son intelligence. »

Devant la perplexité que sa déclaration suscitait chez Doris, David se rapprocha et parla d'un ton persuasif :

« Ecoute, ma chérie, nous devons tous deux faire l'effort de nous conduire normalement vis-à-vis de Kim et de Katherine. Je suis convaincu, vois-tu, qu'en lui laissant la bride sur le cou Kim finira de lui-même par reprendre ses esprits et considérer Katherine sous un jour très différent, telle que je la vois en ce moment.

— Que veux-tu dire ? Comment la vois-tu donc ?

— Une jeune personne troublée, pour ne pas dire... déséquilibrée.

— Le mot est un peu fort, David !

— Hélas ! non. Je ne crois pas. Katherine Tempest possède une personnalité extrêmement complexe, tu ne me contrediras pas. Sa beauté est assez exceptionnelle pour faire tourner les têtes, ses dons de comédienne lui permettent de faire rire ou pleurer à volonté son auditoire – dans un théâtre aussi bien que dans le petit salon du rez-de-chaussée. Mais, si son intelligence est vive, elle exerce également des pouvoirs dangereux. Et ces pouvoirs sont au service d'un caractère entier, fantasque, soumis à des sautes d'humeur imprévisibles qui dénotent un manque d'équilibre mental. »

Doris réfléchit longuement à ce qu'elle venait d'entendre.

« Si tu as raison, David, nous devrions nous inquiéter. Pour Kim, je veux dire.

— C'est exact. Mais n'oublie pas que Kim a, malgré tout, les pieds sur terre. Je suis sûr qu'il finira pas retrouver les principes qui ont guidé son éducation. C'est cela qui le protégera, car s'il s'en écarte trop il deviendra malheureux. C'est un fait, une vérité qu'il ressent encore confusément mais qui se fera jour tôt ou tard. Et c'est là-dessus que je compte pour que mon fils reprenne le sens de ses responsabilités et les place au-dessus de son amour pour cette jeune fille. »

Doris ne put retenir une moue sceptique.

« Ce n'est pas tout, reprit David. Quand cette « tempête dans un verre d'eau », comme a dit Francesca, se sera apaisée, quand Kim retrouvera l'usage de sa raison, au lieu de s'en remettre entièrement à son cœur et à ses instincts, il comprendra qu'une femme telle que Katherine n'est pas faite pour mener la vie d'une fermière au fin fond du Yorkshire... comme toi tu l'es, ma chérie, ajouta-t-il avec un éclair malicieux dans le regard. Et maintenant, dit-il en se levant, tournons cette page, pour ce soir du moins. Il est bientôt huit heures. Descendons accueillir nos invités. »

Doris prit la main qu'il lui tendait et le suivit vers la porte. Au moment de l'ouvrir, elle le retint :

« Le temps jouera en ta faveur, dit-elle en souriant. N'oublie pas que Katherine part pour la Californie à la fin de septembre. Elle sera absente au moins trois mois.

— Je sais, répondit-il en hochant la tête. Me crois-tu assez simple d'esprit pour ne pas avoir pris cet élément en considération ? »

La mine stupéfaite de Doris déclencha un éclat de rire.

25

SANS prendre le temps de frapper, Nicolas Latimer fit irruption dans la chambre de Victor Mason à La Réserve et s'immobilisa sur le seuil, hors d'haleine. Il constata avec horreur que son ami ne portait que sa chemise et ses sous-vêtements :

« Bon sang, tu n'es pas encore habillé ? »

Surpris par cette entrée, Victor se retourna, un sourcil ironiquement levé :

« Qu'est-ce qui te prend, Nick ? Il y a le feu ? »

D'un geste nonchalant, il prit un verre posé sur un guéridon et le porta à ses lèvres. Nick bondit, le lui arracha des mains :

« Tu n'as vraiment pas besoin de ça maintenant, tu boiras tout à l'heure tant que tu voudras. Habille-toi, bon dieu, il faut filer d'ici, et en vitesse !

— Mais, enfin, vas-tu m'expliquer ?...

— Crois-moi si tu veux, mais Arlene est en bas, dans le hall. Elle va arriver ici d'une minute à l'autre. Fais vite, Victor, dépêche-toi, je t'en supplie ! »

Tout en parlant, Nick se débarrassa du verre en le renversant à demi, empoigna le pantalon de Victor posé sur une chaise et le lui lança. Victor le rattrapa de justesse et changea d'expression. Il ne s'agissait décidément pas d'un des canulars habituels de Nick.

« Et moi qui croyais que tu plaisantais ! dit-il en enfilant son pantalon à la hâte.

— Est-ce que je plaisanterais sur une chose pareille ? Où sont ta veste, tes chaussures ?

— Dans l'armoire, là... Quand l'as-tu vue, Nick ?

— Il n'y a pas deux minutes... Dépêche-toi, bon sang ! Tiens, voilà tes chaussures. »

Nick laissa tomber les chaussures devant Victor tout en lui tendant la veste blanche de son smoking.

« Il fallait qu'elle nous tombe dessus ce soir, reprit-il. Comme si elle l'avait fait exprès ! Je t'attendais dans le hall quand j'ai par hasard regardé par la porte. Et je l'ai vue qui descendait d'une voiture avec une douzaine de malles et de valises ! Elle croit s'installer pour de bon, ma parole !... Presse-toi, Vic. Ne perds pas de temps, il faut filer !... »

Nick lui enfila les manches de sa veste, l'agrippa par un bras et l'entraîna vers la fenêtre. Victor se débattit, lui résista de son mieux :

« Espèce d'idiot ! Tu t'imagines que je suis un cascadeur ? Lâche-moi, tu vas déchirer mon smoking. »

Nick s'était déjà penché par la fenêtre ouverte. Il se retourna, fit un signe de la main :

« Viens donc, au lieu de discuter ! Ce n'est pas si haut que cela. Allons, saute ! Je sauterai après toi. »

Victor regarda par-dessus l'épaule de Nick, recula aussitôt :

« Tu es complètement fou, ma parole ! Il y a au moins six ou sept mètres...

— Mais c'est de l'herbe !

— Herbe ou pas, je ne tiens pas à me casser une jambe ou pire encore.

— Cela vaudrait mieux que de te faire arracher les yeux ! répliqua Nick d'un ton exaspéré. Te fais-tu encore des illusions ? Si Arlene est ici, ce n'est pas pour se rendre agréable... »

Des coups frappés à la porte interrompirent sa tirade. Nick empoigna Victor par le bras :

« Tu as encore une chance de lui échapper. Vas-y, saute ! Moi, je reste pour la recevoir et tenter une manœuvre de retardement...

— Pas question !

— Encore, bourrique ! Moi, je peux tenir tête à Arlene, pas toi ! Pendant ce temps, tu iras à la villa. Ne raconte surtout pas à Francesca ce qui se passe. Invente une excuse, n'importe quoi, explique-lui que je suis retenu par un coup de téléphone... »

Il ne put continuer. La porte s'ouvrit et Arlene Mason pénétra dans la pièce, un sourire de triomphe aux lèvres.

« Bonjour, Victor ! dit-elle en le saluant de la main. Tu ne m'en voudras pas de te faire une surprise, j'en suis sûre.

— Je suis un peu vieux pour ce genre de choses », répondit-il en se maîtrisant.

Deux grooms empilaient un monceau de bagages. Lorsqu'ils se furent enfin retirés, Nick s'approcha, désigna du doigt les valises :

« Pour quelqu'un qui ne fait que passer, vous m'étonnez, ma chère Arlène, dit-il d'un ton sarcastique. Il y a là de quoi soutenir un siège !

— Tiens, ce cher Nicolas. Toujours aussi charmant, je vois, répondit-elle avec un sourire glacial. Comment se porte notre petit génie de la littérature ?

— J'allais fort bien, jusqu'il y a trois minutes. »

Elle affecta d'ignorer la repartie et, sans perdre son sourire, traversa la pièce pour s'asseoir sur le canapé. Après avoir longuement lissé les plis de sa jupe et croisé ses longues jambes, elle posa un regard ironique sur les deux hommes, toujours plantés au même endroit.

« Mon dieu, mon dieu, sont-ils beaux tous les deux ! Et en smoking, par-dessus le marché... Où les festivités doivent-elles avoir lieu ? »

Victor jeta un regard à Nick pour lui imposer le silence et répondit à la hâte :

« Je suis navré de te décevoir, Arlene, il n'y a aucune festivité en vue. Nous nous apprêtions simplement à nous rendre à un dîner d'affaires. Entre hommes, ajouterai-je.

— Ah ! oui, vraiment ? » s'esclaffa-t-elle.

Pendant ce temps, Nick s'était dirigé vers le bar. Il se versa une rasade de vodka qu'il avala d'un trait. Victor ne bougeait pas et Nick éprouva de l'admiration pour la maîtrise dont il faisait preuve. Ils étaient tous deux pris au piège, un piège auquel ils ne trouvaient, malgré leurs efforts, aucun moyen d'échapper. S'ils faisaient simplement mine de sortir, Arlene leur emboîterait immédiatement le pas. A l'idée de la tête que ferait Francesca en les voyant arriver au bal en compagnie d'Arlene, Nick ne put réprimer un frisson. Le silence s'éternisait, l'atmosphère devenait de plus en plus tendue. Les nerfs à vif, Nick se versa une nouvelle dose de vodka tout en s'évertuant à imaginer une échappatoire.

« Nicolas, servez-moi donc quelque chose », lui dit Arlene.

C'en était plus que sa patience pouvait supporter :

« Vous êtes assez grande pour vous servir vous-même.

— Oh ! s'écria-t-elle, indignée. Le grossier personnage... »

Avant qu'elle ne laissât éclater sa colère, Victor s'interposa :

« Tu ferais mieux de partir, Nick. Tout le monde doit déjà nous attendre. Dis à ces messieurs que je les rejoindrai dès que je pourrai. »

Il le prit par le bras et le poussa résolument vers la porte. Avant de la refermer, il ajouta :

« N'oublie pas de préciser à Frank que le marché tient toujours et qu'il ne s'inquiète pas de mon retard.

— Bien sûr, Vic. Je rassurerai Frank. »

Une fois Nick parti, Victor s'adossa à la porte le temps de se ressaisir. Sans un regard pour Arlene, il traversa la pièce et s'accouda à la fenêtre pour fumer. Que faire pour minimiser les dégâts et s'extirper sans trop de mal de cet épouvantable guêpier ? Avant tout, garder son calme. Parler froidement mais poliment. S'assurer des véritables raisons qui avaient poussé Arlene à cet esclandre. Pour ce soir, du moins, se montrer compréhensif, consentir à tout. Aussitôt que possible, s'éclipser et se précipiter au bal de Francesca. Arlene s'incrusterait sans doute dans l'appartement de Victor et il faudrait faire face à une nouvelle scène en rentrant. Peu importe, conclut-il. Ce soir, j'irai coucher chez Nick. Demain, si tout va bien, je l'aurai expulsée.

Avec un calme étudié, Victor se retourna. Arlene s'était servi à boire et avait repris sa place sur le canapé, parfaitement à l'aise. Après s'être versé un scotch, Victor s'assit dans un fauteuil près de la porte.

« Eh bien, Arlene, puis-je savoir pourquoi tu es ici ? dit-il.

— N'est-ce pas assez évident ? Pour le plaisir de te

voir. Qu'as-tu fait, depuis tout ce temps ? Comment vas-tu ?

– Assez de bavardages inutiles, Arlene. Venons-en au vif du sujet. Et, avant tout, laisse-moi te dire que tu ne manques pas d'audace en me tombant dessus à l'improviste, alors que nous sommes en pleine procédure de divorce.

– Jusqu'à ce qu'il soit prononcé, je suis toujours *légalement* ta femme, mon chéri. Il n'y a rien de surprenant à ce qu'une épouse rende visite à son mari quand cela lui plaît.

– Soit, dit-il avec un geste de la main. Puis-je savoir alors quel est l'objet de cete visite incongrue ?

– Mais... te voir, te parler sans ces maudits avocats qui nous dressent l'un contre l'autre.

– Qu'espères-tu obtenir ainsi, Arlene ?

– Je suis persuadée, vois-tu, que nous pouvons résoudre notre différend. Sinon, nous sommes mieux placés que ces intermédiaires pour négocier un compromis plus équitable pour l'un et l'autre. Et puis, mon cher Victor, n'est-il pas plus intime de rester entre nous, pour une fois ? »

Son ton mielleux, la douceur fallacieuse de son sourire faillirent faire exploser Victor, qui se contint à grand-peine.

« Je doute fort que nous puissions régler quoi que ce soit à l'amiable, dit-il sèchement. Tes avocats et toi êtes allés trop loin, ces derniers temps, pour que je passe l'éponge. Si tu crois à tes chances, tu te leurres.

– Toi aussi, mon gros loup. »

Victor fit la grimace devant la vulgarité de ce terme.

« Que veux-tu dire, je te prie ? »

Arlene affecta de rajuster sa coiffure, le dévisagea

avec un sourire entendu. Victor la détaillait sans complaisance; certes, elle était jolie. Au fil des années, cependant, sa beauté s'était figée, comme desséchée sous l'abus du maquillage et des artifices. Une pin-up de Hollywood, voilà ce qu'elle est devenue, se dit-il non sans tristesse. Plate, brillante mais inerte comme une affiche...

Faute de réponse à sa question, il reprit avec calme :

« Je ne m'illusionne pas, Arlene. Ce n'est pas moi qui présente des demandes absurdes et exige l'impossible.

— Il n'empêche que tu *fais* des choses parfaitement absurdes, mon chou, dit-elle en riant. Sais-tu que je t'admire, Victor ? A ton âge, jouer les don juan comme si tu avais encore vingt ans !... Ce doit quand même être éprouvant de satisfaire deux minettes à la fois, non ? Sentimentalement, peut-être pas. Mais physiquement... »

Victor resta parfaitement immobile et sut conserver un ton normal pour dire :

« Je ne comprends rien à tes allusions.

— Mais si, mon chou, tu sais très bien de qui je veux parler, au contraire ! Katherine *et* Francesca. »

Ses réflexes d'acteur lui permirent de se faire instantanément un masque d'impassibilité et de dissimuler son effarement derrière un rire de bonne humeur :

« Ah ! Tu veux parler de ces deux gamines ? Tu plaisantes, ma pauvre Arlene. Des camarades, sans plus... »

Le sourire satisfait s'effaça du visage d'Arlene pour faire place à une rage froide :

« Je t'en prie, Victor, c'est à *moi* que tu parles, ne l'oublie pas ! Je te connais depuis trop longtemps.

Katherine Tempest n'est pas une *copine*. Je sais qu'elle est sous contrat avec ta maison de production. Une copine! Elle ne se contente pas de jouer les vedettes dans ton dernier film, elle tient le grand premier rôle dans ton lit, je le sais! Rôle qu'elle partage avec *Lady* Francesca Cunningham, fille du comte de Langley, commodément mise au frais pour le moment dans une villa du Cap-Martin où, curieuse coïncidence, se trouve aussi ta chère petite *copine* Tempest. Alors, dis-moi, mon chou, il te plaît bien ton sandwich de chair fraîche? Tu prends des goûts exotiques avec l'âge, ma parole! Quel piment de déguster ces mignonnes qui, comble du raffinement, sont des amies intimes! Bravo, Victor. Tu t'évites même la peine de faire les présentations. »

Victor fut incapable de se maîtriser davantage :

« Garce! cria-t-il. Sale garce!... »

A demi levé, il était sur le point de se jeter sur elle pour la gifler quand il se ressaisit à temps. Il ne fallait surtout pas céder à la provocation et aggraver son cas par des voies de fait.

« Tes calomnies m'écœurent, dit-il d'un ton glacial. Je ne te dois aucune explication, aucune justification de mes faits et gestes. Nous sommes séparés depuis plus d'un an et nous n'avons plus rien de commun. Je ne te permettrai cependant pas d'attenter à la réputation de quiconque. J'admets bien volontiers m'intéresser à Katherine Tempest et le contrat que j'ai signé n'a rien d'un secret d'Etat. Mais cela ne va pas plus loin. Quant à Francesca Cunningham, je suis tout simplement un ami de son père. Il nous a autorisés à tourner plusieurs scènes dans son château, sa fille a collaboré à la production quand nous étions dans le Yorkshire, un point c'est tout.

– Oh ! Je suis très renseignée sur le château de Langley et ce qui s'est vraiment passé dans le Yorkshire. Inutile de gaspiller ta salive pour me raconter des sornettes. Je m'étonne seulement que tu ne prennes pas davantage de précautions lorsque tu joues la grande scène du balcon, Roméo, dit-elle avec un ricanement moqueur. Tu es connu comme le loup blanc, surtout dans des trous de campagne où tu te pavanes dans ta Bentley rutilante. Je m'étonne donc de ta négligence, lorsque tu donnes des rendez-vous à ta belle devant la grille du château pour l'embrasser comme une vulgaire paysanne au beau milieu de la route. Tu te négliges, mon pauvre Victor ! Les plus obtus des domestiques du comte en savent plus long que toi, dans ce domaine. Eux au moins ont plus de discrétion.

– Tu mens ! Ce n'est qu'un ramassis de... »

Une fois encore, il s'était laissé prendre au piège de sa fureur aveugle et il lui fallut longtemps pour retrouver son calme. Que savait-elle au juste ? Possédait-elle des preuves, ou s'agissait-il de simples racontars ? Tentait-elle un coup de bluff ? Sans doute pas, se dit-il découragé.

Arlene le dévisageait avec un amusement visible :

« Un ramassis de quoi, mon gros loup ? dit-elle d'un ton doucereux. Tu me connais bien mal. Je ne m'intéresse qu'aux faits, vois-tu. Aux faits irréfutables. Je ne m'avance jamais à la légère, moi, et je sais que tu as emmené ta chère Francesca en voiture jusqu'à Londres par un bel après-midi de juin. Vous êtes arrivés dans la soirée, je puis même t'indiquer l'heure exacte... »

Elle traversa rapidement la pièce, prit une petite

mallette qu'elle rapporta vers le canapé où elle se réinstalla confortablement. Après l'avoir ouverte, elle en sortit un dossier qu'elle consulta :

« Voilà. 20 h 10. C'est bien cela, n'est-ce pas ? Le lendemain après-midi, tu l'as accompagnée à l'aéroport et, ce même soir, Nick et toi avez dîné avec elle en compagnie d'une petite blonde. Tiens, poursuivit-elle en lui tendant le dossier, voici le détail complet de tes activités au cours des onze derniers mois. Je ne suis pas aussi bête que tu le crois, vois-tu. Le jour même où tu as cru bon de me quitter, je t'ai fait suivre jour et nuit par des détectives privés. Je n'ai plus rien à apprendre sur ton compte. »

Victor jeta le dossier sur un guéridon sans même l'ouvrir. Avec une insouciance étudiée, il répondit :

« Tu surestimes ton intelligence, ma pauvre Arlene. Raccompagner une jeune fille à Londres ne constitue pas une preuve d'adultère, pas plus que de prendre une actrice professionnelle sous contrat lorsqu'on dirige une maison de production. A ta place, je ne me risquerais pas à présenter des preuves aussi inconsistantes devant un tribunal. D'avance, tu es sûre de perdre.

— Peut-être ou peut-être pas, je ne me hasarderai pas à l'affirmer. Mais entre-temps, mon cher mari, j'aurai définitivement compromis la réputation de ta comtesse et de ta saltimbanque. Quand on remue la boue, il en reste toujours des traces. Une fois que j'en aurai fini avec elles, tes deux petites gourgandines n'oseront plus se montrer en public, tu peux me croire. »

Une nouvelle vague de rage, plus puissante que les précédentes, submergea Victor. Il fut sur le point de se jeter sur Arlene, de faire saigner à coups de poing son trop joli visage. Au prix d'un effort considérable, il réussit à se ressaisir et c'est d'une voix ferme qu'il répondit enfin :

« Décidément, tu ne penses qu'à la boue. C'est là ton élément naturel.

— J'ai été à bonne école avec toi. N'oublie pas, Victor, que j'ai moi aussi été ta petite protégée, naguère. Je sais tout de ces déjeuners bien tranquilles dans ta loge, pour « examiner le scénario » et « répéter le rôle » !

— Aucun rapport ! Nous devions nous marier...

— Ah ! oui. Parlons-en. Je ne crois pourtant pas me rappeler avoir reçu en prime le moindre bracelet de diamants ni le plus petit collier de perles, *moi* ! N'essaie pas de me faire croire que tu as fait faire tes emplettes par une secrétaire et que tu n'es pas au courant...

— Assez, Arlene ! Je n'ai rien à nier ni à admettre. J'ai fait des cadeaux à tout le monde, jusqu'au dernier machiniste. Tes insinuations ne me touchent pas. Si tu ne possèdes aucune preuve contre ces deux jeunes filles, c'est tout simplement parce qu'il n'en existe aucune.

— Imaginerais-tu, par hasard, que j'ai tous mes atouts dans ce pauvre petit dossier ? dit-elle avec un sourire satisfait. Je dispose de bien mieux et d'infiniment plus détaillé que cela. Mais là n'est pas la question. Vrais ou faux, pense un peu à ce qui se produira lorsque j'aurai communiqué ces rapports à mes amis journalistes. Tu te retrouveras dans la... boue jusqu'au cou, mon pauvre Victor, toi et tes adorables *copines*. La presse est particulièrement friande de ce genre de choses, tu devrais le savoir. »

Cette dernière menace n'était pas vaine, Victor l'avait aussitôt compris. Il n'était pas surpris d'avoir été filé par des détectives privés, il en avait parlé avec Nick à plusieurs reprises. A mesure qu'il passait en revue son comportement, son inquiétude s'amenuisait toutefois; malgré tous leurs soins, les limiers d'Arlene n'avaient rien pu lui rapporter de concret. Des présomptions, sans doute. Mais aucune preuve solide. Restait la menace du scandale...

« Tu es vraiment trop bête, ma pauvre Arlene, dit-il calmement. Nous sommes légalement séparés depuis un an. J'ai le droit de voir qui je veux sans te rendre des comptes. Aucun journaliste ne s'intéressera à tes élucubrations...

— Erreur, Victor. Cela ferait de l'excellente copie, au contraire. Licite ou non, ton petit ménage à trois... »

Il l'interrompit d'un geste :

« Epargne-moi tes écœurants fantasmes, je te prie. Dis-moi seulement pourquoi tu t'acharnes ainsi ? Pourquoi ?

— Parce que tu m'as fait souffrir, Victor. Parce que je cède enfin au besoin pressant de te rendre la pareille. »

Elle poussa un soupir et se laissa aller contre le dossier de son siège avec une expression pathétique.

« Nous ne sommes pas au dernier acte de *La dame aux camélias*, dit-il sèchement. Tes talents de comédienne n'ont d'ailleurs jamais été jusque-là. Arrête ton cinéma, tu te rends ridicule. Perds également tes illusions : tu ne peux rien contre moi. Je suis trop connu, trop solidement établi dans le milieu du cinéma et dans l'opinion publique. Tu ne feras que blesser inutilement deux femmes innocentes.

— Peut-être. Et alors ? »

Victor ne répondit pas tout de suite. Il se leva, traversa posément la pièce jusqu'à une table où il choisit un cigare dans son coffret. Il l'ausculta, en coupa le bout, l'alluma avec soin tout en jetant discrètement un coup d'œil à sa montre. Neuf heures, déjà ! Comment diable allait-il se sortir de ce traquenard ? Il devenait urgent d'en finir.

« Tu me fais perdre mon temps, Arlene, dit-il en revenant s'asseoir. Je souhaite mettre un point final à nos sordides querelles et je suis disposé à me montrer encore plus généreux. Je t'avais d'abord proposé trois millions de dollars. Mes avocats ont offert aux tiens, il y a quinze jours, un supplément de 500 000. J'irai jusqu'à un million en ajoutant la maison de Bel-Air par-dessus le marché. Cela devrait apaiser tes insoutenables « souffrances », n'est-ce pas ? »

Arlene fit un signe de dénégation.

« Quoi, cela ne te suffit pas ?

— Non, mon cher Victor... Le scandale t'indiffère, soit. Mais, comme tu viens de le dire, il risque de créer des problèmes inutiles pour ces deux « innocentes » — et particulièrement pour la noble fille de ton « ami » le comte. Penses-y, Victor. Réfléchis sérieusement.

— C'est du chantage !

— Non, mon chou. Tout au plus le sens des réalités. »

Victor se redressa, fit un nouvel effort pour rester calme.

« Résumons-nous, dit-il. Tu voudrais que je te donne mon ranch et la moité de ma société de production *en plus* de ce que je viens d'énumérer à titre de compromis ? C'est cela que tu prétends exiger pour m'accorder le divorce dans la dignité ? T'ai-je bien comprise ?

— Oui et non... »

Son expression devint tout à coup si douce, si

humble que Victor se prépara au pire. Leurs regards se croisèrent. Victor ne cilla pas et ce fut Arlene qui, la première, dut détourner les yeux. Au bout d'un long silence, elle dit enfin :

« Je ne veux ni de ton argent, ni de la pension, ni de la maison de Bel-Air, Victor. Je ne souhaite pas davantage te dépouiller du ranch ou de *Bellissima Productions*.

— Que veux-tu, alors ? demanda-t-il froidement.

— Toi, mon chéri », murmura-t-elle.

Muet de stupeur, doutant d'avoir bien entendu, il se renversa dans son fauteuil et, bouche bée, ne put que la dévisager.

26

Pour la première fois de sa vie, ce soir-là, Francesca se trouvait véritablement en beauté. Un sourire émerveillé l'illuminait tandis qu'elle se contemplait dans son miroir.

C'est à Katherine qu'elle devait, en partie, cette métamorphose, Katherine qui avait insisté pour la coiffer et la maquiller. Une imperceptible couche de fond de teint soulignait ses pommettes hautes; une touche de fard sur les paupières, un soupçon de mascara sur les cils rehaussaient l'éclat de ses yeux. Il avait suffi de ce rien pour accentuer sa beauté et mettre ses traits en valeur.

Mais ce qui l'enchantait presque davantage, c'était sa robe. A peine avait-elle jeté les yeux dessus, chez *Harte's* à Londres, qu'elle avait été conquise. Une robe ? Plutôt un nuage d'organdi pêche, une ample jupe vaporeuse surmontée d'un corsage ajusté qui moulait son buste. Cette toilette de rêve, elle en connaissait le prix et savait que, pour son père, c'était une folie. Il avait pourtant cédé, lui aussi, à l'effet magique de ces légers chiffons et, balayant d'un geste sans réplique les protestations de Francesca, en avait aussitôt fait l'acquisition. « Les

autres ressemblent à des sacs de pommes de terre »,
avait-il bougonné pour la faire taire. Trop heureuse
d'une telle aubaine, Francesca s'était inclinée d'autant plus volontiers qu'elle devinait que, pour une
telle occasion, il importait à son père autant qu'à
elle qu'elle fût belle.

Les perles de Victor luisaient à son cou et jetaient
des reflets crémeux. Oui, ce soir Francesca se trouvait aussi belle qu'elle le souhaitait – pour Victor.
Son impatience de le voir, de se laisser admirer par
lui la faisait vibrer. Il lui tardait de surprendre son
expression lorsqu'il poserait les yeux sur elle. Pour
la centième fois, elle consulta sa pendulette : presque
neuf heures. Il allait arriver. Nick et lui faisaient
partie des quelques intimes, invités avant le début du
bal pour boire à la santé des fiancés. Les autres ne
devaient venir qu'à partir de dix heures. Elle aurait
Victor tout à elle, ou presque, pour une grande
heure...

Francesca se drapa les épaules dans le long châle
transparent qui complétait sa mise, prit la pochette
de soie assortie à ses escarpins et sortit enfin de sa
chambre. Lorsqu'elle parvint à la terrasse, le lieu
était encore désert. De petites tables, couvertes de
nappes roses et entourées de chaises dorées, avaient
été disposées çà et là. Francesca arpenta lentement
la terrasse, admira l'illumination du jardin; les
arbres étaient festonnés de guirlandes aux minuscules ampoules multicolores. Au loin, la Méditerranée
scintillait sous la lune.

Sur la grande pelouse, on avait installé une
estrade pour l'orchestre. Quelques accords de guitare
se firent entendre dans la pénombre et Francesca vit
les musiciens se rassembler, accorder leurs instru-
ments et plaisanter entre eux. Le guitariste entonna

une chanson mélancolique, adaptée du folklore mexicain, et très à la mode cet été-là. C'était l'un des airs préférés de Victor et Francesca l'écouta les yeux clos, le cœur débordant de joie. La soirée s'annonçait merveilleuse, romantique. Inoubliable, surtout. Dans un ciel indigo, les étoiles scintillaient. Venue de la mer, une brise légère, chargée de senteurs salées, exaltait le parfum des fleurs en y mêlant l'odeur des pins parasols. Ce soir, son instinct lui annonçait que Victor la demanderait en mariage. Naturellement, elle accepterait, prête à attendre la conclusion de son divorce afin de célébrer leur union dans la pittoresque vieille église de Langley...

« Toute seule, Francesca ? »

Elle se retourna, salua gaiement de la main Kim et Katherine qui s'avançaient vers elle. La jeune actrice lui parut éblouissante dans une robe de crêpe georgette blanc, à la ligne très simple. Elle ne portait aucun autre bijou que le bracelet de diamants offert par Victor.

Kim s'arrêta à quelques pas de Francesca en feignant de chanceler. Il poussa un long sifflement admiratif :

« Dis donc, ma vieille, tu t'es surpassée ce soir !

— Merci quand même, mufle ! répondit Francesca en riant.

— C'est vrai, ma chérie, déclara Katherine à son tour. Je te trouve époustouflante. »

Les deux jeunes filles s'embrassèrent. Katherine prit affectueusement Francesca par le bras et l'entraîna vers le bar, dressé à une extrémité de la terrasse. Francesca demanda du champagne. Kim et Katherine, qui dirent en craindre les effets, préférèrent du bordeaux rouge.

« Venez admirer le jardin, leur dit Francesca en

s'accoudant à la balustrade. Le décor est fabuleux.

– C'est vrai, approuva Kim. Cette chère Doris fait décidément bien les choses. »

Katherine et lui se lancèrent dans une conversation animée sur les festivités à venir et Francesca les écoutait à peine. Tout en buvant distraitement de petites gorgées de son champagne, elle ne cessait de penser à Victor. Son retard l'étonnait, commençait presque à l'inquiéter. Elle se força à revenir à la réalité, prêta l'oreille à ses voisins. Bientôt, elle se rendit compte que Katherine était exceptionnellement énervée. Elle parlait trop fort, fumait trop, buvait de trop longues gorgées de vin. En examinant plus attentivement son visage, Francesca s'aperçut qu'elle avait les yeux légèrement cernés sous son maquillage. Fatigue, insomnie, inquiétude ? Est-elle vraiment réconciliée avec Kim, ou subit-elle des soucis d'ordre professionnel ? Un souvenir lui revint brusquement en mémoire : la veille, Katherine s'était, sans raison apparente, montrée agitée, de mauvaise humeur vers le milieu de la journée . Ensuite, elle était restée morose et taciturne, pour ne redevenir elle-même que dans la soirée. Que s'était-il produit, qui pût justifier un tel comportement ?

Une exclamation de Kim l'arracha à sa rêverie :

« Ah ! voici les tourtereaux en compagnie de Christian. Papa s'est mis sur son trente et un, lui aussi. »

David Cunningham et Doris s'approchaient en effet, encadrant Christian dans son fauteuil roulant. Ils s'arrêtèrent à quelques pas, comme pour mieux admirer Francesca. Son père, surtout, ne pouvait la quitter des yeux. Il distinguait une indéfinissable transformation dans toute sa personne, une sorte de maturité qui lui donna un bref accès de mélancolie. Bientôt, se dit-il, je vais la perdre. Quelque jeune dandy me l'arrachera pour toujours... Je lui souhaite d'être aussi heureuse que je le suis.

Francesca s'approchait déjà pour l'embrasser :

« Merci, papa. Pour la robe. Pour tout...

— Je n'en ferai jamais assez pour toi, ma chérie, répondit-il à mi-voix. Tu es radieuse de beauté, ce soir, et tu me fais honneur. Merci à toi, ma chérie. »

Katherine restait à l'écart. Elle ne parvenait pas à calmer l'inquiétude causée par les nouvelles reçues la veille et l'angoisse, une fois de plus, lui étreignait la gorge. Il lui fallut faire un effort pour répondre en souriant aux compliments des nouveaux arrivants.

« Je vous vois tous trois le verre à la main, dit Doris gaiement. Si nous buvions nous aussi, David ?

— Je compte surtout porter un toast à ma chère et ravissante fiancée. Champagne pour tout le monde ? »

Doris et Christian firent un signe d'assentiment. Francesca se rapprocha de son cousin, lui demanda en baissant la voix :

« Tu as parlé à tante Arabella, cet après-midi, n'est-ce pas ? Comment va-t-elle ?

— Moins mal que d'habitude. Oncle David était avec nous lorsque Diane et moi lui avons téléphoné et ils se sont parlé quelques instants. Malheureusement, je doute que grand-mère et elle puissent venir au mariage... »

Le retour de son oncle l'interrompit. Tout le monde but à la santé de la fiancée, lui présenta des vœux de bonheur. David et Doris allèrent peu après s'asseoir à une table pour s'isoler. Kim se lança dans une grande conversation avec Christian. Francesca en profita pour s'éloigner, plus préoccupée que jamais par l'inexplicable retard de Victor. Elle arpenta la terrasse à pas comptés afin de ne pas trahir son trouble puis, arrivée en haut des marches menant au jardin, elle en descendit quelques-unes, affectant de regarder le paysage.

Puis elle remonta. Katherine, qui se faisait verser un autre verre de bordeaux au bar, se dirigea vers elle d'un pas rapide. Par la suite, Francesca fut incapable de se rappeler les circonstances exactes de ce qui se produisit alors. Katherine parut trébucher, perdit l'équilibre, se redressa maladroitement. Dans sa main mal assurée, le verre de vin rouge tangua dangereusement. Une partie de son contenu rejaillit. Francesca s'écarta d'un pas – une fraction de seconde trop tard. Une grosse éclaboussure s'était répandue sur son corsage et coulait sur sa jupe.

Pétrifiée d'horreur, Francesca contemplait la tache couleur sang qui s'élargissait sur l'organdi :

« Oh ! non ! Mon dieu, ma robe... ma robe... »

Dans ses yeux, des larmes commençaient à sourdre. Sa belle robe de bal, sa toilette de rêve, perdue. Irréparable.

Katherine fit un pas en tremblant :

« Oh ! Francesca, pardon ! Pardonne-moi, je t'en supplie. J'ai buté, c'était un accident, je te le jure... »

Doris avait déjà bondi et accourait en criant :

« Kim, une carafe d'eau, du sel. Vite ! Christian, apportez des serviettes ! »

Tout en parlant, elle prenait Francesca par la taille, la guidait vers une table, la faisait asseoir en murmurant des consolations. David s'était approché à son tour, la mine accablée, ne sachant que faire. Il savait trop bien que sa fille ne possédait aucune autre robe digne d'être portée ce soir-là.

« Ne t'inquiète pas, ma chérie, nous allons arranger cela », dit Doris.

Les larmes de Francesca redoublèrent :

« C'est impossible. Ma robe est fichue avant... avant qu'il... le début du bal... », dit-elle en hoquetant.

Son verre vide à la main, Katherine n'osait s'approcher. Déjà pâle au début de la soirée, elle devenait livide. Aucun son ne sortait de sa gorge serrée. Pour sa part, Doris n'avait pas perdu la voix et sa colère fut la plus forte :

« Vous n'êtes pas si maladroite, d'habitude, au contraire ! » lui jeta-t-elle les dents serrées.

Sous son regard furieux, Katherine rougit :

« Je vous jure que je ne l'ai pas fait exprès ! s'écria-t-elle. Jamais je n'aurais voulu blesser Francesca ou lui faire tort, jamais !... »

Doris se retint de lui lancer de nouvelles invectives. Elle se détourna avec un dédain manifeste, prit la serviette, l'eau et le sel que lui tendaient Kim et Christian et s'efforça de nettoyer la tache. Celle-ci s'éclaircit quelque peu, Doris continua d'éponger de son mieux, s'affaira. Le vin refusait de disparaître.

« Que s'est-il passé ? demanda Kim à Katherine.

– Je ne sais plus... J'ai buté ou glissé. Je ne sais plus. »

Kim ne répondit rien. Comme son père, il souffrait de se sentir inutile et de la peine qu'éprouvait Francesca.

Au moment où Christian tendait son mouchoir à sa cousine afin qu'elle s'essuyât les yeux, Diane arriva. Elle comprit d'un coup d'œil ce qui s'était passé et intervint avec autorité :

« Il faut immédiatement ôter cette robe, la repasser pour la sécher et couvrir la tache avec quelque chose. Des fleurs ou... »

Doris sourit pour la première fois :

« Des fleurs ! s'écria-t-elle. Excellente idée, Diane. Une guirlande de roses, les rosiers en regorgent. Elles ont exactement la nuance qu'il faut. »

C'est à ce moment-là que surgirent Nicolas Latimer et Jake Watson, hors d'haleine d'avoir couru et prêts à s'excuser de leur retard. Nick fit quelques pas et stoppa net à la vue de Francesca écroulée sur une chaise, la robe maculée de rouge.

« Est-elle blessée ? » cria-t-il.

David Cunningham se tourna vers lui, un sourire contraint aux lèvres, et vint à sa rencontre :

« Rien de grave, Nick, rassurez-vous. Une tache de vin. Doris et Diane vont pouvoir réparer les dégâts...

– Non, elles n'y arriveront jamais ! l'interrompit Francesca d'une voix tremblante. Ma belle robe... Personne ne l'avait encore vue. Personne ! »

Elle regardait Nick affolée, cherchait désespérément la silhouette tant attendue qui aurait dû se profiler derrière lui. Au mot de « personne », répété plaintivement, Nick comprit de qui il s'agissait et se hâta d'expliquer :

« Victor m'a chargé de vous présenter ses excuses, il sera un peu en retard. Au moment de partir, il a reçu un préavis d'appel des Etats-Unis. J'ignore quand la communication lui parviendra, il s'agissait d'une affaire urgente. Mais il ne tardera pas trop, je l'espère. »

Il fit discrètement un signe rassurant à l'adresse de Francesca. David Cunningham répondit quelques mots courtois. Doris se releva :

« Excusez-nous, messieurs, Diane et moi devons

nous occuper de Francesca. Nous allons faire un peu de jardinage », dit-elle en se forçant à sourire.

Pendant que Diane, après un bref signe de main, disparaissait à la suite de Doris, Francesca se laissa retomber contre le dossier de sa chaise. Elle éprouvait soudain un profond soulagement. Victor ne me verra pas dans cet état, se dit-elle. Tant mieux ! Diane saura dissimuler cette horrible tache avec des fleurs, elle a du génie pour ce genre de choses. Puis elle baissa les yeux et frissonna de nouveau : du sang. Le vin ressemblait maintenant à du sang séché.

Nick s'approcha, tenta de minimiser le drame et de réconforter la jeune fille :

« Allons, Francesca, ne faites pas cette tête-là ! dit-il en riant. Vous n'êtes pas faite pour les grands rôles tragiques. »

Tout en parlant, il imaginait Victor aux prises avec Arlene à La Réserve et formula ardemment le vœu que son ami parvînt à s'échapper. Sinon, Francesca pourrait bien, ce soir, jouer contre son gré un personnage de tragédie...

Doris et Diane revenaient déjà, les bras chargés de fleurs.

« Kim, emmène ta sœur dans sa chambre pendant que nous préparons les guirlandes. Francesca, enlève ta robe et refais ton maquillage, nous te rejoindrons dans quelques minutes. »

Katherine sortit alors de l'ombre où elle se dissimulait :

« Francesca, ma chérie, pardonne-moi, dit-elle d'une voix tremblante. Je suis bouleversée, rongée de remords. Je te jure que je ne l'ai pas fait exprès. Tu me crois, au moins ?

– Oui, je te crois... Je ferais mieux de me dépêcher, tout le monde va bientôt arriver. »

Elle s'éloigna au bras de Kim; M. Cunningham et Jake Watson se dirigèrent vers le bar et Nick se retrouva seul avec Christian et Katherine, dont l'aveu le laissait stupéfait. Il se tourna vers elle, lui demanda avec incrédulité :

« C'est vous, Katherine, qui avez fait cela ? C'est vous qui avez renversé du vin sur Francesca ? »

Elle soutint son regard sans ciller :

« Oui, c'est moi. C'est ma faute. J'ai trébuché sur le dallage. »

La mine scandalisée de Nick, son expression de reproche eurent raison de sa précaire assurance. Elle se mit à trembler, les yeux brouillés de larmes.

L'animosité des deux protagonistes de ce bref dialogue n'avait pas échappé à Christian. Un silence pesant s'était abattu, qu'il s'efforça de rompre par des paroles apaisantes :

« Allons, Katherine, inutile de vous rendre malade. Tout le monde sait qu'il ne s'agit que d'un incident involontaire, personne ne songe à vous le reprocher. Venez donc vous asseoir là-bas, avec moi, jusqu'à ce que vous soyez remise de vos émotions. »

Elle acquiesça. Tout, se dit-elle, plutôt que de rester avec Nick. Il me hait.

Christian manœuvrait déjà son fauteuil roulant. Il stoppa devant Nick :

« J'ai déjà donné mon mouchoir à Francesca, dit-il en souriant. Pouvez-vous me prêter le vôtre pour éponger les larmes de cette pauvre Katherine ? »

Sans mot dire, Nick plongea la main dans sa poche, tendit son mouchoir à Katherine qui se tamponna les yeux.

« Merci », murmura-t-elle en reniflant.

Nick ne lui jeta pas un regard :

« Excusez-moi, Christian, je vais rejoindre les autres. »

Partagé entre son antipathie pour Katherine et la compassion que lui inspirait Francesca, il s'éloigna rapidement en direction du bar.

La mine soucieuse, Jake Watson entraîna Nicolas Latimer à l'écart, vers le fond du jardin.

« Qu'allons-nous faire ? lui demanda-t-il.

– Bon dieu, déjà dix heures et demie ! répondit Nick en consultant sa montre. Je parie qu'il n'arrive pas à se débarrasser de cette garce d'Arlene. »

Jake réfléchit, le front plissé par la perplexité :

« Non, Nick. Je connais Victor, il s'est tiré de situations pires que celle-ci. Il est peut-être déjà en route. Tu sais combien de temps il nous a fallu pour venir de Beaulieu, tout à l'heure. Attendons encore un peu et gardons notre calme. Si nous avons l'air trop énervés, Francesca se doutera de quelque chose. »

Nick maîtrisa la stupeur que lui causait cette dernière phrase :

« Francesca ? Que veux-tu dire ?

– Je ne suis pas aveugle, Nick. Je me doute depuis un bon moment de ce qui se passe entre Victor et elle. Mais rassure-toi, je sais être discret quand il le faut, Victor sera le premier à te le dire. Je protégerai leur secret par tous les moyens. Tu n'es pas le seul à aimer Victor : je lui dois tout. S'il trouve le bonheur avec Francesca, il ne l'aura certes pas volé. »

Nick laissa échapper un soupir résigné :

« Restons-en là et que cela ne sorte pas de notre cercle...

– Attention ! l'interrompit Jake. Diane se dirige

vers nous. Et pour l'amour du Ciel, Nick, ne fais pas cette tête d'enterrement. »

Diane, en effet, les rejoignit quelques secondes plus tard. Elle se jeta gaiement dans les bras de Nick et l'embrassa sur la joue :

« Te voilà ! Je te cherchais partout. Je suis navrée de ne pas vous avoir encore dit bonsoir, ajouta-t-elle en se tournant vers Jake.

– Ne vous excusez surtout pas. Comment va Francesca ? Où est-elle ?

– Nous venons de redescendre, dit Diane avec un geste de la main, et elle doit se trouver encore sur la terrasse. La robe est repassée, Doris et moi avons dissimulé la tache sous une guirlande de roses. Elle a refait son maquillage et elle est plus ravissante que jamais, vous verrez. »

Nick ne pouvait détacher son regard de Diane, dont il détaillait l'éclatante beauté. Elle portait une sorte de longue tunique de soie gris perle brodée de fils d'argent, avec un décolleté en pointe et des manches évasées. Sa coiffure tirée en arrière lui dégageait le visage.

« Ce qualificatif te convient encore mieux ! s'écria-t-il. Tu me parais même éblouissante. »

Les regards qu'ils échangèrent firent comprendre à Jake Watson qu'il valait mieux s'éclipser discrètement. Lorsqu'ils furent seuls, Nick enlaça Diane par la taille :

« Je n'ai pas encore eu l'occasion, aujourd'hui, de te dire combien je t'aime, murmura-t-il. En fait, je t'aime chaque instant davantage.

– Moi aussi, Nick, répondit-elle avec un regard expressif. Et j'espère qu'il en sera toujours ainsi. »

Puisse-t-elle dire vrai, se dit Nick. La mise en garde de Victor, la semaine précédente, lui revenait en mémoire : avec elle, lui avait-il répété, ne prends pas tes désirs pour la réalité; ne t'attends pas à un amour qui dure. Objectivement, Victor jugeait Diane trop dévouée à son frère et à sa mère, trop préoccupée par le sort de son père pour lier définitivement son destin à celui d'un autre homme. S'il n'y prenait garde, Nick risquait d'en souffrir. Ce soir-là, pour la centième fois, il balaya cette prudence et préféra prendre le risque. Il posa un léger baiser sur les cheveux de Diane, lui caressa la joue.

« Tu m'as semblé bien pensif, pendant une minute. Tout va bien ? lui demanda-t-elle.

— Aussi longtemps que tu es dans mes bras, oui. Et toi ?

— Moi aussi, Nick, dit-elle en se blottissant contre lui.

Elle s'écarta presque aussitôt, agita la main. Nick se retourna :

« Voilà Francesca ! Plus radieusement belle que jamais.

— Grâce à Doris et à Diane, dit-elle en prenant sa cousine par le bras. Tu as véritablement fait preuve de génie, ma chérie. »

Nick dut convenir que l'effet produit par le stratagème de Diane était spectaculaire. Mais Francesca n'écoutait plus ses compliments. Avec une feinte nonchalance, elle regardait autour d'elle :

« La foule grossit à vue d'œil, il me semble. Au fait, Victor n'est pas encore arrivé ?

C'était précisément la question que Nick redoutait le plus. Il s'apprêta à répondre. A ce moment-là, Jake revint en apportant un verre pour Diane. Il comprit aussitôt l'embarras de son ami et se hâta d'intervenir :

« La circulation sur la corniche est catastrophique, ce soir ! Un samedi soir, en plein mois d'août, vous savez ce que c'est. Le malheureux est probablement coincé dans un embouteillage.

– C'est vrai, cela ne s'améliore pas. Enfin, il finira bien par s'en sortir, répondit Francesca avec une désinvolture qui sonnait faux. Mais j'étais si bouleversée, tout à l'heure, que je n'ai pas bien entendu ce que vous disiez, au sujet de son retard », ajouta-t-elle avec un regard en coin dans la direction de Nick.

Celui-ci comprit qu'elle avait parfaitement entendu et ne faisait que donner le change.

« Victor avait reçu un préavis d'appel des Etats-Unis juste au moment de partir. De la *Fox*, il me semble. Probablement au sujet du western qu'il doit tourner... »

Il s'interrompit soudainement et réprima un juron.

« Seigneur ! s'exclama-t-il en empoignant Jake par le bras. Aurais-je des visions, ou vois-tu comme moi Mike Lazarus se diriger vers nous ?

– Bon dieu, c'est bien lui !

– Que diable fabrique-t-il ici ? demanda Nick à Francesca.

– Je crois qu'il séjourne chez Richard Stanton au Cap-d'Antibes et je me rappelle vaguement avoir entendu Doris dire que Stanton voulait amener quelques invités. Je n'en sais pas davantage. Pourquoi, Nick ? Qu'est-ce qui vous bouleverse à ce point ? »

L'arrivée de Lazarus empêcha Nick de répondre. Le financier sourit, s'inclina courtoisement devant les deux jeunes filles. Puis, s'adressant à Nick, il le salua en lui tendant la main :

« Ravi de vous revoir, mon cher ami. Comment allez-vous ? »

Nick ne put faire autrement que de serrer la main offerte :

« Très bien, merci. Et vous ?

– A merveille, mon cher. A merveille. »

Nick fit de son mieux pour garder son calme pendant les présentations. Lazarus décocha un large sourire à Francesca :

« Ah ! Mademoiselle Cunningham, j'ai eu le plaisir de faire la connaissance de votre frère. Un garçon charmant. Nous avons eu une passionnante conversation sur la peinture, celle de Turner en particulier dont votre famille possède plusieurs œuvres, je crois. Je suis collectionneur, comme vous le savez peut-être, et j'ai toujours eu un faible pour cet artiste. Ses aquarelles sont admirables... »

Francesca répondit poliment aux questions que lui posa Lazarus et s'efforça de paraître attentive à sa longue dissertation sur les mérites comparés de divers paysagistes, dont il parlait avec autorité. Malgré son antipathie pour le personnage, Nick dut convenir que Lazarus connaissait son sujet; ayant ainsi rendu hommage à sa culture, il se sentit plus à l'aise pour l'observer sans indulgence. Nick retrouvait la répulsion éprouvée lors de cet affrontement entre Victor et lui, dans le hall du Ritz, quelques mois auparavant. Si le sourire exprimait la bienveillance, le regard restait froid, parcouru d'éclairs inquiétants. Oui, se dit Nick, cet individu est dangereux, calculateur, sans scrupules. Un fauve.

Un soudain silence lui fit comprendre que Lazarus lui avait posé une question :

« Excusez-moi, dit-il précipitamment, je n'ai pas bien entendu.

– Je disais que Stanton m'a présenté Katherine Tempest, répéta Lazarus avec un agacement manifeste. A Londres, il y a quelques mois, j'avais apparemment porté sur elle un jugement hâtif et, par conséquent erroné. Stanton la trouve « sublime » et je suis d'accord avec lui – sur la personne, du moins, car je n'ai pas encore eu le plaisir de la voir à l'écran. Je dois à Victor des excuses pour la manière cavalière dont je voulais l'écarter du film. A ce propos, j'ai entendu dire de tous côtés que cette nouvelle version des *Hauts de Hurlevent* est finalement excellente... »

Nick Latimer et Jake Watson se trouvèrent alors entraînés dans une longue conversation avec Mike Lazarus sur le film. Diane suivit avec intérêt la discussion des trois hommes; mais Francesca ne les écoutait pas. Malgré elle, elle observait le financier et se surprenait à éprouver envers cet inconnu une antipathie croissante mêlée d'une crainte irraisonnée.

Au beau milieu d'une phrase, Lazarus s'interrompit :

« Excusez-moi, messieurs, voici ma fiancée », dit-il en faisant un large geste.

Nick suivit la direction de son regard et réprima un sursaut. Etincelante d'émeraudes et vêtue de soie verte, Hélène Vernaud traversait la pelouse d'une démarche royale. Avec un sourire, elle lui tendit la main :

« Ce cher Nicolas ! Je suis ravie de vous revoir. »

Le naturel, la chaleur de son expression, la tranquillité de son regard firent comprendre à Nick que Lazarus était au courant de leurs relations passées et n'en prenait pas ombrage. Il lui rendit donc son sourire, serra la main tendue :

« Bonsoir, ma chère Hélène. Il y avait une éternité que nous ne nous étions vus. Vous êtes toujours la même, je le constate avec joie. »

Il fit ensuite les présentations. Hélène assura Francesca de son plaisir d'être son invitée et de retrouver nombre d'amis et de connaissances. Une fois les compliments échangés, Nick demanda :

« Comptez-vous séjourner longtemps sur la Côte ?

– Je ne sais pas encore, Nicolas, cela dépend de Michael. Le yacht doit jeter l'ancre demain dans le port de Monte-Carlo et nous ferons peut-être une croisière jusqu'aux îles grecques. Mais, dites-moi, ajouta-t-elle en souriant, je ne vois Victor nulle part ? »

Avant que Nick ait eu le temps de répondre, Lazarus s'écria :

« C'est vrai, où sont les Mason ? Je les ai cherchés partout et je pensais les trouver avec vous. »

Nick se sentit métamorphosé en statue. Le léger froissement de la robe de Francesca, le regard stupéfait de Diane annonçaient trop clairement l'imminence d'un désastre. Tout en formulant une prière fervente pour que Lazarus s'en tienne là, il parvint à articuler une réponse vague :

« Victor n'est pas encore arrivé, en effet. Un retard de dernière minute... »

C'est alors qu'Hélène Vernaud porta le coup de grâce :

« Tout à l'heure, je suis tombée sur Arlene Mason à l'aéroport de Nice, figurez-vous ! dit-elle en riant. J'arrivais de Paris et elle débarquait de Londres. Comme elle n'avait pas de voiture, le chauffeur de Michael l'a accompagnée à La Réserve après m'avoir déposée au Cap-d'Antibes. Que de souvenirs nous avons évoqués en cours de route ! Vous rappelez-vous, Nicolas, ces quelques jours que nous avions passés tous ensemble à Rome, il y a quatre ou cinq ans ? »

Accablé, Nick resta muet. Mais, déjà, Mike Lazarus reprenait la parole d'un ton supérieur :

« Bah ! Les stars de cinéma sont toujours en retard, afin de mieux soigner leurs entrées, j'imagine. Tous de grands enfants. »

Nul ne dit mot. Diane se racla bruyamment la gorge. Nick ferma les yeux.

« Quand Victor se décidera enfin à apparaître, dites-lui que j'aimerais bavarder cinq minutes avec lui, reprit Lazarus. N'oubliez pas non plus de le prévenir que je tiens à danser avec sa ravissante épouse. Venez, Hélène, nous avons encore des gens à voir. »

Il salua d'un signe de tête, Hélène sourit et ils s'éloignèrent en se tenant par le bras.

Atterré, soucieux de créer une diversion, Jake Watson voulut meubler le silence :

« Nos verres sont vides, il est grand temps de les remplir. Diane, soyez gentille et venez m'aider, voulez-vous ?

– Oui, bien sûr... »

Elle regarda alternativement Nick et Francesca. Nick lui fit un clin d'œil qui se voulait rassurant et Jake l'entraîna en direction du bar sans lui laisser placer un mot. Resté seul avec Francesca, Nick était hors d'état de lever les yeux vers elle, encore moins de lui parler. Le désarroi l'empêchait de raisonner clairement.

Ce fut Francesca qui rompit le silence, d'une voix à peine audible :

« Pourquoi m'avoir menti, Nick ? »

Lentement, avec effort, il se tourna vers elle :

410

« Que pouvais-je faire d'autre, Francesca ? Victor préférait inventer l'excuse du coup de téléphone et j'étais d'accord avec lui, cela m'avait paru plus... raisonnable, sur le moment. Arlene lui est tombée dessus à l'improviste, à l'instant même où nous allions partir. Il a bien fallu qu'il reste lui parler. Mais il ne tardera plus à arriver...

— Croyez-vous ?

— Naturellement ! Il sera là d'une minute à l'autre...

— Au bras de sa *ravissante épouse*, peut-être ?

— Evidemment que non. Il viendra seul.

— Nous verrons bien, n'est-ce pas ?... Pourquoi ne m'avoir pas dit la vérité, Nick ? poursuivit-elle avec plus de fermeté. Cette histoire est ridicule. Je ne suis plus un bébé.

— Victor préférait ne pas... Ecoutez, je... »

Il bafouillait et préféra ne pas insister. Au bout d'un long silence, Francesca reprit, d'une voix pitoyable :

« Je ne comprends pas, Nick. Qu'est-elle venue faire ici ?

— Franchement, je n'en sais rien. Victor était aussi effaré que moi. Mais il n'y a pas de quoi s'inquiéter, tout s'arrangera...

— Tout va de mal en pis, au contraire ! l'interrompit Francesca en réprimant un sanglot. Et d'abord, ma robe... C'était un mauvais présage. J'ai tout de suite eu le pressentiment que cette soirée tournerait à la catastrophe. »

En voyant ses yeux s'emplir de larmes, Nick voulut lui reprendre le bras. Elle tenta de se dégager, mais il la serra plus fort :

« Ecoutez-moi bien, Francesca, dit-il en se penchant vers elle. Cessez de voir tout en noir, compris ? Votre robe est parfaite, vous êtes ravissante et Victor n'est pas un imbécile. Il s'est laissé prendre par surprise, soit, mais il saura se dépêtrer de cette situation. Il va venir, avec un peu de retard, c'est tout. Et puis, n'oubliez pas l'essentiel : il vous aime. N'est-ce pas là ce qui importe avant tout, Francesca ? »

A travers sa détresse, elle avait reconnu dans les paroles de Nick l'accent de la vérité. Elle se redressa, sécha ses yeux, se força à sourire :

« Vous avez raison, Nick. Je vais me conduire comme une grande fille. Il ne faut pas gâcher leur soirée à papa et à Doris... Soyez gentil, téléphonez à Victor, il est peut-être déjà parti.

— Bien sûr. Je comptais le faire de toute façon. »

Après avoir laissé Francesca en compagnie de son père, Nick se fraya un chemin entre les invités. Il avisa un téléphone dans le vestibule et composa le numéro de l'hôtel. L'opératrice le reconnut :

« M. Latimer ? Je vous passe M. Mason au restaurant, ne quittez pas. »

Que diable fait-il au restaurant ? Une seule réponse se présenta à l'esprit de Nick : Victor était bel et bien coincé avec Arlene. Il ne manquait plus que cela...

« Nick ? Bon sang, pourquoi ne m'as-tu pas appelé plus tôt ? Tu devais bien te douter que je ne pouvais pas t'appeler ! Je me faisais un sang d'encre. Comment cela se passe-t-il avec Francesca ?

— Pas trop bien. Elle a découvert le pot aux roses... »

Nick répéta la gaffe involontaire d'Hélène Vernaud et la réaction de Francesca. Victor accueillit son récit par des grognements de détresse.

« Que comptes-tu faire ? lui demanda Nick. Francesca sait que je suis en train de t'appeler. Il faut que je lui donne une réponse.

— Ecoute, je suis dans les problèmes jusqu'au cou, je ne peux pas t'en parler maintenant. Nous finissons de dîner et j'ai déjà prévenu Arlene que je couchais chez toi ce soir. Alors, voilà ce que je vais faire. Dans une dizaine de minutes, je la raccompagne là-haut et je la laisse chez moi en faisant semblant d'aller dans ta chambre, dont je filerai quelques minutes plus tard. Quelle voiture avez-vous prise, la tienne ou celle de Jake ?

— La sienne. La Citroën est toujours garée là où nous l'avions laissée après le déjeuner.

— Tant mieux. Arlene a bu comme un trou depuis tout à l'heure, je ne devrais pas avoir de mal à m'en débarrasser. Tiens bon, vieux frère, j'arrive aussi vite que je peux.

— D'accord. Mais pour l'amour du Ciel, dépêche-toi.

— Annonce déjà à Francesca que je suis prêt à partir.

— D'accord. »

Pendant qu'il raccrochait, Nick vit Jake Watson se diriger vers lui à grands pas :

« Tu as eu Victor ? Il va venir ?

— Oui, il part dans un quart d'heure au maximum. »

Jake Watson s'épongea le front et poussa un soupir de soulagement.

« Pas trop tôt ! Je commençais à me faire des cheveux.

— Où est Francesca ?

— Elle parle à Barbara Pierce et Terry Ogden.

— Quoi ? s'écria Nick. Ils sont ici ensemble ?

— Ensemble me paraît un euphémisme ! Barbara

vient de m'apprendre que Mark et elle divorcent et qu'elle se remarie avec Terry.

– Décidément, quelle soirée ! Si j'accumulais dans un de mes scénarios des coups de théâtre tels que ceux qui se produisent ce soir, on me rirait au nez ! A tout à l'heure, Jake. »

Nick traversa la terrasse et descendit au jardin. Il ne tarda pas à y trouver Barbara Pierce et Terry Ogden, radieux l'un et l'autre. Nick leur demanda s'ils avaient vu Francesca.

« Elle danse avec Richard Stanton. Tiens, elle est là-bas. »

Nick la repéra en effet, souriante et apparemment de bonne humeur. Rassuré, il attendit la fin de la danse en félicitant les heureux fiancés. Lorsque la musique cessa, Nick alla à la rencontre de Francesca. Toujours en compagnie de Richard Stanton, elle échangeait quelques mots avec Katherine Tempest et c'est la vue de son cavalier qui provoqua chez Nick un mouvement de surprise. Katherine était pendue au bras de Mike Lazarus qui la dévorait des yeux. Ainsi, se dit Nick avec un sourire ironique, qui se ressemble s'assemble...

Déjà, Richard Stanton et Francesca s'approchaient. Nick oublia Katherine pour regarder le célèbre acteur. Il ne put s'empêcher de l'admirer : à cinquante ans passés, il possédait encore l'allure d'un jeune homme. Séduisant, distingué, charmeur, il savait tirer parti de son physique et faire sonner sa voix avec une aisance inimitable.

« Où diable se cache donc Victor ? demanda-t-il quelques instants plus tard. Tout le monde le cherche et je comptais sur le plaisir de sa compagnie, ce soir.

– Il ne va pas tarder...

– Tant mieux, je l'attends avec impatience. Quant à vous, ma chère Francesca, n'oubliez pas que vous me devez plusieurs danses. Je suis intraitable pour ce genre de dettes ! »

Lorsque Stanton se fut éloigné, Nick entraîna Francesca à l'abri des oreilles indiscrètes.

« Si j'en crois votre expression, Nick, tout va bien, n'est-ce pas ? Victor va venir ?

– Je l'ai joint à l'hôtel au moment où il s'apprêtait à partir. Nous allons bientôt le voir arriver. »

Francesca eut un sourire joyeux et embrassa Nick.

« C'est bien vrai ? Vous êtes sûr qu'il arrive ?

– Absolument, il me l'a juré. Et maintenant, Francesca, il est grand temps que nous profitions nous aussi de cette fête. »

Il la prit par le bras et ils s'approchèrent d'un des buffets. Nick cherchait Diane du regard. Francesca retrouvait de minute en minute son éclat et sa gaieté. La soirée avait mal commencé, mais tout désormais se déroulerait comme dans son rêve. La nuit serait pour elle inoubliable, enchantée. Victor allait arriver...

Mais Victor Mason ne vint pas au grand bal de Francesca.

27

INITIALEMENT baptisé *Le Courlis,* l'*Artémis* avait d'abord connu une carrière militaire sous le pavillon de Sa Majesté Britannique. Lorsque l'Amirauté réforma la frégate de 2 000 tonneaux, Mike Lazarus en fit l'acquisition pour la modeste valeur de son poids de ferraille et y engloutit plus de trois millions de dollars afin de transformer le bâtiment en un yacht, l'un des plus somptueux au monde. Symbole de sa gloire et de sa puissance, Lazarus lui était plus attaché qu'à aucune femme et nulle n'a jamais pu se vanter d'avoir égalé, encore moins supplanté, l'*Artémis* dans l'affection de Mike Lazarus.

Le lendemain du bal de la villa *Zamir,* cet éblouissant joyau des mers avait jeté l'ancre dans le port de Monte-Carlo et, depuis quarante-huit heures, offrait ses lignes pures à l'admiration des badauds. En ce mardi matin, le yacht s'apprêtait à recevoir une trentaine de passagers, invités à un déjeuner en l'honneur de Richard Stanton. Une fois tout le monde à bord, le yacht devait appareiller pour croiser le long de la côte jusqu'à hauteur de San Remo avant de regagner son mouillage en fin de journée.

Trois de ces invités étaient déjà sur le quai et contemplaient le bâtiment avec curiosité – Diane et Christian von Wittingen qu'accompagnait Nicolas Latimer.

La main en visière pour se protéger du soleil déjà haut, Diane détailla la proue effilée, les élégantes superstructures, les uniformes des membres de l'équipage que l'on voyait s'affairer sur le pont :

« Tu as beau ne pas aimer Lazarus, mon cher Nick, il faut avouer qu'il fait preuve d'un goût irréprochable en ce qui concerne les bateaux, dit-elle en riant.

– Oh ! il a sûrement très bon goût pour un tas d'autres choses, répondit-il avec un sourire ironique. Du moins a-t-il largement les *moyens* de se le permettre... »

Pendant quelques instants, ils bavardèrent tous trois gaiement jusqu'à ce que l'arrivée d'un groupe de nouveaux venus les interrompe. Christian, qui reconnaissait la silhouette d'une jeune fille avec qui il avait particulièrement sympathisé l'avant-veille, se hâta d'aller la rejoindre.

« Les Cunningham ne devraient plus tarder, fit observer Diane. Quand ils seront là, nous monterons tous à bord. En attendant, allons nous mettre à l'ombre de ce mur. La chaleur devient insupportable.

– L'idée d'embarquer m'insupporte encore davantage, grommela Nick. Je n'avais vraiment aucune envie de me joindre à cette ridicule promenade. Heureusement, le yacht est assez grand et il y aura suffisamment de monde pour que j'évite la compagnie de Lazarus. En revanche, ajouta-t-il en enlaçant Diane, la tienne me rend toujours heureux – Dieu merci ! Sans toi, je ne serais pas venu.

« — Moi non plus, répondit-elle en souriant. N'est-ce pas merveilleux, mon chéri, de nous sentir toujours aussi bien l'un avec l'autre ? »

Il lui donna un baiser en guise de réponse. Un instant plus tard, cependant, son visage s'assombrit :

« Comment va Francesca, ce matin ?

— Beaucoup mieux. Tu as vu, d'ailleurs, comme elle s'est épanouie, hier, après avoir parlé à Victor. Merci d'avoir eu l'idée de ce coup de téléphone, mon chéri.

— Je ne l'ai fait qu'à l'initiative de Victor. Il était bouleversé de la tournure prise par les événements. Francesca a dû trouver bizarre qu'il parte si soudainement pour Londres dimanche, mais cela valait sans doute mieux, compte tenu des circonstances.

— J'avoue en avoir moi aussi éprouvé de la surprise et je ne comprends vraiment pas pourquoi il fallait qu'il s'en aille ainsi avec sa femme. Ne peut-elle pas discuter seule avec ses avocats afin de régler les modalités de leur divorce ? Victor aurait pu rester ici jusqu'à ce qu'ils aient terminé et n'aller à Londres que plus tard, pour conclure les négociations. Est-ce vrai ou non ? ajouta-t-elle.

— Non, je ne crois pas que ç'aurait été possible... »

Il s'abstint de préciser pourquoi, car il craignait d'inquiéter Diane en lui révélant la complexité de la situation et son caractère explosif. Les menaces d'Arlene étaient trop inquiétantes pour ne pas être prises au sérieux et Nick n'enviait pas la position de Victor dans toute cette affaire.

Diane perçut cependant l'inquiétude qu'il s'efforçait de dissimuler :

« Pourra-t-il régler le problème de façon satisfaisante ?

– Certainement, voyons! s'écria Nick avec une assurance qu'il était loin d'éprouver.

– Je serais malade de voir Francesca en souffrir de quelque manière que ce soit, répondit-elle en soupirant. Elle aime tant Victor... Ecoute, je ne devrais pas te poser une telle question, je sais. Mais Victor a-t-il réellement l'intention de se remarier avec Francesca ?

– Il ne me l'a pas formellement affirmé. Je sais malgré tout qu'il en est profondément amoureux. S'il ne lui demande pas de l'épouser, c'est uniquement parce qu'il attend d'avoir recouvré sa liberté. Il veut faire les choses convenablement et refuse les situations fausses. Tu ne peux que l'approuver, n'est-ce pas ? »

Diane fit un signe de tête. Elle n'était qu'à demi rassurée par cette déclaration; certes, elle faisait confiance au jugement de Nick et croyait à l'honnêteté de Victor Mason. Il était toutefois encore marié et, en dépit des apaisements de Nick, elle comprenait que les problèmes soulevés par son divorce portaient sur des intérêts assez considérables pour en retarder le dénouement. Il n'était pas rare, dans des cas semblables, de voir un homme préférer annuler son divorce plutôt que se trouver dépouillé du fruit de toute une vie d'efforts. Décidément, l'on ne pouvait rien attendre de l'avenir avec un homme marié...

« Dommage que Francesca n'ait pas voulu venir aujourd'hui, dit Nick pour rompre le silence. Je n'aime pas la savoir seule à la villa.

– Katherine y reste, elle aussi.

– Oui, je sais... »

Diane fronça les sourcils :

« Au fait, ne trouves-tu pas son comportement bizarre, depuis samedi ?

– De sa part, je ne m'étonne de rien, grommela Nick avec amertume. Ses sautes d'humeur lui tiennent lieu de personnalité.

– Je crois plutôt que la pauvre fille a toujours des remords au sujet de la robe de Francesca. Elle croit que tout le monde la soupçonne de l'avoir fait exprès. Francesca est la seule à la consoler.

– En cela, elle est bien ta cousine ! Un cœur d'or qui fait aveuglément confiance à la bonté des gens... Mais cela finira par lui passer, c'est du moins ce que je lui souhaite.

– Nick, tu es d'un cynisme abominable !

– Peut-être, répondit-il avec un haussement d'épaules. Il faudra pourtant que tu apprennes à aimer mes défauts en même temps que mes qualités !

– Permets-moi d'exprimer mon désaccord, mon chéri, dit-elle en souriant. Ecoute, Nick, très franchement, je suis de l'avis de Francesca. Je refuse de croire Katherine assez vicieuse pour renverser du vin sur la robe neuve de sa meilleure amie. Ce serait vraiment ignoble ! Je préfère, moi, lui accorder le bénéfice du doute. Pourquoi refuses-tu d'en faire autant ? »

L'arrivée des Cunningham, de Christian et d'un groupe d'invités épargna à Nick l'épreuve d'une réponse.

Des stewards en uniformes blancs passaient des plateaux d'argent; le champagne pétillait dans des flûtes de cristal; les invités allaient et venaient en riant, les groupes se formaient et se défaisaient sur le pont. Au milieu de ce joyeux tohu-bohu, Mike Lazarus affectait la bonhomie condescendante de quelque empereur romain fourvoyé dans la plèbe – un

Caligula plutôt qu'un Auguste, se disait Nicolas Latimer qui l'observait à distance respectueuse.

Nick contempla avec dégoût son verre de champagne. Il lui était pénible de subir l'hospitalité d'un homme qu'il détestait et même de boire son vin. La seule vue des petits fours lui soulevait le cœur. A quoi rimait la cordialité dont Lazarus faisait étalage à son égard depuis trois jours ? Comment faire confiance à ce monstre froid ? Tandis qu'un groupe d'invités s'engouffrait dans une écoutille pour aller admirer la collection de tableaux du grand salon, Nick arpenta le pont dans la direction opposée, saluant quelques personnes au passage. Il préférait être seul pour réfléchir. Accoudé à la rambarde, le regard perdu dans le lointain, il voulut passer une nouvelle fois en revue les événements du samedi soir.

Il avait rassuré Francesca peu avant onze heures. A une heure du matin, sérieusement inquiet de ne pas voir arriver Victor, Nick avait pénétré dans la villa pour rappeler l'hôtel et la standardiste l'avait mis en communication avec sa propre chambre. Depuis plus de deux heures, Victor y était pris au piège et, à en croire sa voix, bouillait d'une rage mal contenue. A mots couverts, il avait expliqué à Nick qu'Arlene était souffrante et qu'il avait dû rester avec elle. Il avait ensuite demandé à son ami de présenter ses excuses à « leurs hôtes », sans bien entendu mentionner le nom de Francesca. Cela suffisait à Nick pour comprendre : Arlene montait une garde vigilante et écoutait la conversation. Vers quatre heures du matin, Jake Watson et lui étaient rentrés à La Réserve, impatients de savoir ce qui s'était réellement passé depuis leur départ.

Compte tenu de l'heure tardive, Nick avait été

stupéfait de trouver Arlene encore en faction dans sa chambre, arborant une robe du soir en lamé, affichant un nombre impressionnant de diamants et une expression rébarbative. Sans cravate, les manches retroussées et ses lunettes sur le bout du nez, Victor était nonchalamment étendu sur un canapé où il feignait d'étudier un scénario en fumant un cigare, sans accorder à sa geôlière la moindre attention. La vue de Nick et de Jake Watson, pétrifiés sur le seuil de la pièce, déclencha aussitôt chez Arlene un flot de paroles désobligeantes. Victor lui lança un regard dédaigneux :

« Réjouis-toi, ma chère, ton tour de garde est enfin terminé, lui dit-il sèchement. Nick va te raccompagner chez moi puisque les *festivités* ont apparemment pris fin. Pour ma part, je vais enfin pouvoir me coucher. »

Là-dessus, il avait disparu dans la salle de bain en claquant la porte. Outré, Nick avait empoigné Arlene par le bras jusqu'à la porte de sa chambre, et l'avait quittée sans prononcer un mot.

« J'attendais ton retour pour tout t'expliquer, lui dit Victor lorsqu'il eut regagné sa suite. J'ai commis une grossière erreur en sous-estimant Arlene, vois-tu. Nous allions nous lever de table quand elle s'est excusée en disant qu'elle voulait se rendre aux toilettes. Sans méfiance, je l'ai attendue tranquillement tout en préparant mon évasion. Un quart d'heure, vingt minutes, personne. Je suis parti à sa recherche et c'est alors que le concierge m'a appris qu'elle avait demandé la clef de ma chambre et qu'elle y était montée. »

Victor fit une pause, secoua la tête d'un geste fataliste :

« A ce moment-là, j'ai eu le mauvais réflexe.

J'étais prêt à filer en douce quand je me suis rappelé avoir laissé mon porte-documents ouvert. Craignant qu'elle ne le fouille, je suis monté à mon tour. Et là, je l'ai trouvée déjà habillée comme tu l'as vue tout à l'heure, en train de mettre sa dernière boucle d'oreille. Car elle était au courant du bal : Hélène lui en avait parlé pendant qu'elles bavardaient en voiture. Naturellement, Arlene voulait m'y accompagner ! Tu imagines le tableau... Nous nous sommes bagarrés comme des chiffonniers et à la fin, écœuré, j'ai baissé les bras et je lui ai dit que j'allais me coucher. Eh bien, elle m'a suivi jusque chez toi, Nick, et elle n'a plus voulu en bouger.

— Pourquoi ne pas lui avoir simplement claqué la porte au nez ? demanda Jake Watson.

— Oh ! répondit Victor avec un sourire las. Elle était décidée à faire un scandale et elle aurait été parfaitement capable de soudoyer le portier pour obtenir l'adresse et de sauter dans un taxi pour m'y rejoindre. Qu'aurais-tu fait à ma place ? J'ai préféré abandonner. Voilà toute l'histoire. Mais dis-moi, Nick, comment Francesca a-t-elle pris la chose ? »

Nick entreprit de relater la soirée en détail.

« Je me doutais qu'elle aurait de la peine... Mais je pensais qu'il valait mieux éviter un esclandre en m'abstenant d'y aller. »

Il raconta alors aux deux amis les menaces proférées par Arlene et les projets qu'il avait mis au point pour la neutraliser.

« J'ai donc décidé de partir d'ici le plus vite possible, avant qu'elle ne provoque de sérieux ennuis à tout le monde, conclut-il. Une fois que nous serons à Londres, je pourrai reprendre les choses en main, négocier, lui arracher un compromis. Le plus urgent, à mon avis, c'est de la mettre hors d'état de nuire. »

Jake Watson, qui bâillait à se décrocher la mâchoire, approuva l'initiative de Victor et se retira chez lui. Restés seuls, Nick et Victor examinèrent longuement la situation et ses conséquences. Ensuite, Victor écrivit un mot d'excuse adressé à Doris et à David Cunningham, une longue lettre destinée à Francesca. Nick avait remis les missives en mains propres le dimanche après-midi, tandis que Victor et Arlene prenaient la route de l'aéroport de Nice.

Depuis, Nick ne parvenait pas à apaiser son anxiété. Dans son souci de protéger Francesca à tout prix, Victor ne commettait-il pas une nouvelle erreur ? N'avait-il pas tort de la traiter comme une enfant sans défense quand elle possédait assez de caractère pour réagir, voire venir en aide à celui qu'elle aimait ? Une fois encore, Nick regretta amèrement de s'être laissé embarquer dans cette croisière inutile. A terre, il aurait pu trouver un téléphone, appeler Victor à Londres, user de son influence sur son ami pour le convaincre de se confier à Francesca, plutôt que de la tenir ainsi dans l'ignorance...

« Coucou ! Comment va ce cher Nicolas ? »

La voix perçante d'Estelle Morgan le ramena brutalement à la réalité. Il sourit, fit signe à la journaliste de le rejoindre. Sa compagnie lui apparut tout à coup moins éprouvante que celle de la plupart des imbéciles à bord de cette nef de fous.

« Salut à vous, reine de la presse, dit-il amicalement. Vous êtes une vraie gravure de mode, aujourd'hui. »

Pour une fois, en effet, Estelle Morgan n'était pas affublée de couleurs criardes ni de vêtements à la coupe extravagante. En pantalon de toile blanche et marinière bleue, coiffée d'un chapeau blanc à larges bords qui dissimulait ses boucles rousses, l'on oubliait son physique ingrat. Elle embrassa Nick sur les deux joues :

« Où est Katherine ? Je l'ai cherchée partout.

— Elle a préféré rester à la villa avec Francesca. Les mondanités répétées ont eu raison de leur résistance, je crois. Et vous, Estelle, toujours solide au poste ? Vous ne vous lassez pas de toutes ces réceptions ?

— Un peu, je l'avoue. Mais c'est mon gagne-pain. En fourrant mon nez partout, je trouve des interviews, des sujets d'articles qui m'échapperaient si je restais chez moi. A propos de « scoop », avez-vous vu Hillard Steed ?

— Non. Je ne savais même pas qu'il devait venir.

— Il faut que je le cherche. J'espère qu'il voudra bien me confirmer la nouvelle.

— Quelle nouvelle, Estelle ? Je ne vous suis pas. »

La journaliste le dévisagea avec la surprise apitoyée que l'on accorde aux ignorants :

« Comment, vous n'êtes pas au courant des rumeurs qui courent partout ? répondit-elle en se penchant confidentiellement. On dit que Mike Lazarus, ou plutôt sa multinationale *Global-Centurion,* s'apprête à absorber *Monarch Pictures.* »

Nick ne put réprimer un haut-le-corps :

« Quoi ? Lazarus... Non, je n'en savais rien ! »

Et Victor non plus, ajouta-t-il en son for intérieur. Seigneur ! Dans quel guêpier Victor va-t-il se trouver ?... Les accords signés entre *Bellissima* et *Monarch* prévoyaient une série de films étalée sur plusieurs années. Quant au scénario que Nick venait de terminer spécialement pour Victor et Katherine, il se trouvait déjà entre les mains de Hillard Steed. « Vous le regretterez amèrement, Victor... » La menace feutrée proférée par Mike Lazarus en cet après-midi déjà lointain revint hanter l'esprit de Nick.

« Eh bien, Nicolas ? Vous devenez verdâtre, ma parole ! Auriez-vous le mal de mer ?

– Non, chère amie, pas du tout. Je pensais simplement à ce que vous venez de m'apprendre... Tenez, allons donc nous asseoir par là, sur ces transats. J'aimerais que nous bavardions tranquillement quelques minutes. »

Il l'entraîna vers des sièges disposés à l'écart, rafla au passage deux verres sur un plateau que tendait un steward.

« Mais non, Nick ! protesta la journaliste. Il faut que je trouve Hillard...

– Tout à l'heure. Il ne va pas regagner la côte à la nage, n'est-ce pas ? N'avez-vous pas remarqué que nous sommes au large ? »

Estelle Morgan pouffa de rire :

« Seuls entre ciel et mer ! Oh ! Nick, quel rêve... »

Alors, cessant de résister, elle se blottit contre lui avec un clin d'œil aguichant et susurra :

« Eh bien, mon chou, de quoi voulez-vous me parler sans témoins ? »

28

PENDANT que l'*Artémis* levait l'ancre dans le port de Monte-Carlo, Francesca Cunningham s'installait sur la terrasse de la villa Zamir. Elle n'était pas fâchée de se trouver seule, au contraire. Il lui tardait de pouvoir réfléchir au calme sans être constamment distraite par les allées et venues, les bavardages, les projets de sa famille et de leurs nombreux invités.

La grande villa baignait dans un silence rompu de loin en loin par le bourdonnement d'un aspirateur, le claquement d'une porte, des pas aussitôt amortis par un tapis. Cette vague rumeur de la vie qui continuait rendait plus sensible, par contraste, la paix de la nature environnante. Ce bruit de fond familier rassurait même la jeune fille et la disposait à envisager avec sérénité l'examen de conscience qu'elle retardait depuis trois jours.

Etendue sur un transat, Francesca ferma les yeux pour se protéger du soleil. Où est Victor, en ce moment ? Que fait-il ? Avec qui est-il ? Son ignorance l'attrista. Déjà, elle se languissait de lui, de sa tendresse, du contact de ses mains, de son rire chaleureux. Si seulement quelque bonne fée pouvait le faire surgir là, devant elle... A quoi bon rêver à l'impossible ? Victor était à Londres, plongé dans des problèmes dont Francesca comprenait la gravité. Il ne reviendrait pas sur la Côte d'Azur.

C'est ce qu'il lui avait appris hier, lorsqu'elle lui avait téléphoné dans la chambre de Nick, à La Réserve. Le simple son de sa voix avait d'abord apaisé l'angoisse de Francesca, pour l'y replonger de plus belle lorsqu'il lui avait fait part de sa décision de rester en Angleterre. A ses prières, il avait répondu : « Je t'y attendrai quand tu rentreras. Ne change rien à tes projets, ma chérie. Va à Paris avec Doris, tu as besoin de te distraire. » Il avait bien fallu s'incliner, alors qu'elle aurait voulu se précipiter dans le premier avion pour Londres. Sans lui, elle se sentait perdue, désemparée.

Avant de raccrocher, Victor avait une fois de plus présenté ses excuses pour avoir involontairement gâché sa soirée de samedi. Elle l'avait rassuré en prétendant que cela n'avait aucune importance. De fait, elle le croyait; sa raison lui faisait comprendre que sa déception était exagérée. Un bal gâché ne compte guère, dans le cours d'une vie. L'avenir lui réservait cent, mille autres occasions de se faire belle pour Victor, de passer avec lui de longues soirées. N'avaient-ils pas devant eux des années de bonheur ?

Sur le moment, pourtant, elle n'avait pas réagi de la sorte. Cette soirée, dont elle s'était fait une fête, avait été la pire de sa vie. Certes, elle avait souri, dansé, bavardé avec les invités de ses parents; elle avait rempli avec aisance et un entrain apparent son rôle de « jeune fille de la maison ». Elle avait fait son devoir comme on le lui avait inculqué, avec charme et grâce; elle avait su dissimuler sa peine derrière un masque de bonne humeur. Mais elle n'avait accompli ce tour de force que pour son père, au prix d'un effort épuisant. Ce n'est qu'une fois seule dans sa chambre qu'elle avait pu relâcher la contrainte qu'elle s'était imposée, se laisser librement aller à sa douleur et pleurer tout son soûl.

Le lendemain dimanche, prétextant une migraine, elle n'était pas sortie de sa chambre. En fin d'après-midi, Diane était montée lui dire que Nick venait d'arriver, porteur d'une gerbe de fleurs et d'un mot d'excuses pour Doris de la part de Victor – et d'une lettre pour elle. Francesca avait déchiré l'enveloppe en tremblant. En fait de lettre d'amour, celle-ci lui parut plutôt plate, voire abrupte dans sa précision. Mais comment lui en vouloir, s'il l'avait rédigée à la hâte dans le seul but de la rassurer ? Comme par miracle, ses larmes avaient cessé, l'espérance reparut dans son cœur et son abattement s'était métamorphosé en joie. Plus tard, cependant, dans le silence de la nuit, elle s'était inquiétée de sa propre réaction. Un seul homme possédait ainsi le pouvoir de l'affecter à ce point et dans tout son être ?

Francesca se redressa, résolue à chasser de sa mémoire les derniers souvenirs de ce maudit samedi soir. Elle avait mieux à faire que de remâcher ce cauchemar. Et d'abord, envisager l'avenir, l'avenir immédiat, celui des quinze prochains jours. L'on était aujourd'hui mardi. Il n'allait rien se passer de particulier jusqu'à vendredi, date du dîner de Richard Stanton, dans sa villa du Cap-d'Antibes, en l'honneur de Katherine, de Terry Ogden et de Barbara. Le lendemain, Katherine devait repartir pour Londres se préparer à son voyage à Hollywood. Kim l'accompagnerait, car sa présence était indispensable à Langley. Diane, Christian et Nick s'en iraient à leur tour vers le milieu de la semaine suivante. Quelques jours plus tard, enfin, Francesca, son père et Doris prendraient la route de Paris où Diane rejoindrait les deux femmes pendant que M. Cunningham poursuivrait son chemin vers l'Angleterre. Elles séjourneraient quelques jours dans la capitale afin d'y choisir leurs toilettes pour le mariage et procéder aux essayages.

Au pire, cela représentait quatorze jours – quatorze jours sans lui. Loin de lui. Bah ! ce n'est pas si long, après tout ! se raisonna Francesca. Bientôt, je serai de retour à Londres, près de Victor. Avec celui que j'aime le plus au monde...

Dans un long rêve éveillé, elle imagina alors leur vie ensemble. Une fois ses problèmes résolus, Victor la demanderait aussitôt en mariage, Francesca n'en doutait pas. Ensuite, ils s'installeraient probablement au ranch. Peu lui importait l'endroit, tant qu'ils resteraient ensemble. Ils auraient des enfants, beaucoup d'enfants. Aussi beaux que leur père. Et ils seraient tous heureux, si heureux...

Pendant ce temps, assise devant son bureau, Katherine Tempest réfléchissait elle aussi. De même que Francesca, il lui tardait de partir pour Londres tant la perspective des mois à venir la préoccupait. Hollywood, son nouveau film. Sa carrière... Voilà ce qui la tourmentait, surtout depuis le coup de téléphone reçu de Londres le vendredi précédent, la veille du grand bal. Cet appel l'avait d'abord accablée, car il remettait en cause le fruit de ses efforts. A mesure que les faits et leurs conséquences s'étaient imposés à elle, Katherine avait cédé au désespoir. Elle avait été incapable, au début, de dissimuler sa nervosité.

Aujourd'hui, elle se sentait mieux. Au long de ses nuits d'insomnie, elle avait eu le loisir d'analyser la situation, d'en soupeser le pour et le contre et de parvenir à un certain nombre de décisions qu'elle avait l'intention d'appliquer, quoi qu'il lui en coûtât. Elle avait même hâte de les mettre en œuvre, car son besoin d'agir reprenait le dessus et galvanisait son énergie. Tout devait être réglé d'ici une quinzaine de jours, avant son départ pour la Californie. Même si certaines solutions lui répugnaient, la certitude de se sentir seule maîtresse de sa destinée suffisait à la réconforter. Elle pouvait alors retrouver son comportement normal pour surmonter l'épreuve dérisoire que représentait la fin de son séjour à la villa Zamir.

Elle consulta une dernière fois la liste des choses à faire et, satisfaite de n'avoir rien oublié, elle se leva et alla s'accouder à la fenêtre. Francesca, étendue sur la terrasse, prenait apparemment un bain de soleil et Katherine, à sa vue, eut un sourire où l'affection se teintait de mélancolie. Tu me manqueras, amie très chère, murmura-t-elle. Francesca, en effet, lui était plus proche qu'aucune autre personne au monde. Elle seule la comprenait vraiment et l'amitié qui les liait resterait irremplaçable. A Hollywood, la vie de Katherine connaîtrait un vide. Un grand vide.

Elle referma les volets et s'en voulut de négliger ainsi Francesca. Si elle était restée à la villa, c'était dans le dessein avoué de lui tenir compagnie. Non, sois honnête, se reprit-elle aussitôt. L'invitation de Lazarus ne l'avait pas tentée; elle se sentait encore trop soucieuse pour faire face à une journée de mondanités en vase clos. Elle refusait également la perspective de se trouver à la merci des deux hommes qu'elle redoutait le plus au monde, Nick Latimer et Mike Lazarus. L'un avec ses attentions obsédantes et ses questions indiscrètes, l'autre avec ses reparties cinglantes et l'animosité qu'il ne cherchait même pas à voiler de politesse. Elle regrettait en revanche de ne pas revoir Richard Stanton, qu'elle avait jugé foncièrement droit, courtois, chevaleresque. Katherine espérait sincèrement que son absence ne le blesserait pas – et, en même temps, qu'il la remarquerait...

Avec un léger soupir, elle se tourna vers sa coiffeuse, se brossa les cheveux. Elle ôta son peignoir, se glissa dans une robe de toile bleue, mit ses sandales et, après un dernier coup d'œil à son miroir, se dirigea vers la porte. C'est au milieu de l'escalier qu'une nouvelle pensée lui vint. Si elle avait voulu rester à la villa aujourd'hui, c'était moins pour échapper à la croisière qu'afin d'être seule avec Francesca et se confier à elle. Katherine n'avait pleinement confiance qu'en Francesca. Elle seule possédait la rectitude de jugement, la compassion et le sens pratique lui permettant de saisir la signification véritable des actes de son amie sans la juger ni lui retirer son affection.

En posant le pied sur la terrasse, Katherine recula devant la lumière et la chaleur étouffante. Elle hésita, se força vaillamment à sourire et s'approcha enfin de Francesca en la hélant gaiement. Celle-ci se redressa à demi, s'abrita les yeux d'une main :

« Ah ! te voilà, paresseuse ! J'étais sur le point de monter te tirer du lit.

– Je suis debout depuis des heures, répondit Katherine en riant. J'écrivais des lettres, notamment à ma couturière que j'ai prévenue de ta visite. Elle fera une copie de ta robe et je lui ai joint un chèque. »

Tout en parlant, Katherine avait approché un fauteuil de la table et ajusté le parasol avant de s'asseoir à l'ombre.

« Tu n'aurais pas dû, Katherine...

– Veux-tu bien te taire ! l'interrompit-elle. Je suis

malade d'avoir abîmé ta belle robe et je sais que tu ne t'en es pas consolée depuis samedi. C'est vraiment la moindre des choses.

— Tu es trop gentille, Katherine. Il n'y a que toi pour faire des gestes pareils. Tu vas me manquer, Katherine. Terriblement.

— Toi aussi, Francesca. Si seulement tu pouvais venir avec moi ! Mais pourquoi pas ? s'écria-t-elle. Je me chargerais de ton billet d'avion et tu pourrais t'installer avec moi, la production louera certainement un appartement pour me loger. Ce serait une manière de remercier ton père de son hospitalité. »

Un sourire joyeux apparut sur les lèvres de Francesca et s'effaça presque aussitôt :

« Rien ne me ferait plus plaisir, ma chérie. Malheureusement, c'est impossible. Le mariage a lieu en novembre et papa voudra que je reste à la maison pendant les fêtes de fin d'année. Merci d'y avoir pensé, cela me touche. Et puis, tu ne peux t'encombrer de moi, tu auras trop à faire. De mon côté, il faut me remettre sérieusement à mon livre. Dommage... »

Francesca s'interrompit, se leva en s'étirant :

« Quelle chaleur ! Je meurs de soif, pas toi ? Veux-tu un citron pressé ? Il y a une carafe toute fraîche.

— Volontiers. Comment fais-tu pour rester dehors par un temps pareil ?

— J'adore le soleil ! répondit Francesca en riant. Peut-être parce que je suis née dans un climat froid. »

Elle revint vers la table où elle posa les verres pleins et se rassit à côté de Katherine. Pendant quelques minutes, les deux jeunes filles parlèrent du dîner de Richard Stanton et des robes qu'elles comptaient porter, mais Katherine demeurait soucieuse. En profitant d'une pause dans la conversation, elle but une gorgée de citronnade et considéra pensivement Francesca par-dessus son verre. Je ne peux plus reculer, se dit-elle. Il faut que je lui parle.

Elle rassembla son courage, s'éclaircit la voix :

« Je suis contente, tu sais, que nous ayons enfin l'occasion d'être seules. Je voudrais te dire quelque chose, t'expliquer... »

Sa voix se brisa. Francesca leva vers elle un regard inquiet :

« Qu'as-tu, ma chérie ? J'ai bien vu pendant tout le week-end que tu n'étais pas dans ton état normal. Parle, confie-toi, je suis ton amie. »

Katherine garda le silence, le regard étrangement vide de toute expression. Deux minutes s'écoulèrent et Francesca reprit la parole :

« Cela concerne-t-il Kim, d'une manière ou d'une autre ? »

Katherine sursauta légèrement, avala péniblement sa salive :

« Oui, en un sens... J'ai décidé de... de rompre.

— Quoi ? Non, Katherine, tu ne parles pas sérieusement !

— Si, Francesca, répondit-elle d'une voix affermie. J'ai longuement réfléchi à la question et j'estime que nos rapports n'ont aucune chance de durer valablement. Plus je connais Kim, plus je prends conscience de l'importance qu'ont pour lui les principes et la tradition. Il éprouve une véritable passion pour la terre, pour Langley. Il ne resterait pas longtemps heureux s'il s'en éloignait, de même que je souffrirais de devoir abandonner ma carrière et renoncer à Hollywood.

— Je comprends, Katherine, mais quand même !...

Ne pourrais-tu en discuter sérieusement avec Kim, trouver un compromis ?

– Non, je ne crois pas. Je sais combien tu souhaitais nous voir heureux ensemble, mais j'ai bien peur que ce ne soit irréalisable. Nous menons des vies trop différentes, vois-tu. Nos ambitions sont par trop opposées. Et puis, nous ne sommes pas vraiment faits l'un pour l'autre...

– C'est faux ! s'écria Francesca avec fougue. Au contraire, vous êtes si bien accordés que... Oh ! ma chérie, réfléchis, je t'en prie. Ta décision me paraît trop hâtive.

– Non, Francesca, je te l'assure. J'y ai mûrement réfléchi, elle est irrévocable. Allons, ne prends pas cet air triste.

– Je n'y puis rien, Katherine. Je persiste à croire que tu aurais été une femme idéale pour Kim – et la meilleure des belles-sœurs pour moi. Mon pauvre frère... Il en aura le cœur brisé.

– Il s'en remettra, rassure-toi. Ecoute, j'y ai encore pensé ce matin et je crois qu'il serait plus... charitable de ne rien dire à Kim tout de suite. Je lui ferai part de ma décision plus tard, lorsque je serai en Californie. Je lui dirai simplement que j'ai décidé de rester à Hollywood où l'on me propose des contrats que je ne puis refuser. Il surmontera bien mieux sa peine si je suis loin, tu ne crois pas ?

– Franchement, je n'en sais rien.

– Je n'agis pas ainsi par lâcheté, Francesca ! protesta Katherine en rougissant. Au contraire, je souhaite avant tout ménager Kim, amortir le choc que je vais infliger aussi bien à ses sentiments qu'à son amour-propre. Personne n'aime se sentir repoussé, car c'est ainsi qu'il le prendra tout d'abord. Et puis, ne penses-tu pas qu'il serait humiliant, dans un sens, que je le lui annonce ici, devant toute sa famille ?

— Tu as peut-être raison », admit Francesca à regret.

Elle se remémorait la fougue de Kim pour défendre Katherine, lors de la pénible scène de la semaine précédente. Papa et Doris vont être ravis d'apprendre cette nouvelle, ne put-elle s'empêcher de penser. Ils se sont toujours opposés au mariage et jugeaient Katherine indigne de Kim. Quelle erreur !

Soudain, le sourire reparut sur ses lèvres :

« Oui, tout bien réfléchi, tu as raison d'attendre. Je ne parle pas seulement des sentiments de Kim que tu souhaites épargner, mais plutôt parce que tu te rendras vite compte que tu ne voudras plus rompre ! Lorsque tu auras pris un peu de recul, tu comprendras...

— Non, ma chérie, l'interrompit Katherine. Je ne changerai pas d'avis. Je n'épouserai pas Kim. Je ne *peux* pas l'épouser, ni maintenant ni plus tard. »

En prononçant ces mots, Katherine avait pâli. Alarmée de ce subit changement, Francesca se redressa à demi :

« Pourquoi ? Que veux-tu dire ? demanda-t-elle avec inquiétude.

— Parce qu'il existe un... empêchement.

— Un empêchement ? Quelle expression étonnante ! »

Katherine se détourna, ferma les yeux. En dépit du besoin qu'elle avait de se confier à son amie, les mots refusaient de franchir sa gorge. Au bout d'un long silence, elle parvint enfin à articuler, d'une voix à peine audible :

« Je suis... je suis enceinte, Francesca. »

Muette de stupeur, Francesca contempla Katherine avec incrédulité.

« Cet... empêchement n'est évidemment pas du fait de Kim, reprit Katherine d'une voix plus ferme. Tu voulais savoir, voilà la raison. »

Sa confession lui procura un soulagement mêlé d'angoisse. Bouche bée, Francesca ne disait toujours mot.

« Je ne te ferai pas l'insulte de te demander le secret le plus absolu sur ce que je viens de dire, reprit Katherine. Je place littéralement ma vie entre tes mains.

– Et je serai digne de ta confiance, ma chérie ! s'écria Francesca en reprenant contenance. Je t'aime trop pour te causer le moindre tort, même involontairement. Que comptes-tu faire ? ajouta-t-elle à mi-voix.

– Je n'ai pas le choix. Un avortement...

– Oh ! mon dieu, non, Katherine ! Je t'en supplie, ne fais pas cela ! C'est trop dangereux, tu vas devoir te confier à quelque charlatan. J'ai connu une fille, à mon pensionnat, à qui c'est arrivé et qui a failli mourir d'une hémorragie. »

La gorge sèche, Katherine voulut avaler une gorgée de citronnade et s'étrangla presque.

« Je n'irai pas chez un charlatan, rassure-toi, dit-elle en reprenant haleine. Lorsque mon médecin m'a appelée vendredi dernier, pour m'annoncer le résultat de mes examens, il m'a confirmé avoir fait le nécessaire. J'entrerai dans une clinique privée dotée de médecins parfaitement qualifiés. Cela coûte cher, mais il n'y a aucun risque. Ne t'inquiète pas pour moi. »

Elle se pencha vers Francesca. Mais celle-ci lui coupa la parole avec autorité :

« Je t'en supplie, Katherine, ne fais pas cela ! Ta santé compte avant tout. Et le père, que fait-il ?

Refuse-t-il de régulariser la situation ? Qui est-ce, Katherine ? Réponds-moi ! insista-t-elle.

— Non, je préfère ne pas te le dire.

— Pourquoi ? Un avortement est une opération trop dangereuse...

— Je ne peux pas faire autrement, Francesca ! gémit Katherine. N'essaie pas de m'en dissuader, je t'en prie. Tu ne comprendras jamais par quel enfer je suis passée pour en arriver à cette décision. Je suis catholique, ne l'oublie pas, et j'ai beau ne plus pratiquer, j'ai quand même conscience de commettre un péché mortel. Par pitié, Francesca, n'ajoute pas à mes tourments... »

Pour la première fois, des larmes apparurent dans ses yeux. Elle fouilla hâtivement dans sa poche pour y prendre un mouchoir et s'efforça de dominer son émotion. Francesca posa une main sur la sienne :

« Ne pleure pas, ma chérie. Pardonne-moi, je ne voulais pas te faire de peine, tu souffres assez comme cela... Je ferai n'importe quoi pour t'aider, tu le sais. »

Francesca marqua une pause, hésita avant de poursuivre :

« Mais cet homme... commença-t-elle.

— Eh bien ?

— Ne me révèle pas son nom. Je me demandais simplement s'il est au courant de tes projets.

— Non.

— Pourquoi ne pas lui en parler ?

— Parce que j'ignore comment il réagirait. Il ne sait même pas que je suis enceinte. »

Francesca se redressa.

« Alors, il faut le lui dire, tu m'entends ? Tout de suite. C'est un trop lourd fardeau pour que tu le portes seule et il en est autant sinon davantage responsable ! Tu as le devoir de le mettre au courant, de sorte qu'il puisse te venir en aide. De toute façon, tu sais que tu peux compter sur moi, mais ce n'est pas assez, Katherine. Me comprends-tu ?

— Oui, Francesca, répondit-elle tandis que de nouvelles larmes ruisselaient sur ses joues. Merci... Si tu savais comme je regrette de ne pas t'avoir parlé plus tôt. Je me demandais comment tu le prendrais. J'avais peur que tu me juges et que tu me condamnes... Je connais ton attachement pour Kim... Ecoute, je ne cherche pas d'excuse à ce que j'ai fait, mais je tiens à te dire que je ne menais pas deux... liaisons de front. Tu sais, je n'ai jamais couché avec Kim...

— Cela ne me regarde pas et tu devrais savoir que je ne suis pas du genre à te faire la morale, Katherine. Tu n'as pas à te justifier.

— Merci, ma chérie. Merci d'être une telle amie.

— C'est précisément en amie que je tiens à ajouter ceci, dit Francesca prudemment. Je ne te comprends pas. Je ne te harcèlerai pas au sujet de cet homme, mais ce qui m'étonne, c'est ton attitude. Pourquoi ne veux-tu rien lui dire de ta situation ?

— Cela ne servirait à rien. A quoi bon l'inquiéter si je peux régler le problème par moi-même ?

— Voilà, c'est bien toi ! s'écria Francesca avec agacement. Toujours à penser aux autres !... C'est idiot, voyons ! As-tu seulement envisagé qu'il puisse ne pas être d'accord avec ton beau projet ? T'es-tu demandé s'il n'avait pas envie de t'épouser, par exemple, ou simplement de garder l'enfant ? Et toi, l'épouserais-tu s'il te le proposait ?

— Il ne peut pas me le proposer, il est marié.

— Mon dieu !... »

Katherine baissa les yeux pour mieux dissimuler sa détresse. Elle n'avait pas eu l'intention d'en avouer autant à Francesca. Elle souhaitait simplement expliquer les raisons de sa rupture avec Kim et faire partager à son amie l'angoisse qui la tourmentait. Maintenant, elle perdait pied. L'insistance inhabituelle de Francesca, ses questions trop pertinentes la désarçonnaient.

« Ne peut-il divorcer, Katherine ?

— Je ne sais pas et, franchement, je ne veux pas l'épouser. Lui non plus, je crois. Il n'y a pas d'amour entre nous, Francesca. Le mariage est une décision trop sérieuse. Il faut qu'il soit fondé sur des sentiments plus durables, plus solides que ceux qui... nous ont attirés l'un vers l'autre. Non, vois-tu, il ne peut être question de mariage, conclut-elle en soupirant.

— Je vois... »

Francesca réfléchit, examina les innombrables pensées qui se présentaient à elle, en exprima une :

« Aurais-tu peur de lui en parler ?

— Bien sûr que non. Pourquoi cette question ?

— J'avais l'impression que c'était là la cause de tes réticences. Dans ce cas, j'aurais volontiers pris sur moi de lui en parler...

— Non ! s'écria Katherine avec véhémence. Non, il n'en est absolument pas question ! »

Puis, constatant l'étonnement peiné de son amie devant la violence de sa réaction, elle reprit d'une voix radoucie :

« Pardonne-moi, ma chérie, je ne voulais pas te répondre avec tant de brusquerie.

— Je n'essayais pas de t'extorquer un secret, répondit Francesca. Je voulais simplement me rendre utile...

— Je le sais bien, Francesca. Mais... »

Elle hésita à poursuivre. Ce nom, elle s'était juré de ne jamais le divulguer – pour se protéger elle-même, à vrai dire. Afin de ne permettre à personne, à aucun homme, d'acquérir un avantage sur elle, de s'arroger le droit de décider à sa place.

« Il est si bizarre, par moments. Si difficile à comprendre. Je te l'avais déjà dit, il y a quelque temps...

– Que m'avais-tu dit, Katherine ? Je ne te suis plus du tout.

– Que Victor est parfois étrange. Si solitaire, si secret...

– Victor ? Que vient faire Victor dans cette affaire ?

– Je ne voulais pas te le révéler, murmura Katherine, mais je t'en ai déjà trop dit pour me taire. A ce point, cela n'a plus d'importance et je sais pouvoir compter sur ta discrétion absolue. C'est Victor le père de mon enfant. »

Francesca recula, comme frappée en pleine poitrine. Sa stupeur était trop grande pour comprendre ce qu'elle venait d'entendre. Victor, le père ? Non, elle avait sûrement mal entendu. Katherine allait dissiper l'erreur.

« C'est de Victor Mason que tu parles ? » demanda-t-elle.

A peine eut-elle prononcé son nom qu'une sensation d'horreur la submergea. Elle sentit sa tête éclater. De tout son être, elle refusait d'en admettre la réalité.

« Oui, bien sûr, dit Katherine d'un air affligé. Tu parais surprise, mais tu sais mieux que personne combien les circonstances nous ont jetés dans les bras l'un de l'autre. »

Un cri se leva dans les oreilles de Francesca, enfla, devint un hurlement. Les yeux écarquillés par la douleur, elle ouvrit la bouche, la referma. Déjà, Katherine lui parlait de façon pressante :

« Jure-moi de ne rien lui dire. Il ne faut pas qu'il sache, jamais ! Jure-le-moi, Francesca, donne-moi ta parole...

– Oui, oui, je te le jure, je te donne ma parole. »

Elle avait machinalement balbutié sa réponse sans même comprendre ce qu'elle disait. Elle étouffait. Son cœur battait à se rompre. Des mots, des phrases tournoyaient dans sa tête, lui donnaient le vertige. *Non, ce n'était pas vrai. Ce ne pouvait pas être vrai. Katherine avait menti. Mais pourquoi mentir ? Elle n'avait aucune raison de désigner Victor s'il n'était pas vraiment le père. Si, pour me faire mal. Par jalousie. Non, jamais elle ne me ferait mal. Elle m'aime. Elle ne peut pas être jalouse, elle ignore tout à notre sujet. Victor voulait rester discret. Evidemment, il le fallait ! A cause de Katherine. Parce qu'il couchait en même temps avec elle et moi !... Oh ! Victor, Victor, comment as-tu pu ? Et pourquoi ? Oui, pourquoi ? Pourquoi Katherine ? Pourquoi ma meilleure amie ? Tu m'as trahie, Victor. Tu m'as trompée. Non, vous m'avez trompée tous les deux ! Elle et toi. Hypocrites !... Non, pas elle, pas Katherine. Elle n'a jamais rien su. Il faut que je me confesse à mon tour. Non, ne lui dis rien. Attends. Questionne-la d'abord. Apprends le maximum sur leur compte. Non, je préfère ne rien savoir. Je ne pourrais pas supporter la vérité. Si, il faut que tu saches. Pour ne pas devenir folle. Il le faut...*

Pendant que ces pensées confuses se télescopaient dans son esprit, le hurlement ne cessait de retentir à ses oreilles. Les ongles de ses mains crispées lui labouraient les paumes. Mais Francesca parvenait à maîtriser le tremblement qui l'avait saisie.

Elle s'entendit parler, mais de très loin :

« Je n'aurais jamais pensé qu'il était... que c'était lui.

– Je croyais que c'était évident, que tu avais déjà deviné. »

Une autre question, la plus difficile à formuler, la plus douloureuse à prononcer :

« Depuis quand... combien de temps cela a-t-il duré ? »

Elle aurait voulu fuir, se cacher pour ne pas entendre la réponse. Fuir ce visage trop séduisant qui l'obsédait, cette terrasse, cette maison où la poursuivaient les souvenirs. Fuir. Courir. Ailleurs. N'importe où...

Non, il fallait qu'elle sache. Quelle apprenne le pire, sans tenir compte de la douleur. Elle s'entendit préciser :

« Votre liaison a-t-elle duré longtemps ? »

Plongée dans ses propres réflexions, Katherine répondit distraitement, le regard fixé sur l'horizon de la mer :

« Non, pas très longtemps. Nous étions bons amis, tu le sais, mais il n'y avait aucun sentiment entre nous. C'est au mois de mai, pendant le tournage, que cela s'est produit. Par hasard, si je puis dire. En un sens, c'était inévitable. Nous étions tellement absorbés par notre travail, ces scènes d'amour devant la caméra... Et puis, Victor possède un je-ne-sais-quoi d'irrésistible. Sa virilité, sa présence, peut-être... »

Un soupir lui échappa. Elle s'ébroua avant de poursuivre :

« Je n'ai pas pu résister, vois-tu. Malgré Kim et en dépit de ma certitude que cela ne représenterait rien pour lui, ou presque. Pour Victor, je veux dire.

Il a tellement l'habitude de voir les femmes se pâmer à ses pieds... En fait, je me suis vite rendu compte que notre petite histoire se terminerait aussi vite qu'elle avait débuté. Je ne m'étais pas trompée; pour lui, ce n'était qu'une passade sans lendemain... Oh! il m'aime bien, je le sais. Il s'inquiète même de moi, à sa manière en tout cas. Mais tu comprendras que je n'avais pas le choix. Il fallait prendre cela avec philosophie et bonne humeur. Malheureusement, j'avais tout prévu sauf... ces fâcheuses conséquences. »

Francesca restait frappée de mutisme. *Une passade sans lendemain. Mais pas pour moi, Victor! Non, pour moi, cela compte! Dieu tout-puissant, et là-bas, à Langley! Quand a-t-il couché avec elle? Pendant le week-end que nous avons tous passé au château, probablement. Il avait refusé de me rejoindre dans ma chambre. A cause de papa! Parce qu'il était « chez moi »! Ce ne serait pas « convenable », avait-il dit. Pas convenable! Oh! Victor, tu me mentais. Tu me trompais. Sans vergogne. Sans l'ombre d'un scrupule...*

Avec une précision douloureuse, leur image s'imposa à elle. Katherine dans les bras de Victor. Katherine en train d'embrasser Victor, de le caresser. Et Victor qui lui rendait ses baisers, ses caresses. A-t-il fait l'amour avec elle comme il le faisait avec moi? Lui disait-il les mêmes mots tendres et passionnés? Ces pensées lui devenaient insoutenables à peine formulées. Elle ferma les yeux, crispa ses paupières, s'efforça de faire le vide dans son esprit. Peine perdue : une vague de jalousie, de colère, de rage mêlée de haine l'enveloppa et lui brûla la peau. De haine envers elle, Katherine Tempest. *C'est sa faute à elle. C'est elle qui l'a provoqué. Encouragé.*

La vérité, la voilà. Sans elle, Victor n'aurait jamais été infidèle. A moi. A notre amour. Il a cédé. Il est faible, comme tous les hommes.

Elle rouvrit les yeux et, sans regarder Katherine, demanda :

« Quand... Je veux dire, depuis quand es-tu enceinte ? »

Francesca dut empoigner les accoudoirs de son transat et les serrer à se faire mal pour maîtriser son tremblement.

« En juin. Je ne sais pas le jour exact, mais cela ne peut dater que du mois de juin.

— Tu es donc enceinte de trois mois ?

— Oui, presque.

— Et tu crois quand même pouvoir te faire avorter ? Les risques ne sont-ils pas trop grands ?

— Mais non, ma chérie. C'est un peu tard, je sais, mais le docteur m'a rassurée sur ce point. Ne t'inquiète pas, Francesca, je ne risque rien, je t'assure. »

Francesca baissa précipitamment les yeux. *J'espère qu'elle risque tout, au contraire. Qu'elle mourra ! Elle va tuer son enfant, son enfant à lui. Cet enfant qui aurait dû être le mien. Mon enfant, elle tue mon enfant ! Moi aussi, je devrais mourir. Je voudrais mourir. Je n'ai plus de raison de vivre. Victor, Victor, pourquoi m'avoir fait cela ?...*

Francesca se leva, chancelante, sans savoir si ses jambes la porteraient. Elle sentait sa force l'abandonner. Au prix d'un effort énorme, elle fit un pas, un autre. Une douleur fulgurante l'atteignit au cœur. Elle se demanda si elle n'allait pas avoir une crise cardiaque. Elle le souhaita ardemment. C'est Victor qui en aurait des remords ! *Elle* aussi, et ils pourraient ainsi regretter tous deux ce qu'ils lui avaient infligé. Ils n'auraient pas assez de leur vie pour s'en repentir...

Des larmes brûlantes l'aveuglèrent, ruisselèrent sur sa poitrine et son costume de bain. Francesca trébucha, se rattrapa au dossier d'une chaise longue. Katherine sursauta :

« Francesca, ma chérie, qu'as-tu ? Tu as failli tomber. Es-tu malade ? »

Sans se retourner, Francesca parvint à articuler une réponse :

« Non. Un malaise, sans plus. Un étourdissement. La chaleur. Le soleil... »

Penchée sur le siège, elle agrippa une serviette à tâtons, s'en couvrit les yeux. Un instant plus tard, elle épongea la sueur de son cou, de ses épaules. Malgré tout, elle avait froid. A l'intérieur, un bloc de glace lui engourdissait les sens et la paralysait. Elle laissa tomber la serviette, trouva par miracle ses lunettes de soleil et les chaussa maladroitement, avec les gestes lents et incertains d'une vieille femme. D'une main encore tremblante, elle prit son chapeau de paille et parvint à s'en coiffer.

Katherine s'était levée d'un bond et poussait à l'ombre du parasol le transat où Francesca était étendue quelques instants auparavant :

« Mon dieu, j'espère que ce n'est pas une insolation ! s'écria-t-elle. Tu étais en plein soleil, ce n'est pas raisonnable. Et maintenant, tu t'étonnes de te sentir mal ! Veux-tu que j'aille te chercher de l'aspirine ?

– Non, merci, je vais mieux... »

Francesca se mit à marcher, lentement, en posant soigneusement un pied devant l'autre pour ne pas perdre l'équilibre. Tout à coup, à sa vive surprise, le dallage de marbre bascula vers elle comme pour la frapper au visage. Elle étendit les bras afin de se protéger, se prépara à amortir le choc...

Katherine s'était déjà précipitée à sa rencontre.

Elle lui agrippa fermement le bras, la redressa, l'enlaça pour la soutenir :

« Rentrons, dit-elle. Il fait beaucoup trop chaud dehors. Tu ferais mieux de t'étendre à l'ombre, la maison est fraîche.

– Mais je ne veux pas me coucher ! protesta Francesca en se dégageant d'un geste brusque. Je ne veux pas non plus de médicaments, c'est ridicule. Un verre de citron pressé, voilà tout ce qu'il me faut. Ne fais pas tant d'histoires, je t'en prie. Je ne suis pas malade, que diable !

– Comme tu voudras, Francesca... »

Katherine se rassit et observa son amie avec étonnement. Sa brusquerie, sa hargne étaient totalement inhabituelles. Comment expliquer cet étrange comportement ? La raison apparut à Katherine au bout d'une brève réflexion : Francesca est furieuse contre moi à cause de Kim. Elle commence simplement à se rendre compte de la réalité et elle pense à la peine que mon infidélité causera à son frère... Un soupir lui échappa et elle se demanda si elle n'avait pas eu tort de trop parler.

Au bout d'un long silence, Francesca interrogea :

« Pourquoi ne m'avoir rien dit plus tôt de tes rapports avec lui ?

– Voyons, Francesca, comment voulais-tu que je te l'avoue ? s'écria Katherine avec étonnement. J'étais officieusement fiancée à Kim et... Tu as raison, j'aurais peut-être dû. Nous n'avons pas de secrets l'une pour l'autre. Avoue cependant qu'il m'était difficile, pénible même, de te confier cela pendant que je continuais à voir ton frère. »

Le grommellement inintelligible de Francesca poussa Katherine à préciser :

« En plus, je devais compter avec Victor. Il tenait

à la discrétion. Tu sais combien la menace du scandale le terrorisait. Tu comprends, n'est-ce pas ?

– Oui... »

Oh ! tu ne crois pas si bien dire ! Je comprends trop bien comment et pourquoi vous avez tous deux si bien protégé vos arrières ! La discrétion de Victor, parlons-en !...

« Je sais que tu es furieuse contre moi. A cause de Kim... »

Avait-elle perdu l'amitié de Francesca ? Cette idée fit frémir Katherine. Elle ne s'expliquait pas, en effet, la soudaine froideur que son amie lui manifestait. De nouveau au bord des larmes, elle insista d'une voix tremblante :

« Pourquoi ne me réponds-tu pas ? Parle-moi, Francesca. »

Totalement absorbée dans son effort pour se maîtriser et ne pas céder à la folie, Francesca sursauta :

« Excuse-moi, qu'est-ce que tu disais ? »

Katherine répéta sa dernière question :

« Je n'ai jamais voulu faire de mal à Kim, conclut-elle. Tu me crois, au moins ? Il faut que tu me croies !

– Oui, bien sûr, je te crois... »

Elle ferma les yeux, contente de pouvoir se cacher derrière ses lunettes noires. Au bout d'un bref silence, elle demanda d'une voix mal assurée :

« Pourquoi ne veux-tu pas lui dire que tu es enceinte ?

– Pour les raisons que je t'expliquais tout à l'heure et aussi pour ne pas provoquer de gêne dans nos rapports professionnels. N'oublie pas que je ne puis pas me permettre de me brouiller avec lui, pour quelque raison que ce soit. J'ai signé un contrat avec sa maison de production, mon avenir est entre ses mains, en quelque sorte. Et puis, nous serons amenés à travailler ensemble de longues années...

– Cela ne te gênera pas, après ce qui s'est passé ?

– J'espère que non... Mais je préfère qu'il ignore tout de ce... regrettable incident. Autant ne pas prendre de risques inutiles. Je suis sûre d'une chose, toutefois : il ne reprendra jamais nos relations sur ce plan-là. Nous étions bons amis, nous le resterons et je compte bien m'en tenir là.

– Oui, je comprends. »

Francesca crispa plus fortement ses mains sans atténuer la douleur qui lui tenaillait la poitrine. Bons amis !... Il a détruit notre amour pour une passade...

Désespérée par la froideur persistante de Francesca, Katherine posa affectueusement la main sur son bras :

« Je t'en supplie, Francesca, dis-moi que tu ne me détestes pas, que tu ne me reproches pas de rompre avec Kim ! Je t'en prie, Francesca. Je ne pourrais pas m'en remettre si je te perdais... Et puis, tu me comprends, quand même ! Je ne pouvais pas agir autrement vis-à-vis de lui. J'aurais été malhonnête de faire comme si de rien n'était. »

Francesca hocha la tête avec lassitude :

« Tu as raison, ç'aurait été malhonnête de ta part. Kim se consolera. Je ne m'inquiète pas à son sujet... »

Elle se tut brusquement, craignant d'en dire trop. Il n'était plus question de révéler sa liaison avec Victor. Ce serait trop humiliant.

« Merci, Francesca ! Je ne me consolerais jamais de perdre ta confiance et ton amitié... Tu sais, poursuivit-elle en baissant la voix, je regrette que tu ne puisses pas venir à Londres avec moi la semaine prochaine, pendant mon... opération. J'en suis bou-

leversée et le remords me poursuivra toute ma vie...
Comment oserai-je me regarder dans la glace, après
cela ?... »

Francesca fit un geste vague. Elle n'avait plus le
courage de répondre, encore moins de se soucier si
Katherine surmonterait son épreuve ou aurait honte
d'elle-même jusqu'à la fin de sa vie. Un bruit de pas
lui fit tourner la tête.

« On demande mademoiselle Tempest au
téléphone », annonça le valet de chambre.

Katherine se leva :

« Merci, j'y vais tout de suite. Et toi, reste à l'ombre et ne bouge pas. Je reviens dans une minute »,
dit-elle à Francesca.

Des bouffées du parfum de Katherine impré-
gnaient l'air et sa voix résonnait dans les oreilles de
Francesca. Ses paroles s'entrechoquaient, se répon-
daient en écho pour répéter leur message dévasta-
teur. Comment les oublier ? Comment sortir de ce
cauchemar ? se répétait Francesca avec désespoir.
Non, ce n'était pas un cauchemar mais bien pire :
une insoutenable réalité. Elle aurait voulu se lever,
descendre au jardin, se jeter dans l'herbe et y enfouir
son visage, sentir la fraîcheur de l'ombre apaiser sa
fièvre et pouvoir enfin sangloter tout son soûl, jusqu'à se libérer de sa douleur. Mais son corps refusait
d'obéir. Elle restait clouée là, sur la scène même de
sa torture...

« Francesca ! Francesca ! Il vient de se produire
quelque chose d'affreux !... »

En effet, se dit-elle à demi consciemment. Mon
bonheur, ma vie entière sont brisés. Réduits en cendre.

« Francesca, n'entends-tu pas ? criait Katherine.

– Si. Que se passe-t-il ? »

Avec lassitude, elle ouvrit les yeux, contempla la silhouette de Katherine penchée sur elle, une feuille de papier à la main.

« Un horrible accident ! Terry et Barbara sont à l'hôpital, à Nice. C'était Norman Rook au téléphone, Terry me demande. Il faut que j'y aille.

— Mon dieu ! Est-ce grave ? »

Brutalement arrachée à sa torpeur, Francesca se redressa.

« Ils sont tous deux assez gravement blessés, Barbara est dans un état critique, paraît-il. Peux-tu m'emmener à Nice ? Je ne connais pas les routes et je conduis très mal... Tiens, enfile cette robe, nous n'avons pas le temps de nous changer. Je sais que tu ne te sens pas bien, mais...

— Evidemment, je vais te conduire ! » l'interrompit Francesca.

Elle se leva avec effort, boutonna sa robe avec des mains encore tremblantes. Son cœur battait à grands coups.

« Crois-tu qu'ils s'en tireront ? demanda-t-elle d'une voix mal assurée.

— Je n'en sais rien, Francesca, mais je l'espère de tout mon cœur ! Viens, partons vite. »

Titubante, engourdie, Francesca la suivit.

29

LA Dauphine fonçait sur la moyenne corniche. Monaco était loin derrière et la rade de Villefranche se profilait déjà, tout en bas, parsemée de voiles blanches. Mais Francesca ne regardait pas le paysage. Le pied fermement appuyé sur l'accélérateur, elle accordait toute son attention à la route sinueuse et encombrée. Depuis leur départ de la villa, Katherine et elle n'avaient pas beaucoup parlé.

Au prix d'un effort, Francesca s'était ressaisie. Les circonstances exigeaient qu'elle retrouve son état normal et relègue sa peine au second plan. Au cours de ces dernières semaines, elle avait appris à connaître et apprécier Terry et Barbara. Une vive sympathie s'était développée entre elle et la jeune femme. Le soir de son bal, elle avait admiré le couple qu'ils formaient. Les savoir blessés sur un lit d'hôpital lui serrait le cœur.

Francesca conduisait vite mais moins imprudemment qu'à son habitude. A la faveur d'un ralentissement, elle jeta un rapide coup d'œil en direction de Katherine, affaissée sur son siège et les traits crispés par l'angoisse. Elle se souvint alors de la fidélité, de la générosité de cœur dont son amie savait faire preuve. Pour venir en aide à un ami, elle était capable de tout. Francesca reporta son regard vers la route, accéléra. La haine qu'elle ressentait depuis deux heures envers Katherine commençait à se dissiper.

A mesure que sa lucidité lui revenait, elle pouvait considérer la situation avec réalisme et objectivité. Cette liaison, cette « passade » entre Victor et Katherine, les circonstances l'avaient en effet rendue inévitable. Elle ne pouvait que se blâmer elle-même de son aveuglement. Les scènes d'amour destinées à l'écran avaient préparé celles qu'ils jouaient en privé. Il était impossible à Katherine de ne pas succomber au charme de Victor. Ces évidences admises, Francesca vit alors s'emboîter les morceaux du puzzle avec une logique rigoureuse : Victor prétendant qu'il n'était jamais libre; les continuelles dérobades de Katherine, qui faisaient enrager Kim; les égards dont Victor entourait Katherine pendant le tournage; les déjeuners dans sa loge; les « répétitions » qu'il lui accordait sans cesse... Nick lui-même avait observé combien l'aide de Victor avait permis à Katherine de franchir tous les obstacles. Francesca revit la scène du cocktail de fin de tournage, le tête-à-tête de Katherine et de Victor isolés au cœur de la foule, leurs bavardages confidentiels, leurs rires chargés d'une intimité qui excluait tous les autres, Francesca comprise. Et le bracelet de diamants ! Victor n'en parlait qu'avec nonchalance : une bagatelle, un simple témoignage de reconnaissance. De reconnaissance pour quels « services », au juste ?

Francesca se sentit parcourue d'un frémissement, de regret ou de honte, elle ne savait pas exactement. Tout à l'heure, elle avait accusé Katherine. Il devenait évident que Victor était, en fait, seul responsable. Katherine ne méritait aucun reproche. Dans tout ceci, elle n'était qu'une victime. Elles avaient toutes deux été victimes de Victor... Une nouvelle bouffée de douleur, de colère et d'humiliation l'étouffa. Des griffes lui labourèrent le cœur – ce cœur brisé, ce cœur blessé dont elle avait fait don avec tant de confiance et de naïveté. A un homme qui en était indigne...

La voix de Katherine l'arracha à son amère rêverie :

« Je ne sais comment te remercier de m'accompagner, Francesca. Te sens-tu mieux, au moins, depuis ton malaise ?

– Beaucoup mieux, ma chérie. Et je suis contente d'être avec toi et de te rendre service. D'ailleurs, je suis inquiète moi aussi.

– Je n'ai pas pensé à demander davantage de précisions à Norman. Cette incertitude est pire que tout !

– Nous arriverons bientôt.

– Veux-tu que j'allume la radio ?

– Pourquoi pas ? »

Katherine se pencha, tripota les boutons. Des accords de guitare, une voix d'homme emplirent la voiture. Francesca serra convulsivement le volant : non, pas cette chanson ! eut-elle envie de hurler. L'air préféré de Victor, celui qu'elle avait entendu avant tant de joie le soir de son bal, pendant qu'elle l'attendait, seule sur la terrasse... Ce bal où il n'était pas venu. Elle ne le reverrait jamais. Jamais plus.

En dépit de tous ses efforts, des larmes jaillirent, ruisselèrent sur ses joues. Un sanglot la fit hoqueter. Toutes ses émotions, toute sa douleur trop contenues se libéraient d'un coup.

Stupéfaite, Katherine se tourna vers elle, lui posa une main sur le bras :

« Qu'as-tu, ma chérie ? » s'écria-t-elle.

Francesca tenta bravement de ravaler ses larmes :

« Je ne sais pas... Il vaut mieux que je m'arrête une minute.

– Tiens, là-bas, devant l'entrée de cette maison, tu auras la place. »

Affolée, Katherine éteignit la radio. Elle ne s'expliquait pas la crise de larmes de son amie. A travers sa vision brouillée, Francesca distingua l'amorce d'une allée et stoppa la voiture devant de hautes grilles. Sans même couper le contact, elle s'écroula sur le volant et donna libre cours à ses sanglots. Bouleversée, Katherine se pencha vers elle, l'enlaça, lui caressa les cheveux :

« Qu'y a-t-il, Francesca ? Parle, pourquoi un tel chagrin ?

– Je ne sais pas... Je ne sais pas... »

Elle fut sur le point de tout avouer et se retint à temps. Non, il ne fallait rien dire à Katherine. Rien. Jamais.

Elle se calma peu à peu, se dégagea de l'étreinte de son amie, s'essuya les joues d'un revers de main et s'efforça vainement de sourire :

« Excuse-moi. Je ne sais pas ce qui me prend... Tout paraît s'écrouler devant nous... Notre bel été tourne au drame... Je ne vois que des malheurs autour de moi... »

Katherine l'interrompit d'un cri de frayeur :

« Non, Francesca ! Ne dis pas cela, je t'en supplie ! Il ne faut pas tenter le mauvais sort. »

Lorsqu'elles arrivèrent à l'hôpital, Francesca fit descendre Katherine devant la porte et alla garer la voiture. Katherine pénétra en courant dans le bâtiment et trouva Norman Rook affalé sur une chaise dans une salle d'attente.

Au bruit de ses pas, il releva lentement la tête :

« Barbara n'a toujours pas repris conscience », dit-il.

Elle s'assit à côté de lui, se força à garder son calme :

« Et Terry ?

— Pour le moment, il dort sous l'effet des calmants.

— Leurs blessures sont-elles graves ?

— Pas celles de Terry, Dieu merci. Des contusions, des coupures, deux côtes cassées. Il ne restera pas ici plus de quelques jours. Mais pour Barbara on ne sait pas encore. Les médecins s'inquiètent car elle ne sort pas de son coma. Ils procèdent à de nouveaux examens... »

Il agrippa la main de Katherine, la serra avec force :

« Elle ne peut pas, elle ne doit pas mourir, comprends-tu ? s'écria-t-il d'une voix tremblante. Si elle ne... si elle devait y rester, je ne sais pas ce que deviendrait Terry. Il se laissera mourir lui aussi. Sans Barbara, il n'a plus de raison de vivre.

— Allons, Norman, calme-toi, je t'en prie. Barbara s'en tirera, j'en suis sûre. Il ne faut pas voir tout en noir, surtout maintenant. Nous devons prier et espérer, au contraire.

— Oui, peut-être... »

Il se détourna, regarda distraitement par la fenêtre. Au bout d'un long silence, il reposa son regard sur Katherine :

« C'est notre faute. Nous n'aurions pas dû nous mêler de leur vie, manigancer derrière leur dos pour les pousser à faire ce film. C'est à cause de nous qu'ils se sont retrouvés. Nous n'avions pas le droit, Katherine. Nous avons eu tort.

– Ne dis pas des choses pareilles, Norman ! répliqua-t-elle d'une voix contenue. Rappelle-toi, nous ne cherchions qu'à aider Terry à résoudre ses problèmes. C'est pour son bien que nous avons agi. Comment peux-tu nous accuser de ce qui leur arrive ? Nous ne conduisions pas la voiture, que je sache ! Tu dis n'importe quoi... »

Norman Rook parut ne pas entendre ces remontrances. Il se leva, les yeux baissés :

« Si Barbara devait mourir, je ne me le pardonnerais jamais », murmura-t-il.

Puis, après avoir fait quelques pas vers la porte, il se retourna :

« Je vais aux nouvelles. Attends-moi, je reviens tout de suite. »

Une fois seule, Katherine se laissa aller contre le dossier de sa chaise. L'incroyable tirade de Norman la plongeait dans une stupeur mêlée de crainte. Comment avait-il pu proférer de pareilles horreurs ? Comment rejeter sur eux deux la responsabilité de ce malheureux accident ? La douleur l'égarait !

Katherine se leva et se dirigea distraitement vers la fenêtre. Certes, elle avait compté sur l'attachement de Barbara pour Terry pour mieux parvenir à ses fins. Mais elle ne s'était pas attendue à ce que la flamme de leurs amours passées se ravive, au point de pousser Barbara à quitter Mark Pierce pour renouer avec Terry. Elle n'avait agi qu'avec les meilleures intentions. Quoi qu'en dise Norman, elle n'était en rien responsable de ce qui était survenu par la suite, et sûrement pas de l'accident.

Absorbée dans ses réflexions, elle n'entendit pas la porte s'ouvrir. Francesca entra dans la salle d'attente, s'arrêta au milieu de la pièce et contempla silencieusement la silhouette immobile qui se détachait contre les vitres. Son aspect fragile, vulnérable, toucha Francesca. Une bouffée de tendresse balaya les derniers vestiges de sa colère et lui fit momentanément oublier sa propre peine. Elle fit un pas, héla Katherine à mi-voix.

Celle-ci sursauta et se retourna brusquement :

« Oh ! Francesca ! C'est affreux... »

Francesca l'interrompit d'un geste de la main :

« Non, Katherine, tout va bien au contraire. Je viens de voir Norman qui parlait à l'un des médecins. Barbara est sortie du coma. Ses blessures ne sont pas aussi graves qu'il y paraissait. Nous aurons même le droit de la voir dans quelques instants. »

Un sourire se forma lentement sur les lèvres de Katherine, les couleurs reparurent sur son visage. Elle parut réfléchir, comme pour assimiler pleinement ce qu'elle venait d'entendre. Alors, elle se précipita dans les bras de Francesca avec un cri de joie qui ressemblait à un sanglot. Et les deux amies restèrent longtemps embrassées, jusqu'à ce que les larmes cèdent la place au rire.

30

PEU après son retour à Londres, Francesca refit ses bagages. Elle comptait séjourner à Langley jusqu'au mariage de son père et mettre à profit cette période de calme pour travailler à son livre, trop longtemps négligé. D'ailleurs, plus rien ne la retenait ici – hormis des souvenirs auxquels elle voulait échapper.

Elle donnait ses dernières instructions à la femme de ménage lorsque le téléphone sonna. Francesca reconnut aussitôt la voix de Nick Latimer. Ils bavardèrent quelques instants. Après avoir annoncé qu'il comptait s'envoler pour Königssee passer quelques jours auprès de Diane, Nick s'éclaircit la voix :

« Pendant que j'y pense, je crois avoir trouvé l'appartement de mes rêves. C'est à deux pas, pratiquement au bout de votre rue. Si vous pouviez y jeter un coup d'œil et me dire ce que vous en pensez, cela me rendrait grand service. »

Francesca eut un geste de contrariété. Elle n'avait prévenu personne de son départ pour Langley et préférait que Nick ignore qu'elle s'en allait l'après-midi même.

« Quand cela ? demanda-t-elle.

– Pourquoi pas tout de suite, disons dans une demi-heure ? Cela ne vous ennuie pas ?

– Euh... non, pas du tout. Quelle est l'adresse exacte ?

– Je vous attendrai là-bas, répondit-il après avoir communiqué le numéro et le nom de la rue. L'appartement est au rez-de-chaussée, à gauche. A tout à l'heure, Francesca, et merci encore. »

Après avoir raccroché, elle retourna à la cuisine prévenir la femme de ménage qu'elle s'absentait pour une heure environ. Mais pourquoi diable Nick tient-il à me faire visiter son appartement, se dit-elle en mettant son manteau. Il est assez grand pour prendre seul ce genre de décision.

Une fois dans la rue, elle ne regretta pas d'avoir été forcée de sortir. Cette matinée de septembre baignait dans une lumière tamisée en accord avec la douceur de la température. Malgré tout, la vue des immeubles gris rendit Francesca plus que jamais impatiente de retrouver Langley, le silence apaisant de la lande, l'atmosphère vivifiante des collines teintées d'ocre et de pourpre. C'est là seulement, sous le ciel transparent, qu'elle parviendrait à oublier la douleur de son amour perdu. Des heures durant, elle pouvait marcher à sa guise sans rencontrer âme qui vive et la solitude, que d'aucuns jugeaient oppressante, lui était au contraire la plus douce des consolations.

Depuis qu'elle était revenue de Paris avec Doris, Francesca s'était repliée sur elle-même et plongée à corps perdu dans son travail. Ses recherches au British Museum étaient maintenant terminées. La perspective de la rédaction proprement dite la réjouissait.

Tandis qu'elle approchait de Grosvenor Square, ses pensées se tournèrent vers Nick. Il avait exprimé l'intention de rester à Londres jusqu'à Noël. Puis il comptait se rendre à New York voir ses parents avant de poursuivre son chemin vers la Californie. Il voulait, en effet, terminer le scénario sur lequel il avait travaillé cet été et Londres lui permettrait de s'isoler. En fait, Francesca avait compris que Diane était la cause de son long séjour de ce côté-ci de l'Atlantique. Les choses tourneraient-elles bien pour sa cousine et le jeune écrivain ? Francesca l'espérait sans oser y croire. Ils s'aimaient, sans doute. Mais la vie réserve-t-elle toujours d'heureux dénouements ? A la lumière de sa propre expérience, du choc qui s'abattrait bientôt sur son frère, elle était en droit d'en douter.

La veille au soir, Katherine lui avait téléphoné, débordante de gaieté et d'enthousiasme sur Hollywood, les gens qu'elle y rencontrait et le film qu'elle s'apprêtait à commencer. Elle avait chanté les louanges de Richard Stanton dont, apparemment, elle ne se séparait guère. Ce n'est qu'à la fin de leur longue conversation qu'elle mentionna le nom de Kim en réaffirmant sa décision de rompre leurs fiançailles. Katherine avait quand même accepté d'attendre le mariage de David Cunningham et de Doris, retardé au début décembre.

Terrence Ogden se trouvait lui aussi en Californie et Katherine avait donné de ses nouvelles. Barbara était restée à Londres pour la durée de sa convalescence; Francesca lui avait rendu visite la semaine précédente. La jeune femme n'avait pas caché sa tristesse d'être séparée de Terry et Francesca en était encore bouleversée. Tant de larmes, tant de tristesse autour d'elle...

Comme pour mieux échapper aux spectres qui la hantaient, elle accéléra l'allure. Bientôt, elle arriva devant l'immeuble, poussa la porte d'entrée et sonna à l'appartement. Nick répondit aussitôt et l'accueillit en souriant.

Il l'embrassa avec affection et l'observa un instant, comme s'il voulait évaluer son humeur.

« Merci d'être venue, dit-il en la relâchant.

– Je suis toujours heureuse de vous rendre service, Nick. Si l'entrée correspond au reste, dit-elle en regardant autour d'elle, vous avez en effet trouvé le logement idéal. A qui appartient-il ? C'est assez somptueux.

– A un producteur que je connais bien. Il doit s'absenter trois mois et cherchait un locataire. Cela m'arrange parfaitement, puisque je ne compte pas rester ici plus longtemps. Venez, faisons le tour du propriétaire. Commençons par la bibliothèque, c'est là que je travaillerai. »

Il ouvrit une porte, s'effaça pour la laisser entrer. Francesca ne cacha pas son admiration :

« Ravissant ! s'écria-t-elle. Combien de pièces y a-t-il ?

– Un salon, deux chambres, deux salles de bain. Et la cuisine, bien entendu, mais pas de salle à manger. L'équipement est moderne et largement suffisant pour mes besoins de célibataire. Venez voir.

– Jusqu'ici, tout me semble parfait. Mais faites-moi visiter le reste. Vous parliez de deux chambres et d'un salon.

– Bien sûr. Commençons par le salon. La porte là-bas... »

Il ouvrit l'un des vantaux de chêne, la fit passer devant lui. Francesca fit deux pas dans la pièce et stoppa net : accoudé à la cheminée, plus élégant et séduisant que jamais, Victor Mason la dévisageait.

« Bonjour, Francesca », lui dit-il.

Elle resta muette. Depuis qu'il avait précipitamment quitté la Côte d'Azur, Francesca ne l'avait plus revu et sa soudaine apparition la bouleversait. Passé le premier désarroi, un accès de fureur la ramena à la réalité. Les yeux brillants de colère, elle se tourna vers Nick :

« Jamais je ne me serais attendue à un tel procédé de votre part ! C'est indigne de vous de profiter ainsi... »

Il l'interrompit d'un geste :

« Il tenait à vous parler, Francesca. Vous lui devez au moins cela. Accordez-lui une chance de s'expliquer. »

Nick quitta aussitôt la pièce et referma silencieusement la porte. Seule avec Victor, Francesca succomba à la panique. Comment justifier son comportement envers lui sans trahir la confiance de Katherine ? Elle aurait voulu prendre la fuite, mais son corps refusait d'obéir. Un tremblement incontrôlable la saisit, ses jambes menacèrent de se dérober sous elle.

« Asseyez-vous donc, Francesca », dit Victor d'un ton égal.

Elle se laissa tomber dans le fauteuil le plus proche, non parce qu'elle voulait rester mais de peur de s'écrouler devant lui. Les yeux clos, elle s'efforça de dominer ses nerfs, tenta d'ébaucher une stratégie, d'imaginer des raisons plausibles à la brutale rupture dont elle avait pris l'initiative. C'est alors qu'elle se maudit intérieurement de n'avoir pas prévu cette situation. Il aurait pourtant fallu s'y attendre, de la part de ces deux-là ! Deux amis si proches, plus que des frères l'un pour l'autre... Ils s'étaient ligués contre elle. Etait-elle, une fois de plus, assez bête, assez aveugle pour ne pas s'en être doutée !

Elle entendit Victor lui demander si elle voulait quelque chose à boire et fut étonnée de s'entendre refuser avec fermeté. Des bruits de glaçons tintant dans un verre, des pas étouffés par le tapis lui parvinrent aux oreilles. Elle sentit l'ombre de Victor devant elle, devina sa présence pendant qu'il posait quelque chose sur le guéridon à côté d'elle. Il ne disait mot, mais il était si proche qu'elle eut conscience de sa respiration, de la chaleur familière de son corps; son odeur, mélange inoubliable de savon et d'eau de toilette pimenté d'un soupçon de tabac, lui monta aux narines. Je vais m'évanouir, eut-elle la présence d'esprit de se dire. Elle se retint de respirer jusqu'à ce qu'il se fût éloigné.

Quand elle rouvrit les yeux, elle constata qu'il avait repris sa place devant la cheminée, où il s'accoudait avec sa désinvolture coutumière. Ce spectacle ranima sa fureur; elle réprima à grand-peine l'envie de lui jeter des injures, de l'accuser ouvertement de l'avoir trompée avec Katherine, de l'informer sans ménagements de la situation où il avait mis son amie, condamnée à un avortement qui heurtait ses plus profondes convictions. Elle se retint cependant : non, elle n'avait pas le droit de trahir Katherine devant celui qui les avait trahies toutes deux. Elle lui avait donné sa parole, elle ne pouvait y revenir.

« Buvez cela, dit Victor. Vous me paraissez en avoir besoin. »

Francesca ne résista pas. Machinalement, elle porta le verre à ses lèvres. Dans un instant, elle se sentirait mieux, elle serait capable de se lever et de partir. De crainte de le regarder en face, elle garda les yeux baissés. Elle entendit le craquement d'une allumette et vit Victor s'approcher, s'asseoir en face d'elle, s'étendre à son aise. Non, elle ne voulait pas, elle ne pouvait pas le voir. Mieux valait garder les paupières closes...

Victor l'observait en silence. Il voulait lui laisser le temps de se ressaisir et il profitait de ce répit pour la détailler. Elle avait perdu du poids, depuis leur dernière rencontre, sans que cet amaigrissement altère ou amoindrisse sa beauté. Elle était sobrement vêtue d'une jupe grise, d'un chemisier blanc et d'un blazer bleu marine, tenue qui la mettait admirablement en valeur. Ce charme, cette élégance innée, elle ne les perdra jamais, se dit-il. Avec une grimace, il pensa à Arlene qu'il traînait comme un boulet et dont il ne parvenait pas à se défaire...

Francesca rouvrit les yeux tout en continuant d'éviter le regard de Victor. Un rayon de soleil accrocha une mèche de ses cheveux, qu'il transforma en un faisceau de fils d'or, et Victor sentit son cœur se serrer de tristesse. Il aurait voulu la prendre dans ses bras, lui exprimer sans retenue l'amour dont il était empli, lui promettre de la garder toujours contre lui, avec lui, à l'abri des dangers de la vie. Il faillit céder à son impulsion, lui saisir la main et l'entraîner à sa suite, loin de cette pièce anonyme, loin de l'Angleterre, jusqu'au refuge de son ranch; envoyer au diable le monde entier, se débarrasser une fois pour toutes de ces importuns qui gâchaient sa vie, Arlene, Hillard Steed, Katherine Tempest; de toutes ces possessions qui l'entravaient, sa maison de production, ses actions de *Monarch* qu'il ne conservait que pour faire pièce aux menées de Lazarus. Il aurait voulu décommander tous ses films, oublier une profession de plus en plus exigeante, étouffante. Se retirer loin de tout – avec elle et elle seule. A eux deux, ils sauraient réussir, surmonter les obstacles. Eh bien, fais-le, qu'attends-tu ? lui murmura une voix à l'oreille. Ce ne fut qu'un chuchotement fugitif. Son sens des responsabilités, sa crainte du scandale, des risques qu'il lui ferait partager et que la jeunesse de Francesca aggravait reprirent très vite le dessus. Non, il n'avait pas le droit de fuir devant la vie, de se dérober à son devoir.

Ainsi rappelé à la raison, il lui restait à accomplir ce qu'il s'était fixé pour objectif : découvrir les causes de leur brouille.

« Il n'est pas dans mes habitudes d'agir aussi sournoisement, Francesca, dit-il enfin. Je ne l'ai fait qu'en désespoir de cause, parce que je n'avais pas trouvé d'autre moyen de vous rencontrer. Il faut que je vous parle.

– De quoi ? »

Cette réponse le stupéfia :

« N'est-ce pas assez évident ? Depuis votre retour à Londres, vous refusez de répondre à mes rappels téléphoniques et de me revoir. Lorsque, par hasard, j'ai réussi à vous obtenir au bout du fil, vous m'avez déclaré nonchalamment que tout était fini entre nous et vous m'avez raccroché au nez. Ne croyez-vous pas me devoir un mot d'explication ?

– Expliquer quoi ? répliqua-t-elle avec un rire amer. Ce qui est assez *évident,* c'est votre propre situation – votre situation conjugale, pour être plus précise. Vous avez repris la vie commune avec votre femme, elle habite avec vous au Claridge, si je ne me trompe ? »

La froideur de son ton le désarçonna :

« Nous ne vivons pas ensemble ! protesta-t-il avec véhémence. Arlene est descendue au Claridge, c'est exact. Mais nous ne partageons pas le même appartement.

– Que vous fassiez ou non chambre à part est le cadet de mes soucis », riposta Francesca d'un air buté.

Victor préféra ne pas relever cette repartie :

« La seule raison de la présence d'Arlene à Londres, c'est la conclusion de notre divorce, vous le savez très bien, Francesca. Les négociations durent plus longtemps que prévu, voilà tout. Mais je n'ai pas demandé à Nick de vous faire venir ici pour discuter de mes problèmes. C'est de vous, Francesca, que je voulais parler. Pourquoi agissez-vous de manière si étrange à mon égard ? Que s'est-il produit pour justifier cette... ce fossé qui nous sépare ? »

Elle ouvrit la bouche pour répondre, la referma aussitôt. Elle avait peur de laisser échapper la vérité ou, pire encore, de créer un malentendu. C'est alors qu'elle le vit vraiment depuis son arrivée dans cette pièce et son aspect l'affligea. Il avait les yeux rouges, les traits tirés, l'air épuisé, presque hagard. Il paraissait malade. Un bref instant, Francesca oublia ses griefs. Elle faillit se jeter dans ses bras, le consoler, lui dire les mots dont son cœur débordait. Lui répéter qu'elle l'aimait, qu'elle l'aimerait toujours et qu'il serait à jamais son seul amour. La gorge nouée, elle craignit de fondre en larmes. Mais sa raison lui revint : non, se dit-elle, il n'est pas malade. Depuis son retour, il fait la noce. Il boit plus que de coutume, il passe des nuits blanches, voilà tout. Plus que jamais, l'infidélité de Victor, son tempérament volage et ses mœurs dissolues lui revinrent en mémoire et effacèrent tout le reste. Elle ne pensa plus qu'aux souffrances qu'il lui avait infligées. Elle ne pourrait plus jamais lui faire confiance. Mieux valait s'endurcir dès maintenant.

Francesca prit une profonde inspiration et baissa les yeux pour ne plus être soumise au regard pénétrant de Victor :

« Il s'est produit une chose très simple, répondit-elle avec froideur. Je suis revenue à la raison.

– Qu'est-ce que cela veut dire, exactement ? » s'écria-t-il.

Il se pencha vers elle si soudainement qu'elle eut un mouvement de recul. Mais elle se reprit très vite, leva les yeux et le regarda enfin sans se dérober. Victor vit alors dans son regard un sentiment nouveau, une froideur indifférente qui le glaça. Il tendit la main vers son verre et constata avec dépit que sa main tremblait. Il interrompit son geste :

« Je vous ai demandé ce que vous avez voulu dire », répéta-t-il.

Francesca comprenait avoir franchi le point de non-retour. Il lui fallait maintenant conclure au plus vite cette douloureuse conversation et prendre congé le plus dignement possible. Elle se sentait incapable de supporter la compagnie de Victor beaucoup plus longtemps sans faiblir.

« L'arrivée de votre femme m'a ouvert les yeux. Pour la première fois, j'ai considéré les choses telles qu'elles sont : vous êtes marié, Victor. Votre divorce soulève de telles difficultés que la procédure peut encore durer des années. Mais ce n'est pas tout. J'ai également pris conscience que nos rapports n'ont guère de chances de réussir. Nous avons trop de choses contre nous...

– Lesquelles, par exemple ?

– En premier lieu, notre différence d'âge. Vous

êtes trop vieux pour moi, Victor – ou moi trop jeune pour vous. »

Ce coup lui arracha un cri de douleur.

« Non, c'est absurde, Francesca ! Je n'y crois pas...

– Soyons francs, voulez-vous ? Je n'ai pas oublié vos réticences du début, lorsque vous me disiez que vous aviez « vingt ans de trop ». Il existe bien d'autres différences entre nous, autrement sérieuses que l'âge. Notre passé, la vie que nous menons. Vous êtes plein d'expérience, vous avez beaucoup voyagé, je le sais, et peut-être croyez-vous comprendre mon univers. Pour ma part, j'avoue ne rien comprendre au vôtre et je doute de m'y habituer un jour. Avec vous, Victor, je serais comme un poisson hors de l'eau. Enfin, n'oublions pas mon père. S'il a pour vous une sympathie sincère, d'homme à homme, je ne l'imagine guère vous donnant sa bénédiction pour être mon... amant. (Elle marqua une pause et détourna les yeux pour conclure :) Voilà ce qui s'est *produit* et qui a creusé ce fossé dont vous vous étonniez. Il est inutile, je crois, de prolonger cette conversation. Tout est fini entre nous, n'y revenons pas. »

De sa vie, Victor ne s'était senti si complètement assommé et il fut incapable de réagir. La dureté, la cruauté des paroles de Francesca ressemblaient si peu à ce qu'il croyait connaître d'elle qu'il doutait de l'avoir véritablement entendue. Peut-être aurait-il pu balayer cet amoncellement d'objections en lui proposant sur-le-champ de l'épouser. Mais c'était précisément ce qu'il n'était pas libre de faire.

D'une main tremblante, il alluma une cigarette et, tandis qu'il faisait l'effort de reprendre contenance, une pensée le traversa, s'imposa peu à peu, une pensée étonnante : son instinct lui dictait de ne pas croire Francesca. Ses arguments étaient faux. Ce n'est pas pour ces raisons-là qu'elle avait pris l'initiative de la rupture.

Elle se leva alors qu'il allait ouvrir la bouche :

« Je ferais mieux de partir », dit-elle.

Il jeta sa cigarette à peine allumée et se leva d'un bond. En deux enjambées, il la rejoignit, l'empoigna aux épaules et la fit pivoter pour la forcer à le regarder en face.

« Non, Francesca, dit-il avec la rage du désespoir, non, vous n'avez pas le droit de partir ainsi ! Je t'en supplie, ma chérie, écoute-moi. Tu sais que je t'aime. Je t'aime, Francesca... »

Il ne résista plus à l'envie de l'attirer contre lui et de la serrer contre sa poitrine. Elle se débattit, parvint à se dégager. Non, se dit-elle avec un sursaut de colère, non tu ne m'aimes pas ! Tu es vexé parce que c'est moi qui t'ai plaqué, contrairement à tes habitudes !

« Je vous en prie, Victor, quittons-nous au moins avec décence. »

Sa froideur, sa maîtrise d'elle-même lui portèrent un nouveau coup, encore plus cruel :

« Tu ne m'aimes donc plus, Francesca ? »

Sa réponse mensongère la fit souffrir et elle dut se détourner :

« Non, Victor. Ne vous donnez pas la peine de me raccompagner, je retrouverai mon chemin. »

Il la laissa aller et la suivit des yeux sans mot dire. Ma vie entière m'échappe, elle sort de cette pièce avec elle, se surprit-il à penser. Et je ne peux rien faire pour la retenir. Rien...

Victor était seul. Plus seul qu'il ne l'avait jamais été en quarante ans d'existence. Hébété par la brutalité du dénouement, il s'écroula dans un fauteuil. Ce n'était pourtant pas ainsi que la rencontre devait se dérouler. Pourquoi, comment tout avait-il déraillé ? Dieu seul le sait – peut-être... Il se cacha le visage dans les mains. Le bruit de la porte qui s'ouvrait le fit tressaillir d'espoir. Mais ce n'était pas elle.

Nick s'avança lentement, bouleversé de voir Victor dans un tel état de détresse.

« As-tu besoin de quelque chose ? hasarda-t-il.

– Non. Je n'en mourrai pas, rassure-toi... Désolé de me montrer comme cela, vieux frère. Elle m'a assommé comme aucune femme ne l'a jamais fait, je crois.

– J'espérais que les choses se passeraient différemment. En la voyant partir, j'ai compris que c'était fichu. Elle m'a bousculé sans même me voir et courait presque pour fuir plus vite. Elle avait l'air aussi bouleversé que toi.

– L'épreuve était pénible pour elle comme pour moi... Tu sais, Nick, je n'ai aimé que deux femmes dans ma vie. La première m'a abandonné pour mourir. La seconde vient de m'achever... »

D'une main encore mal assurée, il prit son verre et avala une longue rasade de whisky.

« Allons, assez pleurniché ! dit-il avec un rire qui sonnait faux. En selle pour de nouvelles aventures ! »

Nick ne feignit même pas de sourire.

« Qu'a-t-elle dit, au juste ? » demanda-t-il en s'asseyant.

Victor lui rapporta presque mot à mot leur conversation.

« Tu sais, dit-il en conclusion, j'ai eu un moment une étrange sensation, celle qu'elle me mentait, qu'elle inventait des arguments pour mieux me détacher d'elle. Je me suis sans doute trompé. Francesca n'est pas du genre à mentir. Au contraire, je crois maintenant qu'elle m'a décrit très exactement la manière dont elle voit les choses. Garce d'Arlene ! C'est elle qui a tout provoqué. Si elle ne m'était pas tombée dessus, rien de tout cela ne serait arrivé.

— Tu n'as même pas parlé à Francesca des menaces d'Arlene, des détectives privés qui te filaient ?

— Non, je n'en ai pas eu le temps... Et puis, à quoi bon ? Je n'aurais fait que l'inquiéter pour rien. D'ailleurs, elle avait pris sa décision bien avant de venir et je n'aurais rien pu dire qui la fasse changer d'avis... Tu la connais, Nick. Elle est encore très jeune et la jeunesse manque de patience. On veut des solutions immédiates, à son âge, on ne s'intéresse pas aux nuances. C'est tout blanc ou tout noir, quand la réalité est faite de mille nuances de gris. Quand on est jeune, on ignore la signification du mot compromis. Francesca est intelligente, je le sais. Elle a de l'intuition. Il lui manque simplement l'expérience, la maturité pour comprendre mes problèmes. Cela vaut peut-être mieux, après tout.

— Tu ne parles pas sérieusement, Victor ! Ne vas-tu rien faire pour...

— Non, Nick. Je ne vais pas lui courir après et ne perds pas ton temps à essayer de me convaincre du contraire. Elle m'a dit crûment que j'étais trop vieux pour elle, et elle a raison. Aujourd'hui, j'ai l'impression d'être centenaire. »

Nick ne protesta pas. Depuis des semaines, Victor n'était plus le même. Lorsqu'il ne travaillait pas à la limite du surmenage pour superviser toute la post-production du film, il se querellait avec Arlene ou conférait avec ses avocats. Dans de telles conditions, le plus robuste cédait à l'épuisement.

« Tu devrais te soumettre à un examen médical. Tu as vraiment une mine de déterré, si tu veux savoir...

— Laisse-moi tranquille, vieux frère. Je ne suis pas malade. Un peu fatigué, c'est tout. J'ai passé pratiquement deux nuits au téléphone avec Los Angeles et je n'ai pas fermé l'œil. Une bonne nuit de sommeil et il n'y paraîtra plus.

— Les choses vont mal, avec Lazarus ? Il maintient son OPA ?

— Evidemment. Il rêve d'ajouter *Monarch* à son palmarès et de léguer son nom à la postérité comme un des « grands » du cinéma ! Un comble... Mes avocats, là-bas, me pressent de rentrer et je crois que je vais le faire. Plus rien ne me retient ici et la présence d'Arlene me pousse à m'éclipser. Je n'en peux plus de la subir tous les jours.

— Elle ne fera rien pour faciliter les choses...

— C'est à moi que tu le dis ? répliqua Victor avec un rire amer.

— Et... Francesca ? demanda Nick en hésitant.

— Je ne peux rien tenter avant d'avoir réglé mes problèmes et recouvré ma liberté.

— A ce moment-là, il sera peut-être trop tard. »

Victor ne répondit pas.

Cette année-là, dans le Yorkshire, l'hiver fut particulièrement rude.

Les riches couleurs de l'automne s'effacèrent devant la grisaille et le soleil disparut derrière de gros nuages chargés de pluie, qu'une bise glaciale venue de la mer du Nord chassait à travers la lande. Dès le début d'octobre, la gelée blanche argentait champs et prairies noircis et le ciel bas faisait planer une menace de neige. Elle tomba sans relâche avant la fin novembre en un épais tapis qui adoucissait la tristesse de la terre gelée et conférait une beauté fragile aux alentours du village de Langley.

Rien, cependant, n'interrompait les préparatifs du mariage de Doris Asternan et de David Cunningham. Le château bourdonnait comme une ruche. Doris s'y était installée et, sans se mêler de la conduite du ménage, avait pris sur elle de rénover les appartements privés. Canapés et fauteuils s'ornèrent de tapisseries neuves, les salles de bain furent modernisées et dotées d'appareils confortables, des radiateurs firent leur apparition dans les chambres à coucher. Pour la plus grande joie de Val, la gouvernante, un fourneau et un réfrigérateur du dernier modèle équipèrent enfin la cuisine.

La plupart du temps, Francesca se tenait à l'écart des activités de Doris et chacun la laissait libre d'agir à sa guise. Elle consacrait le plus clair de ses journées à son livre. Lors de son retour à Langley, à la fin de septembre, elle avait entrepris de transformer l'ancienne salle de jeux en cabinet de travail. Pourvue d'une vaste cheminée et de grandes fenêtres dominant la lande, la pièce était agréable et claire. Francesca y avait installé un vieux bureau déniché au grenier; la table sur laquelle Kim et elle prenaient leurs repas d'enfants était maintenant chargée de livres, de dictionnaires et de dossiers.

Nul n'osait s'aventurer dans ce sanctuaire sans y être invité. Francesca s'y enfermait tôt le matin pour n'en sortir qu'à la nuit tombée. Tous ses efforts portaient sur les premiers chapitres, les plus importants selon Nick. S'inspirant de ses conseils, elle retravaillait son style, ordonnait le développement avec plus de rigueur et élaguait impitoyablement les longueurs et digressions inutiles. Si son père et Doris s'inquiétaient parfois de l'isolement que Francesca s'imposait, ils n'en laissaient rien voir. Son travail se révélait exigeant; elle y trouvait surtout un refuge contre sa douleur. Certains jours, cependant, lorsque sa peine ou son énervement nuisaient à sa concentration, elle s'emmitouflait chaudement et sortait chercher l'oubli dans de longues errances à travers la lande.

Un après-midi de novembre, alors qu'elle marchait le long de la pièce d'eau, Francesca vit apparaître *son* reflet; elle comprit alors que l'objet de son désir toujours insatisfait, c'était Victor Mason. Immobile au bord de l'eau où l'image s'estompait, elle se demanda sérieusement pour la première fois si elle n'avait pas eu tort de rompre. Peut-être l'aimait-il autant qu'il le lui avait affirmé. Katherine elle-même n'avait-elle pas répété que leur aventure n'avait été qu'une « passade sans lendemain », qu'ils ne se souciaient de prolonger ni l'un ni l'autre ? Non, se dit-elle : si cela ne signifiait rien pour eux, pour moi cette tromperie a de l'importance. Le souvenir empoisonnerait à jamais mon esprit, se dresserait entre nous. Son égoïste insouciance avait irrémédiablement éloigné Victor de Francesca en détruisant la confiance aveugle qu'elle plaçait en lui. Il s'agissait là d'un fait, d'une réalité qu'il lui fallait accepter avec courage et résignation. Longtemps, sous le ciel qui s'assombrissait, Francesca soupesa le pour et le contre avant de s'éloigner de l'eau en soupirant.

Ainsi se poursuivait l'interminable série des lentes journées de solitude. Elles devinrent des semaines, au cours desquelles Francesca se replia de plus en plus sur elle-même en élevant un mur qui lui cachait le monde extérieur. Pierre par pierre, elle se retrancha dans cette forteresse dressée pour la protéger de la vie et des souffrances que l'avenir lui réserverait.

Elle ne daigna en sortir quelques jours que vers le milieu de décembre, à l'occasion du mariage de son père. Diane et Christian y assistaient, mais ils étaient venus sans leur mère; Arabella von Wittingen avait, une fois de plus, refusé de quitter Berlin et l'univers de ses folles espérances. Nicolas Latimer s'était chargé d'attendre le frère et la sœur à Londres pour les conduire à Langley en voiture. La veille de la cérémonie, de nombreux autres invités étaient arrivés au château et Francesca avait rempli de bonne grâce, et pour la dernière fois, son rôle de maîtresse de maison.

Quelques flocons de neige tombaient le matin du mariage, chassés par un vent glacial. Comme par miracle, toutefois, le soleil transperça les nuages au moment même où les mariés arrivèrent à la vieille église de Langley. Doris était éblouissante dans une robe de soie gris argent couverte d'une cape de même couleur doublée de renard argenté. Les demoiselles d'honneur, Diane et Francesca, lui faisaient cortège dans leur tailleur rose. Tandis qu'elle s'avançait dans la nef, où retentissaient les orgues, Francesca sentit son cœur se serrer et faillit trébucher. Par la suite, en dépit de ses efforts, elle n'entendit presque rien du sermon, ne suivit la cérémonie que d'une oreille distraite. Elle remarqua seulement que les mariés échangeaient le traditionnel baiser devant l'autel; la *Marche nuptiale* de Mendelssohn éclata joyeusement sous la voûte et le cortège se reforma, auquel elle se joignit machinalement. Elle se demandait ce qu'elle y faisait.

Sous le porche, les grains de riz et les flocons de

neige tourbillonnaient dans les pâles rayons du soleil hivernal. Les cloches carillonnaient joyeusement. Des mains se tendaient, des souhaits de bonheur sonnaient au milieu des rires. Devant les yeux de Francesca, tout se brouillait. Elle avait vaguement conscience que l'on attendait d'elle quelque chose, elle ne savait quoi. Ses réflexes reprirent alors le dessus, le sourire reparut sur ses lèvres et y resta accroché jusqu'à la fin de la journée. Elle se mouvait dans un rêve cotonneux, avec les gestes d'un automate.

Après le lunch et la réception, le comte et la comtesse prirent discrètement congé : ils partaient pour Paris. Les autres invités s'en allèrent à leur tour dans l'après-midi. Seuls, Diane, Christian et Nicolas Latimer restaient passer le week-end avant de s'envoler vers Salzbourg. Francesca se réjouissait de la compagnie de sa cousine, même pour si peu de temps. Nul ne mentionna le nom de Victor Mason – Diane elle-même n'aurait pas osé. Une ou deux fois, Francesca fut tentée de se confier à sa cousine, mais la promesse faite à Katherine la retint toujours au dernier moment.

Le lundi survint trop vite, et le temps des adieux. Francesca s'éclipsa aussitôt et alla se réfugier dans son cabinet de travail, laissant à Kim et à Nick le soin de s'occuper des bagages. Elle ne s'y trouvait que depuis quelques minutes lorsqu'elle entendit frapper à la porte. Nick entra, sa machine à écrire à la main :

« Un petit souvenir, lui dit-il en la lui tendant.

– Pour moi ? » s'écria-t-elle, incrédule.

Avec autorité, Nick posa la machine sur un coin de la table :

« Oui, pour vous. Elle est presque neuve, je ne m'en suis servi que pour taper mon dernier scénario.

– Mais non, Nick, je ne peux pas accepter...

– Si, Francesca. Vous me rendrez d'ailleurs service, je n'ai pas l'intention de traîner cet engin autour du monde, il est trop encombrant.

– Je suis confuse, Nick. C'est trop gentil... »

Il la fit taire en la prenant affectueusement dans ses bras. Sa douleur, discernable malgré ses efforts, lui brisait le cœur; mais Nick n'avait rien à lui dire pour la réconforter. Au bout d'un court silence, il s'éloigna et alla s'accouder à la cheminée :

« Diane m'a promis de me rendre visite en Californie dans le courant de février. Cela vous amuserait de l'accompagner ? »

L'expression de Francesca s'altéra imperceptiblement :

« Vous savez bien que je ne peux pas, murmura-t-elle.

– Non, c'est vrai... Juste une idée qui me passait par la tête.

– Merci quand même de l'invitation, Nick. »

Il baissa la tête, réfléchit un moment. Puis, en la regardant dans les yeux, il dit avec conviction :

« Vous l'oublierez, Francesca. Vous en aimerez un autre, je le sais. Les peines de cœur ne sont pas inguérissables.

– Je sais », répondit-elle avec une moue dubitative.

Il y eut un nouveau silence. Refusant de poursuivre une conversation qui lui était pénible, Francesca se força à sourire :

« Vous allez m'en vouloir, Nick, mais autant vous l'avouer tout de suite : j'ai encore changé de titre. »

Nick secoua la tête avec une feinte indignation :

« Ah ! non. Encore une fois ? Vous en êtes au cinquième. »

Francesca pouffa de rire malgré elle :

« Oui, mais cette fois je suis sûre que c'est le bon. Et je vous promets que ce sera le dernier.

— Alors, inutile de prolonger le suspense. Quel est-il, ce fameux titre ?

— « Les armes de la passion ». Je crois qu'il convient parfaitement à la vie d'un homme comme le général Gordon, qui a tiré son sabre au service de son Dieu et de sa patrie. Qu'en pensez-vous ?

— Pas mal, en effet. C'est du moins le meilleur jusqu'à présent. Alors, Francesca, gardez-le, pour l'amour du Ciel ! Promis ? »

Elle fit un signe d'assentiment. Nick traversa la pièce, lui posa la main sur l'épaule :

« Tout ira bien, Francesca. Et puis, rappelez-vous bien ceci : où que je me trouve, vous pourrez toujours compter sur moi. Si vous avez besoin de moi pour quelque raison que ce soit, décrochez le téléphone et faites-moi signe. Est-ce bien compris ?

— Oui, Nick.

— Allons, à bientôt, fillette ! »

Il l'embrassa à la hâte et prit la fuite, en proie à une trop vive émotion.

Longtemps après son départ, Francesca était encore à la fenêtre, le front contre la vitre, le regard distraitement posé sur l'immensité de la lande couverte de neige. Elle se trouvait enfin seule. Vraiment seule. Un an durant, sa vie avait été bouleversée par l'intrusion d'étrangers venus d'un autre monde, presque d'une autre planète. Elle avait aimé l'un d'eux. Aujourd'hui, ils s'étaient tous évanouis, comme s'ils n'avaient jamais existé. Elle les avait pourtant vus, approchés, touchés avant qu'ils ne s'éloignent. Des oiseaux migrateurs. Les reverrai-je jamais ? se dit-elle.

Avec un soupir, elle s'avança vers sa table de travail. A la place de sa vieille machine à écrire, qu'elle posa par terre dans un coin, elle installa l'instrument rutilant de chromes offert par Nick. Elle en souleva le couvercle, vit une feuille de papier engagée dans le cylindre :

Je serai toujours là, en train de lire par-dessus votre épaule. Ecrivez-nous un beau bouquin, fillette !

« Oui, Nick, dit-elle à haute voix. Je ferai de mon mieux. »

Elle disposa soigneusement un carbone entre deux feuilles blanches, les inséra dans la machine et se mit à taper, animée par une détermination nouvelle.

Francesca Cunningham ignorait le temps qu'exigerait cette tâche. Tout ce dont elle était sûre, en ce lundi matin de la fin de 1956, c'est que Nicolas Latimer était parti. Son dernier lien avec Victor Mason avait été tranché.

EN COULISSES

1979

« *Et même alors, je n'ose laisser s'évanouir,*
Je n'ose non plus céder à l'exquise douleur du souvenir;
Car une fois vidée la coupe de cette divine angoisse,
Comment se tourner encore vers le néant du monde ? »

EMILY BRONTË

31

A DEMI étendu sur le sofa de son cabinet de travail, Nicolas Latimer contemplait pensivement une photographie de Carlotta, posée devant lui sur la table basse. Elle était à cheval, dans l'immense *estancia* de son père au Venezuela, fièrement campée sur la selle, l'allure impérieuse, sa beauté exotique plus resplendissante que jamais. Carlotta Maria Caldicott Mendez Enright; Caldicott était le nom de sa mère, élégante et digne descendante d'une longue lignée de Philadelphie; Mendez, celui de son père, Don Alejandro, héritier de l'une des plus riches et plus puissantes familles du pays. Quant à Enright, ce n'était que le vestige, oublié par négligence, de son bref mariage avec le dernier rejeton d'une dynastie californienne, playboy inutile et confit dans l'alcool dont elle avait divorcé à vingt-trois ans. Nick avait fait sa connaissance un an après cette rupture. Depuis, ils vivaient ensemble et leur fils, Victor, avait déjà quatre ans.

Nick détailla du regard le visage angélique aux traits irréprochables : des yeux noirs pleins de feu, une somptueuse chevelure blonde tombant en cascade sur les épaules. Carlotta était belle, certes; quand elle le voulait, elle pouvait se montrer adorable. La plupart du temps, hélas ! son comportement rappelait davantage celui d'un ouragan tropical. Sa personnalité procédait d'un mélange bizarre; l'esprit d'indépendance, la froideur yankee renforcée d'une rigidité toute puritaine se heurtaient au tempérament bouillant de son sang latino-américain. Elle ne vivait que par d'imprévisibles sautes d'humeur. Avoue-le, se dit-il avec lassitude, tu n'es pas heureux avec elle. Si profondément mal à l'aise, si constamment déconcerté que tout le reste s'en ressent. La dernière scène violente qui venait de les dresser, une fois de plus, l'un contre l'autre renforçait son découragement. Elle prétendait, cette fois, emmener Victor avec elle au Venezuela. Combien de temps durerait leur séjour ? Elle refusait de répondre, attisait les inquiétudes de Nick; en adoration devant son fils, il redoutait de le voir enlevé par cette famille trop possessive, forte de son pouvoir et s'estimant au-dessus des lois. De quoi, au nom du Ciel, Carlotta voulait-elle ainsi le « punir » ? A la fin, épuisé, il s'était retiré dans la tour d'ivoire de son cabinet de travail – habitude de plus en plus fréquente chez lui. Il s'était efforcé de travailler à son dernier roman. En vain. Les idées le fuyaient. L'angoisse d'être séparé de son fils restait la plus forte. Carlotta était capable de tout...

Il détourna les yeux de la photographie, alla se planter devant la fenêtre. Dans le jardinet de sa maison de Manhattan, la neige déjà vieille de plusieurs jours avait pris un aspect grisâtre. Dressé contre le ciel bas, sillonné de reflets de néon, l'arbre squelettique, aux branches dénudées avait une allure spectrale et désolée. Comme moi, se dit Nick avec une nouvelle bouffée de découragement. Il voulut réagir, infléchir ses réflexions dans une autre direction, mais elles refusèrent de lui obéir et il repensa à Carlotta. Nick avait voulu l'épouser; de son côté, Carlotta désirait aussi le mariage. Malheureusement, leurs aspirations conjugales n'avaient jamais réussi à coïncider : quand l'un se disait prêt à sauter le pas, l'autre se dérobait. La naissance de Victor avait provoqué, de part et d'autre, des reproches de plus en plus pressants. Quatre grands-parents, aussi riches et résolus les uns que les autres, se relayaient pour exprimer accablement et réprobation devant la manière indigne dont leur petit-fils adoré allait être élevé : Nick avait entendu son père lui dire : « La vie que tu mènes est pour le moins choquante, mon garçon. Pour le bien de ton enfant, par respect pour ta mère, épouse Carlotta, je t'en conjure ! Pense au moins à protéger tes intérêts et ceux de ton fils, si tu restes sourd aux considérations morales les plus élémentaires. Le Venezuela est loin, l'enfant pourrait y disparaître à jamais s'il prenait aux Mendez la fantaisie de le séquestrer. Don Alejandro ferait un ennemi trop redoutable pour risquer de t'aliéner sa bonne volonté. Si ta situation n'était pas clarifiée à ma mort, je ne trouverais pas le repos dans ma tombe. » Mais le tourbillon de la vie mondaine, où Carlotta s'efforçait constamment de l'entraîner, ses exigences, ses caprices, ses colères imprévisibles et sa jalousie maladive creusaient autant de sapes sur le chemin de leur rapprochement.

Honnêtement, Nick ne pouvait rejeter tout le blâme sur elle. La compagnie d'un écrivain qui, tel que lui, manifestait une tendance de plus en plus marquée à s'enfermer dans son monde et consacrer le plus clair de son temps à son métier ne constituait guère l'existence rêvée pour une jeune femme d'à peine vingt-neuf ans, belle, débordante de vie et avide de plaisirs. Sa beauté, ses qualités – et sa position de fille unique d'un milliardaire en adoration devant elle – lui laissaient le choix des prétendants; il ne lui faudrait pas longtemps pour trouver un remplaçant à Nick, si ce dernier décidait de mettre fin à leur liaison.

Aurait-il le courage de faire dignement sa sortie, sans un regard en arrière ? Non, bien entendu. Comment abandonner son fils, cet enfant qu'il chérissait plus que tout au monde ? Peut-être fallait-il s'incliner devant l'insistance de son père, épouser Carlotta sans plus hésiter. Assurer l'avenir du petit Victor. Depuis des mois, il repoussait cette décision et son travail s'en ressentait. Naguère le chéri des critiques, ceux-ci n'avaient pas de mots assez acerbes pour relever ses « facilités », ses « négligences de style ». Dieu merci, le public lui restait fidèle. Mais qu'adviendrait-il s'il ne se ressaisissait pas ? Oui, sa vie tumultueuse avec Carlotta affectait son travail et risquait de compromettre son talent. Pis encore, il se laissait distraire, il n'avait plus la force de s'abstraire de ces influences néfastes. Il devenait donc urgent de débrouiller cette situation impossible. Il fallait au plus tôt trouver une solution et l'appliquer. Mais laquelle, et comment procéder ? Par quel tour de force concilier l'inconciliable et être sûr que chaque protagoniste de ce drame domestique, Victor plus que tout autre, s'en sortirait indemne ? Une fois de plus accablé par le sentiment de son impuissance, Nick s'efforça de remettre un peu d'ordre dans ses pensées.

S'il butait sur un dilemme insoluble en apparence, les termes en étaient cependant simples. Il s'agissait d'aplanir les difficultés de sa vie personnelle tout en continuant à écrire – et écrire mieux encore, si possible. Pourquoi n'y parvenait-il pas ? La réponse se fit peu à peu jour dans son esprit : parce qu'il mettait tout sur le même plan. Son travail comptait avant tout. Il ne lui restait alors qu'à reléguer à l'arrière-plan ses problèmes personnels afin de se concentrer exclusivement sur son roman en cours pour que sa sensation de « blocage » disparaisse. Aisée à formuler, cette décision l'était évidemment moins à mettre en pratique. Qu'il le veuille ou non, la moindre distraction nuisait à sa concentration et encombrait son esprit de pensées parasites, alors qu'il avait précisément besoin de raisonner clairement. Sa tendance à se soucier de tout et de rien ne s'était pas non plus atténuée au fil des ans, au contraire, et ses inquiétudes perpétuelles nuisaient grandement à sa créativité.

Au prix d'un nouvel effort sur lui-même, Nick décida finalement de s'en tenir à cette ligne de conduite. Au cours des semaines à venir, il ferait de son mieux pour s'isoler de la maisonnée, et de Carlotta en particulier, afin de s'attaquer résolument à la fin de son roman. En cas de besoin, il irait chercher refuge ailleurs. Mais Victor Mason devait prochainement arriver à New York où il comptait séjourner un mois, événement si rare ces derniers temps que Nick ne pouvait consentir de gaieté de cœur à manquer la visite de son ami. Dans la vie chaotique de Nick Latimer, Victor Mason représentait le seul élément solide. Depuis trente ans, leur amitié s'était renforcée.

Eh bien, soit ! se dit-il. Je resterai et, pour une fois, je résisterai à toutes les provocations. Impatient, les nerfs tendus par cette longue séance d'introspection, il eut envie de sortir prendre l'air. Une marche dans le froid le calmerait, et d'ailleurs, il était trop énervé pour se remettre au travail.

Il descendit vivement l'escalier, happa son pardessus au passage et quitta la maison. A deux rues de chez lui, il regretta déjà sa décision impulsive. Le froid s'était fait plus mordant, un vent aigre soulevait des tourbillons glacés dans Madison Avenue; ce n'était vraiment pas le temps idéal pour une promenade à pied. Il héla un taxi en maraude, lui donna l'adresse d'un bar de la 2e Avenue et se rencogna sur la banquette, les mains dans les poches pour tenter de se réchauffer.

Lorsqu'il poussa la porte de *Chez Elaine,* quelques minutes plus tard, le bar n'était pas aussi bondé que d'habitude. Nick accrocha son pardessus à une patère et, content du calme relatif qui régnait dans l'établissement, se percha sur un tabouret. Il commanda un cognac, alluma une cigarette. La première gorgée d'alcool lui parut caressante comme du velours. Réconforté, il se détendit peu à peu et se retourna pour observer la salle. Il n'y reconnut personne. Son verre au creux de la main, il se laissa de nouveau aller à ses réflexions.

Le bonheur... Depuis longtemps, Nick avait cessé d'y croire. Qui donc, en ce monde, avait l'inconscience de se prétendre heureux ? A ce stade de sa vie, il aurait au moins espéré atteindre une certaine paix. Pas même. Cette modeste ambition, l'existence la lui avait refusée. Dans quelques mois à peine, il allait célébrer son cinquante-deuxième anniversaire. Où donc le temps avait-il fui ? Pourquoi avait-il coulé entre ses doigts en le dépouillant de tout, l'idéalisme de sa jeunesse, ses espoirs, ses rêves... Devant lui, il ne restait qu'un tas de ruines, les cendres de croyances perdues et d'illusions mortes, un désespoir permanent, lancinant qui lui desséchait l'âme...

« Par exemple ! Nicolas Latimer, le seul, l'unique Nicolas ! Je n'en crois pas mes yeux. »

Nick sursauta. En se retournant, il se trouva nez à nez avec Estelle Morgan qui le contemplait avec un large sourire. Il sauta de son tabouret, serra la main tendue, embrassa avec effusion les joues couperosées que lui offrait la journaliste.

« Quelle bonne surprise, Estelle ! s'écria-t-il joyeusement. Où vous cachiez-vous donc ?

— D'un bout du monde à l'autre, comme d'habitude. L'esclave du devoir, Nick, vous devriez me connaître !... Je suis ravie de vous retrouver — et toujours aussi séduisant, à ce que je vois.

— Voyons, cela fait au moins deux ans, n'est-ce pas ?

— Tout juste, depuis l'interview que vous m'aviez accordée pour le magazine *Now*. J'y collabore toujours. J'ai adoré votre dernier livre, Nick. Vous êtes sans doute au beau milieu du suivant ?

— Naturellement, je dirai même dans la dernière ligne droite. Asseyez-vous donc, Estelle. Vous prendrez bien un verre avec moi ?

— Désolée, Nick, je ne puis rester qu'une minute, je dois dîner avec tous ces gens-là, à la table du fond. »

Nick jeta un coup d'œil dans cette direction, reconnut deux ou trois visages vaguement familiers, rendit quelques signes de tête.

« Dommage. Pas même un petit verre, vite fait ?

— Impossible. Mais merci quand même... »

Elle se rapprocha, le prit par le bras et poursuivit en baissant la voix :

« C'est amusant que je tombe sur vous précisément ce soir, j'ai passé ma journée à essayer de vous joindre au téléphone. »

Nick dressa l'oreille : au cours de sa scène avec Carlotta, celle-ci avait en effet mentionné, non sans invectives appropriées, qu'une « créature » lui avait téléphoné vingt fois sans même daigner se présenter.

« Quelque chose d'important ? demanda-t-il avec curiosité.

— Oui, si vous voulez... J'ai un message à vous communiquer. D'une vieille amie à vous.

— Ah ! oui ? Qui cela ?

— Katherine. »

Nick resta muet de saisissement. Conscient du regard d'Estelle qui le dévisageait, il se contrôla :

« Katherine ? répéta-t-il d'une voix éteinte.

— Oui, Katherine Tempest.

— J'avais parfaitement compris, dit-il en se forçant à rire. Vous plaisantez, Estelle ? Un message pour moi, de la part de Katherine ?

— Je m'étonne de votre mine stupéfaite, Nick. Vous avez quand même été le grand amour de sa vie, l'auriez-vous oublié ? »

Non, se dit-il avec un serrement de cœur. Non, je ne l'ai pas oublié...

« Et ce message, répondit-il enfin. Quel est-il ?

— Katherine voudrait vous revoir, Nick. Elle arrivera à New York dans une dizaine de jours. »

Cette fois, la nouvelle lui parut incroyable :

« Allons, Estelle, ne me prenez pas pour un imbécile ! S'il existe une personne au monde qui n'a sûrement aucune envie de me revoir, c'est précisément Katherine. Vous savez fort bien dans quelles circonstances nous nous sommes séparés. Depuis, je ne l'ai pas revue, je n'ai jamais eu la moindre nouvelle d'elle. Grand dieu, cela date d'au moins dix ans... non, douze !

– Je ne m'amuserais pas à plaisanter sur un tel sujet, Nick. Je sais trop bien ce que vous éprouviez l'un pour l'autre. C'est tout à fait sérieux, Katherine désire vous rencontrer. Quand cela vous conviendra, elle n'a pas de préférence.

– Mais enfin, pourquoi ? Il n'y a aucune raison au monde pour qu'elle veuille me revoir. Que vous a-t-elle dit, Estelle ?

– Je ne puis que deviner ses raisons. A mon avis, elle souhaite se réconcilier avec vous et ses autres amis. Elle m'a d'ailleurs demandé de prendre contact avec d'autres personnes.

– Lesquelles ?

– Son frère, pour commencer.

– Le sénateur ? s'exclama Nick. L'espoir du parti démocrate, celui dont on chuchote qu'il sera candidat aux élections présidentielles de 1984 ? Pas possible ! Katherine et lui sont à couteaux tirés depuis des années. Qu'espère-t-elle d'une réconciliation ? »

La journaliste fit signe qu'elle n'en savait pas davantage.

« Dites-moi, Estelle, poursuivit Nick, vous seule êtes restée proche de Katherine quand tout a commencé d'aller mal pour elle. Apparemment, vous ne lui avez pas retiré votre amitié. L'avez-vous vue récemment ? Comment va-t-elle ? »

Chez Nick, la curiosité l'emportait sur la prudence. Katherine devait avoir plus de quarante ans. Après tant d'épreuves, que restait-il de sa beauté ? Avait-elle changé moralement ?

« Je ne l'ai pas vue depuis un certain temps. Nous nous téléphonons cependant assez régulièrement, comme l'autre jour lorsqu'elle m'a demandé de prendre contact avec vous.

– D'où vous a-t-elle appelée ? Vit-elle toujours en Europe ?

– Non, je ne crois pas... »

Estelle hésita : avait-elle le droit de révéler l'endroit où Katherine se terrait depuis son retour ? Elle reprit prudemment :

« Elle se trouve quelque part aux Etats-Unis, mais je ne peux pas en dire plus pour le moment. D'ailleurs, elle se déplace constamment et je ne sais pas où la joindre. »

Nick comprit qu'il serait inutile d'insister.

« A part Ryan et moi, qui d'autre vous a-t-elle demandé de contacter ?

– Francesca Cunningham – Avery, veux-je dire. Katherine m'a donné l'impression qu'elle souhaite renouer avec elle plus que...

– Cela m'étonnerait ! l'interrompit Nick avec un rire amer.

– Moi aussi, répondit Estelle dont l'expression se durcit. Notre chère *Lady* est une abominable snob. Elle m'a pratiquement jetée à la porte et refuse catégoriquement de revoir Katherine. »

Elle a d'excellentes raisons, s'abstint de dire Nick à haute voix. Après ce que Katherine lui a fait...

« Pour ma part, dit-il au bout d'un bref silence, je préfère moi aussi décliner son invitation. La perspective de ces retrouvailles ne me tente décidément pas. »

Estelle ne s'attendait pas à ce refus. Déconcertée, elle tenta de plaider sa cause :

« Réfléchissez, Nick ! Il n'y a pas de mal à vouloir...

« – Non, Estelle. Il n'en est absolument pas question, dit-il sèchement.

– Je trouve cela ridicule et méchant ! s'écria-t-elle avec dépit. Vous l'aimiez tant...

– Il y a longtemps de cela, l'interrompit Nick. Les choses ont changé. »

La froideur de Nick fit comprendre à la journaliste qu'elle perdait son temps. Elle fit un geste fataliste :

« A votre aise, Nick... Mes amis vont s'impatienter, ajouta-t-elle avec un sourire. Vous savez où me joindre, n'est-ce pas ? Au cas où vous changeriez d'avis...

– Non, Estelle ! Combien de fois faut-il le répéter ? »

Il sourit pour tenter de faire passer la brusquerie de la repartie, bredouilla un salut. Sans attendre le départ d'Estelle, il lui tourna le dos et plongea son nez dans son verre. L'intensité de son émotion, son incapacité à la maîtriser le remplissaient d'inquiétude.

Il rentra chez lui peu après. Carlotta l'attendait au lit en feuilletant des magazines de mode. Nick lui raconta sa rencontre avec Estelle Morgan qui, prétendit-il, désirait l'interviewer.

Sa jalousie apaisée, Carlotta se lança aussitôt dans une relation détaillée de la réception à laquelle Nick avait refusé de l'accompagner. Elle brossa des portraits ironiques des autres invités, décrivit les toilettes des femmes. Il ne l'écouta que fort distraitement tout en se déshabillant. Il lui tardait de s'enfermer dans son cabinet de travail et de réfléchir calmement à ce qu'il venait d'apprendre.

Lorsque Carlotta eut enfin terminé son monologue, Nick lui demanda :

« Cela ne t'ennuie pas que je ne me couche pas tout de suite ? Je voudrais travailler un peu sur un chapitre. Il m'est venu une idée... »

Il attendit avec inquiétude, prêt à essuyer une nouvelle tempête de protestations. A son vif soulagement, Carlotta n'opposa aucune objection et il se retira aussitôt.

Après avoir refermé la porte et allumé une lampe, il s'étendit sur le sofa. Dans le taxi qui l'avait ramené chez lui, une pensée troublante lui était venue à l'esprit : pour la première fois depuis plus de vingt ans, ils allaient se retrouver tous les quatre en même temps dans la même ville. Francesca. Victor. Katherine. Et lui, Nicolas. Simple coïncidence ? Ironie du sort ? S'agissait-il plutôt d'un événement calculé, préparé par quelque force mystérieuse sur laquelle ils n'avaient aucune prise ? Longtemps auparavant, il avait cru leurs destinées inextricablement mêlées les unes aux autres. Il n'en avait pas été ainsi. Et pourtant... Peut-être ne s'était-il pas trompé, tout compte fait. Peut-être le passage du temps n'avait-il pas influencé le cours de leurs vies comme il l'imaginait. Peut-être cette rencontre avait-elle été décidée en dehors de leur volonté, afin que leur destin s'accomplisse...

« On ne récrit pas le passé » : cette phrase d'un de ses livres, lieu commun utilisé distraitement à l'époque, lui revint en mémoire. Son passé, *leur* passé, se dressait devant lui, inchangeable, inéluctable, porteur de conséquences qui n'avaient pas fini de se dérouler, inexorables comme le Temps lui-même. Ce temps qui se dévida sur l'écran de ses paupières closes jusqu'à remonter à l'année 1956.

L'année pivot, celle qui les avait rassemblés, jetés les uns contre les autres, en quelque sorte. Celle au cours de laquelle leurs sentiments, exacerbés pour cent raisons diverses, avaient marqué leurs vies d'une empreinte ineffaçable, en avaient infléchi le cours à jamais.

Réunis par le hasard au début de 1956, séparés par le destin à la fin de la même année, ils s'étaient alors engagés chacun dans une direction – la mauvaise, comme les événements l'avaient démontré. Ils avaient poursuivi leur chemin avec un entêtement stupide, seuls, isolés les uns des autres, sans reconnaître leur aveuglement. Sans qu'aucun d'entre eux se fût rendu compte que le bonheur était là, à leur portée. Ils s'étaient obstinés à suivre jusqu'au bout le scénario qu'ils s'imposaient, poussés par l'orgueil, la haine, la colère ou la jalousie, l'ambition ou l'égoïsme, trop absorbés par eux-mêmes pour avoir vu la chance unique que leur offrait la vie et songer à la saisir.

Il est trop facile d'être sage rétroactivement, de juger à la lumière du présent des actions dont la perspective a changé, se dit Nick. Le temps apporte l'expérience, il éclaire sur le passé. Mais jette-t-il une lueur sur l'avenir ? Non, bien sûr. Quant à la mémoire, elle n'enregistre pas la réalité. Nos souvenirs seront toujours déformés, embellis, escamotés. Faux.

Les souvenirs... Non, se dit-il en se redressant. Il ne faut pas les ranimer, faire revivre les démons enfouis dans les abîmes de la mémoire. J'en ai peur, quand bien même ils existent, quand bien même je ne puis les renier.

Malgré lui, des images se formèrent devant ses yeux. Des visages familiers défilèrent, ceux d'amis, d'ennemis, d'êtres aimés. Une procession de spectres.

Au nom de l'amitié et de l'amour, nous nous infligeons d'indicibles tortures. Mais faisons-nous jamais le bien ? Parfois, au hasard le plus souvent, ou comme à regret. Nous donnons rarement, chichement; nous prenons toujours, avec avidité. Nul d'entre nous n'est exempt de torts envers les autres – ou envers soi-même.

Nick se leva, fit les cent pas en s'efforçant de chasser son humeur mélancolique. Mais comment oublier le passé dans cette pièce regorgeant de ses témoignages ? Partout où le regard se posait, il voyait un souvenir de ce qui avait été, un reproche de ce qui aurait pu être...

La bibliothèque. Un condensé de sa vie. Plusieurs étagères étaient remplies de ses livres. Sur une autre, reliés en maroquin bordeaux orné de filets d'or, ses scénarios sagement alignés. Plus bas, ses trois oscars, dont deux pour ses adaptations d'œuvres littéraires : *Les Hauts de Hurlevent* et l'étude historique de Francesca sur le général Gordon. Nick posa la main sur le volume, l'ouvrit en hésitant à la page de garde, relut la dédicace dont il connaissait les mots par cœur : *A Nicolas Latimer, mon ami et mon maître, avec toute ma reconnaissance et mon affection.* Il referma le livre avec un claquement sec, contempla pensivement la photographie de l'auteur sur la quatrième page de couverture. Francesca... D'un doigt, il traça le contour de son visage, le caressa doucement. Le souvenir de ce qu'elle était alors lui revint à la mémoire.

Cette évocation le ramena aux quelques années ayant suivi leur départ de l'Angleterre, Victor, Katherine et lui. Une dure période pour eux tous, plus encore pour Francesca emmurée volontaire à Langley où elle menait une vie monastique. Soutenue par ses seules ressources intérieures, elle travaillait avec acharnement. A chacun de ses voyages en Europe, Nick faisait un détour pour lui rendre visite et, de son côté, Katherine lui vouait une amitié indéfectible. Ils étaient les seuls à accéder à l'univers clos de Francesca. Actives, productives, ces années-là avaient pourtant été gâchées pour Francesca, qui se remettait mal de son amour perdu.

Victor souffrait, lui aussi. Comme Francesca, il se réfugiait dans son travail. Les triomphes s'accumulaient, renforçaient sa position de star internationale. Les épreuves ne l'épargnaient pourtant pas : la tourmente financière ayant secoué *Monarch* à la suite de l'OPA de Mike Lazarus avait failli le ruiner. Arlene le poursuivait toujours de sa vindicte et, quatre ans durant, relança la procédure. Il fallut attendre 1960 pour que Victor fût enfin libéré d'elle et que le jugement de divorce intervînt.

Pour eux tous, cependant, l'aridité de leurs vies personnelles avait été compensée par une extraordinaire réussite professionnelle. Ils paraissaient incapables de commettre une erreur. La gloire, la fortune se répandaient sur eux avec libéralité – mais à quel prix ! Katherine elle-même n'échappait pas à cette malédiction. L'oscar que lui avait valu *Les Hauts de Hurlevent* assurait à sa carrière un démarrage fulgurant. En 1957, à la surprise générale, elle avait épousé Richard Stanton et Nick se rappelait la féerique cérémonie à laquelle il avait été convié. Le conte de fées s'était tristement conclu; Hollywood avait été fatal à leur idylle et Katherine et Richard s'étaient séparés quelques années plus tard.

Et moi, qu'ai-je fait pendant ce temps ? se dit

Nick avec un sourire amer. La réponse restait trop présente à son esprit; il avait perdu son temps, usé ses forces à tenter de convaincre Diane de l'épouser. Et pourtant, en dépit de ses tourments et de sa frustration, entre ses innombrables voyages transatlantiques dont il revenait à chaque fois plus abattu, il avait écrit deux romans et deux scénarios accueillis par des succès flatteurs.

En reposant le livre sur l'étagère, son regard rencontra la pendule ancienne que Diane lui avait offerte pour son trente-deuxième anniversaire. Huit mois avant leur rupture définitive en décembre 1960. Il est plus facile de se montrer clairvoyant avec la vie des autres. Victor ne s'était pas trompé lorsqu'il l'avait mis en garde : Diane avait refusé de l'épouser à cause des obligations qu'elle s'imposait envers sa famille. Pauvre Diane... Ce n'était pas cinq ans, mais sa vie entière qu'elle gâchait.

Nick l'avait rencontrée par hasard en 1971, lors d'un voyage à Paris. Ils se revoyaient pour la première fois depuis leur séparation, onze ans auparavant, et Nick en gardait le souvenir précis comme au premier jour. Il l'avait entraînée au bar du Ritz, ils avaient évoqué le passé, parlé du présent. Diane était aussi belle, aussi courageuse que jamais. Elle menait une vie qui la rendait pleinement heureuse, disait-elle. Nick en avait cependant conservé une impression de tristesse, lente à se dissiper.

Que devenait Diane, depuis ce jour-là ? Nick n'en savait rien. Et Francesca ? Nick se reprochait encore de l'avoir perdue de vue après son mariage avec Harrison Avery en 1970. Maintenant, elle évoluait dans un milieu radicalement différent, vivait le plus souvent en Virginie, quand elle ne voyageait pas à l'étranger. Il n'aurait pas dû la laisser ainsi s'échapper dans l'indifférence. Depuis quand ne l'avait-il pas revue ? Cinq ans. Grand dieu !...

« Au moins, j'espère qu'elle est heureuse, se surprit-il à dire à haute voix. L'un de nous a droit au bonheur... »

Seul, le tintement de la pendule bavaroise lui répondit. Nick jeta un coup d'œil sur le cadran : deux heures du matin, déjà. Il serait plus raisonnable d'aller se coucher. Assez de souvenirs pour une seule soirée...

Machinalement, Nick se pencha pour prendre une cigarette dans le coffret posé sur la table basse. Une nouvelle vague de souvenirs l'assaillit à la vue du couvercle. Il portait un emblème gravé, l'aigle des Etats-Unis. Autour de ses ailes déployées, une phrase commémorait l'investiture de John Fitzgerald Kennedy, 35ᵉ président. 1960. Les années 60. Les années de Katherine... Sa présence dans cette pièce devint si réelle que Nick s'efforça d'en repousser l'ombre. Elle lui faisait encore trop mal. Elle lui donnait toujours la même fièvre, une fièvre où passion et douleur se mêlaient.

C'était à l'occasion de la campagne électorale de John Kennedy que Nick avait fait la découverte de Katherine Tempest, car il s'était rendu compte qu'il ne la connaissait pas sous son vrai jour. A l'époque, Victor faisait activement campagne en faveur de JFK. Tout naturellement, Nick avait joint ses efforts aux siens et Katherine s'y lança à son tour avec le même enthousiasme. Après avoir remporté l'élection, le président les avait invités tous trois à la cérémonie d'investiture et ils s'étaient rendus à Washington.

Au cours du mois de janvier, leur amitié s'était peu à peu renforcée. Ensuite, à chacun de ses fréquents voyages en Californie, Nick revit Katherine. Ils dînaient parfois chez elle, en tête-à-tête, ou sortaient voir un film, ou encore fréquentaient les restaurants à la mode de Beverly Hills où Katherine exhibait ses toilettes et ses bijoux en recueillant les hommages de ses admirateurs. A l'issue de ces séances, immanquablement, elle éclatait de rire, se moquait des prétentions absurdes dont ils avaient été témoins, se raillait elle-même avec un humour dont Nick restait émerveillé. En 1963, deux ans après leur voyage historique à Washington, Katherine vint à New York pour les répétitions d'une pièce à Broadway. Elle avait pour partenaire Terrence Ogden, devenu à son tour une vedette de l'écran et dont la réputation ne cessait de grandir.

Ce fut au long de cet automne ensoleillé, où les soirées paisibles succédaient aux journées débordantes d'activité, que Nick et Katherine tombèrent amoureux – si totalement qu'ils en furent euxmêmes éblouis.

Avec un geste de désespoir, Nick se cacha le visage dans les mains pour tenter de faire disparaître cette image trop présente. Non, il ne pouvait se permettre de revoir Katherine. Il ne voulait pas la laisser revenir dans sa vie pour la bouleverser à nouveau. Cette seule éventualité éveillait en lui un sentiment plus fort que les autres : la peur. Francesca l'avait-elle ressenti, elle aussi, en apprenant le retour de Katherine Tempest ? Sans doute...

Il éteignit enfin la lumière, quitta cette pièce hantée de trop nombreux fantômes et alla se coucher. Mais le sommeil s'obstina à le fuir et, jusqu'à l'apparition de l'aube, Nick fut incapable de se dégager du piège de sa mémoire. Le corps brisé de

fatigue, les yeux clos, un nom, un visage s'entê-
taient à le poursuivre. Katherine. Katherine...
Va-t'en ! lui criait-il dans le silence de son cœur.
Cesse de me tourmenter, je ne veux plus te voir, je
ne veux plus de toi. Va-t'en ! mais l'ombre refusait de
s'évanouir.

ACTE II

1963-1967

« *Le commencement et la fin étaient toujours là,
Avant le commencement et après la fin.* »

T.S. ELIOT

32

« Que se passe-t-il exactement entre Francesca et ton frère ? »

Assise en face de Nick, Katherine se carra plus confortablement dans son siège de jardin. Elle eut un sourire entendu, un éclair de malice traversa son regard :

« Rien... pour le moment, du moins ! dit-elle en pouffant de rire.

– Ah ! bon ? Ils seraient donc sur le point de tomber dans les bras l'un de l'autre, si je te comprends bien.

– Je n'ai pas dit cela ! Ce qui est sûr, c'est qu'ils semblent s'entendre à merveille. Chaque fois qu'il vient à New York, Ryan sort avec Francesca et ne la quitte pas d'une semelle...

– C'est précisément pourquoi je t'ai posé la question. »

Nick s'abstint de tout autre commentaire. L'amitié croissante qui rapprochait les deux jeunes gens ne lui avait pas échappé et le laissait mal à l'aise. Depuis sa rupture avec Victor, Francesca se tenait à l'écart des hommes. Il paraissait incompréhensible aux yeux de Nick que Francesca éprouvât quelque intérêt pour un personnage aussi falot que Ryan O'Rourke. Par ailleurs, il connaissait assez Francesca pour savoir qu'elle ne prenait pas ce genre d'aventures à la légère. Elle méritait certes mieux que le frère de Katherine.

Celle-ci observait Nick attentivement, le front plissé par la perplexité. Désapprouvait-il Francesca ? Ryan lui déplaisait-il ? Elle n'osa pas lui poser directement la question et affecta de regarder le petit jardin que Nick venait d'aménager dans la cour de sa nouvelle maison de la 74ᵉ Rue. Il n'y poussait qu'un arbre, mais de proportions majestueuses, dont les branches procuraient une ombre bienfaisante en ce chaud dimanche après-midi de septembre. Des jardinières débordantes de géraniums et d'impatientes entouraient le jardinet. Une fontaine murmurait dans un coin, un vieux cadran solaire se dressait au centre. Des meubles de fer forgé peints en blanc complétaient le décor de cette oasis paisible au cœur de Manhattan.

Avec un sourire, elle reporta son regard sur Nick :

« Tout est vraiment ravissant, mon chéri. Les travaux de la maison progressent remarquablement. Quand seront-ils terminés ?

— Guère avant deux mois. Mais dès que le rez-de-chaussée sera habitable je compte tout suspendre. L'étage attendra. J'en ai par-dessus la tête de vivre avec des ouvriers du matin au soir.

— Evidemment, c'est long. Mais cela en vaut la peine... Tu sais, poursuivit-elle comme en se parlant à elle-même, si la pièce a du succès et tient assez longtemps l'affiche, je me demande si je ne devrais pas chercher un appartement à New York. »

Nick la regarda avec étonnement :

« Pourquoi ? Celui de Francesca est vaste et

confortable. Je t'y croyais bien installée. Tu ne veux plus vivre avec elle ?

– Si, bien sûr. Mais elle n'est pas vraiment chez elle. L'appartement est à Doris et je crains à tout moment de la voir nous tomber dessus avec son mari et la petite Margaret. Alors, finie notre tranquillité... De toute façon, ma décision n'a rien à voir avec Francesca et sa famille – tu sais combien nous nous aimons. J'ai simplement envie d'être logée à mon aise et de me sentir chez moi.

– Oui, je te comprends... Mais revenons à ma question de tout à l'heure, au sujet de Francesca et de ton frère. Crois-tu que cela devient sérieux ?

– Pourquoi me demandes-tu cela ? Tu n'aimes pas Ryan ?

– Bien sûr que si. Il est beau garçon, plein de charme et de qualités, mais... Franchement, je le crois trop jeune pour elle.

– Je ne m'attendais pas à une pareille réflexion de ta part ! dit Katherine en éclatant de rire. Il n'a qu'un an de moins que Francesca. Cela ne compte pas, voyons !

– Je ne parlais pas vraiment de leur âge, plutôt de leur maturité. De plus, je ne leur trouve pas grand-chose en commun. Ils sont vraiment très différents l'un de l'autre.

– C'est peut-être cela qui les attire. Et s'ils n'avaient rien de commun, comme tu le prétends, il y a beau temps qu'ils ne se verraient plus. Non, en fait, la question n'est pas là. Je suis ravie, pour ma part, de voir Francesca se sortir un peu d'elle-même et profiter de la vie. Ryan lui convient parfaitement à cet égard. Il la fait rire, ils s'amusent ensemble. Tu ne vas quand même pas reprocher cela à Francesca, j'espère !

– Je ne reproche rien à Francesca, ma chérie. Peut-être ai-je simplement peur qu'elle ne souffre d'une nouvelle désillusion... »

Nick s'interrompit brusquement et s'en voulut de s'être laissé aller à trop parler. Des années auparavant, Francesca lui avait fait jurer de ne rien révéler de sa liaison avec Victor, à Katherine moins qu'à toute autre. Et maintenant, par son impardonnable étourderie, il venait d'ouvrir la porte à des questions gênantes.

L'embarras de Nick, son silence prolongé attisèrent la curiosité de Katherine :

« Que veut dire une « nouvelle désillusion » ? demanda-t-elle.

Nick hésita, inventa à la hâte une histoire plausible :

« Il y a quelques années, au cours d'une de mes visites à Langley, j'ai eu l'impression qu'elle avait fait la connaissance de quelqu'un dont elle s'était éprise et que cela n'avait pas marché. Malgré sa discrétion, je me suis rendu compte qu'elle en souffrait...

– Quand était-ce ?

– Voyons, laisse-moi réfléchir... Vers 1959, je crois. »

Il alluma une cigarette pour se donner une contenance, tout en espérant que la conversation s'en tiendrait là.

« Non, tu te trompes sûrement, répondit Katherine avec assurance. Je l'aurais su. A l'époque, Francesca était trop absorbée par son livre pour lever le nez de sa machine à écrire, encore moins pour s'intéresser à un homme assez longtemps pour s'y attacher. De toute façon, elle m'en aurait parlé, nous n'avons jamais eu de secrets l'une pour l'autre. »

C'est là où tu fais erreur, se dit Nick.

« Alors, j'ai dû me tromper », se borna-t-il à répondre.

Cette réplique parut satisfaire Katherine qui changea de sujet :

« Rassure-toi, Nick, Ryan est foncièrement bon. Jamais il ne ferait souffrir qui que ce soit, surtout pas Francesca.

– Sublime expression de l'amour fraternel ! dit-il en riant.

– Peut-être, mais je le connais bien et je sais ce que je dis. Ecoute, c'est très noble de ta part de vouloir protéger Francesca mais n'exagère pas. Elle est assez mûre pour agir à sa guise et se débrouiller toute seule, tu l'as dit toi-même. Eh bien, moi, vois-tu, poursuivit-elle en souriant, je serais ravie qu'ils tombent amoureux l'un de l'autre. Après tout, ce n'est encore jamais arrivé à Francesca ! Un premier amour, c'est merveilleux, tu ne trouves pas ? »

Nick ne put que hocher la tête et sourire à son tour, malgré ses réticences au sujet de Ryan O'Rourke. Il s'inquiétait également de discerner le retour d'une certaine expression sur le visage de Katherine et la soupçonnait de s'être discrètement mêlée de la situation. Depuis trois ans, son antipathie pour elle n'était plus qu'un mauvais souvenir; il éprouvait cependant toujours un malaise devant sa propension à se mêler des affaires d'autrui.

Sans tergiverser davantage, il attaqua de front :

« J'ai de plus en plus l'impression, ma chérie, que tu joues un rôle déterminant dans cette touchante affaire de cœur... »

Elle l'interrompit d'un éclat de rire :

« Qu'imagines-tu là ? Non, vois-tu, j'estime simplement que les gens ont parfois besoin d'un petit coup de pouce. N'es-tu pas d'accord ? »

Nick fit un geste évasif. Un léger coup de pouce, soit – à condition qu'il s'exerce dans la bonne direction. Mais à quoi bon s'inquiéter pour rien ? Francesca était, en effet, parfaitement capable de se défendre par ses propres moyens. Une pensée inattendue le fit pouffer de rire.

« Qu'y a-t-il de si drôle ? demanda Katherine.

– Notre petit groupe semble enclin à pratiquer une sorte d'inceste. Tu as été fiancée à Kim, maintenant c'est Francesca qui tombe amoureuse de ton petit frère...

– Et toi, tu as longtemps soupiré après Diane, compléta-t-elle. Oui, un vrai manège... »

Elle laissa sa phrase en suspens et se leva pour arpenter le jardin d'un pas léger. Ici et là, elle se penchait sur les fleurs. Elle trempa un doigt dans la vasque de la fontaine, alla se poster à côté du cadran solaire :

« Cet instrument fonctionne vraiment, mon chéri ?

– Oui, à la perfection. Quand le soleil brille, naturellement. »

Cette perfection, Nick l'avait sous les yeux. Il ne pouvait détacher son regard de Katherine, que le soleil nimbait d'une auréole frémissante. Elle semblait si jeune, dans sa petite robe de lin bleu, si fragile... Depuis qu'il la connaissait, elle ne paraissait pas avoir subi le passage du temps. Des sentiments d'une intensité inhabituelle le firent tressaillir.

« Pourquoi me regardes-tu si fixement, Nick ?

– Pour rien. Je me disais simplement que tu es ravissante. »

Elle le remercia d'un sourire, retourna s'asseoir près de lui.

« Que font donc Ryan et Francesca ? dit-elle après un regard à sa montre.

— Ils ne vont sûrement pas tarder. Encore un verre de vin ?

— Volontiers, merci. »

Nick feignit de s'affairer avec la bouteille et le seau à glace afin de dissimuler son trouble. Près d'elle, il s'emplissait de sa présence, s'enivrait de son parfum. Le besoin de la prendre dans ses bras et de la couvrir de baisers devenait tel qu'il y résistait à grand-peine.

« Je suis heureux que tu sois enfin à New York, se borna-t-il à dire. La pièce aura du succès, j'en suis sûr. Tu resteras longtemps ?

— Je l'espère aussi, Nick. Tu es si gentil avec moi depuis mon arrivée et j'aime tant Francesca... Sais-tu qu'elle a décidé de s'installer ici pour de bon ?

— Elle a pourtant trop de liens avec l'Angleterre.

— Plus tellement, à vrai dire. D'abord, elle préfère écrire ici, la distance lui donne du recul, m'a-t-elle dit. Elle a signé un contrat de trois livres avec son éditeur, donc elle n'a plus grand-chose qui la retienne là-bas, surtout depuis le mariage de son père et la naissance de Margaret, sa demi-sœur. Elle ira quand même souvent leur rendre visite.

— En effet, elle m'a annoncé la semaine dernière qu'elle compte passer une quinzaine de jours à Langley au moment de Noël. Et toi, que feras-tu ?

— Moi, je reste à New York ! J'espère qu'il tombera plein de neige ! s'écria-t-elle sur le ton d'un enfant devant une vitrine de jouets. Mais que font donc les autres ? Je meurs de faim.

– Excellente nouvelle. Habituellement, tu pico-res...

– Je ferai honneur au déjeuner, rassure-toi. As-tu reçu des nouvelles de Victor, dernièrement ? Quand pense-t-il rentrer ?

– Il m'a téléphoné du Maroc la semaine dernière. Le tournage est presque terminé, l'équipe devrait donc regagner Los Angeles d'ici une dizaine de jours. La chaleur a rendu les choses très pénibles, m'a-t-il dit, mais ils ont réussi des plans sensationnels. Victor m'a paru en grande forme.

– Tant mieux, il a tant fait pour la réalisation des *Armes,* depuis un an... Tu sais, poursuivit-elle avec un froncement de sourcils, Francesca me déconcerte, par moments. Elle ne manifeste pas le moindre intérêt pour ce film. Pourtant, il s'agit de son premier livre qu'elle voit adapté à l'écran – et elle a obtenu une somme astronomique de la vente des droits ! Je trouve incompréhensible qu'elle s'en désintéresse à ce point, surtout quand elle sait que tu as fait l'adaptation et que Victor tient le rôle principal du général Gordon. Deux des plus grands noms de la profession, n'importe quel auteur en serait mort de plaisir ! T'en a-t-elle jamais parlé ? »

Nick se contenta d'un geste évasif. Il ne pouvait rapporter à Katherine ses interminables discussions avec Francesca qui refusait obstinément de vendre les droits d'adaptation de son livre à *Bellissima Productions.* Victor avait augmenté sa mise à un niveau jamais atteint, jusqu'à ce que l'agent littéraire de Francesca, exaspéré par l'invraisemblable attitude de sa cliente, intervînt fermement pour la forcer à accepter. Deux entêtés affrontés dans une lutte absurde... Finalement, Victor l'avait emporté mais, de l'avis de Nick, en payant des droits beaucoup trop élevés. Obéissait-il à des remords – ou espérait-il se rapprocher ainsi de Francesca ?

Ne pouvant plus longtemps éluder une réponse, Nick déclara avec nonchalance :

« Bah ! De la modestie mal placée, d'après ce que j'ai cru comprendre. Elle a prétendu vouloir reprendre certains passages de la nouvelle édition... »

Et éviter le risque de se trouver nez à nez avec Victor, ajouta-t-il in petto.

« Je me trompe peut-être, répondit Katherine d'un air songeur, mais j'ai eu nettement l'impression qu'elle désapprouvait le choix de Victor dans le rôle du général Gordon. L'estime-t-elle trop mauvais acteur pour incarner son héros ? Aurait-elle préféré un acteur anglais ?

– Je n'en sais vraiment rien », commenta-t-il avec embarras.

La sonnerie de la porte d'entrée le sauva de justesse :

« Ah ! Voilà enfin les autres ! Ne parlons plus de cela, ma chérie, nous indisposerions Francesca. »

Il se leva en hâte et disparut dans la maison. Katherine le suivit des yeux avec étonnement. Mais il n'était plus temps, en effet, d'épiloguer sur le surprenant comportement de Francesca. Cette dernière apparaissait sur le perron, encore hors d'haleine, et courait vers son amie qu'elle embrassa en riant :

« Désolée de t'avoir fait attendre, ma chérie ! Tu ne m'en veux pas, au moins ? »

L'air visiblement heureux de Francesca balaya toute autre pensée de l'esprit de Katherine.

« Pas du tout, Francesca. Nous en avons profité, Nick et moi, pour bavarder en tête-à-tête. Où est Ryan ?

– Avec Nick, dans la cuisine. Ils se préparent je

ne sais trop quel cocktail exotique, répondit-elle avec une moue dégoûtée.

– Hélas ! Les goûts de mon frère laissent parfois à désirer...

– Veux-tu bien te taire, Katie ! l'interrompit une voix masculine indignée. Mes goûts sont irréprochables, au contraire ! »

Katherine se retourna. Son frère Ryan se tenait en haut du perron, un large sourire aux lèvres.

« En ce qui concerne les jolies femmes, je te l'accorde volontiers, répondit-elle en riant. N'as-tu pas honte d'être aussi en retard ? »

Ryan descendit les marches et vint embrasser sa sœur :

« Père m'a téléphoné au moment où nous allions partir. »

L'expression joyeuse s'effaça aussitôt du visage de Katherine :

« Qu'est-ce qu'il te voulait encore ? » demanda-t-elle froidement.

Ryan posa son verre sur la table et prit le temps de s'asseoir auprès de Francesca avant de répondre :

« Rien de particulier. Il voulait simplement savoir à quelle heure mon avion doit atterrir à Chicago. »

Evidemment, dès que tu échappes une minute à sa surveillance, il en est malade ! faillit-elle laisser échapper.

« Il décolle à dix-huit heures, je crois ? répondit-elle sans se départir de sa froideur. A cette heure-là, tu auras du mal à trouver un taxi. Prends donc ma limousine, le chauffeur connaît tous les raccourcis.

– Merci, Katherine, cela me rendra un grand service. M'accompagneras-tu, mon chou ? demanda-t-il en se tournant vers Francesca.

– Bien sûr, Ryan. »

Ils se prirent la main, se regardèrent dans les yeux. Nick les rejoignit à ce moment-là, demanda à Francesca des nouvelles de son livre en cours, une histoire du règne de Richard III. Ils bavardèrent quelques instants.

« Et vous, Ryan ? poursuivit Nick. Etes-vous content de votre semaine à New York ?

– Enchanté, grâce à Francesca, je dois dire. Mais je me sens terriblement coupable vis-à-vis de toi, Katherine. Nous nous sommes à peine vus. Comment se passent tes répétitions ?

– Pas trop mal, merci. J'avais un trac fou, depuis le temps que je n'avais pas remis les pieds sur une scène... »

Ils bavardèrent avec animation. Katherine répondait aux questions de Ryan, racontait de pittoresques anecdotes de coulisses. Nick observait Katherine avec un plaisir croissant. Pour la première fois depuis son arrivée, il la voyait détendue, joyeuse. Rassuré, il tourna son attention vers Ryan. Certes, le frère de Katherine était un jeune homme d'abord sympathique. Il s'exprimait avec une aisance brillante, possédait un sens de l'humour et de la repartie digne de l'Irlandais qu'il était. Physiquement, Nick devait convenir que Ryan n'était pas dépourvu de séduction, au contraire. Sa physionomie ouverte et franche, ses yeux verts pleins de malice sous une chevelure d'un blond roux, son visage hâlé parsemé de taches de rousseur, sa large carrure et son corps aux muscles déliés lui donnaient l'apparence d'un athlète débordant de charme et de vitalité. A part la forme de la bouche, il ne ressemblait presque pas à sa sœur. Pourtant, à mesure qu'il poursuivait son examen, Nick lui découvrit un autre trait commun avec Katherine : il y avait du comédien en lui. Il possédait le don de captiver un auditoire – don probablement cultivé avec soin et qui atteindrait bientôt la perfection. Un charmeur professionnel, tel apparut Ryan O'Rourke au regard pénétrant de Nicolas Latimer.

Il tourna légèrement la tête afin d'observer Francesca. Digne sans raideur, sérieuse sans hauteur, ses yeux la trahissaient. Ils restaient fixés sur Ryan et Nick n'eut pas de mal à y lire les sentiments qu'elle nourrissait pour lui. Visiblement, il s'agissait d'autre chose que d'une amourette et Nick, sans savoir pourquoi, en éprouva une sensation de malaise. Ryan O'Rourke ne lui faisait pas mauvaise impression, au contraire. Inoffensif, candide jusqu'à la naïveté, il ne possédait pas le caractère volontiers retors de sa sœur. Un brave garçon, certes, mais faible et indécis. Indigne de Francesca, en un mot...

Une fois encore, Nick s'en voulut de prononcer un jugement aussi péremptoire sur un personnage qu'il connaissait à peine. De quoi se mêlait-il, après tout ? Katherine avait raison : Francesca a le droit de s'amuser un peu. Il était même grand temps qu'elle sorte de son isolement.

Nick se leva avec détermination :

« L'heure tourne et le déjeuner attend ! Tout le monde a faim, j'espère ! Il y a de quoi nourrir une armée. »

Un concert d'approbations joyeuses salua sa déclaration.

Katherine reposa précipitamment sa tasse de café et décocha à son frère un regard stupéfait :

« Quoi ? Tu quittes ton travail au journal ?

– Oui, répondit Ryan en rougissant. Ce n'était qu'un job temporaire, tu le sais très bien...

– Non, je n'en savais rien ! Et que comptes-tu faire, maintenant ?

– Je m'intègre à l'équipe du maire de Chicago. »

Ainsi, se dit Katherine avec un serrement de cœur, mon père a fini par gagner la partie. C'en est fait de Ryan et de sa dignité.

« Je vois, dit-elle sèchement. Tu te lances dans la politique.

– Eh bien... Euh... oui, en un sens... Cependant...

– Combien de fois m'as-tu affirmé que tu ne voulais pas envisager de carrière politique ? l'interrompit-elle avec un regard glacial. Et maintenant, comme cela, tu changes d'avis ! Allons, Ryan, avoue plutôt que la décision ne vient pas de toi mais de ton père. »

Ryan rougit, se détourna avec embarras :

« Pas du tout, Katherine, c'est moi qui ai pris cette décision. J'ai beaucoup pensé à mon avenir et... j'ai dû convenir que père avait raison. Les hommes comme moi, héritiers d'une fortune considérable, ont des devoirs envers la collectivité, n'est-ce pas ? Ils ont l'obligation d'exercer une fonction publique. Père a toujours rêvé de me voir faire de la politique, comme tu le sais...

– Dieu merci, *tous* ses rêves ne se sont pas réalisés ! l'interrompit-elle sèchement.

– Père n'a pas tort, je t'assure, reprit Ryan d'un ton implorant. J'ai fini par ouvrir les yeux et c'est de mon plein gré que je me range à ses conseils. D'ici deux ans, je me présenterai aux élections législatives. Puis, avec mon expérience, je serai prêt pour le Sénat...

– Et après, tu deviendras président des Etats-

Unis, n'est-ce pas ? C'est cela qu'il t'a promis, ton père ? s'écria Katherine avec un ricanement sarcastique. S'il voulait faire de toi le premier président catholique d'origine irlandaise, il sera déçu, le pauvre homme. La place est déjà prise.

– Eh bien, je serai le second... »

Ryan rougit de plus belle, se tortilla sur sa chaise en s'efforçant de ne pas perdre contenance.

La colère froide de Katherine, la gêne croissante de son frère n'échappèrent pas à Nick, pour qui ce duel verbal éclaircissait bien des choses. D'un regard expressif, Francesca lui fit signe de s'interposer pour mettre fin à cette scène pénible.

Nick s'éclaircit la voix :

« Encore un peu de café, Katherine ? Un cognac ? Ne répondez pas tous en même temps ! dit-il en se forçant à rire.

– Non, merci, Nick, répondit Ryan en consultant sa montre. Il se fait tard, quatre heures déjà. Je dois encore passer à l'hôtel prendre mes bagages... »

Francesca s'empressa de saisir le prétexte :

« C'est vrai, nous devons nous en aller, dit-elle en se levant. Merci de ce délicieux déjeuner, Nick. A tout à l'heure, ma chérie, ajouta-t-elle à l'adresse de Katherine. Je te retrouverai à la maison. »

Pendant que Nick prenait le bras de Francesca pour l'accompagner à la porte, Ryan embrassait sa sœur :

« Ne sois pas méchante avec moi, je t'en prie, dit-il à mi-voix. Je reviendrai pour la première de ta pièce. J'ai hâte d'applaudir ma grande vedette de sœur. »

Katherine se força à oublier sa colère et sa déception. Elle avait trop longtemps perdu Ryan, il ne fallait pas risquer de s'aliéner son affection maintenant qu'elle avait renoué avec lui. Au contraire, plus elle s'en rapprocherait, mieux elle pourrait combattre l'influence pernicieuse de son père. Avec un sourire, elle se leva et serra son frère dans ses bras :

« Je compte bien te voir dès la générale ! dit-elle gaiement.

– Compte sur moi. D'ici là, ne te tue pas au travail. »

Il s'éloigna en courant. Nick reparut quelques minutes plus tard. Katherine avait retrouvé son expression attristée.

« Veux-tu que nous en parlions ? lui demanda-t-il.

– A quoi bon ? Mon père est un monstre, dit-elle avec un soupir de lassitude. Il a toujours manipulé Ryan comme une marionnette, et mon pauvre frère se laisse faire. Il croit à tout ce que son père lui promet, à l'influence de ses amis. Il lui a fait miroiter depuis son enfance une carrière politique et lui inflige un véritable lavage de cerveau pour le convaincre qu'il en est capable. J'ai tout fait pour m'opposer à ses visées. Tu vois le résultat... Pauvre Ryan. Il me fait pitié, en fin de compte. »

Une fois ouvertes les écluses du souvenir, Katherine évoqua alors la scène qui avait eu lieu dans la salle de jeux de Chicago, les menaces de leur père, la frayeur de Ryan et sa propre révolte.

« Je n'oublierai jamais son expression de haine envers moi. Ce jour-là, j'ai juré de sauver Ryan de ses griffes, quoi qu'il m'en coûte, et je n'abandonnerai pas », conclut-elle.

Nick l'avait écoutée en silence, le regard perdu dans le vague.

« Ton père cherche à se réaliser à travers son fils,

c'est une réaction fréquente. Je n'envie pas son sort, le pauvre garçon. Sa vie ne lui appartient plus.

– Je ne le sais que trop, hélas !

– Est-ce la raison pour laquelle tu as participé avec tant d'enthousiasme à la campagne Kennedy ? lui demanda Nick avec curiosité. Tu cherchais à vaincre ton père sur son propre terrain, n'est-ce pas ?

– Non, quand même pas ! protesta-t-elle. J'admire John Kennedy, j'ai confiance en lui pour redresser la situation du pays. D'ailleurs, je ne suis pas la seule. Toi-même et des millions de gens partagent mes opinions.

– Je n'en disconviens pas. Mais quand même, Katherine, n'as-tu pas eu une seule fois l'idée de te venger de ton père de cette manière détournée ? »

Elle ouvrit la bouche pour démentir cette assertion, hésita. Un sourire apparut sur ses lèvres :

« Disons simplement que la perspective de lui retourner le fer dans la plaie n'était pas pour me déplaire. Par la suite, j'ai su par Ryan que mon père écumait de rage. Il me désignait comme une traîtresse, sans parler d'autres épithètes choisies. Franchement, j'en étais ravie. C'était un moyen de lui rendre ce qu'il m'avait fait subir. »

Nick préféra ne pas demander en quoi consistaient les indignités auxquelles Katherine faisait allusion.

« Je te comprends, dit-il d'un ton conciliant. N'oublie cependant pas, ma chérie, que chacun doit mener sa vie comme il l'entend. Ryan a assez à faire en ce moment pour que tu ajoutes à ses épreuves. De grâce, ne te mêle pas de lui dicter ses décisions, comme tu en fais le reproche à ton père. »

Katherine faillit répliquer vertement. Consciente

du regard scrutateur de Nick, elle haussa les épaules et se força à rire pour dissiper la tension qui menaçait de se manifester entre eux :

« Il fait trop beau pour nous attrister avec tout cela ! Laisse-moi seulement te dire ceci : je suis enchantée de voir Ryan et Francesca se prendre d'affection l'un pour l'autre. Elle aura une excellente influence sur lui et saura s'en faire écouter.

– Peut-être... »

Nick s'en tint là. Des pensées troublantes revenaient le hanter : Katherine n'encourageait-elle pas une aventure entre son frère et Francesca afin de l'influencer indirectement ? Il en éprouva un sentiment de malaise qui, malgré ses efforts, ne le quitta plus jusqu'à la fin de la journée.

Au fil des semaines, Katherine et Nick se virent de plus en plus souvent, de plus en plus longuement. Travailleurs acharnés, obsédés tous deux par leurs carrières respectives, ils trouvaient dans ce trait de caractère commun une raison supplémentaire de se rapprocher.

Ils passaient seuls ensemble des soirées paisibles, le plus souvent chez Nick. Conscient de la tension nerveuse que les répétitions imposaient à Katherine, Nick refusait d'ajouter à sa fatigue en l'entraînant dans des réunions mondaines. Parfois, lorsque Francesca ou, plus rarement, Terry et Barbara Ogden se joignaient à eux, ils s'aventuraient en ville et dînaient dans de petits restaurants ignorés des foules à la mode. Bientôt, Nick dut se rendre à l'évidence : ses sentiments envers Katherine dépassaient la simple amitié. Profondément amoureux d'elle, il ne savait pourtant pas si elle éprouvait la même chose à son égard. Une seule fois, il avait tenté sa chance et l'avait prise dans ses bras. Katherine s'était dégagée avec un rire contraint, en proie à une gêne visible. Nick n'avait pas renouvelé son geste. La sagesse lui commandait de se montrer patient; le moment propice surviendrait à point nommé, il n'en doutait pas. Il connaissait désormais assez intimement Katherine, il devinait assez clairement les complexités de son caractère pour savoir qu'il était inutile de la bousculer. Elle viendrait à lui de son plein gré et de sa propre initiative.

Vers le milieu d'octobre, par une soirée déjà fraîche, la première de la pièce eut lieu à Broadway. Ce fut un événement d'un éclat particulier : vedette de première grandeur, adulée du public des salles obscures, Katherine attira dans les rues une foule d'admirateurs pour cette première apparition sur les planches à New York. Dans la salle, l'auditoire lui décerna une assourdissante ovation. Malgré tout, Katherine doutait encore et ne se sentit pleinement rassurée qu'à la sortie des premières éditions des journaux, tard dans la nuit. Les critiques la couvraient d'éloges, le chroniqueur du *New York Times* lui-même y allait d'un couplet flatteur. Alors seulement, elle consentit à suivre Nick jusqu'à un restaurant à la mode, où son entrée fit sensation.

Lorsqu'ils purent enfin prendre place à leur table pour un souper en tête-à-tête, Nick lui révéla qu'il ne célébrait pas seulement le triomphe de Katherine mais la sortie de son dernier roman, qu'il lui avait dédié.

Emue aux larmes, elle ouvrit l'exemplaire, lut la dédicace imprimée sur la page de garde :

« Et quand je pense que tu me détestais, dit-elle à mi-voix.

– Toi aussi.

– Je ne faisais que réagir à ton antipathie envers moi. »

Il lui prit la main en souriant, la porta à ses lèvres :

« Sais-tu que chaque médaille a son revers et que le revers de la haine, c'est l'amour ? »

Katherine baissa les yeux, ses joues se colorèrent. Au bout d'un long silence, elle le regarda en face :

« Oui, murmura-t-elle. Je le sais. »

Ils n'en dirent pas plus long ce soir-là.

Un mois plus tard, assis à sa table de travail, Nick fut interrompu par un coup de téléphone. A peine avait-il raccroché que la sonnerie retentit de nouveau. Le même manège se répéta une bonne dizaine de fois en moins d'une heure. Excédé, il décrocha ses deux appareils, les enfouit sous d'épais coussins et se remit au travail.

Trois heures plus tard, Nick avait atteint une telle concentration qu'il lui fallut un certain temps avant d'entendre la sonnerie insistante de la porte d'entrée. Il se leva en pestant contre ce visiteur importun et descendit ouvrir. Quelle ne fut pas sa stupeur de trouver Katherine sur le seuil, emmitouflée dans un manteau de fourrure, la tête couverte d'une écharpe de laine et le visage presque entièrement dissimulé derrière des lunettes noires démesurées.

« C'est toi, ma chérie ? Mais où est ta voiture ? Tu n'es quand même pas venue à pied ?...

– Tu n'es pas au courant ? » l'interrompit-elle.

Elle retira alors ses lunettes noires. Nick resta bouche bée : naturellement pâle de teint, Katherine était livide, sa blancheur soulignée par de larges cernes autour de ses yeux rougis. Sans lui laisser le temps de s'enquérir des causes de son état, elle reprit d'une voix tremblante :

« Le Président... Ils l'ont assassiné... J'essaie de t'appeler depuis des heures... Ton téléphone ne fonctionne pas... »

Les yeux écarquillés, Nick ne comprit pas :

« De quoi parles-tu ? Es-tu sûre de ce que tu dis ?

– Oui. C'est arrivé à Dallas, vers midi et demi... »

Elle fut incapable de poursuivre et tomba dans les bras de Nick en sanglotant.

« Est-ce vrai, Katherine ? Comment l'as-tu appris ?

– Oui, c'est vrai, Nick ! répondit-elle entre deux sanglots. J'avais allumé la télévision et l'émission a été interrompue par un flash d'information. Des coups de feu avaient été tirés sur le cortège présidentiel, on n'en savait pas encore davantage. J'ai aussitôt essayé de t'appeler, cela sonnait constamment occupé...

– J'avais décroché. Mon dieu, ce n'est pas possible ! Allons immédiatement regarder la télévision. »

Il bondit vers l'escalier, le gravit en courant, se précipita dans son cabinet de travail, alluma le récepteur. Le présentateur confirmait la nouvelle : le Président était mort.

Incrédule, refusant d'accepter l'évidence, Nick tourna furieusement les boutons. Les autres chaînes diffusaient toutes les mêmes images, seuls les visages graves ou défaits des commentateurs variaient. L'impensable s'était produit : le président Kennedy avait été assassiné.

Accablé, Nick se laissa tomber dans un fauteuil. Un instant plus tard, Katherine le rejoignit. Elle avait quitté son manteau et pris la peine de faire du café, qu'elle apportait sur un plateau. Machinalement, Nick saisit une tasse, trempa ses lèvres dans le liquide brûlant. Katherine s'était accroupie à ses pieds :

« J'ai peur, Nick. J'ai peur... Que va-t-il se passer ? Que va devenir le pays ? »

Il ne put répondre que par un geste d'impuissance. Des heures durant, ils restèrent ainsi, devant l'écran de la télévision où se succédaient les horreurs. Déjà, l'on avait retracé l'itinéraire par où le meurtrier avait pris la fuite. Appréhendé, ce dernier était emmené au quartier général de la police. L'impensable survenait sous leurs yeux, comme dans un mauvais film de gangsters...

Tard dans l'après-midi, Katherine descendit à la cuisine confectionner des sandwiches auxquels ils touchèrent à peine. Nick se souvint de ses téléphones; à peine les eut-il raccrochés que la sonnerie se mit à retentir sans interruption. Son père, son beau-frère, son agent, des amis, tous bouleversés au point de pleurer sans honte et sans retenue. Les questions angoissées des uns se croisaient avec les interprétations affolées des autres. S'agissait-il d'un complot ? Comment cela avait-il pu se produire dans un pays comme les Etats-Unis, en un siècle comme le nôtre ? En écho à son propre désarroi, Nick tressaillait à chaque parole. Que faire, que dire, que penser ? Il n'en savait rien.

A dix-huit heures trente, le vice-président Lyndon Johnson apparut sur les écrans et fit sa première déclaration présidentielle. Pour des millions d'Américains, ce fut le premier signe de réconfort : les institutions tenaient bon, le pays ne sombrait pas dans le chaos. Pour Nicolas Latimer, ce fut un moment de désespoir qui lui rappelait douloureusement la mort brutale et absurde de sa sœur Marcia, treize ans auparavant.

Couché sur le canapé de son cabinet de travail, Nick alluma nerveusement une nouvelle cigarette et tira sur sa couverture. Le sommeil s'obstinait à le fuir. Et Katherine, dormait-elle dans la chambre à coucher ? Elle lui avait demandé de rester pour la nuit, tant elle redoutait de se retrouver seule chez elle. Peu après minuit, épuisés tous les deux, les nerfs à vif, ils avaient décidé d'aller se coucher. Nick lui avait prêté un pyjama et Katherine s'était glissée dans le lit en claquant des dents. Parvenait-elle au moins à se reposer ? se demanda Nick une fois de plus.

A l'aube, toujours éveillé, il entendit la porte s'ouvrir et la voix de Katherine qui murmurait :

« Nick, dors-tu ? »

Il s'assit, lui fit signe d'entrer :

« Non, je n'ai pas fermé l'œil de la nuit. Viens, assieds-toi ici. »

Il se poussa pour lui faire de la place. Elle se blottit dans ses bras, du geste d'un enfant qui cherche le réconfort. Il sentit son haleine lui caresser la joue.

« J'ai peur, Nick, dit-elle à voix basse. Pour nous tous, pour Ryan aussi. Pourquoi se lance-t-il dans la politique ? Ce qui s'est passé aujourd'hui peut se produire encore... »

Ils parlèrent longuement ainsi, dans les bras l'un de l'autre, se rassurant de leur mieux. Nick ne pouvait plus ignorer la présence douce et chaude qui palpitait contre sa poitrine. A la fin, oubliant ses dernières réticences, il écarta une mèche de ses cheveux, se pencha sur ses lèvres, lui donna un long baiser.

« Je t'aime, Katherine, murmura-t-il.

– Je t'aime aussi, Nicolas. »

Elle lui entoura le cou de ses bras, l'attira vers elle pour lui rendre son baiser.

Plus tard, lorsqu'ils firent l'amour pour la première fois, ils purent enfin donner libre cours à leurs sentiments trop longtemps contenus. Par cet acte d'amour qui était un hymne à la vie, ils donnaient le plus éclatant démenti à l'ombre de la mort qui planait sur eux.

33

A QUELQUE temps de là, Katherine s'éveilla un matin baignée d'un sentiment de bonheur et de liberté, comme déchargée d'un écrasant fardeau. L'angoisse qui l'étouffait presque continuellement depuis des années s'était dissipée. Cette joie nouvelle, inespérée, elle la devait à Nicolas Latimer.

Tout en buvant son thé, elle contempla la photo de Nick posée sur sa table de chevet, dans le nouvel appartement dont elle avait récemment fait l'acquisition. Oui, elle aimait Nick, plus qu'aucun autre avant lui. La profondeur de son amour pour lui ne cessait de l'émerveiller. Son regard s'attarda sur le visage mince aux traits harmonieux, les yeux rieurs, le sourire ironique constamment sur ses lèvres. Il possédait tout ce dont elle avait rêvé chez un homme : l'affection, l'intelligence, la sagesse, la tendresse aussi. Comment avait-elle pu le méjuger à ce point, naguère ? Comment avoir confondu son ironie, parfois mordante, avec de la méchanceté ? Nick ne dissimulait jamais de pointes empoisonnées derrière les piques de son humour. Celles-ci jaillissaient tout naturellement de son esprit acéré, prompt à démasquer le ridicule chez les autres et chez lui-même, lorsqu'il lui arrivait de céder à la tentation de se prendre au sérieux.

Ce sentiment de sécurité, l'aisance des rapports, cette assurance d'être aimée, elle les avait trouvés, avant Nick, chez Richard Stanton. Car elle avait aimé Richard, moins que Nick peut-être, mais avec assez de profondeur et de sincérité pour avoir été heureuse avec lui. Au début, du moins. Comment, pourquoi leur mariage s'était-il dégradé; par quel processus Richard s'était-il insensiblement éloigné d'elle ? Aujourd'hui encore, Katherine n'aurait su le dire. Un jour, il lui avait fallu se rendre à l'évidence : Richard avait changé, pour devenir envers elle moins un mari qu'un ami et un conseiller. Elle aurait accepté cette métamorphose si Richard s'en était lui aussi contenté. Ce ne fut pas le cas. Peu à peu, leur couple se désintégra. Lorsqu'il exigea le divorce, elle en fut la première étonnée. Et pourtant, elle était sûre que Richard l'aimait encore à sa manière – ils étaient d'ailleurs restés amis intimes. D'instinct, Katherine savait toujours pouvoir compter sur lui si jamais le besoin s'en faisait sentir.

Le souvenir de la jalousie de Nick la fit éclater de rire. Une quinzaine de jours auparavant, Richard s'était spécialement rendu à New York pour assister à une représentation de la pièce. Après le baisser du rideau, il avait insisté pour les inviter à souper, Nick et elle; les attentions dont il avait constamment entouré Katherine pendant tout le repas avaient fini par éveiller les soupçons de Nick. Des jours durant, il avait assailli Katherine de questions sur son mariage avec Richard, les causes de son échec, les détails de leur vie commune, sans obtenir d'elle mieux que des réponses évasives. Non qu'elle eût répugné à se confier à Nick; il n'y avait simplement rien à en dire, rien de significatif du moins. Elle ignorait elle-même les véritables raisons de cette débâcle conjugale. En fait, la jalousie de Nick l'avait amusée : Richard et elle s'étaient séparés en 1959, on était en mars 1964. Il n'y avait vraiment plus de quoi se montrer jaloux.

Le tintement de son réveille-matin lui annonça qu'il était dix heures. Le samedi, elle devait assurer une matinée en plus de la soirée habituelle. Katherine quitta son lit, alla faire couler un bain où elle versa une dose généreuse d'huile moussante et parfumée. Loin de s'atténuer, son obsession de la propreté n'avait fait que croître au fil des ans; il lui fallait désormais consacrer plus d'une heure à sa toilette quotidienne. Ce matin-là ne fut pas différent des autres; après s'être énergiquement frottée et étrillée, Katherine usa avec libéralité de toute une gamme de produits cosmétiques, pâte dentifrice, désodorisants, lotions et parfums. Elle se coiffa avec soin et retourna dans sa chambre, où elle procéda à la sélection de ses vêtements. Le rituel enfin terminé, elle en estima le résultat dans son miroir, se para de quelques bijoux et s'apprêta à sortir.

Dans le vestibule, elle prit au passage le sac de voyage contenant ses effets de nuit et ses affaires de toilette. Comme tous les samedis, elle allait en effet passer le week-end chez Nick. Ce jour-là, tandis que l'ascenseur la conduisait vers le hall de l'immeuble, Katherine éprouvait un plaisir particulier à cette perspective. Nick était parti pour la Californie au début de la semaine et devait revenir en fin de soirée. Katherine se sentait remplie d'impatience; il lui tardait de lui dire combien il lui avait manqué.

Une fois en voiture, elle passa en revue les projets des mois à venir. La dernière représentation devait avoir lieu fin mars; en avril, sauf imprévu, Nick et elle projetaient de passer quelques semaines à Acapulco, vacances dont ils auraient grand besoin avant de se replonger dans le travail, lui son nouveau roman, elle son prochain film.

Cette pensée l'assombrit. Le scénario lui plaisait, les autres acteurs étaient excellents, le réalisateur parmi ses préférés. Un seul problème, mais de taille : la production serait assurée par *Monarch,* qui appartenait maintenant complètement à Mike Lazarus. Elle éprouvait une sorte de fascination morbide pour ce personnage qui, de son côté, semblait toujours s'intéresser à elle. Nick ne pouvait pas le souffrir et ne s'était jamais gêné pour le lui dire sans détour. Il l'avait maintes fois mise en garde contre la tentation de se laisser séduire par les avances du financier. A la fin, Nick avait pourtant dû reconnaître que ce film servirait la carrière de Katherine. Il bénéficiait d'un budget élevé, d'une production soignée, d'une équipe de premier plan. Lazarus avait accepté sans discuter de payer à Katherine le cachet exorbitant qu'elle exigeait. Que pouvait-elle demander de mieux ?

Aussitôt donné le dernier tour de manivelle, Katherine avait l'intention de quitter Hollywood. Elle comptait vendre sa maison de Beverly Hills et s'installer à New York de façon permanente, parce qu'elle adorait la ville et pour se rapprocher de Nick. Celui-ci refusait énergiquement d'élire domicile en Californie, jugeant débilitante l'atmosphère de Hollywood. Dans ces conditions, à quoi bon conserver une immense demeure dont elle ne se servirait que de loin en loin ? Elle aurait toujours la possibilité de louer un appartement ou une maison

plus modeste pour la durée de ses prochains tourna-
ges.

Ce serait inutile cette année : au mois de novembre, Victor, Nick et elle devaient partir pour l'Afrique et y séjourner plusieurs mois, le temps de tourner le scénario auquel Nick venait de mettre la dernière main pour *Bellissima Productions.* Encore une
année épuisante en perspective ! se dit-elle en regardant distraitement par la portière. Elle fut tout étonnée de constater que la voiture stoppait déjà devant
la porte du théâtre.

Cette nuit-là, ses retrouvailles avec Nick furent
plus chaleureuses encore grâce à leur séparation. Au
petit matin, tous deux las d'une bienheureuse fatigue, ils étaient étendus et encore enlacés quand
Katherine voulut se lever. Nick la repoussa doucement mais fermement contre l'oreiller :

« Non, ma chérie, tu ne t'en iras pas.

— Tu es insatiable ! dit-elle en riant.

— Je voudrais te parler...

— Tant que tu voudras, mais laisse-moi d'abord
aller dans la salle de bain.

— C'est précisément de quoi je veux discuter avec
toi. A peine quittes-tu mes bras que tu t'y précipites.
Franchement, cela me déplaît.

— Je ne te comprends pas ! s'écria-t-elle avec étonnement.

— Ecoute, je connais tes goûts, je sais que tu as le
besoin impérieux de te sentir parfaitement propre
vingt-quatre heures sur vingt-quatre. Mais est-il vraiment indispensable que tu sautes du lit aussi brusquement à chaque occasion ? J'ai parfois l'impression que mon seul contact te dégoûte. »

Blessée par ce reproche inattendu, Katherine se mordit nerveusement les lèvres :

« Ne dis pas de bêtises, mon chéri ! Tu sais combien je t'aime. Je suis comme je suis, je n'y peux rien, dit-elle avec un rire plein d'embarras. J'aime me sentir impeccable...

– Tu es toujours impeccable », reprit Nick en soupirant.

Elle avait profité de son inattention pour se couler hors du lit et disparaître sans ajouter un mot. Nick garda les yeux sur la porte close et eut un geste découragé. En lui disant que ses inévitables aller retour vers la douche lui déplaisaient, il n'avait ni menti ni exagéré. Il reculait depuis des semaines le moment d'aborder ce sujet délicat et ne s'était décidé à intervenir avec fermeté qu'afin d'étouffer au plus vite ce qui menaçait de le ronger comme un cancer et de détruire irrémédiablement ses rapports avec Katherine. Cette obsession de se laver au moindre prétexte dénotait quelque chose d'autrement plus sérieux, quelque trouble psychologique infiniment plus profond que le simple désir de rester propre. Avec une autre, Nick n'aurait pas hésité à parler sans périphrases. Mais il connaissait la timidité de Katherine, son étonnante pruderie pour tout ce qui concernait son intimité. Son amour pour elle était cependant si profond qu'il était prêt à risquer de la choquer afin d'abattre entre eux les dernières barrières.

Quelques instants plus tard, il vit la porte se rouvrir. Katherine apparut drapée dans une serviette de bain et auréolée d'effluves et de parfums variés. Elle se percha sur le pied du lit et s'assit en tailleur en face de lui.

« Tu m'as manqué, cette semaine, mon chéri.

– Toi aussi, tu sais... »

Il se redressa, lui prit la main qu'il embrassa tendrement. Après une brève hésitation, il reprit :

« Ecoute-moi calmement et sans te vexer de ce que je vais te dire. Tu as vingt-neuf ans, Katherine, tu n'es plus une petite fille. Tu devrais donc pouvoir discuter raisonnablement de certains sujets... intimes. »

Soudain prise de panique, elle rougit, eut un mouvement de recul. Nick ne lui lâcha pas la main et poursuivit avec douceur :

« Il y a une minute, je t'ai dit que tu étais toujours impeccable. Pourquoi t'imagines-tu le contraire ?

– Je ne sais pas, bredouilla-t-elle en baissant la tête.

– Ne te rendrais-je pas heureuse ?

– Si, Nick, dit-elle en lui jetant un regard implorant. Mais moi ? Je ne te plais plus ?

– Evidemment que si, voyons ! Je remarque simplement que, par moments, tu parais tout à coup absente, distraite. Inhibée, peut-être », conclut-il avec une hésitation marquée.

Un long moment, elle resta muette. Les joues cramoisies, elle répondit enfin :

« Suis-je toujours... inhibée ? Me croirais-tu... frigide ? »

Effrayée par ses propres paroles, elle se détourna aussitôt.

« Quand bien même tu le serais, mon amour, dit Nick avec précaution, la frigidité n'est ni un crime ni un vice. Elle provient généralement d'une cause, d'un concours de circonstances... »

Il laissa sa phrase en suspens. Katherine tremblait sans qu'il pût s'en expliquer la raison. Avait-il mis le doigt sur une cicatrice encore douloureuse ?

« Quelles causes ? » demanda-t-elle enfin d'une voix à peine audible.

Bouleversé, Nick lui reprit la main, la caressa tendrement :

« Calme-toi, ma chérie. A quoi bon trembler ainsi ? Je t'aime, tu le sais bien. Je ne te veux pas de mal. Au contraire, je ne désire que te venir en aide. Ne crains rien. »

Elle fit un signe de tête, renifla :

« De quelles causes, de quelles circonstances parles-tu ?

— Chez certaines femmes, cela peut provenir d'une peur de... de l'amour. Chez d'autres, il s'agit d'une manifestation de haine, consciente ou non, envers les hommes en général. Parfois encore, la frigidité est provoquée par un traumatisme psychologique survenu dans le passé. Naturellement, je ne parle même pas des femmes qui ne s'intéressent pas du tout à l'amour ! ajouta-t-il en se forçant à rire. Celles-là, ce sont des glaçons que rien ne fera jamais fondre. »

Katherine ne sourit pas à sa mauvaise boutade.

« Dans quelle catégorie me ranges-tu ? demanda-t-elle enfin.

— Comment veux-tu que je le sache, ma chérie ?

— Crois-tu que je devrais consulter un psychiatre ?

— Pas tant que tu as la chance de m'avoir ! répondit-il en riant de bon cœur. Allons, viens, ma chérie, recouche-toi près de moi. Détends-toi, je t'en supplie. »

Elle se laissa faire docilement, se blottit dans ses bras. Au bout d'un long silence, elle parla comme à l'issue d'un dialogue avec elle-même :

« D'abord, je t'aime. Ensuite, je ne hais pas les hommes... »

La pensée de son père interrompit ses paroles. Si je

ne hais pas *les* hommes, il y en a *un* que je hais de tout mon cœur. Mais ce n'est évidemment pas Nick...

« Non, reprit-elle plus résolument, je ne hais pas les hommes, ni consciemment, ni inconsciemment. Serais-je alors un de ces incurables glaçons, à ton avis ?

— Pas le moins du monde, ma chérie, répondit-il en souriant. Mais ta récapitulation est incomplète : tu oublies le traumatisme psychologique. As-tu subi quelque épreuve de ce genre ?...

— Non ! »

Sa protestation trop véhémente éveilla aussitôt les soupçons de Nick :

« Quand je te posais des questions sur ton mariage, ma chérie, ce n'était ni par jalousie ni par curiosité malsaine. J'essayais simplement de comprendre pourquoi il avait échoué, dans l'espoir que j'y trouverais une explication à certaines de tes attitudes. »

La déclaration de Nick la stupéfia en lui faisant découvrir quelque chose à quoi elle n'avait jamais pensé : Richard l'aurait-il lui aussi crue frigide ? Etait-ce là l'explication de son changement d'attitude à son égard ? Elle s'aperçut qu'elle posait les questions à haute voix, alors même qu'elles lui traversaient l'esprit, et attendit avec inquiétude la réaction de Nick.

« Il se peut que ta... réserve l'ait découragé, dit-il après avoir réfléchi. Dans ce cas, je m'étonne cependant qu'il n'ait pas tenté d'y porter remède. Stanton est un homme intelligent, plein d'expérience, marié plusieurs fois... Enfin, cela ne me regarde pas. S'il ne s'est rien passé de grave avec lui, serait-ce alors avec Kim Cunningham ?

– Non, je n'ai jamais couché avec lui », répondit-elle en rougissant.

Nick eut du mal à dissimuler sa surprise.

« Ah ?... Mais y aurait-il eu quelque expérience pénible avec un autre homme ? »

Katherine ferma les yeux et se força à évoquer chacun des ignobles détails de cette journée maudite, dont le seul souvenir lui donnait la nausée. Elle l'avait refoulée au plus profond d'elle-même et, des années durant, avait cru pouvoir oublier George Gregson, l'associé de son père, et les gestes obscènes auxquels il s'était livré. Elle devait en parler à Nick si elle voulait qu'il l'aide, mais elle n'y parvenait pas. Son propre père l'avait traitée de menteuse. Et si Nick ne la croyait pas, lui non plus ?...

Conscient d'avoir provoqué quelque douloureux débat intérieur, Nick attira Katherine contre lui, l'embrassa, lui caressa les cheveux :

« N'aie pas peur, ma chérie, dit-il avec douceur. Parle-moi. »

Elle lutta contre sa crainte, respira profondément et se décida enfin à parler comme on se jette à l'eau :

« Eh bien, il y avait cet homme, George Gregson, l'associé de mon père. Il est venu à la maison un jour, un dimanche. A chaque fois, je devais repousser ses avances. Mais ce jour-là j'étais seule et... »

Nick la serra plus fort contre lui, l'encouragea à poursuivre :

« Il m'a touchée partout... Il a retroussé ma robe... il a voulu me forcer à le toucher lui aussi... J'étais horrifiée, révulsée de dégoût... Je ne pouvais rien faire pour le repousser, il était trop grand pour moi... Oh ! Nick ! c'était ignoble, abominable... J'ai cru mourir de honte... »

Elle éclata en sanglots. Nick fit de son mieux pour

l'apaiser, la caressa doucement, prononça des paroles sans suite, comme à un enfant que l'on console.

« Quel âge avais-tu ? demanda-t-il lorsque les sanglots furent calmés.

– Douze ans. »

Nick parvint non sans peine à réprimer l'horreur et la colère qui le saisirent devant cette pitoyable confession. Douze ans !... Il comprenait enfin dans quels obscurs détours se débattait l'âme de Katherine.

« L'ignoble individu, gronda-t-il entre les dents. En as-tu parlé à ton père ? Qu'a-t-il fait ?

– Rien. Il ne m'a pas crue et m'a accusée d'avoir menti.

– Le salaud !... »

La haine de Katherine envers Patrick O'Rourke trouvait là, aux yeux de Nick, sa triste justification. Ce père indigne était aussi coupable que l'individu dont il avait pris le parti contre sa propre fille, et cette trahison expliquait assez les désordres affectifs dont Katherine souffrait encore.

Elle se méprit sur le sens de son silence prolongé :

« Me crois-tu, Nick ? murmura-t-elle d'une voix angoissée.

– Bien sûr, mon pauvre amour... Je me tais parce que je suis indigné, écœuré. »

Encouragée, elle dévida alors le reste de sa confession. Elle raconta comment elle s'était précipitée dans la salle de bain pour tenter d'effacer jusqu'au souvenir de sa honte et de sa souillure, comment elle avait taché d'une encre indélébile la robe neuve qu'elle portait ce jour-là afin de ne jamais plus la mettre, comment elle s'était relevée la nuit pour aller jeter au feu ses sous-vêtements.

Et depuis, conclut Nick en lui-même, elle n'a pas

cessé de se frotter, de se laver, de se défaire de ces souvenirs... La pitié qui montait en lui, la découverte des aspects les plus secrets de la personnalité de Katherine accrurent son amour et renforcèrent les liens qui l'attachaient à elle.

Au cours des jours suivants, Katherine prit enfin conscience des conséquences néfastes que cette épreuve de son enfance avait entraînées sur son comportement ultérieur. Choquée d'avoir été repoussée par son père, dont elle attendait le secours, elle s'était tue et l'incident, dans les profondeurs de son subconscient, n'avait depuis cessé de croître jusqu'à prendre des proportions excessives. Ce secret, qu'elle croyait trop honteux pour être dévoilé, avait altéré sa sexualité dans ce qu'elle comportait de plus sain et de plus naturel. En se confiant à Nick, elle s'était déchargée d'un fardeau étouffant et comprenait désormais que, innocente victime d'un dépravé, elle n'avait rien à se reprocher. Détendue, en paix avec elle-même, elle se laissait guider par Nick vers une vie normale et découvrait avec émerveillement de nouvelles joies dans l'amour. Mieux encore, la confiance aveugle qu'elle plaçait en lui lui faisait perdre peu à peu sa méfiance systématique envers les hommes et lui apprenait à se fier à d'autres qu'elle-même.

De son côté, cependant, Nick se rendait compte qu'il avait trop présumé, et trop prématurément, en croyant tout comprendre de Katherine le soir de sa confession. Sans doute était-elle moins enveloppée de mystère; mais il rencontrait constamment des facettes ignorées d'une personnalité dont l'extrême complexité le désorientait. Katherine était un tissu de contradictions. Vive, joyeuse, aimante, elle restait sujette à ses imprévisibles sautes d'humeur qui la rendaient froide, renfermée, tyrannique ou déprimée. Généreuse jusqu'à la prodigalité envers ceux qu'elle aimait, elle n'en demeurait pas moins calculatrice, intrigante et toujours trop encline à se mêler des affaires d'autrui. Ce trait de caractère irritait Nick d'autant plus violemment que Katherine enveloppait toujours ses moins excusables manigances dans les couleurs fallacieuses de l'altruisme et du désintéressement. Un soir, ayant appris comment Katherine projetait de s'immiscer une nouvelle fois dans la vie privée de Terrence Ogden, Nick ne put se contenir davantage. Il lui exprima crûment ses reproches, énuméra ses griefs et l'accusa d'avoir la folie des grandeurs et de vouloir tout régenter. Sans même l'écouter, Katherine balaya ses arguments avec une désinvolture exaspérante. En guise de justification, elle lui déclara qu'il existait plusieurs Katherine, auxquelles il ferait mieux de s'habituer s'il voulait la garder.

Une minute plus tard, métamorphosée, elle redevint douce, ensorceleuse, adorable et Nick fut incapable de résister aux assauts de son charme – le plus puissant mais le plus redoutable de ses atouts. Rongé par le remords pendant toute la nuit, il s'était précipité le lendemain matin pour lui acheter un cadeau, un gros coffret à cigarettes en argent massif sur lequel il fit graver : *A toutes mes Katherine que j'aime.* A la suite de cette scène, ils n'eurent plus la moindre querelle pendant des mois.

Trois jours après la dernière représentation de la pièce, ils s'envolèrent pour le Mexique. Leur mois de vacances à Las Brisas, près d'Acapulco, fut à la fois reposant et romantique. Détendue, complètement à l'aise, Katherine se dévoila à Nick sans réticences et lui parla longuement de son enfance. Elle évoqua en termes pleins d'affection le souvenir de sa mère, dépeignit les sentiments qui les unissaient l'une à l'autre. Nick comprit alors que la mort de cette mère tant aimée était à l'origine de la profonde tristesse dont Katherine ne parvenait jamais à se départir tout à fait.

Ces vacances n'étaient cependant pas uniquement consacrées à l'introspection et à la mélancolie. Leurs journées s'écoulaient dans les rires et la gaieté. Ils se baignaient, lézardaient au soleil, lisaient ou exploraient l'arrière-pays. Le soir, ils parcouraient la petite ville, s'aventuraient dans les restaurants, goûtaient la cuisine locale en écoutant, la main dans la main, les harmonies tour à tour plaintives et tonitruantes des orchestres mariachis. Ils dansaient sous les étoiles, serrés l'un contre l'autre, absorbés par leur amour. Coupés du monde, ils jouissaient pleinement de leur solitude à deux.

C'est par une de ces soirées odorantes, couchés dans le grand lit de leur chambre obscure et fraîche, qu'ils se donnèrent enfin l'un à l'autre avec un abandon où s'exprimait la communion totale de leurs âmes et de leurs corps. Pour la première fois, Katherine connut l'extase d'une passion sans frein. Cette nuit-là marqua un tournant décisif dans leurs rapports. Plus proches l'un de l'autre qu'ils ne l'avaient jamais été, ils vécurent un bonheur unique, irremplaçable. Et rien ne vint troubler la parfaite harmonie de leur couple.

34

Assise devant son téléphone, Francesca sentait croître son mécontentement. Depuis la veille, elle, si
résolue d'habitude, devenait incapable de prendre la
moindre décision. Que faire ? se demanda-t-elle pour
la centième fois. En parlant à Nick, elle risquait d'en
dire trop. Il fallait pourtant se décharger du poids
qui l'étouffait.

Elle se massa les yeux d'un geste las. Elle n'avait
pas dormi de la nuit, la fatigue l'accablait et lui
embrumait l'esprit. N'y tenant plus, elle se leva, alla
appuyer son front contre la vitre. Le ciel de juin
déployait sa voûte bleue, les arbres de Central Park
déroulaient au-dessous d'elle leur tapis verdoyant
qu'une brise faisait moutonner. Les yeux clos, Francesca tenta de combattre ses larmes. Depuis sa rupture avec Victor Mason, un siècle auparavant lui
semblait-il, elle s'était pourtant juré qu'aucun
homme ne la ferait pleurer – sûrement pas Ryan
O'Rourke, en tout cas. Mais était-il le vrai responsable de ses larmes ? N'était-ce pas plutôt Katherine ?
Lequel, du frère ou de la sœur, lui avait fait le plus
de mal ?

« Tout cela ne mène à rien ! » s'écria-t-elle avec un geste de colère.

Sa lucidité lui revint d'un seul coup. Elle retourna vers son secrétaire et consulta son agenda. D'ici la fin juin, aucun rendez-vous important. Rien non plus en juillet. Ses projets prirent corps peu à peu, se précisèrent dans sa tête. Un quart d'heure plus tard, un coup d'œil à la pendule lui apprit qu'il était près de neuf heures. Sans plus hésiter, elle donna une série de coups de téléphone. Le dernier était destiné à Nick.

« Je suis navrée d'ajouter à votre surmenage, lui dit-elle après les salutations d'usage, mais je voudrais vous voir aujourd'hui. Pouvez-vous vous arracher à votre travail pour le déjeuner ?

– J'ai précisément fini mes corrections la nuit dernière et je suis tout à vous, Francesca. Je comptais d'ailleurs vous inviter à déjeuner ces jours-ci. Où cela vous ferait-il plaisir d'aller ?

– N'importe où, Nick, je n'ai pas de préférence. J'aimerais simplement passer d'abord chez vous, pour que nous bavardions tranquillement quelques instants. »

Nick décela aussitôt dans le ton de Francesca une réticence inhabituelle :

« Quelque chose ne va pas ?

– Pas du tout, Nick, je vous assure ! Quelle heure vous conviendra le mieux ? Midi et demi ?

– Parfait. Je vous attends. »

A l'heure dite, sobrement vêtue d'un tailleur de gros lin bleu marine et les cheveux rassemblés en chignon, Francesca descendait d'un pas vif la 79e Rue en direction de Madison Avenue, tout en réfléchissant soigneusement à ce qu'elle allait dire à Nicolas Latimer. Elle hésitait toutefois sur l'étendue des révélations à faire lorsqu'elle gravit le perron et pressa le bouton de sonnette. Jusqu'où aller ? Bah ! se dit-elle, nous verrons bien.

Nick ouvrit presque aussitôt. Son sourire de bienvenue exprimait assez éloquemment son plaisir de voir Francesca. Il la précéda dans l'escalier vers son cabinet de travail du premier étage, la fit asseoir, lui versa à boire. Ce fut lui qui interrompit le cours des premières banalités :

« De quoi vouliez-vous me parler, Francesca ?

— De Ryan », répondit-elle sans hésiter.

Nick se redressa, fronça légèrement les sourcils :

« Alors, de quoi s'agit-il ?

— Nous venons de rompre.

— Quand cela ?

— Hier soir, vers minuit très exactement.

— Et pourquoi ?

— C'est lui qui en a pris l'initiative. »

Nick éprouva de l'admiration pour le calme de Francesca et la manière dont elle maîtrisait ses émotions.

« Quelles raisons a-t-il invoquées ?

— Malgré son éloquence habituelle, j'ai eu du mal à le faire parler, je l'avoue... »

Depuis trois ans, Nick éprouvait un malaise croissant en observant ce couple mal assorti et l'annonce de cette rupture lui causa un certain soulagement. L'expression impassible de Francesca ne révélait rien de ses sentiments et Nick ne savait sur quel ton poursuivre leur conversation.

« Alors, racontez-moi ce qui s'est passé », dit-il enfin.

Francesca se redressa sur son siège :

« Hier, Ryan était de passage à New York. Après le dîner, peu avant qu'il ne parte, il m'a dit soudain qu'il voulait me parler. Son ton sérieux m'a d'abord étonnée, mais je n'ai pas attendu longtemps pour être informée. En deux mots, il m'a annoncé qu'il valait mieux ne plus nous revoir.

— Le mufle ! s'écria Nick involontairement.

— Peut-être n'avait-il pas l'intention de me parler aussi brutalement et s'est-il laissé surprendre par l'heure tardive. Mais peu importe, il l'avait dit et nous ne pouvions pas y revenir. Naturellement, ma première réaction a été la stupeur. Je m'attendais à tout sauf à cela, dit Francesca avec un léger sourire. A peine avait-il lâché sa bombe que Ryan a eu l'air gêné, au point de vouloir s'en aller sur-le-champ. J'ai quand même eu le temps d'exiger des explications.

— Et alors, qu'a-t-il déclaré ?

— Tout d'abord, qu'il avait conscience de me causer du tort et de me faire perdre mon temps, car notre « aventure » ne pouvait avoir de lendemain — je le cite. Il m'a ensuite fait remarquer que j'avais trente ans, que je ne rajeunirais pas et que je devais songer sérieusement à me marier et avoir des enfants avant qu'il ne soit trop tard. Par conséquent, sachant qu'il ne pouvait pas m'épouser, il me rendait ma liberté et mes chances de bâtir ma vie avec un autre.

— A-t-il dit qu'il ne *pouvait* ou ne *voulait* pas vous épouser ?

— Pouvait. Quand je lui ai demandé pourquoi, il a éludé la question. J'ai insisté. Ryan m'a répondu alors qu'il était trop jeune pour s'encombrer d'une femme, surtout à ce stade particulièrement critique de sa carrière politique; qu'il n'aurait pas le loisir de se consacrer à une famille, encore moins celui d'en fonder une. Il m'a ensuite dévidé un long discours pour me dépeindre ses ambitions et ses objectifs en m'expliquant pourquoi il devait leur accorder la priorité. D'ailleurs, Nick, vous savez comme moi que Ryan est ambitieux...

— Ou plutôt que son père l'est pour lui, l'interrompit Nick sèchement. Non, Francesca, je ne crois pas un mot de cette histoire. Ryan n'est pas trop jeune, il a au contraire l'âge idéal pour fonder une famille. Quant à prétendre avoir trop à faire pour s'occuper de sa femme, c'est une énormité ! Un député comme lui ne succombe pas sous le surmenage et dispose de secrétaires ou d'assistants, ce qui m'amène précisément à l'argument suivant. Avec la fortune dont il jouit, Ryan n'a guère à se soucier des responsabilités matérielles de la vie familiale. Il a les moyens d'engager des domestiques, des gouvernantes pour les enfants... Et ce n'est pas tout, Francesca. A Washington, vous constitueriez pour lui un atout considérable...

— Eh bien, justement, Nick, Ryan affirme le contraire. Il a énuméré en détail tous les « inconvénients » d'un mariage avec moi, tant pour le déroulement de sa carrière que vis-à-vis de ses électeurs. Je suis citoyenne britannique, fille d'un comte, je poursuis une carrière à laquelle je consacre le plus clair de mon temps. Bref, je ne peux que lui faire du tort, sans parler de...

— Que veut dire cette plaisanterie de mauvais goût ? s'écria Nick avec indignation.

— Sans parler, disais-je, de l'aspect le plus préjudiciable de tous, ma religion. C'est là, finalement, le nœud du problème.

— Quoi ? fit Nick, incrédule. La religion ?

— Parfaitement. Ryan a jugé bon de me rappeler qu'il ne peut prendre le risque de heurter les convictions religieuses de ses électeurs catholiques en épousant une anglicane – et une anglicane qui, manifestement, refuserait de se convertir, d'élever ses enfants dans la religion catholique et dont l'intolérance n'est un mystère pour personne. »

L'absurdité de ce dernier argument le fit éclater de rire :

« Allons, Francesca, c'est grotesque ! Je ne connais personne de plus tolérant que vous. Ce n'est pas Ryan qui a inventé cela, mais son père...

– Non, Nick. M. O'Rourke n'y est pour rien, je vous le garantis. La seule personne à lui dicter ces paroles, c'est Katherine. »

Pour la première fois, la voix de Francesca se brisa et des larmes apparurent dans ses yeux. Nick la dévisagea, frappé de stupeur, convaincu d'avoir mal entendu :

« Voulez-vous dire que Ryan accuse Katherine d'avoir influencé sa décision ? Qu'il ose attribuer à sa sœur cette monstrueuse stupidité ? Non, Francesca, je ne peux pas y croire, c'est invraisemblable !

– Ce n'est pourtant que la stricte vérité, Nick. Ecoutez, poursuivit-elle en hésitant, j'avais peur de vous en parler, je craignais que vous n'en vouliez à Katherine. Laissez-moi vous dire pourquoi je ne me suis décidée qu'après mûre réflexion. Ryan connaît parfaitement mes opinions religieuses, nous en avions longuement discuté l'année dernière lorsque nous envisagions de nous marier. A l'époque, je lui avais dit être toute disposée à me convertir et à faire tout ce qu'il voudrait. Je le lui ai rappelé hier soir, bien entendu, et il a aussitôt voulu mettre fin à la conversation. Je l'ai adjuré d'être franc. Alors, le dos au mur, il a fini par admettre avoir demandé conseil à Katherine. C'est *elle* qui lui a recommandé de ne pas m'épouser sous peine, je cite, d'aller au-devant des ennuis. »

Bouche bée, Nick ne put répondre tout de suite.

« C'est invraisemblable ! Pour ma part, je reste persuadé...

— Croyez ce que vous voudrez, Nick, mais Ryan m'a convaincue de sa sincérité sur ce point. Et ce n'est pas tout, poursuivit-elle en s'échauffant. Katherine lui a " révélé " avoir rompu avec Kim à cause de leur différence de religion. C'est elle, aux dires de son frère, qui lui a fait croire que tous les Cunningham sont des fanatiques et des mangeurs de papistes ! Vous savez bien que tout cela est faux. Katherine s'est séparée de Kim afin de poursuivre sa carrière et nul dans ma famille n'a jamais fait preuve de fanatisme envers qui ou quoi que ce soit. Non, laissez-moi finir, Nick ! Après avoir entendu ces énormités, j'ai poussé Ryan dans ses derniers retranchements. Il m'a alors laissé entendre que, selon Katherine, notre mariage était voué à l'échec et que je le rendrais malheureux. Elle lui a également rappelé que, ne pouvant divorcer, il me traînerait toute sa vie comme un boulet ! En deux mots, Katherine a mis en garde son petit frère en accompagnant son avertissement d'un " Bas les pattes ! " catégorique. »

Nick refusait d'accepter cet ahurissant récit :

« Non, Francesca, non, rien de tout cela n'est crédible ! Ryan est un propre-à-rien, je l'ai toujours considéré comme tel. Il essaie tout simplement de faire porter à sa sœur la responsabilité de sa conduite inqualifiable, parce qu'il n'a pas même le courage de ses opinions. Vous connaissez Katherine mieux que personne. Vous savez bien qu'elle n'a rien d'une bigote — d'ailleurs, elle est elle-même divorcée.

– Ce sont les arguments mêmes que j'ai servis à Ryan. Savez-vous ce qu'il m'a répondu ? Que Katherine regrette son divorce, qu'elle brûle de remords de s'être détachée de l'Eglise et ne songe qu'à se faire pardonner.

– C'est grotesque ! s'écria Nick.

– Selon vous, Ryan m'a donc menti ?

– Oui... Je ne sais pas... Probablement... »

Malgré lui, Nick ne pouvait tout à coup s'empêcher de se demander si Katherine, en fin de compte, était réellement innocente. S'agissait-il encore d'une de ses obscures manigances ? Mais dans quel dessein ? A mesure qu'il envisageait cette éventualité, ses soupçons grandissaient et le plongeaient dans le malaise. La vue de Francesca prostrée sur son fauteuil le fit bondir :

« Francesca, ne pleurez pas ! dit-il en la prenant dans ses bras. Il n'en vaut pas la peine, croyez-moi.

– Ce n'est pas seulement à cause de Ryan que je pleure, mais plus encore quand je pense à Katherine. Comment a-t-elle pu me faire une chose pareille, Nick ? Pourquoi ? Me trahir de la sorte, moi, sa meilleure amie depuis dix ans. Jamais nous n'avons eu la moindre dispute, le moindre désaccord. J'ai toujours fait tout ce que je pouvais pour elle...

– Je sais, je sais... Calmez-vous, Francesca, pour l'amour du Ciel... »

Le désarroi de Nick devenait plus profond à mesure que l'évidence lui semblait plus aveuglante. Jusqu'à présent, Francesca était restée à l'abri des menées de Katherine. Que s'était-il produit pour justifier cette inexcusable agression ?

Pendant ce temps, Francesca se ressaisissait. Elle

ouvrit son sac pour y prendre un mouchoir, se tamponna les yeux.

« Je suis désolée de cette crise de larmes, Nick. Je sais que vous ne pouvez rien dire pour expliquer cela, comme j'ignore moi-même ce qui a pu provoquer cette scène. Si Katherine était là, c'est à elle que je demanderais des explications. Mais elle n'est pas encore rentrée de son tournage en Extrême-Orient et je ne puis donc rien faire. Je l'aime depuis trop longtemps pour la haïr du jour au lendemain. Avouez cependant qu'elle a dépassé les bornes... »

Nick ouvrit la bouche. Craignant qu'il ne veuille défendre Katherine, Francesca se hâta de poursuivre :

« Ecoutez, Nick. Quand bien même je serais prête à admettre qu'elle a cru bien faire, elle n'avait pas le droit de se mêler de ma vie privée, même s'il s'agissait de son frère. Cela me déplaît souverainement et je ne le tolérerai pas, il faut qu'elle le comprenne. »

Nick ne put que faire un signe d'assentiment. En s'immisçant dans les affaires de Francesca, Katherine venait de commettre une impardonnable faute.

Au bout d'une longue réflexion, Nick reprit la parole :

« Pardonnez-moi une question qui vous paraîtra peut-être cruelle, Francesca. Comment cela vous affecte-t-il ? Avez-vous de la peine parce que vous aimiez réellement Ryan, ou souffrez-vous d'une blessure d'amour-propre ?

Francesca soupesa longuement sa réponse :

« Je crois avoir sincèrement de la peine, Nick, répondit-elle calmement. J'aimais vraiment Ryan, je m'étais attachée à lui pour bien des raisons. Pour le moment, je ne sais pas très bien où j'en suis. Voilà pourquoi je vais partir.

« – Vous partez ? Quand ? Où ?

– A Paris, demain soir. Je compte y passer deux ou trois jours avant de continuer mon voyage vers la Côte d'Azur, où je séjournerai chez Doris – dans sa villa. Je leur avais promis, à elle et à mon père, de les rejoindre fin juillet ou début août. Pourquoi ne pas prendre un peu d'avance ? Il ne s'agit pas d'une fuite, Nick, mais rien ne me retient à New York pour le moment. Autant, dans ces conditions, me reposer un peu et me changer les idées. Ma famille me manquait. Au milieu d'eux, je pourrai peut-être remettre de l'ordre dans mes idées et décider que faire ensuite.

– Et Ryan ? Une fois que vous vous serez expliquée avec Katherine, envisageriez-vous une réconciliation ?

– Certainement pas, voyons ! s'écria-t-elle. C'est lui qui a rompu. Même s'il changeait d'avis, je me déshonorerais en faisant comme si de rien n'était. Je sais que vous le jugez durement, Nick. Tout compte fait, vous aviez sans doute raison dès le début. Il est encore trop jeune, il manque de maturité.

– C'est le moins qu'on puisse dire ! »

Francesca se laissa aller contre le dossier de son siège. Le sourire qu'elle adressa à Nick était empreint de mélancolie et de résignation :

« Vous rappelez-vous cette conversation que nous avions eue, il y a des années, dans l'ancienne salle de jeux de Langley ? Vous me disiez qu'on ne meurt pas d'une peine de cœur. J'ai fini par me guérir de Victor. Je me rétablirai du coup porté par Ryan. Au moins l'expérience m'aura-t-elle servi à quelque chose... »

Nick hocha la tête sans répondre. Francesca oublierait très vite Ryan O'Rourke, il en était sûr.

Car Francesca n'avait jamais aimé Ryan aussi passionnément que Victor Mason.

Lorsqu'ils sortirent déjeuner peu après, Nick emmena Francesca dans l'un de leurs restaurants préférés. Taciturne, pensive, Francesca paraissait en proie à une détresse croissante, que Nick ne savait comment soulager. Lui dire crûment qu'il fallait se réjouir d'avoir été lâchée par Ryan O'Rourke et qu'elle s'en trouverait bien aurait été, en un tel moment, inutilement désagréable.

Comme si elle devinait ses réflexions, Francesca se tourna vers Nick avec un sourire contraint :

« J'ai honte de me montrer sous un tel jour, Nick. Je me conduis vraiment en convive exécrable.

— Ne vous excusez pas, voyons ! protesta-t-il. Je me doute qu'on n'a guère envie de rire dans de telles circonstances.

— Cela passera, rassurez-vous. Je vais profiter de mes vacances pour avancer mon livre sur les Plantagenêts. Ecrire me fait le plus grand bien... Décidément, poursuivit-elle, je n'ai pas de chance avec les hommes ! Je me demande parfois si c'est moi qui ne tourne pas rond.

— Ne dites pas de bêtises, Francesca ! Tout le monde a des déceptions, dans la vie. Vous n'avez pas encore rencontré l'homme qu'il vous faut, voilà tout. Mais cela finira par se produire. Vous avez trop de qualités pour vous faire de pareilles idées. Cessez surtout de vous critiquer, cela ne mène à rien. »

Elle joua distraitement avec le contenu de son assiette, avala avec peine une bouchée de nourriture.

« La famille O'Rourke nous aura causé bien des

problèmes, à vous et à moi, dit-elle enfin. J'en arrive à souhaiter n'avoir jamais connu Ryan. Cela vous arrive-t-il de penser de même de Katherine ?

La question surprit Nick :

« Eh bien, non... Nous avons eu des problèmes, je ne le nie pas. Katherine se montre parfois difficile à vivre. Mais elle en vaut la peine. Je l'aime, je l'avoue... »

Je l'aime beaucoup trop, à vrai dire, faillit-il ajouter. Les angoisses qu'il éprouvait à cause d'elle, surtout depuis six mois, étaient difficilement soutenables. Son absence actuelle lui offrait un répit indispensable. Elle lui manquait cruellement, malgré tout, et il se languissait d'elle.

Francesca se méprit sur le silence de Nick et sa mine soudain morose :

« Je me suis mal exprimée, Nick. Je sais que vous l'aimez. Moi aussi, je l'aime. Naturellement, je suis furieuse contre elle en ce moment, mais cela ne change rien à mes sentiments profonds.

— Je vous crois, Francesca, et ce que vous dites la dépeint trop nettement. Elle peut se conduire de manière exaspérante, au point de provoquer des envies de meurtre. Et puis, l'instant d'après, redevenir l'ensorceleuse à qui nul ne peut résister. Avec elle, je me sens continuellement en équilibre instable... Soyons francs, Francesca. Depuis quelque temps, Katherine m'inquiète. Son comportement devient aberrant, imprévisible par moments. N'avez-vous rien remarqué ? »

Elle hésita, puis regarda Nick dans les yeux :

« Si, Nick. Barbara aussi, nous en avons même parlé la semaine dernière. Juste avant son départ, Katherine a fait une scène totalement injustifiée à Terry, qui en a été aussi stupéfait que blessé. Barbara et moi... Bref, pardonnez-moi ma franchise, Nick, mais nous pensons toutes deux que Katherine devrait consulter un... un médecin. Pourriez-vous la persuader de le faire à son retour ?

– Je ne suis donc pas le seul à m'en être rendu compte... »

Nick laissa échapper un soupir. Il prit la main de Francesca sur la table, la serra avec force :

« Barbara et vous avez malheureusement raison, dit-il. Moi aussi, je crains qu'il ne faille à Katherine les secours de la médecine. J'ai tenté de le lui suggérer une fois – une seule ! Au seul mot de psychiatre, elle a été saisie d'une crise de panique. Le lendemain, elle était redevenue aussi normale que vous et moi. Par la suite, et jusqu'à son départ au mois de mai, elle a été parfaite et plus adorable que jamais. Je ne sais plus que penser. »

Francesca retint les mots qu'elle s'apprêtait à dire, les soupesa, tenta de formuler ses phrases du mieux possible :

« Il y a environ quatre ans, peu après mon installation à New York, Doris m'a révélé que mon père avait remarqué... certains traits de caractère, chez Katherine, dès 1956... »

Elle s'interrompit, n'osa plus continuer.

« Quels traits de caractère, Francesca ? Parlez, je vous en prie.

– Eh bien, à l'époque, mon père estimait déjà que Katherine souffrait... d'une sorte de déséquilibre mental. Doris restait sceptique et estimait son jugement mal fondé. Elle n'éprouvait guère de sympathie pour Katherine, comme vous le savez peut-être, mais Doris est foncièrement juste et refuse de juger les gens sans les connaître. Pour ma part, j'en avais ri sans même m'en indigner, tellement cela me paraissait absurde. Or, depuis quelque temps, j'avoue me poser des questions, Nick. En fait, au moment de mon retour d'Angleterre en janvier dernier, je me suis demandé si Katherine ne se trouvait pas au bord d'une dépression nerveuse. »

Nick ouvrit la bouche pour protester et la referma aussitôt. Qu'il voulût l'admettre ou non, Francesca avait vu juste. Il s'était voilé les yeux de peur de regarder la vérité en face.

« Il est vrai qu'elle est sujette à d'incroyables sautes d'humeur, répondit-il pensivement. De là à la croire schizophrène ou paranoïaque... L'on peut en être troublé, j'en conviens. En mars, elle s'est conduite de manière... insupportable à mon égard. Quand je dis insupportable, c'est un euphémisme.

– Oh ! Nick !...

– Si Francesca. Sa crise a été provoquée par une réflexion innocente de ma part. Je parlais de Königssee et des pistes de ski aux alentours. Elle a explosé comme une furie, m'a accusé de vouloir l'abandonner pour aller retrouver Diane. Sur le moment, j'avais cru à de la jalousie mais tout a recommencé huit jours plus tard et sans aucune raison. Après ces deux crises, elle m'a demandé pardon avec une humilité gênante, au point de se traîner à mes pieds... »

L'arrivée du serveur l'interrompit. Quand il eut commandé le dessert, Nick reprit :

« Lorsque j'ai fait la connaissance de Katherine, en 1956, elle me paraissait avoir des problèmes. Vous rappelez-vous la projection de son bout d'essai ?

– Oui, bien sûr. Elle était inoubliable.

– Je le pensais aussi et je le lui ai dit. Eh bien, au moment de quitter la salle de projection, j'ai été saisi d'un curieux pressentiment. J'ai éprouvé une crainte profonde, celle que tout se passait trop vite pour elle et qu'elle ne réussirait pas à maîtriser le cours de sa vie. J'en ai bien ri plus tard en constatant à quel point je m'étais trompé. Katherine nous a en effet démontré de manière éclatante qu'elle savait dominer un succès capable de tourner la tête à la plus sensée des actrices.

— Absolument, approuva chaleureusement Francesca. A bien des égards, Katherine est toujours restée la même. Or, elle est devenue une star dès la sortie des *Hauts de Hurlevent* en 1957, il y a déjà plus de dix ans. C'est précisément pourquoi sa transformation soudaine, survenue seulement ces derniers mois, me plonge dans l'étonnement et l'inquiétude.

— Non, ce n'est pas si soudain, quand on y réfléchit. J'ai commencé à m'apercevoir de certaines bizarreries de sa part il y a déjà quelques années, vers 1964 je crois. Nous étions allés en Afrique avec Victor pour le tournage d'un film dont j'avais écrit le scénario. C'était en novembre, oui, en novembre 1964. Pendant tout le voyage, elle s'est montrée extrêmement énervée, à peine aimable avec Victor et volontiers tyrannique. Elle débordait d'une énergie stupéfiante, anormale, dirai-je même, au point de ne pas pouvoir rester une minute en place entre les scènes. Il lui fallait constamment faire quelque chose, n'importe quoi, et elle ne dormait presque pas. Si nous avions quelques jours de libre, elle nous entraînait dans un safari, elle partait dans la brousse visiter des villages, palabrer avec les indigènes, explorer la forêt vierge, que sais-je encore ?... Il faisait si chaud que Victor et moi nous traînions misérablement, tandis qu'elle restait fraîche et pleine d'enthousiasme sans prendre un instant de repos. Voilà justement le plus étonnant : Katherine a horreur de la chaleur et ne peut pas vivre sans se laver de la tête aux pieds trois ou quatre fois par jour. Eh bien, elle se contentait d'une douche de loin en loin – et dans la brousse, croyez-moi, les installations sanitaires sont plutôt primitives ! Je ne la reconnaissais pas. Quelques mois auparavant, pendant nos vacances au Mexique, c'était exactement le contraire. Je ne l'avais jamais vue aussi calme, détendue, comme apaisée. Je ne crois pas qu'elle ait été aussi heureuse jusque-là – ni même depuis, à vrai dire.

– Elle m'a raconté ces deux voyages, en effet. Le Mexique lui avait beaucoup plu, mais l'Afrique l'avait conquise. Elle m'a répété maintes fois qu'elle voudrait y retourner, elle dépeignait les beautés du paysage, l'immensité des horizons, la profondeur du ciel nocturne, la simplicité des habitants. Une fois lancée, impossible de l'arrêter. Je me rappelle une description de flamants roses sur un lac couleur de saphir... Attendez, Nick ! s'écria-t-elle tout à coup en fronçant les sourcils. Katherine ne s'est-elle pas rendue en Californie, cet été-là ?

– Oui. Elle a tourné un film pour *Monarch* à notre retour du Mexique. Je l'ai même rejointe un peu plus tard, quand elle a vendu sa maison de Beverly Hills, pour l'aider à déménager. Pourquoi cette question, Francesca ? Où voulez-vous en venir ?

– C'est peut-être absurde, Nick, mais je viens de me rendre compte d'une chose : Katherine a toujours paru un peu bizarre après ses séjours en Californie, depuis quatre ans que je suis là pour m'en apercevoir, du moins.

– Comment cela, Francesca ? Expliquez-vous.

– Certains traits de caractère, certains défauts me

paraissaient plus accusés, presque exagérés. Elle se montrait plus nerveuse, plus tendue, plus distraite que d'habitude... Nous avons tous la même propension à refuser l'évidence lorsqu'elle nous gêne, poursuivit-elle pensivement. Je me rappelle maintenant très clairement comme je devenais moi-même énervée dès que je revoyais Katherine après ses retours de Californie. Il me fallait des semaines pour retrouver mon calme, comme si elle m'avait communiqué son malaise. Son regard même changeait. D'habitude, il est merveilleusement expressif, n'est-ce pas ? Eh bien, je ne sais comment le décrire... Il devenait enfiévré, traqué par moments... C'est vrai, Nick. Je n'inventerais pas des choses pareilles.

– Je vous crois. Moi aussi, j'ai remarqué cette expression dans son regard. »

Ils restèrent silencieux et Francesca se donna une contenance en buvant quelques gorgées de son café. La détresse qui transparaissait sur les traits de Nick la bouleversait.

« Je ne sais pas comment vous vous y prendrez pour la convaincre de voir un psychiatre, Nick, mais je crois qu'il le faut, dit-elle d'une voix étouffée.

– Je sais. Je suis probablement le seul qu'elle consente à écouter. Mais ce ne sera pas facile. »

Le silence revint. Francesca semblait retourner une pensée déplaisante dans sa tête, qu'elle exprima comme en se parlant à elle-même :

« Serait-elle intervenue entre Ryan et moi si elle avait été dans son état normal ?

– Je me le demande aussi. N'oublions cependant pas que Katherine a toujours adoré se mêler de tout. Vous rendez-vous compte, dit-il avec un sourire ironique, que nous n'avons parlé que d'elle pendant tout le déjeuner? Nous n'avons même pas abordé vos problèmes. »

Ils sont bien insignifiants comparés à ceux auxquels Nick va devoir faire face, se dit Francesca tristement.

« Oh! Nick, ne vous faites surtout pas de soucis pour moi! J'ai acquis des facultés de récupération, depuis dix ans... sans parler d'un irremplaçable ami, dit-elle en l'embrassant sur la joue. Je ne sais vraiment pas ce que je ferais sans vous, Nick.

– Voilà une phrase inutile, Francesca – croyez-en le critique impitoyable. Auriez-vous oublié que je serai toujours prêt à vous venir en aide, comme je l'avais promis dans la salle de jeux de Langley?

– Non, Nick. Et je ne l'oublierai jamais. »

Longtemps après le départ de Francesca pour le Midi de la France, leur conversation sur Katherine obséda Nicolas Latimer. Savoir ses propres soucis partagés par Francesca lui avait procuré un certain soulagement. La réalité des problèmes redoublait, en revanche, son angoisse.

Depuis quelque temps, Nick en arrivait à douter de ses facultés, tant Katherine les mettait à l'épreuve. Si Francesca estimait de son côté que Katherine souffrait de désordres assez sérieux pour justifier l'intervention d'un psychiatre, Nick n'avait pas le droit d'hésiter. Il lui faudrait en parler à Katherine, dès son retour d'Extrême-Orient.

Le film tourné avec Richard Stanton en 1956 passa un soir à la télévision et Nick le regarda avec fascination. C'était une comédie légère, pétillante, un pur produit du Hollywood de cette époque. Ce Hollywood dont le monde entier se faisait une brillante image, alors que la vérité était tout autre. Les fausses valeurs, la vulgarité, l'éclat du strass, la poudre aux yeux, la médiocrité se liguaient pour obscurcir le véritable talent, la sincérité et l'honnêteté, voilà le véritable Hollywood que Nick connaissait trop bien et dont il se détournait avec dégoût. Katherine ne l'avait-elle pas compris ? S'était-elle laissé aveugler en prenant ce simulacre pour la réalité ? Avait-elle, malgré elle, permis à cette maladie de la contaminer ? Nick passa en revue les étapes de sa carrière et dut convenir qu'elle avait évité de tomber dans les pièges, les plus redoutables du moins. Pourquoi, dans ces conditions, Francesca estimait-elle son comportement altéré à chacun de ses retours de Californie ? Nick regretta de n'avoir pas mieux approfondi la question avec Francesca. Elle avait pu se tromper sur les causes. Si ce n'était pas Hollywood, autre chose provoquait ces métamorphoses chez Katherine. Mais quoi ?

Il retourna longuement cette énigme et ne put trouver le sommeil ce soir-là. Les troubles mentaux ne se manifestent pas du jour au lendemain, se répétait-il. Ils s'aggravent peu à peu, se développent à partir d'une cause profonde. Celle-ci se trouvait-elle dans l'enfance de Katherine, ses rapports avec son père, la mort de sa mère, l'inquiétude qu'elle nourrissait pour l'avenir de Ryan ? Plus il réfléchissait, plus Nick se sentait convaincu que les troubles de Katherine plongeaient leurs racines dans les années de son enfance.

Au fil des semaines, il en vint à examiner plus soigneusement certains de ses traits de caractère, son comportement des derniers mois; il s'attacha à analyser et découvrir les mobiles de certaines réactions incompréhensibles ou d'apparence irrationnelle. Car

Nick, par pudeur autant que par amour pour Katherine, s'était abstenu de trop en révéler à Francesca au cours de leur conversation. Ainsi, comment aurait-il pu dire que Katherine mentait presque constamment, le plus souvent pour des broutilles. S'agissait-il d'une mauvaise habitude d'enfant ou d'un désordre pathologique ?

Plus inquiétant encore, Katherine faisait des fugues, dont elle donnait des explications si manifestement absurdes que Nick en aurait ri si la situation n'était pas aussi grave. Pressée de questions, elle répondait s'être rendue à l'église ou à la bibliothèque, quand manifestement les édifices publics étaient tous fermés à cette heure-là. Si Nick lui démontrait l'impossibilité de croire à ses propos, elle n'en voulait pas démordre, jusqu'à ce qu'il abandonne de guerre lasse. Une fois, elle l'avait affolé en n'arrivant pas chez lui à l'heure convenue. Après avoir tenté vainement de la joindre par téléphone, il s'était précipité chez elle, rongé d'inquiétude. L'appartement était désert. Katherine n'avait reparu que vers minuit, visiblement épuisée, la mine égarée. Déconcertée de le trouver en train de l'attendre, elle avait nié leur rendez-vous, puis, devant l'insistance de Nick, sa véhémence s'était muée en une crise de rage. Elle l'avait accusé de l'espionner, de fouiller dans ses affaires pour lire sa correspondance et de cent autres indignités. Finalement, accablé et préférant éviter d'aggraver inutilement les choses, Nick s'était retiré en se demandant sérieusement si Katherine ne sombrait pas dans la folie. Le lendemain matin, une fois de plus, elle prit l'initiative de la réconciliation et implora son pardon en jurant qu'une telle scène ne se reproduirait plus. Effectivement, son comportement devint irréprochable jusqu'à son départ pour Ceylan.

Mais fallait-il invoquer la démence pour expliquer mensonges et disparitions ? se demandait Nick non sans angoisse. Ne pouvait-on plutôt les attribuer à une raison plus simple, l'existence d'un ou plusieurs hommes dans sa vie ? Il s'efforça d'examiner calmement cette éventualité et finit par la rejeter. Si Katherine avait bien des défauts, elle n'était pas ce que l'on appelle une « femme légère ». A l'aise avec Nick, elle conservait au fond d'elle-même une certaine crainte de l'amour physique. Ce n'était donc pas dans cette direction qu'il fallait chercher les causes de son comportement.

Vers le milieu de juillet, à mesure que la date du retour de Katherine approchait, l'inquiétude de Nick croissait. Elle se dissipa dès l'instant où il la revit à l'aéroport. Katherine était redevenue elle-même, plus paisible, plus épanouie qu'elle ne l'avait été des mois durant. Son séjour en Extrême-Orient l'avait passionnée, le tournage s'était déroulé à merveille ; elle connaissait un regain de vitalité dont Nick fut si stupéfait qu'il fit taire ses craintes. Elle se comportait comme s'il ne s'était rien passé avant son départ. Il se détendit graduellement, sans relâcher totalement sa vigilance. Malgré lui, il guettait la rechute tout en la redoutant.

Non sans sagesse, il préféra également attendre le moment propice pour annoncer à Katherine la rupture entre Ryan et Francesca. Il se borna à expliquer l'absence de cette dernière en disant qu'elle avait avancé la date de ses vacances. Une fois Katherine tout à fait remise des fatigues du voyage et réinstallée chez elle dans ses habitudes, il l'informa alors de ce qui s'était produit, en limitant ses commentaires au strict minimum.

La nouvelle provoqua chez Katherine une stupeur et une peine manifestement sincères. Elle téléphona sur-le-champ à la villa de la Côte d'Azur et, tandis qu'il tenait l'écouteur, Nick fut forcé de se ranger à la version des faits qu'elle donnait à Francesca. Comme Nick s'en était aussitôt douté, Ryan s'était lâchement dissimulé derrière sa sœur pour justifier son désir de rompre. Certes Katherine ne niait pas en avoir longuement discuté avec lui quelque temps auparavant; mais si elle avait indiqué à son frère les quelques points délicats qu'impliquait un mariage avec Francesca, c'était pour l'inciter à mûrement réfléchir avant de lui demander sa main.

« Et ce n'est pas tout, ma chérie! J'ai nettement déclaré à Ryan que s'il te causait la moindre peine, par bêtise ou par étourderie, c'est à *moi* qu'il aurait affaire. Je vais lui en parler, compte sur moi! Sa conduite envers toi est inqualifiable et je ne peux pas te dire à quel point j'en suis indignée! »

Quelques jours plus tard, Nick se rendit chez Katherine et la trouva en compagnie de son frère, de passage en ville, qu'elle accablait de reproches. La scène était si violente que Nick battit prudemment en retraite dans une autre pièce en attendant le départ de Ryan. Visiblement secouée, le visage grave, Katherine lui apprit avoir définitivement rompu avec son frère :

« Je l'abandonne aux soins de la Providence – et de Patrick O'Rourke, s'il est capable de les subir tous les deux. Je ne veux plus rien avoir à faire avec lui. Je commence à croire que tu avais raison. Ryan est un faible, un bon à rien. Je lui ai intimé l'ordre de ne plus remettre les pieds chez moi. »

Nick réprima une moue sceptique. Ce n'était pas la première dispute dont il avait été témoin entre Katherine et Ryan et c'est toujours elle, la première, qui avait cherché à se réconcilier avec son frère. Cette fois, cependant, les semaines passèrent sans que Katherine cherchât à renouer le contact et Nick commença de croire à la sincérité de sa détermination. Il s'en voulut d'avoir envisagé une fois de plus le pire et soupçonné Katherine de dissimulation ou de mensonge. En fait, aucun de ses défauts ne s'était manifesté chez elle depuis son retour. Etrangement paisible mais sans tristesse apparente, elle ne lui donnait aucun sujet d'inquiétude. Il ne pouvait toutefois ignorer que, sous cette surface tranquille, continuait de frémir une personnalité profondément troublée.

Francesca revint à New York vers la fin de septembre et l'automne marqua le retour des jours heureux de naguère. L'amitié entre les deux jeunes femmes restait aussi solide que par le passé, comme s'il n'avait jamais été question de Ryan O'Rourke. La transformation de Katherine causait tant de plaisir à Francesca que, vers la fin d'octobre, elle déclara à Nick qu'ils avaient sans doute exagéré les troubles mentaux de Katherine. Qui, dans son métier, pouvait se vanter de n'être jamais sujet à des sautes d'humeur ou des crises d'énervement ?

Ils se parlaient dans un coin du salon, au cours d'une réception donnée par Francesca en l'honneur de Doris et de son père, de passage aux Etats-Unis. Ce soir-là, Katherine était particulièrement en beauté. Elle portait un fourreau de velours noir dont la simplicité n'était rehaussée que d'une broche et de boucles d'oreilles en diamant que Nick ne l'avait pas encore vue porter. La chaleur qui régnait dans l'appartement rosissait ses joues, son regard semblait animé d'une vivacité et d'une gaieté particulières.

« J'en remercie Dieu tous les jours, dit Nick en souriant. Je ne sais pas ce qui lui est arrivé pendant son séjour en Extrême-Orient, mais j'ai l'impression qu'elle y a fait quelque découverte. Elle est plus calme, plus paisible que jamais. »

— Elle ne m'en a rien dit et m'a à peine parlé de son voyage. Quoi qu'il en soit, Nick, réjouissons-nous — pour elle et pour nous. Je souffrais de la voir torturée comme elle l'était au début de l'année. »

Terrence Ogden les rejoignit alors. Il serra la main de Nick et ils bavardèrent tous trois quelques instants. A un moment, Terry fit remarquer :

« Je n'avais encore jamais vu Katherine si détendue et si aimable. J'ignore si vous avez un secret, mon vieux, mais je vous en félicite. C'est un véritable miracle.

— Merci, Terry, mais je n'y suis pour rien. Nous étions justement en train de nous dire, avec Francesca, que Katherine paraît en pleine forme, ces derniers temps.

— Dieu soit loué, alors ! J'ai eu du mal à me remettre de la scène qu'elle m'a faite au printemps. Je me demande encore ce qui a pu la provoquer. Le surmenage, probablement... Enfin, l'essentiel c'est qu'elle ait pleinement récupéré. »

Quelques minutes plus tard, réconforté par les remarques de Francesca et les observations de Terry Ogden, Nick se rapprocha de Katherine et l'entraîna vers le buffet. Le reste de la soirée se déroula dans une bonne humeur que rien ne vint ternir.

Mais les paroles de l'acteur restèrent gravées dans

la mémoire de Nick pendant plusieurs jours. En homme du métier, Terry avait vraisemblablement mis le doigt sur la source des problèmes de Katherine : le surmenage. Combien d'acteurs, et des plus talentueux, cèdent tôt ou tard à la tension inhumaine qu'impose parfois leur profession à des nerfs fragiles ! Des années durant, Katherine avait volé de film en film sans s'accorder le moindre répit, et récemment encore, elle avait soutenu l'effort écrasant d'une pleine saison théâtrale à Broadway. Le repos n'était pas un luxe, dans son cas, mais un impératif absolu, et Nick se promit d'opposer un veto à son prochain projet, quel qu'il fût.

Le hasard voulut que, loin de s'y opposer, il s'en réjouît. Car ce n'était pas un nouveau film qui provoquait l'enthousiasme de Katherine mais la recherche d'une maison de campagne. Nick y vit à la fois une distraction et une thérapeutique et, avec le concours de Francesca, ils se mirent tous trois en chasse, consacrant tous leurs week-ends de novembre à écumer les environs. Ce fut Katherine elle-même qui découvrit sa « retraite » idéale, un jour de semaine où elle était partie seule explorer le Connecticut. La maison déplut à Nick aussitôt qu'il la vit mais, désireux de ne pas ternir le plaisir de Katherine, il garda ses objections pour lui. Comme il l'avait espéré, d'ailleurs, elle s'absorba si bien dans la conduite des travaux et de la décoration qu'elle refusa, coup sur coup, un film et une pièce. Cinq mois plus tard, au mois de mars, tout fut terminé. Nick et Francesca l'accompagnèrent afin de passer avec elle le premier week-end dans *son* domaine. Le soir de leur arrivée, ils baptisèrent la maison au Dom Pérignon. Avec une gravité feinte, Nick porta un toast « à ces murs témoins du bonheur de tous ceux qui s'y abriteront ». Jusqu'au dimanche soir, ils firent régner une atmosphère de gaieté insouciante que la pluie et les nuages ne parvinrent pas à assombrir.

Alors que s'amorçait l'été 1967, Nick avait retrouvé le bonheur de vivre avec Katherine. Il ne pouvait plus s'agir, certes, de l'extase un peu délirante de leurs vacances mexicaines de 1964, mais leur amour paraissait à Nick assez puissant pour leur assurer une vie heureuse. Il s'était persuadé que le diagnostic de Terry Ogden était juste : Katherine ne souffrait pas de désordres mentaux, elle avait été victime du surmenage. Depuis bientôt un an, elle ne s'était pas montrée devant une caméra ni n'avait posé le pied sur une scène et elle se portait comme un charme, physiquement et moralement. Nick s'étonnait même qu'elle ne semblât nullement regretter son métier.

Aussi, un dimanche après-midi qu'ils profitaient du soleil sur la terrasse de la maison de campagne, Nick se hasarda-t-il à suggérer une sorte de semi-retraite :

« Un film de temps en temps, tous les dix-huit mois par exemple, une pièce de théâtre pour une durée limitée. Tu en as trop fait jusqu'à présent, ma chérie, tu devrais un peu souffler.

— Je n'ai que trente-deux ans, Nick ! répondit-elle en riant. On ne prend sa retraite que lorsqu'on n'est plus bon à rien. D'ailleurs, je mourrais d'ennui.

— Mais non ! Il est grand temps, au contraire, que tu profites du fruit de ton travail, ce n'est pas à quatre-vingts ans que tu le feras. Tu as bien assez d'argent pour te reposer un peu.

— Et que ferais-je de mon temps ?

— Eh bien, occupe-toi de moi ! s'écria-t-il avec un

sourire. Nous avons souvent parlé de mariage, Katherine. Qu'attendons-nous pour passer aux actes ? »

Katherine le dévisagea longuement sans répondre. Puis, le regard voilé par l'émotion, elle alla s'agenouiller devant lui, les bras appuyés sur les genoux de Nick, le visage levé :

« Parles-tu sérieusement, mon chéri ? » murmura-t-elle.

Il se pencha, lui donna un long baiser.

« Oui, mon amour. Parce que je t'aime.

— Je t'aime aussi.

— Alors, quelle est ta réponse ?

— Oui. En doutais-tu ? »

Nick sentit son cœur bondir de joie :

« Encore une question : quand ?

— Bientôt, mon chéri.

— Bientôt n'est pas assez tôt... Ecoute, poursuivit-il d'un ton plus grave, je ne rajeunis pas. Je vais avoir quarante ans cette année, tu le sais. Avant qu'il ne soit trop tard, j'aimerais que nous ayons des enfants. A quoi bon attendre ? »

Katherine s'assombrit tout à coup et son sourire s'effaça.

« La semaine prochaine, dit-elle à mi-voix. La semaine prochaine, je te donnerai une date. Promis. »

Elle n'allait cependant pas tenir sa promesse.

35

Dans la campagne obscure du Connecticut, la maison brillait de toutes ses lumières. Quand ils y pénétrèrent, cependant, Nick et Francesca la trouvèrent plongée dans un silence absolu.

Francesca frissonna. Elle se tourna vers Nick qui la rejoignait dans le vestibule en portant leurs bagages :

« Nick, j'ai peur. Il se passe quelque chose d'anormal, je le sens. »

Conscient à son tour de l'atmosphère inhabituelle, Nick posa les valises à terre et tendit l'oreille. A chacune de ses visites, la maison retentissait du bruit de la radio ou du tourne-disques, du remue-ménage de la cuisine où officiait Mme Jennings, la cuisinière, des échos de la voix de Katherine au téléphone. Ils auraient déjà dû la voir dévaler l'escalier, leur souhaiter la bienvenue. Ce soir-là, rien ni personne ne se manifestait, pas un bruit. Depuis quelques jours, il est vrai, Katherine n'était plus la même. Ses vieux démons paraissaient vouloir remonter à la surface. Nick sentit son cœur se serrer d'angoisse.

Tout en affectant la désinvolture, il se dirigea vers le salon et lança à Francesca par-dessus son épaule :

« Allez donc voir à la cuisine, Francesca. Mme Jennings y est sûrement. Katherine a sans doute dû sortir faire une course urgente. »

Tandis que Francesca s'éloignait à la hâte, Nick entra dans le salon. Tout lui parut normal. Plusieurs lampes étaient allumées, les coussins s'alignaient sur les canapés, aucun objet ne paraissait déplacé. La cheminée attira toutefois son attention. Katherine raffolait des grands feux de bois, au point d'en allumer les soirs d'été. Or il ne restait que quelques braises dans l'âtre; on était en novembre, il faisait froid et, normalement, Nick s'attendait à voir pétiller un monceau de bûches. La pendule indiquait 19 h 40. Si Katherine était sortie à l'improviste, son départ remontait à plus de deux heures, d'après l'état du feu. A moins que... Et si elle était encore dans la maison ? Avait-elle fait une chute, s'était-elle blessée ? Dans ce cas, où donc les domestiques auraient-ils disparu ? Ses bijoux ? Une maison isolée, des cambrioleurs armés surpris en plein « travail »... De nos jours, on tue pour moins que cela !

Nick fit demi-tour, traversa le vestibule en courant et s'engouffra dans l'escalier, sans ralentir jusqu'à la chambre de Katherine. La pièce était paisible, ordonnée. Les lampes, là aussi, étaient allumées, le lit fait. Mais le feu finissait de se consumer, comme au salon. Nick parcourut encore une fois la pièce des yeux, et c'est alors qu'il remarqua les écrins ouverts et vides sur la coiffeuse. D'un bond, il traversa la chambre, saisit le plus gros écrin, qu'il n'avait encore jamais vu. Il était neuf, sans une éraflure. Sur le satin blanc, à l'intérieur du couvercle, Nick lut le nom de *Van Cleef & Arpels* et, en dessous et en plus petits caractères, l'adresse du magasin : Beverly Hills. Il compta ainsi trois écrins, de dimensions et de formes diverses. Katherine portait-elle les bijoux qu'ils contenaient ? Ou avaient-ils été volés ?

La gorge nouée, Nick poursuivit sa visite, explora tout le premier étage, monta jusqu'aux combles sans y relever le moindre indice suspect. Quand il redescendit, Francesca traversait le vestibule. Au bruit de ses pas, elle se tourna vers Nick avec un regard interrogateur :

« Rien là-haut, déclara-t-il. Rien ni personne.

– En bas non plus. La maison est déserte. J'ai regardé la chambre de bonne, la salle à manger, la bibliothèque. Je n'y comprends rien.

– Aucun signe de... enfin, rien d'anormal ?

– Non, sauf peut-être à la cuisine. Mme Jennings a dû être interrompue brusquement pendant qu'elle préparait un repas. Venez voir, vous comprendrez mieux. »

Elle le précéda vers la cuisine, ouvrit la porte :

« Regardez, Nick, sur le plan de travail à droite. La pile de légumes en train d'être épluchés. Ils ont été laissés dans cet état depuis des heures. Et le tablier, je l'ai ramassé par terre. »

Nick fouilla soigneusement la cuisine, ouvrit des placards, inspecta l'office.

« Restez ici, Francesca, je vais descendre à la cave. Tout cela me paraît de plus en plus bizarre.

– A la cave ? Oh ! Nick, vous ne croyez quand même pas...

– Je ne crois rien du tout jusqu'à ce que j'aie trouvé quelque chose. Ne bougez pas et attendez-moi. »

Les pensées les plus affolantes se bousculèrent

dans la tête de Francesca. Elle tremblait de frayeur lorsque Nick reparut :

« Tout va bien, dit-il en refermant la porte. Je n'ai rien repéré d'inquiétant dans la maison. Il ne reste que le jardin. »

Près de la porte d'entrée, il manœuvra des interrupteurs. Le jardin entier fut aussitôt illuminé par des projecteurs dissimulés dans les arbres et autour de la pelouse.

« Voulez-vous que je vous accompagne ? demanda Francesca.

— Absolument pas. Restez ici. »

Elle le vit descendre le perron et s'éloigner vers la masse obscure des buissons le long du mur de clôture. D'être seule, Francesca se sentit reprise par ses frissons. Tout à coup, la maison l'effrayait, la solitude et le silence lui semblaient menaçants. Elle fit un pas au-dehors, aspira à grands coups l'air frais de la nuit, se gourmanda de céder ainsi à son imagination. Nick revint dans la lumière quelques minutes plus tard, la fit rentrer et referma la porte.

« Le jardin est aussi désert que le reste, dit-il avec un geste d'incompréhension. Le plus étrange, c'est que la voiture de Katherine est au garage. C'est invraisemblable... Venez donc auprès du feu, vous allez attraper la mort ! Boire quelque chose nous ferait d'ailleurs du bien à tous les deux.

— Dieu merci, il n'est rien arrivé à personne. Katherine a dû sortir, comme vous le disiez tout à l'heure. Quelqu'un est sans doute venu la chercher en voiture.

— Probablement. Mais où donc est passée Mme Jennings ? Qu'est-ce qui a bien pu l'interrompre au beau milieu de son travail ?

— C'est peut-être son jour de sortie... »

– Non, c'est le mercredi, nous sommes jeudi. Soyez gentille, Francesca, allez chercher de la glace pendant que je ranime le feu.

– Passez donc un coup de téléphone à Mme Jennings, dit-elle en se dirigeant vers la porte. Elle pourra sans doute éclaircir tout ce mystère.

– J'y pensais. Ah ! au fait, essayez de trouver quelque chose à manger, je meurs de faim. »

Nick finit de s'occuper du feu et se releva pour aller fouiller dans le secrétaire de Katherine. Il trouva sans peine le numéro de la cuisinière, le composa aussitôt. La ligne était occupée. Machinalement, il trompa son impatience en griffonnant sur un bloc disposé à côté du téléphone, recommença sa tentative à plusieurs reprises. Lorsqu'il entendit enfin la voix de la cuisinière, il poussa un soupir de soulagement. Leur conversation dura une dizaine de minutes. Francesca préparait leurs cocktails et se tourna vers lui quand il eut raccroché :

« Si j'ai bien compris ce que vous disiez, Katherine l'a mise à la porte ?

– Oui, et cette pauvre Mme Jennings en est toute bouleversée. D'après son récit, Katherine a piqué une crise de rage cet après-midi et l'a congédiée sans préavis. Outrée, Mme Jennings a posé ses ustensiles, jeté son tablier par terre et filé en claquant la porte. Elle n'a pas l'intention de remettre les pieds ici. La femme de chambre est à New York, elle avait demandé un congé exceptionnel pour raisons de famille.

– Et Katherine ? Sait-elle quelque chose à son sujet ?

– Elle était habillée, paraît-il, et s'apprêtait à sortir pour un dîner ou une réception. Elle n'en sait pas davantage. »

Accablé par le retour de symptômes douloureusement familiers, Nick baissa les yeux en tripotant distraitement le bloc-notes.

« C'est bizarre que Katherine soit sortie ce soir, elle savait que nous devions arriver. Enfin, peu importe, elle a sans doute oublié. Nous la reverrons tout à l'heure. »

Nick ne répondit pas. Il venait de découvrir un indice inattendu : sous ses griffonnages, des caractères apparaissaient en creux sur le papier. Ils avaient été écrits sur la feuille précédente, arrachée depuis. Il se pencha, orienta le bloc sous la lampe et parvint à déchiffrer quelques mots : *Michael. Jeudi sept heures. Greenwich*. L'on devinait ensuite une série de chiffres.

« Que faites-vous là, Nick ?

— Une seconde, Francesca ! J'ai trouvé quelque chose. Katherine connaît-elle quelqu'un du nom de Michael qui habite Greenwich ?

— Pas à ma connaissance. Pourquoi ?

— Venez voir. Elle a écrit sur ce bloc, on voit encore la trace de la mine sur cette feuille. C'est bien l'écriture de Katherine, n'est-ce pas ?

— Oui... Avez-vous un crayon ? Il suffit de le passer légèrement sur les chiffres pour les faire apparaître. »

Nick obéit aussitôt.

« Un numéro de téléphone. Et maintenant, il ne reste plus qu'à apprendre qui est le Michael en question et si Katherine se trouve en ce moment avec lui à Greenwich. »

Francesca le retint à l'instant où il posait la main sur le combiné :

« Laissez-moi faire, Nick. Vous êtes en colère contre Katherine et vous risqueriez de dire des choses que vous regretteriez. En plus, s'il s'agit d'une rencontre innocente comme je le crois, elle s'imaginera que vous l'espionnez et cela provoquera un drame.

– A votre aise... »

Il lui tendit le combiné, s'éloigna pour aller se planter devant la cheminée. Francesca composa le numéro. L'air soudain stupéfait, elle bredouilla une excuse et raccrocha sans oser se tourner vers Nick.

« Que veut dire cette mine d'écolière prise en faute ? s'écria-t-il avec agacement. Comment pouvez-vous savoir que c'est un faux numéro, comme vous venez de le dire ? Et pourquoi votre surprise ? »

Francesca traversa lentement la pièce pour se donner le temps de la réflexion. Inutile de mentir, Nick la démasquerait sans peine. Il fallait surtout l'empêcher de composer lui-même ce numéro.

« Quand on a décroché, dit-elle enfin, j'ai eu un maître d'hôtel au bout du fil...

– Bon, et alors ?

– Il s'est annoncé en disant... « ici, résidence de M. Lazarus. »

Nick la dévisagea d'abord avec incrédulité. Il pâlit, rougit :

« J'aurais dû m'en douter ! s'exclama-t-il avec colère. Cet enfant de salaud lui tourne autour depuis des années ! Bon dieu, je vais l'appeler et lui dire ce que je pense. Quant à Katherine, elle ne perd rien pour attendre ! Je l'ai mise en garde contre cet individu plus de cent fois, que dis-je ? mille fois ! Elle sait ce que je pense de lui. Comment a-t-elle pu me faire cela, elle ? »

Il avait déjà bondi à travers la pièce et saisi le combiné. Francesca se précipita à sa suite et lui empoigna la main au moment où il la posait sur le cadran.

« Pour l'amour du Ciel, Nick, ne faites pas cela ! Je vous en conjure, n'appelez pas maintenant. Attendez de savoir exactement... »

Il se débattit, la repoussa durement :

« Laissez-moi, Francesca ! Je sais ce que je fais... »

Mais Francesca ne lâcha pas prise. Dans leur lutte, ils trébuchèrent, le téléphone tomba, une lampe vacilla dangereusement. D'un seul coup, Nick cessa de se débattre. Les bras ballants, la tête basse, il laissa échapper un profond soupir :

« Vous avez raison. A quoi bon ? » dit-il en se baissant pour ramasser l'appareil.

Encore haletante, Francesca lui prit la main et l'entraîna vers le canapé :

« Venez, Nick, parlons calmement. Tenez, buvez, cela vous fera du bien... »

Elle lui tendit son verre, où fondaient les glaçons, s'assit auprès de lui :

« Ne jugez pas Katherine trop hâtivement, reprit-elle. Sa présence chez Mike Lazarus est probablement légitime et ne justifie pas vos soupçons. N'oubliez pas qu'il possède la majorité de *Monarch*. Katherine s'énerve de ne rien faire, ces derniers temps. Elle n'a sans doute été le voir que pour négocier un contrat...

– Vous y croyez vraiment ? l'interrompit-il en ricanant.

– C'est possible et même probable !

– Ne soyez pas si naïve, Francesca ! Lazarus préside le conseil d'administration d'une multinationale gigantesque et ne s'abaisse pas aux détails de gestion d'une filiale aussi secondaire que *Monarch*. Il se

578

moque éperdument des films produits et des acteurs qui y jouent. Tout ce qui l'intéresse, c'est le résultat d'exploitation. Ce qui ne l'a pas empêché de se faire aménager un bureau chez *Monarch* en 1964, quand Katherine travaillait pour la compagnie, et de ne pas décoller du plateau pendant tout le tournage. Je le sais, j'y étais. Lazarus n'a pas cessé de la dévorer des yeux. Je n'y pouvais rien et j'ai dû faire semblant de ne rien remarquer, mais je sais de quoi je parle... Excusez-moi, ce n'est pas à vous que je devrais m'en prendre. Laissez-moi me calmer une minute... »

Nick se carra plus confortablement dans son siège et alluma une cigarette, le regard distraitement fixé sur les flammes. Les morceaux du puzzle se mettaient d'eux-mêmes en place : une remarque faite par Victor des années auparavant prenait tout à coup un aspect moins innocent; un mot lâché récemment par Jake Watson; certaines phrases de Katherine...

« Katherine a beaucoup vu Lazarus cet été, j'en suis désormais convaincu, dit-il en relevant les yeux vers Francesca. A son retour de Ceylan, elle a séjourné à Los Angeles pour la postsynchro du film qu'elle venait de tourner. J'ai lu un article du *Hollywood Reporter*, à ce moment-là, qui parlait d'une somptueuse réception donnée par Mike Lazarus en son honneur. Oui, en l'honneur de Katherine ! J'en ai eu le souffle coupé. Elle sait pourtant que j'exècre cet individu.

– Lui en avez-vous parlé ?

– Naturellement. Elle a affirmé ne pas s'être rendue à cette réception. Elle avait accepté l'invitation de Lazarus pour ne pas le vexer, mais s'était décommandée à la dernière minute.

— L'avez-vous crue ?

— Non, pas vraiment. Mais j'ai préféré ne pas insister... Quoi qu'il en soit, je ne vous parle de tout cela que pour en venir à un point précis : Katherine et Lazarus ont un... arrangement qui dure au moins depuis 1964 et leur liaison, si elle s'est interrompue un moment, a certainement repris ces derniers temps.

— Je refuse de vous croire, Nick ! Vous n'avez pas de preuves.

— Que si ! Tenez, quand je suis monté dans sa chambre, tout à l'heure, j'ai trouvé plusieurs écrins vides. Ils sont flambant neufs et je ne les avais encore jamais vus. Le premier imbécile venu peut comprendre d'où ils viennent : Lazarus.

— Elle aurait pu les acheter elle-même...

— Non, je sais qu'elle ne l'a pas fait. Ces bijoux-là viennent de chez Van Cleef à Beverly Hills, où Katherine n'a pas mis les pieds depuis un an. Et puis, cela ressemble par trop aux habitudes de Lazarus. Il a toujours couvert ses « favorites » de bijoux. Rappelez-vous Hélène Vernaud et ses émeraudes.

— C'est vrai... Qu'est-elle devenue, au fait ? Je croyais qu'il devait l'épouser ?

— Lazarus n'est pas du genre à se marier, répondit Nick avec un ricanement. Quand il se lasse des charmes d'une belle, il s'en débarrasse, un point c'est tout. Heureusement, Hélène a de la défense. Elle a épousé un duc anglais. Toute la presse en a parlé, à l'époque.

— En effet, je me rappelle, maintenant... J'avoue avoir du mal à imaginer Katherine et Lazarus. Pouah ! La belle et la bête. Que diable peut-elle lui trouver d'attirant ?

— L'argent.

– Voyons ! Katherine est millionnaire – en dollars.

– Oui. Il n'empêche que Lazarus est l'un des hommes les plus riches du monde. Les millions de dollars de Katherine ne sont rien par rapport à ses milliards. Mais ce n'est pas vraiment d'argent que je parlais, plutôt de puissance. Et les studios, par exemple ? Katherine adorerait s'approprier *Monarch* pour faire joujou à son aise. Ai-je tort ou raison, Francesca ? »

Elle ne répondit pas, se plongea dans ses réflexions. Depuis son explosion de colère, Nick avait retrouvé son calme, en dépit de la souffrance qui transparaissait dans son regard. Ses nerfs étaient visiblement tendus à se rompre; il fumait sans arrêt, buvait trop vite, était agité de tics. Francesca chercha à dire quelque chose pour le rassurer :

« Nous ne devrions quand même pas porter de jugements inconsidérés, Nick. Attendons ce que Katherine nous dira. Je suis convaincue que tout cela est infiniment moins compliqué que nous ne l'imaginons.

– Elle passe presque tout son temps ici, répondit-il comme s'il n'avait pas entendu. Cette maison est pourtant censée n'être qu'une retraite de week-ends et de vacances, pas un domicile permanent. Et n'oubliez pas qu'elle y séjourne seule, libre comme l'air, sans m'avoir constamment sur le dos pour la ramener à la raison. Elle peut faire ce qu'elle veut, voir qui elle veut. Lazarus a une propriété à Greenwich. C'est commode, non ?

– Vous n'oubliez qu'une chose, Nick, une chose essentielle : Katherine vous aime.

– Ouais, parlons-en... »

Il se leva brusquement, prit leurs verres vides qu'il

alla remplir, s'affaira quelques minutes à tisonner le feu. De retour sur le canapé, Nick tenta de ne plus penser à Katherine. En vain. Ses pensées le ramenaient toujours vers elle. Soudain, il se redressa, fixa Francesca dans les yeux :

« Je me demande... Katherine ne serait-elle pas, en fin de compte, aussi normale que vous et moi ? Est-ce qu'elle ne nous jouerait pas la comédie de la folie ?

— C'est ridicule ! s'écria Francesca. Par moments, je vous jure qu'elle est plus qu'à moitié dérangée.

— Du moins parvient-elle à nous le faire croire. Katherine est une actrice, Francesca, une des meilleures de sa génération. Ce n'est pas difficile de simuler ce genre de chose. »

Francesca voulut protester, referma la bouche, pâlit :

« Si c'était le cas, Nick, ce serait ignoble de sa part. Pourquoi voudrait-elle se faire passer pour folle vis-à-vis de nous ? »

Nick se leva, arpenta nerveusement la pièce de long en large.

« Pour se ménager un alibi, Francesca. Pour se décharger de ses responsabilités. Des criminels ont sauvé leur tête de cette façon-là. L'irresponsabilité absout. C'est la meilleure des protections. Pourquoi Katherine n'y aurait-elle pas pensé, elle aussi ? A l'abri de ses prétendus désordres mentaux, elle peut agir à sa guise, faire n'importe quoi sans avoir à en subir les conséquences.

— Non, Nick ! C'est abominable ! C'est effrayant.

— Oui, Francesca. C'est effrayant, en effet. »

Les heures passèrent sans qu'ils pussent reprendre leur conversation. Nick avait voulu appeler Victor Mason mais hésitait encore. Victor saurait sans doute éclaircir plusieurs points encore obscurs dans son esprit. Une heure auparavant, Nick avait posé la main sur le téléphone, mais Francesca était revenue à ce moment-là dans le salon, chargée d'un plateau de sandwiches et de fruits; elle insistait pour qu'ils mangent tous deux quelque chose au lieu de boire.

La pendule de la cheminée marquait 23 h 20, donc 20 h 20 à Santa Barbara, chez Victor. Nick se demanda s'il serait sage d'appeler maintenant. Katherine pouvait revenir d'une minute à l'autre. Quant à Victor, il avait assez d'ennuis de son côté sans que Nick lui impose les siens. Lydia, sa femme depuis un an, était tombée malade; quarante-huit heures auparavant, le diagnostic était connu : cancer. Pauvre Victor, se dit Nick avec tristesse. Il n'aura vraiment jamais eu de chance dans sa vie privée.

Francesca débarrassa la vaisselle sale, quitta le salon en annonçant qu'elle allait préparer le café. Nick la suivit des yeux. Victor lui demandait fréquemment de ses nouvelles, mais elle ne parlait jamais de lui. Il doit pourtant lui arriver d'y penser, se dit Nick en faisant les cent pas. Son incertitude se dissipa : il était seul pour quelques instants, mieux valait appeler le ranch.

Assis devant le secrétaire, Nick composa le numéro. Victor lui-même décrocha quelques secondes plus tard :

« C'est de la transmission de pensée, vieux frère ! J'étais justement sur le point de t'appeler.

– Tout va bien chez toi ? Quelles nouvelles de Lydia ?

– Elle va un peu mieux qu'hier, les médecins ont de l'espoir. Mais j'avais la main sur le téléphone, comme je te le disais...

– Puis-je te poser une question d'abord ?

– Vas-y, je t'écoute.

– Te souviens-tu du divorce de Katherine et de Richard Stanton ? »

Il y eut un bref silence à l'autre bout du fil :

« Oui, bien sûr.

– Bon. Te souviens-tu de m'avoir dit, à l'époque, que Stanton reprochait à Lazarus d'avoir eu une mauvaise influence sur Katherine ? »

Le silence se prolongea avant que Victor ne réponde :

« Oui, c'est exact. Mais ce n'est pas Richard qui me l'avait dit. C'est ce que je pensais de mon côté. Lazarus et lui étaient encore en excellents termes, malgré les attentions excessives dont Lazarus entourait Katherine. J'avais plusieurs fois taquiné Stanton à ce sujet, sans qu'il réagisse à mes provocations.

– Laisse-moi te demander autre chose. Pendant que j'étais à Los Angeles, il y a trois mois, Jake Watson m'a raconté je ne sais quoi au sujet de Katherine et de Lazarus. Il les aurait rencontrés en tête-à-tête dans un restaurant à la mode, à La Scala je crois, au moment où Katherine faisait la postsynchro aux studios de la Fox. Tu l'avais interrompu et je n'avais pas insisté. Maintenant, j'aimerais en savoir davantage.

– C'est exact, répondit Victor à regret. Lydia et moi étions à La Scala ce soir-là avec Jake et je regrette de ne pas t'en avoir parlé moi-même il y a trois mois. La situation ne serait peut-être pas ce qu'elle est devenue...

– Quelle situation, Victor ?

– Je croyais que tu m'appelais à ce sujet pour discuter des accords entre Katherine et Lazarus...

– Quels accords ? Je n'y comprends plus rien, à la fin !

– Tu n'es pas au courant ? s'écria Victor. Grand dieu... J'étais persuadé que tu avais découvert le pot aux roses.

– Je commence à peine à me douter de quelque chose. Alors, je t'en prie, raconte-moi ce que tu sais ! »

Il y eut un nouveau silence, pendant lequel Nick alluma une cigarette d'une main tremblante.

« Voici donc un résumé de l'histoire. Charlie Roberts, le scénariste, est venu tout à l'heure prendre des nouvelles de Lydia. Nous sommes bons amis, tu le sais, et Charlie est enfermé dans une villa des environs depuis près de deux mois. Il écrit comme un forcené sans que nul ne sache ce qu'il fait. Lydia l'a taquiné sur son mystérieux travail et Charlie, ce soir, a répondu qu'il pouvait en parler enfin sans inconvénient. La nouvelle doit officiellement paraître dans la presse professionnelle de lundi et il y a déjà eu des fuites, paraît-il. En deux mots, Charlie termine un scénario pour *Monarch*. Lazarus lui-même avait insisté pour observer le secret jusqu'à ce qu'il donne le feu vert...

– Parce que Katherine y tient la vedette ? l'interrompit Nick.

– Oui, bien sûr. Mais ce n'est pas tout. Je ne sais pas comment t'annoncer cela, Nick... Le scénario sur lequel Charlie travaille est une adaptation... de *Dorabella*.

– Quoi ? Mon roman ? Mais c'est impossible !...

– Hélas ! si, vieux frère. J'ai réagi comme toi au début. Je connais trop bien tes sentiments envers Lazarus pour croire que tu aies envisagé d'en vendre les droits à *Monarch*. C'est d'ailleurs pourquoi j'allais t'appeler, pour savoir si tu avais eu vent de l'affaire. Je constate que tu en ignores tout. Comment un pareil coup fourré a-t-il pu se produire ? »

Nick poussa un gémissement :

« Je m'en doute un peu trop. J'avais cédé mes droits à une société de production, *Kort Productions.* La cession portait sur l'ensemble des droits dérivés : cinéma, télévision, adaptation théâtrale, tout... *Kort* pouvait donc en faire ce qu'ils voulaient, le garder sous le coude, produire un film, revendre les droits. Il se trouve seulement que *Kort* n'est pas une société. C'est le sigle formé par les initiales de Katherine O'Rourke Tempest... »

A l'autre bout du fil, Victor poussa un rugissement :

« Katherine ? C'est elle qui a revendu à Lazarus ? C'est inconcevable, Nick !...

– Tu vois que c'est pourtant vrai. Lazarus et elle sont devenus comme les deux doigts d'une même main. J'ai d'ailleurs tout lieu de croire qu'elle se trouve en ce moment même chez lui, en train de mijoter Dieu sait quoi.

– Si j'avais été prévenu à temps, j'aurais pu faire quelque chose... Mon pauvre vieux, tu es mal parti.

– Je sais, Victor. Mais je m'en sortirai, ne t'inquiète pas. Essaie de rassembler le maximum d'informations, trouve le nom du réalisateur, du producteur... On vient, je raccroche. Je te rappellerai demain. »

Nick reposa le récepteur à l'instant où Francesca entrait en courant :

« Nick, je viens de voir une Rolls Royce noire franchir la grille. C'est sûrement Katherine. »

Nick hocha la tête, incapable de proférer un mot. Francesca s'approcha, inquiète de son silence :

« Mon dieu, Nick, vous êtes blanc comme un linge ! Avez-vous appris une mauvaise nouvelle ?

– La pire de ma vie », dit-il enfin.

Sans rien ajouter, il se leva, alla se verser une rasade de scotch.

« Que s'est-il passé, Nick ? insista Francesca. A qui parliez-vous quand je suis arrivée ?

– Je vous raconterai plus tard. »

La porte d'entrée venait de claquer, de hauts talons retentissaient sur le parquet du vestibule. Francesca vit un muscle frémir sur la joue de Nick. Déjà, Katherine apparaissait sur le seuil et les contemplait avec stupeur.

« Vous êtes là ? s'écria-t-elle. Je ne vous attendais pas avant demain soir ! »

D'un geste ample, elle quitta son manteau de zibeline, le laissa glisser à terre et s'avança vers eux, éblouissante dans une robe de velours pourpre où étincelaient les diamants. Soudain consciente de l'atmosphère tendue, elle hésita, s'arrêta près d'une table :

« Vous buviez quelque chose ? Bonne idée, je vais vous tenir compagnie... »

Tout en se versant à boire, elle poursuivit :

« Comment ai-je pu me tromper de jour ? C'est idiot. J'étais sûre que vous ne viendriez pas avant demain soir.

– Tu nous avais pourtant bien précisé jeudi, Katherine, répondit Francesca. Tu l'avais même confirmé lorsque nous nous sommes téléphoné mardi.

– Mon Dieu ! C'est vrai, je m'en souviens, maintenant... »

Katherine se rapprocha de la cheminée, tout en gardant ses distances.

« Mes pauvres amis, vous n'avez rien eu à dîner ! J'ai congédié Mme Jennings cet après-midi. As-tu déniché quelque chose dans le réfrigérateur, Francesca ?... »

Nick lui imposa silence d'un geste et s'avança vers Katherine :

« Où étais-tu ? demanda-t-il froidement.

— J'ai dû oublier de t'en parler hier, mon chéri. Un dîner chez des voisins de campagne.

— Où cela, je te prie ?

— A Ridgefield, chez les Longton, tu sais bien...

— Tu mens. »

Elle battit des cils, l'air surpris et peiné :

« Nick, mon chéri, qu'est-ce qui te prend, tout d'un coup ? Pourquoi me parles-tu si méchamment ? Si tu ne me crois pas, appelle-les, demande-leur si c'est vrai ou non. Veux-tu que je compose le numéro ?

— Inutile, je ne voudrais pas les rendre complices de cette histoire de fous. »

Alors, avec une soudaineté qui surprit les deux femmes, il rejoignit Katherine en deux enjambées, l'empoigna aux épaules et la maintint devant lui, si fermement que ses doigts serrés s'enfonçaient dans sa chair délicate.

« Sale garce ! gronda-t-il entre les dents. Tu oses me sourire, me faire ton numéro de charme alors que tu sais ce que tu m'as fait. Tu m'as trompé, tu m'as trahi, et de la manière la plus ignoble.

— Nick, je t'en prie, lâche-moi ! Tu me fais mal !...

— Tu as osé vendre les droits de mon roman, poursuivit-il sans desserrer son étreinte. Ce roman sur lequel j'ai peiné pendant des années, mon préféré, celui auquel je tenais le plus ! Tu as osé le vendre à ce serpent, cette bête puante de Lazarus, cet individu que j'exècre, qui est mon pire ennemi et celui de Victor. Tu es inexcusable, tu m'entends ? Jamais, jamais je ne te le pardonnerai... »

Il s'était échauffé au point de hurler ses derniers mots. Aveuglé par la rage, il se retint de justesse de la rouer de coups et la repoussa violemment contre le canapé, où elle s'écroula comme une poupée de son.

« Je ne veux plus me salir en portant la main sur toi », reprit-il d'un ton glacial.

Il s'éloigna à grands pas, se planta devant la fenêtre où il s'efforça de dominer le tremblement qui l'avait saisi. Peu à peu, le martèlement de ses tempes se calma. A la fureur succéda une immense tristesse, une sensation de vide. Son amour détruit coulait de lui comme le sang s'échappant par quelque blessure. Il n'avait éprouvé que de l'antipathie envers Katherine, jadis. Aujourd'hui, il la haïssait. Plus jamais il ne pourrait revenir en arrière. Ce qui s'était brisé le resterait. Entre eux, tout était fini.

Affalée sur le canapé, à demi étouffée par ses sanglots, le visage livide, les traits crispés par la peur, Katherine regardait le dos de Nick comme à travers un brouillard. Pourquoi était-il en colère ? De quoi l'accusait-il ? Elle ne comprenait pas. Elle aurait voulu tout expliquer, mais les mots refusaient de s'ordonner dans sa tête.

Atterrée par ce qu'elle venait de voir et d'entendre, Francesca se sentait incapable de faire un geste. Elle n'avait pas le droit de fuir maintenant, de les abandonner l'un à l'autre. La perplexité la ramena à la réalité : comment Nick avait-il appris ce dont il parlait, sur quoi se fondait-il pour lancer d'aussi graves accusations contre Katherine ?

Celle-ci pensait à la même chose au même

moment. Elle reprit contenance, se redressa, rajusta son collier de diamants :

« D'où tiens-tu la nouvelle, Nick ? » demanda-t-elle avec calme.

Il se retourna lentement.

« De Victor.

— J'aurais dû m'en douter. Il a probablement entendu quelques racontars et n'a pas pu résister à l'envie de te les servir tout chauds pour me nuire. Cela lui faisait sans doute plaisir de gâter mes projets...

— C'est un comble ! s'écria Nick. Maintenant, Victor est le seul coupable et tu t'arranges pour jouer le rôle de l'innocente victime !... »

Les poings serrés, il fit un pas vers elle, se domina avec peine et poursuivit avec une rage contenue :

« Victor n'a pas entendu de racontars, figure-toi. C'est Charlie Roberts qui lui a dévoilé toute l'affaire, et *Monarch* doit publier un communiqué officiel lundi. Tu as dû vendre mes droits depuis longtemps, pour que les choses soient aussi avancées. Comment as-tu pu me regarder en face tout ce temps-là, en sachant ce que tu avais fait ? Pourquoi as-tu agi en cachette, hein ? Non, inutile de répondre, je ne le sais que trop bien, conclut-il en ricanant.

— Je t'en supplie, mon chéri, calme-toi, ne me parle pas ainsi. J'allais tout t'expliquer quand je disais que Victor me gâtait mes projets. Je comptais t'annoncer demain l'accord conclu avec *Monarch*. Ce devait être une surprise. Je sais combien tu aimes *Dorabella* et l'envie que tu avais de voir le livre porté à l'écran, c'est pourquoi je t'en avais acheté les droits. Rappelle-toi, Nick, personne ne voulait le financer j'ai cru bien faire en arrangeant tout moi-même. Quand j'ai proposé l'affaire à Michael, c'était pour toi, mon chéri, pour toi seul. Pour nous deux, aussi. Michael me harcelait depuis longtemps, il voulait que je tourne un film pour *Monarch*. Je lui ai posé mes conditions : je ne tournerais qu'une adaptation de *Dorabella*, et il a fini par accepter. Et voilà ma bonne surprise à l'eau, parce que Victor t'en a parlé le premier et que tu as tout compris de travers... Maintenant, tu me détestes, tu crois que j'ai commis une sorte de crime, alors que je ne pensais qu'à toi, comme toujours. »

Ses lèvres se mirent à trembler, des larmes apparurent dans ses yeux. Avec une mine d'enfant injustement puni, elle baissa la tête. Nick l'observait, fasciné par l'extraordinaire représentation à laquelle il venait d'assister. En actrice consommée, Katherine se mettait dans la peau de son personnage avec une rare puissance de conviction.

Un sourire sarcastique apparut sur les lèvres de Nick :

« Tu l'as donc fait pour moi, Katherine ? Pour me faire une bonne, une merveilleuse surprise ? Et c'est Victor qui a tout gâché, n'est-ce pas ? »

La vue brouillée de larmes, Katherine ne vit pas le sourire de Nick, ne comprit pas la menace voilée de ses paroles conciliantes. Elle le vit s'approcher d'elle, tendit la main pour le toucher :

« Oui, mon chéri. C'est exactement cela... »

Il s'écarta vivement, repoussa brutalement la main tendue :

« Menteuse ! J'ignore et je préfère ne jamais connaître tes mobiles exacts, mais je sais une chose avec certitude : tu n'as rien fait pour moi. Tu n'agis jamais que pour toi-même, pour satisfaire ton égoïsme. Et ce n'est pas tout ce que je sais. Veux-tu l'apprendre ?... »

Il se pencha, approcha son visage de celui de Katherine :

« Tu couches avec Mike Lazarus. Votre liaison dure depuis des années. Tu t'es enrôlée de ton plein gré dans son harem de gourgandines, et voilà ta récompense ! dit-il en empoignant le collier de diamants. Belle distinction, en vérité ! »

Il rejeta violemment le bijou contre la poitrine nue, laissa échapper un ricanement de mépris. Affolée, Katherine porta d'instinct les mains à son cou pour couvrir le collier. Les bracelets scintillèrent à son poignet. Un moment désemparée, elle se ressaisit, se redressa avec dignité :

« Je ne couche pas avec Michael Lazarus, dit-elle fermement. C'est une association et non pas une liaison qui existe entre nous. »

Nick éclata d'un rire insultant :

« Je t'en prie, ne prends pas tes grands airs, pas avec moi ! Inutile de te défendre, je sais ce que Lazarus et toi fricotez derrière mon dos. Mais à quoi bon s'en indigner ? Les deux font la paire...

— Tu es complètement fou !

— Allons, Katherine, cesse de mentir aussi effrontément ! Je ne suis pas complètement idiot. Tout le monde en parle, il suffit de lire les potins de la presse professionnelle. Victor lui-même t'a vue dîner en tête-à-tête avec Lazarus à Beverly Hills, l'année dernière. Quant à tes escapades de ces derniers mois...

— Victor Mason, encore lui ! cria-t-elle. J'en ai plus qu'assez d'entendre parler de cet individu ! Victor Mason n'a qu'une idée en tête, celle de me traîner dans la boue. Il est jaloux, il a toujours été jaloux !... »

Katherine ne se contrôlait plus. Nick l'interrompit :

« Victor, jaloux ? Tu ne sais plus ce que tu dis ! Oser parler de la jalousie de Victor ! C'est un comble...

— Oui, parfaitement, jaloux ! s'écria-t-elle d'un ton proche de l'hystérie. Il ne s'est jamais remis d'avoir été plaqué — oui, plaqué ! Je suis la seule femme à avoir plaqué l'irrésistible Victor Mason et il ne me le pardonne pas ! »

Chez Nick, la stupeur prenait maintenant la place de la colère :

« Que dis-tu ? Tu aurais eu une liaison avec Victor, toi ? Je t'en prie, ne me raconte pas d'histoires. Je l'aurais su...

— Et comment cela, je te prie ? Te crois-tu omniscient ? Tu n'étais même pas là, tu étais en Amérique à ce moment-là. Tout s'est passé pendant le tournage des *Hauts de Hurlevent*, à l'époque de la mort de ta sœur. »

Nick sentit ses cheveux se dresser sur sa nuque. Une atroce pensée lui traversa l'esprit, il jeta un bref coup d'œil à Francesca. Livide, elle lui rendit son regard. Digne et droite sur son siège, Katherine les observait. Nick se pencha vers elle :

« Tu viens d'inventer cette histoire pour me faire mal, n'est-ce pas ?

— Non, ce n'est que la stricte vérité. J'ai couché avec Victor. Tu n'étais pas le premier, vois-tu. Mais cela n'a pas duré longtemps, je l'admets volontiers. Juste assez pour qu'il me fasse un enfant. Un enfant, *son* enfant, tu entends ? poursuivit-elle en criant presque. Et je me suis fait avorter. C'est vrai, c'est rigoureusement vrai, Francesca est au courant de tout. Dis-lui, Francesca. Dis-lui que c'est la vérité ! »

Horrifié, Nick se tourna lentement vers Francesca. Elle se borna à incliner la tête et se détourna, pâle comme un linge. Un éclair de triomphe passa dans le regard de Katherine, un sourire plein de méchanceté lui déformait les traits.

« Tu as raconté à Francesca que tu avais eu une liaison avec Victor et que tu en étais enceinte ? demanda-t-il à voix basse.

– Bien sûr. Je lui ai toujours tout dit, elle est ma meilleure amie.

– Et quand lui as-tu raconté cela ?

– Pendant l'été 1956, à la villa du Cap-Martin. Francesca était la seule personne au monde à qui je pouvais faire une telle confidence. N'oublie pas que Victor avait repris la vie commune avec Arlene, à cette époque-là. »

Glacé d'horreur, Nick se tourna alors vers Francesca.

« Vous l'avez crue ?

– Oui.

– Vous n'auriez pas dû. Elle mentait. »

Francesca sursauta, les yeux écarquillés.

« Non, je ne lui ai pas menti ! hurla Katherine. J'étais enceinte de Victor ! Enceinte de trois mois.

– Tu étais peut-être enceinte, dit Nick avec accablement. Mais sûrement pas de Victor.

– Comment... »

Il se pencha, fit taire sa protestation d'un geste impérieux :

« Pour la bonne raison que Victor Mason est stérile et l'a toujours été, dit-il en détachant ses mots. Il ne peut pas avoir d'enfants, avec aucune femme au monde. »

Francesca poussa un cri de détresse et retomba dans son fauteuil, à demi inanimée.

Katherine éclata de rire :

« Oh ! Nick, tu serais drôle si ce n'était pas aussi triste ! Pourquoi inventer n'importe quoi dès qu'il s'agit de défendre ton cher ami ? Victor a deux fils, des jumeaux...

– Ils sont ceux de sa première femme, Ellie. Le père a disparu un mois après leur mariage. Le frère d'Ellie l'a présentée à Victor, ils étaient tous deux ouvriers sur le même chantier. Victor et Ellie ont eu le coup de foudre et se sont mariés dès qu'ils l'ont pu. Victor a élevé les deux garçons comme s'ils étaient les siens. Mais il n'en a jamais été le vrai père. »

Pendant ce bref récit, Francesca s'était levée. Vacillante, elle se raccrocha à la cheminée. Nick se précipita pour la soutenir.

« Ce que vous avez dit est vrai, Nick ? lui demanda-t-elle d'une voix à peine audible. Le jurez-vous sur votre honneur ?

– Bien sûr, Francesca. Si seulement vous m'en aviez parlé au moment même ! Si vous aviez eu le courage de tout dire à Victor, vos vies auraient pris un cours bien différent. »

Katherine se rendit alors compte de la détresse de Francesca, d'une angoisse qui n'avait visiblement rien à voir avec sa querelle avec Nick. Soudain inquiète, elle se leva :

« Qu'y a-t-il, ma chérie ? Pourquoi as-tu l'air aussi bouleversée ? Nick est-il encore en train de te faire de la peine ? »

Francesca secoua la tête sans répondre. Nick parla d'une voix étranglée par l'émotion et la colère :

« Il y a onze ans, Francesca et Victor s'aimaient passionnément et voulaient se marier aussitôt après le divorce de Victor. Francesca a rompu cet été-là en invoquant diverses raisons, toutes fausses comme je m'en rends compte maintenant. Elle l'avait fait à cause de toi, Katherine. Elle en est presque morte de chagrin, et c'est en partie pour cela qu'elle s'est emmurée vivante à Langley pendant des années. Es-tu contente de toi ? »

Katherine bondit en poussant un cri. Elle prit Francesca par le bras, essaya de l'attirer contre elle :

« Oh ! ma chérie, je n'en savais rien ! Je ne savais pas, je te le jure ! Je ne t'aurais jamais parlé de mes problèmes avec Victor si j'avais su... Je ne voulais pas te faire de mal...

— Tu l'as quand même fait, répondit Francesca en la repoussant. Pourquoi m'avoir menti au sujet de Victor ?

— Mais je ne t'ai pas menti ! s'écria Katherine en la reprenant dans ses bras pour l'embrasser. Je t'ai dit la vérité. C'est Nick qui est en train de mentir... Francesca ! Je t'aime tant, toi ma seule amie... »

Elle fondit en larmes, secouée par des sanglots de plus en plus violents. Francesca la repoussa. Un dégoût profond, un mépris d'une violence inattendue la saisissaient soudain.

« C'est pourtant Nick que je crois, laissa-t-elle tomber. Pas toi. »

Katherine releva vers elle un visage ruisselant de larmes, aux traits crispés par la douleur :

« Non, je t'en supplie, ne le crois pas, lui ! Il faut que tu me croies, il le faut ! Je t'aime, j'ai besoin de toi ! dit-elle d'une voix entrecoupée de sanglots. Ne me regarde pas ainsi, par pitié, avec des yeux pleins de haine. Je ne peux pas le supporter, je ne veux pas qu'on me haïsse. Oh ! Francesca, ma chérie, je t'aime tant, tu sais, je t'aime tant...

— Cesse d'employer ce mot, je te prie, dit Francesca sèchement. Tu n'aimes personne que toi-même. Tu es un monstre d'égoïsme.

— Francesca, par pitié, ne sois pas si cruelle. Ne me regarde pas comme si je te faisais horreur. Ne te retourne pas contre moi, toi aussi. Pas toi. Pas toi...

— Il faudra pourtant t'y faire, car je ne te verrai ni t'adresserai plus jamais la parole, jusqu'à la fin de mes jours. Tu as détruit mon bonheur et ma vie, Katherine. Je ne te le pardonnerai jamais. Jamais. »

Sans ajouter un mot, Francesca quitta le salon. Dans le vestibule, elle jeta sa cape sur ses épaules et se tourna vers Nick qui l'avait suivie :

« Je ne passerai pas une minute de plus dans cette maison, lui dit-elle. Puis-je emprunter votre voiture pour rentrer à New York ? Je vous la rendrai demain matin. »

Nick écarta Katherine d'un geste négligent, rejoignit Francesca :

« Croyez-vous que j'aie envie de rester ? Allons-nous-en, je vous raccompagne. »

Eperdue, Katherine se raccrocha à lui, le tira par la veste, courut derrière lui lorsqu'il lui fit lâcher prise.

« Nick, ne t'en va pas ! Je t'aime ! Je ferai tout ce que tu voudras, je réparerai mes fautes, je te le jure. Je ne voulais pas te faire de peine, je ne cherche qu'à te rendre heureux, mon chéri ! Ne me laisse pas, Nick, ne me laisse pas... »

Excédé, il se retourna brusquement, la fit trébucher. Elle recula, buta contre le mur, resta là, le bras levé, avec l'expression d'une bête traquée.

« Je reprends à mon compte les paroles de Francesca, dit-il calmement. Je ne veux plus te revoir. Tu avais abandonné ton frère à la Providence et à son père. Eh bien, je te confie à Dieu et à Mike Lazarus. Grand bien lui fasse ! »

Tremblante, secouée de sanglots, Katherine les suivit craintivement jusqu'à la porte. Adossée au chambranle, elle les vit descendre les marches, leurs valises à la main, s'enfoncer dans la nuit et disparaître sans s'être une fois retournés, sans lui avoir jeté un dernier regard.

Le trajet de retour vers New York s'effectua dans un silence que Nick s'efforçait parfois de rompre, sans succès. Francesca laissait couler ses larmes, s'abandonnait à sa peine. Aucun des deux ne se sentait la force de réconforter l'autre.

Ils ne se ressaisirent qu'aux approches de la ville et purent échanger quelques banalités. Au bout d'un moment, Nick se hasarda à dire :

« Je ne connais pas vos intentions, Francesca, mais je compte m'éloigner le plus tôt possible. J'ai l'impression qu'elle ne tardera pas à venir tambouriner à ma porte. A la vôtre aussi, sans doute. Nous n'avons pas fini d'entendre parler de Katherine... Pourquoi ne partirions-nous pas ensemble quelque part, aux sports d'hiver, par exemple, ou au soleil, dans une île des Caraïbes ?

– Vous êtes gentil, Nick. J'aurais accepté avec joie si je ne devais pas bientôt me rendre à Langley. Nous sommes à la fin novembre, je ne ferai qu'avancer mon départ de quelques jours. »

Le silence retomba, se prolongea et la voiture s'engagea dans les larges avenues de Manhattan, encore animées malgré l'heure tardive. Francesca attira l'attention de Nick en lui frôlant le bras :

« Si j'avais su la vérité plus tôt, dit-elle à mi-voix, j'aurais peut-être pu éclaircir tout ce malentendu avec Victor. Qui sait, nous aurions... »

Elle laissa sa phrase en suspens, soupira :

« Qu'importe, après tout ? Il est trop tard, maintenant. Victor est marié.

– Oui, Francesca, répondit Nick gravement. Il est trop tard. Pour moi aussi. Pour tout le monde. »

Une quinzaine de jours plus tard, au début de décembre, Nick descendit un matin à l'heure du petit déjeuner dans la salle à manger du ranch. Il se sentait merveilleusement en forme et retrouvait, avec un soulagement mêlé de surprise, une joie de vivre qu'il avait crue perdue.

Par la porte-fenêtre grande ouverte, il vit Victor installé sur la terrasse, devant la table dressée, en train de lire le journal. Au bruit des pas de son ami, Victor replia le journal, le posa près de son assiette et accueillit Nick avec un large sourire.

« Salut, vieux frère ! Bien dormi ?

– Comme un loir, répondit Nick en s'asseyant. En débarquant, j'étais plus fatigué que je ne le croyais. Le repos, le grand air, le calme qui règne ici m'ont remis sur pied, tu le constates. Sans parler de ton hospitalité et de celle de Lydia. »

Victor hocha la tête, l'expression soudain pensive. Il se détourna, contempla le paysage avant de regarder son ami :

« Prépare-toi à un choc, vieux frère. Je ne vais pas tourner autour du pot : Katherine Tempest et Mike Lazarus se sont mariés hier matin. »

Le sourire s'effaça du visage de Nick :

« C'est cela que tu lisais quand je suis arrivé ? »

Victor lui tendit sans mot dire le *Los Angeles Times*. Nick le déplia, lut rapidement l'article, jeta un coup d'œil sur la photographie des jeunes mariés et rendit le journal à son ami.

Aucun d'entre eux ne fit de plus ample commentaire.

ACTE III

1979

« ... et si je ne puis plus être aimé,
Il faut me permettre d'aimer ! »

LORD BYRON

36

ELLE était revenue à Ravenswood.

Il y a bien longtemps, au cours d'une année trop brève, elle y avait connu le bonheur. Le souvenir vivace, inaltéré par le passage du temps, en était resté dans sa mémoire et lui avait fait signe avec tant de persuasion qu'elle n'avait pu y résister.

Trois semaines plus tôt, seule sur la jetée de Santa Monica par une triste journée de décembre, elle avait compris que c'était là qu'elle retrouverait la paix et puiserait la force de réapprendre à vivre. Jamais elle n'avait douté d'y être bien accueillie. Si elle avait hésité, c'est parce que son retour constitue-rait un premier pas dans l'inconnu – dans l'avenir. Hardiment, elle avait franchi ce pas. Elle ne le regrettait pas.

Richard Stanton avait laissé éclater sa joie, pro-fondément touché qu'elle vînt chercher refuge près de lui, qu'elle exprimât le besoin de se sentir enve-loppée de sa chaude amitié. Il lui avait fait repren-dre possession de la maison, de son ancienne cham-bre dont l'aspect la bouleversa. Elle la retrouvait telle qu'elle l'avait décorée, encore jeune mariée. Aucun détail n'avait changé. Elle revoyait, rafraîchies, les nuances mêmes choisies par elle des années auparavant, les tons pastel, les blancs cassés se mariant harmonieusement aux tentures délicates, aux meubles rustiques de bois clair. Elle reconnaissait avec émotion le lit au baldaquin de mousseline blanche, les aquarelles sur les murs. Elle avait caressé les objets familiers, les livres sur les étagères, la coiffeuse chargée de flacons de cristal, le cadre d'argent où elle avait placé la photographie de Richard et elle. Elle revivait son propre passé avec ravissement.

Assise devant son miroir en ce dimanche matin, Katherine se maquillait avec soin. Il fallait effacer les cernes mauves sous ses yeux, dissimuler sa pâleur maladive sous un fond de teint, raviver l'éclat de son regard grâce à une touche de mascara. Une fois ses cheveux longuement brossés et redevenus soyeux, elle se vêtit sobrement d'un ensemble blouse-pantalon, n'y ajouta qu'un ou deux bijoux. Enfin prête, elle sortit de sa chambre.

Parvenue au milieu de l'escalier, elle s'arrêta en entendant la voix de Richard, descendit quelques marches et s'assit pour l'observer sans être vue. Il soutenait une conversation animée au téléphone et Katherine ne put s'empêcher de l'admirer. A soixante-treize ans, il avait l'allure d'un homme dans la force de l'âge. Sa silhouette droite, musclée, son visage bronzé aux traits à peine marqués par le temps formaient un contraste saisissant avec son abondante chevelure neigeuse. Jeune de corps, il avait su le rester de cœur.

Il se tourna à l'improviste, aperçut Katherine et lui adressa un sourire et un signe de la main. Elle s'approcha, s'adossa à la porte ouverte. Machinalement, son regard se porta vers le tableau au-dessus de la cheminée. C'était un portrait en pied que Richard avait fait faire d'elle vingt-deux ans auparavant. Après l'avoir vue dans son bout d'essai pour *Les Hauts de Hurlevent*, il en était tombé éperdument amoureux avant même de l'avoir rencontrée. Aussi avait-il demandé au portraitiste de la peindre dans son rôle de Catherine Earnshaw, se détachant sur un paysage tourmenté où la lande couverte de bruyères en fleur ondoyait sous un ciel d'orage. Devant cette nature sévère, la jeune fille paraissait déborder de vivacité, bondir vers la vie et le bonheur. Sa longue robe blanche, ses cheveux fous tourbillonnaient dans le souffle d'un vent du nord; une sorte d'extase farouche illuminait le ravissant visage qui la regardait de haut. L'artiste aurait-il exagéré ma beauté? se dit-elle en détournant son regard.

La conversation de Richard se prolongeait. Katherine lui fit signe qu'elle sortait au jardin. Il lui sourit, exprima silencieusement qu'il la rejoindrait.

Tandis qu'elle descendait les marches de la terrasse, elle s'étonna que Richard ait conservé son portrait. Mais n'avait-il pas fait de même pour sa chambre, jusqu'à préserver le moindre objet intact, à l'endroit précis où elle l'avait laissé? Il ne s'était jamais remarié. Il l'aimait sans doute encore... Elle l'aimait aussi, mais d'une amitié affectueuse, comme on s'attache à un ami très cher dont on apprécie la compagnie. Avec lui, elle se sentait en sécurité, à l'abri des menaces extérieures. Là n'étaient cependant pas les seules raisons qui l'avaient poussée à revenir vers cette grande maison blanche des environs de San Diego.

Parvenue au milieu de la pelouse en pente douce, Katherine se retourna pour contempler Ravenswood. C'était une vaste demeure à portique et fronton, inspirée des plantations du vieux Sud. Sous le soleil de janvier, elle paraissait vibrer contre le bleu du ciel. Par-delà le toit, les collines jaunies l'entouraient comme un diadème et faisaient ressortir sa blancheur. Sur la gauche, d'immenses pâtures dévidaient leur surface verte, frémissante sous la brise de mer. Katherine savoura longuement la beauté apaisante de ce paysage.

De tous les endroits où elle avait vécu, Ravenswood était le seul qu'elle avait aimé sans réticence, le seul qui lui avait procuré la paix et enrichi l'âme. Maintenant qu'elle le retrouvait, elle aurait ardemment souhaité y rester pour toujours. Cela lui était interdit, hélas ! Bientôt, trop tôt, il faudrait le quitter encore.

Elle poursuivit son chemin, traversa la pelouse vers d'autres marches menant à une allée étroite et tortueuse s'enfonçant dans un bosquet touffu. Elle déboucha dans une clairière bordée de palmiers, d'eucalyptus et d'essences exotiques dont les senteurs pénétrantes embaumaient les alentours. Ce lieu secret, toujours frais au cœur des plus fortes chaleurs, constituait sa retraite favorite. Elle s'assit sur un banc rustique sans perdre des yeux la silhouette de la grande maison blanche aperçue entre les frondaisons. Un sourire lui vint : Richard l'avait invitée à passer un week-end ici pendant le tournage de leur premier film. Il avait observé sa surprise avec un plaisir amusé : « Inattendu, n'est-ce pas ? avait-il commenté. Qui rêverait de découvrir le fils d'un pauvre docker londonien dans un palais de l'aristocratie sudiste ? » Elle lui avait répondu que le cadre lui convenait admirablement, ce dont il s'était senti flatté. Katherine avait été éblouie par ce week-end romantique, inoubliable. Le samedi soir, Richard lui avait demandé sa main. Elle n'avait même pas songé à refuser.

La perspective des semaines à venir la rappela brutalement à la réalité. Elle se remémora tout ce qu'Estelle Morgan lui avait relaté par téléphone une dizaine de jours auparavant. Personne ne voulait la revoir, pas plus Ryan que Nick ou Francesca. Victor était encore au Mexique, on ne savait donc quelle réponse il donnerait. Leur répugnance unanime à renouer avec elle ne la surprenait guère. Elle leur avait fait trop de mal, ils ne pouvaient plus avoir confiance en elle. Ils se trompaient, pourtant. Elle avait changé, de manière si radicale qu'elle ne se reconnaissait plus par moments. Douze ans, déjà, qu'elle ne les avait revus... Comment avaient-ils évolué, au cours de ces douze ans ? Quelles nouvelles épreuves la vie leur avait-elle réservées ?

Elle vit la silhouette de Richard qui descendait légèrement les marches, le suivit des yeux tandis qu'il traversait la pelouse d'un pas vif. Quand il la rejoignit, il s'assit en face d'elle, lui prit la main pour y poser un baiser :

« Tu es plus ravissante que jamais, ce matin. Dis-moi, il faut que je passe quelques jours à Beverly Hills la semaine prochaine. Des papiers à signer, je ne sais quelles corvées encore... Pourquoi ne m'accompagnerais-tu pas ?

– C'est impossible, tu le sais bien », dit-elle avec un sourire mélancolique.

Il la contempla pensivement :

« Pourquoi tiens-tu autant à retourner à New York ?

– Il le faut, Richard.

– Non, absolument pas ! assura-t-il en lui reprenant la main. Je ne comprends pas ton insistance à revoir tous ces gens. Si je ne me trompe, Estelle et moi avons été les seuls à te rester fidèles depuis dix ans. Que faisaient-ils, les autres, quand tu avais besoin d'eux ? »

Katherine baissa les yeux :

« Ils n'avaient aucune raison de se soucier de mon sort. Au contraire, ils me détestaient.

— Alors, au nom du Ciel, pourquoi les revoir ?

— Pour leur demander pardon, Richard, répondit-elle sans hésiter.

— Qu'as-tu pu leur faire de si terrible qu'il faille te mettre à genoux devant eux ? demanda-t-il avec stupeur.

— C'est une longue histoire, mon chéri. Je ne veux pas t'ennuyer à te la raconter par une si belle journée. »

Elle avait ponctué sa réponse d'un rire insouciant qui la faisait revivre, aux yeux de Richard, dans tout l'éclat de sa jeunesse. Elle ne semblait pas avoir vieilli d'un jour – quand bien même ils avaient célébré son quarante-quatrième anniversaire quelques jours plus tôt.

« Si mes admiratrices savaient cela ! soupira-t-il en feignant la résignation. A peine arrivée, tu me fuis. Aurais-je perdu mon incomparable pouvoir de persuasion ? Qu'est-il advenu de ma séduction ?... Allons, ne fais pas cette tête-là ! poursuivit-il en riant. Je sais que tu meurs d'impatience d'aller retrouver tes indignes amis, je ne te retiendrai pas. Comptes-tu toujours prendre l'avion mardi ?

— Oui.

— Et après ? Que feras-tu une fois que tu leur auras parlé ? »

Elle fronça les sourcils, réfléchit un instant :

« Je n'en sais rien, à vrai dire. Peut-être vais-je

chercher un appartement à New York. Depuis que j'ai vendu celui de Londres, je n'ai plus de domicile fixe, tu sais.

— Mais si, Katherine ! Tu en as un, ici même, à Ravenswood. Tu y es chez toi depuis vingt-deux ans, sans que tu t'en sois rendu compte. Va donc à New York, fais ce que tu penses devoir faire, mais ensuite, reviens. Allons, accepte, ne réfléchis pas tant.

— Peut-être, Richard.

— Si j'étais sûr que tu reviennes, dit-il en riant, je te demanderais tout de suite de m'épouser. Mais comme tu m'as répondu non deux fois depuis quatre ans, je refuse de m'exposer à un troisième refus. Ma sensibilité ne le supporterait pas... Disons plutôt ceci, ajouta-t-il avec un clin d'œil complice. Si toi tu te décidais à me demander en mariage, je te promets de ne pas refuser. D'accord ?

— Tu es un héros, Richard ! Je croyais que les chats échaudés craignaient l'eau froide. »

Il sourit en guise de réponse. Un instant plus tard, il demanda :

« Par curiosité, pourquoi t'es-tu obstinée à me dire non ?

— Je ne me sentais pas prête quand tu me le demandais. Même maintenant, je ne suis pas sûre de l'être encore. A chacune de mes rechutes, il fallait retourner dans cette clinique...

— Maison de santé ! l'interrompit-il.

— Clinique psychiatrique, Richard ! répliqua-t-elle en lui pressant la main. Si j'ai le courage de regarder la vérité en face, tu dois l'avoir toi aussi. J'ai été gravement malade, tu le sais. Profondément atteinte serait plus juste. L'admettre honnêtement fait partie de mon traitement... Mais, pour en revenir à ta ques-

tion, laisse-moi te répondre ceci. Avant de m'engager envers toi, je veux être absolument certaine
d'avoir recouvré ma santé mentale. »

Il se pencha vers elle, l'embrassa sur la joue :

« La patience est une de mes principales qualités,
ne l'oublie pas. Je suis fier de toi, Katherine. Tu
reviens de loin.

— C'est vrai, et merci du compliment. Je ne m'en
suis pas trop mal sortie, compte tenu de la situation
où je m'étais enfoncée. »

Une ombre soucieuse traversa son regard et
Richard lui dit :

« Tu ne vas pas revoir Mike Lazarus, au
moins ? »

Katherine se redressa, comme pour se raidir
contre un fardeau :

« Il le faut, si je veux revoir Vanessa. Je n'ai pas
de plus cher désir au monde, Richard, tu le sais,
dit-elle avec gravité.

— Oui, je sais, ma chérie. Mais ne t'illusionne pas.
Jamais il ne te laissera approcher de cette enfant. Il
la couve littéralement avec une obsession maladive.
Il ne la quitte pas, jour et nuit il la garde sous son
aile. Pour un peu, il l'enfermerait.

— Pourquoi ne m'en as-tu pas parlé plus tôt ?
répondit-elle en fronçant les sourcils. Cela me paraît
malsain, en effet. Comment le sais-tu ? Je croyais
que vous ne vous adressiez plus la parole depuis des
années.

— Non, c'est exact, en partie d'ailleurs à cause de
la manière dont il t'a traitée. Je ne t'en ai rien dit
parce qu'il était inutile de t'inquiéter pendant que tu
suivais tes cures à Londres. Maintenant que tu es
revenue aux Etats-Unis avec l'intention d'y rester, il
faut en revanche que tu connaisses la situation réelle

et saches ce qui t'attend avec lui. Si je suis au courant de son comportement avec Vanessa, c'est tout simplement parce que tout le monde en parle. Lazarus est en adoration devant sa fille...

— Elle est aussi la mienne.

— Il en a légalement la garde.

— Je ne le sais que trop bien... Jusqu'à l'année dernière, cette idée me révoltait. Mais j'ai dû l'admettre. A l'époque, j'étais incapable de prendre soin de moi-même, encore moins d'un enfant.

— Il n'empêche que ce qu'il t'a infligé est impardonnable. A mon avis, ce divorce et les conditions dans lesquelles il s'est déroulé ont déclenché le... naufrage de ta raison.

— Peut-être. Seulement, vois-tu, je me suis astreinte à regarder la vérité en face et, depuis quelque temps, je comprends l'attitude de Michael à mon égard. Je l'ai trompé...

— Ne dis pas cela ! Tu sais bien que non.

— Si tu préfères, disons que je l'ai profondément déçu. Des années durant, avant notre mariage, il s'était fait une certaine idée de moi. J'étais pour lui l'œuvre d'art inaccessible qu'il rêvait d'ajouter à sa collection. Je lui apparaissais parfaite, irréprochable, sublime. Et puis, il m'a épousée, la naissance de Vanessa est survenue et c'est alors que je suis devenue... comment dire ? Bizarre. Avec horreur, Mike s'est aperçu que le marbre de sa statue était fissuré, que son chef-d'œuvre était un faux. Pire encore, qu'il en avait toujours été ainsi et que son flair de connaisseur s'était trouvé pris en défaut. Du moment que je n'étais plus parfaite, il ne voulait plus de moi. Je déparais sa collection, j'offensais son sens esthétique.

— C'est un imbécile et un salaud ! Parfaite ou non,

qu'importe ? Tu étais, tu es encore la plus belle femme au monde. Une femme, justement, pas une statue. Comme tous les êtres humains, tu as des défauts, des imperfections. Il fallait qu'il soit lui-même dément pour te punir comme il l'a fait. »

Emporté par sa colère, il se leva, arpenta la clairière tête baissée, les mains derrière le dos. Comment, se disait-il, empêcher Katherine d'affronter son ex-mari, de subir sa vindicte ? Que faire pour l'en dissuader, quand elle ne pense qu'à revoir sa fille ?

« Ecoute, dit-il enfin, laisse-moi t'accompagner à New York. Je serais plus tranquille que de t'y savoir seule...

— Non, Richard. Je ne peux pas accepter, malgré ma reconnaissance. Je dois le faire moi-même.

— Soit. Mais, plutôt que de t'exposer inutilement, ne pourrais-tu te contenter de lui parler au téléphone ?

— Si tu veux... »

Elle se détourna, de crainte de se trahir. Certes, l'idée d'un face à face avec Mike Lazarus lui déplaisait; mais elle n'avait pas le choix, si elle voulait revoir son enfant.

« Tu sais, reprit-elle à mi-voix, Vanessa aura onze ans en juin prochain. Je ne l'ai pas vue depuis neuf ans...

— C'est vrai, répondit-il en revenant s'asseoir près d'elle. Cela ne t'inquiète pas ?

— Non. J'ai le pressentiment, au contraire, que tout ira mieux que je ne l'espère... Mais je pense à autre chose, à une question que je n'ai pas osé te poser depuis des années.

— C'est si grave que cela ? demanda-t-il avec un sourire amusé.

– Quand même pas ! Disons plutôt que j'avais peur de la réponse. Mais plus maintenant. Que nous est-il arrivé, Richard ? Pourquoi t'es-tu éloigné de moi au bout de deux ans de mariage ? Pourquoi as-tu pris l'initiative du divorce, en dépit de tous les ménagements que tu y as mis ?

– Parce que j'étais un imbécile ! » répondit-il en riant.

Son visage redevint grave, il marqua une pause avant de poursuivre :

« Sérieusement, ce que je viens de dire est vrai. J'aurais dû avoir le courage de te parler, d'essayer de te comprendre au lieu de m'esquiver sur la pointe des pieds. Je me suis conduit comme un lâche. J'ai eu le temps d'y réfléchir, tu sais, et c'est mon amour-propre, une sorte d'orgueil stupide, qui s'est dressé entre nous. Je te trouvais distante, indifférente – sensuellement parlant, j'entends. J'ai cru que je ne t'attirais plus et que j'étais responsable de ton attitude lointaine. A l'époque, j'avais cinquante et un ans, rappelle-toi, un âge où l'on se pose des questions. Tu n'avais que vingt-deux ans et notre différence d'âge m'obsédait. Je me suis convaincu que j'étais trop vieux pour toi, voilà tout.

– Tu aurais pu et dû m'aider, Richard. Après tout, tu as été marié quatre fois, tu avais infiniment plus d'expérience que moi dans tous les domaines. Je ne te reproche rien, malgré tout. A ce moment-là, j'en conviens, je souffrais d'une sorte de frigidité, j'avais peur de l'amour... »

Elle laissa sa phrase en suspens, étonnée de s'entendre prononcer de telles paroles. Elle avait donc accompli des progrès considérables.

Il lui prit le menton, la regarda dans les yeux :

« J'étais aveugle, en plus de mes autres défauts,

dit-il en souriant. Jamais je ne me serais douté que tu souffrais de tels problèmes... Laisse-moi t'avouer autre chose. Après notre séparation, j'ai consulté un analyste. Je voulais me comprendre mieux, tenter de te découvrir toi aussi. C'est ainsi que j'ai fini par me rendre compte que ta froideur apparente n'avait rien à voir avec moi, mais avec toi seule. Malheureusement, il était trop tard. Nous étions divorcés depuis longtemps.

– Nous avons été aussi bêtes l'un que l'autre, mon pauvre Richard...

– Hélas ! oui.

– Cette discussion m'a fait le plus grand bien, dit-elle en souriant. Je suis heureuse de ces quelques jours avec toi. Ravenswood m'a reposée, rassérénée et tu es le meilleur homme que je connaisse. Sans toi, je ne sais comment j'aurais surmonté mes épreuves... Nous avons été si heureux, jadis. »

Il faillit répondre : « Et nous pourrions l'être encore. » Un instinct – pudeur, prudence ? – le retint au dernier moment.

37

FRANCESCA reposa sa tasse et regarda son mari avec contrariété :

« Il est trop tard pour me décommander auprès de Nicolas Latimer, Harry. Notre déjeuner est prévu pour tout à l'heure.

– Je ne disais pas cela, ma chérie. Je me demandais simplement si votre rencontre ne risquait pas de mener à une entrevue avec Katherine Tempest. Nicolas et toi ne devriez pourtant pas avoir envie de la revoir.

– Bien entendu. Mais pourquoi crains-tu que nous puissions la rencontrer ?

– Son retour imminent n'est-il pas le prétexte de ce déjeuner ?

– Nous en parlerons, naturellement, mais j'espère bien que Nick et moi aurons autre chose à nous dire ! Nous nous étions perdus de vue depuis bientôt cinq ans, et nous sommes tous deux ravis d'une occasion de reprendre contact. N'es-tu pas d'accord ? Je croyais que tu trouvais Nick sympathique.

– Extrêmement et je suis entièrement d'accord pour que tu renoues avec lui. Je crains simplement que vous ne vous laissiez influencer. Je me rappelle trop bien les blessures dont tu souffrais encore en 1968, lorsque nous nous sommes mieux connus, et je ne voudrais pas que cela se reproduise.

— Dieu merci, Harry, j'ai acquis une certaine sagesse depuis, grâce à toi je dois dire. Et puis, Nick et moi avons conclu un pacte d'assistance mutuelle. Si l'un de nous faiblit devant Katherine, l'autre doit l'aider à renforcer sa détermination. Une sorte d'entraide sur le modèle des Alcooliques Anonymes », dit-elle en riant.

Harrison Avery sourit machinalement. Mais son inquiétude persistait : Katherine Tempest possédait-elle un si grand pouvoir hypnotique que deux individus aussi intelligents que Nick Latimer et Francesca fussent forcés de se secourir l'un l'autre afin d'échapper à son emprise ? Il s'abstint de mettre Francesca en garde contre son frère, le sénateur O'Rourke – car il connaissait leur liaison. Non seulement ce serait de mauvais goût, mais Harrison Avery avait une confiance aveugle en sa femme. Il éprouvait cependant peu de sympathie pour le sénateur, malgré le grand cas qu'en faisaient ses amis du parti démocrate. Il ne lui plaisait pas davantage de voir Francesca renouer avec les milieux du cinéma dans lesquels elle avait évolué dans sa jeunesse. Mais sans doute se faisait-il du souci pour rien, finit-il par se dire. Francesca possédait une grande maturité d'esprit, un jugement droit. Elle était parfaitement capable de se diriger entre tous ces écueils.

« A quoi penses-tu, mon chéri ? demanda Francesca. Tu n'as aucune inquiétude à te faire au sujet de Katherine Tempest, je t'assure...

— Je ne m'en soucie pas le moins du monde. Je pensais à autre chose, répondit-il évasivement.

– Faut-il vraiment que tu retournes à Washington aujourd'hui ? Tu n'en sors plus, ces derniers temps.

– Il le faut bien, le Président compte sur moi.

– A cause de la situation en Iran, n'est-ce pas ?

– Oui. Les événements peuvent prendre une tournure dangereuse. Le shah ne pourra plus se maintenir longtemps, j'en ai peur, et l'ayatollah fourbit ses armes en France. Je me demande comment tout cela finira.

– Tu travailles beaucoup trop en ce moment, Harry. Rappelle-toi ce que le médecin t'a recommandé après ta dernière attaque coronarienne. Ne commets pas d'imprudences, je t'en supplie.

– Je ne puis que faire mon devoir, ma chérie. Tu devrais le comprendre mieux que personne. »

Francesca se détourna pour dissimuler son inquiétude. Harry se surmenait dangereusement, compte tenu de son état. Mais tous les efforts qu'elle entreprenait pour lui faire entendre raison restaient vains. Tout à l'heure, elle tenterait une fois de plus d'en parler à Nelson, son frère. Peut-être saurait-il se faire écouter, forcer Harrison à ralentir son rythme de vie.

« Je comprends, mon chéri, répondit-elle enfin. Il n'empêche que tu devrais te montrer plus prudent. Promets-moi de rentrer de bonne heure à la maison et de ne pas y rapporter des piles de dossiers.

– Je te le promets... As-tu été heureuse avec moi, Francesca ? dit-il avec un sourire attendri.

– Oh ! oui. Harry. Merveilleusement heureuse. J'espère t'avoir rendu heureux, moi aussi.

– Cela va sans dire. »

Il se leva, contourna la table pour embrasser Francesca :

« Allons, il est temps de partir. Je voudrais m'arrêter dire deux mots à Nelson au passage.

– Je termine mon café et je te rejoins dans un instant. »

Francesca le suivit des yeux. Harrison Avery était grand, élancé, l'allure sévère avec ses cheveux gris et son visage sérieux. L'impression était cependant trompeuse, car il possédait un merveilleux sens de l'humour allié à une inépuisable bienveillance. Lorsque Francesca avait fait sa connaissance, dans les années 60, chez son frère Nelson, le banquier, un ami de son père et de Doris, Harrison Avery relevait à peine d'un deuil cruel. Veuf depuis dix ans, il venait de perdre son fils et sa jeune femme, tués tous deux dans un accident d'avion. Depuis il se raccrochait à ses deux petites-filles orphelines. L'arrivée de Francesca dans sa vie avait hâté sa guérison et rendu aux deux fillettes une existence normale et heureuse.

Quelques minutes plus tard, Francesca rejoignit son mari. Après de nouvelles recommandations de prudence, ils se séparèrent en se promettant de se téléphoner le soir même.

« Francesca, que je suis heureux de vous revoir enfin ! »

Pour la troisième fois, Nicolas Latimer répétait son exclamation sans se résoudre à lâcher les mains de Francesca. Celle-ci riait car elle partageait le plaisir de ces joyeuses retrouvailles.

« Nous n'aurions jamais dû nous perdre de vue si longtemps, Nick. Je jure de ne plus recommencer.

– Moi aussi. Vous m'avez manqué, vous savez.

– Vous aussi, Nick, répondit-elle. Nos meilleurs amis sont ceux de notre jeunesse.

– C'est vrai. J'y pensais l'autre jour et je me suis demandé pourquoi nous nous étions éloignés l'un de l'autre. Serait-ce parce que nous nous rappelions l'un l'autre nos épreuves ?

– Peut-être, Nick. L'on éprouve parfois le besoin de prendre un nouveau départ, de changer d'habitudes, de cadre de vie et même d'amis, afin d'oublier et pouvoir guérir...

– Quelles que soient les raisons, Francesca, je n'ai jamais cessé de penser à vous. Je vous aime toujours autant.

– Moi aussi, Nick. Notre amitié ne m'aura laissé que de merveilleux souvenirs. »

Il lui rendit son sourire. Son visage s'assombrit presque aussitôt :

« En apprenant son retour et son désir de nous revoir, j'ai été envahi de souvenirs et d'émotions que je croyais oubliés. Une seule s'est cependant imposée à moi, Francesca : la crainte. L'avez-vous ressentie ?

– Oui, Nick. J'ai eu peur, je l'avoue, mais moins de Katherine que de moi-même. Je risque encore de me laisser entraîner malgré moi dans le tourbillon de sa vie.

– Vous m'avez arraché les mots de la bouche... Mais assez parlé de Katherine Tempest. Nous ne l'avons que trop fait par le passé. Ce qui m'intéresse, Francesca, c'est d'apprendre ce que vous êtes devenue, ce que vous faites.

– Volontiers. Mais laissez-moi d'abord vous servir à boire. »

Après avoir porté un toast à leur vieille amitié, ils bavardèrent gaiement quelques minutes. Francesca décrivit sa vie, ses constants voyages dans le sillage de son mari.

« Comment va Harrison ? demanda Nick.

– Très bien. Non, je ne devrais pas mentir. Il est fatigué, Nick, il se surmène. Ce matin encore, il a pris l'avion pour Washington et je m'imagine trop bien son emploi du temps jusqu'à la fin de la semaine. Il a déjà subi deux crises cardiaques, mais je ne peux rien faire pour le décider à prendre sa retraite. S'il continue à ce train, je ne sais comment cela se terminera.

– Il est difficile à un homme comme lui de s'arrêter ou même de ralentir, Francesca. Il a trop l'habitude de se dépenser, d'être chargé de responsabilités. Parfois, le remède est pire que le mal. Ne vous inquiétez pas, Francesca, Harrison ne risque rien de grave, il saura dételer au moment opportun. »

Tout en poursuivant leur conversation, Nick arpentait le grand salon, s'arrêtait de temps à autre pour admirer un tableau. Il s'arrêta soudain devant un guéridon chargé de photographies, en prit une qu'il examina avec attention. Un flot de souvenirs mélancoliques l'envahit lorsqu'il reconnut Wittingenhof.

« Quand cette photo a-t-elle été prise ? demanda-t-il.

– L'été dernier, pendant le séjour que Harrison et moi y avons fait.

– Comment va-t-elle ? dit-il en remettant le cadre à sa place. S'est-elle finalement mariée ?

– Non, Nick. Mais elle est toujours la même... »

En se rasseyant, Nick laissa échapper un soupir attristé :

« Quel malheur. Une vie gâchée...

– Non, Nick. Je partage votre point de vue, mais Diane n'estime pas avoir gâché sa vie. Elle est heureuse à sa manière. »

Il ne répondit pas aussitôt, le regard perdu dans le vague.

« Diane aurait pourtant dû se marier, dit-il à voix basse. Avec moi. Ou un autre... Etes-vous sûre qu'elle soit heureuse ?

– Elle n'est pas malheureuse, cependant. Diane reste persuadée que tout arrive pour le mieux et selon la volonté de Dieu... Ne soyez pas triste à cause d'elle, Nick. En fait, je crois qu'elle a plus de chance qu'aucun d'entre nous. La religion lui offre des consolations qui nous manquent cruellement. Mais parlons de vous, maintenant. J'ai lu votre dernier livre – en fait, je les ai tous lus, je suis votre plus fidèle admiratrice. En préparez-vous un autre ?

– Bien entendu. Il est presque terminé.

– Et que s'est-il passé dans votre vie, Nick ?

– Peu de chose. J'ai quand même un fils de quatre ans, que j'adore. Je n'arrive pas encore à dénombrer ses qualités, tant il en a.

– Le portrait de son père, si je comprends bien ? Et comment s'appelle-t-il ?

– Victor. »

Elle réprima un sursaut.

« J'aimerais beaucoup faire sa connaissance. Pourquoi ne l'amèneriez-vous pas déjeuner ou goûter ?

– Bien volontiers. Mais vous, Francesca, pourquoi n'écrivez-vous plus ? Dois-je avoir honte de mon élève ? dit-il en souriant.

– A vrai dire, je ne trouve plus de sujets qui m'intéressent. Voilà une mauvaise excuse, n'est-ce pas ?

– Bah ! Tous les écrivains ont de mauvaises excuses pour ne rien faire. Mais que devient cette charmante Doris ? Et votre père ? Je n'ai plus du tout de nouvelles.

– C'est vrai, Nick, vous ne saviez pas ? Mon père est mort il y a deux ans. Une attaque, il n'a pas eu le temps de souffrir, Dieu merci.

– Je suis navré, Francesca, je n'en savais rien. Quel âge avait-il ? Il était encore jeune.

– Soixante-huit ans. Il a eu vingt ans de bonheur avec Doris. Elle a durement accusé le coup, la pauvre, mais leur fille, Margaret, lui a été d'un grand réconfort. Tenez, voici une photographie de Margaret. Elle a été prise il y a quatre ans, à la villa de Monte-Carlo.

– Elle est presque aussi ravissante que vous. Quel âge a-t-elle maintenant ? Pas loin de vingt ans, sans doute ?

– Elle aura vingt et un ans cet été. Seigneur, cela nous vieillit, n'est-ce pas ? Je me souviens à peine de ce que j'étais à son âge.

– Moi si, Francesca ! Vous étiez éblouissante – et je constate que vous l'êtes toujours autant.

– Flatteur ! Allons plutôt déjeuner. »

Ces retrouvailles furent comme une bouffée de leur jeunesse ressuscitée. Pendant tout le déjeuner, ils rirent presque sans arrêt, bavardèrent comme s'ils s'étaient quittés la veille. S'ils évoquaient quelques souvenirs, ils préféraient cependant se cantonner au présent tout en évitant prudemment les sujets risquant de déboucher sur des blessures ou des désillusions encore douloureuses. Afin de mieux marquer ce renouveau dans leurs relations, Nick avait choisi d'emmener Francesca dans un restaurant où ils ne s'étaient encore jamais rendus ensemble, et elle lui avait su gré de cette attention.

A un moment, cependant, lorsque leurs propos

prirent un tour plus intime, Francesca fit observer pensivement :

« J'avais imaginé, jadis, que ma vie suivrait un cours bien différent. Je me voyais mariée très jeune, avec beaucoup d'enfants dans une grande maison à la campagne, vieillissant paisiblement avec le même homme... J'ai fait exactement le contraire. »

Nick crut déceler une certaine mélancolie dans ses paroles :

« Des regrets, Francesca ?

— Les regrets sont une perte de temps, Nick ! répondit-elle en riant. J'en ai eu quelques-uns, c'est vrai. Mais ils sont bien oubliés... Dites-moi, poursuivit-elle en jouant distraitement avec le pied de son verre, vous avez été très fâché contre moi, à un moment, et je voudrais savoir...

— Moi, fâché contre vous ? Jamais !

— Si, Nick, lorsque je refusais obstinément d'aller voir *Les armes de la passion*. Eh bien, je vais vous faire un aveu : je l'ai vu deux fois.

— Cachottière ! s'exclama-t-il en riant. Pourquoi ne m'en avoir jamais rien dit ?

— J'avais honte de l'avouer. Car, si j'ai dû y aller à deux reprises, c'est parce que j'ai tellement pleuré la première fois que je n'ai rien vu du tout. Que devient-il, Nick ? » ajouta-t-elle en baissant la voix.

Nick réprima un mouvement de surprise. C'était la première fois que Francesca lui parlait de Victor.

« Victor n'a guère changé. Il est veuf depuis plusieurs années, vous l'avez peut-être appris.

— En effet. Il ne s'est jamais remarié, n'est-ce pas ?

— Non.

— Il habite toujours son ranch ?

— Bien sûr, il ne pourrait pas vivre ailleurs. Il a

confié la direction de *Bellissima Productions* à Jake Watson et la compagnie se développe. Ils travaillent autant pour la télévision que pour le cinéma, maintenant. Victor lui-même ne fait plus beaucoup de films. Son dernier date de la fin de l'année passée et devrait sortir prochainement sur les écrans. Vous devriez aller le voir, ajouta-t-il en souriant, le scénario est de moi. L'un de mes meilleurs, j'ose le dire sans me vanter !

– Eh bien, j'irai et je vous ferai part de mes critiques ! »

Le serveur les interrompit pour leur tendre la carte des desserts.

« Hmm ! Un bon gros gâteau qui fait grossir, pourquoi pas ? Laissez-vous tenter, Francesca !

– Sûrement pas ! Je vais quand même jeter un coup d'œil. »

Elle consulta brièvement la carte, la reposa sur la table et, en attendant la décision de Nick, regarda autour d'elle. Bondé au moment de leur arrivée, le restaurant commençait à se vider. Soudain, sur sa droite, elle remarqua un spectacle qui la fit se détourner brusquement. Elle saisit la carte, la déplia devant elle et donna à Nick un coup de coude :

« Attention ! murmura-t-elle. Estelle Morgan est de l'autre côté. Avec Katherine.

– Non, ce n'est pas vrai... C'est bien notre veine de la rencontrer, au milieu de dix millions de personnes ! »

Il étouffa une bordée de jurons, hasarda un bref coup d'œil par-dessus son menu déployé.

« Nous n'allons quand même pas rester cachés comme des criminels derrière nos menus, c'est grotesque ! » reprit-il.

Il prit la carte des mains de Francesca, la replia et la posa sur la sienne en face de lui.

« Où sont-elles ? demanda-t-il. J'ai essayé de les repérer, mais je n'ai rien vu.

– A ma droite, par là.

– Comment est-elle ?

– Nick, ce n'est pas possible ! Nous voilà pris au piège comme des idiots, et vous voulez savoir si elle est encore jolie ! Je n'ai qu'une hâte, c'est de filer d'ici avant qu'Estelle ne nous mette le grappin dessus !

– Ce n'est pas elle qui va nous faire partir, Francesca. Nous allons tranquillement finir notre déjeuner. Que voulez-vous qu'elle nous fasse ? Au pire, elle nous dira bonjour en passant. Comme nous sommes bien élevés, nous lui rendrons son salut et elle s'en ira, un point c'est tout. Alors, pas de dessert ? »

Francesca fit un signe de refus. Nick appela le serveur, commanda les cafés et alluma une cigarette. En refermant son briquet, il jeta un bref regard dans la direction indiquée par Francesca, repéra Estelle et Katherine, détourna aussitôt les yeux – non sans avoir eu le temps d'enregistrer *son* image. Les cheveux tirés en arrière. Le visage à l'ovale parfait, de la pâleur de l'ivoire. Les yeux turquoise. Des yeux braqués droit sur lui...

Un frisson le parcourut, malgré la chaleur qui régnait dans le restaurant.

« Attachons nos ceintures, murmura-t-il. Estelle va faire son apparition d'une seconde à l'autre : Katherine nous a vus.

– Oh ! grand dieu !... Partons, Nick !... Trop tard. La voilà. »

Déjà, Estelle Morgan se plantait devant leur table et leur interdisait toute retraite :

« Pas possible ! Francesca, Nick, quelle bonne surprise ! »

Francesca, la gorge nouée, inclina la tête. Nick grommela un salut, fit mine de se lever. Estelle le poussa par l'épaule pour le faire rasseoir :

« Mais ne vous dérangez donc pas, voyons ! Je venais juste vous demander de venir boire un verre à notre table, quand vous aurez fini votre café. Katherine meurt d'envie de vous dire bonjour. Alors, on compte sur vous, n'est-ce pas ?

— Merci, Estelle, mais... Je crains que nous ne puissions pas. Un rendez-vous urgent... Remerciez Katherine de notre part... »

La froideur de Nick, l'hostilité qui durcissait les traits de Francesca ne purent échapper à l'attention de la journaliste. Elle jeta un regard dédaigneux à Francesca et lança une offensive de charme en direction de Nick :

« Voyons ! Katherine sera tellement déçue ! Elle était folle de joie quand elle vous a reconnu tout à l'heure, mon cher Nick. Allons, laissez-vous faire...

— Désolé, Estelle, c'est impossible, répliqua Nick sèchement. Content de vous avoir vue. »

La journaliste ne pouvait plus ignorer la rebuffade. Elle rougit, fit un bref signe de tête et s'en alla.

« Je ne peux vraiment pas la souffrir, murmura Francesca en la regardant s'éloigner.

— Le fait est qu'elle a un culot... Mais où est donc passé le serveur ? grommela Nick, exaspéré. Ils ne sont jamais là quand on a besoin d'eux... Finissons au moins notre café, Francesca. Nous n'allons pas nous enfuir en rasant les murs à cause d'elle. »

Il se figea, le regard fixé au-dessus de la tête de

Francesca. Katherine fit un pas de côté pour se montrer aux deux convives. Elégante dans une robe de jersey blanc aux lignes amples, elle inclina la tête :

« Bonjour, Francesca. Bonjour, Nick. »

Ils bredouillèrent un salut. Nick voulut se lever par politesse. Katherine lui fit signe de la main :

« Inutile, Nick, j'en ai pour une minute. Je comprends que vous refusiez de me revoir et je ne vous en veux pas. Vous avez de bonnes raisons de me haïr. Mais ce que je vous ai fait à tous les deux pèse sur ma conscience depuis des années et je vous dois des excuses et des explications. Je suis descendue au Carlyle, en face, appartement 2203. Voudriez-vous m'y rejoindre pour une dizaine de minutes ? Je ne vous en demande pas davantage. »

Un long silence lui répondit. Finalement, Francesca s'éclaircit la voix, parla d'un ton mal assuré :

« Je crains que ce ne soit impossible. »

Nick restait muet. Katherine attendit un instant, fit un lent signe de tête :

« Réfléchissez, parlez-en entre vous. On a trop rarement, dans la vie, l'occasion de résoudre des problèmes en suspens. Or, nous avons tous trois, je crois, quelques affaires à régler. »

Sur un dernier sourire, elle regagna sa table. Quelques minutes plus tard, elle quitta le restaurant sans se retourner, Estelle dans son sillage.

Nick la suivit des yeux, surpris de la manière dont il avait réagi à sa présence. Des années durant, il avait éprouvé de violentes émotions, souvent contradictoires, dès qu'il pensait à cette femme déconcertante qu'il avait aimée plus qu'aucune autre. Colère, haine, souffrance, amertume succédaient à des bouffées de regrets, des sursauts de désir qui lui rongeaient le cœur. Au bout de douze ans de torture, il posait les yeux sur elle pour la première fois et n'éprouvait qu'un calme inattendu, presque de l'indifférence. Etait-il enfin immunisé ? Les craintes ressenties ces derniers jours l'avaient tout à coup déserté.

Il se tourna vers Francesca :

« Elle n'a pas tort, vous savez. Nous avons en effet des affaires à régler, elle et nous. »

Francesca sursauta, serra les lèvres en une moue réprobatrice :

« Vous capitulez sans même résister. C'est trop facile. »

Nick ne releva pas le propos. Il était encore trop absorbé par l'analyse de ses sentiments et la surprise qu'ils lui causaient.

« C'est incroyable, dit-il comme se parlant à lui-même. Je n'ai rien ressenti. Ou plutôt, non : une pointe de curiosité à son sujet. Savoir ce qu'elle est devenue, ce qu'elle voudrait nous dire.

— La curiosité ! On en meurt, parfois.

— Pas toujours. J'avoue avoir envie d'apprendre pourquoi elle a vendu *Dorabella*, et quelques autres détails... N'avez-vous donc pas le moindre désir de savoir pourquoi elle a menti si effrontément au sujet de Victor ?

— Cela ne compte plus guère, Nick. Et qui vous dit qu'elle ne nous mentira pas encore une fois ? »

Francesca sentait le désir de Nick de se rendre à ce rendez-vous; elle avait peur de se laisser entraîner à sa suite.

« Je ne crois pas, Francesca. La vérité nous permettrait de comprendre enfin certaines choses. Et puis, autant l'avouer, elle m'a obsédé trop longtemps. J'ai besoin d'exorciser le spectre de son souvenir qui me hante encore par moments. Oui, Francesca, j'ai *besoin* de régler une fois pour toutes mes affaires avec elle. »

Francesca hocha la tête sans mot dire. Son affection, sa sincère amitié envers Nick Latimer la poussaient à le suivre. Elle se rappelait tout le bien qu'il lui avait fait dans le passé, sa fidélité, le réconfort qu'il lui prodiguait sans compter. Sa détermination vacilla :

« Je comprends ce que vous éprouvez, Nick. Vous l'avez trop aimée pour vous en désintéresser tout à fait, pour oublier les tortures que vous vous infligiez en vous demandant pourquoi elle avait agi aussi indignement à votre égard. Mais moi... »

Elle s'interrompit, hésita :

« Allons, je ne vous laisserai pas seul. Mais pour cette simple raison, Nick : je me méfie d'elle.

– Confidence pour confidence, moi aussi ! répondit-il en riant. Rassurez-vous, Francesca, elle ne pourra plus nous abuser comme avant. Merci de venir avec moi. Et maintenant, préparons-nous à affronter notre grande comédienne dans son meilleur numéro. »

38

Ils s'installèrent tous trois devant une immense baie vitrée dominant Madison Avenue, Nick et Francesca côte à côte sur un canapé, Katherine dans un fauteuil leur faisant face. Après les salutations embarrassées du début, un silence tendu s'était établi dans la pièce. Francesca dominait mal sa nervosité; elle tirait sur sa jupe, croisait et décroisait les jambes, jetait à Katherine des regards furtifs et soupçonneux.

Katherine prit enfin la parole, de cette voix mélodieuse qui avait retenti dans toutes les salles obscures :

« Je vous suis d'autant plus reconnaissante d'être venus que je n'osais l'espérer. Si cette rencontre vous est pénible, elle est également éprouvante pour moi. Aussi ne vous ferai-je pas perdre de temps avec des banalités...

– Bonne idée ! » lâcha Nick avec ironie.

Un sourire fugitif apparut sur les lèvres de Katherine. Elle poursuivit sans le regarder :

« Lorsque, en décembre dernier, j'ai décidé de revenir aux Etats-Unis, je savais qu'il me faudrait prendre contact avec vous. Je n'ai ni l'intention ni le pouvoir de reculer la pendule ou de défaire ce que j'ai fait ; je tiens seulement à vous dire la vérité, que je vous dois depuis trop longtemps. Je ne vous demande pas non plus de me pardonner, je vous ai fait trop de mal. Je n'espère qu'une chose, c'est que vous consentiez à m'entendre. »

Elle marqua une pause puis, faute de réponse, continua d'un ton égal :

« C'est à toi que je dois d'abord m'adresser, Francesca, dit-elle en la regardant dans les yeux. Je n'étais pas enceinte de Victor Mason, je n'ai jamais eu d'aventure avec lui. Victor n'éprouvait aucun intérêt à mon égard en tant que femme, il n'était curieux que de mes dons d'actrice. »

Son aveu lui procura un sentiment de soulagement si intense qu'elle dut s'interrompre. La tension nerveuse qui la maintenait raidie sur le bord de son siège se relâcha d'un coup et elle se laissa aller contre le dossier.

Impassible, Francesca luttait afin de ne pas trahir les émotions violentes qui se soulevaient en elle.

« Alors, pourquoi m'avoir fait cet épouvantable mensonge ? dit-elle froidement.

— Je ne voulais pas te mentir ni accuser Victor, je te le jure. Son nom m'est passé par la tête et je l'ai prononcé sans réfléchir. Après, je ne pouvais plus me rétracter. J'étais prise au piège de mon propre mensonge.

— Etais-tu réellement enceinte, ou l'avais-tu également inventé ?

— Non, je l'étais vraiment. Ce matin-là, lorsque je t'ai fait mes confidences à la villa Zamir, j'étais littéralement malade d'inquiétude. Il fallait que je me confie à quelqu'un. Mais, dès que j'ai commencé à parler, j'ai eu le sentiment d'être indigne de toi et de trahir la confiance de Kim. Je ne voulais pas nommer le père de cet enfant, Francesca. C'est toi qui m'y as poussée; tes questions incessantes et de plus en plus directes ont refermé le piège. Je me suis vue telle que j'étais à tes yeux et je ne pouvais plus, alors, t'avouer la vérité, elle me faisait trop honte. Tu me paraissais si jeune, si pure que j'étais sûre de ton mépris – non seulement parce que j'avais couché avec un autre homme mais, plus encore, parce que j'avais gâché mes rapports avec ton frère. J'ai cru que tu ne me comprendrais pas, que tu prendrais le parti de Kim contre moi... Vois-tu, Francesca, je n'ai jamais pu supporter l'idée d'être désapprouvée, critiquée. J'ai reculé devant le risque d'être jugée et condamnée, par toi plus que par toute autre personne au monde.

– Tu me connaissais bien mal! répondit Francesca avec amertume. Maintenant comme alors, je n'ai jamais porté de jugement sur quiconque. Je ne me serais sûrement pas permis de te critiquer, quels qu'eussent été mes sentiments envers Kim. Tu m'as gravement sous-estimée, Katherine.

– C'est vrai, je m'en rends trop bien compte. Mais, pour revenir à ce matin-là, je me souciais également du père de cet enfant. Il m'aimait, certes, mais il était marié depuis des années sans espoir d'obtenir un divorce. Je ne voulais d'ailleurs pas l'épouser, quand bien même ç'eût été possible. J'ignorais par ailleurs comment il aurait réagi en apprenant ma situation. En fait, j'étais presque certaine qu'il se serait opposé à l'avortement. Je ne savais plus où j'en étais, mes sentiments se heurtaient de manière chaotique – je te l'ai d'ailleurs dit. Tu t'en souviens, n'est-ce pas ?

– Oh! oui. Je n'ai rien oublié de ce matin-là. »

Le sarcasme de cette réponse n'échappa pas à Katherine, mais elle s'abstint de réagir. Elle ne voulait que poursuivre sa confession sans se laisser emporter ni détourner par l'émotion.

« Je n'étais donc nullement préparée à cette situation dont la gravité m'accablait, reprit-elle calmement. Je m'étais mis en tête, à tort, que tu me traiterais avec mépris et je ne savais plus comment justifier ma liaison avec cet homme ou, du moins, te l'expliquer. Pardonne-moi de le répéter, mais j'étais persuadée que tu ne me comprendrais pas. A mesure que notre discussion progressait, une idée m'est venue du fond de mon désespoir et je m'y suis accrochée : te dire que j'avais cédé à un homme irrésistible, auquel aucune femme ne se refusait. Le nom de Victor Mason s'est aussitôt présenté et je l'ai prononcé. »

Nick avait écouté ce récit avec une stupeur croissante.

« Qui était-ce, alors ? s'écria-t-il.

– Ossie Edwards. »

Nick étouffa un juron. Depuis des années, il cherchait à résoudre l'énigme de cette grossesse, au point de douter de sa véracité. Cette révélation le laissa abasourdi.

L'étonnement de Francesca n'était pas moindre :

« Qui est Ossie Edwards ? demanda-t-elle.

– Le chef opérateur des *Hauts de Hurlevent*, lui dit Nick.

– Ah ! oui. Je me souviens de lui. Un homme très sympathique.

– Et plein de talent, reprit Nick en décochant un regard pénétrant à Katherine. Il a su te cadrer et te photographier à la perfection.

– Ce n'est pas pour cela que je suis tombée dans

ses bras ! protesta Katherine. Je ne l'ai pas « exploité », comme tu m'en accuses. Si cela t'intéresse...

— Beaucoup, intervint Nick avec un ricanement.

— ... Remontons un instant jusqu'en 1956. J'avais vingt et un ans, je tournais dans mon premier film, mon premier grand rôle avec, pour partenaire, une superstar comme l'histoire du cinéma en a peu connu. Vous ne vous en rendiez sans doute compte ni l'un ni l'autre, mais j'étais rongée d'incertitudes, sur moi-même, mon talent, ma beauté, mes capacités professionnelles dans un rôle écrasant. D'un bout à l'autre du tournage, je mourais de trac. »

Elle se détourna, le regard dans le vague.

« Victor et Mark Pierce m'ont beaucoup soutenue, c'est vrai, mais ils ne se souciaient que de la réussite du film, pas de mes problèmes personnels. Ils étaient exigeants, tyranniques... C'est vrai, Francesca, tu le sais aussi bien que moi.

— En effet.

— Victor avait le regard braqué sur le budget, Mark Pierce sur le scénario. Pour eux, tout compte fait, je n'existais guère plus qu'un accessoire, un décor, un projecteur. J'avais le sentiment d'être seule, abandonnée. Je pataugeais. Dans toute l'équipe, je n'avais trouvé qu'un seul ami, Ossie Edwards.

— Je veux bien l'admettre, dit Nick. Mais fallait-il lui manifester ton « amitié » à ce point ? »

Une fois encore, Katherine ne releva pas l'ironie de la réplique :

« En un sens, répondit-elle avec gravité, Ossie incarnait le père que je n'ai jamais eu. Lui seul s'intéressait à moi, à la femme encore jeune, à l'actrice inexpérimentée. Il me réconfortait, me poussait à progresser comme nul autre n'a jamais pris la peine de le faire. Il me permettait de me voir telle que j'étais alors, à travers « l'œil de la caméra », pour reprendre son expression. Lui seul m'a appris à domestiquer l'objectif, à jouer devant lui, pour lui, à traduire en sentiments profonds dialogues et jeux de scène. Si je suis devenue une star, c'est à Ossie Edwards et à lui seul que je le dois. Et puis, il m'offrait un abri, une protection, la sécurité, appelle cela comme tu voudras, dans l'atmosphère tourmentée d'un tournage particulièrement pénible. A l'époque, je recherchais mon équilibre sur tous les plans. Tu connais mes problèmes mieux que personne, Nick, poursuivit-elle en baissant les yeux. Ils étaient extrêmement aigus. J'étais vierge. Je repoussais sans cesse les avances de Kim au point de me demander si je n'étais pas anormale. Ossie, au contraire, ne me faisait pas peur, peut-être parce qu'il était plus âgé, moins impatient... Bien sûr, il n'a résolu aucun de mes problèmes. Toi seul es parvenu à accomplir ce tour de force... »

Pour la première fois, Nick sentit craquer le vernis de cynisme dont il masquait ses émotions et ressentit de la compassion à l'égard de Katherine. Ce bref attendrissement fut aussitôt balayé par le souvenir de Mike Lazarus. Il ravala les paroles de sympathie qui lui venaient aux lèvres.

Francesca rompit le silence qui se prolongeait :

« Pourquoi ne m'avoir pas avoué la vérité au sujet d'Ossie ? J'aurais compris. »

Un éclair ironique s'alluma dans les yeux de Katherine, disparut aussitôt :

« Vraiment, Francesca ? Pourquoi, dans ces conditions, ne m'as-tu pas parlé de Victor ? Si j'avais été au courant, rien de tout cela ne se serait produit.

Ecoute, poursuivit-elle en se penchant vers son amie, je ne voulais pas te faire mal. Je ne cherchais pas à être méchante envers toi. Mais j'ignorais tout de ta liaison avec Victor. Comment l'aurais-je su ? Tu as le droit de mettre en doute tout ce que je dis, mais pas cela.

– C'est vrai, répondit Francesca en rougissant. Nick et Diane étaient les seuls au courant.

– Au cours de cette abominable nuit dans la maison du Connecticut, tu m'as accusée d'avoir brisé ta vie. Ne devrais-tu pas plutôt rendre ton excès de réserve responsable de la situation inextricable où nous nous sommes enfoncées ? Je ne cherche pas à me disculper, crois-moi. Tes reproches ne sont que trop justifiés. »

Francesca accepta sans mot dire cette mise au point.

« Dis-moi... Je me suis longtemps demandé si... Ma robe de bal. L'as-tu tachée exprès ?

– Non, je te le jure. J'étais trop énervée pour me dominer, ce jour-là. J'ai vraiment trébuché sur le dallage.

– Et Ryan ? Est-ce toi qui as provoqué notre rupture ?

– J'ai écouté ses arguments, j'étais d'accord avec certains des points qu'il soulevait. Mais jamais, au grand jamais, je ne lui ai conseillé de ne pas t'épouser. C'est mon père, et lui seul, qui l'en a persuadé, quand bien même Ryan refusait de l'admettre à ce moment-là. Si tu ne me crois pas, appelle-le, il est à New York. Nous avons dîné ensemble hier soir et définitivement éclairci, je l'espère, nos malentendus et nos différends. Car, vois-tu, Francesca, c'est à cause de toi, ou plutôt de son comportement envers toi, que nous sommes restés brouillés tout ce temps.

Je tiens aussi à te dire ceci : je me réjouis que tu ne l'aies pas épousé. Il n'était pas digne de toi – à l'époque, du moins. Dieu merci, Ryan n'est plus le même homme. Il s'est débarrassé de l'influence de mon père depuis plusieurs années, sans doute grâce à moi et à ce que je lui avais dit. Il s'est libéré seul, car nous ne nous étions plus parlé depuis notre rupture. Nous ne nous sommes revus pour la première fois qu'avant-hier. »

Bouleversée par cette avalanche de révélations, Francesca se borna à hocher la tête. Les yeux clos, elle se laissa aller contre le dossier et tenta de remettre de l'ordre dans ses pensées.

Nick s'était levé avec impatience. Après avoir nerveusement arpenté la pièce, il se tourna vers Katherine :

« Pourquoi as-tu vendu *Dorabella* à Lazarus ? demanda-t-il sèchement.

– Au début, je n'en avais nullement l'intention. Tu sais que mon film de 1964 pour *Monarch* avait fait d'énormes bénéfices. Depuis, Mike me harcelait pour en tourner un autre. Il a recommencé ses tentatives en 1967. Pour m'en débarrasser, je lui ai répondu ne rien envisager d'autre que *Dorabella* – je savais que tu refuserais. Imagine ma stupeur quand il a accepté sans discuter... Tu m'accuses d'être tortueuse, Nick, poursuivit-elle avec un sourire triste. Mike Lazarus est passé maître dans ce domaine, crois-moi. Avant que je puisse me retourner, il avait lu le livre de la première à la dernière ligne et soumis à mon agent une offre portant sur les droits d'adaptation que possédait *Kort*, et sur moi pour tenir le premier rôle. Je n'avais pas eu le temps de souffler qu'il faisait rédiger les contrats, engageait le scénariste, le réalisateur, lançait la production... Bref, je me suis laissé embarquer.

– Toi ? Allons donc !

– Oui, moi. Incroyable, je sais, mais ce n'est que la stricte vérité. Bien entendu, je n'étais pas tranquille. Et puis, peu à peu, j'ai réussi à me convaincre que tu finirais par accepter le fait accompli. Tu avais très envie de voir ce roman porté à l'écran, rappelle-toi, et aucun producteur n'avait voulu jusqu'alors engager de budget suffisant. J'ai cru te rendre un grand service – tu vois comme on se trompe... Je ne pouvais plus revenir en arrière, aussi ai-je attendu de t'en faire la surprise en te montrant le scénario terminé. A mes yeux, ce n'était pas une trahison mais un cadeau, un beau cadeau. Tu l'as appris trop tôt et tout a mal tourné, voilà tout. »

Nick l'avait écoutée avec incrédulité. Lui mentait-elle une fois de plus ? Exaspéré, il s'écria :

« Tu ne fais que me raconter la même histoire qu'en 1967 !

– Je ne vais pas mentir *maintenant* pour te faire plaisir, Nick. Les événements se sont vraiment déroulés ainsi. Je reconnais volontiers, en revanche, avoir eu tort de vouloir faire toujours passer mes actes pour de la bonté d'âme. J'en suis pleinement consciente aujourd'hui.

– Mieux vaut tard que jamais ! dit-il ironiquement. Et peux-tu me dire ce que tu faisais, où tu allais quand tu disparaissais des heures entières et me débitais ensuite d'invraisemblables sornettes ?

– J'errais dans les rues comme une âme en peine, en proie à des sentiments terrifiants. Je luttais contre d'horribles maux de tête, des martèlements ininterrompus dont je ne parvenais pas à me débarrasser. Oui, cela peut te sembler étrange, Nick. Mais j'étais bizarre, à cette époque-là... Souvent, je me réfugiais dans une église où je restais des heures. J'entrais dans un cinéma et j'assistais à trois séances de suite. Certains soirs, j'allais jusque chez Michael. Nous bavardions de tout, peinture, cinéma. Je l'écoutais parler interminablement de ses affaires. Après tout, nous étions de vieux amis, ne l'oublie pas. J'ai fait sa connaissance en 1956...

— Tu couchais avec lui, c'est bien ce que je pensais...

— C'est faux ! protesta-t-elle. Je ne nie pas qu'il m'ait fait une cour assidue, même lorsque j'étais mariée à Richard Stanton. J'admets également avoir été fascinée par le personnage. Sa puissance, sans doute, sa personnalité, cet empire qu'il gouvernait en monarque absolu... Mike m'idolâtrait depuis le début. Il me mettait sur un piédestal et vouait un culte à ma beauté. Ne comprends-tu pas que je lui paraissais d'autant plus désirable que je restais inaccessible ? »

Nick fit à regret un signe d'assentiment.

« Si tu voyais la bibliothèque de son appartement ! Un sanctuaire dédié à Katherine Tempest. Des photos de moi par douzaines, encadrées d'or massif... Absurde, j'en conviens — Richard répétait, d'ailleurs, que Mike était tombé sur la tête. Fais l'effort de me comprendre, Nick. Tu sais combien j'étais troublée, à cette époque, instable et, disons le mot, déséquilibrée. Est-ce surprenant que je me sois sentie flattée par de pareils égards ? L'un des hommes les plus riches et les plus puissants de ce monde, là, devant moi, rampant littéralement à mes pieds... N'importe quelle femme se serait laissé griser, à plus forte raison quelqu'un qui, comme moi, n'avait pas la tête solide.

– Et quand êtes-vous devenus... intimes ? demanda Nick avec froideur. Vivais-tu encore avec moi ?

– Oui, répondit-elle à voix basse. J'ai toujours flirté avec lui, je prenais plaisir à le provoquer, je l'avoue. Mais je n'avais encore jamais couché avec lui, je te le jure. Pas jusqu'en 1967, au moment où j'ai acheté la maison dans le Connecticut. »

Nick serra les dents, tenta de surmonter la douleur qui lui tenaillait la poitrine :

« Pourquoi, Katherine ? demanda-t-il d'une voix assourdie. Pourquoi, pendant que tu disais m'aimer ?

– Parce que je ne savais plus comment m'y prendre avec toi, Nick... Tu me connaissais trop bien, vois-tu. Tu savais tout de mes problèmes, de mes défauts, de mes accès de démence. Je me croyais près de te perdre ou, plutôt, je me sentais lâcher prise. Je n'étais plus capable de te retenir... Cela paraît absurde, je sais. Mais comprends-tu ce que je cherche à exprimer ? »

Son visage s'assombrit, un soupir lui échappa :

« Oui, c'est absurde, Katherine. Ignores-tu que l'amour, lorsqu'il est sincère, permet d'accepter les défauts de ceux qu'on aime et les fait apprécier davantage ?

– Je le comprends aujourd'hui, je ne le savais pas alors. A ce moment-là, Nick, j'étais terrifiée à l'idée d'affronter une nouvelle séparation, un retour vers la solitude. J'avais déjà perdu ma mère; mon père et mon frère étaient devenus des étrangers. Si, en plus, j'avais dû te perdre, c'était la fin... »

Il la contempla longuement sans mot dire, visiblement troublé par cet aveu.

« Pourquoi as-tu épousé Lazarus ? dit-il enfin.

« – Parce que... j'étais enceinte », répondit-elle malaisément.

Au bout d'un long silence, il demanda encore :

« L'étais-tu quand nous vivions ensemble ?

– Oui. Je te demande pardon, Nick... »

Le silence revint, plus pesant.

« Tu ne peux savoir combien je regrette de t'infliger de nouvelles souffrances, reprit-elle d'une voix sourde. Mais j'avais décidé de t'avouer toute la vérité aujourd'hui, à toi aussi Francesca. Je vous ai fait du mal dans le passé, je le sais. Mais je l'ai expié, croyez-moi, et je le paie encore. Tous les jours. »

Francesca releva les yeux, scruta le visage de Katherine.

« Je te crois, Katherine, quand tu dis avoir expié. Tu as eu ta part de souffrances. »

Elle se tourna vers Nick, vit sa pâleur, ses traits marqués par un douloureux conflit intérieur. Alors, d'un geste plein de compassion, elle se serra contre lui, le prit par les épaules :

« Katherine a raison, Nick. Il fallait qu'elle nous dise la vérité, si pénible soit-elle. Au moins parviendrons-nous à remettre nos sentiments à leur juste place.

– Peut-être », murmura-t-il.

Dans le silence qui retomba, Katherine les dévisagea à tour de rôle. Elle prit une profonde inspiration, s'efforça de dénouer ses nerfs tendus.

« J'ai une dernière prière à vous adresser à tous deux, dit-elle enfin. Du fond du cœur, je vous demande, je vous implore de me pardonner. Accordez-moi votre pardon. »

Francesca répondit la première :

« Je t'ai pardonné depuis longtemps, Katherine. Je n'ai jamais pu oublier, voilà tout.

— Peux-tu me le redire aujourd'hui ? murmura Katherine.

— Oui. Je te pardonne.

— Merci, Francesca. Tu ne peux pas savoir le prix que j'y attache... »

Elle se tourna vers Nick, le regarda d'un air suppliant. Il lui rendit longuement son regard.

« Contrairement à Francesca, je ne t'avais jamais pardonné, Katherine. Aujourd'hui, je t'accorde mon pardon. D'autant plus volontiers que tu as fait preuve de courage en te confessant à nous comme tu viens de le faire.

— Merci, Nick. Merci... »

Elle se leva en hâte, se dirigea vers la fenêtre, le dos tourné pour dissimuler ses larmes. Lorsqu'elle reprit contenance, elle leur fit face :

« Pourrons-nous un jour redevenir amis ? » demanda-t-elle.

Leur expression la dissuada d'insister.

39

Le lendemain, peu après le déjeuner, Katherine sortit de l'hôtel Carlyle et se dirigea d'un bon pas vers la 5ᵉ Avenue, en direction du musée abritant la collection Frick. Elle avait demandé à Estelle Morgan de l'accompagner, mais la journaliste devait regagner son bureau.

Il faisait un temps splendide, froid mais ensoleillé. Sous le ciel uniformément bleu, l'atmosphère était étonnamment pure et vivifiante. Katherine leva la tête, contempla les falaises d'acier et de verre qui scintillaient au soleil. New York, sa ville préférée, lui communiquait sa vitalité, son rythme excitant. Le monde entier lui apparaissait sous un jour différent ou, plutôt, elle le voyait avec un regard plus lucide depuis sa confession. Reverrait-elle jamais Nick et Francesca ? Elle l'espérait sincèrement sans oser y croire. Elle ne pouvait rien faire pour ranimer leur amitié passée, la décision leur appartenait. Depuis peu, elle s'était pénétrée d'un principe auquel elle entendait se tenir désormais : ne se soucier que du présent, ne plus se perdre en stériles conjectures sur l'avenir.

L'avenir, le sien en tout cas, Richard Stanton s'en

inquiétait, en revanche. Il lui avait téléphoné la veille au soir, impatient d'apprendre comment avançaient ses affaires et quels étaient ses projets. Elle lui avait raconté son entretien avec Nick et Francesca. Son entrevue avec Mike Lazarus, prévue pour dix-sept heures, tracassait Richard, dont la sollicitude restait plus que jamais en éveil.

Pour sa part, Katherine n'en éprouvait aucune angoisse. Elle se sentait parfaitement calme et maîtresse de la situation. A quoi bon, d'ailleurs, s'attarder sur ce problème ? Avant de quitter Londres, son psychiatre lui avait recommandé de ne pas épuiser ses forces, de ne pas tenter de surmonter les difficultés avant qu'elles ne se présentent, de ne pas céder au « découragement prématuré », pour reprendre son expression. C'était là une des causes fondamentales de l'angoisse débilitante dont elle avait souffert la majeure partie de sa vie. Aujourd'hui d'ailleurs, se dit-elle, je suis venue admirer des œuvres d'art et non me complaire dans des obsessions malsaines.

Elle commença sa visite par les salles consacrées à Fragonard, s'attarda devant certains tableaux pleins de grâce désinvolte et apaisante.

« Ces panneaux ont été peints pour la comtesse du Barry », dit une voix derrière elle.

Elle se retourna, stupéfaite :

« Nick ! »

Il se tenait à quelques pas, un imperméable négligemment jeté sur le bras et lui souriait. Elle aperçut aussitôt l'expression amicale de son regard, d'où s'était effacée toute trace de froide hostilité. D'un mouvement naturel et spontané, elle s'approcha et lui tendit la main. Il se pencha, l'embrassa sur la joue.

« Que fais-tu donc ici ? demanda-t-elle.

– La même chose que toi, j'admire des chefs-d'œuvre. Viens, la visite est loin d'être terminée. »

Tout en déambulant lentement dans les salles, il parla de Fragonard, de Louis XV et de ses favorites. Il répondit à ses questions avec tant de naturel et d'enjouement que Katherine voyait fondre toute contrainte dans leurs rapports. Ce fut Nick, tout à coup, qui donna à la conversation un tour personnel :

« Autant l'avouer, je ne t'ai pas rencontrée ici par hasard. C'est Estelle, à qui je téléphonais, qui m'a dit que tu viendrais ici.

– Ah ?...

– Francesca, elle aussi, a voulu t'appeler en fin de matinée mais ta ligne était constamment occupée. Elle devait prendre l'avion pour Washington, d'où elle regagne sa maison en Virginie, et compte te téléphoner au début de la semaine prochaine.

– Rien ne me ferait plus plaisir... »

Katherine s'interrompit, hésita à poursuivre :

« Pendant des années, j'étais écrasée de remords à son sujet. Elle m'avait accusée d'avoir brisé sa vie, je ne m'en suis jamais tout à fait remise. Comment va-t-elle, maintenant ? Est-elle heureuse ?

– Je n'aime guère ce mot, répondit-il avec un sourire amer. Qu'est-ce que le bonheur, tout bien considéré ? Mais... bah ! Elle n'est sans doute pas plus malheureuse que la plupart des gens. Sa vie est à l'abri des difficultés, Harrison est un homme remarquable à bien des égards. Je crois cependant pouvoir te dire, sans trahir un secret, que notre rencontre d'hier la laisse insatisfaite. Pour elle, vos affaires ne sont pas définitivement réglées.

– Je ne comprends pas...

– Elle sait que tu as beaucoup souffert et regrette

amèrement d'avoir porté contre toi des accusations injustifiées, en un sens, parce que provoquées par la colère. Elle m'a déclaré aujourd'hui que personne ne brise la vie d'autrui car nous sommes toujours seuls responsables de notre propre destinée. S'il doit y avoir un coupable dans tout cela, m'a-t-elle dit, c'est elle-même qui n'a pas eu confiance en l'homme qu'elle aimait, qui l'a jugé et condamné sans même l'entendre. Francesca se considère seule responsable de sa vie et souhaite que tu le saches. Elle avait des remords de ne pas te l'avoir exprimé clairement et m'a demandé si, à mon avis, tu avais bien compris qu'elle ne nourrissait plus aucune rancune envers toi.

— Oui, Nick, je l'ai très bien compris. Mais toi ? Tu m'en veux encore, n'est-ce pas ? demanda-t-elle en hésitant.

— Peut-être... Laisse-moi te dire, toutefois, que je ne te hais plus depuis hier soir. La haine, le désir de se venger sont des passions trop destructrices. Et puis, les rapports entre deux êtres ne sont jamais à sens unique. Les torts sont toujours partagés, si torts il y a... Nous sommes tous affligés de défauts, de faiblesses dont nous ne nous corrigeons jamais tout à fait.

— C'est vrai, Nick. La nature humaine est imparfaite par essence, je le sais trop bien... Je pensais à toi, hier soir. Je me demandais si tu m'avais vraiment pardonné, du fond du cœur, ou si tu ne me l'avais dit que...

— M'est-il jamais arrivé de dire ce que je ne pense pas ? » l'interrompit-il avec véhémence.

Ils ne prétendaient plus regarder les tableaux. Face à face, ils se dévisageaient intensément. Nick contemplait avec une curiosité avide ce visage que le passage du temps semblait avoir épargné. Il y décela malgré tout une modification, trop subtile pour la définir de prime abord. Une nouvelle assurance, de la sérénité, une clarté dans le regard, une sagesse profonde qui avivaient l'éclat des yeux. Alors, à sa propre stupeur, il sentit renaître des sensations oubliées; son cœur se remit à cogner dans sa poitrine, un désir impatient naquit en lui et le fit respirer plus vite.

Katherine l'observait avec la même attention. Elle enregistrait le réseau de fines rides autour des yeux, le pli amer qui tirait le coin des lèvres, la lassitude résignée du regard, les fils d'argent dont la chevelure blonde était désormais parsemée. Le charme juvénile avait laissé place à l'autorité. Et pourtant, ces stigmates de l'âge ne parvenaient pas à le vieillir vraiment, Nick ne portait pas ses cinquante et un ans. Au-delà des apparences, Katherine s'efforçait de lire en lui les modifications profondes, invisibles, de deviner ses véritables sentiments. A son insu, elle se laissait envahir par un renouveau de tendresse en écoutant parler son cœur. Un imperceptible éclair dans le regard, une transformation presque invisible de son expression la trahirent. Nick les capta, sentit passer le courant de leur compréhension muette. Il fit un pas vers elle, lui prit la main :

« Veux-tu m'entendre te le répéter, Katherine ? » murmura-t-il.

Elle lui fit signe de la tête.

« De tout mon cœur, de tout mon être, je te pardonne. »

Isolés dans la foule qui grossissait et les bousculait, ils restèrent ainsi unis, les yeux dans les yeux. Quelques instants plus tard, une éternité leur sembla-t-il, ils se détournèrent d'un commun accord.

« Allons-nous-en », dit-il en l'entraînant vers la sortie.

Sans mot dire, ils s'engagèrent sur la 5ᵉ Avenue en se tenant toujours par la main. Ce n'est qu'au bout d'une longue marche que Nick s'arrêta soudain :

« Où allons-nous ? demanda-t-il en souriant.

– Je ne sais pas. Je croyais que tu le savais, toi ! »

Ils éclatèrent de rire. Du coin de la 63ᵉ Rue, Nick aperçut le toit vert du Plaza :

« Tu aimais bien prendre le thé là-bas, te rappelles-tu ? Si nous y allions ?

– Pourquoi pas ?... »

Une dernière réticence le retint : dans quoi se lançait-il tête baissée ? N'avait-il pas assez d'ennuis pour s'en créer de nouveaux ? Les paroles de Francesca lui revinrent en mémoire : il n'avait pas, lui non plus, pleinement réglé ses comptes avec Katherine; trop de questions sans réponse traînaient encore dans sa tête. Et puis, à quoi bon le nier ? Elle l'émouvait encore. Lorsque Francesca et lui l'avaient quittée, ils avaient longuement parlé d'elle. Son calme, son retour à la raison les avaient impressionnés. Sa guérison était-elle complète et durable ? Que s'était-il produit pour qu'elle fût transformée de la sorte ? Un besoin puissant le poussait à le découvrir et, du même coup, à éclaircir les zones d'ombre de sa propre personnalité.

Quelques minutes plus tard, ils s'engouffrèrent dans la porte-tambour du Plaza. Katherine prit place à une table, Nick jeta son imperméable sur le dossier d'une chaise :

« Excuse-moi un instant, il faut que je téléphone à la gouvernante. Je lui avais promis d'être rentré pour la promenade du petit. J'ai un fils, tu ne le savais peut-être pas ?

– Si, Estelle m'en a parlé. Mais je ne veux pas le priver de sa promenade avec toi. Nous prendrons le thé un autre jour...

– Pas question. Installe-toi, commande à ma place, je reviens dans une minute. »

Elle le suivit des yeux, remarqua sa démarche souple, son allure gaie. Voilà ce qu'elle cherchait à définir, depuis leur rencontre de tout à l'heure : Nick paraissait avoir retrouvé sa gaieté d'antan, cet entrain communicatif qu'elle avait tant aimé en lui. L'aimait-elle encore ? Elle se reprit aussitôt. Non, il ne fallait même pas y penser. On ne ranime pas des amours mortes. C'est impossible – et périlleux.

Le serveur vint prendre la commande. Katherine regarda l'heure : à peine quinze heures trente. Il lui restait amplement le temps de s'attarder avant son rendez-vous avec Michael Lazarus.

Nick revint très rapidement :

« Affaire réglée. Je lui ai promis *deux* histoires avant de se coucher... Et maintenant, dis-moi, qu'est-ce que cette chère Estelle t'a encore raconté sur ma vie privée ? Telle que je la connais, elle a sûrement brodé et ajouté des détails pittoresques. Pour le plaisir de faire de la bonne copie, elle a une imagination débordante...

– Je sais que Francesca n'a jamais pu la souffrir et il est vrai qu'Estelle est parfois difficilement supportable. Mais elle m'est restée très fidèle, Nick, et je lui en sais gré. En ce qui te concerne, rassure-toi, elle ne m'a pas dit grand-chose, à part la naissance de ton fils et la ravissante Vénézuélienne qui partage ta vie. Je suis parfaitement au courant de ce que tu publies, en revanche, et je constate que tu n'as pas perdu la main. Dis-moi plutôt comment s'appelle ton fils.

– Victor. Le nom de son parrain. »

Katherine réprima un sursaut.

« J'ai voulu lui téléphoner pendant que j'étais à Los Angeles. Une femme de chambre m'a répondu qu'il voyageait au Mexique.

– Aurais-tu l'intention de tout lui expliquer, à lui aussi ?

– Oui, Nick. C'est la moindre des choses.

– En principe, il ne sera pas rentré avant huit jours.

– Eh bien, je lui parlerai à ce moment-là. »

Il y eut un bref silence. Katherine servit le thé. Ils se racontèrent quelques anecdotes qui dissipèrent la gêne.

« J'aimerais te poser une question, Nick, dit Katherine en reposant sa tasse. Je me suis longtemps demandé pourquoi tu ne m'as jamais rien dit au sujet de Victor et de Francesca.

– Tout simplement parce qu'elle m'avait fait jurer de n'en parler à personne, toi y compris. A mon tour : que faisais-tu à Londres tout ce temps ? Tu n'y as pas même tourné un film.

– Je me soignais, répondit-elle sans hésiter. J'ai subi neuf ans de traitement psychiatrique pour schizophrénie. Mon psychiatre m'a déclarée guérie depuis bientôt un an et j'avoue me sentir assez fière de moi. »

Cette nouvelle révélation laissa Nick muet d'étonnement. Un frisson le parcourut à la pensée de l'épreuve qu'elle avait affrontée.

« Je ne savais pas que tu étais passée par cet enfer, dit-il à voix basse. Je suis heureux que tu en sois sortie. Jamais je ne t'avais vue aussi calme, aussi sereine.

– Je me sens merveilleusement bien, c'est vrai. Que veux-tu savoir d'autre ? »

Nick hésita. Il aurait voulu la questionner au sujet de Mike Lazarus mais n'en eut pas le courage.

« Ton frère s'est finalement détaché de ton père, as-tu dit. Et toi ? L'as-tu revu avant ou depuis ton retour ?

– Non. J'ai téléphoné à mon père il y a une quinzaine de jours, j'étais même prête à lui rendre visite à Chicago. C'est lui qui a refusé de me recevoir et je n'ai pas insisté. J'avais déjà perdu trop de temps et trop d'énergie avec Ryan et lui. Quand on affronte les problèmes que j'ai dû surmonter – et avec lesquels je me suis débattue seule –, on apprend à réévaluer bien des choses... Heureusement, il n'en a pas été de même avec Ryan. Il a tout de suite accepté de me rencontrer. Quand il m'a appris avoir finalement rompu tous ses liens avec mon père, j'ai bien ri. J'avais longtemps voulu me venger de lui et ce n'était même plus la peine... Ryan était parvenu seul à faire ce vers quoi je le poussais depuis notre enfance. Il avait gagné sa guerre d'indépendance... »

Elle consulta sa montre :

« Nick, nous n'avons plus que quelques minutes. J'ai un rendez-vous important... avec Michael. »

Il ne put réprimer un geste de surprise :

« Ah ? Tu ne me l'avais pas dit... Puis-je t'y déposer ?

– Accompagne-moi plutôt à pied. Son bureau n'est pas loin. »

Elle s'interrompit, soudain pensive :

« J'espère qu'il me laissera voir ma fille, Vanessa. Je l'ai quittée depuis neuf ans...

– Personne au monde n'aurait la cruauté de refuser cela, dit-il dans un élan de pitié.

– Je l'espère. En fait, je suis presque sûre qu'il consentira. »

Tout en marchant le long de Park Avenue, Katherine résuma les principales étapes de son divorce d'avec Mike Lazarus, leur bataille acharnée pour la garde de l'enfant, la douleur morale qui s'ajoutait aux angoisses de sa propre lutte pour ne pas perdre la raison. Seule, la pensée de sa fille avait donné à Katherine le courage de se sortir du gouffre où elle sombrait. Une fois encore, Nick ne pouvait s'empêcher de l'admirer.

« J'aimerais savoir comment se déroulera cette entrevue, lui dit-il en la quittant au pied de l'immeuble. Me téléphoneras-tu ?

— Je ne connais pas ton numéro.

— C'est toujours le même. Peut-être l'as-tu oublié ou perdu ?

— Non, Nick. Il est inscrit dans mon carnet d'adresses. »

Elle lui sourit et disparut derrière la porte vitrée avant qu'il ait pu ajouter un mot.

Michael Lazarus l'accueillit aimablement et la fit asseoir, non sans l'avoir toisée d'un regard pénétrant.

« Tu es toujours aussi ravissante, ma chère. Permets-moi de t'en féliciter.

— Merci, Michael. Tu me sembles fort bien conservé toi aussi. »

A soixante-huit ans, Lazarus était vraiment doué d'une santé robuste. Il avait cependant vieilli et son âge accusait la dureté de son expression. Mais s'il inspirait encore la terreur à beaucoup de ses interlocuteurs, Katherine n'éprouvait aucune crainte en sa présence. Avec calme et froideur, elle entra aussitôt dans le vif du sujet :

« Tu as reçu, je pense, le rapport de mon médecin ?

– En effet, ma chère, et je suis enchanté de ta guérison miraculeuse.

– Le mot ne convient guère, Michael. Mon traitement a duré neuf ans. C'est pourquoi j'aimerais revoir Vanessa. Tu m'avais promis que je le pourrais lorsque les circonstances le permettraient. Le moment est venu, je crois. »

Lazarus hocha longuement la tête, parut réfléchir profondément à un problème dont la solution promettait d'être ardue.

« Franchement, je ne sais pas, répondit-il enfin. Peut-être vaudrait-il mieux t'installer d'abord, chercher un appartement. Il serait infiniment regrettable, à mon avis, de renouer des rapports que l'instabilité risquerait de compromettre. Ce serait particulièrement dommageable pour l'enfant de s'attacher à toi s'il survenait...

– Une rechute ? l'interrompit-elle d'une voix douce. C'est bien ce que tu veux dire, n'est-ce pas ? »

Il lui décocha un regard glacial que Katherine soutint sans ciller.

« J'espère, mon cher ami, reprit-elle avec froideur, que tu n'as pas l'intention de me tenir trop longtemps à l'écart de Vanessa, sinon je me verrais contrainte d'user de moyens légaux pour faire valoir mes droits de visite. Tu pourrais, certes, faire durer la procédure et m'imposer ainsi une longue attente. Le problème n'est pas là, cependant, et il m'importe peu de gagner ou de perdre devant un tribunal. Je puis me prévaloir d'autres moyens de pression pour parvenir à mes fins.

– Lesquels ? » demanda-t-il sèchement.

Katherine fit un sourire, chercha sans hâte une

cigarette dans son sac, l'alluma, exhala une longue bouffée.

« La presse, Michael. Je n'aurais aucun mal, je pense, à convoquer une conférence de presse. Ma mystérieuse disparition m'a rendue plus célèbre que jamais, tu le sais peut-être. Ma légende de superstar a pris des proportions inattendues pendant tout le temps de ma... retraite. Les chaînes de télévision passent constamment mes films...

– Venons-en au fait ! jeta-t-il avec impatience.

– Imagine simplement la réaction de journalistes avides de nouvelles à sensation lorsque je leur aurai exprimé ma douleur d'être empêchée de revoir ma fille parce qu'une personne s'y oppose, toi.

– C'est grotesque ! La loi m'a confié la garde de Vanessa pour la bonne raison que tu étais hors d'état d'en prendre soin et même de lui rendre visite de loin en loin. Oserais-tu te déconsidérer en révélant publiquement les véritables causes de ta prétendue « retraite » ? Avoueras-tu que tu étais enfermée dans un établissement psychiatrique ?

– Sans hésiter, répondit-elle calmement. Je raconterai même une autre histoire, dont je compte t'informer. Quand j'aurai terminé mon récit, non seulement ta réputation en sortira irrémédiablement ternie, mais l'opinion publique, qui t'ignorait jusqu'alors, te découvrira avec horreur – le mot n'est pas trop fort. Comment cela affectera-t-il le cours des actions de *Global Centurion,* à ton avis ?

– N'espère rien obtenir de moi par le chantage ! s'écria-t-il d'une voix tonnante. Je te reçois courtoisement et tu oses abuser...

– Veux-tu m'écouter quelques minutes ? l'interrompit-elle.

– A ton aise », répondit-il de mauvaise grâce.

Une vingtaine de minutes plus tard, Michael Lazarus se leva et demanda à sa secrétaire d'appeler son domicile. Il s'assit lourdement derrière son bureau et regarda Katherine avec une expression effarée. En dépit de la lumière dorée, son visage avait pris une teinte grisâtre. Son corps s'affaissait. Lorsque le téléphone sonna, il lui fallut un moment pour réagir et décrocher le combiné.

« Brooks ? Passez-moi Mademoiselle », dit-il d'une voix enrouée.

Il s'éclaircit longuement la voix. Lorsque sa fille prit l'appareil, il avait retrouvé un ton normal :

« Vanessa, ma chérie, j'ai une grande surprise pour toi. La semaine dernière, je t'avais dit avoir reçu des nouvelles de ta maman, tu te rappelles ? Son docteur disait qu'elle était guérie. Eh bien, elle est là, devant moi et elle va venir te voir... Non, pas demain, tout de suite... Oui, c'est cela, dit-il en souriant. Le chauffeur va l'emmener. Quoi ?... »

Il écouta longuement sans rien dire, son sourire revint :

« Ah ! bon ! Très bien. Tu peux y compter. A tout à l'heure, ma chérie, je serai rentré pour le dîner. »

Il raccrocha, releva les yeux vers Katherine :

« Elle demande quelques minutes de plus pour changer de robe.

— C'est la moindre des choses », répondit Katherine en souriant.

Déjà, le visage de Lazarus redevenait hostile :

« Je te préviens, si c'est encore l'un de tes stratagèmes... »

Elle l'interrompit d'un geste de la main :

« Me crois-tu capable de mentir sur un tel sujet ? » demanda-t-elle avec mépris.

Il pâlit, se troubla :

« Non, non, c'est vrai... Excuse-moi, je n'aurais pas dû... »

Katherine resta muette de stupeur : jamais Mike Lazarus n'avait présenté d'excuses à quiconque. Sa surprise s'accrut lorsqu'elle le vit se lever et traverser la pièce pour revenir près d'elle et lui prendre la main :

« Je voulais te le dire depuis longtemps, Katherine : il y a bien des choses que je regrette et pour lesquelles je te dois des excuses. »

Elle le regarda longuement dans les yeux et dégagea doucement sa main, qu'il serrait toujours.

« Merci, Michael. Sois assuré que je ne répéterai pas un mot de ce que je viens de te dire. Ni l'un ni l'autre, j'en suis sûre, nous ne souhaitons blesser quiconque... encore moins une enfant. »

Il sursauta, retrouva son expression sévère :

« Vanessa ? Tu ne vas quand même pas lui en parler...

– Evidemment que non, voyons. Et maintenant, dit-elle en se levant, il est temps que j'aille la voir. »

Le maître d'hôtel anglais l'accueillit à la porte avec une courtoisie compassée.

« Mademoiselle attend Madame au salon, dit-il en s'inclinant.

– Merci, Brooks. Ne vous donnez pas la peine, je connais encore le chemin », dit-elle avec un sourire amusé.

Elle traversa lentement le spacieux vestibule. Pour la première fois depuis son retour de New York, Katherine sentait ses jambes flageoler, son cœur battre à tout rompre. Elle avait presque atteint la porte lorsque celle-ci s'ouvrit. Une petite fille fluette et vive apparut dans l'entrebâillement. D'immenses yeux verts la dévisagèrent avec curiosité, une bouche menue s'arrondit sans laisser échapper un son. Katherine stoppa net :

« Bonjour, Vanessa. »

Les yeux verts s'écarquillèrent davantage.

« Bonjour. Voulez-vous entrer ? » dit-elle cérémonieusement.

Katherine la suivit dans la pièce, s'arrêta de nouveau pour mieux la contempler. Une lente poussée de joie lui faisait battre le cœur et briller les yeux.

La fillette esquissa une révérence et tendit la main à sa visiteuse :

« Je suis enchantée de vous voir, euh... mère. »

Katherine serra la petite main blottie dans la sienne :

« Nous nous connaissons déjà, tu sais. Quand tu étais toute petite. Te souviens-tu ?

— Oh oui ! Je vous attendais.

— Je sais, ton père m'a dit que tu voulais changer de robe.

— Non, pas maintenant. Je veux dire, j'attendais que vous reveniez depuis... depuis que j'étais toute petite. Il vous a fallu longtemps. »

Katherine se détourna en hâte pour cacher ses larmes. Elle les contint de son mieux et reporta son regard sur sa fille :

« Et moi, ma chérie, j'attendais depuis longtemps aussi de revenir près de toi. Allons nous asseoir, veux-tu ?

— Bien sûr. »

Sans lui lâcher la main, elle entraîna Katherine à l'autre bout de la pièce, lui indiqua deux fauteuils face à face :

« Asseyez-vous là et moi ici, comme cela nous

pourrons nous regarder longtemps. Cela vaut mieux que de se voir en photo, vous ne trouvez pas ?

— Je suis bien de ton avis, ma chérie. »

Katherine avait le plus grand mal à ne pas perdre contenance. Elle soutint sans ciller le regard hardi des yeux verts et se soumit à leur examen. Vanessa était menue, délicate comme elle; le visage enfantin tourné vers elle semblait une miniature fidèle du sien, à l'exception du semis de taches de rousseur sur le nez et les joues. Vanessa possédait cependant le teint coloré et les cheveux d'or de sa grand-mère maternelle. Katherine avait été frappée, dès le début, par cette ressemblance entre sa mère et sa fille, et la retrouvait plus accusée maintenant que Vanessa approchait de l'adolescence. Çà et là, elle distinguait certains traits de Ryan. Elle est bien une O'Rourke, se dit-elle. Dieu veuille qu'elle n'ait rien hérité de mon père — ou du sien...

Au bout d'une longue et soigneuse observation, Vanessa reprit enfin la parole :

« Papa m'a toujours dit que vous étiez belle et je le savais, j'ai vu tous vos films. Mais je vous trouve encore mieux en réalité.

— Merci, ma chérie, ton compliment me touche. Je te trouve ravissante, toi aussi. »

Vanessa fit une moue sceptique :

« Vous croyez ? Je préférerais me débarrasser de ces taches de rousseur. Partiront-elles un jour, à votre avis ? »

Katherine ne put s'empêcher de sourire :

« Peut-être, ma chérie, mais n'y compte pas trop. Moi, je les aime beaucoup. Elles te donnent une personnalité bien à toi, tu sais. Et puis, les taches de rousseur sont souvent considérées comme des signes de grande beauté. »

Vanessa eut l'air ravie. Son sourire s'effaça peu après :

« Dites-moi, pourquoi avez-vous attendu si longtemps pour revenir ? demanda-t-elle avec gravité.

— J'étais très malade, ma chérie. Il fallait d'abord que je guérisse.

— Qu'aviez-vous ?

— Ton père ne t'en a pas parlé ?

— Oh ! si, vaguement. Il m'a dit que vous étiez dans une maison de repos parce que vous étiez très fatiguée. Mais comment peut-on rester fatiguée neuf ans ? C'est long ! Vous ne dormiez pas bien ?

— Non, pas à ce moment-là. Maintenant, si. En fait, vois-tu, j'ai eu ce qu'on appelle une dépression nerveuse.

— Cela faisait mal ?

— Oui, un peu. Dans ma tête. Mais les douleurs sont parties et je suis tout à fait guérie.

— Tant mieux ! Et maintenant que vous êtes revenue, allez-vous rester ?

— Oui, ma chérie. A partir de maintenant, je vais habiter New York.

— Chic, alors ! Je pourrai vous voir tout le temps, n'est-ce pas ? Mais... Vous êtes sûre que vous n'allez pas repartir ? ajouta-t-elle en redevenant grave.

— Non, je ne quitterai plus l'Amérique, je te le promets. Mais c'est ton père qui doit décider si je te verrai souvent, dit-elle avec douceur.

— Oh ! alors, ne vous inquiétez pas pour Mike, je m'en charge ! dit-elle avec désinvolture. Vous ne m'avez rien dit de ma nouvelle robe. Elle vous plaît ?

— Elle est ravissante, ma chérie, presque de la couleur de tes yeux. Lève-toi, tourne un peu que je te voie mieux... »

Katherine souriait de joie. Elle ne parvenait pas à se rassasier du spectacle de cette adorable fillette si spontanée, si confiante, si peu apprêtée – et qui était son enfant. Pour elle, ces minutes étaient un miracle.

Quand elle eut fini de parader, Vanessa courut vers Katherine et se laissa tomber dans le large fauteuil, à côté d'elle. Son expression redevint grave :

« Par moments, j'étais furieuse contre vous parce que vous m'aviez laissée seule. Maintenant, je comprends pourquoi. Ce n'était pas votre faute.

– Non, ma chérie. Pour rien au monde je ne t'aurais abandonnée de mon plein gré. Tu es ma fille, le meilleur de moi-même », dit-elle en lui caressant la joue.

Elle dut s'interrompre; les larmes lui brouillaient la vue. Sans mot dire, elle tendit les bras et Vanessa s'y jeta, se blottit contre sa poitrine. Katherine lui caressa les cheveux jusqu'à ce qu'elle se sentît capable de reprendre la parole.

« Tu ne sauras jamais combien je t'aime, murmura-t-elle. Je t'ai aimée dès la première seconde... »

Mike Lazarus venait d'apparaître sur le seuil. Katherine laissa sa phrase en suspens et relâcha la fillette :

« Voici ton père. »

Vanessa bondit de son siège et courut en criant joyeusement :

« Papa ! Maman va rester à New York et nous nous verrons tout le temps ! Elle dîne avec nous ce soir... »

Elle s'arrêta net et se tourna vers Katherine, la mine soudain inquiète :

« Vous restez, n'est-ce pas ? »

Katherine sourit et consulta Mike du regard, ne

sachant que répondre. Vanessa se rua sur son père, le prit à la taille :

« Dis, papa, tu as entendu ? Maman attend qu'on l'invite ! »

Lazarus serra sa fille contre lui sans mot dire. Finalement, il se tourna vers Katherine, lui fit un sourire :

« Nous aurions grand plaisir à te garder, ma chère. »

La froideur de son regard démentait son amabilité de commande. Katherine passa outre et répondit sans hésiter :

« Merci, Michael, j'en serai ravie moi aussi. »

Le sourire épanoui de Vanessa la récompensa. Mais, à ce moment précis, un sentiment dominait les autres : l'étonnement. Le père et la fille entretenaient des rapports aisés, affectueux. Michael supportait le franc-parler de Vanessa sans, apparemment, s'en formaliser. Jamais encore Katherine n'avait rencontré couple plus mal assorti que Michael et Vanessa Lazarus.

40

Dans son appartement du Carlyle, à quelques jours de là, Katherine était au téléphone avec Richard Stanton. Elle avait cent nouvelles à lui apprendre, mais sa conversation tournait principalement autour de ses retrouvailles avec sa fille :

« Elle est adorable ! En fait, j'avoue que je ne m'attendais pas à la trouver ainsi. Pas gâtée le moins du monde, malgré la fortune de son père. Précoce sans impertinence, parfois bien élevée au point d'être cérémonieuse. Ce qui ne l'empêche pas de dire ce qu'elle pense avec une franchise déconcertante. Et un don de la repartie !...

— Les enfants ne sont plus ce qu'ils étaient, répondit-il en riant. Et son père, comment se conduit-il envers toi ?

— Convenablement, jusqu'à présent du moins. Mais je n'ai encore guère eu le temps de juger. Il reste distant, se force à se montrer courtois. Avec sa fille, c'est un autre homme, je n'en reviens pas. Ensemble, ils sont comme une paire d'amis, le croirais-tu ?

— A grand-peine !

— C'est cependant vrai. Aujourd'hui, par exemple,

il nous a emmenées toutes deux déjeuner en ville et je l'ai entendu plaisanter! Vis-à-vis de Vanessa, il est parfait, ce qui me réconforte. Quant à elle, au risque de me répéter, je m'émerveille de la trouver aussi adorable. Elle se comporte à mon égard comme si nous ne nous étions jamais quittées. Nous refaisons connaissance si facilement que j'en suis bouleversée.

– Si je comprends bien, tu comptes donc rester à New York?

– Oui, Richard – au moins pour un temps. »

Il dissimula le chagrin que cette déclaration lui causait et la conversation se poursuivit une longue demi-heure. Quelques instants plus tard, la sonnerie du téléphone retentit. Katherine reconnut aussitôt Nick, qu'elle interrompit en riant :

« Inutile de te présenter! Ta voix n'est pas de celles que l'on oublie. Qu'est-ce qui me vaut le plaisir de ton appel?

– Je suis en bas, dans le hall. Puis-je t'imposer ma visite?

– Avec plaisir. Monte, je t'attends. »

Elle n'eut que le temps de remettre ses chaussures et de rajuster sa coiffure. Elle remarqua tout de suite sa mine soucieuse.

« Ta ligne a longtemps été occupée et je craignais que tu ne sortes dîner. C'est pourquoi je me suis permis...

– Que se passe-t-il, Nick?

– Une mauvaise nouvelle. Nelson Avery, le beau-frère de Francesca, m'a appelé il y a une demi-heure. Harrison a eu une crise cardiaque cet après-midi. Francesca est avec lui à l'hôpital, c'est elle qui a demandé à Nelson de me prévenir.

– Mon dieu! Pauvre Francesca.

– Notre dîner de lundi prochain est évidemment décommandé, elle ne pourra pas rentrer d'ici là. J'en suis désolé pour elle, bien entendu, mais aussi pour toi. Tu te réjouissais de cette occasion pour nous réunir...

– Qu'importe ! Nous remettrons cela à plus tard, quand Harrison sera rétabli. Son geste m'a suffi, d'ailleurs. Tu ne peux savoir combien je suis touchée d'apprendre qu'elle accepte de renouer notre vieille amitié.

– Francesca a toujours été généreuse et bonne. Tu ne m'en voudras pas, j'espère, mais je lui ai répété certaines des nouvelles que tu m'avais apprises au sujet de... de tes neuf ans d'épreuves. Elle en était bouleversée.

– Chère Francesca... Ne puis-je rien faire pour elle ?

– J'ai bien peur que non, c'est aux médecins d'agir. Mais je m'attarde. Je ne te retiens pas, au moins ?

– Pas le moins du monde. Il y a un bar dans le placard, là-bas, sers-toi ce que tu veux. A moi aussi, par la même occasion.

La sérénité qui émanait de Katherine déteignait sur Nick, qui sentait s'évaporer sa nervosité et son inquiétude. Assis, ils bavardèrent quelques instants comme de vieux amis qui se retrouvent avec plaisir après une longue séparation. Nick eut une inspiration subite :

– Tu ne fais rien de particulier ce soir ? Alors, viens dîner avec moi.

– Nick, j'en serais ravie, mais...

– Si, j'y tiens. Comme tu vois, je n'ai même pas de cravate. Nous irons dans un endroit simple où nous pourrons parler tranquillement, sans tomber sur des importuns. D'accord ?

– Allons, d'accord. Je vais me changer, attends-moi un instant. »

Nick trompa son attente en faisant le tour du salon. Il se pencha vers des photographies posées sur le secrétaire, en prit une pour l'examiner de plus près. C'était le portrait d'une ravissante fillette aux cheveux d'un blond doré dont le joli visage aux traits délicats ressemblait à celui de Katherine. Vanessa, se dit-il, en reposant le cadre avec un sourire. A côté, il reconnut Ryan, une photo récente parue dans les journaux lors de sa dernière campagne électorale; une autre, beaucoup plus ancienne, représentait Katherine et Francesca côte à côte sur la terrasse de la villa Zamir. Que d'eau a coulé sous les ponts, se dit-il non sans mélancolie. Que de bonheur, d'abord, que nous avons cru éternel. Que de malheurs ensuite...

Il alla se rasseoir, tâta machinalement ses poches pour y prendre une cigarette et constata que son paquet était vide. Il se releva, frappa à la porte de la chambre :

« As-tu des cigarettes quelque part ? Je m'aperçois que je n'en ai plus.

– Entre, je suis habillée. Il y en a un coffret sur ma table de chevet. Tu le reconnaîtras peut-être », ajouta-t-elle en riant.

Il s'approcha, tressaillit de surprise en voyant la boîte d'argent massif dédiée « A toutes mes Katherine » offerte si longtemps auparavant. Son effarement s'accrut, lorsqu'il reconnut son propre visage dans un cadre placé sous la lampe.

« Tu as gardé tout ça ? bredouilla-t-il.

– Bien sûr, répondit-elle avec naturel. Je possède

encore tout ce que tu m'as donné, notamment ceci que je porte tout le temps. Tu le reconnais ? »

Elle balança devant lui un pendentif orné d'une grosse aigue-marine entourée de diamants puis, ayant passé la chaîne autour de son cou, tenta d'accrocher le fermoir.

Nick reposa le coffret à cigarettes sur la table et s'avança vers elle :

« Attends, je vais t'aider.

Le fermoir était petit et il lui fallut un long moment pour mener à bien sa tâche. Penché sur Katherine, il humait des bouffées de son parfum, effleurait sa nuque tiède. Soudain choqué du désir impérieux qui le saisissait, il recula précipitamment, bafouilla une excuse et reprit le coffret d'une main tremblante avant de s'enfuir.

Il resta debout devant la fenêtre à contempler les gratte-ciel illuminés de Manhattan. Mais ses pensées ne pouvaient se détacher de Katherine. Quel don magique possédait-elle pour le troubler ainsi, en dépit des blessures mal cicatrisées qu'elle lui avait infligées ? Pourquoi, à son contact, se sentait-il revenir à la sensualité exigeante de ses vingt-cinq ans, alors que Carlotta le laissait de glace ? Lors de leur dernière scène, juste avant son départ pour le Venezuela, elle l'avait abreuvé d'injures et traité d'impuissant. Erreur, ma belle ! pensa-t-il avec sarcasme. En fait, il ne s'était jamais senti si bien, si plein de vie et d'énergie depuis... quand, voyons ? Douze ans. Depuis que Katherine avait disparu de sa vie. Et maintenant, la boucle était bouclée et il revenait à son point de départ. Son cœur se serra. A quoi bon avoir surmonté tant d'épreuves ? L'expérience ne m'a-t-elle pas suffi ?

Son accablement ne dura guère. Qu'importent les

épreuves, à quoi sert l'expérience ? se dit-il. Seul le bonheur compte – et il était heureux. Leurs vies, leurs destins devaient rester mêlés à jamais. Le sort les avait séparés, il les rejetait l'un vers l'autre. Inévitablement. Il n'avait pas le droit de s'opposer à cet élan venu du plus profond de lui-même, il n'avait pas le droit de refréner ses sentiments.

« Je te trouve bien pensif ! »

Il sursauta, tenta de dissimuler son trouble.

« Avant de partir, il vaudrait mieux que je prévienne la gouvernante. Puis-je me servir de ton téléphone ? »

Lorsqu'il obtint la communication, il déclara simplement qu'il sortait dîner avec des amis et qu'il rentrerait sans doute tard. Très tard.

Une autre nuit, également très tard, Katherine se leva silencieusement. Le visage en feu, elle appuya son front contre la vitre froide. Une lune couleur de plomb apparaissait par intermittence derrière de lourds nuages. La pluie crépitait sur les toits. On n'entendait dans la chambre que la lente et paisible respiration de Nick.

Je ne voulais pas que les choses se passent ainsi – pour lui, pas pour moi. Ce bonheur que j'avais cru à jamais perdu, comment ne pas l'accepter avec gratitude ? S'il devait cesser en cet instant précis, il continuerait à illuminer ma vie jusqu'à mon dernier jour. Mais lui ? Que faire pour retarder sa douleur ? Car je ne puis rien faire, rien pour la prévenir, rien pour l'apaiser... Mon Dieu, aidez-moi. Eclairez-moi. Guidez-moi. Donnez-moi la sagesse et le courage de lui venir en aide.

Elle essuya d'une main ses joues ruisselantes de

larmes, étouffa de son mieux les sanglots qui mena-
çaient de le réveiller. Nick, mon amour, comment te
le dire ? En serai-je jamais capable ?

« Katherine ! Que fais-tu là, dans le noir ? Tu vas
attraper la mort ! Reviens vite te coucher, mon
amour.

– Oui, j'arrive. »

Elle reprit difficilement contenance et se glissa
sous les couvertures. Nick l'attira aussitôt contre lui :

« Grand dieu, tu es glacée !... »

Il se pencha, posa ses lèvres sur son visage, y
reconnut le goût salé des larmes.

« Mon amour, tu pleurais ! Pourquoi ?

– Parce que... Parce que je suis heureuse, Nick.
Ces deux mois avec toi ont été les plus heureux de
ma vie. »

Il lui donna un long baiser plein de tendresse.

« Ce n'est encore que le début, murmura-t-il. Tu
ne me feras pas revenir sur ma décision, tu sais.
Carlotta sera là dans une quinzaine de jours. A ce
moment-là, je ferai le nécessaire. Nous nous marierons et nous vieillirons ensemble, mon amour.

– Ce n'est qu'un rêve, Nick...

– Non ! Les rêves peuvent parfois devenir réalité,
tu le sais. Au plus profond de mon cœur, je n'avais
cessé de rêver que tu me reviendrais. Eh bien, tu es
revenue.

– Trop d'obstacles nous séparent. Carlotta...

– Chut ! dit-il en lui posant un doigt sur les lèvres.
Carlotta n'a pas voix au chapitre. Depuis janvier
dernier, elle n'a pratiquement plus mis les pieds
ici. J'ai l'impression très nette qu'elle m'a déjà rem-
placé.

– Mais Victor, votre enfant ? Si vous vous sépa-
rez, elle voudra le garder.

– Peut-être, mais j'en ai déjà discuté avec mes avocats. Elle ne pourra pas disparaître avec le petit aussi facilement qu'elle se l'imagine.

– Tu joues avec le feu, Nick.

– Laisse-moi en prendre les risques. Dis-moi seulement une chose : lorsque tout sera réglé, nous nous marierons, c'est décidé. La seule question est la suivante : quand ?

– Je ne sais pas...

– Tu ne *veux* pas ?

– Si, mon chéri. Mais... Je ne suis pas sûre de moi, de mon état de santé...

– Tu es en pleine santé ! Depuis deux mois, nous ne nous sommes pas quittés et je connais ton « état de santé » aussi bien que toi, sinon mieux. Tu es totalement et définitivement guérie.

– Je l'espère... »

Elle feignit de bâiller. Cette conversation menaçait de devenir trop délicate. Nick se pencha vers elle, l'embrassa :

« Tu as raison, il faut dormir. Je t'aime.

– Je t'aime aussi. »

Le lendemain matin, Nicolas Latimer se réveilla d'excellente humeur. Katherine rit de bon cœur à ses boutades qui se succédaient sans discontinuer; il ne s'était pas montré aussi spirituel depuis très longtemps.

Après un bon petit déjeuner, ils durent se séparer pour la journée. Chacun avait à faire de son côté.

« Dînons-nous ensemble, ce soir ? demanda Nick.

– Non, mon chéri, tu sais que je dîne avec Vanessa.

– C'est vrai... Ecoute, je dois avoir un creux dans l'après-midi, je pourrais passer vers l'heure du thé ? D'accord ?

– Avec joie, mon chéri. »

Il était à peine dix-sept heures lorsque Katherine entendit Nick frapper à sa porte. Aussitôt entré, il la saisit dans ses bras, la souleva de terre et la fit tournoyer en riant avant de la reposer :

« Je sors de chez mes avocats ! s'écria-t-il. Tout s'arrange légalement pour préserver mes droits et ceux de l'enfant. Il n'y a plus de problèmes ! Alors, qu'en dis-tu ?

– C'est merveilleux, mon chéri. Viens t'asseoir, parlons un peu. »

Nick la suivit, soudain inquiet de sa mine sévère :

« Qu'y a-t-il, Katherine ?

– Il y a que je ne peux pas t'épouser, Nick.

– Non, je t'en prie, pas de mauvaises plaisanteries aujourd'hui, je ne suis pas d'humeur à les supporter ! Je te parle sérieusement, pour une fois.

– Moi aussi, Nick. Je ne peux pas t'épouser. »

Il la dévisagea avec une perplexité croissante :

« Peux-tu m'expliquer tes raisons ? Si c'est à cause de l'enfant, je viens de te dire que tout s'arrange à la perfection.

– J'en doute. A peine auras-tu mis Carlotta au courant de nos projets qu'elle emmènera ton fils et tu auras toutes les peines du monde à le récupérer – je sais de quoi je parle, ne l'oublie pas. Non, mon chéri, je refuse de te laisser prendre ce risque.

– Il n'y en a aucun, voyons !

– Si, et je ne suis pas capable de charger ma conscience d'un tel fardeau. J'en ai supporté suffisamment dans le passé pour ne pas en créer de nouveaux.

« – Mais je ne te demande pas de subir quoi que ce soit ! Je veux t'épouser, que tu le veuilles ou non ! J'aime mon fils, mais j'ai besoin de toi, comprends-tu ? »

Katherine ne répondit pas aussitôt.

« Ecoute-moi, Nick, dit-elle avec gravité. Je n'ai rien à t'offrir pour compenser la perte de ton enfant et je n'ai pas le droit de t'exposer à...

– Rien à m'offrir ? C'est absurde ! Tu m'aimes, je t'aime, nous sommes heureux ensemble, plus que jamais depuis ta guérison...

– Justement, Nick, je ne suis pas guérie. Je suis gravement malade et je n'ai plus de temps devant moi.

– De temps ? Je ne comprends plus.

– Je vais mourir, Nick. »

Il la dévisagea, incrédule. Peu à peu, la vérité se fit jour en lui et il vacilla, assommé. Livide, il se laissa tomber sur un siège, incapable d'articuler une parole.

« Il ne me reste plus très longtemps à vivre, reprit-elle calmement. Six ou sept mois, guère davantage. »

Les yeux écarquillés, il la contemplait en haletant :

« Non, non, balbutia-t-il enfin. Dis-moi que ce n'est pas vrai. C'est impossible, impossible...

– Si, mon amour, c'est vrai. »

En proie à un tremblement convulsif, le visage ruisselant de larmes, il se prit la tête à deux mains. Katherine alla s'agenouiller devant lui et murmura des paroles apaisantes, comme à un enfant.

« Mon amour, au moment de mon retour, je ne voulais qu'obtenir ton pardon afin de mourir en paix. Je ne prévoyais pas que notre amour renaîtrait.

Estelle m'avait dit que tu vivais avec une autre, que tu avais un fils... Voilà qu'aujourd'hui je suis encore obligée d'implorer ton pardon, pour la peine que je t'inflige... »

Il se pencha, l'enveloppa d'une étreinte désespérée, la serra contre lui à l'étouffer :

« Katherine, mon amour, je t'aime tant... Non, tu ne peux pas, tu ne dois pas mourir... »

Ils restèrent ainsi embrassés longuement. Lorsque ses sanglots s'atténuèrent, Katherine se dégagea doucement, chercha un mouchoir pour éponger ses larmes. Elle s'assit auprès de lui, alluma une cigarette qu'elle lui tendit.

Après avoir repris contenance, il demanda d'une voix assourdie :

« De quoi souffres-tu, Katherine ?

– Une forme de cancer. Incurable. »

Il secoua violemment la tête, essuya rageusement les larmes qui revenaient :

« Je n'y crois pas... Je ne veux pas y croire... Tu parais si... en si bonne santé... Non, non...

– Ce n'est qu'une apparence, mon chéri. Selon mes médecins, je devrais vivre six ou sept mois sans dégradation visible de mes fonctions organiques.

– Il n'y a pas de maladies incurables, de nos jours ! s'écria-t-il avec véhémence. Il y a des traitements pour le cancer ! Nous consulterons des spécialistes, il doit y avoir un moyen de...

– Non, mon amour. J'ai déjà consulté tous les spécialistes d'Europe et des Etats-Unis, crois-moi. Dans mon cas, les radiations sont sans effet. La chimiothérapie comporte des risques graves et peut entraîner la chute des cheveux ou d'autres phénomènes auxquels je refuse de m'exposer. Certains remèdes peuvent prolonger la survie de quelques semaines dans des conditions trop pénibles pour en valoir la peine. Je préfère laisser les choses suivre leur cours et mourir dignement, sans perdre ma conscience, sans me défigurer.

— Depuis quand le sais-tu ?

— Novembre dernier. Il était déjà trop tard pour intervenir efficacement.

— Souffriras-tu beaucoup ? demanda-t-il d'une voix à peine audible.

— Je ne crois pas. Quand mon état s'aggravera, je perdrai du poids, je me fatiguerai plus vite, c'est tout. »

Au bout d'un nouveau silence, il demanda :

« Es-tu certaine du diagnostic ?

— Oui, Nick. Il a été confirmé par plusieurs sommités médicales. Il n'existe aucun remède... Quand je l'ai su, il me restait neuf mois environ. C'est pourquoi j'ai décidé de revenir ici afin de te revoir une dernière fois, de prendre congé de mes amis, Francesca, Ryan — et ma fille, bien entendu. J'y tenais plus qu'à tout.

— C'est donc pour cela qu'il t'a permis de la revoir ?

— Oui, répondit-elle avec un sourire amusé. Je l'ai menacé d'un procès, d'une conférence de presse, de divulguer les détails de ma maladie. Mike a capitulé sans résistance... Je n'en aurais pourtant rien fait. Jamais je n'aurais soumis Vanessa à une telle épreuve.

— Et Ryan, le lui as-tu dit ?

— Non, Mike Lazarus et toi êtes les seuls au courant et je désire que les choses en restent là. Jure-moi de n'en parler à personne. Je refuse la pitié, la commisération...

— Et c'est pourquoi tu ne nous en as rien dit lors de notre première rencontre ?

— Naturellement. Je cherchais votre pardon, pas votre charité.

— N'en diras-tu rien à Francesca, à Victor ?

— Peut-être, mais je le ferai moi-même au moment opportun. »

Nick sentit soudain quelque chose craquer en lui, un barrage se rompre, une révolte gronder contre l'injustice et l'absurdité du sort. Avec un cri de rage et de douleur, il se leva, arpenta la pièce à grandes enjambées, se cogna dans les meubles en poussant des gémissements inarticulés.

Aussi subitement qu'elle avait explosé, sa rage disparut. Le spectacle de Katherine, digne et résignée, qui le contemplait avec tristesse lui fit prendre conscience de ce que son attitude avait d'odieux. Il se jeta à ses pieds, lui prit la main :

« Pardonne-moi, mon amour, je t'en prie. Je t'aime tant que j'en deviens fou... »

De nouveaux sanglots l'empêchèrent de poursuivre. Il enfouit son visage dans ses mains, se laissa submerger par sa douleur.

« Je comprends, mon amour, dit-elle en lui caressant les cheveux. La résignation finit par s'imposer, crois-moi. L'on ne peut se soustraire à l'inévitable. Lorsqu'il n'y a rien à faire, il faut bien accepter... »

Elle murmura longuement des paroles sans suite sur un ton apaisant qui finit par avoir raison de l'excès de douleur où Nick était plongé. Il se releva, s'assit près d'elle et la prit dans ses bras.

« Je resterai avec toi, mon amour, je ne te quitterai plus. Je veux que tes derniers mois soient heureux, pour toi, pour moi aussi. Je ferai tout pour... »

Un nouveau sanglot lui coupa la parole.

« Non, mon chéri, répondit-elle doucement. Tu ne peux pas rester avec moi.

– Pourquoi ? Au nom du Ciel, n'invente pas de mauvaises raisons !

– Je ne veux pas être responsable de ta séparation d'avec ton fils.

– Eh bien, nous resterons à New York, toi ici et moi chez moi ! Nous sauvegarderons les apparences, dit-il avec amertume.

– Je refuse, Nick. Ton chagrin hâterait ma fin... »

Elle laissa sa phrase en suspens, atterrée des paroles qui lui avaient échappé. Il ne les avait même pas entendues.

« Ne me repousse pas, je t'en supplie. Permets-moi de vivre avec toi ces quelques mois de bonheur. Après, je serai seul... »

Elle garda longtemps le silence. Des larmes perlaient à ses paupières.

« Soit, mon chéri. Mais à une condition : promets-moi de rester joyeux et gai, comme toi seul sais l'être. »

Il cligna les yeux, se força à sourire :

« Je te le promets. »

Katherine se leva :

« Veux-tu m'accompagner jusque chez ma fille ?

– Naturellement. Je dois d'ailleurs retrouver Victor à son hôtel. Nous dînerons ensemble.

– Tant mieux, j'étais navrée de te laisser seul ce soir. Quand compte-t-il repartir pour la Californie ?

– D'ici huit à dix jours, je crois. Il est heureux de nous avoir tous revus – et de renouer son amitié avec Francesca. »

Ils sortirent ensemble, marchèrent en silence. Lorsqu'ils furent sur Park Avenue, non loin de l'appartement de Mike Lazarus, Nick demanda en hésitant :

« Quand comptes-tu parler à Victor et à Francesca ?

— Je ne sais pas encore, mon chéri. Sûrement pas demain, cela gâcherait le déjeuner auquel Francesca nous a tous invités. »

Elle lui pressa la main, sourit :

« Je suis enchantée que nous ayons forcé Francesca à nous accompagner, la semaine dernière. Victor rayonnait et elle n'était pas fâchée elle non plus.

— T'en a-t-elle parlé depuis ? De Victor, veux-je dire.

— Pas vraiment. Je crois cependant que ses cheveux gris lui ont causé un choc. Elle le voyait encore tel qu'il était en 1956.

— A soixante-deux ans, Victor reste malgré tout l'un des hommes les plus séduisants du monde... J'ai encore harcelé Francesca hier soir pour qu'elle sorte davantage. Harrison est mort depuis trois mois, elle ne devrait pas rester claquemurée dans ce grand appartement sinistre...

— Et toi, mon amour, resteras-tu enfermé chez toi à gémir ?

— Non, je t'en prie, ne me parle plus de... ta mort. Je ne pourrais pas résister.

— Soit, mais il faudra pourtant que tu en acceptes l'idée. Il faut nous astreindre à vivre normalement, Nick. »

Le courage dont elle faisait preuve une nouvelle fois rendit Nick honteux de sa propre faiblesse :

« Je te le promets. »

Ils arrivèrent au pied de l'immeuble. Katherine l'embrassa.

« Vers quelle heure veux-tu que je passe te prendre ? lui demanda-t-il.

— Vers vingt et une heures trente... Et n'oublie pas, mon amour. Je t'aime. »

Il avait les yeux trop pleins de larmes pour la voir franchir les larges portes de verre.

41

Pour la première fois depuis son veuvage, Francesca avait délaissé le noir et sorti de sa penderie une robe de soie vert sombre, à peine plus clair à vrai dire, mais qui constituait un symbole. Sous ses yeux, les arbres de Central Park bourgeonnaient. Le printemps était là, le temps du renouveau. Dans moins d'une heure, ses invités allaient arriver. Ce déjeuner en l'honneur de Victor, Katherine en avait eu l'idée, et Nick l'avait approuvée avec tant d'empressement que Francesca aurait eu mauvaise grâce à refuser. Avait-elle eu tort ? Il ne fallait surtout pas que Victor se fît d'illusions à son sujet. Le risque était minime, certes. Ils avaient tous deux pris de l'âge et, espérait-elle, de la sagesse. Leur amour était mort depuis plus de vingt ans. Et puis, comme Nick l'avait fait remarquer, à quoi servent les amis sinon à vous réconforter dans la peine ?

Francesca n'en était plus si sûre depuis l'autre soir, depuis ce dîner auquel Katherine et Nick l'avaient entraînée, presque malgré elle. Entre Victor et elle, un courant s'était aussitôt établi, fait de souvenirs encore très vivaces. Troublée, déconcertée, elle n'avait su comment réagir sur le moment même et se posait d'innombrables questions. La sonnette de la porte d'entrée la tira de sa rêverie. Dans le vestibule, elle entendit des bruits de voix étouffées. La gouvernante accueillait Victor. Déjà lui !...

Elle se détourna de la fenêtre et s'avança à sa rencontre alors qu'il franchissait le seuil du salon. Une fois de plus, son élégance, son charme la frappèrent et accrurent son trouble.

« Bonjour, Francesca », dit-il en lui tendant la main.

Elle la serra, lui rendit son sourire, s'efforça de ne pas perdre contenance et joua son rôle de maîtresse de maison :

« Vous êtes le premier. Entrez, mon cher Victor. Si nous buvions quelque chose en attendant les autres ? Ils ne devraient guère tarder. »

Ils prirent place face à face, se lancèrent dans un bavardage mondain. Francesca donna des nouvelles de ses cousins, parla de Kim, de son divorce en cours et de ses enfants, de Doris et de sa fille, sa demi-sœur. A plusieurs reprises, elle se leva afin de chercher des photos, les commenta. Elle riait, parlait à peine trop fort. On aurait pu prendre leur dialogue pour ce qu'il paraissait être, celui de deux vieux amis qui refont connaissance après une longue séparation. L'on n'y discernait aucune gêne, aucune réticence.

Victor, cependant, ne pouvait s'empêcher d'observer Francesca avec une fascination croissante. Il admirait sans réserve son élégance innée, sa beauté inaltérée par le temps. Elle était exactement devenue telle qu'il l'avait imaginée et il en éprouvait un sentiment de fierté. L'attrait qu'elle avait exercé sur lui, il le retrouvait intact, peut-être plus puissant. Il se rendait compte que son désir pour elle lui était aussitôt revenu, aussi impérieux, sinon plus exigeant. Son seul regret, c'était de la retrouver si tôt après son veuvage : la décence la plus élémentaire lui interdisait les manœuvres d'approche que son cœur lui dictait. Malgré lui, il échafaudait des projets, prévoyait de revenir à New York – dès le mois prochain, peut-être ? D'instinct, il sentait qu'elle ne restait pas insensible à son propre charme – son aisance un rien trop affectée en donnait la preuve. Leur intimité passée avait été trop précieuse pour qu'il n'en restât rien. Il suffirait de peu pour la ranimer, sans doute. Et cette fois, se jura-t-il, je ne la laisserai pas m'échapper...

Une phrase le ramena au présent :

« Je ne saurais vous dire combien je suis heureuse de votre réconciliation avec Katherine. La pauvre a vraiment subi de terribles épreuves et ne méritait pas une telle punition.

– C'est vrai, Francesca. Nick m'en a longuement parlé et j'en ai frémi. Et puis, je ne suis pas rancunier de nature. Nous avons tous commis des erreurs, à cette époque-là... Le plus impardonnable, c'est encore moi. J'avais quarante ans, j'aurais dû faire preuve de plus d'expérience.

– Vous n'avez pas beaucoup changé, vous savez...

– Merci du compliment, mais je ne peux plus ignorer tous ces cheveux blancs.

– Ils ajoutent à votre distinction, mon cher... Ah ! j'entends la sonnette. Voici Nick et Katherine. »

Elle se levait pour aller à leur rencontre lorsque la porte s'ouvrit à la volée. Nick entra en courant presque, livide, les traits décomposés, les yeux rouges d'avoir pleuré.

« Mon dieu, Nick, que se passe-t-il ? s'écria-t-elle.

– Elle est partie, Francesca ! Partie ! Aucun message, pas un mot, rien. Je ne sais pas où la chercher, j'ignore tout... »

Victor prit son ami par le bras, le fit asseoir :

« Du calme, vieux frère, du calme. Francesca, donnez-lui quelque chose à boire, il en a besoin. »

Elle obéit aussitôt, posa un verre devant lui, le prit aux épaules en un geste affectueux.

« Reposez-vous, Nick. Vous êtes hors d'haleine.

– J'ai couru jusqu'ici... Je me disais... Je me demandais si elle vous avait tout raconté... »

Victor et Francesca échangèrent un regard étonné.

« Pas si vite, Nick, lui dit Victor. Commence depuis le début, nous ne comprenons pas. Que nous aurait-elle raconté ? »

Nick reprit son souffle et entreprit de leur relater les nouvelles que lui avait apprises Katherine la veille au soir. Sa voix se brisa plusieurs fois. Francesca pleurait en silence. Victor lui tendit son mouchoir, la serra contre lui sans rencontrer de résistance.

Nick en arriva enfin à la conclusion de son récit :

« Après l'avoir laissée à la porte de Lazarus, je suis allé te retrouver pour dîner, Victor, et j'ai ensuite été la reprendre vers vingt et une heures trente pour la raccompagner au Carlyle. Je l'ai quittée ce matin de bonne heure, je voulais finir de corriger les épreuves de mon dernier roman afin de m'en débarrasser et de consacrer tout mon temps à Katherine à partir de maintenant. En partant, je lui ai dit que je reviendrais la chercher avant le déjeuner. Et c'est en arrivant au Carlyle vers midi et demi que j'ai appris son départ. Elle avait réglé sa note et demandé un taxi à dix heures avec tous ses bagages. Pas de message, pas d'adresse, pas de téléphone, rien. Je ne comprends pas ! Pourquoi, mais pourquoi a-t-elle disparu ainsi ? C'est insensé...

Nick se leva d'un bond, arpenta la pièce, alla se planter devant la fenêtre, les épaules secouées de sanglots contenus.

« Mon dieu, le paquet ! s'écria Francesca. On a livré tout à l'heure un paquet à votre nom, Nick. Je vais le chercher, il est dans le vestibule. »

Elle sortit en courant, revint aussitôt. Nick déchira fébrilement l'emballage, trouva une enveloppe.

– C'est son écriture ! »

A l'intérieur, il découvrit trois boîtes de chez *Tiffany's*, deux autres enveloppes et, au fond, un épais cahier relié de cuir bleu. En hâte, il décacheta l'enveloppe. A mesure qu'il progressait dans sa lecture, les larmes lui montaient aux yeux, ruisselaient sur ses joues.

« Ces deux-ci sont pour vous », dit-il d'une voix enrouée.

Il s'éloigna aussitôt vers l'autre bout de la pièce, le dos tourné pour ne pas donner en spectacle le désespoir qui l'étreignait.

Sans mot dire, Victor prit la boîte qu'il posa sur le canapé, entre Francesca et lui. La douleur de Nick le remplissait de tristesse, mais il éprouvait non moins de compassion envers Katherine. Quels qu'eussent été ses torts passés, elle ne méritait pas ce sort cruel.

Ils lurent chacun leur lettre en silence, accablés de chagrin. Un long moment plus tard, Nick les rejoignit :

« Francesca, voudriez-vous lire à haute voix ? J'aimerais tout savoir, apprendre le moindre détail... Vous comprenez ?

– Bien sûr, Nick. »

Elle se moucha, s'essuya les yeux et commença d'une voix mal assurée :

Très chère Francesca,

Nick t'expliquera tout. Pardonne-moi de ne pas l'avoir fait moi-même, j'ai cru qu'il serait moins pénible pour nous tous de m'y prendre ainsi. Le cahier bleu au fond du paquet est destiné à ma fille, Vanessa. J'y ai noté mes pensées de ces derniers mois et j'aimerais qu'elle en prenne possession lorsqu'elle sera en âge de les comprendre, d'ici un an ou deux peut-être. Je te laisse juge du meilleur moment. J'espère qu'elle apprendra alors à mieux me connaître.

J'ai eu le grand bonheur de constater que Michael a été et reste pour elle un excellent père, tel que je n'en ai jamais eu moi-même. Ils ont l'un pour l'autre un amour sincère et solide. J'estime, cependant, que Vanessa a besoin d'une influence féminine et Michael est d'accord pour que tu la voies à ton gré. Merci, ma chérie, de devenir pour ma fille l'amie que tu as été pour moi.

Saisie d'un tremblement incontrôlable, Francesca dut s'interrompre. Elle s'essuya machinalement les yeux et ne reprit sa lecture qu'au bout d'une longue pause.

Maintenant, Francesca, c'est à toi personnellement que je m'adresse. Du seuil de la mort où je me tiens aujourd'hui, je vois enfin la vie avec clarté, sans plus d'illusions ni de faux-semblants. Je distingue des vérités qui, trop longtemps, m'avaient échappé. Je vois ceux que j'aime, leurs besoins, leurs valeurs essentielles avec une lucidité probablement supérieure à la leur. Je te vois toi, ma chérie, aussi pure, aussi droite que je t'ai toujours connue, débordante d'une bonté si rare qu'elle n'en a que plus de prix. Je te vois aussi, hélas! terriblement solitaire, plus que tu ne l'as jamais été. Ne reste pas seule, Francesca. La solitude est une forme de mort – je ne le sais que trop bien. Nick et moi avons cru pouvoir bénéficier d'une seconde chance. Nous nous trompions. Cette chance, tu l'as, toi. Ne la laisse pas passer tant que tu as la jeunesse, ma chérie. Je te le dis du fond du cœur, un cœur débordant d'amour pour toi.

Ma mort prochaine me donne le privilège de te parler de la sorte. Je sais que tu comprendras et pardonneras ma franchise. Sois heureuse, amie très chère. Je penserai toujours à toi, dans ce monde et dans l'autre, avec le même amour. Katherine.

Francesca ne tentait plus de retenir ses larmes et s'abandonna à sa douleur. Victor, les yeux humides, lui prit la main, la serra pour ne plus la lâcher.

En face d'eux, voûté, le visage dans ses mains, Nick sanglotait. Au bout d'un moment, il demanda à son ami :

« Lis la tienne, aussi, Victor. Il faut que je sache... »

Victor prit la lettre de Katherine, la parcourut des yeux, comme s'il craignait d'en entreprendre la lecture. Après s'être éclairci la voix, il commença :

Victor, mon très cher ami,
Je tiens d'abord à te remercier de m'avoir pardonné les torts que j'ai eus envers toi. La compréhension, la générosité dont tu as fait preuve à mon égard la semaine dernière m'ont profondément touchée. Je puis maintenant, comme je l'ai dit à Nick après notre rencontre, mourir en paix et la conscience enfin déchargée de mes remords.

Je sais combien tu aimes Nick, c'est pourquoi je me sens autorisée à te demander de veiller plus par-

ticulièrement sur lui. Plus que jamais, il aura besoin de ton amitié et de celle de Francesca. Sachez tous deux lui insuffler votre force de caractère, aidez-le à franchir les mois difficiles qui vont suivre. Je ne voudrais pas que Nick reste trop seul. Emmène-le avec toi quand tu repartiras cette semaine, emmène aussi Francesca et le petit Victor. Je serais rassurée de le savoir entouré de ceux qu'il aime, son fils, Francesca et toi-même.

Je te demande enfin une dernière chose : empêche Nick de me rechercher. Je vais dans un endroit où je trouverai la paix et le repos, où je serai abritée et soignée jusqu'à mon dernier instant. Je désire qu'il en soit ainsi : je ne pourrais pas supporter de voir Nick souffrir à cause de moi. S'il reste près de moi, je sais qu'il souffrira – je m'en suis rendu compte hier soir. Seuls Michael Lazarus et vous trois êtes au courant de mon état. Je tiens à ce que nul autre n'en soit informé.

Adieu, ami très cher. Katherine.

Victor replaça lentement la lettre sur la table basse, essuya ses yeux brouillés par les larmes. Puis il alla près de Nick qu'il serra dans ses bras :

« Respecte son désir, Nick. N'essaie pas de la retrouver. A quoi bon lui causer des tourments inutiles ? »

Nick hocha la tête. Trop bouleversé pour proférer un mot, trop écrasé de douleur, il se leva lourdement, fit les cent pas d'une démarche titubante, se cogna aux meubles sans ressentir la moindre douleur. Il refusait d'accepter l'idée de ne plus la revoir, de ne plus jamais entendre tinter son rire, de ne plus jamais plonger son regard dans le bleu limpide de ses yeux, de ne plus jamais tenir dans ses bras le corps tiède et souple qu'il aimait. Il ne se rendit même pas compte que Victor et Francesca avaient quitté la pièce.

Lorsqu'ils revinrent, un quart d'heure plus tard, il arpentait toujours le salon du même pas de bête blessée. Victor s'approcha, se posta en face de lui :

« Ecoute, Nick, il faut faire ce qu'elle nous a demandé, comprends-tu ? »

Il sursauta, jeta autour de lui des regards égarés. Peu à peu, il parut reprendre conscience :

« Oui, murmura-t-il. Oui... »

Il se dirigea alors vers la boîte, oubliée sur le canapé, en sortit les paquets. Il tendit à Francesca et à Victor ceux qui leur étaient destinés.

« Elle m'a demandé de vous donner ceci. Dans sa lettre... »

Il dut avaler sa salive avant de poursuivre :

« Merci de m'avoir lu les vôtres. Je ne peux pas vous lire la mienne, elle est trop... trop personnelle... »

Francesca fit un signe de tête, ouvrit lentement son paquet. Il contenait un petit cœur en or serti de diamants, semblable à celui que Katherine portait souvent, et une longue chaîne d'or. Francesca serra le bijou dans sa main. Les larmes se remirent à couler.

Pour Victor, Katherine avait choisi des pièces de monnaie romaine portant le profil d'un empereur dont souvent, par plaisanterie, elle avait remarqué la ressemblance avec Victor. Elle les avait fait monter en boutons de manchette. Nick contemplait son cadeau sans mot dire et referma la boîte avant de fondre en larmes. Aucun de ses amis ne lui demanda ce qu'elle contenait.

Au bout d'un long silence, Victor le premier retrouva le courage de parler :

« Nous devons, dit-il en prenant la main de Francesca, garder de Katherine un souvenir joyeux, comme elle le désire. Nous devons surtout satisfaire les souhaits qu'elle nous a exprimés. C'est pour nous une obligation sacrée. Nick, tu vas m'accompagner au ranch, n'est-ce pas ?

— Oui, Victor, et j'emmènerai mon fils, comme Katherine le souhaite.

— Et vous, Francesca, viendrez-vous avec nous ?

— Oui, Victor. Katherine me l'a demandé et Nick a besoin de nous. »

Victor lui sourit. Leurs regards se croisèrent, ne se détournèrent plus. J'ai été son premier amour, se dit-il. Avec un peu de chance, je pourrais être son dernier. Plus tard, lorsque cette tragédie sera oubliée, quand nos cœurs auront retrouvé la paix. Alors, la vie reprendra ses droits.

EPILOGUE

Avril 1979

« ... Quand sont évanouis les temps des rêves dorés...
J'appris alors comment chérir l'existence
... Avec l'aide de la joie. »

EMILY BRONTË

42

Le jardin de Ravenswood vibrait de couleur et de vie dans les senteurs mêlées des plantes et des fleurs. Grisée, émerveillée, Katherine s'arrêtait çà et là pour admirer une fleur, caresser les pétales épanouis sous le soleil. Lentement, voluptueusement, elle traversa la pelouse, emprunta le sentier sinueux, parvint enfin à la clairière, au cœur de son bosquet préféré.

Elle s'assit sur un banc rustique, prit dans sa poche un paquet de cigarettes et en alluma une dont elle tira une longue bouffée gourmande. Son médecin lui avait recommandé de ne plus fumer. Quelle importance cela avait-il désormais ? Quelques jours de plus ou de moins dans sa vie...

Les yeux clos, elle offrit son visage aux rayons du soleil tamisés par les palmes mouvantes. Elle les rouvrit presque aussitôt : pourquoi se priver du spectacle de la beauté dont elle était entourée ? Au loin, la grande maison blanche étincelait contre le bleu profond du ciel. Seuls des chants d'oiseaux troublaient le silence. Katherine poussa un soupir de plaisir. Ici, tout était paisible. On se sentait bien, loin du tumulte du monde.

Richard n'allait sans doute plus tarder. Katherine

ne l'avait pas prévenu de son arrivée et, ne se doutant de rien, il était parti faire son parcours de golf habituel. Comment l'aurait-elle informé de ses projets, d'ailleurs ? Sa décision, elle ne l'avait prise que la veille au soir, pendant que Nick dormait dans ses bras. Le souvenir si vivace de l'homme qu'elle aimait lui donna un bref serrement de cœur. Lui obéirait-il ? Irait-il avec Victor et Francesca chercher l'oubli au ranch de Santa Barbara ? Elle le souhaitait ardemment. Là-bas, près de son fils, entouré de ses amis les plus chers, peut-être trouverait-il lui aussi la paix de l'âme, la résignation à l'inévitable. Elle allait, de son côté, être enfin réunie à sa fille. Vanessa devait arriver dans quelques jours et rester près d'elle aussi longtemps que son état le permettrait, Mike Lazarus le lui avait solennellement promis.

Un sourire lui effleura les lèvres au souvenir de ces dernières semaines. Elle avait su dissimuler à tous la gravité de sa maladie, à tous – même à Nick. La plus belle représentation de sa carrière, la preuve la plus éclatante de son génie d'actrice. Le rideau était retombé, il allait se relever maintenant. Pour Richard. A lui, et à lui seul, elle donnerait sa représentation d'adieux. Il ne fallait pas qu'il sût la vérité – pas encore, du moins. Elle n'arracherait le masque qu'à la toute dernière minute.

Sous ses yeux, la grande maison semblait lui faire un signe amical. Elle était venue à Ravenswood dans l'éclat de sa jeunesse. Elle y revenait aujourd'hui pour mourir.

Elle cligna les yeux, les abrita de sa main en visière. Richard venait d'apparaître sur la terrasse, dévalait les marches, courait sur la pelouse. C'est vers elle qu'il accourait ainsi. Devant elle, il se tenait maintenant, à peine essoufflé, souriant, joyeux, le regard éclatant de bonheur :

« Que fais-tu là ? s'écria-t-il. Quelle surprise ! »

Katherine se leva, prit les mains qu'il lui tendait :

« Tu vois, Richard, je t'ai écouté. Je suis revenue chez toi. Chez nous. »

Riant de plaisir, il la serra contre lui, la couvrit de baisers. Puis, soudain assombri, il s'écarta, la regarda :

« Tu es revenue, oui. Mais pour combien de temps ? »

Une fraction de seconde, peut-être, Katherine hésita. Elle leva vers lui le regard lumineux de ses yeux ni tout à fait bleus, ni tout à fait verts, mais d'une nuance unique de turquoise. Et c'est avec un sourire éclatant et d'une voix assurée qu'elle répondit enfin :

« Jusqu'à mon dernier jour. »

Table

IMPRIMÉ EN FRANCE PAR BRODARD ET TAUPIN
Usine de La Flèche (Sarthe).
LIBRAIRIE GÉNÉRALE FRANÇAISE - 6, rue Pierre-Sarrazin - 75006 Paris.
ISBN : 2 - 253 - 04940 - 9

Le Livre de Poche Biblio

Extrait du catalogue

Sherwood Anderson. *Pauvre blanc.* 3078

« Je m'en vais, je m'en vais pour être un homme parmi les hommes. »

Miguel Angel Asturias. *Le Pape vert.* 3064

« Le costume des hommes libres, voilà le seul que je puisse porter. »

Adolfo Bioy Casares. *Journal de la guerre au cochon.* 3074

« '' Ce n'est pas pour rien que les Esquimaux ou les Lapons emmènent leurs vieux en pleine neige pour qu'ils y meurent de froid '', dit Arévalo. »

Karen Blixen. *Sept contes gothiques (nouvelles).* 3020

« Car en vérité, rêver c'est le suicide que se permettent les gens bien élevés. »

Mikhaïl Boulgakov. *La Garde blanche.* 3063

« Oh! Seul celui qui a déjà été vaincu sait ce que signifie ce mot. »

Mikhaïl Boulgakov. *Le Maître et Marguerite.* 3062

« Et quelle est votre spécialité? s'enquit Berlioz.
— La magie noire. »

André Breton. *Anthologie de l'humour noir.* 3043

Allais, Crevel, Dali, Jarry, Kafka, Poe, Sade, Swift et beaucoup d'autres.

Erskine Caldwell. *Les Braves Gens du Tennessee.* 3080

« Espèce de trousseur de négresses! Espèce d'obsédé imbécile!... Un baiseur de négresses! C'est répugnant, c'est... »

Italo Calvino. *Le Vicomte pourfendu.* 3004

« ... mon oncle ouvrait son unique œil, sa demi-bouche, dilatait sa narine... Il était vivant et pourfendu. »

Elias Canetti. *Histoire d'une jeunesse :*
La langue sauvée. 3044

« Il est vrai qu'à l'instar du premier homme, je ne naquis qu'après avoir été chassé du paradis. »

Jean Giono. *Le Serpent d'étoiles.* 3082

« On aura trouvé, dans les pages précédentes, l'obsession de l'eau et de la mer : cela vient de ce qu'un troupeau est une chose liquide et marine. »

Henry James. *Roderick Hudson.* 3053

« On nous dit que le vrai bonheur consiste à sortir de soi-même; mais il ne suffit pas d'en sortir; il faut rester dehors. »

Henry James. *La Coupe d'or.* 3067

« '' Ma Coupe d'Or '', prononça-t-il... Il laissa cette pièce remarquable, car certainement elle était *remarquable,* produire son sûr effet. »

Henry James. *Le Tour d'écrou.* 3086

« ... et puis ce fut sa face pâle de damné qui s'offrit à ma vue, collée à la vitre et dardant sur l'intérieur de la chambre ses prunelles hagardes. »

Ernst Jünger. *Jardins et routes*
Journal I (1939-1940). 3006

« ... dans la littérature, le journal est le meilleur médium. Dans l'état totalitaire, il reste le seul mode de discussion possible. »

Ernst Jünger. *Premier journal parisien*
Journal II (1941-1943). 3041

« Tandis que le crime se répandait sur la terre comme une peste, je ne cessais de m'abîmer dans le mystère des fleurs ! Ah ! plus que jamais, gloire à leurs corolles... »

Ernst Jünger. *Second journal parisien*
Journal III (1943-1945). 3042

« 1944 — Pendant la nuit, raids aériens et violentes canonnades... Terminé *Passe-temps* de Léautaud. »

Ernst Jünger. *La Cabane dans la vigne*
Journal IV (1945-1948) 3097

« Toujours fiévreux, mais des descriptions du climat des Tropiques m'ont remonté. »

Ismaïl Kadaré. *Avril brisé.* 3035

« '' Oui, maintenant... nous sommes bien entrés dans le royaume de la mort '', dit Bessian. »

Ismaïl Kadaré. *Qui a ramené Doruntine ?* 3089

« ... Finalement, toute cette histoire n'a de sens que si quelqu'un est sorti de sa tombe. »

Franz Kafka. *Journal.* 3001

« Il faut qu'une ligne au moins soit braquée chaque jour sur moi comme on braque aujourd'hui un télescope sur les comètes. »

Yasunari Kawabata. *Les Belles Endormies.* 3008

« Sans doute pouvait-on appeler cela un club secret... »

Yasunari Kawabata. *Pays de neige.* 3015

« ... ce blanc qui habitait les profondeurs du miroir, c'était la neige, au cœur de laquelle se piquait le carmin brillant des joues de la jeune femme. »

Yasunari Kawabata. *La Danseuse d'Izu.* 3023

« Peut-être un jour l'homme fera-t-il marche arrière sur le chemin qu'il a parcouru. »

Yasunari Kawabata. *Le Lac.* 3060

« Plus repoussante était la femme et mieux elle lui permettait d'évoquer le doux visage de Machié. »

Yasunari Kawabata. *Kyoto.* 3081

« Et puis, cette jeune montagnarde disait qu'elles étaient jumelles... Sur son front, perla une sueur froide. »

Yasunari Kawabata.
Le Grondement de la montagne. 3071

« J'ai des ennuis avec mes oreilles ces temps-ci. Voici peu, j'étais allé prendre le frais la nuit sur le seuil de la porte, et j'ai entendu un bruit, comme si la montagne grondait. »

Andrzeij Kusniewicz. *L'État d'apesanteur.* 3028

« Cela commença le 31 janvier vers six heures et demie du matin... par une brusque explosion... Je restais en suspens... dans une sorte d'apesanteur psychique, proche par moments de l'euphorie. »

Pär Lagerkvist. *Barabbas.* 3072

« Que faisait-il sur le Golgotha, lui qui avait été libéré ? »

D.H. Lawrence. *L'Amazone fugitive.* 3027

« La vie n'est supportable que si l'esprit et le corps sont en harmonie... et que chacun des deux a pour l'autre un respect naturel. »

D.H. Lawrence. *Le Serpent à plumes.* 3047

« Les dieux meurent en même temps que les hommes qui les ont créés, mais la divinité gronde toujours, ainsi que la mer... »

Sinclair Lewis. *Babbitt.* 3038

« ... il avait, en ce mois d'avril 1920, quarante-six ans et ne faisait rien de spécial, ni du beurre, ni des chaussures, ni des vers... »